우리 몫의 밤 1

NUESTRA
PARTE
DE
NOCHE

우리 몫의 밤 1

마리아나 엔리케스 지음 | 김정아 옮김

NUESTRA
PARTE
DE
NOCHE

MARIANA
ENRIQUEZ

orangeD

2권

일러두기

1. 주석은 모두 옮긴이 주이다.
2. 원문에서 이탤릭체로 강조한 곳은 진하게, 영어로 표기한 곳은 고딕체로 표시하였다.
3. 단행본과 정기간행물 등은 『』, 시와 단편 등은 「」, 회화, 영화, 음반은 〈 〉, 노래 제목은 ' '로 구분 지어 표기하였다.
4. 한국에 정식 소개된 작품은 한국어판 제목으로 표기하였으며, 소개되지 않은 작품은 우리말로 옮긴 후 원제목을 병기하였다.

항상 당신 곁에서 걷고 있는 제삼자는 누구요?

_T. S. 엘리엇, 「황무지」

살아 있는 신의 손아귀

1981년 1월

죽음에 저항하는 우리의 방식이 진화하지 못했기에
불멸성을 잃어버리게 되었다고 생각한다. 육신 전부를 산 채로
갖추어야만 한다는, 투박하고 기초적인 생각에 얽매인 결론밖에
도달하지 못하는 것이다. 그러므로 우리는 오로지 의식에
관한 것을 보존하려 노력해야 한다.

_아돌포 비오이 카사레스, 『모렐의 발명』

나는 울부짖었다. "그림자로부터 나오소서, 황금빛 손톱의 왕이여!"

_W. B. 예이츠, 『오신의 방랑The Wanderings of Oisin』

NUESTRA PARTE DE NOCHE

그날 아침은 태양 빛으로 가득했다. 하늘은 맑았고, 후덥지근한 파랑 위에 흩뿌려진 몇 점의 흰 얼룩은 구름이라기보다 연무의 흔적에 더 가까웠다. 시간은 이미 훌쩍 지나 있었다. 나가야만 했다. 이렇게 더운 날의 귀결은 뻔했다. 가령 비가 내린 후의 강의 습기나 부에노스아이레스 특유의 숨 막힘이 들이닥치면 도시를 아예 벗어날 수조차 없게 된다.

후안은 아직 닥치지 않은 두통에 미리 대비하려 알약 한 알을 물도 없이 꿀꺽 삼킨 뒤, 홑이불을 덮고 잠든 아들을 깨우러 집 안으로 들어갔다. 가자, 아이를 가볍게 흔들며 말했다. 소년은 곧바로 잠에서 깼다. 다른 애들도 이렇게 얕고 긴장되는 꿈을 꿀까? 세수해, 후안이 말하며 눈에서 눈곱을 떼어주었다. 당장 아침 식사까지 챙길 여유는 없었지만, 가는 길에 해결할 수 있을 것이다. 후안은 미리 싸둔 가방들을 들쳐 메곤 몇 권의 책 앞에서 잠시 고민하다. 그중 두 권만 더 가져가기로 마음먹었다. 탁자 위에 놓아둔 항공권이 보였다. 그 선택지는 여전히 유효했다. 잠자리로 다시 돌아갈 수도, 며칠 남지 않은 항공편의 출발일을 기다릴 수도 있었다. 늑장 부리지 않으려 항공권을 찢어 쓰레기통에 쑤셔 넣었다. 긴 머리 때문에 관자놀이가 땀으로 흠뻑 젖었다. 태양 아래에서는 견디기 힘들 게 뻔했다. 머리를 자를 시간은 없었지만, 부엌 찬장에서 가위를 챙기기로 했다. 가위를 찾아 알약, 혈압계, 주사기, 붕대 뭉치 등 여행에 필요한 기본적인 응급처치 도구가 든 플라스틱 상자 안에 넣었다. 날이 제일 잘 벼려진 칼 한 자루와, 마지막에 사용하게 될 재로 가득 찬 주머니도 넣었다. 산소 튜브도 챙겼다. 언젠가 필요할 테니까. 차 안은 시원했다. 인조가죽으로 된 시트가 간밤에 더위를 많이 흡수하지 않은 덕분이었다. 얼음과 시원한 탄산음료 두 병을 담은 소풍용 아이스박스도 앞좌석에 실었다. 아들을 옆에 두고 싶은 마음이 컸지만, 이번 여행만큼은 뒷좌석에 태워야만 했다. 아동을 앞좌석에 태우는 건 금지되어 있었고, 무자비하게 도로를 단속하는 경찰관이나 군인들의 눈에 띄어선 안 됐다. 남자아이 하나를 혼자 데리고 다니는 성인 남성은 미심쩍기 마련이다. 억압자들은 예측 불가하기에, 후안은 말썽을 피하고 싶었다.

가스파르, 하고 나지막이 불렀다. 대답이 없는 아이를 데리러 집 안으로 들어갔다. 아이는 단화의 끈을 묶느라 낑낑대고 있었다.

"도저히 눈 뜨고 못 봐주겠군."

후안은 중얼거리며 도움을 주려 몸을 굽혔다. 하지만 그 말에 울음이 터진 아들은 쉬이 달래지지 않았다. 가스파르는 엄마를 그리워했다. 손톱을 깎아주고, 단추를 잠가주고, 귀 뒤쪽과 발가락 사이를 닦아주고, 나가기 전 쉬야를 했느냐고 묻고, 신발끈의 매듭을 완벽하게 묶는 방법을 알려주는 일을 엄마는 쉽사리 해냈다. 후안 역시 그녀가 그리웠지만, 그날 아침만은 아들과 부둥켜안고 울고 싶지 않았다. 가져갈 건 다 챙긴 거냐, 하고 물었다. 미리 말해두는데, 빠뜨린 게 있어도 다시 돌아오지 않을 거야.

장거리 운전을 한 지가 꽤 오래되었다. 로사리오는 일주일에 최소 한 번 정도는 운전을 해야 감을 잃지 않는다며 후안의 등을 떠밀곤 했다. 후안에게 이 차는 너무 작았다. 짧은 바지, 꽉 끼는 셔츠, 불편한 의자 등 거의 모든 일상의 물건들이 어느 날 작다고 느끼게 된 것처럼. 글러브박스에 가이드북 『아우토모빌 클럽』이 있는지 확인하고 시동을 걸었다.

"배가 고파요." 가스파르가 말했다.

"나도. 가는 길에 아주 근사한 곳에 들러 아침을 먹을 거야. 조금만 있으면 돼. 괜찮지?"

"전 아무것도 안 먹으면 토하는걸요."

"나는 아무것도 안 먹으면 머리가 아파. 참아. 아주 잠깐이야. 어지러움이 심해질 테니 창밖은 보지 말고."

인정하고 싶지 않지만 몸이 좋지 않았다. 손가락은 저릿했고, 가슴팍에서는 부정맥의 불규칙한 박동이 느껴졌다. 선글라스를 고쳐 쓰고는 가스파르에게 어젯밤 읽은 책 내용을 이야기해 달라고 했다. 여섯 살짜리가 벌써 글을 잘 읽었다.

1981년 1월

"기억이 나지 않아요."

"기억나는 거 알아. 나도 썩 좋은 기분은 아니거든. 이참에 우리 함께 기분 전환을 해보는 거야. 아니면 여행하는 내내 똥 씹은 표정으로 다닐까?"

가스파르는 아빠의 입에서 나온 '똥'이라는 단어에 웃음을 터뜨렸다. 그러고는 숲속을 걸으며 노래 부르기를 즐겨 하던 밀림의 여왕이 있었고, 모두가 그 노랫소리를 좋아했다는 이야기를 해주었다. 그러던 어느 날, 병사들이 몰려오자 그녀는 노래를 멈추고 전사가 되었다. 병사들에게 붙잡힌 그녀는 밤새 갇혀 있다가 탈출했는데, 탈출 과정에서 자신을 감시하던 경비원을 죽여야만 했다. 너무도 가녀렸기에, 그녀에게 경비원을 죽일 만한 힘이 있다는 것을 그 누구도 믿지 않았다. 결국 마녀로 몰린 그녀는 화형당하기에 이르렀다. 그녀는 나무에 묶인 채 불태워졌다고 한다. 하지만 날이 밝자 그 자리에서는 시체 대신 붉은 꽃 한 송이가 발견되었다.

"붉은 꽃이 핀 나무라."

"응, 나무요."

"이 이야기가 마음에 드니?"

"잘 모르겠어요. 무서웠어요."

"그 나무는 세이보*라고 해. 이쪽엔 많이 없는데, 지나가다 보게 되면 알려줄게. 네 할아버지 댁 근처에는 엄청 많거든."

룸미러로 살펴보니 가스파르가 눈살을 찌푸리고 있었다.

---

*   남아메리카에 자생하는 나무로, 아르헨티나의 국목이자 국화이다.

"많다는 게 무슨 말이에요?"

"일종의 전설인 거지. 전설이 뭔지 지난번에 알려줬잖아."

"그럼 그 소녀는 세상에 없었던 거예요?"

"소녀의 이름은 아나이Anahi야. 아마도 실존하긴 했을 거야. 다만 꽃에 얽힌 이야기만은 실제로 일어난 일이 아니라, 그녀를 기억하기 위해 사람들이 꾸며낸 거야."

"그래서 실제로 있었던 일이란 거예요? 아니면 없었다는 뜻이에요?"

"둘 다 맞아. 있었기도, 없었기도 해."

그는 가스파르가 심각하다 못해 짜증스러워하는 모습, 그러니까 입술 옆을 잘근 씹는다든지 손을 쥐락펴락하는 모습을 보는 게 재미있었다.

"요즘도 마녀들을 불에 태워요?"

"아니, 지금은 안 그래. 게다가 요즘은 마녀들이 없기도 하고."

1월의 일요일 아침에 도시를 벗어나기는 쉬웠다. 생각했던 것보다 일찍 빌딩 숲을 등질 수 있었다. 낮은 집들과 교외 마을의 판잣집들도. 그러다 문득 나무와 들판이 보이기 시작했다. 가스파르는 이미 잠에 빠져 있었고, 후안의 팔은 캠핑과 소풍을 다니는 여느 아버지의 것처럼 햇빛 아래 익어갔다. 하지만 그는 여느 아버지가 아니었다. 이따금 사람들은 그의 두 눈을 바라볼 때나 잠시 이야기를 나누는 순간 그걸 알아채곤 했다. 그리고 어떤 식으로든 위험을 감지했다. 그가 오랫동안 정체를 감추기란, 그 정도의 무언가를 숨기기란 불가능했다.

핫초코와 크루아상을 판다고 광고 중인 한 카페 앞에 차를 세웠다. 아침 먹자, 후안이 가스파르에게 말했다. 아이는 바로 잠에서 깨어나 사이가 약간 벌어진, 푸른색의 큰 두 눈을 비볐다.

탁자 위를 닦던 여성은 그곳의 주인인 듯, 상냥하고 수다스러운 면모를 모두 갖추고 있었다. 그녀는 두 사람이 창문에서 멀찍이 떨어진 냉장고 옆에 자리를 잡자 호기심 가득한 눈빛을 거두지 않았다. 작은 모형 자동차를 손에 쥔 남자아이 하나, 그리고 이 미터가 넘는 큰 키에 금발을 어깨 위로 늘어뜨린 아버지. 그녀는 두 사람을 위해 행주로 탁자를 닦은 뒤 카페가 손님으로 가득 차기라도 했다는 듯 작은 메모장을 꺼내 주문을 받기 시작했다. 가스파르는 핫초코와 둘세데레체*를 곁들인 팍투라 빵**을 먹겠다고 했다. 후안은 물 한 잔과 치즈 샌드위치를 주문했다. 선글라스를 벗은 뒤 탁자 위에 놓인 신문을 펼쳐보았다. 물론 언론이 정말 중요한 소식은 보도하지 않는다는 사실은 익히 알고 있었다. 불법 감금 시설도, 한밤중의 소란도, 납치도, 훔쳐 간 아이들도. 기사는 우루과이에서 열린다는 월드컵의 연대기 따위가 고작이었고, 후안은 거기에 전혀 관심이 없었다. 평범한 척하는 건 때때로 어려웠다. 특히 정신이 다른 데 팔려 있을 때, 손쓸 수 없을 정도로 슬프고 고민스러울 때가 그랬다. 지난밤에는 재차 로사리오와 소통을 시도했다.

---

*　　우유와 설탕을 끓여 바닐라와 베이킹소다를 첨가한 일종의 밀크 잼. 주로 아르헨티나와 우루과이, 브라질 남부 등에서 먹는다.

**　　크루아상, 슈, 도넛, 추로스, 카스텔라 등 식사 대용으로 먹거나 간식으로도 먹는 달콤한 빵을 통칭하는 표현. 둘세데레체나 커스터드 크림을 곁들여 먹는다.

성공하지 못했다. 사방을 돌아봐도 그녀는 없었다. 느낄 수도 없었다. 이해할 수도, 받아들일 수도 없는 방식으로 가버린 것이었다.

"더워요." 가스파르가 말했다.

아이는 땀을 흘리고 있었다. 머리카락은 축축했고, 양 볼은 불그스레 달아올라 있었다. 후안이 등에 손을 대보았다. 티셔츠가 흠뻑 젖어 있었다.

"여기서 기다려."

그는 아이에게 말한 뒤, 마른 티셔츠를 가지러 차에 갔다. 돌아와서는 아이를 카페의 화장실에 데려가 머리를 감기고 땀을 닦아준 후, 나프탈렌 냄새가 살짝 풍기는 티셔츠로 갈아입혔다.

자리로 다시 돌아왔을 땐 아침 식사와 여자가 그들을 기다리고 있었다. 후안은 가스파르에게 먹일 물 한 잔을 추가로 주문했다.

"이쪽에 괜찮은 캠핑장이 있어요. 강변에서 더위를 식히고 싶다면요."

"감사합니다. 그런데 시간이 없네요."

후안이 최대한 친절하려 애쓰며 말했다. 셔츠의 단추 몇 개를 더 풀었다.

"어쩌다가 둘이서만 여행을 다니는 거예요? 아가, 눈이 참 크구나! 네 이름이 뭐니?"

후안은 아들에게 이렇게 말해주고 싶은 심정이었다. 대답하지 마. 우리는 먹기나 하자. 네가 먹는 동안 난 저 여자의 입을 영원히 닥치게 해줄게. 하지만 가스파르가 자신도 모르게 자기 이름을 내뱉고 말았다. 반응에 고무된 여자는 어린아이 같은 위선 섞인 목소리를 내며 물었다.

"네 엄마는 어디 계시고?"

후안은 온몸으로 아이의 고통을 느꼈다. 말문이 막히는 원시적인 고통. 현기증 나도록 생생한 날것의 고통. 그는 탁자를 붙든 채, 아들과 그 고통으로부터 멀어지려 애써야만 했다. 가스파르는 대답하지 못했고, 도움을 요청하는 눈빛으로 그를 바라보았다. 팍투라 빵은 절반만 먹은 상태였다. 자신은 물론 그 누구에게도, 그렇게 눈치 없이 들러붙으면 안 된다는 사실을 가르쳐야만 했다.

"이봐요, 아주머니. 제길, 댁이 무슨 상관입니까?"

후안은 자제하려 애썼지만, 숨길 수 없이 위협적인 목소리로 말했다.

"그냥 대화하려던 것뿐이에요."

그녀가 불쾌하다는 듯 답했다.

"아, 그거참 잘됐네요. 당신의 그 머저리 같은 대화가 풀리지 않아서 기분이 나쁘시다. 우리는 당신 같은 멍청한 수다쟁이 할망구가 생각 없이 내뱉는 말에 고통받는다는 말입니다. 무슨 말이냐고요? 제 아내는 삼 개월 전 죽었어요. 지나가던 버스에 치여서 세 블록이나 끌려갔죠."

"정말 유감이네요."

"아뇨. 당신은 아무것도 느끼지 못해요. 그 사람도, 우리도 알지 못하니까."

여자는 무언가를 더 얘기하려는 듯하다가, 눈물을 쏟기 직전의 표정을 한 채로 멀어져갔다. 가스파르가 그를 계속해서 쳐다보고 있었지만 두 눈은 말라 있었다. 조금 놀란 상태였다.

"아무 일도 아냐. 마저 먹거라."

후안은 치즈 샌드위치를 한 입 베어 물었다. 배가 고프진 않았지만, 약을 빈속에 먹을 수는 없었다. 여자가 어깨를 움츠리고 사과의 제스처를 하며 그들에게 돌아왔다. 오렌지주스 두 잔도 갖다주었다. 서비스예요, 라고 한 뒤 미안하다는 말을 건넸다. 그 정도로 비극적인 일이 있었을 줄은 몰랐어요. 가스파르는 알록달록한 모형 자동차를 가지고 놀고 있었다. 루이스 삼촌이 브라질에서 보내준 것으로, 양쪽 문과 트렁크가 열리는 신형 모델이었다. 후안은 가스파르에게 남은 핫초코를 다 마시게 한 뒤 돈을 내러 계산대로 갔다. 계속해서 미안하다고 하는 여자를 후안은 참아주기 힘들었다. 그녀가 돈을 받기 위해 손을 내밀었을 때, 손목을 움켜잡았다. 그녀를 미치게 만들 표식을 전달하여, 자기 손주의 발 가죽을 벗기고 싶다거나 키우는 개를 스튜로 만들겠다는 생각을 심어줄까 싶었다. 참았다. 피곤한 일을 만들고 싶지는 않았다. 아들을 데리고 비밀리에 여행을 다닌다는 사실 자체가 충분히 지치는 일이었고, 그에 상응하는 결과로 이어질 것이었다. 그래서 그 여자도 내버려두기로 했다.

선글라스를 쓰고 문 앞에서 기다리고 있던 가스파르는 후안이 선글라스를 벗기려 하자 깔깔거리며 도망쳤다. 차에 가까이 다가가서야 아이는 붙잡혔다. 후안이 가스파르를 번쩍 들어 올렸다. 가스파르는 가볍고 호리호리했지만, 자신만큼 키가 자라진 않을 터였다. 엔트레리오스 방향으로 나가기 전에 점심 먹을 곳을 찾아야겠다고 마음먹었다.

‡

　적은 교통량, 길거리 바비큐집에서의 맛있는 점심 식사, 나무 그
늘 아래서의 낮잠, 강바람이 불어오는 시원한 강변 등 여행은 지
극히 순조롭게 흘러갔지만, 하루의 끝엔 여지없이 피로감이 몰려
왔다. 바비큐집 주인 남자도 대화를 시도해왔다. 역시나 호기심 어
린 모습이었지만 아내에 대해 묻지는 않았으므로 와인 한 잔을 마
시는 동안만 말을 섞기로 했다. 낮잠을 자고 난 뒤 에스키나로 향
하던 구간 내내 몸이 좋지 않았다. 예사롭지 않은 더위였다. 하지
만 지금은, 그러니까 방을 요청하면서 자신을 위한 더블 침대 하나
와 아들을 위한 싱글 침대 하나가 필요하다고, 비용은 상관없다고
직원을 이해시키려 애쓰는 중이었다. 후안은 그제야 자신들에게
도움이 필요할 수 있다는 사실을 깨달았다. 돈을 선불로 낸 뒤, 계
단으로 짐을 옮겨주겠다는 누군가의 도움을 수락했다. 방 안에 들
어서서는 가스파르의 기분 전환을 위해 TV의 전원을 켜고 소파에
등을 기댔다. 그는 자신의 컨디션을 살필 줄 알았다. 부정맥이 손
쓸 수 없을 정도였다. 심장이 분투하는 소음인 심잡음이 귀에 들릴
정도였다. 혼란에 빠진 심장판막 때문에 메스꺼웠다. 가슴이 아파
왔고, 숨 쉬는 게 힘들었다.
　"가스파르, 가방 좀 건네주려무나."
　후안은 아들에게 말했다. 혈압계를 꺼내 혈압이 낮은 걸 확인했

다. 좋은 징조였다. 대각선으로 누웠다. 그래야만 두 발이 매트리스 밖으로 빠져나가지 않았다. 약을 먹고 휴식—가급적이면 잠을 자야 했다—을 취하기에 앞서, 호텔방 탁자 위의 전등 밑에 연필과 함께 놓인 투숙객용 메모지('호텔 파남비—에스키나'라는 문구가 인쇄되어 있었다) 한 장을 뜯어 숫자 하나를 적었다.

"아들, 내 말 잘 들어. 내가 잠에서 깨지 못하면 이 번호로 전화를 걸어야 한다."

가스파르는 눈을 크게 뜨더니 이내 울상을 지었다.

"울지 마. 내가 잠에서 깨지 못할 경우에만 그렇다는 거야. 그 이상 아무 일도 아니야. 나는 깨어날 거고. 알겠니?"

마치 기어 레버로 가속도를 붙인 듯 심장이 펄떡펄떡 뛰는 것을 느꼈다. 잠이나 들 수 있을까? 손가락을 목에 대보았다. 백칠십, 혹은 그 이상. 지금 이 순간만큼 시골 호텔의 방 한구석에서 죽기를 간절히 바라본 적이 있었던가. 그리고 그 어느 때보다 아들을 혼자 남겨두는 것이 두려웠다.

"네 삼촌 루이스의 전화번호다. 9번을 먼저 누르고, 신호음이 들려오면 그때 삼촌의 전화번호를 눌러. 내가 잠에서 깨어나지 못하면 우선 흔들어 깨워봐. 삼촌에게 전화하는 건 흔들었는데도 내가 깨어나지 못할 때야. 삼촌에게 우선 전화한 다음, 저 아래층에 계시던 아저씨 있잖니, 입구의 그분께 말씀드려. 무슨 말인지 알겠니?"

가스파르는 번호가 적힌 쪽지를 손에 꼭 쥔 채 알았다고 대답하고는, 후안의 곁이면서도 그를 불편하게 하지 않을 만큼의 적당한 거리에 누웠다.

후안은 꿈을 꾸지 않은 채로 땀범벅이 되어 깨어났다. 밤이었고, 방은 어스름히 밝혀져 있었다. 가스파르가 램프를 켜두고 책을 읽고 있었다. 후안은 움직이지 않고 가만히 아이를 바라보았다. 아이는 가방에서 책을 꺼내놓고 기다리고 있었다. 전화번호가 적힌 종이쪽지는 자신의 곁에 있는 쿠션 위에 올려둔 상태였다. 가스파르, 하고 부르자 소년은 조심스레 반응했다. 책을 내려놓고는 엉금엉금 기어 와서 괜찮냐고 물었다. 마치 어른처럼, 그 아이를 보살펴준 수많은 어른들이 수없이 물어봤던 것처럼. 후안은 자리에 앉아 대답을 하기에 앞서 잠시 기다렸다. 심장은 정상 리듬을, 자신에게 있어 비교적 정상이라 할 만한 수준을 회복한 듯했다. 불안하지 않았고, 어지럽지도 않았다. 그래, 괜찮아, 라고 말해준 뒤 가스파르를 다리 위에 앉혔다. 안아주고, 짙은 색의 머리카락을 쓰다듬어주었다.

"지금 몇 시니?"

가스파르가 손가락으로 시계를 가리켰다.

"이제 시간 읽을 줄 알잖아. 말해봐."

"12시 반이요."

이처럼 늦은 시간에 저녁 식사를 하기에는 문을 연 식당이 마을 안에 없을 것이다. 물론 걸어서 시내로 간 뒤, 문이 닫힌 식료품 저장고나 식당에 잠입하여 원하는 건 무엇이든 마음껏 가지고 나올 수도 있었다. 잠긴 문을 여는 것쯤이야 간단했다. 하지만 누군가 그들을 보기라도 한다면, 그 목격자를 어떻게 할 것이냐 하는 문제가 생긴다. 그리고 그러한 작은 행동들이 쌓인다면 나중에는 없애야 할 흔적, 감겨야 할 눈, 지워야 할 기억의 사슬이 길게 늘어질 것이고 피곤한 상황을 맞닥뜨리게 될 것이다. 최대한 정상인처럼 생활해야 한다는 걸 수년 전에 배웠다. 그는 대부분의 사람들이 하지 못하는 일을 할 수 있었다. 하지만 무언가를 성취할 때마다, 원하는 걸 손에 얻기 위해 자신의 의지를 발현할 때마다 값을 치러야 했다. 중요하지 않은 문제라면 그런 걸 감수할 이유가 없었다. 지금은 호텔의 당직 직원 같은 이에게 식사 준비를 부탁하면 될 일이었다. 둘 다 그리 배를 곯고 있지는 않았다. 하지만 아이는 간식을 거른 상태였고, 자신은 차에서 음료수를 꺼내는 것도 잊고 말았다. 이제라도 아비 노릇을 할 때였다.

몸에서 냄새가 났기에, 방을 나서기에 앞서 목욕을 해야 했다. 그리고 가급적이면 머리카락도 조금 잘라야 했다. 가스파르도 물론 몸을 씻어야 했지만, 그리 시급하지는 않았다. 가스파르를 팔에 안고 침대에서 몸을 일으켜 샤워기 아래로 데려갔다. 온수 밸브를 열고 잠시 기다렸더니 의심이 확신으로 변했다.

"찬물로는 목욕하지 않을 거예요." 가스파르가 말했다.

"지금 덥잖아. 한번 해보지 않을래? 좋아, 그러면 나중에 수건으로 닦아주마."

후안은 샤워기 물줄기 아래에서 변기 덮개 위에 앉은 가스파르가 하는 말을 들었다. 책에서 읽은 이야기와 호텔 창밖으로 본 것들에 대해 조잘댔지만 딱히 귀를 기울이지는 않았다. 샤워기가 너무 낮은 탓에 머리를 감으려면 몸을 구부정하게 굽혀야만 했다. 하지만 적어도 샴푸와 비누는 제공되었다. 허리춤에 수건을 두른 뒤 거울 앞에 섰다. 젖은 머리카락이 어깨 아래까지 늘어져 있었고, 다크서클이 드리운 눈 밑은 부어 있었다.

"가위 좀 가져와. 작은 가방에 있어."

"제가 조금 잘라봐도 돼요? 아주 조금만요."

"안 돼."

후안은 잠시 멈춰 서서 거울 속 자신의 모습을 보았다. 넓은 어깨, 가슴을 둘로 가른 짙은 색의 상처, 팔의 화상자국. 머리는 언제나 로사리오가 잘라주었다. 면도도 가끔 해주었다. 잠잘 때마저도 잘 빼지 않던 큰 링 귀걸이 때문에 여러 번 잠에서 깨기도 했었다. 한번은 목 놓아 우는 소리에 깼다. 손에 칼을 든 채, 화장실 바닥에 알몸으로 주저앉아 있었다. 임신으로 살이 쪘다는 게 이유였다. 말도 안 되는 소리를 들을 때면 팔짱을 끼던 모습, 길거리에서 분을 못 이기고 소리치던 모습이 떠올랐다. 다툼 중에 꽉 틀어쥔 주먹으로 자신을 때릴 때면 얼마나 아팠던지. 자신은 혼자서 할 줄 모르는 게 얼마나 많았던가. 잊어버리는 건 또 얼마나 많았고, 그녀만이 알고 있던 것이 얼마나 많았던가? 그는 빗을 이용해 머리카락을 길게 잡아당긴 뒤 나름대로 최대한 공을 들여 잘랐다. 가장 긴 가닥 몇 개를 앞쪽에 남겨놓은 채, 헤어드라이어로 물기를 말려 최종 결과물이 얼마나 엉망인지 확인해보기로 했다. 결과는 그럭저럭 용납 가능한 수준이었다. 수염이 조금 나 있었는데, 너무 창백한 나머지 눈에 띄었다. 바닥에 놓인 천 위에 흩뿌려진 잘려 나간 머리카락을 변기에 버렸다.

"먹을 걸 구할 수 있을지 보러 가보자."

호텔 복도는 너무 어두웠고 습한 냄새가 났다. 그들에게 배정된 방은 계단 바로 옆 모퉁이에 딱 들어맞게 위치해 있었다. 후안은 가스파르가 먼저 나가게 두었다. 아이는 바로 계단을 내려가는 대신 복도를 가로질러 뛰어갔다. 처음에는 엘리베이터 쪽으로 가는 줄 알았다. 하지만 이내 가스파르가 자신과 같은 것을 감지했음을 알아차렸다. 다만 차이는 극명했다. 후안은 그런 존재들이 너무나도 익숙한 나머지 무시하기에 이르렀지만 아이는 피하기보다 끌렸고, 찾아다녔다. 복도 끝에 숨어 있던 그 존재는 깜짝 놀랐을 뿐, 위험하진 않았다. 그러나 퍽 오래된 것이었다. 여느 늙은이들과 다를 바 없이 게걸스럽고, 불행하고, 시샘이 많았다.

아들이 처음으로 자신 앞에서 지각하는 모습을 보였다. 이런 일이 일어날 순간을 기다리고는 있었다. 로사리오는 머지않았다는 주장을 굽히지 않았고, 그녀는 대체로 맞는 말만 했기 때문이다. 하지만 가스파르가 이 능력을 물려받았음을 두 눈으로 확인하자 힘이 빠지면서 목이 메어왔다. 애초에 아들의 정상성에 대해 큰 기대를 하지는 않았다. 그러나 바로 지금, 이 복도에서 실낱같은 희망조차 모두 다 증발되어 사라진 것이었다. 후안은 자신의 목에 쇠사슬이 매인 듯한 실망감을 느꼈다. 유전되는 형벌. 침착함을 연기하려 애썼다. 후안은 목청을 높이지 않고 말했다.

"가스파르, 이쪽이야. 계단으로."

아이는 복도에서 뒤돌아서더니 이내 낮잠을 자다 낯선 방에서 깬 듯 혼란스러운 눈빛으로 그를 쳐다보았다. 그 눈빛은 일 초 정도였지만, 후안은 알아볼 수 있었다. 이 붕 떠 있는 세계를 어떻게 외면할지, 이 끈적끈적한 우물은 어떻게 피해야 할지 가르쳐야 했다. 그리고 자신이 유년기에 겪은 공포를 기억하기에, 가스파르는 같은 일을 경험할 필요가 없기에 늦지 않게 시작해야 했다.

"내 아가는 장님으로 태어날 거야."

머리카락이 다 빠진, 푸른 원피스를 입은 복도 끝의 존재가 반복해서 중얼거리고 있었다. 가스파르는 그녀를 보긴 했지만 말소리까지 들은 건 아니었다. 사실 아이는 화장실에서 그녀에 대한 이야기를 꺼낸 적이 있었다. 호텔 앞 광장에 앉아 있던 한 여자가 입을 헤벌린 채 창문을 바라보고 있었다면서. 후안은 그 말에 큰 관심을 두지 않았다. 아이가 이야기하면서 무서워하는 기색이 전혀 없기도 했다. 그건 좋은 일이었다. 아이는 본능적으로 옳은 생각을 했다. 무서워할 건 아무것도 없었다. 그 여자는 단지 메아리일 뿐이었다. 그 메아리가 지금 지나치게 울려대고 있었다. 살육의 현장이라면 늘 존재하는 것이었다. 비명 소리가 동굴을 쩌렁쩌렁 울려대는 것과 동일한 이치다. 그런 존재들은 시간에 의해 소멸될 때까지 이 땅에 머무는데, 그에는 상당한 시간이 걸렸다. 사나운 망자들은 빠르게 움직이며, 눈에 띄기 위해 애쓴다. '죽은 자들은 빠르게 움직인다'라는 말이 떠올랐다.

두 사람은 다른 투숙객들을 깨우지 않으려 살금살금 계단을 내려갔다. 호텔 주인 중 한 명임이 분명한 한 여성이 프런트에 앉아 잡지를 뒤적이고 있었다. 그들이 들어오는 걸 보자 고개를 들고 몸을 일으켰다. 한 번의 빠른 손짓으로 블라우스와 어딘가 무질서해 보이는 짙은 색 머리카락을 정돈하며 말했다.

"안녕하세요. 어떻게 도와드릴까요?"

후안은 프런트 앞에 다가가, 전등 곁에 펼쳐져 있던 전화번호부 위에 한 손을 기댔다.

"안녕하세요, 사장님. 혹시 저희가 식사할 만한, 지금 열린 곳이 있을까요?"

여자는 고개를 내저었다.

"어쩌면 낚시터의 간이식당에서 무언가를 찾아볼 수 있을지도 모르겠네요. 일단 제가 전화를 한번 돌려본 뒤 말씀드릴게요. 거리도 엄청 멀거든요."

엄청 멀다니, 후안은 생각했다. 불가능해. 이 작은 마을에선 그 어떤 것도 멀리 있을 수 없어. 프런트의 벽은 절반이 목재로 덮여 있었고, 바닥엔 갈색 장판이 깔려 있었으며 열쇠걸이 판에는 열쇠가 걸려 있었다. 가스파르가 작은 어항에 다가가서는 꼬마 물고기 한 마리가 헤엄치는 궤적을 손가락으로 따라갔다. 아무도 안 받네요, 잠시 통화를 시도하던 여자가 말했다. 그렇군요, 그럼 식사를 거르고 잠자리에 들 수밖에 없겠군요. 후안은 미소를 지어 보였고, 그 여자—마흔 살 미만으로 젊지만, 적막한 호텔의 우울한 조명 아래 더 나이 들어 보이는—가 자신을 노골적으로 빤히 바라보고 있음을 알아차렸다. 저도 모르게 깜빡 잠에 들어버렸습니다, 후안이 말했다. 부에노스아이레스에서 오는 길이 꽤 멀다 보니 충분히 쉬지를 못했어요.

바깥의 정적은 완벽했다. 순찰차의 푸른 빛이 지나가는 게 보였지만, 엔진 소리만 들릴 뿐이었다. 이 마을조차도 그들의 감시하에 있는 걸까?

"죄송해요, 제가 실례했어요."

여자는 그렇게 말한 뒤 프런트 뒤쪽으로 나갔다. 부채질을 해댔지만, 선풍기는 작동 중이었다.

"201호에 계신 거죠? 직원 하나가 201호 고객 중 한 분의 건강 상태가 좋지 않아 보이더라고 말하더군요. 저희도 걱정을 많이 하긴 했지만 무슨 소리가 들리지도, 저희에게 전화가 오지도 않아서 방해하지 않고 기다리고 있었어요."

"제가 201호에 투숙 중인지는 어떻게 아셨습니까?"

여성은 수줍음과 교태 사이 어딘가에서 이렇게 말했다.

"직원이 말하기를, 키가 엄청 크고 금발인 분이 아이 하나를 데리고 계시다더라고요."

"사장님, 걱정해주셔서 감사합니다. 지금은 몸이 한결 낫습니다. 휴식이 필요했거든요. 육 개월 전에 수술을 받았는데, 지금 워낙 괜찮다 보니 완전히 회복되었다는 착각에 만용을 부릴 때가 있습니다."

그러고는 후안은 연기하듯 의도적으로, 가슴팍 반절까지 열어젖힌 어두운 셔츠 위에 한 손을 올려놓아 큼직한 상처가 확연히 보이게 했다.

"이렇게 하죠."

그녀가 입을 열었다.

"샌드위치 몇 개라도 만들어드릴게요. 아기가 탈리아텔레*는 먹나요? 버터를 조금 넣어 중탕으로 데우면 금방 돼요."

"탈리아텔레가 뭐예요?"

가스파르가 어항을 뒤로한 채 다가오며 물었다.

"국수란다, 아가. 버터와 치즈는 좋아하니?"

여자가 말하며 무릎을 꿇었다.

"네, 소스가 있는 것도 좋아해요."

"뭘 해줄 수 있을까. 한번 보자꾸나."

"요리할 때 구경해도 돼요?"

후안은 "요리를 좋아합니다"라고 말하고서 어깨를 으쓱이며 당황스러움을 드러냈다.

한 시간 뒤 가스파르는 캔 따개 사용법을 익혔고, 두 사람은 맛좋은 소스를 곁들인 조금은 꾸덕꾸덕한 파스타를 먹었으며, 얼음을 띄운 신선한 물도 마셨다. 여자는 스위트 와인 한 잔에 담배를 곁들이며 그들과 겸상했다. 식사를 마친 후안은 여자가 프런트로 돌아갈 수 있도록 자신들이 설거지를 하겠다고 자원했고, 여자는 수락했다. 자리를 뜨기 전 그녀는 빠른 쾌유를 기원한다고 했다. 가스파르는 물기 닦는 걸 도왔는데, 그에 앞서 토마토소스로 범벅이 된 입술로 여자에게 고맙다는 인사를 건넸다. 그녀는 보답으로 이마에 뽀뽀를 해주었다.

---

*   칼국수처럼 납작하고 두껍게 만든 파스타.

✠

가스파르가 방에 들어가지 않겠다며 버텼다. 문가에 꼿꼿이 섰는데, 빛나는 두 눈은 놀란 눈치였다.

"아빠, 방에 아줌마 한 분이 계세요."

후안은 그녀를 보고 느끼기 위해 눈을 깜빡였다. 호텔 안을 오가는, 복도 끝에서 봤던 바로 그 존재였다.

"보지 마. 나를 봐."

후안은 가스파르의 얼굴을 두 손으로 덮었다. 손이 너무 큰 나머지 머리통 전부를 뒤덮을 정도였다.

그러고 나서 바닥에 앉아 램프를 켰다. 다행히도 가스파르는 여자가 하는 말을 듣지는 못하고 있었다. 보기만 하는 게 늘 더 나았다. 후안은 호기심에 일 분 정도 그녀가 하는 말을 들어보았다. 죽음으로 인한 절망과 고독으로 가득한 예의 그 반복이었다. 죽음의 메아리. 그 후 귀를 닫았지만 굳이 쫓아내지는 않았다. 아들도 그렇게 할 수 있도록 신속하게 가르쳐야만 했다. 후안은 아이가 단일 분도 두려움에 몸부림치지 않길 바랐다.

"이제 잘 들어."

"누구예요, 아빠?"

"그 누구도 아니야. 그저 기억이지."

아이의 흉골 아래 손을 갖다 대었다. 아들의 심장이 빠르고 강하게, 건강하게 뛰고 있는 것이 느껴졌다. 시샘으로 입이 바짝 말라왔다.

살아 있는 신의 손아귀

"눈을 감아봐. 내 손이 느껴지니?"

"네."

"어디 닿았어?"

"배요."

"지금은?"

다른 손의 손가락 두 개를 배 정 반대편의 척추뼈에 위치시켰다.

"등이요."

"아니, 등이 아니야."

"척추요."

"이제 내 양손 사이에 무엇이 있는지 잘 생각해봐야 해. 머리가 아플 때마다 속에 무언가 있는 것 같다고 했었잖아. 그래, 지금 이 안에는 무엇이 들어 있는지 생각해봐."

가스파르는 눈을 질끈 감았다가 아랫입술을 깨물었다.

"됐어요."

"좋아, 이제 아줌마한테 가라고 하는 거야. 입 밖으로 내뱉으면 안 돼. 원한다면 낮은 목소리로 중얼거려도 좋아. 하지만 그 전에 내 양손 사이에 있는 이 부분이 스스로 말한다고 생각해야 해. 내 말을 이해하겠니? 아주 중요한 거야."

이걸로 밤을 새울 수도 있었다. 후안은 그걸 잘 알고 있었다.

"그렇게 말했어요."

후안은 그녀를 바라보았다. 임신한 몸으로 침대 곁에 앉아, 벌린 입과 공허한 눈빛으로 자신의 첫째 아들 이야기를 되뇌고 있을 게 분명했다.

"다시 해봐. 여기서 말소리가 나오는 것처럼. 이 안에 입이 하나 있다고 생각하고 말하는 거야."

"크게 말해야 해요?"

이 무슨 터무니없는 말이란 말인가? 그러나 꽤나 타당한 의문이었기에 그에 걸맞는 눈높이의 답변이 필요했다.

"그래, 오늘은 그렇게 해."

여자의 상이 천천히, 연기가 흩어지듯 사라졌다. 방 안의 공기가 창문을 열어둔 듯 맑게 갰다. 램프의 불빛이 좀 더 환해졌다.

"아주 잘했어, 가스파르. 정말 잘했어."

가스파르는 방 전체를 둘러보며 여자가 정말 사라졌는지 확인했다. 심각했다.

"그리고 다시는 돌아오지 않아요?"

"돌아오더라도 지금 한 것처럼 하면 돼."

가스파르는 조금은 힘을 쓴 것 때문에, 그리고 또 조금은 겁을 먹은 까닭에 몸을 떨었다. 후안은 자신이 처음으로 무육無肉의 존재를 내쫓았던 당시를 떠올렸다. 그도 똑같이 쉽게 해냈었다. 어쩌면 상황적인 이점 때문에 더 쉬웠던 것 같기도 했다. 이것이 가스파르가 물려받은 능력의 끝이기를. 그가 할 수 있는 유의 접촉을 아이는 절대 하지 못하기를. 로사리오는 아이가 그의 능력을 물려받을 것이라고 확신했다. 갑작스레 그 기억이 생생하게 떠오른 나머지, 어둠 속에서 무심코 벌레를 건드린 것 같은 느낌이 들었다. 완고한 모습으로 침대 위에 앉아 있는, 흰 순면 봄바차*를 입고 머리는 높게 포니테일로 묶은 로사리오. 가스파르는 모든 걸 물려받을 것이다. 그가 짊어진 모든 것을. 눈가가 뜨거워지는 걸 느꼈다.

"이제 잠을 마저 자야겠다. 잠시 후 운전을 해야 하니까."

"저도 같이 잘래요."

"무서워할 필요 없어. 네 침대로 가. 잠이 오지 않으면 책을 읽으면 돼. 난 불빛에 방해받지 않아."

하지만 가스파르는 책을 읽고 싶지 않아 했다. 등을 대고 누워 잠이 오기를 기다리는 모습은 나이에 걸맞지 않게 점잖았다. 블라인드를 치지 않았기에 길거리의 희소한 불빛이 방 안을 어슴푸레 비추었고, 나뭇가지 몇 개의 윤곽이 벽에 투영되었다. 후안은 가스파르의 숨소리가 잠에 들었음을 확인시켜줄 때까지 기다렸다가 아이 곁으로 다가갔다. 벌어진 입술, 조그마한 유치, 흐르는 땀 때문에 이마에 딱 들러붙은 앞머리.

그 일을 가스파르 옆에 있는 자신의 침대에 앉아서 할 수도 있었다. 하지만 행여라도 아이가 잠에서 깨어나 목격하길 원치 않았다. 화장실도 다른 여느 공간만큼 괜찮은 곳이었다. 많은 게 필요하진 않았다. 침묵과 로사리오의 머리카락, 날카로운 도구 하나, 약간의 재만이 필요했다.

차가운 타일 위에 앉아, 작은 상자 안에 귀중품처럼 소중히 보관 중이던 로사리오의 머리카락 한 움큼을 손가락 사이에 둘둘 말았다. 내게 약속했잖아, 작은 목소리로 중얼거렸다. 그 약속은 엄중

---

*　　아르헨티나 카우보이인 가우초가 입었던 바지. 허리에 주름이 잡혀 있고 바짓가랑이는 넉넉하며 발목을 감싸는 형태이다.

한 것이었다. 감성적인 말이 아닌, 피와 상처로 맺은 언약이었다.

비닐 봉투에서 재 한 줌을 꺼내 쥔 뒤 자정子正의 표식을 그리기 위해 바닥에 흩뿌렸다. 로사리오의 죽음 이후 이 행동을 매일 밤 반복했지만 늘 같은 결과인 침묵이 이어질 뿐이었다. 차디찬 모래와 희미한 별의 사막. 좀 더 투박한 방식도 시도해보았지만 결과는 언제나 공허에 부는 바람이었다.

단어들을 반복해서 읊었고, 머리카락을 쓰다듬었다. 재의 의식에 쓰이는 것과 같은 전염적인 언어로 소환했다. 그리고 감은 눈으로 방들과, 빈구석들과, 꺼진 벽난로들과, 버려진 옷들과, 마른 강들을 둘러보았다. 하지만 호텔의 화장실과 적막, 그리고 멀리서 들려오는 아들의 숨소리 곁에 돌아올 때까지 그저 떠돌기만 할 뿐, 아무것도 없었다. 다시 소환을 이어갔다. 스침 하나도, 떨림 하나도, 눈속임 하나도, 잘못 본 그림자 하나도 없었다. 그녀는 오지 않았을뿐더러 그가 닿을 수 있는 곳에 있지도 않았다. 죽음 이후, 그녀의 존재에 대한 단 하나의 실마리조차도 얻어내지 못했다.

처음 며칠간은 부적절한 제물을 올리기도 했다. 진정한 마법은 타인의 피를 바침으로써 일어나는 것이 아니라고, 언젠가 어떤 이가 말해주었다. 이제껏 품어온 일말의 희망이 회복될 수 있을 거란 기대를 모조리, 완전히 버릴 때에만 가능하다는 것이었다. 후안은 곁에 두었던 면도날을 집어 들고서 손바닥을 대각선으로, 정신 또는 머리를 상징한다는 손금을 어렴풋하게 따라가며 그었다. 견디기 힘든 상처였다. 치유되기까지 영원이 걸릴 것만 같은, 가능한 것 중 최악의 상처였다. 물론 아픈 만큼 효과도 좋았다. 어둠 속에서 흘러내리는 혈액의 따뜻함을 느끼며, 욕실 바닥에 재를 뿌리고 그 위에 그린 표식에 손을 올려놓았다. 필요한 말들을 내뱉은 뒤 기다렸다. 현기증 나는 침묵이었다. 후안은 자신의 능력이 소실되는 증상을 알고 있었다. 병을 심하게 앓아서인지 혹은 과하게 소모한 탓인지 알 수 없었으나, 쇠약해진 느낌만은 명료하게 남았다. 이 사명에 부응하기 위해서는 한 가지 노력만으로도 충분했다. 그에게 있어 망자들의 세계는 너무나도 가까웠고, 들고 나는 출입구 역시도 가볍게만 느껴졌다. 더 복잡한 의식의 경우, 거의 모든 의식들이 마찬가지겠지만, 스스로의 능력을 의심해봄 직했다. 하지만 이건 해당 사항이 아니었다. 두 다리를 쭉 펴는 정도의 난이도였던 것이다.

체념한 채로 두 손을 씻고, 수건 한 장으로 바닥의 피를 닦았다. 이제 더 이상 화를 내지는 않았다. 처음 몇 번의 실패 후에는 로사리오를 향해 욕을 퍼부었고, 가구를 부쉈으며 거의 모든 손가락을 다 부러뜨릴 정도로 바닥에 주먹질을 해댔다. 지금은 그저 체념한 표정으로 몸을 일으켜 머리카락 묶음을 상자 안에 다시 보관할 뿐이었다. 다시 한번 '죽은 자들은 빠르게 움직인다'라는 문구를 떠올렸다. 대부분의 경우 맞는 말이었다. 그는 이런 일상적인 속도를 거부해왔다.

한참이 흘렀는데도 가스파르는 여전히 잠에 빠져 있었다. 자정의 표식 의식은 당사자에겐 찰나처럼 느껴지지만 의식하지 못하는 사이 오랜 시간이 지나 있곤 한다. 후안은 상처를 붕대로 칭칭 감았다. 누군가가 그들을 영원히 떼어놓기 위해 입술을 박음질한 듯, 침묵을 강요당한 아내의 모습이 상상되었다. 무척이나 의심스러운 이러한 침묵 외에는 아무것도 가져다주지 못하는 잿더미. 그 위에 피를 바치느라, 이미 난 상처 위에 또 상처를 내는 일을 반복한 탓에 절대로 치유될 수 없는 그 상처 위로 알코올 약간을 부었을 때쯤 아침이 밝아왔다.

‡

호텔의 조식은 흰 벽으로 둘러싸인, 탁자가 체크무늬 식탁보로 덮여 있는 식당에서 제공되었다. 장식으로는 여러 점의 물고기 그림, 유리 장식장 뒤의 물고기 박제, 프런트에 있는 것보다 크기가 약간 더 큰 어항 하나가 있었다. 에스키나는 소위 낚시의 도시였다. 후안은 살아오면서 단 하루도 낚시에 시간을 허비해본 적이 없었다. 그리고 이 호텔에 반복적으로 등장하는 모티브가 어류이면서도, 대체 왜 이름은 과라니어로 '나비'를 뜻하는 파남비로 지었는지 이해되지 않았다. 그 어디에도, 심지어 호텔 로고에도 나비는 흔적조차 없었다. 조금 진하게 내린 차 한 잔을 마신 뒤 토스트에 둘세데레체를 발라 가스파르에게 주었다. 아이는 이상하리만치 조용했다.

"무슨 일이야?"

"저한테 화났어요?"

"아니, 아들아. 그저 기분이 좋지 않을 뿐이야. 아침을 다 먹으면 물가에 한번 나가보자."

가스파르는 조식을 먹으러 내려오기 직전까지 아침 내내 울고만 있었다. 아이는 엄마의 죽음 이후 매일같이 눈물범벅으로 잠에서 깨어나곤 했다. 이따금은 그냥 그러고 싶어서, 어떨 때는 스스로가 한 바보짓이 생각나서 화를 내는 거였다. 또 가끔은 머리가 아프거나 졸리거나 더운 게 이유였다. 아이의 꿈에 엄마가 나오기도 했고, 후안은 그걸 잘 알고 있었다. 그중 대부분은 엄마의 죽음이 꿈이었다는 꿈이었다. 후안은 아이가 혼자 울게 가만두기도, 조용히 앉아 곁을 지키기도, 또 이따금은 찬물로 세수를 시켜주기도 했지만, 사실 정확하게 무얼 어떻게 해줘야 할지는 알지 못했다. 그날 아침 가스파르는 괴성을 지르며 오열했다. 머리를 쥐어뜯고 쿠션을 주먹으로 펑펑 치면서 터뜨린 울음보가 가까스로 수그러들었을 때, 물가에 가자는 제안을 했다. 가스파르는 고개를 끄덕이며, 물이 마르델플라타*처럼 차갑냐고 물었다. 후안은 아니라고, 이곳은 강인데 강은 바다와 다르며, 수영장에 더 가깝다고 설명했다. 거짓말이긴 했지만 먹혀들었다. 수영이 필요한 건 후안 자신이었고, 아들 역시도 조금이나마 가르쳐준 기술을 연마해야 할 필요가 있었다. 그는 수영을 여덟 살 때 처음 배웠는데, 전적으로 형의 무책임함 덕분이었다. 어린 그를 산책시켜 주겠다며 끌고 나섰지만, 정작 나가서는 어떻게 놀아줘야 할지를 몰라 운동 클럽에 데려가곤 했다. 후안은 운동이 금지되어 있다는 사실을 잘 알고 있었다. 주치의 호르헤 브래드퍼드는 그에게 과격한 운동을 하지 말라

---

* 　　　해변 휴양지로 유명한 아르헨티나 동부의 도시.

는 처방을 내렸다. 브래드퍼드는 그가 수영장에서 보낸 여러 날의 오후와 어지럼증을 알아차리지 못했다. 브래드퍼드는 항상 모호한 태도와 극도로 친절한 몸짓, 때로는 예측 불가하게 인색한 입장을 취하곤 했다.

여섯 살이던 후안이 심장마비에서 회복 중이던 당시, 브래드퍼드는 차단하는 법을 가르쳐주었다. 그의 인생에 있어 무엇보다 중요한 많은 것들이 병원 침상 위, 고통과 마취와 두려움 사이에서 일어났다. 지난밤 가스파르에게 가르쳐주었던 것과 같은 방식이었다. 좌절해 있던 그를 수술하고 매일 병문안을 와주었던 브래드퍼드는 필요한 건 무엇이든 다 해주고 보살펴주겠다는 핑계로 그를 입양하려 했다. 제법 품위 있는 납치였다. 돈을 지불했으니 인신매매 행위이기도 했다. 브래드퍼드는 그의 부모에게 "기적입니다"라며, 아직 살아 있는 게 기적이고 지속적인 치료와 보살핌이 필요하지만 안타깝게도 당신들은 경제적인 상황 때문에 불가능하지 않느냐고 말했다. 부모는 수락했다.

그날 밤 병원 침상에 누워 있던 후안은 유령들의 목소리를 도무지 낮추지 못하고 있었다. 자신의 온몸을 안팎으로 만져대는 여러 개의 손을 느꼈고, 침대 곁을 둘러싸고 있던 사람들은 눈을 감아도 보였다. 브래드퍼드는 그런 그를 앉히고 머리카락을 시원한 물로 적셔준 뒤, 그가 가스파르에게 해준 것과 어느 정도 비슷한 말을 해주었다. 척추뼈와 배 사이에 있는 목소리를 사용해 그들에게 가버리라고, 꺼지라고 말하거라. 검고 탐욕스러운 눈을 가진 그 남자의 주도하에 여러 번 시도했던 기억이 생생했다. 그러던 중 문득 고요가 찾아왔고, 중환자실은 전과 같이 죽어가는 사람들과 부상자들로 가득 찬 장소가 되었다. 브래드퍼드는 잠들 때까지 그와 함께 있어주었다. 잠에서 깨어난 아침, 목소리들과 형상들이 다시 돌아왔고 브래드퍼드도 여전히 거기 있었다. 그가 다시 한번 해야 할 일을 알려주자 후안은 첫 시도에 성공했다. 그 후, 브래드퍼드는 본 것을 이야기해 달라고 요청했다. 후안은 하나하나 나열했다. 잠에서 깨어나 아침 식사를 받았을 때 식탁 옆에선가 침대 옆에선가 보이던 시체 한 구, 그를 비웃던 입들, 얼굴을 가리며 밤새 숨을 못 쉬게 방해하던 손, 마당으로 나갈 때마다 머리로 곧장 돌진하며 공격하던 새들과 벌레들, 엄마가 뒤편 창고의 문을 열어두려고 괴어놓은 돌 밑에서 자신을 바라보던 두 개의 작디작은 얼굴들. 부모에게도 털어놓았지만 그들은 무슨 말인지 알아듣지 못했다. 브래드퍼드는 알아들었다.

부모는 그를 두려워했다. 달래려고 시도하거나 화제를 바꾸고 싶어 했다. 형 루이스는 달랐다. 물론 놀라기는 했지만 도와주려고 노력했다. 다른 것들을 생각해보라고 얘기해주었고, 수영도 가르쳐주었다.

이제는 그가 아들에게 수영하는 법을 가르칠 차례였다. 하지만 그러기에 앞서 잠깐만이라도 강물 속에서 혼자 헤엄치고 싶었다. 훌륭하고 깨끗하기로 이름난 이 도시의 강수욕장을 향해 운전했다. 거의 텅 비어 있던 그곳에서 후안은 아이스박스를 들고 나무 아래 풀밭, 가스파르 옆에 털썩 주저앉았다. 플라스틱 컵에 탄산음료를 따라준 뒤 아빠는 수영하러 갈 거라고, 하지만 누군가가 네게 접근하면 금방 알아차릴 수 있으니 너무 걱정 말라고 으름장을 곁들여 말했다. 어디도 가지 말아라, 나는 금방 알아낼 수 있으니까, 말을 거스르면 그다음엔 무슨 일이 일어날지 너도 잘 알 거다.

물에 들어가던 중, 강에서 나오던 한 커플과 마주쳤다. 푸른색 망사 원피스를 입은 여자는 예뻤고, 그에게 인사를 건넸다. 남자는 경계를 늦추지 않고 그를 쳐다보았고, 자기 여자의 허리를 힘주어 끌어안았다. 두 사람 모두 그의 가슴팍에 남은 상처를 빤히 쳐다보지 않을 수 없었다. 후안은 전혀 개의치 않았다. 십오 분, 그러니까 과하게 무리하지 않을 딱 그만큼만 헤엄쳤다. 그보다 훨씬 더 오래 할 수도 있었지만, 곧 다시 운전을 해야 했기에 피로감을 피하고 싶었다. 강물은 태양 아래에서 은빛으로 빛났지만, 물은 탁해 보였다. 물에서 나오기 전 몇 분 동안 물 위를 둥둥 떠다녔다. 아들을 생각해도 평온함밖에 느껴지지 않았다. 수위가 무릎 높이로 내려갔을 때쯤 가스파르에게 신호를 보낸 뒤 이제 네가 배울 차례니까 여기로 오라고, 티셔츠와 신발은 벗고 오라고 소리쳤다. 가스파르를 물 위에 눕히고 몸을 약간 굽혔다. 아이가 물에 빠질까 봐 겁을 먹고 몸을 움츠리는 걸 알아차리고는 내가 널 붙잡아줄게, 하고 안심시켰다. 발차기를 해봐. 후안은 아들에게 주문했다. 내게 물을 끼얹고, 소리를 내보는 거야.

이 더운 아침은 무언가를 느끼게 했고, 손 안에 품은 아이의 미끌미끌한 피부는 자신의 곁에 로사리오가 있다는 느낌을 자아냈다. 영국의 한 들판에서 곧 죽을 것처럼 추위에 떨던 그녀의 모습이 떠올랐다. 데이비드 보위의 음악에 맞춰 춤을 추며 '오늘 밤에는 다 괜찮아질 거야', 라는 가사를 따라 부르고, 라디오에선 왜 좋은 음악을 틀어주지 않느냐고 불평하던 모습, 목과 가슴—풍만했지만, 가스파르를 낳은 후에도 브래지어는 절대 하지 않았다—, 그녀를 깨우던 아침들—그녀는 날 좀 자게 내버려두라며 불평하다가도 어느새 목덜미를 와락 끌어안았고, 그는 그런 그녀의 두 다리를 들어 어깨에 걸친 뒤 그곳이 흠뻑 젖을 때까지 혀와 손가락으로 애무해주었다—을 떠올렸다.

그녀를 찾을 수 없었다. 호텔에서 그 가엾은 임신부를 보았고, 매일 수백 명의 피살자들도 눈에 들어왔지만 그녀와는 마주치지 못했다. 부탁한 적이 있었다. 아직 그녀가 살아 있을 당시, 한번은 거의 농담조로 드라마 주인공의 톤을 흉내 내며 날 혼자 두지 말라고, "헌트 미_{haunt me}"라고 말했다. 이 '헌트'라는 동사를 번역할 만한 스페인어가 없었다. 스페인어로 '홀리다'도 아니고, '나타나다'도 아니고 그저 '헌트'였는데, 그녀는 단 한 번도 그 말을 진지하게 받아들이지 않았다. 그가 먼저 죽는 게 사실은 가장 말이 되었다. 아직도 자신이 살아 있다는 사실이 믿기지 않았다.

어떨 때는 로사리오가 일부러 숨어 있는 게 아닌가 생각되기도 했다. 무언가가 그녀의 접근을 막고 있다던가. 혹은 너무 멀리 가버렸을 수도 있다.

"그럼 이제는요?"

"이제 머리를 물속에 집어넣어 봐. 코는 막지 말고."

"물에 빠지잖아요."

"절대 빠지지 않을 거야."

그들은 이제 물 밖에서 숨 참는 법을 연습했다. 가스파르가 양 볼을 공기로 가득 채웠고, 후안은 관자놀이에서 시작된 선명한 두통을 느끼기 시작했다. 태양 아래서 너무 오래 시간을 보낸 탓이었다. 하지만 아이가 숨을 참는 법을 다 배울 때까지는 자리를 뜰 생각이 없었다.

다시 나무 아래로 돌아와 시원한 음료수를 따라주었다. 아이스박스 안을 둥둥 떠다니던 얼음 몇 개도 넣었다. 후안은 알약 두 개를 삼킨 후 나무뿌리 위에 몸을 기대어 눈을 감은 채 통증이 지나가기를 기다렸다. 머리가 울리고 있었지만, 그래도 그 울림은 규칙적이고 다소 느렸다.

"물에 안 빠졌어요."

가스파르가 갑자기 말문을 열었다.

"봤지? 헤엄치는 건 쉬워. 앞으로 잘 배워나갈 거야."

"이제 일어날 거예요?"

"자고 있던 게 아니야. 쉬고 있는 거지."

"샌드위치 먹을래요?"

"아니, 곧 식사하러 갈 거잖아. 그리고 오늘 저녁엔 탈리를 만나러 갈 거야."

"제가 먹을 샌드위치 하나만 만들어도 돼요?"

‡

탈리의 집을 향할 때 방향을 잡는 가장 좋은 방법은 녹슬고 버려진 한 철제 교량을 찾는 것이다. 그 위를 칡덩굴과 꽃, 그리고 리토랄 지역의 무성한 식물들이 뒤덮고 있었다. 교량에 가까워질 때쯤엔 낡은 '악마의 예배당'이 나타나기 시작하는데, 그러면 비가 올 때마다 진창이 되어 왕래가 차단되기 일쑤인 흙길 하나를 쭉 따라가기만 하면 되었다. 제단은 콜로니아카밀라로 향하는 정식 출입구이기도 했다. 탈리는 이백여 명 남짓의 주민이 살고, 잡화점 두 곳이 있는 이 마을에서 지내는 걸 마음에 들어 했다.

탈리는 이복 처제였다. 로사리오의 부친인 아돌포 레예스가 코리엔테스 출신의 내연녀—귀촌한 중산층 여성으로, 산라무에르테*를 위한 성소를 설립하였고 지역 내에서는 치유자로, 또 출중한 아름다움으로 널리 명성을 떨쳤다—와의 사이에서 낳은 딸이었다. 내연녀는 요절했다. 병세가 짙기는 했으나 후안과 로사리오는 그 죽음이 자연사와는 거리가 멀다는 걸 알고 있었다. 그녀를 진심으로 사랑했고 성상聖像 수집이 취미—그들이 만나게 된 계기이기도 했다—였던 아돌포 레예스는 성소를 보존했다. 그 전통을 계승해 오고 있는 탈리에게 어머니란 수호신이자 약속자였다. 로사리오와 함께 아순시온 민중예술박물관 상설전시관 내에 산라무에르테만을 위한 전시실을 마련하기도 했는데, 파라과이뿐 아니라 전 지역, 어쩌면 전 세계에서도 최고로 손꼽히고 있었다.

탈리의 신전은 몇 년 전부터 반半비밀축제를 준비하고 있었다.

---

*　　아르헨티나 북동부 지역과 파라과이, 브라질 남부에서 숭배하는 죽음의 성인. 보통 낫을 든 남자 해골 모습으로 묘사된다.

콜로니아카밀라는 모든 도시로부터 멀리 떨어져 있었으며, 강변이라는 위치가 무색하게 강수욕장이나 선착장으로부터도 이상하리만치 고립되어 있었다. 그곳에서만큼은 가톨릭 교회가 언짢게 생각하고, 사람들에게 두려움과 불신을 불러일으키는 신앙에 대한 신심을 비교적 편안하게 가질 수 있었다. 최근 들어 탈리는 자신의 신전을 특히 조심스러운 침묵 가운데 관리했다. 가택수사를 펼치는 군인들이 가내 제단을 부수고 다녔고, 제단 소유주 중 일부를 납치하여 몇 날 밤 동안 그저 그들의 권력 과시용으로 유치장에 구금시키곤 한다는 사실을 알고 있었다. 그녀는 인맥이 두터운 부잣집 딸이었다. 누구도 손을 대진 않겠지만, 조심해서 나쁠 건 전혀 없었다.

아돌포 레예스는 신전과 딸의 집 주변 땅 여러 헥타르를 사들였는데, 로렌초 시모네티 씨의 '악마의 예배당'이 위치했다는 이유 때문이었다. 그 예배당은 이탈리아 출신 이민자가 지은 것으로, 불가사의하게도 끝끝내 축성祝聖되지* 못한 채 남겨졌다. 탈리는 밤이면 그곳을 청소했고, 등유 랜턴으로 불을 밝혔다. 많은 이들이 창 밖으로 새어 나오는 불빛을 보며 그 벽 뒤에서 벌어지는 일들에 대해 이러쿵저러쿵 말을 해댔지만, 누구도 정확히 맞히진 못했다. 후안은 탈리와 부친에게 그 사실을 여러 번 확인시켜 주었다. 그 예배당은 특이하긴 했어도, 사람들이 잘 찾는 곳은 아니었다. 아돌포 레예스는 재미난 일을 좋아했기에 그곳을 절대 포기하지 않았

---

*   교황청의 인가를 받아 성당의 지위를 받는 일.

다. 그가 소문이나 새로운 이야기 따위를 어찌나 지어냈던지, 이 예배당과 잊힌 마을에 관한 단순한 역사적 사실로부터 픽션을 떼어내 생각하기 어려울 지경에까지 이르렀다.

로렌초 시모네티는 여덟 명의 자식들과 함께 이탈리아에서 코리엔테스로 이주한 홀아비였다. 콜로니아카밀라에 정착한 지 일 년 뒤인 1904년, 그는 교회 당국의 허가 없이 예배당을 건설하기 시작했다. 그야말로 가내수공업이었다. 우룬다이 나무에 성녀상을 새겨 넣을 때는 출산 중 숨을 거둔 아내의 모습을 모방하고자 했다. 그 외에도 석조물, 나무 벤치, 조악한 스테인드글라스 등 모든 것을 몇몇 이웃의 도움의 손길을 빌려 본인이 다 해냈다. 종은 본국의 동포 하나가 이탈리아에서부터 가져다준 것이었다. 제단에는 양철 꽃과 식물 그림이 있었다. 브라질과 파라과이에 맞닿은, 밀림과 국경의 교회였다.

로렌초 시모네티는 성기실聖器室 벽에 자신의 모든 열정을 쏟아부었다. 그가 그곳에 만들어낸 역작은 이웃 주민들에게 두려움을 불러일으켰고, 이것이 이 교회가 교황청의 인정을 받지 못한 원인 중 하나로 짐작된다. 그 목재 조각은 시간이 흘러 일부 색상이 마모되긴 했으나, 전반적인 보존 상태는 양호했다. 지옥의 환상이자 일종의 경고장이기도 했다. 머리는 비정상적으로 크고 다리가 뒤틀려 있는 아이들이 모닥불을 둘러싸고 의식의 춤을 추면서 용, 뱀 따위와 뛰어놀고 있었다. 벌거벗은 여자들의 허리는 뱀으로 꽁꽁 묶여 있었다. 환각에 빠진 표정, 부릅뜬 동그란 눈, 다수의 파충류 그리고 두꺼비가 있었는데, 이집트의 재앙에서 가져온 모티브인 두꺼

비에 대해서는 광적인 집착이 엿보였다. 최후의 심판을 그린 장면은, 책 한 권을 들고 앉아 끔찍한 고통으로 얼룩진 현장을 태연하게 바라보는 한 남성의 모습으로 마무리되었다.

작품을 완성한 로렌초 시모네티는 이 성당을 교황청에 헌납하고자 했지만, 두 명의 성직자가 이곳을 방문한 이후 봉헌이 거부되었다. 그 뒤 여러 번의 논의와 거부가 이어졌다. 표면적인 이유는 복잡한 행정절차였지만 누구도 그 설명을 믿지 않았다. 사람들은 제단화가 살라망카*를, 악마와 주술사들의 회의를, 아르헨티나식 아켈라레**를 상징한다고 했다. 로렌초 시모네티가 이 같은 종교의식에 직접 참석했다는 이야기도 돌았다. 그는 사제들에게 자기 작품의 성스러움을 설득하려 애쓰다 죽었다. 어쩌면 예언의 성취를 위해 콜로니아카밀라에서 고야까지 걸어가는 희생―그는 늙은 게 아니라 병들어 있었다―을 바친 것일지도 몰랐다. 교회의 어느 권력자와 면담을 하러 가는 길이었다. 돌아온 그는 휴식을 취하려 잠에 들었는데 아침이 되자 죽어 있었다.

작은 카페 하나가 딸린, 콜로니아카밀라에서 가장 큰 잡화점에서는 검은 옷을 입고 고야로 향하는 로렌초 시모네티의 유령이 보인다는 소문이 있었다. 또 제단을 등진 채 최후의 심판을 그린 제단화 앞에 무릎을 꿇는다는 어둠의 집회에 관한 풍문도 나돌았다.

| * | 마녀와 악마들이 계약을 체결하는 장소. |
| ** | 마법사와 마녀의 야간 집회. |

‡

눈으로 보기에 앞서, 귀에 먼저 와닿았다. 태양은 하늘을 노란 화염으로 달구고, 멀리 있는 야자나무들은 그림자처럼 보이는 시각인 오후 6시였다. 탈리는 황급히 뛰어나갔다. 흰 원피스에서는 파라과이에서 가져온 재스민 비누의 향기가 풍겼는데, 급히 서두르느라 신발 신는 것도 잊은 채였다. 소리를 들었을 때만 해도 설마 했지만, 집과 제단이 위치한 야트막한 언덕 위에서 그를 두 눈으로 보고는 일말의 의심을 거두어들였다. 늦은 오후의 햇빛이 비친 금발 머리는 주황빛으로 빛났고, 검정 티셔츠는 황혼의 푸름으로 물들어 있었다. 진흙탕 속에서 미끄러지면서 길쭉한 두 다리가 꼬였을 때, 어린아이처럼 보조개가 움푹 패도록 입을 크게 벌리고 호탕하게 웃을 때도 그랬다. 아들에게 양팔을 벌리고 "어서"라고 말하자 아이가 그의 곁에서 조그마한 발걸음을 떼었을 때도 그랬다. 또 이처럼 가족적이고 평범한 장면에서도 그랬다. 피부 밑에 케이블이라도 심겨 있는 듯 혈관이 툭 불거져 나온 팔, 몹시도 커다란 손, 가는 손가락, 넓고 긴 손바닥을 가진 그가 디오스도라도, Dios Dorado, 즉 황금빛 신으로 알려진 이유가 넘치도록 납득되었다.

탈리에게는 전무후무한 남자였다. 재회의 이 순간 맞닥뜨린 그의 아름다움이 각별했던 나머지 눈앞이 흐려졌다. 그의 모습은 마치 자연이 품은 위험과 아름다움이 동시에 드러나는, 일몰의 순간이 드러내는 경이를 보는 듯했다.

"차미고*, 이제 진흙이랑도 꽤나 친해졌나 봐?"

탈리가 외쳤다. 목소리가 단단하게 나오길 바랐는데, 얼추 그렇게 빈정거림과 따스함이 섞여 나왔다. 후안은 그녀를 바로 알아보았다.

"탈리, 이 고생이 웬 말이냐고. 흙탕물투성이가 되어버렸잖아!"

후안과 아들—이제 다 컸지만 몸은 빼빼 마른 가스파르—은 미친 듯이 깔깔댔다. 탈리는 믿을 수 없었다. 몇 달 전 봤던 그 모습 그대로, 분노와 슬픔에 가득 차 있을 그를 예상했었다. 하지만 지금 그는 자신의 집 문 앞에 서 있었다. 양발을 진흙탕에 빠뜨리고는 아들에게 "이건 코리엔테스의 움직이는 모래야!"라고 외치며 웃음보를 터뜨리는 모습으로.

"빠져나오려는 노력을 해야지, 안 그래? 흙탕물에 한번 발을 들이면 온몸이 다 빠져들게 돼 있다고."

탈리는 나무 울타리에 기대어 긴장을 풀고 이 새삼스러운 장면을 즐겼다. 다름 아닌 바로 그 디오스도라도가, 자기가 진흙탕에 빨려 들어간다며, 깜짝 놀라 비명을 지르는 척하면서 헛짓거리를 즐기고 있었다. 진흙탕을 먼저 빠져나온 건 몸무게가 더 가벼운 아들이었고, 탈리는 아이가 지나갈 수 있게 문을 열어주었다. 아이는 호기심 어린 눈빛으로 경계를 늦추지 않고 그녀를 바라보았다. 아이는 탈리에게 "안녕하세요"라며 인사하고 뒤돌아섰는데, 곧바로 자기 아빠가 하마터면 길바닥에 나뒹굴 뻔하는 것을 보고는 박장대소했다.

---

*   '친구'라는 뜻의 과라니어.

        살아 있는 신의 손아귀

"있잖아, 후안시토*. 이쪽 길은 아스팔트 포장이 되어 있어."

"거짓말 마."

"뭐, 어느 정도는. 돌무더기를 뿌려놓은 수준이긴 해."

"왜 이 길은 돌무더기로 되어 있는 거지? 어디 넓은 들판으로 이어지기라도 하는 걸까?"

"아니, 그냥 여기는 코리엔테스니까. 이치에 맞길 기대하지 마."

"그럼 차는 나중에 빼야겠어. 차가 완전히 침수된 게 아니면 좋겠군."

"같이 밀자."

후안은 한달음에 건초 위로 자리를 옮겼다가, 그 길쭉한 다리로 두 걸음을 더 떼어 아주 손쉽게 문 앞에 도달했다. 탈리는 마침내 그를 가까이서 볼 수 있었고, 석양의 환상이 과도하게 희망적이었다는 걸 깨달았다. 눈가에는 다크서클이 드리워져 있었고, 몸은 앙상했다. 묘한 느낌을 풍기는 눈, 그 속의 푸른색과 초록색, 약간의 노란빛 섬광을 품은 다색 홍채는 피로감에 게슴츠레했다. 그러나 진흙 속에서 벌인 장난이 장난 그 이상 아무것도 아니었다는 사실은 후안의 창백함을 통해 알 수 있었다.

"네가 살아 있는지 몰랐다면 유령인 줄 알았을 거야. 너, 무지 창백하잖아, 지금."

그는 들리지 않는 척하며, 땅에서 들려 올라갈 정도로 탈리를 힘주어 안았다. 원피스가 더러워져도 탈리는 개의치 않았다. 다시 한

* 후안의 애칭.

번, 오랜만에, 단단하면서도 여린 후안의 몸을 느꼈다. 그토록 넓은 가슴에 파묻혀 티셔츠의 열기와 좀약, 모기기피제 냄새를 맡으니 안심이 되었다. 그가 안도감에 심호흡을 하는 게 느껴졌다. 탈리는 눈을 감고 그의 호흡과, 밤이 도래함과 동시에 잠에서 깨어나 윙윙거리기 시작한 벌레들의 노랫소리를 들으며 잠자코 있었다. 그가 손을 잡자, 손끝에서부터 발산되는 슬픔이 전해져왔다. 그리고 손바닥의 상처를 덮고 있던 더러운 붕대도 발견했다. 이 걸레 조각도 갈아줬어야지, 라고 말했지만 후안은 대답하지 않았다. 가스파르는 바닥에 앉아 하얀 단화를 닦으려 애쓰고 있었다.

탈리는 "미타이*, 그냥 둬. 내가 빨아줄게"라고 말한 뒤 여러 상황을 수습했다. 가스파르를 도운 뒤, 집 뒤편 작은 부지에서 일하던 꼬마 아이 중 한 명에게 인사하듯 신호를 보냈다. 부름에 달려온 아이는 발코니 탁자 위에 시원한 테레레**를 가져다주었다.

"지금은 레몬 버베나밖에 없어. 미타이, 이제 널 위해 뭘 좀 가져다줄게. 혹시 코카콜라 좋아하니?"

탄산음료를 가져왔을 무렵, 후안은 온몸을 그물 침대에 늘어뜨리고는 시원한 물로 얼굴을 적시고 있었다.

"온다고 말을 좀 하지 그랬어. 그러면 뭐라도 좀 준비해놓고, 집도 정돈할 수 있었을 텐데."

---

*   '아이'라는 뜻의 과라니어.
**   절구에 으깬 허브 포아냐나를 찬물에 섞어 시원하게 마시는 과라니족 전통 음료.

"혼자 올 수 있을지 장담할 수 없어서 좀 서둘렀어. 그런데 어느 순간 너무 이르겠다 싶더라고. 그래서 푸에르토레예스에 가기 전에 널 보러 왔지."

"좀 괜찮아?"

그는 탈리를 바라보지 않았다. 나무 사이로 드러난 붉은 석양을 바라보는 편을 택했다.

"꼬마는 어떻게 데리고 다니는 거야?"

"마치 이 자리에 내가 없다는 듯 이야기 나누지 말아요."

가스파르는 눈살을 찌푸린 채 콜라병을 탁자 위에 올려두고는 팔짱을 떡하니 꼈다.

"여기 있네. 직접 물어봐."

"얘, 너 한 성깔 하는구나. 잘 지내니?"

"잘 지낼 때도 있고, 안 그럴 때도 있어요. 엄마가 보고 싶은데, 아빠가 아플 때면 겁이 나요."

그러면서 골치가 아프다는 듯, 거의 비난조로 자기 부친을 손가락으로 가리켰다.

가스파르는 안고 다니기도 어려울 만큼 많이 자라 있었지만, 그래도 탈리는 아이를 번쩍 안아 올려 무릎 위에 앉혔다. 여섯 살짜리 어린아이가 그토록 또박또박 솔직하게 말하는 걸 들어본 적이 없었기에 어떻게 대응해야 할지 몰랐다. 아이에게는 이제 신발을 갈아 신자, 라고 말하곤 곧바로 후안에게 다른 신발이 있느냐고 물었다. 후안은 그럼, 이라고 답한 뒤, 운동화가 있긴 하지만 여기선 맨발로 다녀도 되겠는걸, 하고 덧붙였다. 안 돼, 맨발은 안 돼. 벌레가 너무 많아. 탈리가 반박했다.

탈리가 화장실에서 가스파르의 다리를 씻기고 신발과 티셔츠를 갈아입히는 동안, 가스파르는 오는 길에 보았던 뿔 달린 사슴을 비롯한 각종 동물들에 대해 이야기했다. 강 하구로부터 제법 멀리 떨어진 이곳에서 사슴을 보았다는 게 몹시 의아하긴 했으나, 후안과 함께 다니는 마당에 뭔들 이상하지 않으랴 싶었다.

탈리는 부에노스아이레스에서 후안을 처음 만났다. 아버지는 그녀를 공부시키려 억지로 그곳으로 데려갔지만, 탈리는 항상 학교에서 도망치거나 바닥에서 뒹굴며 울어댔다. 로사리오는 그녀를 안심시키려 애썼다. 학교라는 게 그렇게까지 나쁜 곳은 아니며 생각보다 괜찮을 수도 있다고 설득했지만, 그럴 때마다 탈리는 학교가 싫은 게 아니라 이 도시가 싫은 거라고 받아치곤 했다. 그렇게 아돌포 레예스는 막내딸을 로사리오에게 했던 것처럼 부에노스아이레스 최고의 교육기관에서 가르치는 데 실패했고, 결국 신전과 잡초, 시골 학교가 있는 북부로 돌아오는 것을 묵인하기에 이르렀다.

로사리오와 탈리는 이복 자매이면서도 절친한 사이였다. 열여덟이 되던 해, 로사리오는 영국 유학을 결심했다. 소식을 들은 탈리는 눈물을 펑펑 쏟았지만, 로사리오는 세계 최고의 대학에 들어가게 됐다며 기쁨을 감추지 않았다. 그해 여름 내내 푸에르토레예스에 머무르고 있던 열다섯의 후안 역시 상심이 컸다. 강에 맞닿아 상쾌한 강바람이 불어오곤 하던 테라스는 후안이 즐겨 머물던 곳이었다. 아버지의 집을 방문한 탈리는 그곳에서 후안과 재회하자마자 놀라지 않을 수 없었다. 사실 이 남자아이처럼 키가 크고 금발인 이민자의 아들들―오베라의 스웨덴 사람들, 엘도라도의 독일 사람들, 아리스토불로델바예의 우크라이나 사람들―을 이제껏 보며 자라왔다. 아버지와 여행을 다닐 때면 점심에 소시지를 먹기도 했고, 지역공동체 축제에서 난꽃을 감상하기도 했으며, 투명한 눈과 햇빛에 피부를 가무잡잡하게 태운 젊은이들에게 속수무책으로 반하기도 했다. 하지만 버드나무 가지로 만든 의자에서 후안이 몸을 일으켜 양 볼에 키스로 인사를 건넨 그 순간, 자신이 그동안 보아왔던 그런 남자들과 여자들 모두가 서툰 화가가 그린 습작처럼 느껴졌다. 자신 없는 스케치만 수없이 그렸을 그 손은 마침내 후안을 그려내고 그에게 생명을 불어넣은 뒤 그래 이거야, 바로 내가 찾던 게 이거야, 완벽한 마무리로군, 이라고 말했으리라. 후안은 열다섯, 탈리는 열일곱이었지만 후안이 탈리를 말없이 바라보자 귀가 후끈 달아오르는 걸 느꼈다. 탈리는 한 바퀴 잠시 걸을래? 라며 그에게 말을 건넸다. 그렇게 덥진 않아. 물론, 소년이 답했다. 그들은 집의 들꽃 정원을 함께 걸었다. 탈리는 후안에게 오베라의 스칸디나비아 사람들 얘기를 해주었고, 그의 가족도 그곳 출신인지 물었다. 후안은 그렇다고, 하지만 자신이 태어났을 때 온 가족이 부에노스아이레스로 이사했는데, 자신이 너무 아팠기 때문이라고 말했다. 그래도 어쨌든 네 가족은 이쪽에서 지내겠네, 탈리가 말했다. 몰라, 후안이 대답했다.

저녁 식사로 튀긴 만디오카*를 곁들인 악어 고기―레예스 가문의 요리사인 루파나의 장기였다―가 나왔던 그날 밤, 후안은 사람들이 커피를 마시는 동안 (그는 마시지 않았다) 낙서를 끼적이던 공책의 한 페이지를 뜯어 탈리에게 건넸다. 두 마리의 개가 달 앞에 서 짖고 있었다. 그 행성은 마치 태양 같은 강렬한 섬광을 뿜어내고 있었지만, 얼굴이 있었기에 그리고 여자의 얼굴을 하고 있었기에 달이라는 걸 짐작할 수 있었다. 거기서 조금 떨어진 곳에는 개한 마리에 건물 하나씩 총 두 채의 건물이 있었고, 그 앞에는 호수인지 저수지인지 모를 물이 있는 장소와 랍스터인지 전갈인지 모를 짐승 하나가 기어 나오는 장면을 그려놓았다. 아래에는 '라 룬La Lune'이라고 쓰여 있었는데, 탈리는 이내 로사리오가 사용하던 타로 카드 중 하나인 마르세유 타로 덱의 달 카드 그림임을 알아차렸다. 언니는 그 덱을 자신에게도 전수하려 애썼지만, 탈리는 스페인 카드를 더 선호했다.

"언니가 가버렸으니, 내가 가르쳐줄 수도 있어."

탈리가 후안에게 말했다.

"내가 배우고 싶어 하는 줄은 어떻게 알았어?"

"로사리오 언니가 얘기해줬어. 한 번도 제대로 설명해준 적이 없었다면서. 가르치는 건 내가 좀 더 나아."

"그럼 이 카드는 무슨 뜻이야?"

"해석에 따라 다르지."

후안은 입고 있던 얼룩 하나 없이 새하얀 셔츠 주머니에 연필을 집어넣었다. 겉으로는 병색이 없었지만 심각한 상태라는 걸 탈리는 알고 있었다. 그 사실을 이 아이에게 몇 년 동안 숨겨온 이유는

---

* 고구마와 비슷하게 생긴 덩이뿌리 식물. 카사바라고도 부른다.

뭘까? 스스로에게 질문해보았다. 그녀는 얼마 지나지 않아 잔인한 방식으로 그 답을 알게 되었다.

그녀는 지금껏 이 그림을, 이 달을, 이 개들을 간직하고 있었다.

‡

깔끔해지긴 했지만 여전히 피곤에 절은 표정을 한 가스파르가 다른 그물 침대로 와서 앉았다. 비는 오지 않았지만 축축하고 어두운 밤이 내려앉았다. 탈리의 집에서 일을 봐주는 소년 기예르미토가 정원과 발코니의 불을 밝혔다. 후안은 셔츠를 몸에서 떼어내 펄럭이면서 땀을 조금이라도 식혀보았다. 선풍기를 가져다줄게, 탈리가 제안했다. 아냐, 괜찮아. 그가 말했다.

"널 찾으러 다닐 텐데."

"날 찾아내진 못할 거야. 지금 내게 그보다 더 어려운 숙제는 비밀을 지키는 건데, 아직까지는 할 수 있어."

"베티는 올해도 오지 않는대?"

"베티도, 그 딸에 대해서도 아무것도 변한 건 없어. 그 여자애를 어떻게 할지 결정하기 전에는 의식에 참가할 수 없으니까. 적어도 베티한테는 편한 상황이야. 나중에 그들이 결정을 내리는 순간이 오면 아마도 딸을 데려가버리겠지. 그때 가서 볼 일이야."

"후안, 요즘 여기 레예스에 못 보던 개들이 돌아다녀. 난 무척 겁이 나. 어찌나 큰지 말 같아 보이기도 해. 그중에 이름은 닉스라고, 검은색에 일 미터 반은 돼 보이는 녀석이 있어."

"닉스가 뭐예요?"

가스파르는 곧바로 알고 싶다는 티를 냈다.

"후안시토, 요 꼬맹이가 아주 위험한데. 뭐든 듣잖아."

"닉스는 그리스신화에 나오는 밤의 여신이야. 밤 그 자체이지."

"제가 읽는 책에 나와요?"

"아닐걸. 잊힌 신이거든. 잊힌 신들에 대해 얘기해준 적 있지? 소수의 사람들만이 그들을 섬겼는데, 시간이 지날수록 그 수가 점점 줄어들어서 결국엔 그들의 이야기를 전달하는 것도 멈췄다고."

"또 슬프네요."

"그럼, 슬프지. 하지만 닉스에 대해 알려진 몇 가지는 있어. 닉스는 어둠의 신 에레보스와 결혼했는데, 어둠은 밤과는 달라. 예를 들면 낮에는 어둠을 찾아볼 수 있거든. 둘 사이에는 쌍둥이 형제인 히프노스와 타나토스가 있었어. 히프노스는 잠이고 타나토스는 죽음이지. 닮았지만, 분명히 다른 존재이지."

"그렇게 다 같이 살았나요?"

"그건 알려지지 않았으니, 네가 원하는 대로 상상하렴."

후안은 탈리를 쳐다보며 애가 요즘 신화 책을 읽고 있어서, 라고 말했다. 아나이 때문에 세이보 나무를 보여주겠다고 약속했거든. 애는 분명히 학교를 지루해할 거야, 탈리가 목소리를 낮추어 속삭였다.

기예르미토가 탁자로 다가왔다. 이 아이를 위해 작은 매트리스 하나를 찾아다 줄래? 탈리가 그 아이에게 주문했다. 카리나에게 가서 달라고 해, 잔뜩 갖고 있거든. 그때 복도 끝에서 가스파르보다 키가 조금 더 큰 듯한 소녀 하나가 나타났다. 무릎은 진흙투성이였고, 양 갈래로 땋은 머리는 헝클어져 있었다.

"얘, 라우리타, 이리 온. 가스파르를 데려가서 함께 놀지 않을래? 가스파르, 저 아이와 함께 놀다 오렴. 이따 식사 시간에 불러줄게."

아이들은 서로 친해지기까지 시간이 좀 걸리는 듯했으나, 라우리타가 자신이 선물받은 강아지를 보러 가지 않겠냐고 가스파르에게 물어보더니 이내 사라졌다. 탈리는 후안이 입술을 깨물고 두 아이를 바라보고 있었다는 사실을 눈치챘다.

"아무 일도 아냐. 저 아이는 이곳 출신이거든. 아주 익숙하지. 저 애를 너보다 더 잘 봐줄걸. 네가 그렇게 느끼는 건 당연해."

"당연한 건 아무것도 없어. 지금 그녀와도 닿질 못하고 있는데."

"로사리오 언니 얘기야? 후안, 며칠 안 있어 의식이 열리잖아. 넌 거기에 집중해야 해."

탈리를 바라보는 후안의 눈동자에 테라스의 낮은 불빛이 일렁였다. 그는 손에 감았던 붕대를 풀어 상처를 내보였고, 탈리는 신중히 살펴보았다. 붓지도, 감염되지도 않았다.

"자정의 표식을 썼는데도 소환에 실패했어. 이 의식으로도 그녀와 소통하지 못한다는 건 누군가가 접근을 막고 있다는 소리야."

"그렇게 할 수 있는 사람이 있을까?"

"능력이 있다면야 충분히 가능하지. 여러 명이 같이 할 수도 있고. 내가 보기엔 여러 명인 것 같아."

"망자들과 접촉이 불가능할 때도 있잖아. 네가 더 잘 알겠지만."

"이번엔 그게 아닌 것 같아."

"혹시 언니가 어느 쪽에서든 느껴져?"

후안은 탈리를 바라보더니, 얼굴에 드리워진 머리카락 몇 가닥을 쓸어 넘겼다.

"아무것도 느껴지지 않아."

아이들의 목소리조차 들리지 않게 된 후에야 탈리는 후안을 향해 손을 뻗고는 가자, 목욕도 시켜주고 이 손도 깨끗이 씻겨줄게, 라고 말했다. 엄청 큰 욕조를 하나 샀지 뭐야, 미리 알기라도 한 것처럼 말이야. 그는 천천히, 게으르게 일어섰다. 욕실로 향하는 복도에서 탈리는 까치발로 그에게 입을 맞추고는, 안방으로 후안을 밀어 넣고 등으로 문을 닫았다. 후안과 함께할 때면 늘 평소보다 다소 격정적이 되곤 했다. 그가 부드럽게 대해도 그랬지만 오늘의 후안은 그럴 생각이 없어 보였다. 그 넓은 몸을 받아들이기 위해 다리를 벌리는 것도, 방바닥에 넘어지는 것도, 등에 닿은 목재의 감촉도 모두 통증을 동반했다. 머리를 헝클어뜨린 채로 자신의 몸속에서 움직이는 후안을 느낄 때면 애정과 섬세함을 품은 순간적인 단절, 격정, 급격한 미끄러짐이 찾아오곤 했다. 하지만 기분 좋은 느낌과 떨림, 흥분으로 시작된다 하더라도 어느새 급격히 찾아온 멀미, 혹은 너무나도 뜨겁고 깊은 파도처럼, 쾌락과는 거리가 먼 느낌으로 이어지곤 했다. 그렇게 탈리가 어떤 식으로든 그만해 달라고 요청할 수밖에 없는, 위험한 순간도 항상 찾아왔다. 후안은 늘 탈리의 말에 순순히 따르며 하던 걸 멈췄다. 이번에는 앉아서 한 손으로 자신을 빼낸 뒤 강제로 눈을 맞추었다.

모든 게 끝나고 후안은 벗은 몸으로 침대에 모로 누워 탈리의 손에 대고 울음을 터뜨렸다. 그녀는 후안의 말을 가만히 들어주고 기다려줄 수 있을 만큼 그를 잘 알고 있었다. 앙가*, 불쌍한 사람. 처음으로 로사리오 때문에 우는구나 하고 생각했지만, 후안은 동정받는 걸 좀체 받아들이지 못하는 사람이었으므로 그 생각을 입 밖으로 내지는 않았다. 무척 얇고도 밝은 그의 머릿결을 쓰다듬어 주었다. 다른 여느 금발 소년들과는 다르게, 그는 나이가 들어도 머리색이 어두워지지 않았다. 후안은 조심스레 그녀에게서 몸을 떼어냈다. 언젠가는 너도 누군가를 만나겠지. 후안이 넋두리처럼 물어 왔다. 탈리는 그런 그의 곁에 누워 담뱃불을 붙인 뒤 한 모금을 권했다. 후안은 젖은 얼굴로 눈을 감은 채 담배를 피웠다. 눈물이 아직 마르기 전이었다. 탈리가 대답했다. 아니, 내게 남자는 너뿐이야. 하지만 로사리오 언니 같은 용기가 내겐 없어. 난 널 위해 무엇이든 해줄 수 없거든.

후안은 협탁 위에 놓여 있던 재떨이에 담뱃불을 끄고 탈리에게 입을 맞췄다. 그녀는 니코틴과 레몬 버베나의 냄새 뒤로 눈물의 짠맛과 약물의 화학적 뒷맛을 느꼈다. 후안은 가스파르를 데리러 갈게, 라고 말하고는 신발과 웃옷을 벗은 채로 사라졌다. 다리에는 진흙이 튄 자국이 그대로 남아 있었다. 얼마 지나지 않아 탈리는 그가 방의 창문 가까이에서 가스파르와 이야기를 나누는 소리를 들을 수 있었다. 그들은 밤의 신, 그리고 너무나 닮았으면서도 서로 다른 쌍둥이 형제, 죽음과 잠에 대한 이야기를 이어가고 있었다.

*   '불쌍하다'라는 뜻의 과라니어.

1981년 1월

‡

그날 밤, 탈리는 자신의 침대로 들어온 후안을 위해 자리를 마련해주었다. 가스파르는 거실에서 자게 두었다. 방이 아닌 그곳에 매트리스를 펴고 자길 원한 건 그 아이였다. 사실 각자가 원하는 곳에서 자면 되는 일이라 실랑이를 할 것도 없었다. 목욕을 하고 난 후안에게서는 그녀가 익히 잘 아는, 예의 그 거리감을 느끼게 하는 분위기가 풍기고 있었기에 손을 대지 않았다. 그는 금세 잠에 빠져들었다. 등은 돌리고 있었다. 갈비뼈에서 시작해 등 한복판에서 끝나는 거대한 상처, 즉 어린 시절 받아야 했던 수술 중 하나의 흔적을 절반의 어둠 속에서 볼 수 있었다. 처음으로 그의 벗은 몸을 보았을 때, 이 상처들이 어찌나 눈에 밟혔는지 그를 거부하고 싶은 마음마저 들었다. 그 당시 성인이었던 자신은 뭐 하러 병약한 청소년과 자려 했을까? 푸에르토레예스에서, 저택의 수많은 접객용 객실 중 하나에서였다. 탈리는 이 첫 순간에 대한 기억을 상당히 조심스럽게 간직하고 있었다. 후안은 그때까지만 해도 동정이었고, 동년배 소년들과 마찬가지로 호르몬으로 충만한 상태였지만 한편으로는 일정한 거리를 유지하려는 모습을 보였다. 마치 자신이 처한 상황을 객관적으로 분석할 수도, 또 청소년기 특유의 불안을 피해 갈 수도 있는 능력을 가진 듯했다. 그리고 어느 정도는 그 예상이 맞았다. 병 때문이야, 그가 나중에 설명해주었다. 하는 일 하나하나가 모두 일종의 거래이자 계산이었다. 부서지기 쉬운 크리스털 보석을 지니고 다녀야만 하는 사람처럼, 그리고 절대 그 보석 곁에서 멀어질 수도 없고, 안전한 보관 장소도 없어 어느 누구에게 맡길 수도 없는 것처럼 조심스럽게 행동했다. 늘 까치발을 하고선 그 보석에 상처를 입히거나 깨뜨리지 않기 위해 움직임 하나하나를 신중히 선택했고, 행여 주변에서 갑작스레 일어나곤 하는 사건이 사고인지, 혹은 최후의 파손인지를 스스로에게 질문하며 사는 것처럼 보였다.

그해 여름, 탈리는 아버지 아돌포 레예스의 주도하에 기사단에 입단했고 의식에 초대받았다. '권능의 자리'에 오른 후안을 보았을 땐 거의 까무러칠 뻔했다. 하지만 모두가 일종의 무아지경 상태에 빠진 나머지 눈치채는 사람은 없었다. 두려움은 그리 오래가지 않았다. 그녀의 아버지는 이미 수년 전부터 기사단에 대한 이야기를 해왔고, 메디움에 대해서도 알려주었다. 하지만 그 메디움이 다름 아닌 후안일 거라곤 생각하지 못했다. 그 사실을 다들 너무나도 잘 감춰온 것이었다. 그토록 가깝게 지내던 언니 로사리오마저도 이 사실을 수년간 잘도 꽁꽁 숨겨왔고, 탈리는 그 이유를 짐작할 수 있었다.

일 년이 조금 지난 후 후안은 수술도 받고 로사리오도 만나기 위해 런던으로 떠났다. 그는 영국에서 얼마간 살았는데, 갑자기 일어난 비극 때문에 다시 돌아올 수밖에 없었다. 탈리는 로사리오와 그가 만난다는 사실에 화가 나진 않았다. 당연한 이치라는 걸 알았기 때문이다. 울음을 터뜨린 건 처음 알아차렸을 때, 그때뿐이었다. 그 이후에는 그를 잊으려 노력했지만 끝내 성공하지 못했다.

탈리는 동이 틀 때쯤 잠에 들었다가 몇 시간이 채 못 지나 잠에서 깨어났다. 후안과 가스파르는 부엌에서 아침을 만들고 있었다. 하늘거리는 원피스를 걸치고 부자를 도우려 조리대로 다가갔다. 우리가 맛있는 걸 해줄게요, 가스파르가 말했다. 머릿속에 어떤 생각이 잠시 스쳐 지나갔다. 안 될 것도 없지 않은가. 언니의 자리를 대신해서 저 홀아비와 아들을 챙겨주어도 안 될 건 없었다.

"거기 아저씨들, 좋은 아침이에요."

탈리가 인사를 건넸다.

가스파르는 살짝 태우긴 했지만 배 속에 들어가기엔 손색없이 완벽한 토스트에 버터를 바르느라 고도의 집중력을 발휘하고 있었다. 후안이 이야기를 꺼냈다.

"신전의 방어가 형편없던걸."

이 말에는 탈리가 그토록 싫어하는, 낮잡아 보는 어투가 실려 있었다. 치를 떨게 하는 우월감이었다.

"너처럼 꼼꼼하질 못해서."

"알겠어. 다음에 내가 필요한 것들을 해둘게."

가스파르가 토스트 한 장을 건넸다. 마멀레이드가 과했지만, 탈리는 내색 없이 모두 먹었다. 후안은 이어 마테차를 준비했다. 탈리는 말싸움을 하지 않기로 했다.

"좀 이따가 함께 호수에 갈까?" 탈리가 제안했다.

"가요, 가요! 저 이제 수영도 할 줄 알아요." 가스파르가 소리쳤다.

"지금 배우는 중이야." 후안이 말했다.

"지금은 팔로메타도 없으니 가도 괜찮을 거야."

"팔로메타가 뭐예요?"

"피라냐랑 비슷하게 생긴 물고기야. 하지만 널 물지도, 먹어 치우지도 않을 거야."

가스파르는 눈을 몹시 크게 떴다.

"운이 좋으면 뭐, 한두 마리 정도 볼 수는 있겠지." 후안이 말했다.

"그런데 절 물지는 않았으면 좋겠어요."

"걱정하지 마, 내가 잘 봐줄게."

"텔레비전 봐도 돼요?"

탈리는 당연하지, 라고 대답한 뒤 우유와 과자를 챙겨 거실로 가져갔다. 부엌으로 돌아왔을 땐 후안이 식탁 앞에 앉아 담배를 피우고 있었다.

"일찍 일어난 거야?"

"일찍 일어나려고 하는 편이야. 가스파르가 울면서 잠에서 깨거든."

그렇게 대답한 그는 탈리의 두 눈을 똑바로 쳐다보았다. 탈리는 그 속에서 끝 모를 분노를 보았고, 덜컥 겁을 집어먹고 말았다. 후안은 컵 안에 담뱃불을 비벼 끈 뒤 호주머니에서 수첩 하나를 꺼냈고, 우리가 이 신전을 고쳐야 한다고 덧붙였다. 밖에 나가서 한 바퀴 돌고 올게, 금방 돌아올 거야. 후안은 아들에게 통보했다. TV 안테나의 상태가 영 좋지 못하여 화면에 수직 줄무늬와 빗물 자국이 가득했는데도, 아이는 아침 시간의 만화영화에 넋이 빠져 있었다. 밖에 나간 후안은 탈리의 정원에 잠시 머물렀다. 조그만 정원이었지만 시계꽃, 국화, 달리아, 물망초, 등꽃 등의 꽃이 키가 훌쩍 큰 고사리를 배경으로 집 앞까지 이어져 있었다. 두건처럼 생긴 자줏빛 지황은 벽을 타고 지붕까지 올라갔고, 난꽃 몇 그루도 복숭아 나무 줄기에 매달려 있었다.

탈리는 후안의 뒤를 따라 신전으로 향했다. 출입구는 늘 자물쇠로 단단히 잠그고 다녔고, 여는 일은 흔치 않았다. 신도들은 대부분 8월에 방문하여 봉납물을 바치고 갔다. 특별한 기도를 올리고자 할 경우, 그녀를 먼저 방문하여 의식을 치를 날짜를 상의하는 게 규칙이었다.

"들어갈래?"

"지금은 말고."

후안은 수첩을 펼쳐 들고 아주 작은, 아니, 어쩌면 그 길쭉한 손가락 사이에 있어 작아 보일지도 모르는 연필 한 자루를 들고 그림을 그리기 시작했다. 멈춰 서서 그림을 그릴 때면 엉덩이는 뒤로 내밀고 등은 둥글게 말아 몸을 아치형으로 만들곤 했다. 시간을 오래 들이진 않았다. 그리기를 마치고 난 뒤, 결과가 만족스러운지 확인하기 위해 선글라스를 슬쩍 위로 밀어 올렸다. 그리고 땀이 송글송글 맺힌 이마를 티셔츠로 닦아냈다. 이어 성소의 문 앞으로 다가가 손을 대고 쓰다듬었다.

"탈리, 이리 와." 후안이 말했다.

그는 탈리에게 그림을 잘 볼 수 있는 위치에 수첩을 들고 있어 달라 하고선 청바지 뒷주머니에서 면도칼 하나를 꺼내 들었다. 그걸로 오른손 중지 끝에서부터 마디까지 한 번에 긋고, 손을 늘어뜨렸다. 피가 많이 나기 시작하자 손가락을 연필 삼아 흰색으로 칠해진 문 위에 수첩에 그려둔 그림을 베껴 그리기 시작했다. 탈리는 봉인을 바라보았다. 섬세했고, 후안 특유의 기하학적 정교함이 있었다. 단순해 보이면서도 그녀조차 알 수 없는 역겨움을 느끼게 하는 방어막 도안에 경탄하고 있던 바로 그때였다. 탈리는 주변을 에워싼 적막감을 눈치챘다.

"이것만 있으면 다시는 그 어떤 보호막도 필요하지 않을 거야. 심지어 문을 열어놓아도 돼."

잠시 침묵이 감돈 직후 후안이 탈리의 두 눈을 바라보며 말했다.

"얼마 전 내가 받은 봉인 중 하나야."

"보호를 요청하고 다니는 거야?"

후안은 피와 땀으로 얼룩진 손의 붕대를 바라보았다.

"보호받을 수단을 찾아다니고 있어. 언제나 그랬듯 느리지만, 어쨌든 주어지고는 있어. 그런데 너도 잘 알 거야. 내가 진정으로 원하는 건 아직 받지 못했다는 걸."

그리고 멀쩡한 손으로 수첩을 달라는 손짓을 했다.

"수영하러 갈 생각이면, 물에 들어갈 수 있게 붕대를 좋은 걸로 갈아줄게."

얼마 후 욕실에서 탈리는 그 문에 덕지덕지 붙어 있던 때와 후안의 약점을 떠올리며 상처를 씻겨주었다. 그에게 있어 염증은 치명적이라는 사실을 잘 알고 있었다. 후안은 탈리가 원하는 대로 하게 두었지만, 붕대의 위치만은 다시 잘 잡아달라고 요청했다.

"참 예쁘다."

그녀가 처치를 다 마치자 후안이 말했다.

"그런 말 그만둬. 내가 그닥 좋아하지 않는다는 거 너도 잘 알잖아.”

“항상 예뻤어, 넌. 로사리오는 아름다웠고, 너는 예쁘지.”

“하지만 넌 언니를 사랑했잖아. 그러니까 그런 말 하지 마.”

“뭐, 사랑에 빠지는 건 사실 아름다움과는 상관이 없어.”

탈리는 손을 허리춤에 올리고, 소리 지르지 않기 위해 심호흡을 해야 했다.

“있잖아, 후안시토. 올 생각이 있으면 미리 알려주는 게 좋겠어. 그러지 않으니까 이런 일들이 일어나잖아.”

“무슨 일이 일어난다는 거야?”

후안이 묻고는 욕조 가장자리에 다리를 꼬고 앉았다.

“난 널 한 번도 잊은 적이 없지만 그래도 우리 집과 식물들, 개들에 만족하면서 어떻게든 살아내고 있어. 침대 하나쯤은 온전한 내 것이기도 하고. 어떤 날은 들려오는 발걸음이 혹시 너일까 싶어서 귀를 기울이느라 잠을 설치기도 하지만, 그 외 대부분의 날에는 편하게 잘 잔단 말이야. 그냥 말을 말자. 그런데 갑자기 네가 새끼를 끼고 이렇게 들이닥치면 난 덜떨어진 여자처럼, 멍청하기 그지없게도 너희 둘이 눌러앉진 않을까, 함께 살게 되진 않을까, 이런 말도 안 되는 생각이나 하게 된다고. 어떤 생각까지 하는 줄 알아? 너희들이 나와 함께 지내게 된다면 우리 언니가 마음이 놓이겠다, 이런다고. 불쌍하고 사랑하는 우리 언니. 넌 날 정말 열받게 해. 엿이나 먹어.”

누군가 욕실 문을 살며시 두드렸고 후안이 그래 들어와라, 라고 말했다. 가스파르가 수줍어하며 들어왔다. 탈리는 세면대 오른편에 서서 허리춤까지 닿을 정도로 길게 늘어뜨린 머리카락을 정돈했다. 가끔은 이렇게 긴 머리를 하기엔 너무 늦은 게 아닌가 싶을 때도 있었다. 가스파르는 그녀를 보지도 않았다.

"손가락에 무슨 일이 있었어요?"

"밖에서 베였어."

"뭘로요?"

"닭장에 고양이가 못 들어가게 하려고 심어둔 유리병 조각에."

"아파요?"

"아니."

"여기를 베였을 땐 또 아팠었잖아요."

가스파르는 후안의 가슴팍을 가리키고 있었다.

"그때와는 달라."

후안이 대답했고, 탈리는 그가 웃음을 참고 있다는 걸 눈치챘다.

"이건 그냥 손가락이 조금 베인 것뿐이야. 그리고 말했잖아, 가슴 쪽에서는 뼈가 아프다고."

"맞아요, 수술하려고 뼈를 톱질했잖아요."

"어머 얘야, 그런 말은 하지 말자." 탈리가 말했다.

"부러뜨렸었대요, 몰랐어요?"

불빛에 눈이 불편한 듯, 가스파르가 눈을 깜빡이며 말했다.

"이렇게 반으로 쪼개서 열었다가 다시 합쳐서 꿰맸대요. 심장을 치료하려고 그랬다는데, 제 생각엔 그닥 제대로 치료하진 못한 것 같아요."

후안은 이내 박장대소를 터뜨렸다. 그는 아들을 팔로 들어 올리려 자리에서 일어났다.

"네 아빠는 불치병에 걸렸거든! 이 쪼끄만 악마 녀석, 탈리를 놀라게 했잖니."

"설명해주고 싶었어요."

"이미 오래전에 내가 전화로 다 설명해줬어."

"그럼 제가 설명해드릴 필요가 없겠네요."

"그럼, 아무것도 설명해주지 않아도 돼."

"물가에는 언제 가요?"

"지금 바로 가자."

후안은 가스파르의 이마에 입을 맞추고는 욕실 밖으로 탈리의 손을 잡아끌었다. 하지만 그녀는 너네 둘이 가, 둘 다 미쳤어, 라고 말했다. 나는 옷 좀 갈아입고 씻을래. 오버하지 마, 후안이 낮게 중얼거렸고 탈리는 고개를 가로저으며 아니라는 의사를 표현했다. 거울을 보고, 선크림과 수건을 챙기고, 욕조의 피를 닦고, 손 떨림이 좀 가실 때까지 기다리려면 몇 분은 더 필요했다.

‡

내 차를 타고 가자, 내가 운전할게. 탈리가 말했다. 호수가 하나 있었다. 가깝기도 하거니와, 소용돌이가 치고 모래 구덩이가 군데군데 파여 있는 강보다도 수영하기가 더 좋았다. 더위가 지독하게도 기승을 부렸지만 하늘은 비구름 한 점 없이 청명하기만 했다. 부디 안 오길 바라지만, 조금 있다가 소낙비가 쏟아질지도 모르지,

탈리는 생각했다. 1월의 습도는 절망감을 불러온다. 출발에 앞서 그녀는 후안의 다리를 쓰다듬었다. 카고바지를 입고 있던 그는 르노 자동차의 좁은 좌석이 몹시 불편한 듯했다. 탈리는 뒷좌석에 조용히 앉아 있던 가스파르에게 미술에 관한 질문을 던지며 주의를 환기시키려 했지만 답을 얻어내지 못했고, 이내 포기했다. 어찌 됐든 아이도 자신과 마찬가지로 애도 중인 게 사실이었다. 또 얼굴에 직통으로 쏟아져 내리는 정오의 찜통 같은 더위, 이 공기가 얼마나 깊은 슬픔을 자아내는지도 잘 알고 있었다. 아이의 엄마가 죽었다. 그 어떤 것도 위로가 될 수 없었다.

도로변에 차를 대고 내렸다.

"이리 와, 가스파르. 보여줄 게 있어."

탈리는 밖에서 아이에게 말했다.

금방이라도 쓰러질 것 같은, 하늘색으로 페인트칠한 어느 목조주택 앞에 키 큰 세이보 나무가 꽃을 피우고 있었다. 가스파르는 울적한 기분으로 차에서 내렸지만, 탈리의 이야기에 귀를 기울였다.

"이 나무가 바로 네 아빠가 이야기하던 그 인디언 소녀, 아나이의 나무야."

소년은 나무줄기에 다가가 붉은 꽃을 밑에서부터 가만히 올려다보았다.

"가지에 고양이가 있어요."

"어디 보자."

탈리가 다가가 위를 보았다. 노란 고양이가 나뭇잎 그늘의 시원함에 몸을 내맡긴 채 잠들어 있었다. 가스파르는 여전히 퉁명스러웠고, 탈리는 몸을 낮춰 아이의 두 눈을 눈높이에서 바라보았다. 네 엄마는 여전히 널 사랑하셔, 그녀가 말했다. 너와 더 이상 함께 할 순 없지만, 널 미치도록 사랑하신단다. 가스파르는 얼굴을 양손에 묻고 몸을 떨며 흐느끼기 시작했다. 탈리는 아이를 건드리지 않았고, 차가 있는 쪽을 쳐다보지도 않았다. 후안이 자신들을 지켜보고 있는지, 두 사람의 대화를 끊으러 다가오고 있는지, 아들을 울게 만든 자신에게 분노하고 있는지 알려 하지 않았다. 더는 안 돌아온대요? 가스파르가 물었다. 탈리는 이 질문에 대답하고 싶지는 않았으나 해야 할 말은 해야 했다. 아니라고, 돌아오지 않을 거라고. 엄마가 버스에 치였다는 거 알고 있지? 그래, 장례식에 갔다는 것도 기억나지 않을 거야, 아마 그럴 거야. 사람은 슬픔이 과하면 많은 일들을 잊어버리게 되거든.

"여긴 버스가 너무 많아요. 마음에 들지 않아요."

아이가 죽도록 겁에 질렸다는 걸 알아차린 탈리는 아이를 꼭 껴안아주고 싶다는 마음을 품었지만, 아이의 몸짓 그 어느 구석도 자신에게 손대는 걸 허락하지 않았다. 이런 건 자기 아빠를 쏙 닮았네. 고양이들 같아.

"우리 동네에서는 저걸 승합차라고 불러. 버스와는 약간 다르지."

만족스러운 설명은 아니었지만, 적어도 사실이긴 했다.

"물가에 가나요?"

제 아빠 곁에서 멀어지고 싶지 않은 거로구나, 하고 생각하던 탈리는 가스파르가 내민 손에 놀라고 말았다. 후안은 차 안에서 말없이 있었지만, 최소한 지금은 창밖을 보고 있었다. 직전에는 고개를 떨군 상태였다. 후안은 아무 말도 하지 않고 담배에 불을 붙인 뒤 천천히 연기를 빨아들였다. 더위로도 충분치 않다는 듯, 폐를 연기로 가득 채웠다.

호숫가에 사람들이 바글바글했음에도, 하루의 나머지는 평화롭고 고요했다. 아빠의 팔에 의지하지 않고 수평 자세를 해낸 순간 가스파르는 많은 박수갈채를 받았다. 또 점심 식사 전이었는데도 양동이와 삽을 갖고 나타난 몇 명의 소년들이 함께 모래 구덩이를 파며 놀자고 제안했고, 가스파르는 기꺼이 수락했다. 우리가 너희를 볼 수 있어야 하니까 여기 가까이서 놀아. 탈리가 아이들에게 말했고 아이들은 네, 아주머니, 라고 대답한 뒤 삼 미터 조금 안 되는 거리에 자리를 잡았다. 후안은 호수 안쪽 멀리까지 헤엄쳐 들어가 있었다. 혼자 남은 탈리는 파라솔 아래서 마침내 평온을 되찾았다. 후안이 하게 될 말이 무엇이든 이제 마음의 준비는 되어 있었다. 그가 자신에게 무슨 할 말이 있음을 진작에 눈치챘다. 후안은 가끔 만나서 즐기는 단순한 애인이 아니었다. 탈리도 여느 강변의 무녀가 아니었다. 그 둘은 기사단의 일원이었다. 서로 잊은 척할 수는 있겠지만, 그리 오래가지 않을 것이었다.

가스파르는 구덩이를 쉴 새 없이 파 내려갔다. 아이들을 유심히 바라보고 있던 한 아이의 엄마는 마치 분화구 같다고 했다. 자동차 한 대의 라디오가 켜져 있었고, 구슬픈 차마메* 곡조가 흘러나

* 아르헨티나 코리엔테스 지역의 민속 무용과 음악.

왔다. 살찐 여자 하나가 검은 개 한 마리를 데리고 물가를 산책 중이었는데, 그 개는 폴짝대며 여자를 즐겁게 해주고 있었다. 두 명의 젊은이는 트럭 뒤에 낚싯대와 미끼, 잡은 물고기를 보관 중이었다. 어딘가에서 바비큐를 할 모양이었다. 탈리는 그 남자들 중 두 달 전 자신을 찾아와 신변 보호를 요청했던 사람을 알아보았다. 그녀는 그가 신전에 들어와 성인에게 기도를 올리는 일을 허락했고, 와인과 재로 그의 뼈를 축복했다. 또 딸의 안부를 물으며 카드점을 치러 왔던 한 아주머니도 눈에 들어왔다. 탈리는 그녀의 딸이 물에 빠져 죽어 있는 장면을 보았고, 그대로 알려주었다. 군인들에게 살해당해 강에 버려진 수많은 소녀 중 하나였다. 눈은 물고기의 먹이가 되었고, 발은 수중식물에 뒤엉켜 있었다. 배를 납으로 가득 채운 채 죽어 있던 인어들. 탈리는 거짓말을 하지 않았고, 헛된 희망도 주지 않았다. 독재 정권하에 사라진 젊은이들의 부모들은 적어도 그들이 어떻게 죽었는지, 시신이 뼈 구덩이에 빠져 있는지, 물속에 잠겨 있는지, 또는 잊힌 공동묘지에 묻혀 있는지 알고 싶어서 탈리를 찾아왔다. 아주머니는 탈리를 못 본 척하며 한 소녀와 놀아주고 있었다. 저 아이가 죽은 딸의 아이일까? 그날의 해 질 녘이 기억 속에 있었다. 비가 왔었다. 하늘은 거무튀튀했고, 여자는 천둥을 두려워하지도 않고 왔던 길 그대로 돌아가려 했다. 진흙탕을 뛰어 내려가던 아주머니의 뒷모습을 보았다. 탈리는 카드를 거둬들여 한 묶음으로 쌓아 올린 뒤 마테차를 마시며 바깥의 짙은 회색빛을, 복숭아나무가 바람에 휘둘리는 모양을, 멀리 보이는 강변의 나무들을 바라보았다. 카아루*, 늦었어, 라고 생각했다. 과라니

어를 더 자주 구사해야 했다. 언어가 잊혀가고 있었다. 혼자 지내
는 시간이 너무 길었다.

후안이 돌아왔지만 탈리는 그가 물가에서 나와 다가오는 걸 보
지 못했다. 한 바퀴 빙 둘러 오느라 뒤쪽으로 다가온 후안은 그녀
가 옆에 펼쳐둔 수건 위에 몸을 누였다. 거친 숨소리에 그의 존재
를 눈치챈 탈리가 펄쩍 뛰며 말했다.

"여기서 네가 무너지면 얼마나 끔찍한 일이 일어날지 알기나
해? 내가 어떤 일을 당할지 알기나 하냐고. 코리엔테스로 치료받
으러 가자. 맙소사, 넌 미쳤어."

탈리는 잠시 후안의 말문이 막힌 틈을 타, 그가 온전히 호흡을
되찾을 때까지 그를 비난의 눈빛으로 쳐다보았다.

"괜한 소동 피우지 마."

후안이 말하며 세븐업을 병나발로 들이켰다.

"가스파르는 저기서 꼬마들 몇 명이랑 아주 잘 놀고 있어."

"알아. 이야기할 게 있어."

"네가 왔을 때부터 할 얘기가 있는 줄은 알았어."

"네 도움이 필요해."

후안은 양다리를 교차하고 앉았다. 그는 이내 더 이상 친구도,
애인도, 탈리를 질리게 하고 사랑에 빠지게 만드는 그 남자도 아
니었다. 그는 메디움이 되어 있었다. 탈리는 주변에 있는 사람들이
자신들의 대화를 듣지 못한다는 걸 알고 있었다. 혹여 들린다고 하

---

*　　'늦었다'라는 뜻의 과라니어.

더라도 전혀 다른 내용이나 알지 못하는 언어로 들릴 것이었다. 두 사람의 주변을 감싼 공기의 떨림과, 피부에 태양 빛이 아닌 차가운 얼음이라도 닿은 듯 뻣뻣이 곤두선 솜털이 그 징조였다.

- 이렇게까지 해야 해? 이미 비밀 속에 있잖아. 주변에 아무도 없고.
- 난 누구도 믿지 못해. 나 자신도 못 믿어. 가스파르가 함정에 빠져 있어. 그들은 이 애가 내 후계자가 되길 원하지. 어둠을 소환하는 나의 능력을 이어받았을 수 있기 때문일 수도 있고, 때가 되었을 때 내 정신이 그 아이에게로 옮겨 갈 것이기 때문일 수도 있고. 뭐가 됐든 이 상태로는 벗어날 수 없을 거야.
- 다 아는 얘기야. 왜 또 하는 건데?
- 나 자신에게 내리는 명령이야. 그리고 네게 부탁하고 싶기도 하고. 로사리오는 살해당했다는 확신이 들어. 로사리오와 장모 메르세데스, 플로렌스 사이에 다툼이 있었어. 내가 입원해 있을 때였지. 로사리오는 우리를 제발 가만두라고 했어. 날 더 이상 이용하지 말라고, 내가 더 이상 소환을 하고 싶지 않아 한다고, 그들이 가스파르의 몸을 이용하는 걸 보고만 있진 않을 거라고 말이야.

탈리는 어지럼증을 느꼈다. 지금 들려오는 건 있을 수 없는 이야기였다.

- 언니가 미쳤었네. 앙가, 내가 언니를 막았어야 했어.
- 가스파르의 몸을 이용하지 않겠다고 내가 거부하고 나설 줄은 몰랐을 거야. 나는 당연히 그러겠다고 했었지. 로사리오는 사고가 나기 직전에 이 다툼에 대한 이야기를 내게 했었어. 의식을 할 때마다 나는 극한으로 내몰리고 있었고, 그녀는 거기에 대해 분노했던 거야.

그런데 결국엔 가스파르가 위험에 빠지고 말았어. 이제 그들은 언제 나처럼 그 아이가 메디움이 맞는지 시험해볼 거야. 그리고 이번엔 맞는다는 결과가 나올 거야.

– 확실해? 지금 너무 과민한 상태일 뿐인 건 아닐까?

– 확실해. 다만 알아차리지 못하게 만든다면, 이번 시험도 언제나처럼 무효로 만들 수 있다면, 내가 그 아이의 몸을 차지하기에는 늦을 나이까지만 기다릴 수 있다면, 그때까지 그들로부터 멀어지는 방법을 구상해낼 수 있을 거야. 오래 걸리는 좌절스러운 일이긴 하지만 난 그 일을 해낼 거야.

– 로사리오 언니가 왜 좀 더 일찍 말해주지 않았을까?

– 내가 수술 전까지 몇 달 동안 입원과 퇴원을 반복했었잖아. 굳이 모험하지 않은 걸까? 잘 모르겠어.

– 언니 탓은 하지 마.

– 아니, 그 사람 탓이야. 탓할 거지만 용서도 할 거야.

– 소환을 거부해본 적 있어?

– 아니. 난 언제나처럼 강제로 끌려갈 거야. 몇 년 전, 포로들을 희생물로 삼는다는 이유로 거부한 적이 있었지만 억지로 해야만 했어. 그 누구도 요구하지 않은 희생이었는데.

탈리는 양손을 물끄러미 쳐다보았다. 그녀 자신도 공모자였던 그 일을 잊지 않고 있었다.

– 아직도 납치한 자들을 이용해.

– 알아, 하지만 난 그들을 상대할 수가 없어. 우리가 맺은 계약을 깨뜨리고 가스파르를 데려가 제례 속에서 키우고, 교육하고, 파괴하겠다

고 협박하는 자들이야. 그들은 어둠이 자신들에게 한 말만을 믿지. 귀 기울이고, 복종해. 그렇지만 소환할 수 있는 사람이 더는 없어. 메르세데스는 새로운 메디움을 찾는 데 혈안이 되어 있어. 자신의 신들이 과거로부터 여태껏 무시해온 여러 명칭으로 불리는 사제들처럼, 그녀 역시도 자신의 신으로부터 무시당하는 사제에 불과해. 그녀의 신은 나와 이야기하지. 이토록 신뢰하기 어려운 예언자를 받은 사실이 그녀에게는 어쩌면 최악의 저주일지 몰라. 내 몸에서 일어나는 일인데 내가 어떻게 믿지 않을 수 있겠어. 내 몸 안에서 일어난다고. 어둠이 그들에게 하는 말은 현재의 차원에서 해석될 수 없어. 어둠은 미치광이야. 잔혹하고, 광기 어린 신이지.

- 네가 정말 진심으로 거부하면 가능하지 않겠어? 네가 원한다면 말이야.

- 물론 안 되지, 나는 노예일 뿐이야. 입일 뿐이고. 어둠은 날 언제든 찾아낼 수 있어. 이미 진 싸움인 거지. 탈리, 네게 부탁이 있어. 가스파르를 막으려면 네가 스티븐과 함께 작업을 해줄 공간이 필요해. 내가 할 수 있는 일들을 하고는 있지만 충분치 않아. 난 혼자야. 어제 아이가 어떤 존재를 느꼈는데, 예사로운 존재가 아니었어. 이제 성장이 시작된 게 아닌가 싶어. 푸에르토레예스의 그 사람들을 네가 좀 맡아줬으면 좋겠어. 스티븐의 도움을 받아 아이의 능력을 숨겨줬으면 해.

- 그들은 여전히 네 몸을 이용하고 싶어 해.

- 아직 몇 년이 더 남았어. 내겐 그들을 속일 수 있을 만큼의 시간과 능력도 있고. 가장 어려운 건 살아남는 것, 그뿐이야. 시간이 필요

해. 가스파르를 키우면서 그 아이를 기사단으로부터 멀어지게 할 방법을 찾아내야 해. 나는 언제나처럼 의식을 해나갈 거야. 열린 문으로서 말이야. 그리고 그 문을 닫기란 불가능해. 하지만 난 가스파르를 보호해야만 해. 내게서 로사리오를 빼앗아 간 건 숱한 이유 때문이겠지만 그중에서도 날 쇠약하게 만들려는 목적이 커. "우리가 네 아내를 데려가마. 네가 우리를 버리는 일을 돕지 못하게, 그년이 너의 은퇴와 배신을 돕지 못하게 그랬단다." 나는 은퇴가 불가능한 몸이야.

이 말을 하면서 후안은 두 사람이 서로 입술을 움직이지 않고도 대화를 나눌 수 있게 해주던 결계를 풀었다. 태양과 호수, 사람들이 황금빛으로 반짝이며 도로 위의 신기루처럼 흐릿해지는 동안 탈리는 자신의 주위에 작은 회오리바람 같은 것이 부는 걸 느꼈다. 후안이 그녀의 이마에 손을 갖다 대자 탈리는 시야를 바로잡을 수 있었고, 강하게 찾아올 것만 같던 두통이 약한 두근거림으로 변했다.

"이제 됐어!"

탈리는 소리를 지르며 이마에 있던 후안의 손을 단번에 쳐냈다. 주변 사람들이 그들에게 시선을 돌렸고, 탈리는 장난을 치고 있었다는 듯 웃어 보였다. 후안은 창백했다. 그러면 그게 맞는 거다. 탈리는 정확하게 기억했다. 몇 년 전만 해도 그는 비밀 대화에 필요한 에너지를 큰 노력 없이도 만들곤 했다. 하지만 지금은 탈리가 불편해하지 않도록 자신에게 남은 마지막 힘을 끌어다 쓰고 있었고, 그 모습을 탈리는 가만히 두고 볼 수가 없었다. 자신이 그 기술을 배우지 못한 탓에 후안이 혼자 애를 쓰고 있다는 자책이 들었다. 후안이 중심을 잃지 않도록 꽉 끌어안았다. 탈리는 두 사람이 스킨십하는 모습을 가스파르 앞에서만큼은 보이고 싶지 않았다. 하지만 지금은 어쩔 수 없었다.

"그래, 괜찮아. 필요한 게 뭔데. 내가 해야 할 일을 말해줘."

"날 눕혀줘."

후안이 아주 작은 소리로 말했다.

탈리는 그의 말을 따랐다. 가방 하나를 베개 삼아 머리맡에 받쳐주었다. 후안은 손가락 두 개를 자신의 목에 대고 부드럽게 마사지했다. 그는 이제 호수의 물이 아닌 자신이 흘린 땀에 흠뻑 젖어 있었고, 전력 질주라도 하고 난 듯이 가쁜 숨을 몰아쉬고 있었다. 탈리는 더러운 모래로 흐릿한 형태를 띤 구조물을 만들며 즐거워하는 가스파르를 바라보았다. 다른 소년들은 그걸 나뭇가지와 깃털로 꾸미고 있었다. 후안의 얼굴과 가슴의 땀만이라도 닦아주려 수건 한 장을 사용했다. 탈리는 후안에게 말했다.

"할 수 있으면 눈을 좀 떠봐."

후안은 탈리를 쳐다본 뒤 가방을 베고 있던 머리를 움직여 자리를 잡았다. 앉을 기력이 회복된 건 아니었다. 동공이 확장되어 있었다.

"가스파르를 불러줘."

"지금 네 모습 보면 화들짝 놀랄 텐데."

"불러."

물과 모래로 범벅이 된 가스파르가 뛰어왔다. 아버지의 곁에 무릎을 꿇고 앉아 필요한 게 뭐냐고 물었다. 아무것도 없어, 후안이 말했다. 그냥 한 번 안아줘. 바보 같아요, 라고 말한 가스파르는 그의 목을 팔로 둘러 안고 자기 아버지의 어깨에 기대어 잠시 머물다 갔다. 물가 가까이서 성을 만들고 있어요. 나중에 성 이야기를 읽어도 돼요? 자기 전에, 후안이 말했다. 일단은 애들한테 돌아갈 거예요. 걔네는 성 쌓는 일에 젬병이거든요. 알 만하다. 세븐업 한 입 마시고 싶어요. 병째 들고 가서 애들이랑 나눠 마셔라. 이름은 세바스티안이랑 곤살로예요. 그래, 플라스틱 컵도 가져가라. 그래야 역겹게 남이 입을 댄 곳에 네 입을 댈 필요가 없지.

　가스파르가 음료수병과 컵을 들고 놀던 곳으로 돌아갔고, 소년들은 그런 가스파르를 환호하며 맞아주었다.

‡

　땅거미가 질 무렵까지 그곳에 머물렀다. 탈리가 궁여지책으로 만들어놓은 휴식처에서 후안이 몸을 움직인 건, 해가 지기 전 물에서 조금만 더 놀 수 있게 해달라고 졸라대던 가스파르와 동행했을 때뿐이었다. 물에서 머리를 들었다가 넣었다가 하며 헤엄치게 시켰다. 초급 자유형에 지나지 않았지만 제법 훌륭했다. 오랫동안 헤엄칠 일이 없었는데도 그래도 꽤 잘하고 있었다.

　"무척 빨리 배우는구나."

　두 사람이 물가에서 돌아오던 중, 같이 모래성을 만들던 소년 중 한 아이의 엄마가 칭찬을 건넸다.

　후안은 그렇다고, 몹시 뿌듯하다고 답했다. 후안이 가스파르와

수영하러 가 있는 동안 탈리와 마테차를 마시고 있었던 그 젊은
여성은 치파 빵*과 팍투라 빵을 권했다. 너 이거 좋아하잖아, 후안
은 아들에게 치파 빵을 건네며 말했다. 그러곤 빵을 한 입 베어 물
기 전, 추억에 젖은 듯 미소 띤 얼굴로 "예전에 푸에르토레예스에
서 많이 먹던 건데"라고 중얼거렸다. 치파 빵을 다 먹어 치운 후안
은 바지를 다시 입기에 앞서 주머니를 뒤적거려 약을 꺼냈고, 그
여자 앞에서 거리낌 없이 한 입에 털어 넣었다. 그녀는 본능적으로
음료수 한 병을 권하며 약을 잘 삼킬 수 있도록 도움을 주었다.

"와, 전 무엇보다 그 약들을 한 번에 삼킬 수 있다는 게 대단하다
고 생각해요. 저는 항생제를 먹을 때에도 너무 크면 넘기질 못하겠
더라고요. 목구멍에 뭔가 문제가 있는 게 확실해요."

후안이 웃어 보였다.

"전 너무 익숙해서 그래요."

"안 그래도 아내분께 얘기하던 중이었어요. 저기 강수욕장 근처
에서 차마메 축제를 열 참이거든요. 기타를 든 사람들이 더 올 거
예요."

"이곳은 사람이 많이 모여도 경찰이 크게 신경 쓰지 않아."

이상하다는 눈초리를 보내는 후안에게 탈리가 설명해주었다.

"군도 마찬가지고요."

여자가 설명을 이어갔다.

"몇 년 전에는 일일이 다 해산시키고 다녔는데, 지금은 그냥 두

*   만디오카 가루나 옥수수 가루에 치즈를 넣어 만든 빵.

         살아 있는 신의 손아귀

더라고요. 그렇게 점점 느슨해지나 봐요. 두 분도, 아이도 초청할게요. 굉장히 가족적이에요."

"가볼래? 음악 연주회가 있대."

후안이 가스파르에게 물었다.

"아빠는요?"

"너한테 물어보는 거야."

"갈래요."

"쉬어야 하지 않겠어?"

탈리가 낮은 목소리로 말하자 후안이 그녀에게 다가가 손을 쓰다듬은 뒤 걱정하지 마, 내가 뭘 하는지 나도 잘 알아, 라고 속삭였다.

"엠파나다*도 있을 거예요."

여자가 탈리를 최종적으로 설득하기 위해 거들었다.

"봤지? 식사 준비도 안 해도 돼."

"후안시토, 제발. 어린애처럼 굴지 마."

그리 오래 머물진 않았다. 탈리는 엠파나다가 너무 느끼하다고 했지만 가스파르는 맛있어했다. 어린애가 아무거나 다 잘 먹는 게 흔한 일은 아니지? 하고 후안에게 물어봤더니, 솔직히 다른 아이들은 잘 모르는데 얘는 항상 이랬다며, 밥 먹이는 것만은 세상에서 가장 쉬웠다고, 심지어는 매일 같은 것만 주면 지루해하면서 다른 걸 찾는다고 후안이 대답했다. 무도회는 아직이었지만 몇몇 커플이 '페소아 다리Puente Pexoa'나 '11킬로미터Kilómetro 11'와 같은 곡에 맞

---

* 　　반죽 안에 다양한 속 재료를 넣고 반으로 접어 굽거나 튀긴 스페인 전통 빵.

취 느릿느릿 몸을 흔들고 있었다. 무거운 밤이었다. 강 건너 숲 뒤편 하늘이 맑았다. 오늘 밤은 구름이 먹먹히 낄 거라는 신호였다. 폭풍이 몰고 온 습한 바람, 그 무엇도 해소해주지 않는 바람이 불어왔다. 모래성 소년의 엄마가 그들을 발견하고는 일 인분씩 정성스레 잘라둔 소파파라과야* 빵을 권했다. 바비큐 연기가 고기 냄새를 싣고 왔는데, 탈리는 대신에 초리판** 하나를 가져오겠다며 후안에게 교대를 요청했다. 줄을 서자 진작에 술에 거나하게 취한 남자들의 대화 소리가 들려왔다. 그중 몇 명은 벌게진 눈으로 자신을 바라보고 있었는데, 다른 때 같았으면 후안을 찾으러 갔겠지만 이 날만은 분란을 피하고 싶었다. 그들은 와인을 마시고 있었다. 그곳에서는 차량용 오일 캔—베일 위험이 있는 가장자리는 망치질되어 있었다—에 리터 단위로 와인을 담아 팔고 있었다. 그들을 무시하려 음악에 집중해보았는데, 그러고 보니 더는 차마메가 연주되고 있지 않다는 사실을 알아차렸다. 연기, 전구 몇 개가 낮게 비추는 불빛, 그리고 등유 램프 사이로 묶은 머리를 하고 아름다운 삼바***를 노래하는 긴 머리 소녀를 보았다. 오늘 밤 나마저도 영혼을 빼앗길까 봐 겁이 나요, 그리움은 기꺼운 형벌이자 나의 유일한 동반자여라. 탈리는 나무 기둥에 기대앉아 담배를 피우고 있는 후안에게 돌아갔다. 반대편에서 이런 노래를 불렀다면 저 여자애도,

---

*   옥수수, 우유, 기름, 양파 등을 넣어 구운 파라과이 전통 빵.

**   구운 소시지를 바게트 사이에 끼워 먹는 아르헨티나 음식.

***   아르헨티나 북동부 지방의 민속 춤곡으로, 브라질의 삼바와는 다르다.

살아 있는 신의 손아귀

우리 모두도 다 잡혀갔을 게 뻔한데, 여기라서 다행이야. 저 아이 꽤나 예쁜데. 아는 애야? 후안이 말했다. 탈리가 후안의 머리를 한 대 치자 금발 머리가 얼굴로 쏟아져 내렸다. 순간 청소년기의 후안이 보였다. 아니, 난 모르는 아이야. 그리고 네가 저 여자애와 이야길 나눌 수 있을 때까지 여기 있지도 않을 거고. 자기야, 미안해. 그런데 난 차마메보다 삼바를 더 좋아해서 말이야. 포도주 잔마다 샛별이 일렁이네, 소녀가 노래했다. 소녀는 청중에게 인사하고 자기소개를 한 뒤, 한 병든 가수의 몹시 슬픈 노래를 부르겠다고 했다. 가수의 이름을 굳이 언급하지 않은 이유에 대해 후안은 금지곡이기 때문일 거라고 했다. 왜 다시 돌아온 건지 모르겠어요, 이제야 잊기 시작했는데. 알고 있어요. 당신이 떠나고 난 뒤 많이 울었다는 걸. 이 사랑의 끝엔 아무것도 남지 않을 거란 걸 알게 된 내 가슴이 미어져요. 노래가 울려 퍼졌다. 후안은 자신은 음악을 잘 듣지 않는다고, 음악 감상을 즐기는 건 로사리오였다고, 하지만 이 노래는 다니엘 토로의 노래인데 그 사람은 금지된 가수가 맞는다고, 그리고 이건 사랑 노래라고 말했다. 또한 로사리오가 그의 노래는 너무 통속적인데도 금지됐다는 건 말도 안 되는 일이며, 정치적인 색깔이 전혀 없는 노래라고 했다고도 덧붙였다.

통속적이라고. 탈리는 생각에 잠겼다. 그녀는 이러한 통속적인 이유로 눈물을 흘릴 뻔했다. 늘 재수 없지만 친구 같은 언니였지, 언니가 너무 보고 싶어. 탈리는 생각했다.

"그래서 말이야, 상황이 지금은 좀 나은 거야, 어쩐 거야? 카드점을 칠 때마다 죽음이 나와. 죽음이 줄줄이 이어져. 내 눈에 뭐가 보이는지 알아? 전쟁이야. 이곳이 아닌, 추운 바다 한복판에서의 죽음. 이런 얘기는 누구에게도 할 수 없어. 해봤자 날 믿지 못할 게 분명해."

"네 말이 맞아. 내가 장담하지." 후안이 말했다.

가스파르가 하품을 했다. 애야, 이제 자러 갈까? 맛있게 먹었니? 네, 물 타지 않은 수프가 정말 맛있었어요. 참 잘 만들었더구나, 탈리가 거들었다. 기타를 치던 소녀는 마지막 곡이라고 알렸고, 탈리가 차 시동을 걸었을 땐 '인생에 고마워Gracias a la vida'가 들려왔다.

"저 꼬맹이 진짜 용감하네." 후안이 말을 꺼내더니, "얼른 가자, 이 노래는 로사리오가 베티와 함께 늘상 듣던 노래거든. 가스파르가 알아차리지 않았으면 좋겠군"이라고 덧붙였다.

뒷자리에 앉은 가스파르는 이미 잠들어 있었다. 탈리의 집으로 향하는 길은 어두웠고, 흙길이었던 만큼 가속페달을 힘껏 밟았다. 진흙탕에 여러 번 빠졌다. 하지만 폭풍우는 발걸음을 멈추지 않았다. 멀리서 들려오는 천둥소리와 번갯불과 함께 습기를 가득 머금고 임박해 있었다. 어릴 때는 폭풍우가 무서웠지만, 수년이 지난 지금은 강변에 사는데도 무덤덤했다. 홍수는 낮은 구릉 위에 지어진 탈리의 집까지 미치지 못했다. 하지만 모두가 이러한 호사를 누리지는 못한다.

"애는 내 침대에 눕혀. 오늘 밤은 내가 매트리스에서 잘게. 넌 이 아이가 필요하잖아. 같이 자."

탈리가 불을 끄고 말했다.

후안은 반박하지 않았다. 그는 가스파르의 옷을 벗긴 뒤 선풍기

를 켰다. 집 안은 시원했다. 탈리는 거실의 의자에 앉아 그를 기다
렸다. 두 사람 다 잠이 오지 않았다.

"수호신께 네 건강을 빌어줄까?"

"탈리, 아무 소용 없어."

"야, 무슨 일이 있었던 거야? 의심이 많아졌잖아. 내가 할 수 있
는 만큼만이라도 널 도울 수 있게 해줘."

후안은 잠시 천장을 바라본 채 가만히 있었다. 밖에선 마침내 비
가 내리기 시작했다.

"수술도 실험적인 수준으로 행해지던 그때 당시에, 나와 같은 문
제를 갖고 태어난 환자들 대부분은 비참하게 살아야 했어. 물론 죽
지 않는 데 성공했다면 말이지. 난 살아남았지만 끝까지 완치되진
못했고, 지속적인 합병증에 시달리는 중이야. 비교적 운이 좋았다
고 말할 수도 있어."

"그럼 네가 죽을 날만 기다리며 손을 놓고 있어야 하는 거야?"

"과거에도, 또 지금도 완치를 위해 부단히 노력하고 있어. 의료
적인 노력 외의 것들 말이야. 물론 많은 도움이 되었지. 이 얘기는
여러 번 했잖아. 탈리, 나도 죽고 싶지 않아. 두려워. 나 같은 자들
은 죽음으로 가지 않아. 어둠으로 가지."

"그건 모르는 일이잖아."

"난 잘 알아. 가끔은 믿지 않는 쪽을 선택하기도 해. 하지만 믿기
로 한다면, 그걸 피하기 위해 무슨 일이라도 하겠어."

후안이 몸을 일으켰다.

"수호신을 만나러 가자. 피부 밑에 심어주면 좋겠군. 그렇게 할

수 있겠어? 내가 살 수 있게, 시간을 벌 수 있게 해줄 수 있냐고."

탈리는 후안에게 다가가 퉁퉁 부은 다크서클과 깎지 않아 덥수룩한 수염을 어루만졌다. 그리고 손을 잡은 채로 그를 집 밖으로 끌고 나왔다.

신전은 소박했다. 비록 죽음의 지배자는 그렇지 않았지만. 탈리는 일 미터 가까이 되는 대형 사이즈로 제작된 은 신전을 선택했다. 해골 성상은 검은색 튜닉을 입고 있었다. 백골에 다가가 작은 잔을 위스키로 채우며 정성을 드렸다. 그 후에 붉은색 초 세 개에 불을 붙였다. 신전 안에는 그보다 훨씬 많은 수의 초가 있었고, 탈리는 수호자였기에 모든 초에 불을 붙여야만 했다.

"움직이지 마. 거기 있어." 탈리가 말했다.

탈리는 일부는 붉은색, 다른 일부는 검은색인 여러 개의 양초에 전부 불을 밝혔고, 흰색 유리 꽃병에 꽂아 늘 신선한 상태로 관리해온 붉은 카네이션 몇 송이를 내려놓았다. 전깃불은 모두 내렸다. 촛불로 밝힌 작은 성소는 은빛 수호신을, 검은색 튜닉을, 또 어렴풋이 보이는 사신의 낫을 일렁이게 했다. 왕관을 쓴 모습으로 표현되곤 하는 여러 성상과는 달리, 그녀의 산라무에르테는 그 어떤 장식도 없는 백골 그 자체였다. 두건도 쓰지 않았다. 해골 속에 있는 반짝이는 돌멩이가 눈구멍을 빛내고 있었는데, 촛불이 타오르는 형태에 따라 보이기도, 보이지 않기도 했다. 이날 밤의 촛불은 화톳불처럼 활활 타올랐다. 탈리는 촛불이 이처럼 타오르는 모습을 지금껏 보지도, 느끼지도 못했다.

"후안, 무릎 꿇어."

그가 군말 없이 따르자, 탈리는 진심으로 고마움을 느꼈다. 후안은 형식적인 것들을 썩 달가워하지 않았다. 하지만 그녀는 언니와 마찬가지로 그런 것들을 좋아했고, 자신의 수호신도 굳게 믿고 있었다. 그녀가 단단하고 명료한 목소리로 주문을 읊었다.

권능의 산라무에르테시여,
당신을 소환하는 우리들의
유능한 변호자이자 수호자시니,
이 병든 자가 하루빨리 회복할 수 있도록
당신의 중재를 간곡히 청하는 바입니다.
권능의 산라무에르테시여,
마지막 순간이 올 때까지
온전히 살아갈 수 있게 해주시어
부여하신 바 임무를 수행할 수 있게 하소서.
그렇게 되기를 바라며.
아멘.

불빛이 수호신을 미소 짓게 했고 탈리 또한 상호이해의 표시로 치아를 내보이며 그에게 화답했다. 그에게 다가가 은으로 된 발— 낮의 열기로 뜨거웠다—을 만진 후, 제단 위 성상과 함께 놓여 있던 유창목 상자를 열었다. 부적이 보였다. 총알 하나에 세공된 후두 번의 축복이 내려진 것이 그중 하나였다. 그녀가 메르세데스의 묘지에서 발견한 것이었다. 그걸 어디 가서 찾을 수 있는지는 어머니가 알려주었다. 별 볼 일 없는 한 남자의 피부 밑에 심겨 있던 것이었기에 이걸 후안에게 주고 싶지는 않았다. 자신이 가장 좋아하던 것, 영원히 자신이 간직하려 했지만 이제 넘겨주고 말게 될 그 부적을 골랐다. 유일무이한 스타일이었다. 산라무에르테 님이 팔꿈치를 무릎 위에 걸치고 턱을 두 손 위에 괸 채 바위 위에 앉아 있었다. 그녀는 설명하기 어려운 이 묘사를 좋아했다.

"몸에 인내의 수호신을 새길 거야. 당신이 지금 가장 필요로 하는 거니까. 한 기독교인의 뼈로 된 거야. 그냥 일어나기만 해."

그녀는 알코올로 소독한 면도칼과 위스키를 들고 제단으로 돌아왔다. 어깨에 낸 상처는 삼 센티미터가 되지 않았다. 탈리는 정확했고, 상처를 너무 깊게 내지 않으려 애썼다. 연약한 후안의 피부는 칼을 대자마자 벌어졌다. 피부를 살짝 들어 올렸다. 수호신을 이식받는 여느 신도들과는 다르게 후안은 움직이지도, 심호흡을 하지도, 소리를 내지도 않았다. 육체적 고통에 익숙했던 것이다. 알코올로 가득 찬 컵에 미리 담가놓았던 조각을 꺼내 상처 밑에 조심스레 밀어 넣었다. 그리고 위스키를 입안 가득 물었다가 상처 위에 흩뿌리고는 과라니어로 몇 마디를 내뱉었다. 깨끗한 붕대도 있었다. 절개 부위가 아주 작았고 운이 좋다면 금방 아물 것 같아 보였으나, 그래도 반창고를 덧대주었다.

"내 사랑, 이제 다 됐어."

탈리가 말했다.

"내가 할 수 있는 한 가장 강력한 주술이었어. 내가 가장 원했던 바이기도 해. 지금 이 불빛, 보이지? 이렇게 불타오르는 법이 없거든. 늘 촛불 몇 개는 꺼지기 마련인데, 이번에는 하나도 꺼지지 않았어."

"네게 키스를 하면 너의 수호신이 싫어하실까?"

"아니."

탈리가 말하며 키스를 허락했다.

"뭐라도 남겨두고 갈래? 아무것도 안 두고 가면 그땐 노하실 수도 있지."

후안은 제단에 다가가 수호신의 발밑에 담배 하나를 두었다. 무릎을 꿇은 채 고개를 숙이더니 손에 감겨 있던 붕대를 풀어 조각 앞에 놓여 있던 물 접시 위에 피 몇 방울을 떨구었다. 탈리는 그제야 엄청난 일이 일어났음을 깨달았다. 후안과 같은 인간의 피는 자신의 신전에게 내려지는 포상이나 다름없었다.

나가기 전, 후안은 그녀의 허리를 감싸 안고 귓가에 속삭였다.

"네 수호신께서 혹시 무언가를 맡아주실 수 있나? 문에 보호막이 있으니 누구도 찾으러 들어오진 못할 거야. 물건 하나를 이곳에 두고 싶어."

후안은 주머니에서 작은 은빛 상자를 꺼냈다. 탈리는 그 상자를 본 적이 있었지만, 약을 갖고 다니는 약통 같은 건 줄로만 알았다. 후안이 상자를 열었다. 그 안에는 땋아놓은 긴 갈색 머리카락 묶음이, 애정 어린 손길에 의해 나선 모양으로 말려 있었다. 로사리오의 머리카락이구나. 금방 알아보았다. 탈리는 상자를 닫은 뒤, 명료한 목소리로 내가 보관할게, 라고 말하며 수호신 뒤편의 검은색 튜닉 밑에 두었다.

"의식이 끝나거든 가지러 와."

후안은 답을 하지 않았다. 탈리는 지금 당장은 이 유품을 맡아주기로 한 것이 전부이지만, 이걸 시작으로 나중에는 무언가를, 혹은 누군가를 더 맡아줘야 할 거라는 예감이 들었다. 밖을 보니 더 이상 비가 오지 않았다. 짧은 폭풍우였다. 그곳을 나갔다. 돌아가는 길에 탈리가 말했다.

"네가 수호신을 진심으로 대할 줄 몰랐어."

"왜지? 난 언제나 그를 존중해왔어."

"그건 그렇지만, 아무것도 빌어본 적 없잖아."

"지금은 가능한 한 많은 도움이 필요해."

후안은 또다시 가쁜 숨을 몰아쉬었다. 그녀가 먼저 집에 들어갔고, 후안이 뒤따라 방에 들어갔다. 가스파르는 등을 돌린 채 평온하게 잠들어 있었다. 집을 나설 땐 아이를 미처 떠올리지 못했다. 하지만 문을 조심스레 닫으면서는 고마운 마음이 불쑥 들었다. 폭풍우로 잠에서 깬 아이가 혼자 기다리고 있을 거라 생각했는데, 이토록 깊게 잠들어준 것이 고마웠다.

"위스키를 마시고 싶어졌어."

후안이 말했다. 탈리는 얼음을 채운 유리잔 두 개를 준비했다.

"파라과이에서 직접 가져온 거야. 질은 별로지만, 마시고 싶을 때 마시면 위스키 같긴 해. 아프진 않아?"

"어깨 말이야? 괜찮아."

"그 질문은 뭐야? 아픈 곳이 더 있어?"

"손가락이 아파. 손이 아프고. 무슨 벌레인지 모르겠는데 아무튼 뭐가 물었는지 등도 아파."

"그거 알아? 너 항생제라도 먹어야겠어."

"알겠어. 한 알 정돈 상비약으로 가지고 있겠지."

"그래. 보통 사람들은 관리를 잘할 줄 모르니까, 염증을 얻어가는 경우가 왕왕 있어서 가지고 있어. 사람들이 나를 탓하지 않았으면 해서."

"지금은 아무것도 안 줘도 돼. 나중에."

"그럼, 나중에."

탈리가 말하며 젖은 원피스를 벗은 뒤 땅바닥에 알몸으로 누웠다. 후안이 그녀의 곁에 누웠고, 탈리는 그의 숨소리에서 힘듦이 사그라들기를, 안정을 찾기를 두 눈을 감고 기다렸다.

아침이 되어 탈리는 거실의 매트리스 위에서 혼자 눈을 떴다. 후안은 그녀에게 얇은 홑이불 하나를 덮어주고 선풍기를 가까이 놓아두었다. 탈리는 벽시계를 바라봤다. 오전 6시였다. 상당히 이른 시간이었지만 다시 잠에 들 수는 없었다. 자신의 방에 가서 잠든 후안과 가스파르를 보았다. 더웠지만 두 사람은 서로를 끌어안고 있었다. 가스파르는 아버지의 가슴팍 위에 기대어 있었고, 후안은 아들의 허리에 팔을 감고 있었다. 탈리는 까치발을 하고 아순시온에서 사 온 폴라로이드 카메라를 찾았다. 작동음이 제법 컸지만, 못지않게 큰 선풍기 소리가 셔터 소리를 가려주길 마음속으로 빌었다. 그들은 사진에 찍히는 동안 잠에서 깨어나지 않았고, 탈리는 필름 위에 천천히 드러나는 이미지를 보기 위해 방을 나섰다. 커튼에 여과된 아침의 햇빛이 특수효과를 일으키며 두 사람이 덜 창백하게, 좀 더 구릿빛으로 나오게 해주었다. 후안은 사진을 싫어했으므로 도둑 촬영한 이 사진을 보여주지는 않을 작정이었다. 사진이 다 마르자, 그가 절대 확인하지 않을 장소인 냉장고 위에 사진을 올려놓았다.

‡

후안은 아들의 아픔을 느꼈다. 그것이 마치 자명종처럼 그를 잠에서 깨어나게 했다. 이날 아침엔 아들이 비탄에 잠겨 흐느끼기 전에 안아줄 수 있었다. 마음을 추스를 때까지 머리카락을 쓸어 넘겨주었다. 세수하라고 화장실에 데리고 간 뒤, 이를 닦을 동안은 혼자 있을 수 있도록 내버려두었다. 탈리는 두 사람을 위한 아침 식사를 준비해두었고, 식탁 위에 쪽지도 남겼다. 쪽지에는 마을에 가서 필요한 것 몇 가지를 사 오겠다고 쓰여 있었다.

후안은 쪽지 뒤편에 답장을 써 내려갔다. 모든 게 다 고마워, 우리는 갈게, PR*에서 만나. 찬 우유라면 질색을 하는 가스파르를 위해 우유를 데워주었다. 아이는 등받이 없는 높은 의자에 스스로 기어 올라가 앉아 있었다. 의자는 불편했고, 균형을 유지하려면 주의를 집중해야 했다. 후안은 아무 말도 하지 않았다. 낮은 의자로 내려오라고 하지도 않았다. 그날 아침엔 아무 말도 할 수 없었다. 습한 복도와 벽에 가득한 손바닥 자국, 갉아먹는 검은 빛의 꿈을 꾸

---

*   푸에르토레예스Puerto Reyes를 말한다.

살아 있는 신의 손아귀

었고 머리가 욱신거렸다.

"어디로 가요?"

"떠날 거야."

가스파르는 우유를 밀어내더니 식탁 위에 먹은 것을 뱉었다. 우유를 데울 때 생기는 하얀 막을 몹시 싫어했다. 아이는 더 안 마실래요, 역겨워요, 라고 말했다. 후안은 아이의 턱이 불만으로 단단해지는 모습을, 이를 힘주어 꽉 무는 모습을 보았다. 가고 싶지 않아요, 가스파르가 말하며 팔짱을 꼈다. 저 녀석을 여기에, 탈리와 함께 두지 않을 이유가 있는가. 그녀는 자기 아들을 돌봐줄 터였다. 그리고 자신은 가끔씩 들르러만 올 수도 있을 것이었다. 더 나아가, 몇 년이 지나면 본인은 그저 잊혀가는 기억이 될 뿐이고 탈리가 엄마가 되어 있을지도 모르는 일이었다. 가스파르는 해골들과 비밀스러운 신전에 둘러싸여 자라서 과라니어를 구사하며 수루비* 낚시를 즐기는 강변의 소년이 되어 있을 것이다. 파쿠** 바비큐의 밤, 모래밭 위에서의 섹스, 뗏목을 타는 사람들과 나누는 인사. 그게 아니면 길을 가다가 아이를 강변 어딘가에 그냥 버릴 수도 있을 것이었다. 아니면 병원 문 앞, 혹은 경찰서 앞도 괜찮을 것 같았다. 어차피 길 잃은 아이들이 전국에 널려 있었다. 훔친 아이들, 버려진 아이들. 납치범들이 데려간 소년들. 누군가가 그 아이

*   아마존강에 서식하는 대형 메기류 물고기.

**   주로 남미에서 서식하는 물고기로, 피라냐와 생김새가 비슷하며 치아가 인간의 어금니와 유사하여 인치어라고도 불린다.

를 맡아줄 수도 있을 것이었다. 불법 입양이 전염병처럼 퍼져 있었다. 가스파르는 항상 운이 좋았다. 그 아이는 어느 집이든 팔 벌려 환영할 터였다. 잘생겼고, 상처도 없었다. 아니, 그렇게 많지는 않았다. 물론 상상하는 그 모든 일은 불가능했다. 그들은 찰나에 아이를 찾아낼 것이고, 아이는 무방비 상태에 놓이게 될 것이었다. 탈리는 아돌포의 딸이자 반항심이 많고 주변부를 떠도는 초심자였지만, 그래도 기사단의 일원이기는 했다. 가스파르는 그녀와 함께라면 절대 안전할 수 없었다. 피할 수 있는 가능성은 전무했다. 그는 도망치는 환상을 자주 품기도 했지만, 실제로 감행한다면 붙잡힐 게 뻔하다는 걸 잘 알고 있었다. 뿐만 아니라, 인정할 수밖에 없는 한 가지 사실도 있었다. 후안은 그 힘을 포기하고 싶지 않았다. 기사단을 향해 느끼던 그 모든 증오와 경멸, 모순과 반발심에도 불구하고 그 능력만큼은 여전히 자신의 것이었으며, 그 외에는 소유한 것이 많지 않았다. 포기는 가진 게 많을 때나 쉽지. 후안은 생각했다. 그는 아무것도 가져본 적이 없었다.

‡

"얼른 옷 입어라."

몸을 일으킨 후안은 가스파르에게 말 들어, 지금 당장 움직여, 라고 말했다. 아이는 팔짱을 끼고 칭얼거리며 계속 거부했다. 후안은 손을 힘껏 펴서 아이의 뺨을 올려붙였다. 그 일격은 아이의 얼굴이 돌아가게 했고, 의자 위에서 휘청거리게 했으며 나중에는 중심을 잃게 만들고 말았다. 가스파르는 그 일격으로 등부터 바닥에 떨어졌고, 의자도 근처 바닥에 나뒹굴었지만 후안은 도움의 손길을 건네지 않았다. 그리고 아이의 외침을 무시하며 다가가서는 억지로 한 번에 일으켜 앉혔다. 뺨에 새겨진 붉은 자국과 부은 입술을 살펴보았다. 하지만 사무치는 후회도 가스파르가 울기 시작하자 홀연히 사라져버렸다. 후안은 닥쳐, 라고 말하며 아이의 머리카락을 휘어잡고는 아이의 목이 뻣뻣해질 때까지 힘껏 잡아당겨 자신의 눈을 똑바로 마주치게 만들었다. 머리를 흔들었더니 아이가 땀을 흘리고 있던 탓에 손가락에 부드러운 머리카락이 엉겨 붙었다. 게으름 피우지 마, 이건 아무것도 아니야. 가스파르는 무언가 말하려 했다. 저 의자, 그 일격. 그러나 후안은 아이가 울음을 멈출 때까지 손을 뻗은 상태로 위협을 가했다. 가서 옷이나 입어, 이게 마지막이야, 라는 말을 반복했다. 가스파르는 순순히 방으로 달려갔지만 문을 닫지는 않았다. 해야 할 일을 하기에 앞서 아빠 싫어, 아빠 싫어, 아빠 싫어, 를 외치며 베개에 주먹질을 해대며 화풀이를 해야만 했다. 후안에게 그 정도는 참을 만한 일이었다.

참기 어려운 건 그날 아침의 햇살과 피로와 가슴에 지속되는 통증이었다. 마지막으로 받은 수술 때문인지 과로 탓인지 알 수 없었다. 어쩌면 오래된 자동차 엔진의 시동이 점점 힘겹게 걸리다가 종국에는 숨이 멎어버리듯 자신의 몸이 서서히 썩어가는 일종의 메커니즘일지 몰랐다.

방으로 다가갔다. 손에는 가위와 봉투를 들고 있었다. 가스파르는 반바지와 티셔츠를 입고 있었다. 침대에 앉아 혼자 샌들을 신어

보려 하고 있었으나, 아직도 찍찍이를 어떻게 쓰는지 잘 몰라 헤매고 있었다.

"내가 해줄게."

후안이 말하자 가스파르가 마른 눈으로 돌아보았다. 도와달라는 신호로 발을 쭉 뻗었다. 입술이 부어 있었지만 피는 나지 않았다. 샌들은 글래디에이터 스타일의 새 신발이었다. 가스파르는 그 샌들을 처음부터 싫어하며 단화만 신으려 했다. 휴전을 제안하는 의미로 선택했을 것이었다. 똑똑하군, 후안은 생각했다.

"아빠 싫어하지 않아요. 미안해요, 아빠. 용서해주실 거죠?"

가스파르가 말했다.

후안은 대답하지 않았다. 주방에서 가져온 가위로 깜짝 놀라 눈을 휘둥그레 뜬 가스파르의 머리카락 한 움큼을 잘라냈을 뿐이었다. 후안은 설명하지 않은 채, 가위질을 계속하며 잘려 나간 머리카락을 봉투에 담았다. 그런 뒤에는 종이 위에 표식 두 개를 그렸다. 탈리는 해석할 수 있을 것이었다. 가스파르를 보호하려면 필요했다. 등을 만지다가 탈리가 피부 밑에 백골 수호신을 심어준 상처를 씻어줘야 한다는 걸 떠올렸다. 그 부위와 뼈들을. 수많은 뼈들. 생각하고 싶지도 않을뿐더러 생각 자체를 거부해온, '건너편'의 뼈들을. 로사리오는 과라니족의 전통을 이야기해 주곤 했다. 그들은 죽은 자들을 진흙으로 빚은 솥에 넣어 집 안처럼 가까운 곳에 보관한다. 때가 오면 생명을 돌려받을 수 있다고 믿기 때문이다. 심지어는 시장이나 길가에서 팔곤 하는, 위험성이라곤 전혀 없어 보이는 갈대를 손으로 직접 엮어 만든 소쿠리에 담아 보관하기도 한다. 사체는 거기서 썩어 문드러질 때까지 있게 된다. 그 후 가족은 백골을 수습하여 씻은 뒤 나무 보관함 안에 담는다. 그 오래된 판 잣집들에서는 악취가 진동하리라. 로사리오의 말에 따르면, 몇몇 복음 전파 사제들이 이 뼈 숭배 신당에 대해 이야기하는 기록을 남겼다고 했다. 두 개의 기둥 사이로 펼쳐진 그물 또는 해먹에 걸려 있는 해골. 냄새가 진하게 풍기는 그 신당들의 사제는 그 뼈가 악마의 뼈라고, 말을 걸어온다고 했다고 한다.

후안은 "가방도 잊지 말고 챙겨라"라고 말한 뒤, 침대에서 몸을 일으켰다. 상처에 알코올을 끼얹기 위해 화장실에 갔다. 화끈거리지는 않았다. 거울을 보지 않으려 애썼다. 그 후 가방을 찾으러 탈리의 방에 갔다. 아들의 머리카락 묶음을 담은 봉투를 탁자 위에 올려두었다. 탈리가 쓰게 될 것이었다. 집 앞 정원, 햇빛 아래에서 가스파르가 나오길 기다렸다.

"차 안은 더워요?"

후안이 주변을 둘러보았다. 초록이 흉포하도록 아름다웠고, 그 수많은 색조를 단 하나의 이름으로 부른다는 게 부당하게까지 느껴졌다. 차는 버드나무 그늘 아래 주차되어 있었다.

"조금은. 하지만 해가 곧장 비추진 않았으니 델 정도는 아닐 거다."

"해를 보면 머리가 아파와요. 그 이상한 꽃 같은 게 하늘에 떠다녀요."

"그럼 보지 마."

후안도 편두통이 시작되기 전이면 하늘에서 검은 꽃을 보곤 했다. 이 점에서 둘은 이상하리만치 똑 닮았다. 얼마나 많은 부분에서 서로 닮은 것인가, 그것이 문제였다.

차 시동을 걸었다. 도로로 나서기 전까지 돌 부스러기 위를 운전하는 게 힘들었다. 출구의 커브 구간을 돌 때, 차들을 멈춰 세우고 트렁크를 검사 중인 경찰 검문소가 보였다. 길게 늘어진 줄에 차를 세우고 차례를 기다렸다. 다른 차들과 마찬가지로 호기심을 연기하며 쳐다보기만 하고 있었더니, 경찰 중 한 명이 가도 좋다는 손짓을 했다. 그 경찰은 지금 바로, 또는 방어에 필요하다면 즉시 사용할 준비가 되어 있다는 듯 권총 한 정을 한 손에 쥐고 있었다. 후안은 조금 가속도를 붙였지만, 경찰이 도망자로 인식하지는 않을 정도면서도 그의 명령을 잘 따르고 있음을 보여주기에는 충분한 정도의 빠르기로 나아갔다. 뒷좌석에 앉아 있던 가스파르는 백미러에 비친 그를 경계심 어린 눈빛으로 쳐다보았다.

"앞으로 와." 후안이 가스파르에게 말했다.

기사단이 경찰이나 군인을 희생물로 삼은 적은 한 번도 없었다. 이념적 일관성이 완벽한 인간들이지, 후안은 생각했다. 그들은 자기편을 추격하는 자들만 희생시켰고, 자신은 그런 그들을 돕는 조력자였다. 하지만 공범이라 생각하지는 않았다. 결백했다. 자신도 포로나 다름없었다.

수국의 분홍빛과 잔잔한 버드나무 가지 사이로 비치는 강물이 풍경을 물들이며 펼쳐지고 있었다. 길가에는 풍성한 머리카락을 길게 땋은 채로 앉아, 연두색 또는 거의 흰색에 가까운 갈색이나 상아색을 띤 식물의 끈으로 단단하게 엮은 갈대 소쿠리를 파는 여인들이 있었다. 말 없는 여인들 주변의 도롯가에선 아이들이 이리 저리 뛰어다녔다. 위험하기 짝이 없는 장면이었다. 여인과 소쿠리, 버드나무, 아이와 십자가. 가스파르는 십자가에 대해 알고 싶어 했을 뿐, 피부가 검고 키가 작은 영양실조에 걸린 듯한 아이들에겐 무관심했다. 길가에서 사고로 죽은 사람들을 위한 거야. 그 사람들이 여기 묻혀 있어요? 아니, 그저 기리기 위해 세워놓은 거지. 그들도 남들처럼 묘지에 묻혔어.

남들처럼은 아니지, 후안은 생각했지만 그날 아침 한꺼번에 처리하기엔 너무 과한 정보였다. '베야비스타 80km'라 쓰인 푯말을 지나자, 커다란 흰색과 분홍색 크레이프지와 묵주 여러 개, 선물 포장용 리본 등으로 장식된 커다란 십자가가 있었다. 장식품의 색깔이 햇빛이나 빗물에 바랜 흔적이 보이지 않았다. 거의 원형 그대로 남아 있는 모습은 최근에 세워졌다는 걸 짐작게 했다. 근래의 죽음. 가스파르가 그런 사람들을 보게 될 날이 얼마나 남은 걸까? 그는 로사리오를, 그리고 찢어진 다리의 피부 사이로 돌출되어 있던 허벅지뼈, 바퀴에 깔려 푹 파인 얼굴이 붉은 핏자국과 겹쳐 있던 모습을 영안실의 금속 침대 위에서 보았다. 그날 이후로는 비틀거리며 헤매고 다니는 교통사고 피해자들을 두 눈 뜨고 볼 수 없었기에, 일부러 귀를 틀어막고 지내왔다. 그날의 로사리오는 반달 같았지, 후안은 생각했다. 도무지 몸을 가누지 못해 무릎을 꿇은 채로 올려다본 그녀의 모습이 그랬다. 내려앉은 자국, 짓이겨진 코, 뇌와 이마 그 어딘가에 붙어 있던 두 눈, 불룩 튀어나온 턱 모두가 완벽한 반원 안에 있었다. 얼마쯤 지난 후, 멀쩡한 두 팔과 뻗은 손을 쓸어주고서 그녀를 덮어주었다. 의사였는지 간호사였는지, 로사리오의 값비싼 반지와 팔찌가 담겨 있는 나일론 가방 하나를 건네주었다. 후안은 그 가방을 건넨 사람이 의사였는지 간호사였는지, 남자였는지 여자였는지 도무지 기억나지 않았다. 다만 그 사람에게 어디에 연락을 해야 하냐고 물었던 게 떠올랐다. 무얼 해야 할지 몰랐다. 장례식이나 발인 같은 걸 해야 하는지. 그 여자인지 남자인지 모를 누군가가 침착하고 명료하게 설명해주었다. 후안은 머릿속으로 메모하면서, 아돌포와 메르세데스에게 연락하기 전에, 경비원과 변호사에게 연락하기 전에, 뭐가 됐든 그 전에, 병원 입구 앞에서 택시를 잡아타고 가스파르의 학교로 직행했다. 이 모든 절차를 혼자의 힘으로 할 수 없었다. 장례식 준비 과정을 함께할 사람으로 아들을 택해선 안 된다는 사실을 그 역시도 잘 알고 있었다. 모든 걸 도맡아 진행한 뒤, 최대한 부드럽게 엄마의 죽음을 설명하고 위로해줘야 하는 책임이 다름 아닌 자신에게 있다는 것도 너무나 잘 알고 있었다. 하지만 평범한 사람들이 무얼 어떻게 하는지 그에겐 중요하지 않았다. 가스파르도, 로사리오도, 자신도 평범하지 않은 사람들이었다.

"길거리에 엄마의 십자가도 있어요?"

"아니. 도시에선 이런 십자가를 쓰지 않아."

"왜요?"

"도롯가의 관습이야."

"엄마를 위한 십자가를 하나 세워도 돼요?"

가스파르는 양손을 글러브박스 위에 올려놓은 채 침묵을 지켰다. 바깥에는 키가 작은 나무들이 누군가가 헝클어뜨렸거나 흐트러뜨린 듯이 흉한 못난 모습으로 늘어져 있었다. 후안은 퇴비 냄새를 풍기며 자신들을 추월해 간 화물차를 앞질러 갈 엄두를 내지 않았다. 화물차는 나무 사이 흙길로 사라졌고 도로는 홍목과 버드나무가 우거진 곳으로 두 사람을 인도했다. 얼마 지나지 않아 눈앞에 온통 보랏빛과 붉은빛 풍경이 펼쳐졌다. 후안은 가슴과 목에서 시작된 두근거림을 조절하려 깊은 호흡을 들이켰다.

"가스파르, 물 좀 다오."

아이는 시원한 물이 든 유리병 ― 가스파르가 무척 좋아하는 탄산음료인 크러시 병이었다 ― 을 건넸다. 스티로폼으로 된 수수한 아이스박스가 제 기능을 하고 있었다.

"그리고 이건 뭐예요?"

후안은 가스파르가 가리키는 쪽을 바라보았다. 뒷자리로 돌아간 아이도 그를 따라 물을 병째 마시고 있었다.

"그건 신당이야."

속도를 줄이고 어떤 수호신의 신당인지 살펴보았다. 가우치토*는 아니었다. 특유의 붉은 넝마 장식이 없었다.

산궤시토였다.

누구예요, 누구예요? 가스파르가 졸라댔다. 아마 어림잡아 네 나이 정도였을 작은 소년이지. 술꾼들에게 죽었어. 왜요, 나쁜 아이

---

*   아르헨티나 민속신앙 속 성인 중 하나로, 내전 중 부유한 농장의 물건을 훔쳐 농민들에게 나누어준 일화로 로빈 후드라는 명성을 얻었다.

였어요? 아이가 아니라 그 술꾼들이 나쁜 놈들이었단다. 길바닥에서 살던 불쌍한 아이야. 사실 길바닥이 아니라 이 근처, 숲 인근, 도로 근방이었다.

가스파르는 잠시 깊은 생각에 잠겼다. 사실을 이야기해 줄 순 없지, 후안은 생각했다. 그놈들은 궤시토를 죽이기 전 강간했다. 몇 명이었어요? 정확히 기억하는 사람은 없어. 누군가는 다섯 명이라고도 하고, 또 어떤 사람들은 열 명이라고도 해. 몸을 토막 내고는 머리를 가져다가 의식을 치렀다는 이야기가 있어. 그 아이는 온몸의 피를 다 쏟아내고 머리가 없는 채로 도로 근방에서 발견됐지. 이십 년도 넘은 이야기야. 고야 공동묘지에 묻혀 있는데, 지금 그 무덤은 그 애가 생전 한 번도 만져본 적 없는 각종 장난감으로 온통 뒤덮여 있단다.

"내리고 싶지 않아요." 가스파르가 말했다.

후안도 같은 마음이었다. 궤시토는 물론, 아이라인을 짙게 그리고 멍한, 어렴풋하게는 이집트 스타일 같은 두 눈을 가진 검은색의 반나체 형상도 썩 마음에 들지 않았다. 궤시토를 수호하기 위해 벽돌로 지은 작은 집 안에 무엇이 있는지 호기심이 일기도 했지만, 여행을 계속하는 편이 더 나았다.

칠십팔 킬로미터 지점을 알리는 표지판이 보였다. 베야비스타에 도착하기까지 한 시간 정도가 남았고, 가는 길에 아들과 대화를 나눌 시간은 충분했다. 차에서 나누는 대화가 더 편했다. 차의 움직임이 그를 최면에 거는 듯했다. 이날은 코리엔테스의 좋은 호텔에서 하룻밤을 보낼 예정이었다. 계획을 실행하기 전, 꼭 필요한 일

이었다. 이 마을들에선 얻기 힘든 일종의 성적 에너지를 소환할 필
요도 있었다. 다음으로 미룰 수도 있는 문제이긴 했지만.

"가스파르, 전에 호텔에서 봤던 아주머니 같은 걸 또 본 적 있
니?"

"아주머니는 못 봤어요."

후안은 선글라스를 고쳐 썼다. 가스파르가 자신이 질문하는 의
도를 정확히 파악하고 있다는 게 마음에 들었다. 아이에게 시선을
돌렸더니, 어깨―더위로 티셔츠를 벗었다―쪽에 피멍 같은 것이
생기고 있었다. 아이의 뺨을 후려쳐 의자에서 나뒹굴게 했을 때 바
닥에 부딪히면서 생긴 것이었다. 후안은 짙은 색의 얼룩 위로 손가
락을 부드럽게 쓸었다.

"그러면?"

"우리가 강변에서 국물이 아닌 수프를 먹던 날에, 음악이 연주될
때 어떤 아저씨가 물에서 나왔어요."

"호텔의 아주머니와 같다는 건 어떻게 알았고?"

"발가벗은 온몸이 팅팅 불어 있었거든요. 사람이 그럴 수는 없잖
아요. 그래서 가르쳐주신 대로 했더니 가버렸어요."

"그렇게 가버렸다고."

"네."

대단한데, 후안은 생각했다.

"무서웠니?"

가스파르는 잠시 주저하더니 이마를 덮은 머리카락을 손으로 쓸
어 넘겼다. 불안의 몸짓이었다. 왼손으로 주먹을 꽉 쥐기도 했다.

후안은 그럴 때마다 아이의 손을 억지로 펴주려 했지만 가스파르가 여간 힘을 꽉 주는 게 아니었다. 이렇게 예민하게 살다 보면 일찍 죽을 텐데. 한번은 로사리오에게 이런 말을 했다. 그러자 그녀는 거세게 화를 내며 다시는 가스파르를 두고 그런 말을 입 밖으로 꺼내지 말라고, 우리 아들은 누구보다 단단할 것이며 절대 죽지 않는다고 고함을 질렀다. 이 모든 게 지금은 너무도 멀게만 느껴졌다. 새벽의 말다툼과 베개를 챙겨 다른 방에 자러 가던 로사리오, 문을 쾅 닫는 소리와 홑이불 위에 남겨진 비싼 향수 냄새.

"좋진 않았어요." 가스파르가 답했다.

"내 손을 잡아봐. 내 말이 거짓말이 아니라는 걸 네가 알아주었으면 해. 우리 맹세하자."

후안은 속도를 낮췄다. 도로가 텅 비어 있었기에 한 손으로만 운전하며 아들과 두 눈을 맞추는 일도 충분히 가능했다.

"내가 맹세할게. 그것들은 아줌마도, 아저씨도 아니라 그저 메아리일 뿐이야. 우리 집 차고에서 큰 소리를 질렀을 때, 그 소리가 네게 되돌아오던 일 기억나지? 그때 귀에 들려온 소리는 진짜 네 목소리가 아니잖아. 같은 이치야. 사람들이었다가, 호텔의 아주머니였다가, 강변의 아저씨였다가 오락가락했지. 또 지금은 아무것도 없잖아. 그것들은 네게 아무것도 할 수 없어. 널 만질 수도 없기 때문에 해칠 수도 없지. 너에게 가까이 다가올 수는 있어도 절대 만지지는 못해. 내가 맹세할게."

"그런데 왜 눈에 보이는 거예요?"

"그것들을 볼 수 있는 사람들이 있어. 그보다 더 많은 걸 보는 사람들도 있고."

"아빠 다른 것도 보나 보네요."

질문이 아니었다.

"그래."

"저도요?"

"모르겠어. 네가 정 원한다면 한번 시험해볼 수도 있지. 그리고 또 네가 원한다면, 그 아줌마나 아저씨 같은 것들을 네가 보고 싶을 때만 볼 수도 있어."

"제가 보고 싶을 때만요?"

"그럼."

"왜 보고 싶어져요?"

아주 좋은 질문이었다. 후안은 실소를 터뜨렸다.

"그럼 다시는 보지 않을 방법을 알려줄게."

"검은 꽃도, 아줌마지만 아줌마가 아닌 그것들과 같은 거예요? 방금 전에 구름 옆에 있는 걸 봤는데, 지금 머리가 아파요."

"어디가 아픈데?"

"여기 눈 있는 데요."

후안은 뒷좌석으로 팔을 뻗고는 가방을 찾기 위해 손을 휘적거렸다. 아들의 편두통이 시작되기 전에 아스피린을 먹여야 했다. 물과 함께 삼켜야 한다, 눈을 감고서 한동안 가만히 있어보렴. 가스파르는 가족 대대로 내려온 손쓸 수 없는 편두통을 물려받았다. 보통의 두통만 겪는 행운아들에게 두개골 밑에서 울려오는 망치질, 두 눈이 마치 얼굴에 단단히 박힌 돌멩이 같은 느낌과 칼날 같은 빛의 느낌, 확성기로 울리는 것 같은 작은 소음 하나하나를 설명하기란 불가능했다. 어지럼증까지도.

하지만 그에게 최악은 따로 있었다. 그건 바로 가스파르가 겪는 통증을 어떻게 해줄 수 없다는 사실이었다. 그가 지울 수 있는 통증은 단지 스스로가 만들어내는 것뿐이었다.

"아빠, 토할 것 같아요."

십오 분이 지나자 가스파르가 말했다. 후안은 차를 도롯가에 세우고 문을 연 뒤 아이가 옷을 더럽히지 않고도 아스팔트 위에 구토를 할 수 있게 도왔다. 이마를 받친 상태로 머리카락을 관자놀이 뒤로 넘겨주면서, 가스파르의 몸이 통증으로 얼마나 수축하고, 땀 흘리는지를 느꼈다. 아이가 낮잠을 잘 시원한 응달을 찾아야 했다. 그렇게 하지 않으면 정오의 뙤약볕 아래 편두통이 심해질 수밖에 없었다. 탈리의 집으로 돌아가야 했다. 아이스박스에서 얼음 한 줌을 꺼내 가스파르의 이마에 문질러주었다. 관자놀이가 어른의 것처럼 헐떡이고 있었다.

"울지 마, 그럼 더 심해지니까." 후안이 말했다.

가스파르가 한 번 더 속을 게워냈다. 이제 위장엔 아무것도 남은 것이 없었고, 힘을 주다 못해 몸이 사시나무처럼 떨리고 있었다. 후안은 아이의 머리를 받쳐주는 데 너무 집중한 나머지 자신들 곁에 차 한 대가 다가왔다는 사실도 눈치채지 못했다. 자동차의 존재를 알아차리기 전 목소리 하나가 먼저 들려왔고, 곧바로 스스로에게 짜증이 났다. 반사신경도 사라진 건가, 난 대체 뭘 하고 있었던 거지?

"안녕하세요. 괜찮으십니까?"

후안이 뒤돌아섰다. 그의 곁에 푸조 한 대가 서 있었다. 그에게 말을 건 운전자는 틀림없이 부에노스아이레스 사람이었다. 젊었고 악의가 없었다. 이제야 신경을 곤두세우고 모든 집중을 이 나그네에게 쏟아부었다. 믿을 만하군, 확신할 수 있었다. 또 한 명의 무해한 사람이었다.

"아들이 몸이 좋지 않습니다."

"도움이 필요하신가요? 이쪽 이백 미터 근방에 식료품점이 있어요. 전 가족을 만나러 왔는데, 아마 누군가는 전화번호를 알 거예요."

이백 미터 근방이라니? 이 산속에? 후안은 잠시 뾰족한 가시 같은 불신이 솟아오르는 것을 느꼈지만 한편으로는 그 자동차의 청년이 진심이라는 것도 알아차렸다. 이쪽 북부는 독재의 억압이 다소 덜하긴 했다. 그래도 의식 있는 사람이라면 흔치 않은 상황에 맞닥뜨릴 때마다 신경을 곤두세우기 마련이었다. 하지만 이번이 그런 경우는 아니라는 데 생각이 미쳤다. 이 한여름에, 심하게 체한 탓에 도로변에서 고생하고 있는 한 아이. 지극히 정상이었다. 도움을 받아도 되었고, 지금 이 청년 역시 지극히 평범하게 행동하며 도움을 제안하고 있었다. 그 어떤 것도 위험을 내포하지 않았다.

"도로변에서 잘 안 보이는 곳에 숨어들어 장사를 하는 모양입니다. 그렇게 하면 장사가 잘 안 될 텐데요."

"이쪽 사람들은 어디 있는지 잘 아니까요. 저 길이 보이죠?"

격식을 차리지 않은 말씨는 또 하나의 좋은 징조였다. 후안은 하안 글씨로 '카를렌 식료품점'이라 쓰인 작은 나무 팻말과 그곳까지 이어지는 흙길을 보았다.

"보십시오, 제 아들이 편두통을 앓고 있습니다. 지금 이 아이에겐 사람들이 북적이는 소음 많은 가게보다는 그늘지고 시원한 쉴 만한 장소가 필요합니다. 호텔을 찾으려던 참이었어요."

그 청년이 수긍했다.

"그 집 식구들이 가게 뒤편에 살아요. 분명 방 하나를 마련해줄 수 있을 겁니다. 이백 미터만 가면 돼요."

후안은 이 청년의 두 눈을 바라보았다. 곱슬머리였고, 지금은 벗었지만 안경을 쓰는 사람임이 분명했다. 콧잔등에 안경 자국이 두드러졌다. 그의 차는 퍽 지저분했다. 긴 여정이었으리라. 입고 있는 베이지색 셔츠는 깔끔했다. 원한다면 한 번 더 입어도 될 정도였다.

"그럼 따라가겠습니다." 후안이 말했다.

얼마 가지 않아 카를렌 식료품점이 나타났다. 절반은 벽돌이고 절반은 목재로 된 소박한 건물이었다. 넓은 주차장과 앞마당이 있었고 뒤편으로는 흰색으로 칠한 가정집이 보였다. 상점에는 큰 탁자 하나가 놓인 테라스가 있었는데, 정오임에도 불구하고 휑하니 비어 있었다. 두 남자가 베란다에 몸을 기대고 어쩌면 맥주일 수도 있는 무언가를 마시고 있었다. 차를 타고 나타난 청년이 먼저 내렸고, 문가에 우두커니 서 있던 여성에게 말을 걸었다. 여자는 꽃무늬가 수놓아진 긴 가운에 앞치마를 둘렀고, 하얗게 센 머리를 단정하게 모아 묶고 있었다. 청년이 그 여자에게 무슨 말을 했는지 잘 들리진 않았다. 그녀는 이내 운전석 문을 열어두고 가스파르의 이마에 연신 얼음을 문지르고 있던 후안에게 달려왔다. 아이의 머리는 움직이지 않았다. 움직일수록 아픔만 커질 뿐이라는 걸 깨달았기 때문이었다.

여성은 자신을 술레마라고 소개하며, 카를렌 식료품점과 제재소의 주인이라고 했다. 이어 자기 아들의 침대라도 괜찮다면 아주 기꺼이 아들의 방을 내줄 테니 아이를 눕혀 쉬게 하라고 후안에게 제안했다. 아이가 사시는 아니죠? 후안이 자신을 소개하고 아이의 이름이 가스파르라고 말하자 그녀가 물었다. 사시일 수도 있어요. 하지만 눈병을 고칠 수 있는 사람이 많진 않다고 들었어요, 후안이 답했다. 맞는 말씀이에요, 흔히들 말하듯 돌팔이들이 워낙 많으니까요. 카를렌의 여주인은 그렇게 맞장구를 치고는 이쪽으로 오세요, 우리 엄마도 두통으로 고생하셨는데, 이런 꼬맹이가 그런 건 또 처음 보네요, 라고 이어갔다. 여자의 말투에는 은근한 비난조가 묻어났다. 남자가 제 아들 하나도 제대로 간수하지 못하는 모양새 좀 봐, 라고 생각하고 있던 것이다. 후안은 크게 개의치 않았다. 어떤 의미에서는 그녀가 맞았다. 예를 들자면 자신은 가스파르에게 챙 넓은 모자를 사줄 생각도 미처 하지 못했고, 안전벨트를 매라는 얘기도 하지 않았으며 말을 조금이라도 듣지 않으면 언제든지 흉포한 폭력을 행사할 만반의 준비를 갖춘 아비였다. 바로 그날 아침에 일어난 일처럼. 후안은 가스파르를 품 안에 안고 그녀를 뒤따라갔다.

"남편과 아들이 섬에 갔거든요."

여자는 자신이 하는 말을 후안이 알아들을 거라 단정하며 이어 갔다. 뒤편의 집에는 시멘트 바닥이 있었고, 앞마당에서는 청소년 기의 소녀 하나가 야자나무 잎으로 만든 빗자루로 바닥을 쓸고 있 었다. 집 안에 들어가니 각 방이 문 대신 비닐 끈으로 만든 커튼으 로 구분되어 있었고, 깜짝 놀랄 정도로 시원했다. 후안은 탁자 위 에서는 뚜껑이 열린 와인병과 플라스틱 조화 장식을, 벽에서는 섬 세하게 배치된 이타티의 성모*의 초상을 보았다. 냉장고에서는 낮 은 소음이 들려왔다.

"이쪽으로."

카를렌의 여주인이 말하며 작은 방의 비닐 커튼을 열어젖혔다. 싱글 침대 하나와 나무 차광 문으로 닫힌 창문이 있었다.

후안은 어둠에 적응하기 위해 눈을 깜빡여야 했다. 이어 가스파 르를 조심스레 침대에 눕혔다. 여자는 주방으로 사라졌다가 물, 얼 음이 담긴 작은 알루미늄 솥, 그리고 물을 적실 만한 천 조각 하나 를 챙겨 돌아왔다. 후안은 감사 인사를 했다. 그녀는 감자를 가져 다주어도 좋겠냐고 물었다. 네, 여사님은 일하러 돌아가셔야 하니 자르는 건 제가 할게요, 라고 후안이 대답했다. 잠깐이면 돼요, 여 자가 말했다. 어떻게 감사드려야 할지, 라고 후안이 말했지만 카를 렌의 주인장은 그 말을 들은 체 만 체 하고 가버렸다.

후안은 베개를 물에 적시지 않으려 한쪽으로 치워놓은 뒤 가스

---

*　1528년에 파라나강 분지의 바위 아래에서 일어난 성모 발현. 아르헨티나 이타 티시에 본당이 있다.

파르를 모로 눕혔다. 자신의 경험에 비추어봤을 때, 메스꺼움이 또 몰려온다면 질식사할 정도로 구토를 해댈 수 있으니 이렇게 있는 편이 나았다. 천 조각을 얼음물이 담긴 작은 냄비에 담갔다 꺼내고 는 가스파르의 머리에 두건처럼 둘러주었다. 카를렌의 주인장은 얇게 저민 동글동글한 감자 조각 여러 개를 가져왔고, 후안은 건 네받은 저민 감자를 가스파르의 이마 위에 올려주었다. 아이가 마 침내 그의 손을 놓고서 입은 벌리고 두 눈은 차가운 천 조각으로 가린 채 잠에 빠져들었을 때, 후안은 차에 올라타 아이를 바로 그 곳, 바깥세상에 알려지지 않은 작은 식료품점에 버려두고 도망가 는 상상을 했다. 아들아, 너에게는 이곳이 더 좋을지도 몰라. 후안 이 생각했다. 진열장 뒤에서 손님을 맞이하고, 어쩌면 뗏목을 타고 다니기까지 하며 성장하는 아이의 모습을 그려보았다. 버려진 아 이는 울분에 가득 찬 과묵한 남자로 성장할 것이었다. 어차피 세상 엔 그런 사람들이 널려 있었다. 방을 나섰다. 밖에서 바닥을 쓸고 있던 소녀가 낮은 목소리로 아가가 이제 좀 괜찮아졌냐고 물어 왔 다. 이제 잠들었다고, 잠에서 깨어나면 괜찮아질 거라고 대답했다. 아빠와 남동생이 섬에 가 있어서 다행이에요, 그래서 자리를 내드 릴 수 있었어요. 그렇지 않았어도 제 방을 빌려드릴 수 있었겠지 만 그 방이 좀 더 낫거든요. 두 사람은 어디 간 거야? 후안이 궁금 해했다. 섬에 갔어요, 공장에요. 제재소가 있는 거야? 그냥 과일 상 자를 만드는 곳일 뿐이에요. 레몬과 오렌지요. 아저씨, 괜찮으시면 저기 한번 가보세요. 마실 게 있을 거예요. 소녀가 말했다. 아이가 일어나면 말씀드릴게요. 저도 한두 시간 정도 낮잠을 자긴 하는데요, 얕게 자거든요.

타인의 친절이라니, 후안은 생각했다. 관대하고 이타적인 사람들을 너무 많이 만난 건 아닐까? 신호나, 함정이나, 전조 증상은 아닐까? 후안은 식료품점을 향해 걸어가면서 생각에 집중하려 두 눈을 감았다. 그 어떤 추격의 기운도 느껴지지 않았다. 매미들은 비명을 지르고 있었고, 새들은 침묵을 유지했다. 들판에서는 오래된 폭력의 기운은 물론 최근에 벌어진 사건까지도 모두 느껴졌지만, 그 어떤 것도 자신과 아들을 향하고 있지는 않았다. 다만 돌풍처럼 불어온 한 가지는, 자신을 안드레스라 소개한 푸조 차량의 나그네가 품은 욕정이었다.

이제 식료품점의 탁자 주변에는 식사 중인 두 남자가 있었다. 한 사람은 국수 요리를 끝마치는 중이었고 다른 하나는 샌드위치를 허겁지겁 베어 먹고 있었다. 두 사람이 베란다에 기대어 마시던 술은 그 자리에 그대로였고, 망구루유*에 대한 이야기가 오가고 있었다. 후안은 그 단어가 무얼 일컫는지 얼마간 고민하다 물고기겠거니 추측했다. 그중 한 명이 "나는 아침에 먹은 고등어와 끓인 마테차보다도 못생겼어"라고 말하는 게 들려와 후안은 미소를 지었다. 그 말을 한 사람은 정말 못생겼다. 어린 시절 앓았을 질병의 흔적이 얼굴에 남아 있었고, 통통하며 키가 작았다. 전형적인 낮잠 요정의 이미지가 떠오르는 모습이었다.

푸조의 나그네, 안드레스가 카를렌의 주인장과 함께 식료품점을

---

* 아르헨티나와 브라질 및 파라과이에서 서식하는 매우 큰 민물고기.

나섰다. 그는 후안에게 가스파르의 상태가 어떠냐고 물은 뒤, 점원이라도 되는 양 무얼 마시겠냐고 물었다. 하지만 그의 부에노스아이레스 북부 지역 억양이나 옷을 입은 풍모 등을 봐서는 전혀 어울리지 않는 모습이었다.

"탄산음료요. 가능하다면 차가운 걸로 부탁합니다."

"있고말고요. 아마 모르시겠지만 냉장고 이쪽에 넣어두면 바람이 얼마나 찬지, 정말 시원해진답니다."

후안은 한쪽 눈썹을 치켜들었다. 다 아는 얘기였다.

"여기서 일하십니까?"

"며칠을 이곳에서 묵었어요. 돈을 절대 안 받으려고 하시길래 그동안 일손을 좀 보태드리고 있죠."

안드레스가 크루시 뚜껑을 서툰 솜씨로 따주었다. 그는 긴장한 상태였다. 두 명의 트럭 운전사와 베란다에 앉아 있던 이들이 술에 거나하게 취해 버드나무 아래로 쉬러 갈 때까지도 다가와 겸상하지 않았다. 후안은 그때 문득 그곳이 호수 한 곳과 매우 가깝다는 사실을 알아차렸다.

"뭘 좀 드시겠어요?"

"글쎄요, 조금 있다가요."

후안은 그렇게 말하고는 병째로 들이켜 세 모금 만에 다 마셔버린 빈 크루시 병을 물끄러미 쳐다보았다.

안드레스는 많이 자란 곱슬머리를 매만지더니, 자신이 이 식료품점에 어떻게 오게 되었는지를 설명하기 시작했다. 메소포타미아와 관련된 일을 하고 있는 사진작가라고 자신을 소개했다. 그걸 '일'이라고 불렀다. 다른 무엇보다 사람들을 찍는다고 했다. 카를렌 일가의 사람들은 자신을 그들의 내밀한 생활공간에 받아들여 주었다. 또 집과 식료품점 사진을 찍게 해주었을 뿐 아니라, 밤이면 원숭이가 고함을 지르며 싸워대는 파라나 강변의 섬에서 그들이 운영하는 공장의 사진도 찍게 해주었다. 강을 여행했던 이야기도 했다. 가는 길엔 돛단배를, 오는 길엔 뗏목을 탔다고 했다. 그집안 남자들은 지금도 섬에 가 있다고 덧붙였다. 뿐만 아니라, 바로 이틀 전에 열린 무도회 사진을 찍은 이야기도 해주었다. 비 때문에 흙길이 상당히 질척거렸고, 그래서 카를렌 댁의 두 아이를 자신이 트랙터로 데려다주었다고 했다. 후안은 그의 이야기에 집중했다. 왜 코리엔테스이고, 왜 이 지역입니까? 후안은 알고 싶어 했다. 아르헨티나를 잘 몰라서요, 안드레스가 대답했다. 이탈리아에서 수년간 살다 왔어요.

"왜 돌아온 거죠? 군인들이 무섭지 않았습니까?"

안드레스가 순간 움츠러들었다.

"그렇게 반사적으로 반응할 필욘 없습니다." 후안이 말했다.

"당신들은 어디로 가고 있던 거예요?"

후안은 그에게 잘 설명해야 한다는 걸, 그것만이 그가 신뢰를 갖게 할 방법이라는 걸 잘 알고 있었다. 그 사진작가에게 사심이 전혀 없다고 할 순 없었지만, 그럼에도 그가 베푼 건 대단한 친절이었다. 후안은 그를 파악하는 데에 시간을 할애하긴 했지만, 어쨌든 자신의 외모가 남자에게든 여자에게든 미치는 영향을 잘 알고 있었다. 남들의 욕정을 이해하는 한편, 즐길 수 없다면 이용하는 방법을 배워왔다.

"포사다스에 있는 처가댁에 가는 길입니다."

진실이 아니지만 믿을 만하며 현실과 얼핏 유사한, 거울에 비춘 듯한 평행 사실을 말해줄 참이었다.

"돈이 많으세요. 비행기를 타고 오라고 하셨는데 그냥 차를 운전해서 가기로 했죠. 저도 이 나라를 제대로 알진 못하거든요."

거짓말은 의미가 없었다. 어차피 가스파르가 잠에서 깨어나면 이것저것 떠벌릴 것이었다. 게다가 편두통을 앓고 나면 아이는 희한하게도 평소보다 더 수다쟁이가 되곤 했다. 그래서 그에게 자신이 사별했으며, 아들과 혼자 여행을 떠난 게 처음이라고도 털어놓았다.

식료품점 문가에서 이야기를 듣고 있던 카를렌의 주인장은 감자 퓌레를 곁들인 커틀릿을 서둘러 준비하더니 뭐라도 먹어야지 않겠냐며 후안에게 건네주었다. 그 후 자신도 낮잠을 자러 가겠다고 말했다.

"아이가 깨면 바로 알려줄게요. 아이를 보려거든 언제든 여기로 와요."

안드레스는 처가가 어떻게 그렇게 부자가 됐는지 알고 싶어 했고, 후안은 그들이 규모 있는 목재 공장을 운영한다고 답했다. 그리고 문가의 해먹 의자를 써도 되냐고 물었다. 안드레스는 그럼요, 하고 말하더니 가게 안쪽에서 한 개를 더 꺼내 왔다. 맥주 두 병도 함께였다. 후안은 주머니에서 돈을 꺼내고서 그걸 계산대나 집안 사람들이 돈을 보관하는 곳에 넣어달라고 사진작가에게 부탁했다.

그러고는 운전할 거라 술은 괜찮습니다, 탄산음료나 하나 더 주시죠, 라고 요청했다. 더 계시다 갈 줄 알았는데요. 아뇨, 내일 아침엔 포사다스에 도착해 있어야 합니다.

사진작가는 실망한 듯하더니 사람을 찍는 데 염증을 느낀다고 털어놓았다. 지금은 도롯가의 작은 수호신들을 찍기 시작했다고 했다. 산궤시토 신당이 특히 눈길을 끌었는데, 뒷이야기를 듣고 나니 더 마음이 갔다고 말했다. 그래서 더 많은 신당의 사진을 찍으러 가던 중, 도로 위에서 그들과 맞닥뜨린 거라고 했다.

"이야기를 끊어서 미안합니다만, 아직 해가 중천인데요. 지금이라도 가시죠."

후안이 말했다.

"그쪽과 함께 있는 게 더 좋군요."

사진작가가 대범하게 받아친 뒤 맥주를 한 모금 더 삼켰다.

"지금 제겐 당신 말고 다른 게 눈에 들어오지 않아요."

후안은 미소만 지을 뿐이었다. 이제 그가 다음 단계를 밟을 차례였다.

"대범하시군요. 술독에 빠진 건달들이 많은 이런 동네에서 굳이 원나잇을 할 기분을 내도 되는지 잘 모르겠습니다."

"못 믿겠다는 건가요? 지금 당신이 어떤 기회를 잡았는지 모르네. 그날 밤 무도회에서만 이탈리아에서 했던 것보다 많은 섹스를 했다고요, 바로 내가 말이죠. 이 사람들, 허술하다고요."

후안이 웃었다.

"악마의 예배당은 혹시 가보셨어요? 거기도 사진을 찍을 만할 거예요."

"말은 들었어요. 사람들이 두려워하더라고요."

"미사를 드려요. 교회의 인정을 받은 건 아니지만. 그렇다는 얘기 들었어요. 와인 대신 세례받기 전의 갓난아기를 씻긴 목욕통의 물을 담아서 쓴다고 하더군요. 피 한 잔을 가져다 쓴다고 하는 게 더 어울리지 않겠어요? 그런데 사실은 더러운 물을 선호한다네요."

"그럼 미사는 뭣 하러 드리는 겁니까?"

사진작가가 알고 싶어 했다.

"늘 있을 법한 이야기 있지 않습니까. 누군가를 해하려는 거죠. 야간 사진도 찍으시나요? 그럼 무슨 일이 일어나는지 한번 방문해 보시죠. 무언가가 일어난다고 한다면 아마 금요일쯤일 겁니다."

"당신은 이런 일들을 믿나요?"

"아뇨."

후안이 다시 거짓말을 했다.

"제 아내가 그런 걸 꽤 믿었었죠. 이 동네에 오랫동안 계셨으면, 동네 사람들이 죄다 반*주술사라는 걸 제가 따로 설명드릴 필요도 없겠네요. 아들 상태 좀 보러 다녀올게요."

집 안에는 선풍기의 낮은 윙윙거림 외에는 완벽한 정적이 감돌고 있었다. 곧장 가스파르가 잠들어 있는 방으로 들어가 저민 감자 조각들을 얼굴에서 조심스레 떼어주었다. 감자 조각은 뜨끈했고 말라 있었다. 솥에 남아 있는 얼음물에 천을 다시 적셨다. 깨우지 않고 해내는 데 성공했다. 소리를 내지 않으려 신경 쓰며 방에서 나왔다. 식료품점으로 돌아오자, 사진작가가 선풍기 한 대와 다른 탄산음료 한 병을 꺼내놓고 매장에서 그를 기다리고 있었다. 이번에는 코카콜라였다. 금지된 음료였다. 코미디가 따로 없었다. 사진작가는 후안의 환심을 사려 했지만 번번이 헛발질을 하고 있었다. 게다가 지금은 웃통도 벗은 채였다. 말랐고, 가슴은 민숭했다. 털이 빽빽하게 덮여 있는 짙은 색의 양팔에 비하면 놀라울 정도였다. 사진작가는 긴장하고 있었다. 후안은 그를 안심시키려는 어떤 행동도 하지 않았다. 그의 가까이에 앉아 사진 이야기를 더 해달라고 청했다. 안드레스는 그에게 강변의 섬에 갔던 일과 원숭이들의 싸움이 얼마나 겁이 났었는지를 이야기했다. 그중 한 마리도 사진으로 남길 수 없었다. 그는 동물 사진에 전혀 관심이 없다고 말했다. 돈을 벌 수 있다면 하겠지만. 내셔널지오그래픽에서 자신에게 그런 일을 맡긴다면 당연히 수락할 것이었다. 제일 좋아하는 건 사람과 건축물이었다. 이탈리아에서는 모든 건축물이 다 웅장하고 화려했기에 질려버리고 말았다. 하지만 이곳 리토랄의 겉보기에 고만고만한 소박한 집들 사이에 있다 보니, 사람 사는 곳에 대한 끌림이 다시 살아나는 것을 느꼈다. 여러 헥타르에 걸쳐 야자나무 공원처럼 꾸며놓은 정원에 흰색 석재로 지은 멋진 저택들이 있는데, 이 동네를 좀 더 탐험해봐야 하는 것 아니냐는 말이 후안의 목젖까지 차올랐다. 대신 베네치아를 가본 적이 있냐고 질문하는 편을 선택했고, 사진작가가 운하와 공작궁에 대해 하고 싶던 말들을 들어주었다. '나는 베니스에 서 있네/궁전과 감옥이 나란히 서 있는 곳에'*. 후안은 생각했다. 그 시구가 뇌리에 선명했다. 천천히 셔츠를 벗었다. 날씨가 몹시 더웠다. 누구나 깊은 인상을 받는 건 아니기에, 사진작가의 반응을 기다려보았다. 어떤 사람들은 그의 수술 자국을 다소 무심하게 지나치곤 했다. 그것이 지닌 의미나 중함을 이해할 만큼 충분한 정보를 누구나 갖고 있는 건 아니었다.

그러나 사진작가는 이해했다. 오, 하느님, 이라며 중얼거렸다. 하지만 안타까움보다는 놀라움이 더 컸다.

"무슨 일이 있었던 거예요?"

"수술 자국이죠. 총에 맞았거나 한 건 아닙니다. 상처 입은 혁명가도 아니고요."

사진작가는 그런 걸 떠올린 건 아니라고 중얼거렸다. 이어 후안은 자신이 심각한 중증의 심장기형을 갖고 태어났으며, 어릴 때 여러 번 수술을 받았고 청소년기엔 유럽에 가서도 한 번 받았는데 가장 최근의 것은 육 개월 전이었다는 것을 모두 다 이야기했다.

"육 개월요? 그런데도 지금 이 동네를 혼자 다니고 있는 겁니까?"

"회복되었어요."

후안이 말했다. 그는 사진작가의 두 눈을 바라보며 의자의 등받이에 기댔다.

"아픈 사람 같지 않아요. 창백하긴 한데, 너무나 선명한 금발이잖아요! 게다가 정말 멋진 몸이에요. 뭐랄까, 약해 보이지 않아요.

*   시인 조지 고든 바이런이 쓴 시 「차일드 해럴드의 순례」의 일부.

병을 앓고 있다는 게 사실이에요? 최근에 받았다는 그 수술은 아무 소용이 없었던 건가요?"

"어떤 면에선 소용이 있었죠. 하지만 전 완치되기는 글렀어요. 그래서 앞서 권해주신 콜라도 마실 수 없었던 거고요. 최소한 지금은 말이죠. 곧 운전을 해야 하니까요."

"카페인 때문이죠. 당신, 용감하군요. 그렇게 혼자서 애 하나까지 데리고 도로 위를 다니다니. 갈비뼈 쪽의 상처도 심장 때문에 생긴 겁니까?"

후안은 그 상처를 손가락으로 만졌다. 상처는 갈비뼈에서 등으로 이어졌다. 몸통을 살짝 돌려 사진작가가 상처 전체를 볼 수 있게 했다.

"네. 이게 첫 번째 상처죠."

"팔에 있는 건요?"

"화상이고요."

"갖가지 일을 다 겪으셨네요."

두 사람은 침묵 속에서 눈을 마주쳤다.

"보여줘서 고마워요." 사진작가가 말했다.

"잠시 후 내가 당신 위에서 죽어도 놀라지 말라고 미리 말해두는 겁니다."

사진작가는 웃지 않았다.

"원하시면 베야비스타까지 제가 차로 데려다드릴게요."

후안은 의자에서 일어나 안드레스의 곁에 다가갔다. 그는 후안이 자신 위로 쓰러지기라도 한다는 듯 양손으로 엉덩이를 꽉 움켜쥐었다.

"날 어디에도 데려다주지 마시오."

사진작가는 손끝으로 후안의 매끈한 복부를 쓸어내렸다. 당신은 내가 살면서 본 남자 중 가장 아름다워. 아름다움 그 이상이야.

"닥쳐. 여긴 아냐, 이쪽으로 와." 후안이 말했다.

식료품점으로 들어갔다. 쇼케이스 뒤쪽의 소시지 자르는 기계와 멀찍이 떨어진 곳으로 가서 낡고 소음이 요란한, 나무로 만들어진 것처럼 갈색으로 칠한 냉장고의 뒤편에 기대었다. 비닐 커튼으로 가려진 곳 안쪽에서 사진작가는 후안에게 상처가 아픈지 물었다. 가끔, 후안이 말했다. 비가 오면 뼈와 흉골 쪽이 늘 시려오지. 아무 일도 없을 거라고 약속해줘, 안드레스가 허리띠를 풀며 말했다. 후안은 그가 몸을 굽혀 자신의 바지를 벗기는 걸 허락했다. 사진작가는 신음하며 땀을 흘렸고, 후안은 누군가 자신들을 찾게 된다면 좋지 않은 상황에 처하게 될 거라고 생각했다. 만일 술꾼들에게 발각된다면, 두 호모를 곱게 보내주진 않을 것이었다. 안드레스의 머리채를 세게 움켜쥐고 "더 천천히"라고 말했다. 사진작가는 고갯짓으로만 알았다고 신호할 뿐이었다. 리듬이 바뀌자, 후안은 등을 적시며 줄줄 흐르는 땀 때문에 한낮의 열기로 윙윙거리고 있던 냉장고의 문 위로 미끄러질 뻔했다. 그래서 눈을 감고 기호에 집중해보았다. 부단히 신경을 집중한 끝에 더위와 낮잠으로부터 멀어질 수 있었다. 생명력이 쇠한 별 사이를 떠돌아다니며, 뼈 무더기 사이에 있을 부름, 허락, 환영의 징표를 찾으려 애썼다.

‡

마지막 한 방울까지 빨아들여 달라고 굳이 요구할 필요는 없었다. 안드레스는 게걸스럽게 닥치는 대로 그것을 맛보았다. 누군가 자신을 해하려 한다면 정액보다 더 유용한 것은 없었기에, 후안은 그 어디에도 자신의 흔적을 남기고 싶지 않았다. 사진작가가 구석에서 자위하는 동안 누구도 식료품점에 들어오지 않게 하기 위해 문가를 향해 갔다. 사진작가는 실제로 어떤 일이 일어나고 있는지 절대 알지 못할 것이었다. 기사단에서는 '이중 사슬'이라고 부르는 것이었다. 그는 모든 기사단 사람들과 마찬가지로 양성의 파트너를 갖고 있었다. 마법의 양성성. 물론 제례는 보다 복잡하고, 사진작가와 가졌던 이번의 만남과도 전혀 다른 성격을 가진다. 하지만 후안은 언제나 그랬듯 이단과 위험의 가장자리를 걸어 다니는 사람이었다. 사실 즐기고 있기까지 했다. 사진작가가 자신의 입술에 키스하는 걸 거부하지 않았다. 셔츠를 다시 입고는 사진작가가 안쪽 화장실로 씻으러 가는 모습을 지켜보았다. 화장실은 밖에 있었지만, 안드레스가 젖은 손을 바지에 닦으며 돌아오는 걸 보아 투박하게나마 수돗가도 갖춘 듯했다. 후안은 소환된 에너지의 힘이 손 안에서 끓어오르는 걸 느꼈다. 생각해둔 일, 하려고 마음먹은 소환을 해낼 수 있을 것이었다.

"잠 좀 자둬. 오스발도와 아들은 내일까지 돌아오지 않을 거야."

사진작가가 청했다.

후안은 답하지 않았다. 시간을 보았다. 오후 2시밖에 되지 않았다. 답을 생략한 채 자동차로 갔다. 가방에서 가스파르가 그림을 그리는 데 쓰는 백지 몇 장을 꺼냈다. 약도 챙겼다. 아들이 잠에서 깨어나고 있었다.

식료품점으로 돌아오자 안드레스가 자몽 맛 환타를 준비해두었다. 이건 마실 수 있지, 이것도 안 된다고 하지 말아줘. 그래, 이건 괜찮아, 라고 말한 후안은 음료수의 힘을 빌려 약을 삼켰다. 사진작가는 그런 그를 습기 찬 눈으로 바라보고 있었다. 후안은 자신이 이기적이었다고, 그가 식료품점의 카운터 위에서 비명을 지를 때까지 멈추지 않아야 했을지도 모른다고 생각했다. 하지만 그때의 그는 피곤했다. 탄산음료를 절반 남기곤 가스파르에게 갔다. 아이는 침대에 앉아 놀랐다기보다는 호기심 어린 눈빛으로 주변을 찬찬히 살펴보고 있었다.

"지금은 좀 어떻니?"

"배가 고파요."

"그럼 괜찮은 거군."

아이를 두 팔로 안아 올리고서 천천히 마당을 가로질러 갔다. 챙 넓은 모자를 하나 사야겠어, 후안은 생각했다. 그리고 나선 안드레스에게 가스파르를 위해 커틀릿 샌드위치를 만들어달라고 부탁했다. 아이가 음식을 먹는 동안 담배를 피웠다. 샌드위치 값을 카운터 위에 올려두었다.

"두 사람의 인물 사진을 찍어야겠어." 사진작가가 말했다.

"싫어. 난 사진을 혐오해."

"나 꽤 괜찮은 사진작가야. 널 유명하게 만들어줄 수 있다고."

"최악인데."

"그런 몸과 얼굴을 하고선 어떻게 사진을 혐오할 수가 있는 거야? 돈이 드는 것도 아니잖아. 기념으로."

안드레스는 두 사람을 식료품점의 흰색 벽 앞에 세웠다. 사진작가는 샌드위치를 손에 들어도 괜찮다고 말했지만, 그래도 가스파르는 식탁 위에 샌드위치를 내려놓고 돌아왔다. 이상하게 보일 거예요, 아이가 말했고 사진작가는 웃었다. 후안은 셔츠를 가슴팍 절반까지 풀어헤친 채 팔짱을 끼고 있었다. 안드레스가 머리를 매만져주기 위해 가까이 다가갔다. 가스파르가 아버지의 다리를 감싸 안았다. 셔터를 누르기 전 안드레스는 두 사람을 바라보았다. 낮잠과 두통에서 막 깨어나 다크서클을 짙게 드리운 채 빳빳하고 깔끔한 셔츠를 입고 있는, 둥글둥글하고 푸른 눈과 가무잡잡한 피부의 소년. 자신의 곤궁함을 가리기 위한 평온한 표정으로 카메라를 쳐다보고 있는, 어두운 색 셔츠 밑에 양손을 찔러 넣은 잘생긴 남자. 턱은 갈라졌고 보조개는 길었다. 눈은 대체로 녹색이지만 노란색도 섞여 있었다. 상처는 녹청이 낀 듯 어슴푸레한 빛을 내고 있었다. 흑백으로 두 장, 컬러로 한 장을 찍었다. 다른 걸, 그러니까 포즈를 바꿔달라고 요청하자마자 후안은 절대 그럴 일 없다며 선을 그었다. 사진을 보내주실 건가요? 가스파르가 더는 먹을 마음이 없는 샌드위치를 빙글빙글 돌리다 질문했다.

"포사다스를 아나?" 후안이 느닷없이 질문했다.

"아니, 곧 가볼 생각이긴 했어."

"이 주 후면 그곳에 갈 예정이야. 우리 처가집은 아주 찾기 쉬거든. 도착하거든 사보이 호텔을 찾아와. 역사적인 곳이라 누구나 다 알지. 블록 절반을 차지해. 나머지 절반은 우리 장인의 집이고."

후안은 사진작가의 눈에 비친 희망을 읽었고, 거짓말을 이어갔다.

"그냥 벨을 누르기만 하면 돼. 가스파르, 얼른 그 음료수를 다 마시거라. 먹기 싫으면 샌드위치를 내려놓든지, 아이스박스에 보관하든지 하자. 머리는 어때, 아파? 안 아프다고? 좋군, 그럼 출발하자."

사진작가가 그들을 자동차까지 바래다주었다.

"포사다스에 가서 널 찾을게. 넌 나를 미치게 해. 나 정말 널 찾아갈 거야, 진심이라고."

"물론이지."

후안이 말하며 차에 올라탔다. 시동을 걸기 전, 악마의 예배당에 꼭 잊지 말고 가봐, 마음에 들 거야. 그리고 이걸 카를렌의 주인 아주머니께 전해줘, 부탁할게, 라고 사진작가에게 말했다.

그가 건넨 건 종이쪽지 하나였다. 짧은 감사의 인사였다. 시동을 걸고 출발하자 사진작가가 차를 쫓아 달리더니 난 네 성도 모르는데, 하고 소리쳤다. 천천히 가던 후안이 브레이크를 밟았다. 디네센이야, 라고 일러주었다. 그 여자 작가처럼. 작가라니? 사진작가가 유리창에 손을 올리고 물었다. 이사크 디네센, 후안이 답했다. 설마, 너도 유럽물 좀 먹은 사람이잖아. 사진작가는 태양 아래 우두커니 서 있었다. 그때 후안은 그가 얼마나 젊은지를 알아차렸다. 스물하나 혹은 스물둘 정도. 나이를 물어보지 않았다. 알고 싶지도 않았다. 차는 이내 출발했다. 가스파르도 창문에 함께 붙어 사진작가와, 식료품점과, 자동차 바퀴에 대고 으르렁거리던 살찐 개에게 손짓하며 인사했다.

‡

가스파르는 코리엔테스시로 향하는 여정 내내 쉬지 않고 말했고, 후안은 신경질을 내지 않고 말을 들어주려 애썼다. 운전기사가 로사리오와 함께 살던 집을 출발해 리베르타도르 도로에 있던 장인의 아파트까지 데려다준 어느 추운 오후가 떠올랐다. 로사리오의 부모는 그녀가 운전을 그렇게 좋아하는데도 늘 운전기사를 보내곤 했다. 긴 다리를 웅크린 채 뒷좌석에 앉는 건 불편했다. 닫힌 창문이 숨을 막히게 했고, 로사리오는 가스파르와 시작한 낱말 맞추기 같은 단조로운 게임을 굳이 이어나가고 있었다. "목은 길고 다리는 네 개인데, 나뭇잎을 먹는 것은?" "기린!" 아이가 외치는 소리, 엄마가 어린아이의 목소리를 흉내 내며 칭찬하고 깔깔대며 웃는 소리가 폐쇄된 좁은 공간을 울려댔다. 후안은 바깥에 펼쳐진 도시의 풍경에 집중해보려 했지만 그땐 1978년이었고, 길거리에 떠도는 여러 감각들을 차단할 수 있는 능력이 없었다. 학살이 일상인 시절이었다. 후안은 집을 나서는 걸 끔찍이도 싫어했다. 고삐 풀린 악행으로 만들어진 메아리들과 울림을 덮을 능력이 그에겐 없었다. 단 한 번도 느껴본 적 없는 무언가였다. 그 때문에 아들과 다소 거리감을 느끼기도 했다. 아이는 이제 시끄럽고 요구가 많은 나이가 되었고, 유아기의 사랑스러운 모습은 온데간데없이 사라졌다.

로사리오는 그에게 "차단해봐, 내가 도와줄게"라고 말하며, 일상적인 방법이 먹혀들지 않는다는 사실과 방어책을 새로 발견할 필요성, 그러나 그걸 직면할 만한 도구를 자신이 갖지 못했다는 사실을 믿으려 하지 않았다. 독재가 시작된 첫 이 년 동안 항상 그랬다. 일련의 사건들이 후안에게는 자신에 대한 직접적인 공격처럼 느껴졌다. 로사리오는 계속 질문을 던졌다. "코가 차갑고 짖는 것은?" "수염이 있고 할퀴는 것은?" "다리가 여덟 개이고 벽을 기어다니는 것은?" 그리고 이어지는 가스파르의 외침. 기억이 떠올랐다. 내면의 폭력이 끓어오르던 그 느낌. 아이가 지금 당장 닥치지 않으면 꽃줄기나 작은 동물이라도 되는 것처럼 그 목을 끊어버리고 말 거란 그 확신. 운전기사에게 차를 세우라고 한 뒤 로사리오에게는 한마디도 없이 차에서 내려버렸다. 차라리 길 위에서 끓어오르는 악의 기운이 나았다. 적어도 자신과 멀지 않은 느낌이었고, 차 안의 소동에 비하면 이편이 견딜 만했다. 로사리오가 그를 따라왔다. 아마 날 건들지 마, 돌아가지 않을 거야, 날 좀 가만히 둬, 라고 말했던 것 같다. 대체 뭔데, 그녀가 물었다. 내가 두 사람을 죽일 것 같아, 그가 답했다. 물론 자신이 로사리오를 때릴 수 있을 거라는 데엔 회의적이었으나, 그 순간만은 자신이 느끼는 바를 솔직히 말하고 있었다. 그러고는 걸어갔다. 절망과 현기증에 못 이겨 한 광장의 벤치에 털썩 주저앉아 가쁜 숨을 몰아쉬기 전까지, 몇 시간이고 소리들을 들으며 온몸으로 떨림을 받아내면서 그저 계속 걸었다. 도시 전체가 외치고 있었다. 공기는 애원과, 기도와, 웃음과, 울부짖음과, 사이렌 소리와, 전기의 지직거림과, 첨벙거리는 소리로 가득 찼지만 그는 집에 돌아가야겠다는 마음을 먹기 어려웠고, 가족 외에는 그런 그를 받아줄 이가 없었다.

저녁이 되어서야 집에 돌아갔다. 간청의 소리와 절규, 총 쏘는 소리가 도저히 견디기 힘들었을 때, 눈이 가려지고 발이 묶인 채 살해당한, 얼굴 또는 몸 전체가 팅팅 불어 있거나 마포 자루에 담겨 질질 끌려다니는 메아리들, 사라지게 할 수 없는 무리들에 둘러싸여 있을 때였다. 그것들이 그를 찾아다녔다. 자신들의 존재가 그의 눈에 보이고 인지된다는 사실을 알고 있었다. 본능적인 것이었다. 불빛을 향해 돌진하는 나방들처럼. 하지만 후안은 그것들을 몰아낼 수 없었다. 로사리오는 대문 앞에 앉아 그를 기다리고 있었다. 아이는 집 안에 잠들어 있었다. 로사리오는 다신 나한테 이러지 마, 라고 말하며 팔뚝에 손톱을 박고서 키스했고, 울음을 터뜨렸다. 방어를 강화할 수 있게 도와줄게. 이게 널 그렇게 힘들게 한다는 걸 몰랐어. 바꿀 수 있어. 푸에르토레예스에선 더 쉽게 할 수 있을 거야. 아니, 후안은 절망이 깊은 와중에도 칼같이 거부했다. 푸에르토레예스는 안 돼. 로사리오는 그들이 함께 살던 집의 윗방에 그의 방어이자 수호체계를 강화하는 데 필요한 것들을 준비해 놓았다. 나무 바닥 위에 분필로 그린 원과 조심스레 그린 기호들이 고요와 힘을 발산하고 있었다.

지금, 코리엔테스 특유의 견디기 힘든 열기가 발산되고 있는 어느 오후의 차 안에서 가스파르는 또다시 끊임없이 말을 하고 있었다. 후안은 아이의 능력에 대한 단서를 얻으려 이리저리 유도해보았지만 자신이 실패하고 있다는 걸 금방 깨달았다. 가스파르의 능력을 더 알아보고 싶다면 강제하는 수밖에 없었다. 물론 넌지시 떠볼 수도 있었다. 하지만 아이가 협조한다 하더라도 잘못된 결과로 이어질 가능성이 높았다. 그는 그날 밤 자신의 의문을 확실하게 밝힐 작정이었다.

코리엔테스 시내로 들어가기 전, 또 다른 군인 무리가 속도를 줄이라는 신호를 했다. 경직된 몸짓으로 그를 살펴보던 중 가스파르가 놀라운 직감으로 그들에게 웃어 보였고, 그중 한 명이 예외적으로 웃음으로 답하더니 후안에게 지나가라며 손짓했다. 십오 분 후, 구름 한 점 없는 하늘에 조심스레 그린 듯한 다리 하나와 라파초 꽃이 만개한―그러나 열기로 시들어버린 듯해 보이는―분홍빛 해변이 눈에 들어왔다. 오후 7시였다.

"석양을 볼까? 먹을 걸 좀 사서 기다려보자."

최소한 한 시간 정도가 남아 있었다. 1월이었다. 후안은 아이스크림 두 개를 사 왔다. 아이스크림 가게에서 냅킨도 한 움큼 집어 왔다. 가스파르는 아이스크림을 먹는 데 서투를뿐더러, 지금 같은 더위엔 아이스크림이 손과 팔로 줄줄 흘러내린다고 해서 아이의 잘못을 탓할 수도 없었다. 두 사람은 코스타네라의 나무 벤치에 자리를 잡고 앉았다. 콘크리트로 만들어진 벤치 다리는 관리가 안 된 것 같아 보였다. 강물에 반사된 하늘은 간간이 은색과 갈색의 반점이 섞여 있는, 평소보다 더 짙은 푸른색을 띠고 있었다.

가스파르는 라파초 꽃을 줍겠다며 몸을 일으키고서 끈끈한 꽃다발 같은 무언가를 만들었다. 후안은 아이가 코스타네라의 좁다란 도로 위에 떨어져 있던, 라파초가 아닌 꺾인 꽃 하나를 우두커니 보고 서 있는 모습을 보았다. 아이는 즉흥적으로 만든 꽃다발을 땅바닥에 내려놓더니 그 이상한 꽃에 다가가, 마치 살아 있는 것을 대하듯 손바닥을 가까이 내밀었다. 후안은 그 꽃을 곧바로 알아차렸다. 시계꽃이었다. 보랏빛 수술대, 하얀 꽃잎, 그리고 곧게 서 있어 꼭 벌레를 연상케 하는 수술과 암술. 이름이 유래한 전설에 따르면 그리스도의 면류관과 상처 자국이라고도 한다. 아빠, 이것 좀 봐요, 그런 걸 한 번도 본 적 없는 가스파르가 소리쳤다.

"음부루쿠야라고 하는 꽃이야. 누군가 떨어뜨린 거겠지. 다음엔 나무에 꽃이 핀 모습을 보여줄게."

"더 있는 거예요?"

"당연히 더 있지. 무슨 생각이야, 이게 세상에 단 하나밖에 없었을까 봐?"

"흔치 않잖아요."

"사실 세이보처럼 이 꽃에도 얽힌 이야기가 있어. 알고 있니?"

가스파르는 꽃을 손에 든 채 두 눈을 크게 뜨고 이야기를 기다렸다. 기대감에 큰 눈이 더 동그래졌다.

"과라니 인디오와 사랑에 빠진 한 스페인 소녀가 있었단다. 과라니 인디오가 뭔지는 아니?"

"네. 이쪽에 사는 인디오요. 도롯가에 계시던 아주머니들처럼요."

"그래. 소녀의 아버지는 딸이 인디오와 사랑에 빠지는 걸 가만두지 않았지. 아버지는 선장이었어. 왜 반대했는지 알겠니?"

"선장들은 나쁜 놈들이니까요."

후안이 웃었다. 맞는 말이었다.

"나쁜 놈들이긴 하지. 하지만 여기서 문제는 소녀가 스페인 사람이었다는 데 있단다. 스페인 사람들이 인디오들과 어울리려 하지 않았다는 건 너도 알고 있잖아."

"엄마가 나중에는 서로 어울렸다고 했어요."

"그래 맞아. 하지만 처음엔 아니었지. 이 선장은 자기 딸이 그들과 어울리지 않길 바랐어. 그래서 그 인디오를 죽이라고 시켰지."

"애인을요? 정말요?"

"그래. 그리고 소녀는 깃털이 달린 화살을 자기 심장에 박고 자살했어. 나중에 상처에서 그 꽃이 피어났다고 해."

가스파르의 푸른 눈에 눈물이 가득 고였다. 나와는 참 달라, 후안은 생각했다. 단련되려면 아직 갈 길이 멀군.

"그리고 어떻게 됐어요?"

"소녀가 죽어 쓰러지자, 상처에서 이 꽃이 자라났지."

"그럼 모든 꽃 하나하나마다 소녀가 한 명씩 죽은 거예요?"

후안은 태양을 바라보았다. 강물에 닿을락 말락 했다. 하늘에 검은 꽃은 보이지 않았다. 그것들도 죽은 소녀들에 대한 기억일까? 하늘은 주황빛으로 불타오르고 있었다.

"아니, 슬프니?"

"네."

"우리 둘 다 슬프구나. 그럼, 태양을 보러 가자."

가스파르가 벤치에 앉았다. 후안은 아이가 끈적한 손을 자신의 셔츠 밑에 집어넣더니 가슴팍에 기대는 걸 느꼈다. 내 심장을 확인하는 거군, 후안이 생각했다. 이전에도 그런 행동을 한 적이 있었다. 가령 두 사람이 함께 잠들어 있을 때 그랬다. 이따금 자신의 심장 뛰는 소리를 확인하는 작은 손을 느낄 때가 있었다. 갈비뼈에 고개를 기대어 소리에 귀 기울이는 모습도 본 적이 있었다. 우리 꼬맹이, 라고 말하며 불안해하는 손을 쓰다듬었다. 갑자기 코가 비뚤어지도록, 혼절할 때까지 위장에 와인을 들이붓고 싶다는 생생한 욕구가 치밀어 올랐다. 알코올의 쓴맛이 혀끝에서 느껴질 지경이었다. 해님 좀 보세요, 하늘 색깔 좀 보세요. 가스파르는 반쯤 감은 눈으로 집중해서 쳐다보더니 심호흡을 했다. 강 위의 석양은 격정적이었다. 붉게 물든 하늘과 자줏빛 지평선은 비현실적이기까지 했다.

"이 꽃 가져도 돼요?"

"이쪽에 잔뜩 있어. 더 찾아보자. 꽃을 좋아하니? 나도 그래."

"정말요? 학교의 어떤 애는 호모 같다고 그랬어요."

"왜 그런 소리를 한 거야?"

"선생님한테 운동장의 재스민 꽃에 대해 물어봤거든요. 냄새가 너무 좋아서요."

다음번엔 그 머저리 같은 녀석의 머리통을 부숴줘야겠군, 하고 생각하며 후안이 답했다.

"호모라고 해서 나쁠 건 없어."

"그럼 왜요?"

가스파르는 질문을 어떻게 마무리 지을지 몰라 했지만, 후안은 그 말의 의미를 알아차렸다. 후안이 말했다.

"널 모욕하려고 그런 말을 가져다 쓰는 거야. 사람들은 멍청이라는 말을 하듯 호모라는 말도 일삼지. 못 배우고 하찮은 놈들이라 그래. 하지만 너는 달라. 나도 다르고."

"하찮은 게 뭐예요?"

후안은 답하지 않았다.

"가자, 호텔방을 잡아야 해. 오늘 밤엔 해야 할 게 있어."

가스파르는 손에 꽃을 쥔 채로 차를 향해 뛰어갔다. 알아차리지 못했지만 꽃의 십자가는 이미 부러져 있었다.

‡

시립 공동묘지까지는 스무 블록이 채 안 되는 거리였음에도 후안은 가는 내내 불안을 잠재우지 못했다. 깊은 잠에서 깨어난 가스파르의 기분이 좋지 못했고, 그런 아이를 데리고 길을 걷는 건 쉽지 않았다. 다행히도 호텔의 뒷문을 발견한 덕택에 굳이 리셉션에 있던 야간 당직 직원의 눈길을 끌며 정문으로 나오지 않아도 되었다. 가스파르를 안아 들고 간다면 훨씬 빨리 도착할 수 있었겠으나, 이젠 제법 무게가 나가기도 했고 미리 힘을 빼서도 안 되었다. 사진작가와의 섹스가 속죄의 의식으로 적합했는지 확신이 들지 않았다. 피곤하고 혼란스러웠다.

길바닥에 주저앉으면 어떻게 되는지 너도 잘 알지, 후안이 으름장을 놓았다. 가스파르는 조금 칭얼거렸지만 금세 걸었고, 그러다 폴짝폴짝 뛰기도 하더니 달리기까지 했다. 쉽진 않을 거야, 이 미터짜리 성인 남자의 걸음을 따라가는 게. 후안은 생각했다. 하지만 세상엔 시간이 정해진 일들이 있었다.

공동묘지의 정문은 잠겨 있었다. 큰 문제는 아니었다. 자물쇠 한 개에 지나지 않았다. 후안은 자물쇠를 양손으로 쥐고 손가락 끝으로 표식을 그었다. 개방. 문이 누가 밀어낸 듯 양쪽으로 갑자기 열렸지만 소리는 나지 않았다.

이제 공동묘지 관리인을 상대할 차례였다. 가스파르, 이쪽에서 기다리렴. 여기서 한 발짝만 움직여도 난 알 수 있으니까. 후회할 짓 하지 마라, 후안이 말했다. 가스파르가 어깨를 움츠리더니 주저앉았다. 피곤해했다. 잠은 나중에 보충할 수 있을 것이었다. 앞으로 많은 시간들이 남아 있었다. 지금은 새벽 2시였다.

후안은 널찍한 바지 주머니를 뒤적이면서 관리인을 찾아내려 귀를 기울였다. 공동묘지의 어둠 속에서 혹여라도 누군가가 키가 크고 깡마른, 묘지 사잇길 사이에 서 있던 그를 보았다면, 그가 집중하기 위해 얼마나 어깨를 쫙 펴고 숨을 깊게 들이쉬는지를 볼 수 있었을 것이다. 후안은 순식간에 평소와 다른 모습으로 변해 있었다. 길쭉한 손가락은 거의 무의식적으로 움직이며 비밀의 끈을 잡아당기고 있었고, 두 눈에는 초점이 없었지만 경계를 늦추지는 않고 있었을 것이다. 몸 안을 이중으로 흐르는 에너지가 느껴졌다. 안드레스는 예기치 못한 선물이었다. 물론 침입자나 야간의 방문자, 관리인 또는 그들을 목격할지 모르는 누군가를 막을 수 있을 정도의 선물은 아니었다.

뒤편의 작은 사무실로 걸어갔다. 관리인은 잠들어 있었다. 큰 행운이었다. 그 남자의 저항을 상대할 자신이 없었기에 그를 꿈속에서 사로잡기로 결심했다. 후안의 외모는 강인했지만, 현실의 물리력은 그리 강하지 않았다. 그 남자가 평온히 잠들어 있던 간이침대를 향해 다가갔다. 예배당과 이어진 사무실의 문에는 열쇠가 없었다. 남자는 잠에 취해 코를 골고 있었을 뿐 아니라 술에 취해 있었다. 공기 중에 퍼져 있던 강력한 알코올의 냄새는 후안이 간이침대 앞에 무릎을 꿇자 더욱 강하게 풍겨왔다. 사탕수수 술이거나 진이었다. 파괴적인 무언가임이 분명했다. 그래도 그를 결박해야 하는가? 후안은 그래야 한다고 생각했다. 위험을 감수해선 안 되었다. 랜턴 불을 켜서 침대 곁에 두었다. 남은 건전지는 없었기에 빠르게 행동해야만 했다. 입이 위를 향하도록 관리인의 머리를 돌렸다. 남자는 미간을 찌푸리긴 했어도 잠에서 깨어나진 않았다. 후안은 한 손으로 관리인의 목을 감싼 뒤, 술기운으로 잔뜩 확장되어 힘 있게 두근대는 경동맥을 찾아냈다. 위치를 잡은 뒤 그곳을 부드럽고 정확한 손짓으로 매만졌다. 그 남자는 꿈쩍하지 않았다. 관리인의 심장박동은 그의 손가락 아래서 천천히 속도를 줄여갔고, 두근거림의 간격이 점점 뜸해지더니 거의 없는 수준에까지 이르렀다. 후안은 이제 그가 잠들어 있는 이유가 술에 취한 것뿐만이 아님을 알았다. 기억을 잃은 것이었다. 얼마 지나지 않아 잠에서 깨어날 수도, 혹은 느린 맥박으로 인해 실신하여 죽음에 이를 수도 있을 것이다. 그에겐 상관없는 일이었다. 입을 막기 위해 다른 것들과 함께 가져온 양말을 사용했다. 그러고는 아무 의심도 사지 않고 쉽게 구입할 수 있는 나일론 끈("선물 포장을 할 겁니다. 제일 단단한 걸로 주세요")을 이용하여, 힘을 아주 세게 주거나 칼을 쓰지 않고서는 끊을 수 없을 정도로 손과 발을 묶었다.

정신을 잃은 남자를 두고 나오기 전, 작은 캐비닛의 서랍을 뒤져 쓸모가 있을 만한 칼 두 자루와 가위 하나를 챙겼다. 밖으로 나와 예배당의 문이 잠겨 있는지 확인했다. 자물쇠 위에 양손을 얹자 문이 끽 소리를 내며 그를 향해 활짝 열렸다. 제단, 십자가, 꽃 등이 모두 질서 정연하고 깨끗하게 정리되어 있었다. 예배당은 사용 중인 곳이었고, 공동묘지는 기독교식 추모 공원이었다. 많은 공동묘지가 그와는 반대였고, 몇 년 전만 해도 그런 장소들을 분간하기가 힘들었다. 기독교식 명칭이 다른 공간을 지칭하는 데도 사용되긴 했지만, 어쨌든 신성한 장소를 지칭하는 일에 있어서는 그보다 더 효율적인 게 없었다. 그는 가능한 한 많은 초를 챙겼고, 큰 촛대도 잊지 않았다.

가스파르는 아까와 같은 장소인 대문 앞에서 뾰로통하게 앉아 아빠를 기다리고 있었다. 후안은 촛대를 보자마자 반짝인 아이의 두 눈에 불안과 호기심의 섬광이 스쳐 간 걸 알아차렸다. 겁을 내지도, 놀라지도 않았다. 아비가 새벽녘에 공동묘지 입구에 자신을 홀로 두고 사라졌지만 아이는 그대로 앉아서 기다렸다. 물론 심하게 토라진 상태였긴 했지만. 의심의 여지 없이 뛰어난 초심자가 될 재목이었다. 직관적이고 진중하며 자신보다 더 성실할 것이 분명했다. 하지만 그런 인생을 살지는 않으리라. 그가 피할 수 있는 한 아들은 절대 기사단의 일원이 되지 않게 하기로 작정한 터였다. 이 트로피를 그들이 가질 순 없으리라.

"내가 이걸 가져갈게. 넌 초를 들어."

후안이 아이에게 말했다. 가스파르는 가타부타하지 않고 순순히 따랐다. 평지를 찾아 걸어가던 중, 많은 대형 시립 공동묘지와 마찬가지로 입구와 가까운 쪽에 위치한 영묘와 가족묘를 지나쳐 갔다. 흙무덤을 지나 묘지가 끝나는 장벽에 다다르기 한참 전, 마침내 작업에 쓸 만큼 널찍한 공간에 다다랐다. 사실 그 장소에서 작업을 여러 번 한 적이 있었다. 준비성이 철저하고 예민한 후안은 최근에 묻힌 구덩이 하나에서 익명의 죽은 자들의 떨림이 전달되는 것을 느꼈다. 그리고 제대로 마무리 짓지 않고 끝난 강력한 아프로브라질식 의식의 잔해도 있었다. 깃털이 아직 남아 있는 곳과 무명의 뼈들로부터 멀어졌다. 랜턴의 도움에 의지하여 걸어가는 내내 가스파르와 그는 초를 거둬들였다. 일부는 거의 새것이었고, 일부는 녹아내려 짧아져 있었다. 그 모두가 필요했다. 랜턴의 불빛은 쓰지 않을 것이다.

"가스파르, 초를 땅에 꽂고 불을 붙여주렴."

아이는 불에 데지 않고 라이터를 쓸 줄 알았다. 최근 몇 개월간, 그러니까 자신의 수술과 로사리오의 죽음 그사이에 많은 것들을 배워야만 했다. 가령 풍로의 불을 켜는 일이 그랬다. 때로는 아이를 위해 우유를 데워줄 만한 시간이나 힘, 또는 기운이라도 있는 사람이 아무도 없었기 때문이었다. 게다가 후안은 가끔 분노발작을 일으키며 도움을 거부하기도 했다. 누구도 그를 거역할 수 없었다. 로사리오의 사촌으로, 기사단의 또 한 명의 신성한 아이인 딸과 함께 근방에 살던 베티가 현관문을 두드렸던 어느 날 아침이 그러했다. 후안은 꺼지라며 고래고래 고함을 질러댔고, 그녀는 그 집에 다시 오지 않았다.

"초들을 촘촘하게 꽂아. 네가 원하는 곳 아무 데나."

초가 많았다. 후안은 가스파르가 여느 아이들처럼 행동하며 초를 가지고 놀다가 장난으로 숨겨놨다 다시 찾아내는 등의 장난질로 시간을 허비하게 될까 봐 두려웠다. 하지만 기우였다. 아이는 의욕적으로 자신의 명령을 따르고 있었고, 따분할 정도로 관료적이기까지 했다. 후안은 아이와 등을 지고 땅바닥에 5번 봉인을 칼로 새기기 시작했다. 안드레스와 함께 있을 때 눈을 감고 보았던 것이었다. 원 하나와 다섯 번째 영혼의 이름 한 글자 한 글자가 시계 방향 순서대로 새겨졌다. 이름 주위를 두른 또 다른 원 안에는 봉인이 들어갔다. 단순하고 유치한 수준에 가까운 그림이었다. 선들로 연결된 네 개의 원과 역삼각형 세 개로 이루어진 깃발들. 모두 빠르고 실수 없이 외워서 그릴 수 있었다.

봉인은 금방 완성되었다. 노력을 최소한으로 기울였는데도 가슴이 조여왔다. 가스파르가 촛불을 밝혀놓고 노란 불빛 앞에 멈춰 서 있었다. 좋아, 후안이 생각했다. 5호가 나타날 장소에 필요한 삼각형 하나만 남았군. 그는 봉인을 바라보았다. 비록 흰옷이나 두건을 입지 않고 향로를 쓰지 않았다 하더라도, 땅 위에 이리저리 그어놓은 것에 불과한 선들이라 할지라도, 평소라면 필요했을 피나 황금빛 그림이 지금 없다 할지라도, 이 봉인을 원래 수은으로 그렸어야 했더라도 문제 없이 효력이 발휘될 것임을 직감했다. 지금 어디서 수은을 얻을 수 있단 말인가! 후안은 흔히들 오컬트 주술서라고 하는 것들을 낮잡아보았다. 초 하나가 특유의 향을 뿜어내고 있었다. 평범한 왁스에서 나는 향이 아니었다. 눈을 감고서 안드레스로부터 얻은 양방향 에너지가 자신의 온몸을 휘감도록 두었다. 그 어떤 검이나 주문보다 훨씬 효과적이었다.

"가스파르. 나와 함께, 내 곁에."

후안이 낮은 목소리로 말했다.

몇 초면 들어가는 게 가능한 내면 집중 상태—전문용어로는 그노시스*라 표현되긴 하지만, 그는 단순히 '집중하는 것'이라 표현했다—에 진입하기 전, 자신의 손을 가스파르의 어깨에 얹었다.

"어떤 소리가 들려오더라도 나를 안고서 놓지 않도록 해. 그렇게 하지 않으면 나도 널 보호해줄 수가 없어. 알겠니?"

알았다고 답하는 가스파르의 말에서 후안은 진심 어린 이해를 느꼈다. 포털이 그를 고통스럽게 불러, 가슴에 가해지는 압박이 찌르는 통증으로 변했다. 걱정스러울 정도는 아니었다. 소환이 끝나면 사라질 것이다.

원 안에서 무릎을 꿇었다. 곁에 있던 가스파르는 그의 허리를 놓치지 않으려 애썼다. 마치 두 사람이 어디론가 멀어지고 있다는 듯이 바지춤을 꽉 부여잡고 있었다. 또 한 번 옳은 직관이었다. 소환은 마치 멀어지는 것 같은 느낌이 들게 했다.

후안은 고요 속에서 부른 뒤, 기다렸다. 그가 늘 조용히 읊곤 하는 소환의 주문은 길었다. 짧게 줄일까 하는 생각도 들었지만, 자신의 허리에 올려진 가스파르의 양손이 조심하라고, 지금 이 의식

---

*　지식 또는 인지를 뜻하는 고대 그리스어.

전체가 이미 엉망이라고 말하고 있었다. 아이를 위해서였다. 이 아이를 보호해야만 했다.

5호의 발걸음은 소리를 내지 않았지만 후안은 온몸으로 느낄 수 있었다. 이번에는 인간의 형태를 빌리고 있었다. 이제 빠르고 결단력 있게 행동해야 했다. 악마와 오래 있으면 있을수록 문을 닫기가 어려워질 것이다.

가스파르가 고개를 들고 눈앞의 악마를 보았다. 그러고는 후안을 쳐다보았다.

"누구예요, 아빠?"

아이는 침착한 목소리로 물었다. 이제 놀란 건 후안이었다. 가스파르는 악마를 보고 있었다. 시야를 갖기 위해 단 한 번도, 막연하게라도 훈련받은 적이 없었는데 너무나 자연스럽게 바라보는 것이었다. 후안은 가스파르의 얼굴을 자신의 가슴에 파묻었다. 더는 보지 마, 아이에게 말했다. 날 끌어안아.

삼각형 안, 신발을 신지 않은 두 발은 마치 발레리나 또는 교수형에 처해 몸이 늘어진 사람처럼 땅에 닿지 않은 채 수직으로 떠 있었고, 헐벗은 온몸과 마찬가지로 진흙이 마른 듯한 회색이었다. 후안은 그의 얼굴을 볼 수 없었다. 그만큼 높이 닿는 초가 없었기 때문이었다. 하지만 굳이 그 얼굴을 보지 않아도 언짢은 기색은 충분히 느껴졌다. 악마는 필요한 모든 절차를 다 지킨 상태에서 소환되는 데에 익숙했기에, 그중 몇 가지를 빼먹는 자에게 소환될 때면 못마땅해했다.

5호와 후안은 이전에도 여러 번 만났다. 5호는 자신이 내킬 때면 용서를 내리거나 병을 치료해주기도 했다. 하지만 후안은 자신의 건강을 간청하지 않았다. 비밀스러운 것, 숨겨진 것에 대해 진실된 답을 해주기도 했는데, 거짓말을 할 줄 모르기 때문에 어쩔 수 없는 것이었다.

입술을 움직이지 않은 채 후안이 복종을 명령했다. 악마는 삼각형 안에 무언가를 떨어뜨렸다. 핏방울이었다. 후안이 보지 못하는 무언가를 지닌 것이 분명했다. 악마에게 자신의 질문에 합당한 답변을 하라고 요구했다. 온몸을 울리는 악마의 목소리가 들려왔다. 후안이 구사는 못 해도 알아들을 줄은 알고 있던, 세상의 말로 다 번역할 수 없는 언어로 이야기하고 있었다. "왜." 왜 부름을 받은 건지 알고 싶어 했다. 왜 자신을 복종이라는 끔찍한 것으로 괴롭히는지. 후안은 자신의 가슴팍에서 호흡하는 가스파르와, 극한까지 에너지를 쓰느라 떨고 있는 자신의 온몸을 느꼈다. 양팔은 물에 잠겼다 나온 듯 반짝이고 있었고, 이마에서는 땀이 방울 지어 흘러내렸다. 악마가 알아들을 수 있는 방식으로 말을 꺼냈다. 로사리오에 대해 질문했다. 어디 있는지. 볼 수 있을지. 찾을 수 있을지.

악마가 조금 더 상승했다. 가까이 다가오지는 않았다. 사람들은 항상 그에게 가까이 가려 하지만 절대 성공하지 못한다. 자신이 데리고 있는 자의 피를 후안의 얼굴에 떨어뜨리려 했다. 뜻대로 되지 않자 분노한 듯 회색 발이 요동쳤다. 답변은 빠르고 명확했다.

"너에게 말하는 자들에게 속해 있다." 악마가 말했다.

그러더니 가게 해달라고 요구했다.

후안은 머리를 숙이고, 답변에 감사를 표했다. 와준 것에 고마움을 표하며 만족감을 채워주기 위해 송별의 주문 전체를 큰 목소리로 외웠다. 근육 조직 하나하나가 고통스러울 정도로 긴장해 있었지만, 목소리를 떨지는 않았다. 촛불이 탁탁 튀기는 소리와 핏방울이 느리게 삼각형 안에 떨어지는 소리를 들었다.

악마는 조용히 사라졌으나, 자리를 떠나던 그 순간 돌풍을 일으켜 그 자리의 모든 촛불을 다 꺼버렸다. 무언가가 그를 분노하게 만든 것이었다. 소환 의식의 엉성함 때문만은 아니었다. 가스파르의 존재가 그 이유일 수 있었다. 후안은 분노가 아이를 향하지 않게 하기 위해 고마움을 표현하려 했으나, 이미 늦어버렸다. 그 분노가 관리인에게 향할 수도 있었다. 만일 그때까지 살아 있다면.

너에게 말하는 자들과 있다.

온몸을 울려오는 떨림이 너무 격렬한 나머지, 경련으로 이어지고 있을까 봐 두려움에 휩싸였다. 하지만 쇠약해진 것뿐이었다. 단한 번의 소환으로 이렇게까지 힘들어질 수 있는가? 이 정도로 망가져 있었나? 후안은 태아처럼 웅크린 채 원형 안에 머물렀고, 힘이 닿는 한 가스파르를 붙잡아두려 애썼다. 촛불이 다 꺼진 마당에 원형에서 벗어나지 말라고 할 수는 없었다. 너무 일렀다. 촛불도 없고 구름에 달빛도 가려진 지금, 원형은 보이지도 않았다. 어찌 되었든 가스파르는 그의 곁에서 움직이지 않고 있었다. 팔을 꽉붙잡은 채로 놓지 않고 있었다. 그를 혼자 두지 않았고, 말을 걸지도 않았다. 기다렸다. 울면서 기다렸다. 후안은 아이의 신음 소리를 듣고 있었지만 위로해줄 수가 없었다. 무의식에 들어갔다 나왔다 하는 중에 악마가 남긴 말을 이해해보려 애썼다.

살아 있는 신의 손아귀

너에게 말하는 자들과.

로사리오가 어둠에 가 있다.

이해는 됐다. 널 따라갈 거라고 몇 번을 약속했던가. 널 위해 무슨 일이든 하겠다고. 며칠 전, 탈리는 그런 말을 하지 않았던가? 널 위해 무슨 일이든 해줄 수는 없다고. 영원히 함께야, 로사리오는 맹세했었다. 그녀는 후안이 어둠에 속한 자라는 걸 알고 있었다. 죽고 나면 그곳에 가게 될 거란 사실도. 그렇게 그녀는 예상보다 더 일찍 그와 운명을 나누기로 결심한 것이다. 하지만 바보 같은 내 사랑, 그곳에서 우리는 더 이상 너와 내가 아니게 될 거야. 그곳엔 그림자와 굶주림, 뼛조각뿐이야. 죽은 세상이거든. 언제 그런 계약을 맺은 걸까? 그가 입원해 있던 동안임이 틀림없었다. 내가 죽을 줄 알았던 거야, 미련하게도. 어둠이 그녀를 그렇게 빨리 데려가지 않을 거라고 확신한 거다. 그녀는 어둠의 게걸스러움을 몰랐다. 수없이 설명하려 애썼어도, 어둠이 제물을 해치우는 모습을 보았어도 그랬다. 그곳에서는 그녀를 만날 수 없을 것이었다. 거기엔 아무도 없었다. 어둠은 그저 뼛조각 수집가에 불과했다. 그녀와 대화를 하지 않는다. 거래를 하지 않는다.

가스파르를 옆에 두고서 공동묘지 한구석의 봉인 위에 웅크린 채, 후안은 꿈을 꿨다. 로사리오는 어쩌다 어둠과 계약할 생각을 하게 된 걸까? 그녀가 분필로 그리던 원? 카드점? 그럼 그녀의 죽음은 기사단과 아무 상관 없는 걸까? 로사리오가 자신 때문에 죽게 된 것일까?

태양이 흰 십자가들을 비추며 모습을 드러내기 시작했을 때, 후안은 몸을 돌리고는 원 안에 늘어졌다. 양다리는 바깥으로 빠져나갔다. 가스파르는 하얗게 질려 심각한 표정으로 그의 옆을 지켰다. 여태까지 미동도 없이 기다리고만 있었던 것이다. 후안의 팔을 놓지 않고 계속 붙들고 있던 아이. 쥐가 났을 게 분명했다. 무언가 이야기를 하려던 찰나, 아이가 먼저 입을 열었다.

"아빠, 우리 가야 해요."

후안이 자리에 앉았다. 몸을 일으켜 세우려면 말도 못하게 힘을 써야만 했다. 그토록 더운 아침에는 몸이 백 킬로그램은 되는 것같이 느껴질 수밖에 없었다. 가스파르를 바라보았다. 아이는 거리감과 걱정을 동시에 품고 있으면서도 한편으론 대담해 보였다. 팔을 놓고 손을 잡았다.

"가요."

아이는 말하면서 그를 밀었다. 후안은 몸을 맡겼다. 아이와 조금 더 친밀하고 애정 어린 관계를 이어갈 수 있다는 걸 알고 있었다. 그 길이 자연스럽기도 했다. 공동묘지에서 나오기 전, 두 사람은 사람들이 꽃에 물을 주기 위해 사용하는 수돗가에서 목을 축였다. 후안은 자신의 머리카락을 적신 뒤 가스파르의 머리에도 물을 묻혔다. 가방을 메고 있는 아이의 손은 촛농으로 범벅이 되어 있었다. 간밤에 조용히도 보냈구나, 후안은 생각했다. 손에 묻은 촛농를 떼어내겠다고 꼼지락거리지도 않았어. 그을음으로 뒤덮인 손가락은 다시금 악마를 떠올리게 했다. 아이의 손을 쥐고 촛농을 떼어주기 시작했다. 촛농 밑 피부가 데지도, 일어나지도 않았다. 가스파르가 메디움인 게 곧 밝혀지겠지, 손을 닦아주며 후안은 생각했다. 사실 능력이 없는 사람들은 5호를 볼 수조차 없었다. 존재감이야 느낄 수 있었다. 불안감과 공포. 죽음에 이르기까지 하는 경우도 있었으나, 적어도 보는 것만큼은 시야를 훈련해야만 가능했다. 악마를 자연적으로 볼 수 있다는 게 사실이라면, 지금 본인은 천부적 재능을 가진 자 앞에 있는 것이었다. 이런 걸 숨기는 게 과연 가능할까? 가스파르가 메디움이라면, 짧고 가혹한 삶을 살다 가게 되리라. 메디움의 수명은 짧았다. 태곳적 신들과의 만남은 육체에도, 정신에도 파괴적이었다. 첫 접촉에 죽는 이들도 있었고, 요절하는 경우도 적지 않았다. 짧은 시간 안에 돌이킬 수 없을 정도로 미쳐버리는 경우가 대다수였다. 그들을 고칠 만한 마법도, 의식도, 과학도 없었다. 약간의 마법과 약간의 과학이 육체적 수명이나 정신력이 버틸 수 있는 것 이상으로 오랫동안 보존될 수 있게 도와주기는 했으나, 그리 오랫동안은 아니었다. 후안처럼 저항하는 메디움은 예외적이었다.

"아빠, 가요. 우리 가야 해요."

후안은 듣지 않았고, 마침내 아이의 손이 깨끗해지고 나서야 공동묘지의 정문을 나섰다. 문은 손수 닫았다. 한참 시간이 지나고 난 뒤, 호텔에 다다르기 직전에야 공동묘지 관리인을 떠올렸다.

‡

후안이 깨어났을 땐 또 한밤중이었다. 열 시간이 넘게 잠에 빠져 있었다는 걸 알아차렸다. 절반의 암흑 속에서 가스파르를 찾았고,

바로 옆의 침대에 웅크리고 잠들어 있는 모습을 보았다. 기만 전략을 시작해야 했다.

악마들과 접촉하고 나면 늘 이랬다. 오랜 시간 잠에 빠져들었다. 하지만 지옥 같은 피로가 가시지 않았다. 화장실로 갔다. 알약을 수돗물로 밀어 삼키고 세수를 했다. 다른 이들의 눈에 비치는 모습을 자신은 단 한 번도 보지 못했다. 얼굴이 피로와 패배로 얼룩져 있었고, 가슴과 배와 등의 상처는 질병의 지도나 다름없었다. 나약함을 혐오했고, 자기 몸을 증오했다. 다른 이들의 눈엔 남다르게 매력적인 남자로 비쳤다. 그들은 자신을 원했으며, 마음을 빼앗겼다. 후안은 관자놀이를 수도꼭지 밑에 들이밀고는 머리카락을 적셨다. 긴 시간 동안의 수면에도 불구하고 귀에 색깔의 이름들이 들려올 정도로 예민하고 피곤했다.

가스파르는 입을 벌리고 태아처럼 웅크리고 자고 있었다. 옷도 벗지 않은 채였다. 후안은 두 사람이 호텔에 어떻게 돌아왔는지 기억하지 못했는데, 이런 망각은 이상하지 않았다. 가스파르의 어깨 한쪽을 힘주어 밀며 황급히 깨웠다. 가스파르는 두 눈을 뜨는 데 시간이 걸렸다. 시야의 초점을 채 맞추기도 전에 후안이 말했다.

"웬 소리를 그렇게 질러대! 무슨 일이야?"

불신, 혼란. 소년은 알고 있었다. 속이기 쉽지는 않을 것이었다.

"아무 꿈도 안 꿨어요." 아이가 중얼거렸다.

"꿈을 꾼 게 분명해. 미친 듯이 소리를 질렀단 말이야."

깜빡이는 두 눈과 의심.

"꿈이 아니었어요. 아빠와 함께 공동묘지에 갔었는데, 아빠가 초

　　　　　　　　　살아 있는 신의 손아귀

를 들고 있으라고 시키고는 갑자기 보지 말라고 했잖아요."

"엄청난 악몽을 꿨나 보구나."

가스파르가 울기 시작했고 후안은 용인했다.

"꿈이 아니었어요!"

아이는 콧물을 흘리며 소리를 질렀다.

"그런데 우리는 여기서 나간 적이 없잖아! 낮잠 한숨 잔 것뿐인데. 이것 봐, 이제 간식 먹을 시간이 돼서 잠에서 깬 거라고."

"피를 흘리던 사람이 있었어요."

"피를 흘리던 사람이라고. 그래, 이제 그만하자. 곧 잊어버리게 될 거야. 다른 걸 생각하면 꿈의 내용은 금방 잊히기 마련이지."

"맹세해요. 아빠는 기절했고 저는 초를 계속 들고 있었다고요."

"내가 몸이 좋지 않아서 네가 많이 놀란 모양이구나. 내 걱정은 그리 하지 않아도 돼."

"꿈이 아니었어요."

후안은 분노로 위장이 단단해지는 것을 느꼈고, 주먹질로 거짓말을 믿게 할 수만 있다면 아이를 흠씬 두들겨 패서 믿게 하고 싶다는 생각을 했다.

"꿈이었고말고. 내게 다 얘기해보렴. 다만 지금 배가 고프니 우선 내려가자. 가서 아주 근사한 간식을 먹는 거야, 어때?"

얼굴을 씻겨주려 아이를 둘러메고 화장실로 데려갔다. 아이는 거부하지 않았다. 미간을 찌푸린 채 왼손을 꽉 주먹 쥐고 있었다. 후안은 다정하게 손을 펼쳐주었다. 또다시 꿈이 아니었다고 말하기만 해봐, 이 손가락을 부러뜨려 주지, 라고 생각했다. 가스파르는 이야기를 시작하기 전 심호흡을 했다. 혼자 남겨졌던 그 긴 시간 동안에 대해 꽤나 많은 것을 기억하고 있었다. 후안은 아이의 목소리가 떨리는 걸 느꼈다.

어젯밤 내가 이 애를 죽일 뻔했어, 후안은 생각했다.

가스파르는 엘리베이터에서도 이 '꿈' 이야기를 이어갔다. 후안은 들으면서 생각했다. 너에게 말하는 자들과 함께 있다. 거짓말이 아니었다. 하지만 그가 잘못 해석했을 수도 있었다. 지금도, 또 아주 오래전에도 많은 이들이 그에게 말을 걸고 또 걸었다. 로사리오가 어둠에 있을 것이라고 굳이 그렇게 단정할 필요가 있었을까? 그에게 말을 걸어오는 이들은 또 누가 있을까? 너에게 말을 하는 이들에게 속해 있다, 악마가 한 말의 정확한 번역은 여기에 가까웠다. 스핑크스의 수수께끼였다. 그리고 그는 질문을 제대로 하지 못했다. 슬픔에 잠겨 있었고, 고통스러웠고, 피곤했다. 미쳐 있었기 때문이다. 그리고 교만하게도, 로사리오라면 자신을 위해 그 정도의 희생을 치렀을 거라고 감히 생각했다. 자기 아들을 버릴 수도 있을 거라 생각했던 것이다.

두 손으로 얼굴을 덮었다. 가스파르는 이제 자신이 본 악마에 대해 이야기하고 있었다. 둥둥 떠다니던 무언가에 대해. 그리고 그때의 그는 당장 망각의 상징을 이용해 그 기억을 지워버릴 만한 힘이 없었다.

"그 사람이 말은 했어?"

후안은 눈물이 양손을 적시는 걸 느끼며 말했다.

"기억나지 않아요."

"봤지, 꿈이니까 금방 까먹는 거야."

가스파르는 악마의 말소리를 듣지 못했다. 들을 능력이 없는 걸 수도 있었다. 혹은 악마가 아예 말을 하지 않은 걸 수도 있었다. 이따금은 서로 침묵만 유지하다 끝나는 경우도 있었다. 혹은 말소리가 들려온다는 망상을 하는 것이 바로 자기 자신일 수도 있었다.

호텔의 식당에 들어서며 후안은 티셔츠로 눈물을 훔쳤다. 몇몇이 두 사람을 호기심 어린 시선으로 쳐다보았지만, 후안은 그 어느 때보다도 개의치 않았다. 상당히 어려 보이는 여직원은 주문을 받으면서도 그와 눈을 마주치지 않으려 애썼다. 그의 우는 모습이 안타까움을 자아낸 것이다. 후안은 가스파르를 위한 핫초코와 치파빵을 시켰다. 마실 것은 생각이 없었다. 자신이 구린내를 풍기고 있었다는 걸 이내 알아차렸다. 땀이 말라 티셔츠의 겨드랑이 밑 쪽이 굳어 있었다. 몸을 씻을 생각조차 하지 못했다.

"아무것도 안 먹을래요."

핫초코와 빵이 도착하자 가스파르가 말했다.

후안은 내면의 폭력성이 치고 올라오며 위장을 불태우는 걸 느꼈다. 심장이 몹시 빠르게, 난잡한 장단으로 뛰고 있었다. 그를 어지럽혔고, 쉬지 못하게 방해했다. 잠이 오지는 않았지만 쉴 시간이 조금 더 필요했다. 후안은 양손을 식탁보 위에 올려놓았다. 손끝이 시퍼렜다. 분명 입술도 새파랗게 질려 있을 터였다. 심호흡을 해보려 했지만, 아무런 소용이 없었다. 무엇보다도 산소가 필요했다.

"가스파르, 빨리 먹어. 그리고 여기서 날 기다리고 있어."

"혼자 있기 싫어요."

아들의 칭얼거림이 그의 온몸을 너무나 선명하고도 짙은 분노로 가득 채웠기에, 식당을 도망치듯 빠져나와 주차장에 세워 둔 차로 뛰어갔다. 트렁크를 열어 가지고 다니는 산소 튜브를 꺼내 들고는 주머니에 쑤셔 넣었다. 다른 투숙객이나 직원들이 그걸 보지 않길 바랐다. 식당 밖에서 창문을 두드려 가스파르에게 식사를 한입에 끝내라고, 그리고 방으로 같이 가자고 손짓했다.

후안은 침대에 앉아 군데군데 표면이 살짝 벗겨진 흰색 튜브를 협탁 위에 올려놓고, 빠르고 익숙한 몸짓으로 산소의 통로를 확보한 뒤 마스크로 코와 입을 가렸다. 고무줄을 양쪽 귀 뒤로 넘긴 후 손으로 매트리스를 탁탁 두드려 가스파르에게 곁으로 다가오라는 신호를 보냈다. 아이가 앉았고 후안은 벽에 등을 기댔다. 산소의 가벼운 소음은 심장의 두근대는 소리를 가리지 못했다. 불타오르는 듯한 가슴의 통증은 가빠오는 호흡을 더 악화시켰다. 탈리의 부적이 이 정도밖에 도움이 안 되는 거였나? 어둠을 한 번 더 열 수 있을 것인가? 아니면 다음이 마지막이 될 것인가? 가스파르는 진중하게 그를 살폈다. 동글동글한 푸른 눈에는 놀라움이 가득했지만, 예기치 못한 놀라움이 아니라 그저 주의를 기울이는 정도였다. 후안은 일 초 정도 지난 후 마스크를 벗고 말했다.

"가방에서 표지가 두꺼운 책을 꺼내봐."

"아빠, 괜찮아요?"

"괜찮을 거야. 책을 가져와."

가스파르와 함께 볼 요량으로 곰브리치의 『서양미술사』를 챙겨 왔다. 여행에 지니고 다니기에 이보다 더 안전한 게 없었다. 이 책을 발견하는 군인들은 그 어떤 혐의점도 찾지 못할 것이었다. 그는 손으로 책을 펼치라고 주문했고, 가스파르는 언제나 그랬듯 마지막 페이지를 펼쳤다. 절대 첫 페이지부터 시작하는 법이 없었다. 아이는 침대 위 이불이 없는 쪽 구석에 책을 기대어놓으며 두 사람이 같이 볼 수 있게 했다. 그러고는 다소 이상하다 싶은, 최소한 예전에는 하지 않았던 행동을 하기 시작했다. 그림 하나—후안의 눈에 코코슈카의 〈놀고 있는 어린아이들〉이 들어왔다—에 주목하더니 두 아이에 얽힌 이야기를 지어내기 시작한 것이었다. 붉은 원피스를 입은 여자아이와 푸른 옷을 입은 남자아이의 이야기에 후안이 이미 들은 바 있던 학교에서의 모험 이야기, 그리고 탈리의 집에서 알게 된 여자아이와 하던 놀이가 덧입혀졌다. 그러다 지루해진 듯 몇 장을 더 넘기곤 다른 이야기를 또 만들어냈다. 후안은 순간 온몸에 소름이 돋았고, 기억을 잃지 않으려 주먹 쥔 양손에 힘을 꽉 주었다. 가스파르는 성채 하나가 나온 페이지를 펼치고 그중 '둥그런 부분'(후안은 탑이나 돔 따위일 것이라 짐작했다)에 갇힌 두 명의 왕자에 대한 이야기를 지어내고 있었는데, 이내 아들이 런던의 렌 성당, 즉 세인트폴 대성당에 얽힌 이야기를 하고 있다는 걸 알아차렸다. 이 책에는 건축물의 사진도 있었기 때문이었다. 비록 잠에 들 수는 없었지만, 가스파르의 목소리를 들으며 몇 시간을 지루하지 않게 보낼 수 있었다. 아이는 해야 할 일을 알고 있었고, 옳은 일을 하고 있었다. 바로 그를 지탱해주는 일이었다. 엄마에게 배운 것이었다. 그녀를 흉내 내고 있었다. 아이와 이런 식으로 놀아주는 그녀를 본 적이 얼마나 많았던가? 로사리오는 널 살리기 위해 말을 거는 거야, 플로렌스가 종종 하던 말이다. 그 말이 맞았다. 그를 다시 삶으로 끌어올리려 말을 걸던 그녀였다.

가스파르는 책을 덮고 하품을 하더니 그의 가슴을 끌어안았다. 후안은 본능적으로 아이를 끌어내리고 싶다는 충동을 느꼈다. 아이의 무게 때문에 더 갑갑해질 것 같았다. 하지만 결국 그렇게 하지는 않았다. 아이와의 접촉이 고통을 완화시켰다. 이 녀석의 눈앞에서 죽고 싶지는 않아, 그는 생각했다.

화장실의 문이 열려 있었고 산소 부족으로 인한 절반의 무의식 상태에서 후안은 살아 있는 아내의 두 다리를 눈으로 본 듯했다. 로사리오는 화장실에서 시간을 너무 많이 보냈다. 한 시간까지도 족히 갇혀 있을 수 있었을 것이다. 그 방은 더 이상 코리엔테스의 한 호텔방이 아닌, 두 사람이 함께 살던 런던 첼시의 방으로 변해 있었다. 안경을 쓴 그녀가 한 손에는 책을 들고, 속옷 없이 티셔츠만 입은 채 화장실에서 나오던 모습이 생각났다. 그러고는 잔상이 사라졌다. 가스파르가 갑자기 침대에서 일어나더니—잠에 들지 않았다—화장실 문을 닫았다. 후안은 아들의 직감에 놀라지는 않았다. 다만 안타까울 뿐이었다. 후안은 삶을 갈망하지 않았다. 좋았던 순간들조차 진심으로 행복했던 건 아니었다. 그는 아이를 반드시 기사단으로부터 구해내야 했다.

가스파르가 미술 서적을 덮고는 번역된 미국 시집 한 권을 펼쳤다. 천천히, 서툴게 읽어 내려갔지만 후안은 그저 흘러가게 두었다. 산소를 다 소비하여 마스크를 벗어야 하는 순간이 찾아왔다. 손가락을 보니 더 이상 푸르뎅뎅하진 않았다. 부정맥이 완전히 사그라지기까지는 훨씬 더 많은 시간을 기다려야 했지만, 그래도 그 날 밤만큼은 아들의 눈앞에서 죽지 않을 거라는 걸 알아차렸다. 또 한 번의 성공. 두 사람이 함께 이룩한 성과였다.

‡

후안이 깜짝 놀랄 정도로 입장료는 저렴했다. 물론 후안은 돈을 관리하는 데엔 서툴렀고 물가 수준에 대해서도 제대로 알지 못했다. 고무줄로 대강 묶은 지폐 다발을 지닌 채 여행을 다니고 있었다. 이제껏 로사리오의 가족과 기사단의 돈에 기대어 살아오고 있었다. "네게 부족한 건 아무것도 없을 거야"라는 말을 귀에 못이 박히도록 듣지 않았던가? 자신이 얼마나 큰 특권을 가졌는지, 그리고 일반인들과 얼마나 거리감 있는 삶을 살고 있는지 알고 있었다. 멀리 갈 것도 없이 자신의 형을 보면, 망명을 떠나기 전에는 하루 열두 시간을 공장에서 노동하면서 공부도 병행했다. 로사리오가 없는 최근 몇 개월 동안, 지금까지 단 한 번도 은행 문턱조차 밟아본 적 없던 그는 결심을 내렸다. 가스파르에게 돈이 보관된 장소를 보여주며 언제든지 쓸 수 있다고, 무엇을 위해 돈을 쓰는지까지도 모두 알려준 것이다. 돈을 일주일에 한 번씩 가져다 달라고, 회계사나 변호사 또는 경호원들이 직접 그 일을 해달라고 요청해두기도 했다.

여직원은 유리창 너머에서 잔돈을 건네주었다. 후안은 로사리오가 없는 몇 개월과 마지막 수술로부터 느리게 회복하던 그 기간으로부터 자신이 점점 깨어나고 있음을 느꼈다. 공기였다. 더웠지만 유난히 가벼웠던 그곳 이구아수의 이상하리만치 건조한 바로 그 공기였을 것이다. 또한 느낌이었다. 의식에서 살아남는다면, 자신과 아들이 어느 정도 평온을 되찾을 수 있을 것 같다는 느낌이었다. 치유의 잠을 통해 자기 자신에게도, 스티븐에게도, 탈리에게도 어느 정도 믿음을 다시 가질 수 있게 되었다. 이러한 가능성은 불과 한 달 전, 그러니까 로사리오와의 접촉을 시도하며 분노와 고통과 불편함에 못 이기는 여러 불면의 밤을 보내다 못한 나머지, 뒤뜰에 마구잡이로 지핀 모닥불에 아내의 유품 거의 전부를 불태우던 때만 해도 너무나 멀게만 느껴졌었다. 그때 가스파르는 그의 곁에 앉아 있었다. 놀란 눈을 크게 뜨고 엄마의 물건들이 타오르는 모습을 지켜보기만 하면서, 무언가를 꺼내려 하지도 않았다. 나중에는 몇 개가 채 안 되는 남은 물건들을 아이에게 보여주었다. 옷 몇 점, 사진 몇 장, 음반 전부. 특히 값이 많이 나갈 뿐 아니라 최종적으로는 가스파르의 것이기도 하여 훼손할 의미가 없었던 보석들. 로사리오가 한 번도 쓰지 않았던, 거의 백 년 가까이 된 아르누보 양식의 장신구들이 그러했다. 로사리오의 타로 카드와 마법과 관련된 유물과 도구들도 모두 남겨두었다. 하지만 이것들만큼은 가스파르에게 보여줄 수 없었다. 후안은 로사리오의 카드라 할지라도 많은 것을 남겨두지 않기로 작정했다. 옷과 머리카락 한 움큼만 있어도 그녀를 소환하고, 유령의 몸으로 자신을 만나러 와달라고 요청하는 데 충분할 것이었다.

그렇게 해주지 않는다면, 그녀가 부름에 응답하지 않는다면 이제 남은 선택지는 많지 않다고, 그는 공원의 기차역까지 걸어가면서 생각했다. 누군가가 그녀를 붙잡고 그와 만나지 못하게 막고 있거나, 자신이 닿을 수 없는 곳으로 그녀가 가 있는 것이었다. 이건 이상했다. 어둠에 있다면 닿을 수는 있을 터였다. 가능해야만 했다. 하지만 다른 장소들도 존재했다. 많은 장소들. 아직까지 알려지지 않은 수많은 장소들.

모든 걸 태워버리려는 시도는 어리석은 예방책이었다. 누군가가 정말 로사리오를 가두고자 했다면 그녀의 물건을 취하기 몹시 쉬웠을 것이기 때문이다. 너무도 당연히, 그녀의 소지품 중 상당수가 푸에르토레예스에 있었다. 베개 위에 남아 있던 머리카락, 붙박이장에 남은 옷들, 화장대에 남아 있던 화장품들. 하지만 누가 그런 일을 벌인단 말인가? 목적은 단순했다. 후안을 쇠약하게 만드는 것. 하지만 누구냐 하는 문제는 복잡했다. 메르세데스도 후보군에 있었다. 자신의 딸을 매우 증오했으니. 플로렌스는? 역시 가능했다. 하지만 그들이 정말 그런 일을 감수했을 것인가? 로사리오는 메디움의 아내이자 후계자의 어머니였고, 욕심이 많았다. 복수가 두렵진 않았을까?

"공원이에요?"

가스파르가 생각의 늪에서 그를 꺼냈다. 생각을 그만둬야 했다. 그의 집중이 흐트러지곤 할 때 직관이 개입했다. 일종의 규칙이었고, 잘 맞아떨어졌다.

"공원인데, 깜짝 선물이 있어. 이번 여행에서 네가 착하게 굴면 깜짝 선물을 주겠다고 했지. 우린 이제 기차를 타고 갈 거야."

"기차요?"

"그래. 기차를 타고 깜짝 선물이 있는 곳으로 갈 거야. 걸어갈 수도 있고."

"싫어요. 뛰게 만들 거잖아요." 가스파르가 말했다.

그의 곁에서 걸어가는 게 얼마나 힘든지를 표현하는 가스파르만의 방식이었다. 후안의 작은 한 걸음이 아들에게는 여러 걸음이었다. 천천히 걸어가려 노력했다. 이른 시간이었다. 이구아수에는 정오에 도착했다. 오는 길에 샌드위치 몇 개를 먹었고 폭포가 있는 공원에는 오후 1시에 입장했다. 관광객들이 점심 식사를 할 동안 두 사람이 오롯이 악마의 목구멍*을 볼 수 있는 좋은 시간대였다. 숲속에 나 있는 샛길을 따라 걸어가기 시작했다. 후안은 가스파르를 위한 챙이 달린 모자 하나와 두 사람을 위한 선크림을 구입했다. 다행히도 공원 입구 쪽 도롯가에 있던 가게에서 두 가지 물건을 모두 팔고 있었다. 가스파르가 길가에서 보이는 동물 하나하나를 유심히 관찰했기에 두 사람은 느릿느릿 걸어갔다. 긴코너구리, 멀리 나무 위에 앉은 왕부리새, 조용한 도마뱀 등이었다. 거의 한 시간을 걸어간 끝에 구름다리를 건널 수 있었다. 후안은 이 느림이 고마웠다. 피곤하지도 않았을뿐더러 태양도 그를 괴롭히지 않았다. 어제는 그를 무자비하게 극한까지 몰고 갔던 태양이었다. 건너간 구름다리도 계단 하나 없이 그저 강을 가로질러 쭉 뻗은 목재

---

*   아르헨티나 이구아수폭포의 가장 유명한 구간인 U 자형 폭포로, 가까이 다가가면 마치 폭포 속으로 빨려들 것 같은 느낌이 든다 하여 붙은 이름이다.

살아 있는 신의 손아귀

교량이었다. 이것 역시도 큰 힘을 들일 필요가 없었다.

가스파르는 구름다리 위를 까치발로 건너갔다. 주변 풍경은 충만했고 사나웠다. 우중충한 숲에서 멀리 떨어져 나와 강에 손을 뻗은 나무들과 웅대하고 빠른 물줄기가 보였다. 이 나무다리를 언젠가는 철제로 교체해야 되리라고 후안은 생각했다. 아무리 관리를 잘한다 해도, 목재로 된 이 다리는 홍수라도 일어나면 물에 쓸려가버리고 말 것이었다. 물의 일부분은 투명했지만, 다른 일부는 붉은색으로 물들어 있었다. 삼림 벌채로 색이 있는 흙이 강물에 섞여 들어간 결과물이겠지, 후안은 생각했다. 십 년 이내, 혹은 그보다 조금 더 지난 뒤에 폭포는 마치 차가운 용암과도 같은 붉은색이 될 것이었다. 피를 뿜어내듯이. 그런데 물이 너무 많았다. 이 년 전만 해도 가뭄으로 물길이 말라 붉은 모습을 드러냈었다. 폭포 몇 줄기만이 샘물처럼 얇게, 집 안의 샤워기처럼 떨어지고 있었을 뿐이었다. 그는 이 세기말적 풍경을 직접 보러 간 적이 있었다. 그 당시 강바닥에서 시체들이 발견되었다는 소문도 돌았다. 사실 군인들이 시체를 폭포에 버리는 일은 너무나도 있을 법한 일이었다. 게다가 국립공원은 연방의 권력자들이 장악하고 있는 곳이기도 했다. 그렇지만 그는 시체를 발견했다는 소문을 믿지 않았다. 이 구간의 이구아수가 가진 힘을 생각한다면 시체들은 물줄기로부터 가능한 한 멀리 떨어진 곳, 누구도 예상치 못한 곳으로 흘러갔을 것이기 때문이다.

관광객이 많지 않은 구름다리 위를 한 이백 미터쯤 걸어가다가, 후안은 자기 곁에서 거의 뛰다시피 걷던 가스파르를 번쩍 들어 올렸다. 아이들을 어깨에 태우고 가지 말라는 푯말들이 여기저기 붙어 있었지만, 두 팔로 안지 말라는 말은 없었다. 가스파르는 그의 팔에 안겨 위험할 정도로 높이 들어 올려졌고 불안해했다. 악마의 목구멍의 소리가 점점 강렬해지는 한편, 새떼 한 무리가 구름 한 점 없는 하늘을 가로질러 반대편 브라질 쪽 강변을 향해 건너가자 가스파르가 발을 동동 구르며 불안과 놀람이 가득한 목소리로 말했다. 내려주세요.

"무섭니?"

"내려줘!"

아이의 목소리에서 히스테리가 묻어났기에 후안은 그 말을 따랐다. 다리가 조금 흔들리고는 있었으나, 가스파르가 현기증을 느끼는 건 아님이 분명했다. 긴코너구리 한 마리가 후안의 곁을 갑작스레 치고 달려갔고, 그는 그 동물이 지나갈 수 있도록 조금 길을 내주었다.

"무슨 일인지 말해봐."

가스파르가 입을 벌리며 양손을 뻗더니 두 뺨에 갖다 댔다. 두 눈에는 눈물이 고인 채 잔뜩 겁먹어 있었다.

"물을 빨아들이는 괴물이 있는 거예요? 악마가 있는 거냐고요? 악마를 보고 싶지 않아요."

읽을 줄 아니까, 표지판도 보았겠지. 후안이 생각했다.

"괴물은 없어. 그냥 큰 폭포에 갖다 붙인 이름일 뿐이야."

"못 믿겠어요."

"잠시 앉아서 쉬었다 가자."

구름다리 위 몇몇 구간에 철제와 목재로 된, 녹색으로 칠해진 벤치 몇 개가 있었다. 조경사 샤를 블랑샤르의 디테일이었다. 푸에르토레예스의 정원과 로사리오 가족의 저택, 가스파르가 물려받게 될 바로 그 저택의 조경을 디자인한 사람이기도 했다. 몇 안 되는 관광객이 보온병과 사진기를 들고는 무거운 발걸음으로 구름다리 위를 오갔다. 후안은 기다렸다. 티셔츠 끝단으로 선글라스를 닦은 뒤 입구에서 산 크루시를 병째로 길게 들이켰다. 무더운 와중에 썩 달콤했다. 입술 위아래를 혀끝으로 핥았다.

아이는 벤치를 밟고 서더니 위협적이라 할 수밖에 없는 태도로 후안에게 다가왔다. 얼굴을 얼마나 들이밀었던지, 후안은 두려움으로 가득 차 있으면서도 고집도 센, 네 개의 푸른 눈을 보았다.

"나를 괴물에게 던져버리려고 여기 온 거예요?"

이렇게 믿고 있었던 것이었다. 그럴 수도 있지. 최근의 혼란스러운 나날들을 자양분 삼아 키워낸 두려움. 이 아이가 겪고 있던 건 말도 안 되는 상중의 슬픔이었다. 그의 아들에게 최근 몇 달간은 그야말로 악몽 그 자체였을 것이었다. 하지만 맞는 말이기도 했다. 괴물들이 팔을 벌리고 있는 곳으로 이 아이를 데려가고 있었다. 후안은 가스파르를 안아주었다. 아이가 떨고 있기 때문만이 아니라 자신을 벗어날까 봐, 달아나버리지 못하도록 막아야 했다. 가스파르는 그의 팔 안에서 투정을 부렸다. 후안은 앉으라고 한 뒤 한 손으로 얼굴을 붙잡고 자신을 강제로 쳐다보게 했다.

"가스파르, 아들아. 이건 물이야. 저 앞에 큰 구멍을 향해 흘러가는 강인데, 물이 떨어지면서 소음을 만드는 거야. 아주 아름답지.

그래서 널 이곳에 데려온 거야, 아름다워서. 무지개도 있어. 괴물 따윈 없을 뿐더러 절대 널 괴물에게 던져버리거나 다치게 하지도 않을 거야. 절대로. 저쪽으로 가는 사람들을 봐, 겁먹은 것 같니? 아니잖아. 괴물이 없어서 그런 거야."

아이는 꽉 틀어쥐었던 손을 조금 풀었고, 손등으로 콧물을 닦아 냈다.

"널 여기 데려온 건 단지 멋진 풍경을 보여주고 싶었기 때문이 야. 하지만 네가 원한다면 돌아가자."

후안이 말했다.

"무지개도 있어요?"

"두 개가 뜰 때도 있어. 난 세 개까지 본 적이 있지."

가스파르를 다시 한번 안아주자, 이번에는 저항이 없었다. 아무 이야기도 하지 않았다. 아이에게 혼란을 주고 싶지 않았다. 울음과 공포감을 스스로 다독이게 두었다. 관자놀이를 매만져주었다.

"다른 날에 다시 와도 좋아. 무서우면 돌아가는 거야. 아무 문제 없어."

후안은 아이가 티셔츠로 젖은 얼굴을 닦아내는 모습을 지켜보았 다. 그를 모방한 몸짓이었다.

"가요, 무지개가 있는지 보러 가고 싶어요." 가스파르가 말했다.

후안은 아이를 악마의 목구멍으로 데려갔다. 구름다리에서 전망 대까지 약 이백 미터 넘게 남은 지점에서도 물이 튀는 모습이 보 였기 때문에, 악마의 목구멍이 눈에 들어오자마자 가스파르가 숨 을 참으며 놀라는 모습이 보였다. 이번에는 불신 때문이 아니었다. 그 모습의 광대함, 조각조각 나서 떨어지는 강물의 힘, 공기 중에 흩어지는 거센 흰색의 물줄기, 무언가 말을 하려면 소리칠 수밖에 없게 만드는 시끄러운 소음이 아이를 놀라게 했다. 후안은 다른 여행객들이 하듯 난간 모서리 위에 아이를 올려주지 않았다. 아빠, 우리 사진기를 안 가져왔어요! 아이는 물방울이 송글송글 맺힌 얼굴로 소리쳤다. 후안은 나중에 엽서 몇 장을 사줘야겠다고 생각했다. 무지개는 두 개가 떠 있었다. 하나는 저 깊이, 물이 사라지면서 증기와 거품으로 변하는 곳에 있었다. 다른 하나는 잘린 무지개였다. 언덕 가장 높은 곳에 떠서 나뭇가지 사이로 퍼지고 있었다.

푸에르토레예스로 돌아가는 여행길에서 가스파르는 터키석 색깔의 나비와 무지개 얘기를 꺼냈다. 거기에 얽힌 전설을 알고 싶어 했다. 후안은 어느새 요정들, 여신 이슈타르의 보석 목걸이, 아스가르드로 향하는 길과 지구에 대한 이야기를 하고 있었다. 가스파르는 소음에 대한 이야기를 하다가 두 사람이 젖었던 이야기를 하며 한참을 깔깔대며 웃었고, 우리 조부모는 왜 거기에 집을 짓지 않았느냐고 물었다. 안 되거든, 후안이 대답했다. 그곳은 국립공원이야. 그 누구도 소유할 수 없는 국가의 것이지. 국가가 뭐예요? 모두의 것이라는 말이야. 한 가문이 사적으로 사들일 수 없다는 뜻이란다. 하지만 근처에 집을 한 채 지으셨잖아. 기억 안 나니? 기억나요, 가스파르가 대답했다. 그런데 대충요. 아이와 노인 들은 서로 양극단에 있으면서도 닮은 점이 많다. 후안은 문득 그 사실을 떠올렸다. 특히 기억상실의 측면에서 그랬다. 사람도, 장소도, 상황도 온전히 담아두지 못한다. 아기였던 가스파르는 그 집에서 여러 달을 보냈다. 그런데 지금은 그 집을 '대충' 기억하고 있는 것이다. 자신도 그리 쉽게 잊힐 것인가, 혹시 부모라면 다를 것인가. 아주 아름다운 집이야, 후안이 말했다. 그리고 네 것이기도 해. 할아버지 할머니가 돌아가시면 네 것이 될 거야. 네 엄마는 형제가 없거든.

"그럼 아빠 것이기도 하네요. 엄마 거는 다 아빠 거잖아요."

"아니." 후안이 말했다. "내 것은 아니야. 내겐 아무것도 없어. 너 밖에는."

‡

저택은 브래드퍼드가家가 농업을 확장하여 —그때까지는 부에노스아이레스주에서 주로 밀을 재배하고 있었다— 마테차도 재배하기로 결정한 시기인 1920년대에 세워졌다. 이 당시의 미시오네스주는 서유럽, 러시아, 스칸디나비아 출신의 개척자들로 북적이고 있었다. 아르헨티나에서 가장 비옥한 땅을 소유한 영국 출신 대지주의 후손들이었던 브래드퍼드 가문은 지역 정치를 주무를 줄 알았고, 또 상당한 자기자본을 가지고 사업에 뛰어들었기 때문에 주목을 받았다. 산티아고 브래드퍼드는 밀림 한복판에서 사냥을 하며 정처 없이 헤매는 것을 좋아했는데, 자신이 그토록 사랑한 바로 그곳에 꿈에 그리던 집을 짓기에 이르렀다. 파라나강 인근, 이구아수폭포로부터 삼십 킬로미터 떨어진 지점이었다. 산티아고 브래드퍼드는 밀림 이천 헥타르를 매입한 뒤 건축가 폰 플레센과 조경사 샤를 블랑샤르를 고용하여 맨션과 정원 그리고 나무 사이에 둥둥 떠 있게 될, 강으로 향하는 구름다리를 설계하게 했다. 길이가 일 킬로미터에 달하는 일종의 테라스에서 운이 좋다면 흐르는 강물을, 하늘을 붉은 숯가루로 만들어버리는 태양을, 반대편 강기슭의 원시림을 볼 수 있을 것이었다.

이 외에도 그는 마테차 재배를 위해 북부에 삼천 헥타르의 땅을 사들였다. 그리고 꿈속에 그리던 집을 지음과 동시에 푸에르토리베르타드란 이름의 마을도 만들었다. 집 주변과, 나중에는 자동차 도로가 될 길 하나를 중심으로 확장될 것이었다. 같은 시기에 그는 호세 레예스라는 이웃 마테 농장 주인과 몹시 친한 사이가 되었다. 그는 스페인 출신의 백만장자 홀아비로 자식 둘을 키우고 있었는데, 사냥에 대한 열정을 함께 불태웠다. 서로가 기사단의 일원이라는 걸 알아차리기까지는 몇 개월이 걸렸다. 산티아고 브래드퍼드는 창립 가문의 일원이었고 호세 레예스는 아직 초심자에 불과했다. 이 우연의 일치는 두 사람을 더욱 친밀하게 했으며 동업자 관계까지 이르게 해주었다. 예기치 못하게 사귄 친구를 기념하기 위해 브래드퍼드는 자신의 집을 푸에르토레예스라 부르기로 했다.

집은 1929년에 완성되었다. 백만장자들에게는 생채기 정도만을 남긴 세계적 경제공황이 닥치기 바로 직전이었다. 브래드퍼드 가문은 전 세계를 덮친 전쟁을 부추겼으며, 나중에는 중동, 그러니까 뉴욕의 증시 폭락이 강타한 충격을 알아채지도 못할 정도로 다른 세계인 그곳과 거래를 계속해나갔다.

산티아고 브래드퍼드가 부에노스아이레스로 돌아온 지 얼마 되지 않았을 때였다. 그는 강, 수확하며 흘리는 땀, 습기, 개척자들의 전설, 각 지역의 혼령에 얽힌 이야기들을 사랑했다. 열네 칸의 방과 올림픽 규격의 수영장, 벽돌, 상쾌한 테라스, 분수와 난초와 버드나무를 갖춘 가운데뜰이 있는 자신의 집을 사랑했다. 창문 몇 개는 프랑스식 스테인드글라스로 되어 있었다. 샤를 블랑샤르는 집 주변에 오백 종이 넘는 식물을 심었고 산책로도 만들었는데, 밀림이 맹렬한 기세로 모든 걸 뒤덮기 일쑤여서 깨끗하게 관리하지 않으면 안 되었다. 여동생이 부탁한 온실도 만들었다. 세상에 없을 색깔을 자랑하며 손과 어깨에 올라타 날갯짓을 해대는 나비들이 얼굴에 입을 맞춰올 때마다 미소를 지었던, 어린 나이에 죽은 아내 아만다를 떠올렸다.

산티아고 브래드퍼드는 아만다와 같이 찬란한 빛을 내던 사람이 어떻게 자신의 특이하고도 음침한 자녀들, 호르헤와 메르세데스를 낳을 수 있었는지 믿기 힘들어했다. 특히 못생기고 냉소적인 딸 메르세데스가 그러했다. 누구에게도 사랑받거나 존중받지 못할 소녀였다. 그는 물에 빠진 사람이 지푸라기라도 잡듯이 호세 레예스의 준수한 아들 아돌포에게 딸을 소개시켜 주었다. 영국에서 공부를 마치고 돌아온, 밀림의 생활에 익숙한 청년이었다. 성질머리가 고약하기 이를 데 없는 딸에겐 과분한 상대였다. 아돌포는 메르세데스 브래드퍼드를 사랑하지는 않았지만 양 가문이 이 결혼의 성사를 바라고 있다는 걸 잘 알고 있었다. 결국 두 사람은 부모의 마음을 흡족하게 만들었다. 아내라는 사람이 반드시 사랑하는 여인일 필요는 없었다.

아돌포는 메르세데스가 아름답지도 않으며 매력은 더더욱이 없다는 소리를 공공연히 하고 다녔으나, 한편으로는 그녀가 가진 순수 악에 가까운 광기에 매료되곤 했다. 자신을 죽일 수도 있다는 것, 적어도 그런 시도를 충분히 하고도 남을 사람이라는 점이 그를 흥분하게 만들었다. 그리고 더 중요한 사실은, 기사단의 평신도인 자신들과 달리 브래드퍼드가의 사람들은 고위직에 포진해 있다는 것이었다. 핏줄이었다. 이 결혼으로 레예스 가문은 일거에 신분 상승을 했고, 기사단은 피와 돈으로 소유물들을 구속하는 걸 선호했다. 1945년까지 산티아고는 푸에르토레예스에 거의 눌러앉다시피 했다. 평야는 이제 지겨워, 라고 말하곤 했다. 지겹기가 짝이 없는 동네야. 사냥을 해봤자 비스카차*나 괴조뿐이라고.

물론 가끔 돌아갈 때도 있었다. 그건 단지 사업이 부에노스아이레스에서 전개되고 있기 때문이었다. 또 가끔은 더위가 숨통을 턱턱 조여왔기 때문이기도 했다.

메르세데스와 아돌포는 1947년에 결혼했는데, 교회의 절차를 따르지 않았다. 소문 따위는 귓등으로 흘려버릴 수 있었고, 겉으로 보이는 데 치중하는 사람들도 아니었다. 같은 해, 호세 레예스가 젊은 나이에 파라나강에 빠져 죽었다. 술에 취한 채 배를 타러 나갔던 것이다. 이제 아돌포가 마테차 사업을 물려받아, 가족과 아내가 공동으로 소유하게 되었다. 아돌포와 메르세데스는 페론 대통령이 자신들의 모든 재산을 몰수할까 봐, 그중에서도 푸에르토레예스를 빼앗을까 봐 골몰했다. 하지만 운이 좋았다. 브래드퍼드 가

---

*   아르헨티나와 페루 등 남미에 주로 서식하는 설치류.

문에게서는 거의 쓰지 않고 방치되었던 라플라타 방면의 저택 한 채만 앗아 갔고, 그곳은 공원이 되었다. 레예스 가문은 노동자들의 처우 개선 명령을 받았을 뿐이었다. 억지로 명령에 응했지만 그마저도 잠시뿐이었다. 감시와 채찍질, 턱없이 적은 양의 배식과 아동 노동은 그대로 유지되었다. 아돌포는 꿈속에서 "네이케!"라는 외침을 듣곤 했다. 과라니어로 '힘'을 뜻하는 그 단어는 곧이곧대로 사용되지 않았다. 흔히 '멘수'라고 불리던 마테차 일꾼들에게 체력을 극한까지 끌어올리라고 명령하는 의미였다. 그는 작업 현장을 방문하는 걸 꺼렸고, 아버지와 마찬가지로 술 마시는 걸 더 좋아했다. 아침부터 위스키, 사탕수수 술, 와인을 매번 조금씩 더 마시게 되었다. 금발 머리 여자들, 특히 촌에서 나고 자란 개척자들의 딸들을 밝혔다. 그러면서도 조금 더 섬세한 유럽계 여성들도 좋아했다. 전구와 회화, 연, 초판 서적—읽는 경우는 손에 꼽았다—, 과라니족의 공예품, 부적, 액막이 등을 즐겨 수집했다. 그리고 산라무에르테를 숭배했다. 여자 형제 노라는 1949년 푸에르토레예스 인근에 미시오네스주의 첫 동물원을 지었다. 해가 거듭되면서 그 동물원은 동물들의 안식처이자 멸종위기종을 위한 피난처, 아르헨티나 수의학의 중심지로 정평이 나게 되었다. 그녀는 프랑스로 이주하여 결혼한 뒤 다시는 아르헨티나로 돌아오지 않았지만, 동물원만큼은 믿을 만한 협력자였던 선구적인 환경학자들의 손에 맡겼다.

아돌포는 방문객을 위한 별체를 짓고, 산티아고의 노년에 또 한 명의 손녀인 카탈리나와 함께 보내는 기쁨을 선물해주고자 했다. 모두가 탈리라 부르던 그 아이는 코리엔테스 출신의 정부—절반은 인디오, 절반은 이탈리아인으로 그 어디에서도 보지 못한 아름다움을 가졌다―가 낳은 아이였다. 그는 가능한 한 모든 시간을 그녀와 함께 보냈다. 술 취해 잠든 밤마다 그녀의 꿈을 꾸었다. 함께 술에 취했고, 공예품을 보러 같이 나가기도 했다. 아돌포는 거래를 성사시키며 지역에서 파는 술을 맛보았다. 초반에는 탈리를 품에 안고 다녔는데, 조금 크고 난 뒤에도 같이 다녔다. 로사리오도 함께였다. 소녀들은 서로를 무척 아꼈고, 함께 놀았다. 방학이 될 때마다 둘을 떼어내기가 쉽지 않았다. 임신 기간 내내 침대 위를 벗어나지 못하다 죽을 고비를 넘기며 출산을 한 메르세데스는 다시는 자식을 가질 수 없게 되었고, 독서와 여행으로 시간을 보냈다. 그녀는 일 년에 한 번씩 시간을 내 유럽을 방문하여 런던에서 기사단과 비밀스럽고도 극렬한 회의를 가졌다. 어떤 날엔 헤카테와 맥베스의 마녀들에 대한 글을 읽었다. 또 다른 날에는 두꺼비의 입을 꿰매거나 공동묘지를 순회하기도 했다. 런던에서 일어나는 모든 주요 의식에도 빠짐없이 참석했다. 그녀의 지리적 태생만 보면 주변부 출신이라 할 수 있었으나 기사단 내에서의 입지는 그렇지 않았다. 아르헨티나에서 산다는 건 중요한 문제가 아니었다. 브래드퍼드 가문의 사람들이 늘 이야기하듯 돈 그 자체가 하나의 국가였다.

하지만 메르세데스는 예상하지 못했다. 뛰어난 실력의 촉망받는 심장전문의인 자신의 남동생이 어느 날 밤 이성을 잃고 잔뜩 흥분한 채로 찾아와, 자신이 메디움을 만났는데 치명적인 병에 걸린 다섯 살짜리 남자아이라고, 큰 위험을 감수하며 심장을 수술해준 것으로 자신이 대단한 명성을 얻게 되었으며, 이번 일이 이 분야에 있어 대륙 전체에 길이 남을 이정표가 될 것이라고 소리를 지르며 말할 줄은 가장 끔찍했던 악몽 속에서도 생각해본 적이 없었다. 남동생은 그가 능력을 꽃피울 것임을 확신했다. 우리가 이 아이를 돕고, 보살피고, 키워줘야 한다고 했다. 죽게 두어선 안 된다고도 덧붙였다. 메르세데스, 그 애를 부모가 데려가면 머지않아 죽고 말 거야, 지저분한 항구 동네 베리소에 사는 무식한 이민자들의 자식이야. 부에노스아이레스에서 살 형편마저도 안 돼. 메르세데스는 한동안 그를 믿지 못했다. 섬세하고 스산한 눈빛을 지닌 그 아이가 부에노스아이레스의 리베르타도르 대로에서 자신이 온 가족과 함께 살던 그 건물로 들어와 살게 되었는데도 그랬다. 아버지 산티아고는 기꺼이 믿으며 그 아이에게 마법과 언어, 신화, 예술 따위를 가르쳤지만 그녀는 믿고 싶지 않았다. 메디움을 만나는 건 자신일 거라고 늘 꿈꿔왔기 때문에 더더욱 믿고 싶지 않았다. 가문의 남자들이 딸 로사리오의 훈련을 금지한 일로 엄청난 절망에 빠졌던 그녀는 그 이후 새로운 메디움을 만나는 데에만 골몰했다. 도덕적인 체하는 아둔한 남자들, 그녀는 생각했다. 딸아이가 능력을 갖고 태어난 것 같진 않았지만, 그런 능력은 후천적으로 개발될지도 몰랐다. 쳇, 소리가 입버릇이던 그녀는 불쾌감이 끓어올라 자신을 압도할 때면 로사리오에게 몽둥이찜질을 해댔다. 그녀의 화풀이는 딸의 등을 자줏빛으로 물들이곤 했다.

대망의 날, 푸에르토레예스의 모두가 증거를 두 눈으로 확인하고 광란에 휩싸였던 그날까지도 그녀는 믿기를 거부했다. 하지만 후안은 그들을, 특히 브래드퍼드 가문이었던 그녀를 기사단 내에서 상상할 수 없을 정도의 지위로 높여주었다. 그때부터 그림자 숭배의 두 눈이 갑자기, 그리고 최종적으로 그 밀림의 붉은 흙으로 둘러싸인 거대한 저택을 향하기 시작했다.

‡

"그럼 우리는 비행기표를 보내느라 헛돈질에 시간 낭비만 한 셈이구나."

아돌포는 차를 푸에르토레예스 정문 옆의 한 나무 밑에 세워두고 다가오는 후안에게 인사하기에 앞서 면박을 주었다. 아돌포는 이미 취기가 올라 있었지만 불쾌함을 풍기기까지는 아직 한참 남아 있었다. 하늘은 금방이라도 비를 쏟을 태세였고, 흰색 칠을 한 지 얼마 안 된 저택은 아름다웠다. 도망치고 싶을 땐 언제든지 빠져나가는군그래. 그놈의 경비원들도 다 쓸모없는 녀석들이야.

"가스파르와 차로 오고 싶었어요. 아이와 그런 시간이 필요했거든요. 장인어른, 안녕하셨어요?"

"이보다 더 좋을 순 없지. 자넨 어떻고?"

아돌포는 가스파르 앞에서 몸을 숙이곤 할아버지를 안아주지 않을 셈이냐? 라고 퉁명스레 말했다. 가스파르는 내키지 않는다는 듯 말을 따랐다. 양팔은 햇빛에 다소 그을려 있었다. 이어 메르세데스가 모습을 드러냈다. 지팡이를 짚었는데도 걷는 게 힘겨워 보였다. 승마를 하던 중 겪은 사고로 허벅지뼈가 부러졌고, 그 이후로는 다시 원래대로 회복되지 못했다. 그녀가 도망치려는 아이를 붙들고 볼에 입을 맞춘 뒤 두 손으로 머리카락을 쓰다듬었다. 내 보물, 이라고 말하면서. 그러고는 후안을 바라보았다. 탐욕이 미소를 뒤틀리게 했다.

처부모는 그를 상대하는 법을 몰라 헤맸다. 신과 대화를 나누는 신탁을 받는 영매, 메디움에 합당한 존경을 표해야 할까? 아니면 가족관계에 걸맞도록 자연스럽게 대해야 할까? 혹은 때때로 보이는 반항심에 걸맞는 단호함과 가혹함을 보여줘야 하는 걸까? 이제 그는 아무래도 상관없었다.

"어서 와."

메르세데스가 인사를 건넸다.

"방은 준비되어 있어. 그렇게 대단한 여정을 달려왔으니 쉬고 싶지 않겠어? 운전기사든 비행기든 골라서 오면 되는 마당에 그렇게 직접 운전을 해서 도로를 달려오는 짓을 자네가 아니면 누가 하겠는가."

그녀는 도망친 일로 비난을 가하지는 않기로 마음먹었다. 그가 자신들을 속일 때마다 늘상 그랬듯이 이번에도 경비원들을 갈아치울 생각이었다. 메르세데스는 집 안에서도 선글라스를 쓰고 지냈지만, 그를 쳐다볼 때면 꼭 벗곤 했다. 다소 그늘지고 불안한 눈빛이었다.

"저희가 평소 쓰던 것과는 다른 방으로 준비하셨겠죠."

"당연하지."

푸에르토레예스의 쾌적한 메인 회랑을 걸어갔다. 흰 벽에는 아돌포가 신경을 기울인 섬세한 장식품들이 걸려 있었다. 사냥 트로피, 뿔, 긴 귀를 가진 스라소니의 머리통. 눈에 확 띄는 액자에 끼워진, 작은 화폭의 렘브란트 원작 몇 점이 있기도 했다. 메르세데스는 늘상 컬렉션이 밀림 안에서 썩고 있다며, 작품들을 부에노스아이레스로 가져가 보존해야 한다고 말하곤 했다. 아돌포는 그 말을 따랐고, 대부분의 회화 중 렘브란트 작품 몇 점과 메인 응접실에 놓인 훔쳐 온 작품, 칸디도 로페스의 쿠루파이티 전투 그림 한 점만을 남겨놓았다. 검은 곤충같이 표현된 군인들과 멀리 지평선에서 피어나는 연기와 불, 푸른색 하늘을 담은 그림이었다. 아름다우면서도 공포스러운 그 그림을 국립미술관에 기증하자는 제안을 아돌포는 결단코 거부했다. 로사리오는 종종 아빠, 이걸 여기 두는 건 부끄러운 일이에요, 칸디도의 모든 작품이 지금 국립역사박물관이나 미술관에 있잖아요. 이건 도둑질이에요, 국보고요, 라며 쏘아댔다. 그럴 때면 아돌포는 그럼 여기 와서 찾아가라지, 망할 놈들, 그 좆같은 놈들에게 내가 주나 봐라, 라고 대답했다. 로사리오는 분노를 연기했지만 후안은 그녀의 얼굴에서 옅게 피어나는 미소를 볼 수 있었다. 자주 다투기는 했어도, 또 비록 얄팍하고 이기적인 사람이긴 했어도, 그녀는 자기 부친과 좋은 관계를 이어갔다.

　로비층을 지나 일 층으로 올라갔다. 메르세데스는 강을 조망할 수 있는 방을 준비하라고 시켜놓았다. 에어컨이 있는 방이기도 했다. 가스파르는 뛰어 들어가더니 침대 위에 가방을 올려놓고서 장난감 자동차들을 꺼냈다.

　"필요한 게 있으면 여기 있는 벨을 누르게."

후안은 방을 둘러보다가, 로사리오를 기억나게 할 만한 모든 걸 박멸하려 노력한 흔적을 엿보았다. 꽃병의 꽃도, 공기 중에 백단향을 퍼뜨리던 향연도, 그녀가 가장 좋아하던 흰색 홑이불도, 아래층 방에는 여전히 있던 물건들과 장식품들도 없었다. 메르세데스가 바꾼 건 없었다. 전등도, 동양풍의 재떨이도, 사진 한 장도, 그림 한 점도 그저 없을 뿐이었다.

"감사합니다."

후안이 말했고, 메르세데스가 고개를 끄덕이더니 그를 무심히 쳐다보았다. 마치 약에 취한 듯 차갑고 거리감이 느껴지는 눈빛이었다.

"난 방에 들어가 있겠네."

"방해하지 않겠습니다."

그녀는 깡마른 팔로 그의 두 팔을 꽉 붙들었다. 결혼반지 외에는 아무것도 착용하지 않은 모습이었다. 꾸미지도, 머리를 염색하지도 않았다. 다른 사람들은 속일 수 있을지 몰라도, 후안만은 그녀가 남을 죽이고도 남을 자비를 모르는 위인이라는 걸 잘 알고 있었다.

"자네가 날 방해할 수나 있겠어?"

에어컨은 작동 중이었고, 넓은 창문의 유리창은 얼마나 깨끗한지 마치 열려 있는 듯했다. 정원이 한눈에 들어왔다. 일 층의 다른 초대형 유리 창문을 통해서는 아돌포가 관리하기를 포기한 골프장의 모습을 볼 수 있었다. 밀림이 골프장을 덮쳐 빽빽한 덤불로 되돌려놓았다.

후안은 창문 앞에서 옷을 벗었다. 양팔을 머리 뒤에 두른 후, 두 눈을 감은 채로 홑이불 위에 누웠다. 가스파르가 탁자를 차지하고 선 가방 안에 내내 넣고 다니던 종이 위에 그림을 그리는 소리가 들려왔다. 아이를 떼어놓아야 했다. 의식이 시작되기 전까지의 몇 시간은 아들과 공유할 수 없었다. 지금은 아이를 돌볼 여유가 없었다. 그 아이가 필요로 하는 방식대로 단순하게 즐겁게 해주고, 놀아주고, 함께 산책해줄 수가 없었다. 아돌포는 물론 손주를 봐줄 수 있는 사람이긴 했으나 지금은 술에 취해 있었다. 더군다나 총기류와 뱃놀이, 그리고 무엇보다도 말하는 걸 좋아하는 사람이었다. 가스파르를 그에게 맡기는 건 너무도 위험한 일이었다.

의식이 시작되기에 앞서 로사리오가 무얼 하며 가스파르와 시간을 보냈었는지 기억해내려 애썼다. 이내 아무것도 알지 못한다는 걸 깨달았다. 그녀가 먼저 말을 꺼내지도 않았었고, 그는 물어볼 생각조차 하지 못했다.

또 하나의 실수였다. 몇 명의 제례 참가자들이, 몇 명의 숭배자들이 가스파르가 천부적 재능을 지녔음을 알고 있는 걸까? 가스파르가 지각할 수 있음을 스스로 표명한 지금, 그 사실이 알려지는 건 단지 시간문제였다.

후안은 숨을 깊게 들이쉬고는 마르셀리나를 호출하기 위해 팔을 뻗었다. 그녀는 푸에르토레예스에서 일한 지 수년이 되었다. 후안은 그녀를 신뢰했다. 신중하고 효율적인 사람이었다. 무엇보다도 집안에서 일어나는 일들을 모르는 척하는 데 선수였기에 사용인들이 하는 일을 그녀는 잘 알지 못한다고 믿게 만들었다. 그 덕분에 다른 일꾼들과 과라니어로 소통하는 모습도 묵인될 수 있었다. 여자는 인터폰을 바로 받았다. "네, 선생님?"이라고 말하는 목소리에는 떨림이 묻어 있었다. 그녀를 깊은 슬픔에 빠지게 만든 로사리오의 죽음 이후 후안의 인터폰을 받는다는 건 매우 긴장되는 일임이 틀림없었다. 마르셀리나, 에스테반에게 내 방에 올라와달라고 말 좀 전해줘, 라고 말했다. 그러자 마르셀리나가 네, 선생님, 이라고 답했고 후안은 생각했다. 선생님, 선생님, 왜 나를 이따위로 부르게 시키는 거지. 둘만 있을 땐 그를 이름으로 불렀다.

스티븐은 아르헨티나에 머물 때만큼은 자신을 에스테반으로 불러달라고 요구했다. 유럽에서는 자신의 진짜 이름, 영국식 이름을 그대로 사용했다. 후안은 늘 그를 스티븐이라 불렀다. 두 사람은 이십 년 전부터 알고 지냈다. 지금은 멀게만 느껴지는 그들의 첫만남은 바로 이 집, 푸에르토레예스에서 시작되었다. 기사단의 리더, 플로렌스 매터스가 은둔자인 남편 페드로 마르가랄과의 사이에서 낳은 맏아들인 그는 무거운 눈꺼풀과 짙은 푸른 눈을 한 사내였다. 후안의 곁에 서면 작아 보이긴 했지만 키가 제법 컸다. 노크 없이 방에 들어온 그는 짙은 갈색 셔츠와 검정 바지를 입고 있었다. 그리고 누가 봐도 화가 나 있었다. 후안은 눈을 떴지만, 몸은 침대 위에서 꼼짝하지 않았다. 가스파르는 스티븐을 흥미롭게 쳐다보고는 인사를 건넨 뒤 다시 그림으로 돌아갔다.

스티븐이 큰 소리로 말했다.

"제발 내가 착각한 거라고 말해줘."

"아르헨티나 말도 좀 배우고 그래. 한 해에 몇 달은 여기서 머물잖아. 새로 사귄 선교사 남자 친구는 잘 지내고?"

"환상적으로 잘 지내지. 코리엔테스 공동묘지에선 뭘 한 거야?"

"날 미행하고 다녔어?"

스티븐은 후안의 벌거벗은 배 위로 접힌 신문 한 페이지를 내던졌다. 후안이 펼쳐보았다. 사진의 화질이 형편없었다. 싸구려 지역 신문의 인쇄 상태가 워낙 그랬다. 하지만 교육을 받은 스티븐의 눈은 땅에 그려졌다 지워진 상징까지도 알아볼 수 있었다. 촛불 때문에 발각된 건 아니었다. 그 지역의 공동묘지는 모두 초를 피워두는 공간이 있었고 브라질식 의식도 성행했다. 어디서나 닭의 목을 비틀었고, 골판지로 만든 쟁반에 과일과 빵을 담아 제물로 바쳤다.

"흔적을 지우지도 않았어."

후안은 기사를 읽기 시작했지만, 물어보는 편을 선택했다.

"여파가 있었대?"

"관리인이 죽었어."

"의도한 건 아니었어."

스티븐이 눈에 힘을 주더니 후안의 손에서 신문을 빼앗아 갈기갈기 찢어버렸다.

"조사가 더 진행되지 못하게 막느라 경찰과 유가족에게 이것저것 보내는 일을 내가 맡아서 했다고."

후안은 고맙다는 말을 하지 않았다. 메르세데스와 플로렌스를 비롯한 다른 이들이 이 일을 알고 있느냐고만 물었다. 스티븐은 아니라고, 그들은 지역신문을 절대 읽지 않는다고 답했다.

"뭘 알고 싶은 건데?"

"우리가 위험하지 않다는 것."

"너희들은 위험하지 않아. 그 공동묘지 주변에 사는 사람들만 평생 불안해하며 불면의 밤을 보내겠지."

"다른 사람들이 뭐가 중요해."

스티븐은 비밀 대화를 하자는 말을 꺼낼 필요가 없었다. 모든 노력은 그가 하는 것이었다. 탈리와 대화를 나누는 경우와는 달랐다.

- 소환에 필요한 에너지 소모량이 너무 많아. 의식 하루 전날 지금 네 상태로는 자살 행위야.

- 가스파르도 그걸 볼 수 있는지 확인해야 했어.

- 이렇게 불필요하고 촌스럽게 힘을 과시하지 않더라도 넌 다 알 수 있잖아.

스티븐이 침대 발치에 앉았다. 후안은 그의 분노와 더불어 두 사람을 연결해주는 무조건적인 끈을 함께 느낄 수 있었다. 머리를 헝클어뜨리고는 팔을 벌려 그를 당겼다. 스티븐은 조심스레 그에게 입을 맞출 수 있을 정도로만 몸을 살짝 움직였다. 후안은 그런 그의 백발을 쓰다듬었다.

- 다 이미 벌어진 일이야. 탈리도 자기가 할 일을 시작했고. 우리 엄마뿐 아니라 집에 있는 영국인 두 명도 무슨 일을 하는지를 알게 되었어. 나머지는 어린 초심자들이야. 탈리는 내일 와. 일찍, 그러니까 오후 3시쯤 의식 장소 근처에서 보기로 했어.

- 그 영국인들, 내가 아는 사람들인가?

- 둘 다 서기야. 아마 너도 알걸.

- 의식이 끝나고 내가 죽거든, 우리 아들을 브라질로 데려가서 형에게

맡겨줘. 아직 이 아이를 보호할 만한 봉인을 찾지 못했어.

스티븐은 작고 가는 눈으로 그를 쳐다보았다.

- 넌 내일 죽지 않아. 그리고 난 그렇게 할 수 없어. 그들이 애를 찾아
낼 거야. 넌 지금 아주 불리한 여건에서 소환을 감행한 거야.

후안은 지난해의 일을 떠올렸다. 그랬다, 그때의 상황이 더 좋지
않았다. 그가 서 있게 하기 위해 스티븐은 대강 만든 일종의 십자
가에 그를 묶어 두어야만 했다. 그 일을 두 번째로 하던 때였다. 나
무판자에 묶인 몸이 튜닉에 덮여 있었고, 지금보다 훨씬 길었던 금
발 머리는 얼굴 위로 흘러내리고 있었다. 후안은 의식이 끝난 후
어떤 일이 일어났는지 기억하지 못했다. 깨어났을 땐 집이 아니었
다. 병원에 실려가야만 했다. 먼저 코리엔테스의 한 병원에 갔다
가 상태가 안정되고 나서는 부에노스아이레스의 병원으로 이송되
었다. 그를 살린 수술인 삼중 바이패스 수술을 받기까지 육 개월을
기다려야만 했다. 중환자실에서 만 스물여덟 살 생일을 맞았다.

- 아이를 마르셀리나에게 맡기는 건 안전할까?
- 당연하지. 네게 설명할 것들이 몇 가지 있어. 그 전에 저 아이를 여기
서 내보내는 게 좋겠어.

후안은 다시 마르셀리나의 번호를 누르고 올라와달라고 요청했
다. 그녀가 당황하지 않도록 몸을 홑이불로 가리고 침대 곁에 의자
를 가지고 오게 했다. 스티븐은 앉은 자리에 그대로 있었다.

"일요일까지 가스파르를 데리고 있어줬으면 해."

"선생님, 너무 긴 시간이네요."

"날 선생이라 부르지 말아줘."

"무엇보다 로사리오 아가씨의 일로 상심이 크시지요. 그분을 제가 얼마나 좋아했는지요. 저희 모두의 슬픔은 이루 말할 수 없어요."

"괜찮아, 마르셀리나."

모든 베개를 몸을 일으키는 데에 써서 침대에 기대어 앉은 후안은 가스파르가 이젠 읽을 줄도 알아서 꽤 재미있을 거라고, 그리고 이제 수영을 할 줄 알긴 하지만 수영장은 몇 군데밖에 못 가봤다고 설명했다. 네, 선생님. 강은 워낙 변덕스러워서 아이가 가기엔 아직 많이 이르죠. 옷은 다 저기 있는 가방에 넣어두었어, 의자 위에. 아무거나 잘 먹어. 머리가 아프다고 하면 아스피린 한 알을 주고 재워봐. 내 얘기를 묻거든 일하러 갔다고 해줘. 나비도 좀 보여주고. 무서워할 수도 있겠지만 내 생각엔 안 그럴 것 같아. 동물원도 아주 좋아할 거야.

후안은 마르셀리나가 남편과 자식들과 함께 푸에르토레예스 입구 근처에 있는 아름다운 작은 집에서 살고 있다는 사실이 안심이 되었다. 그들은 여러 해 동안 이 집의 문지기로 살아왔다. 가스파르는 이 저택에서 일어나는 모든 일로부터 격리되어 있으면서도 이백 미터 정도의 거리밖에는 떨어지지 않을 것이다. 그리고 양질의 돌봄을 받을 것이었다.

"마르셀리나, 아돌포 선생님은 대체 술을 얼마나 마시는 거야? 사실을 말해줘."

"많이 드세요. 말하자면 위스키 두어 병을 하루 만에 끝내시죠. 밤마다 병을 발견해요."

살아 있는 신의 손아귀

"그럼 매 순간 술에 취해 계신 거군."

"거기까진 뭐라 말씀드리지 못하겠네요."

"여전히 뱃놀이를 다니시나?"

"네, 하지만 이제 더는 직접 배를 몰지 않으세요. 제 남편이 하죠."

"강에 나가거든 가스파르를 데려가도 좋아. 하지만 남편이 몰 때만이야. 탈리가 개 두 마리를 새로 들였다던데."

"큰 놈들이에요. 그놈들이 아이에게 다가가지 못하게 할게요, 저도 무서운걸요."

그녀에게 가스파르가 전망대에서 끝나는 구름다리를 좋아한다는 이야기도 덧붙였다. 나무 사이로 펼쳐져 있는 큰 구름다리. 거기서 로사리오 님과 함께 아이를 산책시켰었죠, 아이가 자기도 날 수 있냐고 물어보더라고요, 마르셀리나가 이야기했다. 집 근처를 벗어났으면 좋겠어, 후안이 말했다. 그리고 벌레 물리지 않게 조심해주고. 걱정 마세요. 동물원은 관리가 아주 잘 되어 있고, 저도 아이를 잘 돌볼 줄 알아요.

그리고 나서 후안은 가스파르를 불렀고, 가스파르는 그의 곁으로 다가왔다. 주먹을 꼭 쥐고 있는 모습에 후안이 손가락을 천천히 하나하나 펴고는 손바닥을 주물러주었다. 며칠 동안 일하러 가야 해, 아이에게 말했다. 가스파르는 불신의 눈빛으로 그를 쳐다보면서도 알겠다며 고개를 끄덕였다. 나를 기다리는 동안 저분이 널 보살펴주실 거야. 기억나지? 가스파르가 다시 한번 고개를 끄덕였다. 무서워하지 않아도 돼. 이틀이면 돌아올 거야. 너무 오랫동안 아네요? 가스파르가 물었다. 아니, 오랫동안이 아니야. 두 밤뿐인걸. 한 번 세어봐.

"그리고 삼촌 전화번호도 있어요."

후안은 가스파르의 이마에 입을 맞췄다. 그리고 마르셸리나에게 가방과 배낭과 종이가 있는 곳을 가르쳐주었다. 사실 가스파르가 그에게 어디로 가는지, 무슨 일을 하는 건지, 혼자 가는 건지 등 당연히 물을 거라 예상했던 질문들을 하지 않아서 놀라기도 했다. 답변을 급조해두었지만, 그는 아무 말도 덧붙이지 않고 둘을 보내주었다. 마르셸리나는 조용히 방을 나섰다. 아주 무겁고 짙은 긴 머리를 포니테일로 묶고 있었다. 그녀가 가스파르에게 손을 내밀었지만, 아이는 가방을 드는 편을 택하고 손을 내주지 않았다.

스티븐이 양팔을 머리 뒤로 하고 눈을 감은 후안의 자세를 흉내 내며 곁에 누웠다. 서로 알게 되었을 때부터 두 사람은 떨어질 수 없었다. 음모를 함께 꾸몄으며 실패도 함께했다. 스티븐은 기사단의 리더, 플로렌스의 맏아들이었다. 생의 절반은 카다케스에 있는 아버지 집에서, 나머지 절반은 영국의 명문 학교에서 보냈다. 평생을 대저택에 둘러싸여 최고의 특권을 누리며 살아왔지만 얼마간은 스스로를 외국인으로, 얼마간은 고아로 여겼다.

"듣고 있어." 후안이 말했다.

– 아이를 지난번처럼 또 시험해볼 거야. 그런데 이번엔 네가 들어오지 못하게 할 거고. 우리 엄마와 내부 서클 사람들이 아이의 능력을 시험해볼 작정을 하고 있는 지금 이 상황에서, 그들이 그 계획을 실행하기 직전에 네가 애 앞에서 악마를 소환한 건 정말 잘못한 거야.

- 가스파르는 악마를 본 일이 꿈이었다고 생각해.
- 너는 그걸 믿고? 아이가 꿈이었다고 말하더라도, 그들은 아이가 헷갈려 할 뿐이라고 생각할 테지. 잘못한 거야. 다시 한번 자기 파괴적인 잘못을 저지른 거라고. 네가 아들을 정말 사랑해서 그런 일을 하는 건지 의심스러울 지경이야. 뭔가 숨기는 게 있는 건가 싶기까지 하다고. 네가 악마를 제대로 통제하지 못했다면 아이 눈앞에서 파괴될 수도 있었어. 아이가 파괴될 수도 있었겠지. 볼 수 있는지 확인하고 싶었다는 말로는 설명이 안 돼. 시험해볼 수 있는 방법은 수도 없이 많아. 혹시 정신이 어떻게 되고 있는 거야? 왜 이런 게임을 하는 거야?
- 로사리오의 죽음에 대해 알아낸 건 있어?
- 아무것도 알아낸 게 없어.
- 제대로 찾지 않은 걸 수도 있지.
- 그럴 수 있어. 난 다른 일로 바빴었거든. 메르세데스가 지하통로를 가득 채우고 있어. 일부는 어린아이들이야. 전례 없을 정도로 다른 메디움을 찾으려 혈안이 되어 있고 우리 엄마가 그걸 용인하고 있어. 네 죽음도 가까워졌다고 생각하는데 가스파르의 능력이 아직 드러나지 않았잖아. 그들은 소통이 끊기는 걸 원치 않아 해. 가스파르가 인계의 제례를 치르기엔 너무 어리기도 하고.

순간 정적이 감돌았다. 후안의 귓가에 에어컨의 소음이 웅얼거렸다.

- 내 말 좀 들어봐. 가스파르가 메디움이 아니란 걸 증명하면 그걸로 끝나게 될 거야. 우리가 그 아이의 상태를 숨기고 있으니까. 그러면

제례가 시작되겠지. 거기엔 물리적 학대는 없다는 거 알잖아, 아주 간단한 단계라고.

– 이 얘기는 이제 그만둬. 난 절대 내 아들을 그들에게 넘기지 않을 거야. 제례를 성공적으로 끝마치기란 불가능해. 이미 확인해봤잖아.

– 우리가 본 건 연습이었을 뿐이야. 실패작. 하지만 네 경우는 성공 확률이 높다는 거 너도 알겠지. 그리고 가스파르를 넘기는 것도 아니야. 그저 네 아들의 몸을 널 위해 사용하는 거야.

– 그게 그거야. 아이가 더는 존재하지 않게 되겠지. 나는 절대 생각을 바꾸지 않을 거야. 죽어서 '다른 곳'으로 끌려가게 된다 하더라도 내 생각을 바꾸진 않을 거니까. 너, 로사리오처럼 말하는구나.

– 아이가 메디움이라면 출구는 없어, 후안. 너를 이용하기 시작했던 시기보다 조금 더 이르게 시작하는 것뿐이야. 내 동생은 가스파르보다 더 어릴 때 시작했어. 저들은 네 몸이 더는 버티지 못할 때까지 너희 둘을 이용하겠지. 아이가 존재하지 않는다면 그런 일을 막을 수 있어. 하지만 아이는 존재하고 네 아들이기도 하지. 아들의 몸을 더 이상 그런 식으로 사용하기 싫다면, 내가 도와줄게. 그렇지만 그들을 속이는 건 할 수 있을 거야. 때가 되어 제례를 하게 된다고 해도 실패할 수 있게 만들 수도 있고. 우리가 가스파르를 기사단에서 멀어질 수 있게, 그리고 아이의 몸이 제례에 이용되지 못하도록 막아줄 수 있어.

– 어떤 식으로든 내 아들이 위험에 처한 건 맞잖아.

– 아이에게 능력이 있다는 걸 그들이 눈치채지 못하는 한, 위험은 덜할 거야. 우리가 그걸 막기 위해 '다른 곳'의 도움을 받아 노력해왔잖

아. 알아차리지 못할 거야. 너, 설마 우리를 못 믿는 거야? 육 년 내
에 우리는 그 아이를 제례로부터 살려낼 수 있어.

- 약속해줄 수 있어?

- 사실 지금 상황에선 네가 우리에게 약속을 해야 해. 제례가 제대로
작동되지 않으려면 네가 그걸 원하지 않는 것, 그것밖에는 없어. 실
패하는 쪽으로 연기를 하거나 아예 실패하게 만들거나.

- 위험에 노출되어 있다는 이 느낌을 참을 수 없어. 힘이 없다는 게 너
무 극명해서 견디기 힘들어. 그들이 틀렸다는 것도 분명하지. 그런
데도 이런 숭배를 계속해나간다는 사실을 참아주기가 어려워.

- 이 얘기를 대체 몇 번째 하는 거야? 그래도 넌 여기 있잖아.

- 내가 이걸 막을 수 있었을까 봐.

- 진작에 기사단을 통제하려 하지 않은 건 우리 잘못이야. 해낼 수 있
었을 거야. 진지하게 시도하지 않았을 뿐이지.

후안이 천장을 바라보았다.

- 가스파르와 너를 데리고 로사리오가 기사단을 통제했던 것처럼. 너
도 알잖아.

- 그것 때문에 죽인 거라고 생각하는 거야?

- 엄마는 실력 있는 협상가야. 그리고 그런 계획과 관련해서 의심할
만한 그 어떤 흔적도 찾아내지 못했어. 로사리오가 반항적이었다는
건 비밀이 아니잖아.

- 스티븐, 날 배신하지 마.

- 넌 날 매도하지 마. 너 때문에 위험에 처했다고.

스티븐이 침대에서 몸을 일으키고는 떠나기 전에 후안의 어깨에

두 손을 올렸다. 하지만 눈은 맞추지 않으려 했다.

- 엄마가 한번은 네가 가진 힘이 네 무책임함만큼이나 크다고 하더라. 난 늘 너와 함께할 거야. 네가 먼저 떼어놓지 않는 한, 네 곁에 있을 거야.

스티븐은 후안에게서 몸을 떼고는 그와 다시 눈을 맞추지 않은 채 방을 나갔다.

‡

의사는 어떻게 지냈냐고 물었다. 후안은 자신이 느껴온 모든 증상과 발작을 사실대로 말했다. 호르헤 브래드퍼드는 베타차단제와 항부정맥제의 용량을 높이기로 했다. 그리고 그를 진찰했다. 멀쩡한 손으로 그를 만졌다. 절단된 다른 쪽 손은 검은 장갑으로 숨기고 있었다. 항불안제를 먹고 좀 자라, 의사가 말하자 후안은 수긍했다. 기진맥진해 있었다. 조금 더 센 게 필요해요. 브래드퍼드는 이렇다 저렇다 말없이 발륨을 증량해서 건네주었다. 네가 잘 회복할 수 있도록 작년보다는 대비를 잘해놨어, 후안이 약 두 알을 물 없이 삼키는 동안 말했다. 그라시엘라가 집에 와 있어. 다른 의사 한 명도 더 있고. 아주 최신식 치료실을 마련해두었어.

"좋아요, 호르헤." 후안이 말했다.

브래드퍼드는 무언가 덧붙이려다가 망설였다. 무심한 태도 뒤에 신앙심을 숨긴 채, 이십 년 동안 늘 같은 식으로 행동해온 사람이었다. 후안은 홑이불 위에 벌거벗은 채로 누워 잠이 들었다. 방을 꽁꽁 얼어붙게 만드는 에어컨 탓이었을지 모른다. 어둠이 추위로 얼어붙은 꿈을 꾸었다. 이를 으드득 가는 소리, 비틀린 존재들, 시체로 가득한 들판, 손이 뒤덮인 숲, 발이 묶인 채 목매단 사람, 그리고 숲의 꿈을 꾸었다. 그 사이로 더 걸어 들어갈 수 없었다. 어둠속을 걸어 다니는 건 매우 어려운 일이었다. 마치 숨이 턱밑까지 차 있는 상태에서 클라이밍을 하는 것 같았다. 갖가지 것들이 익숙한 모습으로 눈에 들어오다가도 금세 깨져버리고는 설명할 수 없는 이미지로 변모해버렸다. 다만 저 멀리, 색이 없는 숲만은 명확하게 보였다. 그리고 해골 더미 숲 사이에서 그를 기다리고 있던 한 존재, 소리 내지 않고 흐르는 검은 강도 모습을 분명하게 드러냈다.

거친 호흡과 함께 잠에서 깨어났지만, 혼란스럽지는 않았다. 이젠 일 년에 한 번밖에 방문하지 않았어도 푸에르토레예스는 그 어느 곳보다 자신이 집이라 할 수 있는 곳이었다. 빠르게 샤워를 했다. 물을 맞으며, 수증기 속에서 가스파르를 생각했다. 잘 있구나, 후안은 느꼈다. 가까이에 잘 있어. 스티븐과 탈리를 만나기 위해 옷을 입었다. 복도로 나가자 열기로 어지럼증을 느꼈다. 견고한 적막이었다. 집 안에는 아무도 없었다. 적어도 그가 들을 수 있는 범위 내에서는 그랬다. 플로렌스, 메르세데스, 브래드퍼드, 앤을 비롯한 자들이 분명 어딘가에 모여 있을 것이었다. 하지만 그들을 들을 수 없었다.

집 안 구석구석을 자신만의 지도에 그려낼 수 있었다. 지금 내려가고 있는 바로 이 계단을 통해 어린 시절의 자신을 '권능의 자리'

로 데려갔었다. 탈리가 처음으로 입을 맞춰 왔던, 놀람과 기쁨을 동시에 느꼈던 정원은 많이 변하지 않았다. 그들이 구름다리와 강까지 그를 데려가면서 내려가던 계단의 수를 정확히 기억했다.

계단을 뒤로하자 처음에는 손끝에서, 나중에는 머리에 작렬하는 빛줄기처럼 무언가가 느껴졌다. 한때는 본관과 손님맞이용 별채 사이를 잇는 데에 사용되었을 낡은 터널 안에서 절망하는 무언가였다. 그 터널은 언젠가 닥쳐온 홍수로 인해 버려져 있었다. 강과 지나치게 가까운 탓에 무너져 내리고 말았는데, 푸에르토레예스와 가장 가까운 초입 구간은 남아 있었다. 약 이백 미터 정도였다. 메르세데스는 이곳에 소년들과 포로들을 가두었다. 늘 버림받은 이들, 가난하고 잊힌 사람들을 사냥했다. 특히 이상적인 인재들은 북부 국경 지역에 있었다. 아들이나 형제 한 명이 사라져도 정부기관의 도움을 요청할 생각조차 못 하는 힘없는 사람들이었다. 뿐만 아니라, 수년 전부터는 친한 군인들로부터 도움을 받아 납치 피해자들을 물어 오고 있었다. 어둠이 육신을 요구해서, 그녀는 합리화했다. 틀린 말이었다. 어둠은 아무것도 요구하지 않는다는 걸 후안은 알고 있었다. 메르세데스는 기사단 내에서도 잔인성과 타락의 실천만이 비밀스러운 계시로 향하는 길이라는 믿음을 가장 굳게 가진 사람이었다. 후안은 거기에 더해 메르세데스가 비정상성을 일종의 계급적 특질로 여긴다고 생각했다. 도덕적 관습에서 멀어지면 멀어질수록 자신의 태생적 우월성을 더욱 명확하게 체감하는 것이었다. 플로렌스는 이제 더는 그녀의 방식에 공감하지 않았지만, 그래도 메르세데스를 저지하지는 않았다. 그녀는 기사단 창설 가문의 일원으로서 누군가의 허가를 받을 필요가 없었고, 자신만의 계획을 갖고 있었다.

탈리와 스티븐은 오래된 정자 근처에서 후안을 기다리고 있었다. 아돌포 레예스가 프랑스에서 들여온 동상들로 둘러싸인 곳이었다. 스티븐은 정자의 계단에 앉아 있었고 탈리는 곁에서 담배를 피우는 중이었다. 후안은 가운데뜰의 중앙으로 탈리를 데려가기 전 그녀와 입을 맞추었다. '권능의 자리'인 그곳에서는 적은 힘을 쓰고도 주변에 침묵의 원을 그려 그 속에서 그들과 큰 소리로 대화를 나눌 수 있었다. 그곳에선 어둠이 그를 먹였다. 새로운 힘이 동맥을 타고 흐르며 두근대는 것을, 귀와 피부가 야행성 동물의 그것처럼 움직임 하나하나를 포착하고 있음을 느낄 수 있었다.

"일을 두 번 해야 했어. 세상에, 네 아들은 너무 강력해. 머리카락의 양이 부족할 뻔했는데 다행히도 잊고 간 옷 한 벌이 있더라고."

탈리가 말했다.

후안이 웃었다. 그녀의 손을 잡아 손가락을 자신의 입에 가까이 댔다. 짭짤하고 메마른 피 냄새가 풍겼다.

"탈리, 엄청 구식인데." 후안이 그녀에게 말했다.

"구식이 잘 통하지." 스티븐이 끼어들었다.

"가끔은 통하는 유일한 방법이기도 하고." 후안이 말을 이었다.

‡

방 안에서는 '권능의 자리'를 볼 수 없었다. 하지만 창문의 열린

틈새 사이로 밤길을 밝혀줄 양초의 타는 냄새가 실려왔다. 물론 눈을 감고도 갈 수 있는 길이었다. 긴장하지도, 겁을 먹지도 않았다. 다만 느낄 뿐이었다. 그림자의 왕관을 쓸 준비가 되어 있었다. 머지않아, 실재하면서도 금방 사라지고 말 그 어두운 구역에 발을 들여놓게 될 것이었다. 빠져나오는 건 어렵지 않았다. 언제나 그랬던 건 아니었지만, 적어도 지금만큼은 열쇠를 건네받아 필요할 때마다 들락날락할 수 있는 초대받은 손님과도 같았다.

튜닉은 검은 명주로 되어 있었다. 후안은 알몸에 튜닉이 흘러내리게 걸친 뒤 소매 쪽에 난 두 개의 홈으로 팔을 꺼냈다. 팔은 바깥으로 나와 있어야 했다. 누군가가 가면 위에 두 개의 작은 수사슴 뿔을 붙이게끔 했다. 플로렌스임이 분명했다. 후안은 내려가기 전 거울 속 자신을 바라보았다. 불필요한 옷차림이었다. 그러나 기사단은 의식에 디테일을 원했으며 후안은 체념으로 받아들였다. 그 효과를 알기 때문이었다.

계단을 내려갔고, 정원에서 앞단의 양초들을 보았다. 두 개의 선이 뱀처럼 구불거리며 평행을 이루고 있었다. 밤새의 지저귐, 강물의 철썩거림, 멀리서 들려오는 개 짖는 소리 외에는 완벽한 고요가 흐르고 있었다. 푸에르토레예스의 범위를 벗어나 밀림으로 향하는 샛길로 들어서자 이미 자신의 것이 아닌 양손이 눈에 들어왔다. 역청 구덩이에 손을 담근 듯이 이미 검은색으로 물들어 있었다. 손목 위까지 온통 까맸다. 형태 또한 변화하고 있었다. 손가락이 조금씩, 고통 없이 자라나고 있었다. 그러다 류머티즘 관절염에 걸린 듯한 갑작스러운 통증이 온 뒤, 이내 손톱이 눈 깜빡할 사이에 길게 자라나 단단해지더니 휘었다. 마치 황금빛 단검 같은 모습이었다. 이것이 메디움으로서의 그가 가진 특징이었다. 그를 구별하며, 벌 받게 만드는 신체의 변태. 황금 손톱을 가진 신.

한 걸음을 더 내딛자 초심자의 첫 번째 열이 보였다. 그들 사이를 지나쳐 갔다. '권능의 자리'가 그를 이끌었고, 피부를 잡아당겼다. 그곳을 밟고 한 바퀴를 돈 뒤, 양팔을 벌리기에 앞서 초심자들, 맨 앞 열에 도열해 있던 노인들, 뒤쪽에 서 있던 젊은이들, 기대감을 가진 일부와 두려움에 가득 찬 다른 일부, 채비를 마친 서기들, 눈이 가려지고 팔이 묶인 채 희생 제물로 준비된 이들을 눈으로 쭉 훑어보았다.

그 후로는 아무것도 보지 않았다.

‡

탈리는 초심자들 사이에서 기다렸다. 첫 줄에 메르세데스와 서기들과 함께 자리하고 있는 아버지의 모습이 보였다. 하지만 자신은 단 한 번도 그 자리에 함께 있을 엄두를 내본 적이 없었다. 그보다는 배경에 있고 싶었다.

의식에는 항상 참석했다. 후안 때문이기도 했으나, 밤과 함께 찾아오는 신령하지만 성스럽진 않은 그 광경이 황홀했기 때문이기도 했다. 기사단의 일원 중 유일하게 탈리가 마음을 여는 사람인 스티븐은 직전 며칠간 그녀의 말을 경청해주었다. 두 사람은 가스파르를 보호하는 한편 후안에게는 마법의 힘을 부여하기 위한 작업에 함께했다. 소환을 그만두고 싶지만 멈출 수가 없대, 탈리가 말했다. 왜 멈추지 못하는 걸까?

이상할 정도로 갑자기 늙고 살이 빠진 스티븐은 그녀에게 그건 거짓말이라고 대답했다. 멈추고 싶지 않을걸, 그녀에게 말했다. 관두고 싶으면 그렇게 할 수 있어. 스스로를 감출 능력도 있고, 사라지도록 도와줄 사람도 있어. 원하기만 한다면. 거짓말로 핑계를 대는 사람은 아니지만, 그래도 핑계는 핑계지. 그런 힘과 접촉한다는 게 어떤 건지 난 몰라. 영원히 알 수 없겠지. 하지만 무시할 수 없는 어떤 것이라는 것만은 잘 알아. 그 누구도 그러지 못해. 후안 자신조차도. 지금도, 앞으로도 어떻게 그 오랜 시간을 미치지 않고 버텨왔는지 이해하지 못하겠지.

스티븐은 가스파르의 옷을 피로 흠뻑 적시고는 세로로 가닥가닥 잘랐다. 바닥에는 미리 분필로 그려둔 상징이 있었다. 탈리와 마찬가지로 양손은 꾀죄죄했다.

차미고, 혼란스러워하는 것 같아, 그녀가 대답했고 스티븐이 미소를 띠었다. 조금은 그래. 힘이 줄어들면 줄어들수록 더 심해질 거야. 탈리는 후안의 힘이 건강 때문에 줄어들고 있는지 궁금해했다. 그렇진 않은 것 같아, 스티븐이 말했다. 내 생각엔 힘의 주기라는 게 있고, 그 주기의 끝이 다가오고 있는 게 아닐까 싶어. 혹은 사그라들고 있거나. 그 어떤 메디움도 후안처럼 오래가지 못했어. 사실 그래서 우리는 더더욱 무슨 일이 일어나고 있는지, 왜 그런지도 이해하지 못해.

그러나 정글 한복판의 견디기 힘든 더위와 촛불에 둘러싸여, 이따금씩 바닥에 무릎을 꿇은 채로 오열하거나 벌벌 떠는 초심자들을 보고 있던 탈리는 주기의 종말이 가까이 왔다고는 생각할 수 없었다. 함께 있던 모두와 마찬가지로 그의 움직임을 감각하고는 있었으나, 감히 뒤돌아볼 엄두는 내지 않았다. 자신이 익히 알고 지내온 그 사람, 자신의 침대 위에 잠들어 있던 그 남자가 아니었다. 맨발에 스치는 풀잎 한 포기의 바스락거리는 소리마저 들릴 정도로 한 걸음 한 걸음을 정확하게 내딛는 그를 더는 사람이라 보기도 어려웠다.

고개를 푹 숙이고 있던 탈리는 다른 이들의 외침과 신음, 황홀경의 소리에 못 이겨 주위를 둘러보았다.

후안은 이미 '권능의 자리'에 올라 있었다. 이번에는 가면을 썼다. 그는 두 팔을 벌린 뒤 머리를 옆으로 기울였다. 야생동물의 뿔을 붙여놓은 모습이 의욕 없는 악마 같았다.

양손. 탈리는 그가 손을 뻗은 모습을 보았다. 불타버린 듯 완벽한 검은색을 띤, 그러나 끈적해 보이는 조류의 앞발. 촛불이 비친 금빛 손톱은 칼날과도 같아 보였다. 촛불이 몇 개였을까? 수백 개였다. 이윽고 입을 벌린 어둠의 소리가 들려왔다.

개들이 으르렁대는 소리 같아, 탈리는 생각했다. 목줄에 숨통이 막힌 개 떼, 혹은 들개 무리에 방금 막 합류한 굶주리고 목마른 개들 같았다. 우선 어둠은 후안의 몸이 뿜어낸 김처럼 그의 주변에서 자라나기 시작했다. 그러다 갑자기—탈리는 항상 이 순간을 예기치 못했다—모든 방향에서 멀어지더니 거대한 액체의 모습을 띠었다. 더 정확하게는 윤기가 도는 덩어리라고 하는 게 맞았다. 똑바로 쳐다보고 있기 어려웠다. 밤보다 훨씬 더 새카맣고 압축된 형태가 나무와 촛불들을 가리고 몸집을 키워가더니, 검은 날개에 매달려 떠다니던 후안을 위로 밀쳐 올렸다. 서기들은 기록을 했고 탈리는 그런 그들을 보았다. 그러나 들려오는 것은 헐떡임과 날개의 퍼덕거림뿐, 그 외에는 아무것도 없었다. 어둠의 목소리를 듣는다는 이들은 대체 어떤 소리를 듣는 걸까? 언젠가 후안은 순전히 상상일 뿐, 그들은 아무것도 듣지 못하며 그저 머릿속에서 자동으로 재생되는 내용을 받아 적을 뿐이라고 말했다. 그리고 이어 말하길, 만일 정말로 무언가를 듣는다면 좋은 내용은 아닐 거라 했다. 탈리는 무리 속에서 스티븐을 찾으려 애썼지만 이젠 불가능했다. 대열은 무너졌고, 몇몇은 밀림을 향해 내달렸다. 개중의 강단 있는 초심자들이 그들을 막아서는 와중에 악취가 진동하는 어둠의 차가운 입김이 불어왔다.

희생의 순간이었다. 사전작업은 메르세데스의 몫이었다. 어둠의 제물들은 눈이 가려지고 손이 묶인 채 휘청이며 고꾸라졌다. 마약에 취해 눈이 멀어 있던 이들은 자신들이 처한 상황을 인지하지 못했다. 어쩌면 고통을 기다렸을지 모른다. 탈리는 비쩍 마른 한 젊은 남자가 실오라기 하나 걸치지 않은 모습을 보았다. 그는 울고 있었다. 다른 이들보다 각성한 상태인 그는 입술을 파르르 떨었다. 우리를 어디로 데려가는 겁니까! 하고 외쳐댔지만, 그의 울부짖음은 어둠이 으르렁대는 소리와 남은 무리들의 웅성거리는 소리에 묻힐 뿐이었다.

메르세데스가 할 일은 많지 않았다. 굶주린 어둠은 바치는 제물을 거부하는 법이 없었다. 어둠에 바쳐진 이들은 한입에 사라져버렸다. 운이 좋았던 거야, 탈리는 생각했다. 아버지에게 이 관행에 대해 의문을 제기한 적이 있었다. 로사리오도 그랬다. 그러자 아버지는 경멸 조로 누구나 언젠가는 죽는다고 답했다. 뭔 생각으로 그 하찮은 놈들을 두둔하는 거냐? 딸들아, 그 녀석들은 결국 죽게 될 운명이란다. 우리가 되려 그놈들에게 은혜를 베푸는 거야.

기사단의 단원 대다수는 사실 그것을 은총이라고 생각했다. 더 위에도 불구하고 검은 복장을 차려입고서 어둠에게로 스스로 걸어 들어간 젊은 사내가 그러했다. 그가 첫 번째였다. 탈리는 그가 후안의 옆구리, 의자 높이쯤에 있던 압축된 검은 빛을 만져보기 위해 손을 뻗는 모습을 보았다.

그 후 탈리는 그 남자의 손가락과 손이 차례로 썰리는 모습, 그리고 어둠이 게걸스럽게 그의 남은 몸통을 해치운 뒤 만족해하는 모습을 보았다. 처음 몇 번의 입질에 뿜어져 나온 피가 후안에게 튀었지만 그는 미동도 없었다. 어둠이 닫히기 전까지 한동안은 꼼짝하지 않을 것이었다.

이어 손을 맞잡은 두 여자의 차례가 왔다. 한 명은 젊었고, 다른 한 명은 늙었다. 모녀인가? 어둠은 늙은 여자를 머리부터 먼저 집어삼켰는데, 그녀의 나머지 몸이 목이 없는 채로 한동안 걸어 다녔다. 젊은 여자는 그 장면을 보지 못했거나, 보았다 하더라도 놀란 기색이 없었다. 강단 있게 미소 지으며 어둠 속으로 들어갔는데, 목 없는 시체의 팔을 꼭 껴안은 채로 끌고 들어갔다. 그들은 핏자국만 남긴 채 사라졌다. 경동맥이 뿜어낸 핏줄기는 앞 열의 신도들을 흠뻑 적셨다. 그들은 이제 조금씩 뒷걸음질 치기 시작했다. 어둠이 하강하고 있었기 때문이었다. 그것은 암흑의 지붕, 혹은 끝을 알 수 없는 협곡처럼 내려왔는데 마치 눈이 있어 마음에 드는 물건을 고르고 있는 것 같아 보였다.

탈리는 나체로 무릎을 꿇고 있던 한 남자가 한입에 통째로 삼켜지는 걸 보았다. 그리고 손가락과 손을 먹어 치우는 어둠을 초심자들이 손을 들어 만져볼 수밖에 없는 상황도 보았다. 일 초의 찰나, 스티븐이 피 칠갑을 한 채로 무리 가운데 있는 모습도 보았다. 촛불들은 여전히 타오르고 있었으나, 망토처럼 내려앉는 어둠의 칠흑 같은 감금에 대항할 수는 없었다.

그 후 철수가 시작되었다. 우선 박쥐같이 시커먼 천막을 멀리 위로 올려 보내 후안을 감싸게 했다. 그는 팔을 천천히 내리고 앞을 향해 고개를 들었다. 어둠은 작아진 채로 그의 곁을 맴돌며 사라지지 않았다. 폭풍우를 몰고 다니는 구름처럼 일거에 후퇴하긴 했으나, 메디움의 곁을 계속 지키며 그를 땅 위로 내려놓았다. 초심자들, 놀란 이들, 환각에 빠진 이들, 침착한 이들, 서기들은 모두 카리스마 있는 사람들 혹은 유경험자들의 말에 복종하며 다시 대열을 맞추어나갔다. 몇몇은 어둠이 내려앉으며 꺼뜨린 촛불을 다시 켰다. 모두가 겁에 질리지 않은 척했다. 몸을 떨고 있던 이들은 살아 있는 신의 현현을 목격한 데서 온 황홀경 내지는 감격 또는 영광 때문이라고 했다.

이제 후안은 한쪽 무릎을 꿇은 채, 고통스럽게 헐떡이는 자신의 호흡을 듣고 있었다. 검은 띠가 아직 그의 주변을 두르고 있었고,

모두가 그것의 지극한 위험성을 알고 있었다. 그건 마치 낫처럼 날카로웠다.

메디움이 자리에서 일어났다. 똑바로, 한 방향을 향해, 축축한 눈을 크게 뜨고서. 탈리가 그에게 다가갔다. 땀 냄새가 났다. 튜닉 아래 푹 젖은 몸에서 바다와 소금 냄새 그리고 약간의 신 냄새가 풍겼다. 순간 뒷걸음질 쳤다. 각인은 원치 않았다. 메디움은 고개를 들어 밤의 냄새를 맡는 듯했다. 뱀같이 꿈틀거리며 그를 두르고 있던 얇은 띠는 그의 몸에서 피어오른 김처럼 한동안 그를 따라다녔다. 초심자들은 어둠으로부터 부상당한 이들을 데려오고 있었다. 메디움─탈리는 지금의 그를 후안이라 부를 수 없었다. 모르는 존재였다─은 손을 뻗어 상처들을 태웠다. 상처를 불로 지지는 것이었는데, 초심자들은 고통에 몸부림쳤지만 그것도 한순간이었다. 신체의 일부를 잃는 것이야말로 선택과 총애의 증거라고 믿었기 때문이었다. 치유를 받은 뒤에는 기쁨의 눈물을 흘렸다. 어둠에게 잃어버린 손과 팔은 이제 뜯기고 뽑힌 흔적이 남은 말단이 되었다. 어둠은 점차 크기를 줄여갔고 초심자들은─탈리가 보기엔─굶주린 개들처럼 메디움의 발 앞에 무릎을 꿇고 자신들의 헐벗은 몸을 바치려 했다. 이번엔 그 수가 많았다. 많은 이들이 서로를 만지며 빵 부스러기가 떨어지기만을 기다리고 있었다. 할퀴는 자들도 있었다. 마침내 메디움이 걸음을 내디뎠다. 소수만이 각인을 받는 것이 보통이었다. 이번에는 평평한 가슴과 굵은 허리를 가진 깡마른 소녀가 선택되었다. 울부짖고 있던 맨 앞줄의 초심자들로부터 멀찍이 떨어져 있던 이 소녀는 두 발로 선 채, 입 모양으로 "제발"이라 말하고 있었다. 늑대도, 순종적인 개도 아니었다. 작은 눈과 납작한 코는 뱀을 연상케 했다. 메디움은 그녀에게 다가가 느린 발걸음으로 그녀의 주위를 천천히 돌더니, 황금빛 손톱 세 개 중 하나로 그녀의 등을 날카롭게 찢어발겼다. 뿜어져 나온 피가 헐벗은 다리 사이로 흘러내려 거무튀튀한 띠를 만들어냈다. 초심자들은 입을 벌리고 쳐다볼 뿐이었다. 나중에는 그 상처가 얼마나 깊었는지, 척추뼈와 갈비뼈가 다 보일 정도였다고 말하고 다닐 것이었다. 소녀는 비틀거렸고, 메디움은 그녀를 지탱한 뒤 조금씩 정상으로 돌아오고 있던 한쪽 손―이제 더는 황금빛 손톱이 아닌, 그저 뒤틀리고 검은 류머티즘에 걸린 듯한 손―으로 상처 입은 등을 쓸어주었다. 피가 멎었고, 마치 손이 시간을 움직인 것처럼 등의 벌어진 상처에는 어둡게 딱지가 내려앉았다. 이후 그는 소녀를 땅에 내려놓은 뒤 저택을 향해 천천히 걸어갔다. 검은 띠는 그를 놓아준 상태였다. 초심자들은 그가 촛불의 길을 따라가던 순간에도 손이 여전히 검은 상태인 것을 보았다. 그것이 마지막 장면이었다. 그 이상 그를 뒤따라가는 건 금기였다. 스티븐과 일부 선택받은 자들만이 그와 함께할 수 있었다. 탈리도 거기에 포함되었다. 메디움이 그걸 원했고, 그가 부리는 변덕 몇 가지 정도는 허용되었기 때문이었다.

초심자들은 그 후에 일어난 일, 의식이 메디움의 몸에 남긴 결과는 모른 척했다. 그들은 제단 가까이 남아 플로렌스를 따라 폐회 제례에 참여해야 했다. 팔다리가 잘린 이들은 원 안에서 기름이 발라졌다. 피는 수거되었고, 글이 낭독되었고, 죽은 자들은 치워졌다.

살아 있는 신의 손아귀

동이 트는 것이―아직 멀었지만―의식의 종료라는 신호였다.

탈리는 후반부의 예식에는 참여하지 않았다. 검은 머리를 풀어 헤치고 피로 얼룩진 하얀 원피스를 입은 채 촛불의 길을 따라 후 안에게로 달려갔다. 그 어느 때보다도 로사리오가 그리웠다. 그녀 의 단단함과 신중함이 그리웠다.

‡

무의식에서 벗어나기까지 오랜 시간이 걸렸기에, 탈리는 이제 작은 손가락의 떨림이나 호흡의 변화에도 희망을 갖지 않으려 했 다. 기다려야만 했다. 호르헤 브래드퍼드는 낙관적인 듯했다. 그의 제자인 비에드마 박사는 걱정 어린 표정을 했다. 후안은 의식을 잃 었지만, 심장이 멈추지는 않았다. 여러 해 동안 이런 일은 없었는 데, 탈리는 생각했다.

열 시간이 지나고 나서 스티븐이 먼저 방을 나섰다. 잠을 자야겠 어, 라는 말을 남겼다. 탈리는 그의 등에 한 손을 댔다. 지쳤으리라 는 건 충분히 짐작 가능했다. 그리고 불이 켜진 이 서글픈 방에서, 후안의 심장이 불규칙적으로 뛰는 걸 기록하는 모니터의 시끄러운 소음과 힘겨운 숨소리를 들으면서 잠들고 싶지 않은 심정도 이해 되었다. 후안이 의식을 잃을 때면 로사리오조차도 그를 멀리했다.

탈리는 잠이 오지 않았다. 브래드퍼드는 언제나처럼 그녀를 멸 시했다. 브래드퍼드에게 있어 탈리는 아돌포가 마을 무녀와 가진 무분별한 관계의 산물에 지나지 않았다. 탈리는 적어도 몇 주 정도 브래드퍼드 박사의 꿈을 망쳐놓을 강력한 조합을 머릿속으로 준비해두고 있었다. 집에 돌아가자마자 작업을 시작할 작정이었다. 빠르지만 효과적인 것으로. 후안과 스티븐이 알아채선 안 됐다. 둘은 항상 단순한 분노 혹은 미움 때문에 마법을 해서는 안 된다고 경고하곤 했다. 그 녀석들이 뭐라고 나를 판단해, 정의롭기도 하시지. 자기네들이 해왔고 또 하고 있는 일들은 뭔데.

탈리는 창문 유리에 비치는 자신의 모습을 곁눈질로 쳐다보았다. 이제 만 서른이었다. 그녀에게 아름답다고 칭찬하는 사람들은 숱 많은 머리카락, 도보로 단련된 몸, 어두운 빛깔을 띤 두 눈이 뿜어내는 빛을 보고 말하는 것이었다. 하지만 그녀는 화장을 전혀 하지 않았고, 피부를 따로 관리하지도 않았으며 반지나 팔찌는 싫어했다. 그녀를 칭찬하는 말에는 항상 뒤따르는 말줄임표가 있었다. "더 아름다워질 수 있는데 아깝네. 이제 앞으로⋯⋯." 늙고 있음을 느꼈다. 입 주변의 주름을 관리해야 했다. 또 여름마다 자전거를 타면서 다리가 얇아져 생긴 허벅지의 튼살도. 후안이 의식 없이 누워 있는 침대에 가까이 다가갔다. 그의 왼손과 아물지 않는 상처를 어루만져 보았지만 아무런 반응이 없었다. 하루 종일을 이렇게 보냈다. 하지만 어찌 되었든 지난해의 절망 가득했던 몇 시간에 비할 바는 아니었다. 그때 그녀는 참지 못하고 병원 화장실 한구석에 박혀 자신의 수호신에게 미친 듯이 빌었다. 무엇보다 겁에 질려 있었다. 그러던 중 로사리오가 그녀를 찾아내어 교대해달라고 부탁했다. 로사리오는 가스파르를 잠시 보살펴야 했다. 우연의 일치인지, 아이의 체온이 치솟았고 의사들이 한번 오른 열을 떨어뜨리지 못하고 있었던 것이다. 피곤한 모습의 언니, 머리를 포니테일로 꽉 묶고는 부러울 만큼 강단 있어 보였던 그 모습이 떠올랐다. 탈리는 그녀를 보는 순간 알 수 있었다. 로사리오가 기사단의 수장이 될 것이라는 걸. 그것 때문에 그녀를 죽인 걸까? 후안은 기사단 내부의 정치 싸움은 알지도 못했고 알고 싶지도 않아 했다. 로사리오가 가졌던 야망의 깊이 역시 그러했다. 대신 스티븐이 있었다.

후안이 탈리의 손에서 자신의 손을 빼내더니, 그녀의 눈엔 매우 빠른 움직임으로 얼굴에 쓴 산소마스크를 벗었다. 브래드퍼드를 찾아가기 전, 그녀는 후안의 창백한 입술과 퉁퉁 부어 있는 눈가를 쓸어주었다. 의식이 끝나고 나면 늘 두 눈이 괴상한 모습을 하고 있었다. 투명해진 듯하면서 시뻘건 핏발이 서 있는 게 꼭 눈이 먼 것 같아 보였다. 몇 시간 내에 돌아올 거란 건 탈리도 잘 알고 있었다. 그녀가 이마에 입 맞추려 몸을 굽히자, 그가 낮은 목소리로 시간이 얼마나 흘렀냐고 물었다. 하루 정도, 그녀가 답했다. 금방 올게, 라고 말하곤 문을 열었다. 브래드퍼드가 마치 알고 있었다는 듯이 이미 문 앞에 서 있었다. 탈리는 두 사람을 남겨두고 방을 나섰다. 복도의 창문에 등을 기댔다. 밖에서는 하늘이 또 한차례의 폭풍우를 예고하고 있었다. 칠흑 같은 밤을 자주색 구름 덩어리들이 가로지르고 있었고, 공기는 설탕물을 푼 듯 끈적였다. 탈리는 팔의 얇은 피부 밑에 심은 부적을 어루만졌다. 벌레에 쏘인 자국이나 뾰루지로 보일 만큼이나 작은 것이었다. 나의 수호신이여, 감사합니다, 라고 속삭인 뒤 집에 있는 신당으로 돌아가면 완벽한 선물을 드리겠다고 누구도 이해할 수 없는 언어로 말하며 약속했다. 몇 년 전, 밤중에 와인과 촛불을 준비하고서 수호신에게 어둠이 도대체 누구인지 물어본 적이 있었다. 수호신은 카드를 통해 답을 주었다. 탁자에서 카드를 뽑을 때마다 질문에 대한 답으로 '달'이 나왔다. 후안이 그녀에게 그려주었던 바로 그 카드였다. 탈리는 그 카드를 이해하지 못했고 그저 중요한 변화, 의지적인 변화라고 해석할 뿐이었다. 하지만 한편으로는 실망, 무질서, 몽상의 의미도 있었다. 여기엔 광기도 포함되었다.

‡

방을 나선 브래드퍼드는 탈리에게 고갯짓으로 방 안으로 들어가도 좋다는 신호를 보냈다. 그 의사의 머리카락은 지저분했다. 탈리는 솥 한구석에서 썩고 있던 고기를 모르고 만졌을 때와 같은 구역감을 느꼈다.

후안은 침대에 앉아 있었다. 깨끗한 흰색 반팔 셔츠의 단추를 채우는 중이었다. 홑이불 위에 수액관과 전극 등의 물건들이 어지럽게 얽혀 있었다. 그가 눈을 들어 그녀를 바라보자, 두 눈 가득히 서 있던 핏발도 어느 정도 가라앉은 것을 확인할 수 있었다. 조금씩 평소의 눈, 녹색 바탕에 노란색 얼룩이 진 본래의 모습을 되찾고 있었다. 후안은 그녀에게 가까이 다가와달라고 요청했다. 양손이 떨리고 있었기에 셔츠의 단추를 미처 다 잠그지 못하고 있었다. 탈리가 그를 도와주었다. 탈리는 이제 나갈 수 있겠냐고 물었고, 그는 브래드퍼드가 나가지 말라고 했지만 자신은 침대에 가만히 누위만 있지 않겠다고 답했다. 산책 좀 할 수 있게 도와주겠어? 그가 요청했다. 단추를 다 잠근 탈리는 그에게 설 수 있겠냐고 물었다. 쓰러지기라도 하면 난 네 몸무게를 감당 못 해, 라고 덧붙였다. 후안은 두 발을 땅에 디딘 후 탈리의 어깨에 양손을 얹었다. 몸을 쭉 펴고 무릎에 힘을 주기 위해 깊은 숨을 들이쉬었다. 할 수 있어, 그녀에게 말했다. 그리고 스티븐은? 지금 쉬러 갔어. 필요하면 불러줄게.

후안이 의식 후 회복을 위해 쓰는 방은 일 층에 위치해 있었다. 그렇지 않았다면 탈리는 그와 산책할 엄두를 내지 못했을 것이다. 아직 계단을 내려가는 건 무리였다. 그가 버틸 수 있도록, 온 힘을 다 써서 자신에게 기댈 수 있게 했다. 그는 탈리의 허리를 감싸고 있었다. 안뜰로 이어지는 짧은 복도는 물론 바깥쪽의 분수와 버드나무 근처에서도 마주친 사람이 없었다. 저택에서 조금 멀어지고 나자 후안이 물었다.

"가스파르를 시험해봤대?"

"오늘 오후에. 나에겐 아무 얘기도 해주지 않지만 스티븐에겐 하잖아. 일곱 가지 시험 중 아무것도 통과하지 못했대."

탈리가 말했다.

후안은 그녀를 미소 띤 얼굴로 바라보았다. 청소년처럼 젊어 보이게 만드는 미소였다. 탈리는 그의 얼굴에서 어젯밤 그녀를 공포에 떨게 만들었던 남자의 모습을 찾아볼 수 없었다. 그들은 정원에 있던 여러 개의 안락의자 중 하나에 앉았다. 메르세데스는 정원에 있던 나무와 금속 재질로 된 벤치들이 불편하다며 안락의자로 교체하게 시켰다. 바깥쪽에 앉은 탈리의 옆에 후안이 앉았다. 원활한 호흡을 위해 상반신을 곧게 세운 상태였다. 정원은 몹시 어두웠다. 에어컨을 켜두려면 모든 불빛을 꺼야만 했다. 발전기를 쓰는데도 그랬다. 손님용 별채는 북적이고 있었고, 방문객들을 편안하게 해주려는 노력이 이어졌다. 메디움이 머무르는 대저택 근처에는 접근이 금지되어 있었다.

"아이가 얼마나 강인한지 넌 몰라."

탈리가 말했다. 후안은 답하지 않고 그녀가 말을 이어가도록 두었다.

"해야 할 일이 정말 많았어. 아이라서 그랬던 걸까?"

후안은 대답하기 위해 안락의자에서 자리를 고쳐 앉았다. 눈의 흰자는 거의 정상 상태를 회복한 모습이었다.

"아니. 아이라면 더 쉬워야 해."

"그래, 뭐 산고의 고통만큼은 아니었지만 그래도 힘들긴 했어. 얼마나 이리저리 도망 다니던지!"

후안은 이마를 쓸어 넘겼다. 습하고 위협적인 더위였지만 땀을 흘리진 않고 있었다.

"부탁 하나만 할게. 이 모습을 잃지 말아줄래? 가스파르하고 말이야."

"당연하지. 적어도 네가 가버리기 전까지는 차단시킬 수 있어."

"그 말이 아냐."

"후안, 우리가 제대로 대화하려면 침묵을 써야 하지 않을까?"

후안은 아니라는 고갯짓을 했다. 호흡이 거칠었다.

"오늘 난 식물들이 자라는 모습, 집 안 구석구석에서 들려오는 속삭임 하나하나, 방문자들의 발걸음, 메르세데스가 터널 안에 숨겨놓은 절규들까지도 모두 느끼고 있어. 우리를 엿듣는 자들은 아무도 없어. 스티븐만 빼면. 지금 다가오고 있거든. 우리밖에는 없어."

그러더니 그녀에게 부탁했다. 우리 아들을 영원히 차단된 채로 살 수 있게 해줘. 네가 정말 그렇게 할 수 있는지 알아야겠어. 시도해볼 수는 있어, 탈리가 말했다. 하지만 그토록 어린 누군가를 압박하는 게 얼마나 힘든 일인지도 설명했다. 차단을 위한 밑 작업을 하던 중, 그 일이 아이에게 신체적으로 해를 입히고 있음을 느꼈던 것이다. 탈리는 아이가 비명을 지르고 있는 것 같았다고 말했다. 피와 머리카락, 옷과 뼈로 만든 인형을 조작할 때마다 근육을 자르는 듯한 느낌이 들어 머리털이 쭈뼛 섰던 기억이 떠올랐다. 갓 태어나, 살고자 하는 욕망으로 가득한 힘센 고양이 한 마리를 익사시키는 것 같았다. 마치 힘이 달린다는 듯 수없이 사라지고 마는 상징들을 스티븐이 몇 번이고 다시 그려야 했다. 보이지 않는 손이 그것들을 지우는 것 같았다. 이러한 상태를 계속 유지하는 건 가능이야 하겠지만 힘든 일임은 분명했다. 그리고 탈리는 그 모든 일이 가스파르에게 해를 입히는 일이라고 믿었다. 발각되기라도 한다면 탈리와 스티븐에게는 치명적일 것이기도 했다.

후안의 두 눈은 차가웠다.

"신당에서 작업하면 발각될 일은 없을 거야. 내가 그려놓은 방어의 상징이 그 안에서 무슨 일이 일어나든 숨겨줄 수 있을 거고."

"배신자, 그때는 그런 상징이라고 말해주지 않았잖아."

"우리 아들을 계속 차단해줄 수 있겠어?"

"나중에 커서 어떤 일이 일어날지 장담할 수 없어."

"크면 알게 되겠지. 아이에게 그 누구도 그 무엇도 가르쳐주지 않을 거야. 아이가 계속 쓸모없다고 여겨지면 좋겠어. 한 줌의 의심이라도 드는 순간, 아이는 그들에게 이용당하게 될 거야."

스티븐이 손님용 별채로 이어지는 길을 통해 정원에 들어왔다. 후안의 앞에서 몸을 굽혀 그의 상태를 살펴보았다. 잠을 충분히 잤는지 개운해 보였다.

"엄마는 이번 의식이 대단했다고 생각하셔. 네 몸 상태가 나아지는 대로 만나고 싶어 하고. 네 아들은 마르셀리나가 데리고 있어."

"탈리가 말해줬어. 가스파르가 시험에 통과하지 못했다며."

후안은 일곱 가지 시험을 똑똑히 기억했다. 단순하고 효율적이었다. 힘이 발현되기 전이었는데도 모든 시험을 큰 힘 들이지 않고 가볍게 통과한 그였다. 가스파르도 스티븐이나 탈리의 개입이 없었다면 성공했을 것이다.

"네가 훈련만 시킨다면 그 아이, 정말 어마어마해질 수 있어. 내가 훈련시킬 수 있게 해준다면 말이지. 로사리오도 그걸 원했다는 거 너도 잘 알 거야."

"그리고 아주 열심히 훈련시켰지. 가스파르는 여섯 살인데 벌써 타로를 볼 줄 알아. 이 논쟁은 이제 그만하자. 우리끼리 논쟁할 필요는 없다고. 내가 한 결정이야. 그리고 번복하지도 않을 거고. 그렇지 않겠어?"

　　　　　　　　　　　　　　　살아 있는 신의 손아귀

"그럼, 물론이지. 일 년에 한 번씩, 그리고 몇 번이고 필요하다고 판단될 경우 데려다 시험해볼 생각이래. 방법을 내게 말해주진 않았지만, 뭐, 이건 너도 부정할 수 없을 거야."

"안 그래도 가스파르의 차단을 끝까지 유지해달라는 부탁을 탈리에게 하고 있던 참이었어. 너도 탈리를 도와야 해."

스티븐이 신음 소리를 내뱉었다.

"자자, 잘 봐. 지금 너에겐 신중함이 그 무엇보다 의미 없는 덕목이란 건 나도 잘 알겠어. 하지만 지금 여기서 이런 얘기를 하는 건 미친 짓이라고."

"도와줄 거냐고 물었어."

"그거야 당연하지. 그리고 이제 그만, 충분히 했어."

스티븐은 후안의 손을 잡았다. 탈리가 했던 것처럼, 손바닥 위의 상처를 어루만진 뒤 가스파르를 찾으러 갈게, 라고 말했다.

졸린 눈을 하고 스티븐과 함께 정원에 들어선 가스파르는 꽤나 심각해 보였다. 그러다 아버지가 보이자 냅다 달려와서는 소파에 뛰어들었다. 온 힘을 주어 자기 아버지를 꽉 끌어안는 아이의 모습에, 탈리는 황급히 눈길을 돌려 어둠과 폭풍우, 손님용 별채의 불빛, 나무의 이끼에 매달려 있는 흰 난꽃들을 바라보고 있을 수밖에 없었다.

‡

후안과 가스파르는 함께 잠을 자고 아침도 함께 보냈다. 저녁과 아침을 침대에서 먹은 뒤 TV를 보았다. 후안은 의식이 끝나고 난 뒤 흔히 느껴지곤 하는 거리감을 이번에도 느꼈다. 피로와 어느 정도의 혼미함이 결합된 과도한 예민함이었다.

가스파르는 할머니와 플로렌스 그리고 앤이 자신을 데리고 했을 시험에 대해 말을 꺼내지 않았다. 후안 역시 군이 캐묻고 싶지 않았다. 일종의 놀이라고 속였을까? 아이가 곧 이야기해줄 것이었다. 무의식 이후의 몇 시간 동안 피로가 이어지고 있었기 때문에 지금의 완충 상태를 유지하고 싶었다. 하지만 또 한편으로는 아이가 아직 아무 언급도 하지 않았다는 건 지금도 그것에 대해 생각하고 있다는 의미이기도 했다. 그 정도는 눈치챌 만큼은 아들을 알고 있었다. 그리고 가스파르가 침묵하고 생각한다는 것은, 무언가 그 아이를 불편하게 했지만 그걸 표현할 언어를 찾아내지 못했다는 뜻이기도 했다. 시간이 필요했고, 후안은 기다릴 준비가 되어 있었다. 다른 것들에 대한 이야기를 했다. 가령 마르셀리나가 데려가준 동물원에 대해서. 동물을 보호하기 위한 곳이래요, 사람들이 나쁜 마음으로 동물들을 사냥해서요, 아이가 그에게 말했다. 후안이 웃었다. 이 표현은 누군가가 쓴 걸 그대로 베낀 것일 터였다. 탈리와 스티븐이 아들을 위해 한 작업을 확실히 느낄 수 있었다. 그럼에도 후안은 여전히 가스파르의 감정을 알아차릴 수 있었고, 말 한마디 하지 않고도 아이와 대화를 나누는 일도 아직은 할 수 있었다. 다만 얼마 전 호텔에서 임신한 여자의 유령을 함께 목격했던 날 밤이후로 꾸준히 힘을 키워가던 진동만큼은 더 이상 느껴지지 않았다. 마치 두통처럼 팽팽하고 고동치던 그것. 아이가 이 짐을 벗은 것이었다.

브래드퍼드는 밤중에 여러 번 들어와서 후안의 상태가 괜찮은지 확인했다. 비에드마 박사도 그러했다. 가스파르는 자신의 곁에서 어찌나 편히 잠들었는지, 브래드퍼드가 몇 번이나 혈압계로 혈압을 재는 동안에도 잠에서 깨어나지 않았다. 사방에 튀겨대던 붉은 혈액. 변신을 거친 후유증으로 아리는 손. 희생 제물로 바쳐진, 두 눈은 가리고 입을 벌리고 있던 이들에 대한 잔상 등을 뒤로한 채 그저 이불을 덮고 침대에 앉아 창밖의 밤을 바라보고 있을 수 있다는 사실이 더할 나위 없이 기분 좋았다.

그리고 무엇보다도 한 가지 확신을 뒤로할 수 있어 좋았다. 그가 이번에 어둠을 연 이유는 로사리오 때문이 아니었다. 자신 외에는 그 누구도 어둠을 열 수 없으며, 그녀를 위해 어둠을 연 적도 없었다. 어둠을 열 수 있는 사람이 자신 외에는 존재하지 않기 때문에 그녀 역시 그곳에 있을 수 없었다. 악마가 헛발질한 게 분명했다. 아직 악마가 남기는 말에 대한 면역을 갖진 못했다. 그럴 수 있길 바라 마지않지만, 이 얼마나 교만한 일인가. 어찌 되었든, 로사리오가 한때 하나의 신당이라 생각했었던 그 뼈의 밀림 속, 인간의 손들이 솟아 있는 숲과 몸통이 펼쳐진 들판 가운데 있지 않다는 사실에 안심했다. 남녀를 불문한 많은 사람들이 발목부터 거꾸로 매달려 있는, 목맨 자들의 협곡에도 없으리라. 스티븐의 동생 에디는 그곳에서 영원을 보내고 있었다. 그 아이도 메디움으로 훈련받았으나 실패하고 말았다. 그런 늪지대에서는 생명체라곤 찾아볼 수 없었다. 오직 인간의 잔해뿐. 그게 아니라면 기사단에 어둠을 열 수 있는 자가 또 있단 말인가? 메르세데스가 마침내 잡혀 온 포로 중에서 또 하나의 메디움을 찾아낸 것일까? 자신이 그걸 알아채지 못할 가능성은?

없다, 그는 육성으로 말했다. 더는 곱씹지 말아야 했다. 미쳐버릴 수 있으니까. 의식이 끝난 후의 몇 시간 동안 온전한 정신을 유지하기란 쉽지 않은 일이었다.

아침을 먹은 뒤, 나무들의 수관 위에 떠 있는 목재 구름다리에 가스파르를 데려갔다. 그리고 아주 가파른 계단을 내려가 푸에르 토레예스의 메인 선착장이 보이는 깨끗한 강변가로 내려갔다. 그는 거칠고 어두운 색의 모래밭 위에 앉아 가스파르가 노는 모습을 지켜보았다. 아이는 나뭇가지와 생선 뼈를 가져와서는 자동차 장난감과 함께 물가에서 물장구를 치며 놀았다. 후안은 일정한 거리를 늘 유지하는 경비원들 외에는 아무도 따라오지 않게 해달라고 요구한 터였다. 부에노스아이레스에서와는 다른 이들이었다. 강은 신경질적이었다. 폭우로 불어나 검붉고 탁했다. 마르셀리나는 전날 가스파르에게 플라스틱 양동이를 가져다주었다. 아이는 그걸 홍목나무가 떨어뜨리는 꽃, 세이보의 붉은 꽃, 온갖 종류의 초록 잎사귀를 담아두는 데 썼다. 후안은 수영을 하고 싶다는 생각을 했으나, 육체적으로 힘이 달리는 것을 느꼈다. 팔을 뻗어보니 양손의 떨림이 아직 그대로였다.

시간이 지나면 나아질 수도, 아닐 수도 있었다. 브래드퍼드의 설명에 따르면, 의학적 관점에서 더 이상 할 수 있는 것이 없었다. 부풀어 있는 심장은 부전 상태였다. 약과 의학의 발전, 그리고 각종 진정제의 힘을 빌리고 있었다. 그러나 분명한 것은 몇 개월, 몇 년, 혹은 몇 초 뒤가 될지 모르는 죽음으로의 하강이 이미 시작되었다는 점이었다.

태양이 그의 머리를 두드려댔다.

"나무를 타고 오를 거예요!" 가스파르가 소리쳤다.

후안은 마실 거리를 가져오지 않은 걸 후회했다. 목이 말랐다. 그렇다고 경비원들에게 요청하고 싶지는 않았다. 그는 아들이 민첩하게 나무줄기를 타고 오르는 모습과, 오르고 난 뒤에는 가지를 흔들며 튼튼하고 낮은 가지 하나를 골라 말처럼 타고 노는 모습을 지켜보았다. 분명 그가 병상에 혼자 남아 있는 동안, 제 엄마와 둘이서 놀러 다니면서 배운 게 분명했다. 그는 어린 시절에도 나무에 올라가본 적이 없었다. 독점욕에서 비롯된 질투가 그의 입을 쓴맛으로 물들였고 이내 이 감정이 얼마나 위험한지, 가스파르와 자기 자신 그리고 자신에게 남아 있는 일말의 온전한 정신에 있어 어떤 의미를 가지는지를 퍼뜩 알아차렸다.

스티븐의 발걸음을 느꼈다. 백 미터 정도 거리에서 나무 발판을 밟으며 다가오고 있었다. 짤그락거리는 무언가도 있었다. 음료와 얼음을 함께 가져오고 있는 것이었다. 그가 조심스레 균형을 잡으며 까치발로 계단을 내려오는 모습을 보았다. 후안은 미소 지으며 음료수를 받아 들었다. 시원한 차였다. 스티븐은 테레레나 마테차 따위를 좋아하지 않았지만, 미시오네스에서 재배한 차는 즐겨 마셨다. 그들의 근면한 경작자들이 생각하는 것 이상으로 스티븐은 차의 품질을 높이 샀다.

"좋은 아침."

스티븐이 자리에 앉아 인사를 건넸다. 후안은 병에 든 차를 두 입에 모두 들이켰는데, 얼음의 차가움이 순간적으로 왼쪽 눈에 찌르는 듯한 통증을 일으켰다.

"오늘 너랑 이야길 좀 하겠대. 물론 만남을 연기하길 원한다면 네 결정을 존중하겠다고 하고."

"아니. 빠르면 빠를수록 좋아." 후안이 말했다.

스티븐은 더위에 불평하더니 어두운 색의 티셔츠를 벗어 던졌다. 일광욕을 하지 않은 지 오래였다. 어깨 쪽에 주근깨가 내려앉은 두꺼운 피부는 창백했다. 마치 트럭 운전사처럼 팔의 절반만 구릿빛이었다. 등에는 견갑골 아래에서부터 허리까지 이어지는 쌍둥이 흉터가 두껍게 툭 튀어나와 있었다. 후안은 손끝으로 그 상처를 매만졌다. 바로 자신이 이 상처를 내고 봉합해주었다.

열다섯의 스티븐은 엄마와 함께 미시오네스를 여행 중이었다. 이제 참석할 만한 나이가 됐다는 플로렌스의 판단이 있었다. 열두 살의 후안은 키가 크고 호리호리했다. 의식을 하기 시작한 초반에는 손에 끓어오르는 느낌, 표식을 남기고 싶다는 욕구를 제대로 이해하지 못했다. 그의 앞에 나와 길을 알려준 건 다름 아닌 스티븐이었다. 무릎을 꿇고 몸을 돌리고는 등을 내민 것이었다. 나중에 말하기를 그 할큄이 몹시도 빨랐던 한편 고통스러웠다고 했다. 후안은 자신의 황금색 손톱이 스티븐의 갈비뼈와 부딪히던 느낌을 생생히 기억했다. 스티븐은 소리를 지르지도, 떨지도 않았다. 손으로 풀을 잡아 비틀 뿐이었다. 이어 그 손이 상처를 아물게 하려 다시 다가올 때 고통이 어떻게 수그러드는지도 설명해주었다. 마치 그 손톱에 애무를 받는 듯한 느낌이라고 했다. 후안은 그 순간 플로렌스가 얼마나 많은 눈물을 흘렸는지를 떠올렸다. 기쁨이었다. 그것을 축복이라 받아들인 것이었다. 얼마간의 질투를 느끼기도 했음을 인정했다. 하, 그녀는 황금 손톱의 표식을 몹시도 자랑스레 지니고 다닐 사람이었다. 플로렌스는 그 표식이 후안의 약속이라는 걸 알고 있었다. 충성의 상처. 자기 맏아들의 충성심이 메디움과 기사단 사이에 양분되었다는 걸 완전히 기껍게 생각하는 건 아니었지만, 어쨌든 어둠의 결정을 존중했고 의심하지도 않았다. 어둠이 큰아들에 손을 댔다는 사실은 분명한 영광이었다. 반면 작은아들 에디가 멸시당한 일은 인생 최대의 좌절이자 불행이었다. 그리고 자신이 선택되지 못한 것은 형벌이었다.

표식을 받은 자들은 기사단 내에서 특별한 지위를 가졌다. 더 많은 지식과 제례와 내부 서클의 결정 참여권을 의미했다. 신이 친히 매만진 자들이었다. 지난밤 할큄을 당한 여자도 앞으로 더 큰 규모의 제례에 초대될 것이고 예외를 허용받을 것이며, 후안이 원한다면 가깝게 지낼 수도 있을 것이다. 스티븐은 그에 상당한 자유와 후안과의 교류를 누리고 있었다. 플로렌스의 아들이었기 때문만이 아니라, 그 역시도 표식을 받은 자였기 때문이었다. 해가 거듭되면서 두 사람의 연결고리는 더욱 내밀하고 우호적이며 섹슈얼해졌다. 플로렌스는 그가 자신의 눈에 나는 행동을 할 때에도 그걸 소리 내어 언급한 적은 없었다. 모두가 알고 있었다. 선택할 수만 있었다면, 그녀는 이 특혜를 작은아들에게 내주었으리란 사실을. 하지만 거의 십 년이 다 되도록 모습을 감춘 에디에 대해 그 누구도 말을 꺼내지 않았다.

가스파르가 나뭇가지를 세차게 흔드는 바람에 이파리 몇 장이 후안과 스티븐에게까지 날아왔다.

"지금 당장 내려와! 널 내려주러 가지 않을 테니까."

잠시 적막이 흐르더니, 얼마 후 손과 다리가 느릿느릿 어정쩡하게 미끄러지는 소리가 들려왔다. 나무는 그리 높지 않았고 후안은 아들이 혼자 힘으로 해낼 수 있을 거라고 생각했다. 오 분이 채 지나지 않아 강변에 발을 디딘 아이가 그에게로 뛰어왔다.

"올라가는 것보다 내려오는 게 더 힘들어요."

"그래서 이상했니?"

"네, 왜냐하면 계단을 오르내릴 때는 그 반대잖아요."

가스파르는 한 손 안에 가득히 쥐고 있던 나뭇잎을 양동이의 수집품 목록에 추가했다. 아이는 안녕하세요, 하고 스티븐에게 인사를 건네더니 그의 곁에 가서 앉았다. 꽃과 잡초와 나뭇잎을 강변의 거무튀튀한 모래밭 위에 펼쳐놓고 고르고 있던 아이에게 후안이 질문했다.

"어제 할머니랑은 어땠어? 동물원 얘기는 많이 들었는데, 할머니랑 뭘 했는지는 얘기해주지 않았잖아."

"재미없었어요. 놀러 간다고 했는데 이상하고 별로인 것들만 하면서 놀았어요. 할머니랑 있는 게 싫어요. 할아버지는 좋지만요."

"뭘 하고 놀았는데?"

가스파르는 시험을 자기 방식대로 무질서하고 혼란스럽게 풀어

이야기했다. 하지만 그 시험에 대해 잘 알고 있는 후안과 스티븐은 쉽게 이해할 수 있는 간결한 서술이었다. 아이의 눈을 가리곤 방 안에 누가 있느냐고 물어봤다고 했다. 가스파르는 그 자리에 있는 이들의 이름을 말했다. 그 이상은 아무것도 느끼지 못한 것이었다. 이어 눈을 가린 상태 그대로 상징 몇 가지를 상상해보라는 주문이 왔다. 어떻게요? 가스파르가 질문했다. 숫자들 같은 거. 그 외에 아무거나. 아이는 두통이 시작되기 전 눈앞에 아른거리곤 하는 검은 꽃들을 말했다.

"그건 아무 의미 없는 건가?" 후안이 말했다.

"아마 아무런 흥미를 끌지 못했던 거겠지. 편두통의 전조 증상일 뿐이잖아. 멍청이들이 아냐."

아이는 자신에 꿈속에 보랏빛 꽃, 붉은색 꽃, 연두색 이파리, 진녹색 이파리, 나무껍질 따위가 마치 큰 솥에 끓이는 수프의 재료처럼 쌓인다고 이야기했다.

"그다음에는 동물원의 이상한 장소에서 걷게 시켰어요. 그분들이 제 주변을 빙빙 돌고 있었던 것 같아요. 무슨 놀이인지 전 몰랐어요. 술래잡기 같았는데 소리 때문에 깜짝 놀랐어요. 그리고 옷을 입지 않은 사람들도 있었는데 별로 맘에 들지는 않았어요. 할아버지가 저를 데리러 오셨는데 또 긴 시간이 지난 후였어요. 밤이었어요."

"그래, 좋아. 그리고 또?"

"그 지루한 걸 하고 난 다음엔 저한테 풀밭 위에 있는 동그라미들 위에 앉으라고 했어요. 분필로 그린 거예요, 아빠?"

"그래, 분필로 그린 거야."

후안은 생각했다. 아들아, 예전에는 피로 그리곤 했단다. 하지만 네 엄마가 그걸 금지시켰지. 네가 크기 전까지는 말이야. 그들이 망자의 유지를 잘 받든다는 사실이 새삼 놀라웠다.

"그리고 또 지루한 걸 했어요. 침대에 누워 다리를 꼬라고 하더니, 제게 이야기를 들려주며 이런저런 것들을 상상해보라고 시켰어요. 그런데 제가 제대로 알아듣지 못했어요. 그리고 엄마가 가방에 넣고 다니던 것과 똑같은 손을 갖고 있었어요. 같은 걸지도 몰라요."

후안은 미간을 찌푸렸다. 스티븐 앞에서 그 손에 대한 이야기는 피하고 싶었던 것이다. 하지만 그것이 숨겨져 있다는 걸 스티븐도 알고는 있었다. 그들이 발견했다는 건 심각한 문제였다. 하지만 스티븐이 말했다.

"같은 건 아냐. 로사리오가 갖고 다니던 건 아직 잘 숨겨져 있어. 아르헨티나에는 이름 없이 죽은 자들이 지천에 깔려 있고 이 집 자체도 수년간 불법 감금 시설로 운영되고 있잖아."

후안이 눈을 비볐다. 두통과 낭패감이 뒷목을 경직시켰다.

"그 손을 받았는데 너무 무거워서 놓쳐버리고 말았거든요. 그래서 할머니가 화가 났어요. 엄마는 그걸 만지지 못하게 했기 때문에 저는 어떻게 잡아야 할지 몰랐어요."

"어떻게 화를 냈는데?"

"제 손을 낚아채고 뺨을 때리고, 저한테 멍청한 놈이라던가 그런 말을 했어요. 멍청하다고 한 게 맞는지 지금은 잘 모르겠어요. 나쁜 말이었어요. 그런데 전 쓰러질 뻔했어요. 무거웠거든요."

"널 때렸구나."

가스파르가 손등을 볼에 갖다 대며 뺨을 때리는 시늉을 했다.

"그래도 별로 아프진 않았어요. 정말요, 안 아팠어요."

후안이 스티븐을 쳐다보았다. "언젠가 죽여버리겠어"라고 말하곤 덧붙였다.

"가스파르, 부탁 하나만 하자. 자동차들을 위한 도로 좀 만들어줄래? 8자 모양으로 말이야."

가스파르가 취조를 끝내주어서 고맙다는 듯 순순히 모래밭으로 갔다. 작업을 시작하기에 앞서, 샌들로 땅을 고르는 일부터 시작했다.

‡

모임은 푸에르토레예스의 메인 회랑에서 진행되었다. 파라나 강변에서 징조를 보였던 편두통이 이제 후안의 머리에 망치질을 해댔다. 한 번 한 번이 거칠기 그지없었고, 심장의 불규칙한 두근거림은 현기증을 일으켰다. 무심코 앉은 가죽 소파는 부적절했다. 금방 축축하게 젖어버린 그 소파는 더위와 습기에는 최악이었기에 부적절하다 할 수밖에 없었다. 게다가 크기만 큰 회랑에는 에어컨도 없이 실링팬 하나만 돌아가고 있었다. 가스파르는 마르셀리나의 품에 맡기고 온 터였다. 통증이 그의 눈을 억지로 감겼다. 약을 먹기에는 이미 늦었을 뿐 아니라, 먹는다 하더라도 굉장히 센 것

이어야 한다는 걸 잘 알고 있었다. 독한 진통제는 혈압을 과도하게 낮출 게 뻔했다. 팔꿈치 안쪽에 흔적―작게 퍼진 붉은 점들―을 남긴 브래드퍼드의 처방약보다 부작용이 더 심할 것이었다. 소파에 앉자 칸디도 로페스의 〈아르헨티나 제3종대의 쿠루파이티 습격〉이 보였다. 일 미터 반 너비의 화폭 안에는 사다리를 든 작은 사람들, 들것에 실린 부상자, 군데군데의 폭격, 그리고 마치 폭격이 낮은 구름처럼 보이는 장면을 배경으로 깔고 있었다. 그리고 그 모든 것으로부터 멀찍이 떨어져 검을 높이 든 백마 탄 남자와 늪지의 밑바닥, 전쟁의 구름이 뒤덮은 하늘이 담겨 있었다. 아름다웠다. 아득하게 먼 곳에서 관찰한, 유치한 죽음이었다.

스티븐은 이어질 대화가 선의에 기반한 교류이며 아무런 공감도 오가지 않을 사교 모임의 티타임인 양 시원한 음료를 준비 중이었다. 하지만 본인은 아돌포의 끝없는 술 저장고에서 꺼내 온 위스키를 마시고 있었다. 후안은 얼음을 가득 채운 술 한 잔을 거절했다. 술은 통증을 더 심하게 만들 뿐이었다. 스티븐이 가까이 다가와 관자놀이에 얼음을 갖다 댔다.

"이러면 좀 나아?"

후안은 대답하지 않았다. 전혀 나아지는 게 없었지만, 가까이에 스티븐이 필요했다. 굉장히 오랜 시간 동안 충성심을 보여준 그였다. 의심이 불가능할 정도로 확실한 방법으로.

방 안에는 메르세데스와 플로렌스, 앤 클라크뿐이었다. 여자들, 수장들. 플로렌스는 비단으로 된 꽃무늬 원피스를 입고 있었다. 옷이 그녀의 주변을 넘실거리고 있었다. 호리호리한 그녀는 그날 화장도 장신구도 하지 않은 자연스러운 모습이었다. 과하게 창백한 피부는 칙칙한 빛을 띠고 있었고, 누르스름한 치아는 웃을 때만 그 모습을 드러냈다. 길고 부스스한 머리는 포니테일로 묶었다. 그녀는 이번에 어둠이 얼마나 독특한 방식으로 모습을 드러냈는지에 대해 말하기 시작했다. 어둠의 손길이 닿은 열두 명이란 숫자는 지금까지 기록된 것 중 최대였다. 후안은 몇 명이 빨려 들어갔는지 확인하고 싶었다. 그녀는 끝 모를 자부심에 도취되어 **여덟**, 이라고 말했다. 두 언어를 모두 구사하는 후안에게 말을 할 때면 꼭 스페인어와 영어를 섞어서 말하곤 했다.

그래서 무엇보다도 먼저 우리의 감사를 표하고 싶어, 플로렌스가 말했다. **정말 감사해.** 신들이 말씀하셨고, 네가 남긴 말의 기록도 굉장히 길었어. 그 일을 하는 게 네 몸에 얼마나 무리가 가는지 잘 알아, 그리고 네 마음이 의심으로 가득 차 있다는 것도 잘 알지. 메디움의 의심은 지극히 정상이야. 하지만 우리는 메디움의 광기로부터 기사단을 보호해야 하는 입장이야. 네가 쇠약해지고 있는 것도 잘 알아. 그리고 메디움이 통로의 역할을 하느라 어떤 값을 치르는지도 알고 있고.

"메디움이 바로 여기 있잖아. 다른 사람 이야기하듯 말하지 말고. 통보할 게 뭐가 됐든, 우선 내가 물어볼 게 있으니 당신들은 대답해야만 해. 이제 침묵엔 신물이 난다고."

후안이 말했다.

여자들이 머리를 들었다. 경각심을 가졌다. 후안이 목소리를 높였다. 바깥에선 개들이 짖어댔다.

"여기 오는 길에 악마 하나를 소환했어. 왜 그랬는지 당신들에게 군이 설명하지는 않을게. 내가 한 질문 중 하나에 답변을 해줬고, 난 그걸 굉장히 특이한 방식으로 해석했지. 잘못된 방식이었어. 그리고 그 실수에 난 연연했고. 내가 연연하고 있던 방식과, 내 생각이 개나발에 불과하다는 결론에 도달하기까지 쏟은 수많은 시간이 내게 힌트를 하나 선물했어. 바로 혼란은 결국 마법의 일이라는 거야. 아주 잘들 했어. 내가 느낄 수 없었으니까. 생각의 오류에서 빠져나오기 위해선 이 집이 필요했어. '나와 이야기를 나누는 자들'이 누구인지 알아내기 위해서 말이야. 바로 당신들이었어."

후안은 여자들을 찬찬히 둘러보았다. 모두가 침착함을 연기했다. 새하얀 백발을 완벽하게 빗어 넘긴 앤만이 불안을 보였다. 가장 늙었으며 용의주도한 사람이었다.

"나를 얕잡아보는군. 내 주기의 종말이 다가오고 있을 가능성을 알고들 있겠지. 하지만 어젯밤 다들 봤겠지만 이 주기는 아직도 강력하게 방출되고 있어."

플로렌스가 말을 꺼내려 하자, 후안이 한 손으로 저지했다.

"지금은 안 돼. 왜 나를 조종하려 했는지를 먼저 설명해봐."

플로렌스가 대답했고, 매우 구체적이었다.

"우리가 로사리오를 데리고 있어. 네가 닿을 수 없는 곳에 그 아이를 가둬두고 있지. 손이 닿지 않는 곳에 말이야."

후안은 눈을 감았다. 이를 세게 꽉 물다 보니 통증이 턱뼈까지 뻗어 내려왔다.

"어디 있는데?"

살아 있는 신의 손아귀

"그건 우리도 몰라. 네가 알아봐야 해."

"거두어들일 방법도 모르고 주술을 사용했다라. 지금 그 얘긴 건가?"

"그래, 맞아."

플로렌스가 팔짱을 꼈다.

"왜 로사리오를 죽인 거야? 내게서 힘을 빼앗아 가려고? 로사리오가 기사단을 차지해버릴까 봐?"

메르세데스가 몸을 일으켰다.

"우린 내 딸을 죽이지 않았어. 혈통을 존중하니까. 사고였어."

"그렇게 기회를 잡은 거겠지."

메르세데스가 어두운 선글라스 렌즈 너머에서 그를 노려보았다. 아무 말도 이어가진 않았다.

"당신들을 믿지 않아. 상관없겠지만. 내 아내를 그래서 어디로 보냈는데?"

"몰라. 우린 거짓말하지 않아."

플로렌스가 이어갔다.

"마지막 의식에서 신들은 죽음의 여러 장소에 대해 이야기해 줬어. 그 아이의 영혼을 그중 한 곳에 보낸 거야. 하지만 아직 찾아내는 방법이나 닿을 수 있는 방법에 대해서는 계시를 받지 못했어. **우리는 너처럼 할 수 없어.** 매년 우리를 위해 의식을 해줄 때마다 네가 직접 어둠에게 그 장소가 어디인지, 또 그 아이를 그곳에서 어떻게 빼낼 수 있는지 물어볼 수 있을 거야. 조만간 답을 얻게 되겠지."

"고통의 장소인가?"

"그래."

플로렌스가 차갑게 대답했다.

"우리를 보호해주고 약속해줘야 해. 그 아이를 그곳에 두고 싶지 않잖아, 안 그래? 계속해서 찾아다녀야겠지. 그리고 이곳에서, 의식을 통해서 찾아내야만 해. 어쩌면 네 힘으로 직접 찾아낼 수도 있겠지. 그건 우리 영역 밖의 일이야. 네가 알아야 할 건 네가 찾는 해법이 바로 이곳에 있다는 사실 그뿐이야."

후안은 통증을 위장하며 두 눈을 감았다. 하지만 사실은 그녀들을 공격하는 게 가능한지, 방 안의 에너지를 감지하고 있었다. 메르세데스와 플로렌스에게 가까이 다가갔을 때 비로소 깨달았다. 무언가가 그녀들을 보호하고 있었고, 강력하다는 것을. 그는 후퇴했다. 언제부터 이렇게 강해진 거지? 셋 다 그저 실력 좋은 현직 마녀에 지나지 않았는데. 깨달음이 왔다. 힘이 소실된다는 게 이런 것이었다. 예전에는 하찮았던 것이 지금은 중요하고 강력해졌다. 환경은 다를 게 없었다. 몽롱한 상태에서 스티븐의 목소리를 들었다.

- 이 여자들을 지금 없애버리면 로사리오한테 무슨 짓을 저질렀는지 영원히 알지 못할 거야. 공격하지 마.

- 문서로 남겨놓았다잖아. 문서고는 나도 가볼 수 있어.

- 그 문서라는 것도 아주 깊숙이 숨겨놓았을 거야. 함께 찾아보겠지만 우선 네가 침착해지는 게 우선이야. 로사리오를 찾을 다른 방도도 있을 거야, 이 여자들이 모르는. 이걸 절대 잊지 마. 우린 로사리오를

찾아낼 거야.

후안은 대꾸할 말이 없었다. 그렇다면 로사리오는 지금 어둠에 가 있는 것이었다. 어떤 방식으로든. 악마는 그에게 거짓말을 하지 않았고 자신도 아주 엉뚱하게 해석한 게 아니었다. 그저 정보가 부족했을 뿐이었다.

"네가 돌아와서 소환을 계속해줄 거라는 걸 담보하려고 우리가 쓰는 방법일 뿐이야. 네가 소환을 그만두면, 그 아이도 그곳 어딘가에 버려지고 말 테니까."

플로렌스가 말을 이어갔다.

"그리고 때가 오면 네 아들과의 제례를 네가 승낙하게도 만들어야 하니까."

"그리고 우리가 그 일을 성공적으로 마칠 수 있도록 필요한 모든 힌트를 주어야 할 거야."

메르세데스가 덧붙였다.

"지금까지 성공 가능성은 오직 메디움에게 달렸었어. 그 누구도 이 절차를 방해하게 해선 안 될 거야."

"로사리오가 방해물이었군."

후안이 말했다.

"당신들은 그녀가 자기 아들을 구하기 위해 나를 상대로 그런 힘을 행사할 수 있다고 판단했겠지."

아무 대답도 없었다. 후안이 이어갔다.

"메르세데스, 당신의 양심을 자극할 자식도 이제 없어."

그녀가 미소 지었다.

"후안, 두통이 널 덜떨어지게 만든 것 같은데, 난 자식이 없어. 하지만 손주는 있지."

"가스파르의 몸은 내 거야."

"네가 실패한다면 그렇게 되진 않아. 네가 실패하기로 작정할까봐 난 걱정이야. 그러고 싶을 테지만 그러면 아이는 내 것이 될 거야. 무엇보다 중요한 건 혈육이니까."

메르세데스가 다시 한번 싱긋 웃어 보이고는 입을 연 플로렌스를 쳐다보았다.

"후안, 우리는 너에 필적할 만한 메디움을 만나본 적이 없어. 네게 일어나고 있는 일들로부터 우리를 보호해야만 해. 메디움들은 실성해버리거든. 다들 정신 줄을 놓아버렸어! 그런 일들이 참 많이도 일어났지. 손쓸 수 없을 정도가 되어서 폭주하고 말아. 물론 이해는 해. 하지만 우리의 고대 신, 어둠이 우리에게 허락하고 있는 것들이 일시적인 변덕이나 광기로 인해 중단되어선 안 되잖아. 네 질병 또한 마찬가지이고. 우리는 네 힘으로부터 보호를 받아야만 해. 아무리 네가 반기를 들고 싶다고 한들, 메시지를 전달하는 일을 멈춰선 안 돼. 어둠은 우리에게 죽음을 이겨낼 방법을 가르쳐주고 계셔. 다른 고대 신들과 접촉할 방법을 가르쳐주고 계시다고. **상상해봐.** 넌 우리를 위해 소환을 계속해야 해. 네 아내는 네가 더는 하고 싶지 않아 한다고 말했었지만 우리에겐 절대 물러설 수 없는 일이야. 너도 아주 잘 알고 있겠지만, 나는 기사단을 위한 일이라면 절대 물러서지 않아. **끔찍하리만치 유감이야.** 난 세상의 그 어느 누구보다도 네게 고마워. 하지만 네가 우리를 버리게 할 수도, 또 그 힘을 우리를 상대로 쓰게 할 수도 없어."

"내가 소환을 그만둘 수도 있다고 정말 믿는 거야? 어둠이 그걸 용인할 거라고도?"

머리를 비스듬히 기울인 플로렌스의 묶은 머리가 풀리기 직전이었다. 붉은색 머리 몇 가닥이 이마 위로 미끄러져 내려왔다.

"네가 원한다면 한동안은 성공할 수도 있을 거야. 우리가 걱정하는 건 네가 스스로 숨통을 끊는 거지. 넌 스스로를 죽일 수 있어. 그게 네가 소환을 그만두는 방식 중 하나야. 자살하는 첫 메디움은 아닐 거야."

"의식을 하다가 죽을 가능성은 항상 있었어."

"글쎄. 적어도 우리는 너를 살려낼 능력이 있고, 늘 감당해야 하는 위험이기도 해. 하지만 네가 네 손으로 죽기로 결심한다면, 우리에겐 아무것도 남지 않아. 네 부인이 갇혀 있는 지금에 와서 그런 짓을 할 거라 생각하진 않지만. 그녀를 풀어주기 위해 계속할 수밖에 없을 거야. 어둠이 그녀가 있는 곳을 알려줄 테니."

"게다가."

메르세데스가 말을 받았다.

"우리가 이 정도로 만족하고 우리 손자 녀석의 능력을 더는 시험하지 않을 거라고는 생각하지 마. 내 딸이 우리에게 거짓말을 했든 안 했든 그건 중요치 않아. 야심이 넘쳤던 그 아이는 기사단을 물려받고 싶어 했어. 비난할 생각은 없지만, 난 그 애를 한 번도 믿은 적 없어. 가스파르는 나중에 스스로를 드러낼 수도 있어."

"가스파르는 내 후계자가 아냐. 메디움도 아니고."

"아직 아닌 거지. 만일 맞는다면, 네가 그랬던 것처럼 드러나고 말 거야. 왼손이 길을 찾아내 스스로 손가락을 펼칠 거란 말이지. 숨길 수 없어. 발산되는 거지. 아들에 대한 네 감정, 충분히 이해 해."

플로렌스가 말했다.

"너희가 함께 있는 걸 봤어. 얼마나 사랑이 충만하던지. 우린 아이에게 재능이 있을 줄 알았어. 아직 발현되지 않은 거라고 믿고 있기도 하고. 언젠가 발현된다면 네 후계자가 될 거야. 반대의 경우엔 때가 이르렀을 때 제례를 진행해야겠지. 네게는 쉽지 않은 일일 거야. 하지만 결국엔 네 몸을 직접 이용해서 하고 싶어질 거야. 그 누가 마다하겠어? 일종의 사랑 행위인데. 날 이어갈 자식이 있는 거잖아. 아이가 우리의 불멸이 되는 거야. 제례를 바로 실행하지 못하는 게 아쉬울 따름이야. 너무 어리니까. 나도 규칙은 알고 있어. 그 몸을 차지하는 게 네가 되는 편이 낫잖아, 그렇지? 네가 자살한다면 다른 누군가가 그 아이를 차지하게 될 거야. 너 역시 그걸 바라진 않을 거라 생각해. **당연히 넌 그걸 바라지 않아.**"

후안은 말을 꺼내기에 앞서 숨을 깊이 들이마셨다.

"앞으로 몇 년간, 그러니까 가스파르가 제례에 갈 수 있는 나이가 되기 전까지만은 그 아이를 가만히 뒀으면 해. 당신들과 관련해 그 무엇도 알지 못하게 하고 싶어. 아무것도. 내 남은 삶을 사는 동안만이라도 보통의 아이처럼 살게 하고 싶어."

"그럼, 물론이지."

플로렌스가 끼어들며 불쾌감을 드러내고 있던 메르세데스를 흘겨보았다. 자극하지 마, 플로렌스는 눈으로 이야기했다.

"지금까지 우리가 너와 로사리오에 대해 합의한 걸 파기하진 않을 거야. 삶은 정상적으로 흘러갈 거야. 메디움은 너도 잘 알다시피 스스로 발현되지. 게다가 아주 강력한 발현이란다. 우리가 알아차리게 되어 있어. 너의 주변엔 언제나 기사단의 일원이 있어. 그들이 네 아들을 감시하고 있고, 앞으로도 계속 그럴 거야. 가스파르가 스스로를 드러내면 우리에게 알려올 이들이지. 메디움을 끝까지 숨길 수는 없어. 게다가 그 여자아이를 가까이 두게 될 거니까. 검은 기적, 그 아이가 네 아들을 강하게 만들 거야. 손길을 받았으니까. 의식이 열리는 여름마다 아이를 이곳에 데려오고 싶진 않지? 제발 그러지 마. 나도 네게 공감해. 위험할 수 있어. 만일 어둠이 그 아이를 원해서 그 몸을 잃게 된다면? 설사 그런 일이 벌어진다 해도 그건 네 결정이고, 우리는 거스르지 않겠지만."

"당신들 그 누구도 아이에게 가까이 다가가선 안 돼. 메르세데스, 아돌포와도 아무런 교류가 없을 거야."

메르세데스가 의자에서 벌떡 일어났다. 후안은 그 두 눈에 분노가 일렁이는 걸 보았다.

"아이는 감시받을 거야. 우리는 보고받을 거고. 도망치는 건 불가능해. 더 이상 갈 곳은 없어. 아이의 몸은 소중하고 또 필요하니까. 그 아이가 성인이 되어 너를 받을 수 있을 때까지 널 살아 있게 만들 우리만의 방식을 찾을 거야."

"당신들은 한 번도 날 살려낸 적이 없어. 내가 살아 있는 건 전적으로 브래드퍼드의 덕이지."

225

"거기엔 동의하지 못하겠네. 물론 핵심적인 역할을 한 게 그이긴 하지만. 우리도 도움을 주었다고."

플로렌스가 말을 이어갔지만, 후안은 듣기를 그만뒀다. 분노가 머리끝까지 차올라 있었고, 논쟁을 하기에는 너무도 지쳐 있었다. 로사리오가 필요하다는 잔혹한 사실이 그를 관통했다. 승리는 그들의 것이었고 자신은 굴복할 수밖에 없었다. 패배할 차례였던 것이다. 양쪽 눈 뒤편에 도사리는 고통을 느꼈다. 그들이 로사리오를 가두고 있었고, 자신은 찾아내야 했다. 그녀도 후안을 위해서라면 그렇게 했을 것이다. 후안은 문을 향해 걷다 잠시 멈추었다.

"날 따라오지 마. 당신들을 다 죽여버릴 테니까. 메디움들이 자살 성향이 있다며? 미쳐버린다며?"

후안이 말했다.

그들은 미소 지었다. 고통의 밑바닥에서부터 남아 있는 힘을 쥐어짜 방을 나섰다. 바깥의 햇빛은 마치 사막과도 같이 시린 하얀색이었다.

‡

후안은 스티븐에게 혼자 있게 해달라고 했다. 방에서 쉬고 싶었다. 두통으로 생각은 물론 산책조차 할 수 없었다. 가스파르는 엎어져 자고 있었다. 젖은 머리에서는 수영장의 염소 냄새가 났다. 깨우고 싶지 않았다. 초심자들이 항상 단신으로 의식에 참석하러 온다는 게 이상했었다. 이번엔 몇 명이나 온 거지? 오십, 칠십? 자식들은 어쩌고? 모두 자식이 있는 사람들이었다. 부자들이었다. 그 아이들이 의식에 참석할 수 있을 만큼 자랄 때까지 양육을 감당할 돈도 있었다. 그 나이는 생각보다 빨리 찾아왔다. 아델라의 경우가 그러했다. 사고를 당했었다. 한번은 어둠이 후안을 통해 열 살짜리 아이의 팔을 어깨에서 뽑아버린 적이 있었다. 아이의 엄마는 초심자들이 으레 취하곤 하는 전형적인 행동을 하지 않았다. 광분하더니 모든 것을 폭로해버리겠다며 신고하겠다고 길길이 날뛰었다. 플로렌스는 그런 유의 반항을 묵과하지 않았다. 그녀의 발목에 무거운 돌을 달고는 파라나강에 던져버렸다. 아르헨티나의 강줄기 속에 숨겨진 수많은 망자 중 한 명이 된 것이다. 독재정권의 범죄는 기사단에게 매우 유용했다. 시체와 알리바이, 그리고 조종에 더없이 유용한 감정인 고통과 공포의 사슬을 공급해주었다.

후안은 에어컨 바람의 세기를 조금 올린 뒤, 아들의 몸 위로 얇은 이불을 덮어주었다. 가방 안에서 주사기와 주사용 진통제를 찾아 꺼냈다. 알약으로 편두통을 다스리기에는 너무 늦었다. 허리띠를 써서 앞 팔을 묶고, 쓸 만한 혈관을 찾았다. 자신이 하고 있는 행동들이 간신히 눈에 들어왔다. 두통이 시야를 흐릿하게 만들고 있었다. 어떻게든 해내었다. 이제 더는 그에게 미칠 영향이 두렵지 않았다. 강에 몸을 내던지고 싶다는 생각이 귓전을 웅웅 울리며 따라다녔다. 하지만 강에서 죽을 생각이라면 가스파르도 함께 데려가야만 했다. 그렇지 않으면 스티븐에게 리우데자네이루로 가서 형을 찾아내 아이를 맡겨달라고 해야 했다. 그러나 기사단이 형에게서 아이를 빼앗아 가는 건 시간문제였다. 메르세데스의 껍데기로 만들기 위해. 스티븐과 탈리의 작업을 발견하여 박살 낸 뒤 아이를 메디움으로 만들고 두 사람을 죽이기 위해. 그 두 사람이 위험에 빠져 있었다. 그는 기사단이 모르는 어둠의 한 구역인 '다른 곳'에서 가져온 요소들로 아들의 방어를 설계했다. 결정적이고 최종적인 방어가 필요했지만, 늦어지고 있었다. 인내의 수호신, 이라고 떠올리다가 등을 대고 드러누웠다. 눈을 감고 진통제의 효과를 기다렸다. 더디게 나타나고 있었다. 통증을 완전히 가시게 해주진 않을 테지만, 타격의 강도나 관자놀이에 가해지는 압력, 몸에 피가 아니라 쇳물이 돌고 있다고 믿게 만드는 심장의 펄떡임을 잠재울 순 있을 것이었다.

문을 천천히 닫았다. 청바지 뒷주머니에 작은 손전등 하나를 넣고서 본채와 별채를 잇는 터널의 입구까지 소리를 내지 않으려 애쓰며 살금살금 걸어갔다. 수년 동안 온갖 특이한 용도로만 사용되었던 곳으로, 비가 오는 날이면 일꾼들이 그곳을 지나다니게 개방하여 본채와 별채를 진흙 범벅으로 더럽히지 않게 하려는 목적이었다. 또 더 이상 쓰지 않는 가구 보관과 비밀 만남에도 사용되었다. 몇 번은 지하에 설거지와 세탁을 위한 일종의 세탁실을 만든 적도 있었다. 하지만 홍수가 일어난 뒤로는 아무것도 남지 않게 되었다. 진흙이 벽돌을 무너뜨리면서 토사가 들이닥쳐 쓸어 간 것이었다. 멀쩡하게 남은 건 초입 구간뿐이었다. 그곳은 아직도 오래된 철문과 단단하게 걸어 잠근 자물쇠가 유지되고 있었다.

후안은 깊이 생각하지 않고 그 문을 열었다. 그를 버틸 수 있는 문은 존재하지 않았다. 들어서자마자 그곳에 갇힌 아이들의 냄새와 고통이 코를 찔러왔다. 손전등을 켜고 무릎으로 거의 기어가다 시피 앞으로 나아갔다. 천장이 낮은 터널은 키가 이 미터 가까이 되는 그에게는 좁디좁았다. 그러다 첫 번째 아이를 만났다.

이웃한 동물원에서 가져온 게 분명한 동물 우리 안에 있었다. (아 빠, 왕부리새가 있었어요! 왕부리새들은 정말 멋져요! 가스파르가 감격하며 소리 쳤었다.) 로사리오가 또 다른 무리의 납치된 소년들을 강제로 돌봐 야만 했던 때가 떠올랐다. 메르세데스는 그들을 부에노스아이레스 주의 사유지 중 한 곳에 모아놓고 있었는데, 후안이 로사리오를 도 와주겠다고 나섰었다. 그 당시의 아이들 역시 우리 안에 갇혀 있 었다. 지금 마주친 첫 번째 아이는 한때는 동물 운반에 사용되었 음 직한 녹슬고 더러운 우리 안에 있었다. 왼 다리가 등에 묶여 있 었는데, 그 자세 때문에 골반이 골절된 게 분명해 보였다. 너무 어 렸기 때문에(돌쯤 됐을까? 땟국물 때문에 정확한 판단이 어려웠다.) 뼈도 쉽 게 부러졌을 터였다. 발의 위치를 봤을 때 목도 뒤틀려 있는 것 같 았다. 후안이 더 자세히 보려 손전등을 비추자 마치 동물처럼 입을 벌리고 으르렁대는 반응을 보였다. 그 아이의 혓바닥은 그들이 잘 라놓은 듯 두 갈래로 갈라져 있었다. 우리의 안쪽 구석에는 먹은 음식의 잔해가 있었다. 고양이의 뼈와 작은 사람 뼛조각 몇 개가 있었다.

후안은 계속 나아갔다. 우리가 더 있었다. 나이가 더 많음 직한 소년과 소녀들이었다. 많은 아이들이 검은 눈으로 그를 곰곰이 쳐 다보고 있었다. 그중 몇 명은 스페인어도 할 줄 모르는 과라니족 아이들이었다. 다른 몇 명은 아마도 어둠에 희생 제물로 바쳐진 남자들과 여자들의 자녀일 것이었다. 일부 아이들은 그의 등장에 우리 구석으로 급히 도망치는 반응을 보이기도 했으나, 그 외에는 그저 두 눈을 크게 뜨고 있을 뿐이었다. 치아가 톱날 모양이 되도록 이가 갈려버린 아이들을 보았다. 다리, 등, 생식기에 고문의 흔적이 확연한 소년들도 보았다. 죽었음이 분명해 보이는 몇몇 아이들의 썩은 내도 맡을 수 있었다. 다른 아이들이 이런 냄새에 익숙해지길 바라서, 죽은 아이들을 치우지 않고 있는 걸까? 로사리오에게는 감금 중에 죽은 아이들을 묻어주라고 시켰었다. 곪아 터진 상처와 염증이 보였고, 강변이나 습한 곳에 서식하는 벌레들이 두 눈 위를 기어다니고 있었다. 조각조각 난, 살았거나 죽은 아이들로 가득 찬 우리로부터 백 미터 정도 더 나아가서 멈춰 섰다. 터널의 남은 백 미터가량을 가득 채우고 있던 철창들을 노트에 그렸다. 그러고는 문가에서 임분체*와 함께 자신을 기다리고 있던 메르세데스에 맞설 결의를 가다듬고 돌아왔다. 메르세데스가 터널의 유일한 조명인 침침한 전등 하나를 켰고, 후안은 자신의 손전등을 껐다.

"그래서 이게 당신의 새로운 컬렉션이군, 메르세데스."

"좋은 성과를 올리게 될 거야. 우리의 신이 그렇게 말씀하셨어. 이렇게 해야 한다고."

"당신처럼 단단히 미친 신이로군."

"어둠의 명령을 따를 뿐이야."

---

*   칠레 남부 칠로에섬의 신화에 등장하는, 흑마법사의 동굴 입구를 지키는 괴물. 한쪽 다리가 등 뒤로 비틀려 있고 혀가 둘로 갈라져 있다. 여기에서는 터널 입구에 있던 아이를 지칭한다.

후안이 웃음을 터뜨렸고, 그의 웃음소리가 터널 벽에 부딪히고 반사되면서 기괴한 메아리로 울려 퍼졌다. 부상으로 죽기 직전인 아이들 몇 명이 불만을 표시했다. 깊은 곳에서부터 단말마 같은 비명이 아우성쳤다.

"이곳은 메디움을 찾기 위한 게 아니군, 메르세데스. 당신은 언제나 스스로의 즐거움을 위해 이런 일을 자행해왔어."

메르세데스는 가슴팍 위에서 끼고 있던 팔짱을 풀고 양팔의 긴장을 내려놓았다.

"지금은 그닥 아름답지 않지만, 곧 그렇게 될 거야! 우리가 함께 일할 수만 있다면! 정말 많은 신들이 존재하거든! 우리의 신이 주문하신 바, 다른 메디움을 찾으라고 하셨어. 모두 책에 쓰여 있다고!"

후안은 메르세데스가 늘 쓰고 다니는 선글라스의 어두운 렌즈 뒤에 가려진 눈빛이 터널의 어스름한 불빛 속에서도 잘 보일 만큼 가까이 다가갔다.

"어디서 이 아이들을 빼돌리는 거야, 메르세데스? 인디오 아이들인 거야? 아니면 포로의 자녀들? 왜 기사단의 돈 많은 초심자들에게는 희생과 봉헌을 요구하지 않고? 밤중에 훔쳐 오는 건가? 아니면 굶어 죽기 직전의 엄마들에게서 사 오는 건가? 이 아이들이 어둠에 뛰어들기 전, 부모들에게 행방을 알리기는 하나? 당신 친구들의 고문실에서 뭘 많이 배웠나 보군."

"세상에, 동정심이 넘치시네. 그럼 네가 구해주면 되잖아. 그럴 만한 능력이 있으신데."

후안은 메르세데스의 짙은 색 선글라스 앞에 손전등을 갖다 댔다. 그녀의 두 눈을 보고 싶었다. 눈을 멀게 하고 싶었다.

"그건 이 아이들을 두 번 죽이는 게 되겠지. 그 어떤 도움도 받을 수 없으니."

후안은 손전등으로 한쪽 손을 비췄다. 메르세데스는 갑자기 말을 더듬더니 용서를 구하기 시작했다. 문 쪽으로 도망치려 했으나, 후안이 의지로 문을 굳게 닫아놓은 뒤였다. 그녀는 터널 안에서 황금빛 신, 문의 주인과 독대하고 있었다.

"이 터널이 어딜 향하는지는 알고 있었나? 본채와 별채를 직선으로 이어주는 게 아니야. 이걸 지은 이들은 지하에 있던 호수를 빙 둘러야만 했어. 강과 너무 가까이 있었거든. 그리고 그중 한 구간, 벽돌이 무너지기 시작한 곳이 바로 '권능의 자리'와 이어지지. 보이나?"

빛을 비춘 손을 이내 검은 빛이 감싸기 시작했다.

"여자 메디움은 훨씬 강력해. 어디서든 소환할 수 있는 능력이 있지. 집중하기에 적합한 환경이나, 제례를 통해 마련된 조건들만 있으면 돼. 우리 남자들은 '권능의 자리'를 필요로 하지. 그 수가 적진 않아. 일부 메디움들은 그 장소를 우연히 맞닥뜨리기도 하고, 또 어떤 이들은 찾아가는 법을 배우게 되지. 나는 찾아가는 법을 알아. 그리고 거기서 뿜어져 나오는 힘의 범주까지도 파악할 수 있어. 그 장소에서 멀어질수록 우리는 정상인에 가깝게 되지. 난 천부적 재능을 갖고 있지만 에너지 소모가 너무 많아. '권능의 자리'와 멀어질수록 난 메르세데스 당신과 크게 다르지 않아. 하지만 가깝다면 이야기가 달라지지."

손에서 어두컴컴한 빛이 뻗어 나왔다. 날카로운 그림자의 칼이었다. 후안이 얼굴을 가까이 댔다.

"당신은 운이 좋아. 이 신은 지금 지루해하고 있거든. 그저 당신이 로사리오를 죽였는지만 알고 싶어 해. 당신이 손수 딸을 죽였는지 말이야. 메르세데스, 당신이 꼭 알아주었으면 해. 이 손은 당신의 뼈 위에 살 한 점도 남겨두지 않을 거란 걸. 난 혈통을 존중하지 않아. 그게 뭔지 모르거든."

메르세데스가 몸을 떨었다. 후안이 우리의 쇠창살 사이에 손가락을 집어넣고는 몸을 간신히 까딱이고만 있던 아기 임분체의 목을 간결한 움직임으로 베었다. 뜨거운 피가 메르세데스의 구두를 흠뻑 적셨다.

다른 아이들이 피의 짠 내에 흥분하며 포효했다.

"또 뭐가 있을까. 누가 사행을 집행한 거지? 당신은 그녀를 덮친 버스 운전사와 함께 있었어. 사고를 기억조차 못하더라고. 누군가가 보낸 자야. 당연히 모종의 도움을 받아 해냈겠지. 왜? 그녀가 당신에게 뭐라고 했길래?"

메르세데스의 오열이 후안을 놀라게 했다. 발작적이고 슬픈, 얼마간의 절망이 뒤섞인 울음이었다.

"날 죽이려는 계획을 갖고 있었어. 넌 알고 있었지? 너한테 말하지 않았어? 난 날 방어해야만 했다고."

후안은 로사리오와 그녀의 은팔찌, 머리에 쓰던 흰색 헤어 밴드, 그리고 모두를 두렵게 만들 만큼 빠른 속도로 과라니어를 구사하던 모습을 기억해냈다. 비싼 향수를 뿌리고 연필을 입에 문 채로 글을 읽던 로사리오, 선풍기 바람이 얼굴이 아닌 등을 향하게 하려고 방향을 틀던 모습이 떠올랐다. 볼펜의 잉크나 분필로 항상 더럽혀져 있던 손가락 끝과 자신의 목록을 손에 쥐고 있던 로사리오.

메르세데스의 입 주변으로 섬세하게 원형을 그린 뒤, 펼치고 있던 손바닥으로 장모의 입술과 치아를 받아냈다. 상처도 지져주었다. 메르세데스와 갇힌 아이들의 비명 소리가 그의 귀를 먹게 할 것 같았지만, 할 일은 해야 했다. 치아 하나하나를 혀로 핥아 닦은 뒤 메르세데스의 눈앞에서 입술을 잘근잘근 씹었다. 눈알이 튀어나올 듯한 모습의 메르세데스는 적어도 고통만은 느끼지 않을 것이었다. 상처가 아물면 통증은 사라지기 마련이었다. 후안이 만드는 상처의 딱지는 생긴 지 얼마 안 된 것처럼 부드럽지 않았다. 오래된 것처럼 딱딱했다. 그러고선 메르세데스의 얼굴을 앞으로 끌어당겨 턱과 목에 남은 피의 흔적을 혀로 닦아주었다. 모든 게 끝난 뒤, 그녀를 밀쳐 바닥에 나뒹굴게 했다.

"내 아들을 때린 그 손도 잘라버려야 하는데. 당신에겐 아무 일도 아니겠지, 안 그래? 하지만 이게—손을 펼쳐 빛나는 치아들을 보여주었고, 그중 일부는 담배와 충치 치료의 흔적으로 시커멨다—당신이 다시는 그 아이에게 손끝 하나 대지 않게, 시도할 엄두조차 내지 않게 하는 데 충분한 재료가 되겠어. 당신을 조종하거나 모종의 방식으로 해를 입힐 만한 다른 어떤 일에도 쓸 수 있겠지."

메르세데스가 그르렁거렸다. 헐벗은 잇몸과 선글라스의 조합이 기괴하고 섬찟했다. 후안은 더 이상 그녀와 할 말이 없었다. 밖으로 나와 등 뒤의 문을 닫았다. 기사단의 다른 단원, 아마도 플로렌스가 그녀에게 일어난 일을 알아차리고 데리고 나올 수 있게 끔 상징 하나도 그녀와 함께 가두어두었다. 하지만 곧바로는 아니었다. 메르세데스는 한동안 그곳에 머물며 자신의 애완동물들이 죽어가는 소리를 듣게 되었다. 그 처참한 터널을 기어다니며, 동물원의 동물처럼 먹이를 받으며, 자신의 대변 냄새와 아이들이 썩어가는 냄새를 맡으며. 그에겐 아무 상관 없는 일이었다. 승리는 그들의 것이었으며 그에겐 남은 시간이 없었다. 하지만 적어도 궁금증 하나는 해소했다. 그들은 더 이상 그를 속일 수 없었다.

‡

후안은 차분히 가방을 싸서 스티븐에게 공항으로 가지고 가달라고 부탁했다. 혼자 돌아갈 수는 없었다. 그에게 붙어 있던 경비원들로부터 도망치기란 불가능했다. 숨 쉬는 게 힘들었고, 쉴 새 없이 그를 귀찮게 하던 기침이 시간을 거듭할수록 심해졌다.

메르세데스는 아직 터널에서 구조되지 못한 상태였다. 교만한 여자였다. 후안은 장모와 터널 안에서 가진 작은 만남이 플로렌스에게 발각되기 전에 떠나고 싶었다. 가스파르는 잠에서 깨어나 옷을 입고 침대에 앉아 기다리고 있었다. 비행기를 타고 돌아간다는 사실에 신나 했지만 한편으로는 말없이 긴장하고 있었다. 너 겁먹었구나, 풋. 가스파르는 비행기가 떨어질까 봐 무섭대요, 후안이 그렇게 놀리자 아이는 아빠를 주먹으로 때리면서 화가 난 시늉을 했다.

후안은 가운데뜰과 발코니를 가로질러 마르셀리나를 향해 갔다. 가스파르를 돌봐주어 고맙다는 인사를 건넸고, 동시에 한 손으로 가죽 가방을 뒤졌다. 코리엔테스의 한 호화로운 카지노 호텔에서 탈리를 위해 충동적으로 산 목걸이 하나가 손에 걸렸다. 그닥 좋아하진 않을 것 같아 끝내 선물하지 않은 것이었다. 이구아수 인근 완다 광산에서 나는 단단한 보석이었다. 푸른색, 흰색, 분홍색, 녹색, 자주색 빛을 띤 보석들이 줄줄이 꿰어 있었다. 그 목걸이는 목 주위를 여러 번 휘감을 수도, 단순하게 길게 늘어뜨려 쓸 수도 있었다. 마르셀리나는 감격했다. 예의상 몇 번 거절하기도 했으나 후안은 보석이 그녀의 까만 머리카락에 엉키지 않도록 신경 쓰면서 조심스럽게 목걸이를 걸어주었다. 무척 잘 어울리는군, 후안이 말했다. 잘 써줬으면 해. 마르셀리나는 보석들을 어루만지더니 앞치마의 주머니에서 피그미올빼미의 깃털 하나를 꺼냈다.

"아이에게 주세요." 그녀가 말했다.

후안은 그 부적을 가스파르의 이름으로 받았다. 그러고 나서 로사리오가 맡아달라고 부탁한 것들을 가져갈 수 있을지 마르셀리나에게 허락을 구했다. 마르셀리나는 오래된 잡동사니들을 보관해놓은 방으로 그를 안내했다. 후안은 그 방을 뒤지다가 가장자리에 비밀스럽게 그려놓은 상징이 있는 상자를 발견했다. 상자를 열자 비닐 봉투가 보였다. 무해한 쇼핑백이었다. 내용물을 보고는 미소 지었다. 유물을 마르셀리나에게 맡겨둔 게 얼마나 똑똑한 일인가. 심지어 탈리의 신당에 숨겨놓는 것보다 훨씬 안전했다. 기사단은 여자 일꾼의 소지품을 뒤질 일이 절대 없을 것이었다. 아무리 신뢰하는 사이였다 하더라도 그랬다.

탈리는 푸에르토레예스 밖에서 차에 기댄 채 그를 기다리고 있었다. 얼굴을 손으로 감싸고 입을 맞췄다. 까치발을 한 그녀는 그의 머리카락에 손가락을 파묻었다.

"뭐야, 지금이 마지막인 것 같은 키스잖아. 네가 두고 간 언니 유품을 가지러 가야지. 우리 집에 들러야 한다고."

아니, 후안이 고갯짓으로 말했다.

"네 거야. 그녀가 네게 신호를 보낼 수도 있어."

탈리는 예의 그 어두운 눈동자로 그를 뚫어져라 쳐다보았다.

"이제 나한테 명령까지 하시겠다."

"명령이 아니라 요청이야. 부탁이지. 매해 스티븐과 네가 어둠에 들어가지 않았다는 걸 확인해야만 계속 숨을 쉴 수 있어. 스티븐에게는 이게 가족의 일이고 자기 세계의 전부이기 때문에 오지 말라고 할 수가 없어. 하지만 네게는 부탁할 수 있겠지."

후안은 그녀를 다시 안고 그 몸을 느꼈다. 그녀가 한쪽 손을 바지 밑에 넣어 애무하는 걸 가만두었다.

"괜찮아. 지금은 생각이 없어." 후안이 말했다.

태양 아래의 열기 가운데 서로를 바라보았다. 어떤 면에서는 광기에 휩싸인, 슬픈 흥분에 빠진 두 사람이었다. 불어난 강물 소리와 신경질적인 새소리가 들려왔다. 멀리 있는 고요한 저택은 죽은 것 같았다. 방문객들은 언제 떠나는 걸까? 주차장은 여전히 꽉 차 있었다. 후안은 메르세데스 이야기를 할까 했지만 지금은 때가 아니었다. 아직 스티븐에게조차 이야기하지 않았다. 비행기 안에서 말할 참이었다.

"차는 어디에 있어? 네게 줄 물건이 있는데, 누구도 보지 않았으면 해서 말이야."

탈리가 그의 손을 잡고 자신의 르노 식스 자동차 쪽으로 끌고 갔다. 차는 불그스름한 먼지 한 겹으로 완전히 뒤덮여 있었다. 문을 열고 후안이 뒷좌석에 앉았다. 가방에서 마르셀리나의 잡동사니와 섞여 보관되고 있었던 '영광의 손'을 가방에서 꺼냈다. 보존 상태는 완벽했다. 탈리는 감탄했고, 그 손을 조심스레 받아 들었다.

"이걸로 뭘 하라고?"

"네 언니는 이걸 네게 주고 싶어 했어. 그들은 우리가 '영광의 손'을 가지고 있는지 몰라. 존재하는지도 모르지. 로사리오가 늘 잘 숨겨놓고 있었어. 말하자면, 우리 두 사람이 숨겨두고 있던 거지만."

"미쳤어! 언니였다면 그걸 절대 내주지 않았을 거야."

"뭐, 그럼 내가 줄게. 어떻게 쓰는지는 알아? 가스파르의 차단을 유지하는 데 도움이 될 거야. 손만으로는 부족하겠지만, 그래도 쓰임새가 있을 거야."

"어떻게 쓰는지 알아. 언니가 빌려준 적은 없지만 항상 열심히 설명해줬거든. 그 정도면 꽤나 너그러운 거잖아, 그렇지?"

후안이 싱긋 웃어 보였다. 절반 정도 너그러웠다고 치자. 탈리에게 얼른 넣어두라고 손짓했다. 그녀는 버들가지 가방 안에 그걸 감췄다. 차의 경적 소리가 그들 사이를 비집고 들어왔다. 스티븐이 이미 가방과 가스파르를 차에 실은 상태였다. 비행기표 갖고 있지? 한 시간 내엔 공항에 도착해야 해, 스티븐이 외쳤다.

"네가 쓰지, 왜?"

"못 쓰겠어. 내가 한 짓이 떠올라서 견디기가 힘들어. 우리 아들을 놓치지 말아줘, 탈리. 그들은 절대 감시를 늦추지 않을 거야."

후안이 말했다.

"걱정하지 마. 우리 셋이 방법을 찾아갈 거야. 그리고 최후의 상징도 알아내게 될 거고. 인내심을 가져. 수호신께서 네가 견딜 수 있게 도와주실 거야."

"아이는 자라면서 변해갈 거야. 우린 계속해서 감춰야 할 거고. 그들이 다가오지 못하게 막아야만 해."

탈리가 그의 말을 막기 위해, 그리고 자신을 믿으라는 신호로 입을 맞췄다. 후안은 그녀에게 다른 생에선 아내가 되어줬으면 좋겠다고 말하려다 그만두었다. 다른 생은 없었다. 거짓말을 하고 싶지 않았다.

왼손-브래드퍼드가 어둠에 들다

아르헨티나 미시오네스, 1983년 1월

입맞춤으로 그대의 내장을 망가뜨리고,
나의 감각으로 그대의 몸속에서 살고 싶다……
나는 날개 한 쌍 달린 검은 개구리이다.

_발도메로 페르난데스 모레노, 「그대의 내장에 바치는 소네트Soneto de tus visceras」

NUESTRA
PARTE
DE
NOCHE

바로 오늘 밤이라는 걸 알기에, 호르헤 브래드퍼드는 무릎을 꿇고 기다리는 동안 이 모든 게 죽기 직전의 몇 분 동안 겪게 된다는 얼빠진 이야기와 비슷한 전개라고 생각한다. 과하든 덜하든 우둔한 건 매한가지인―죽음 앞에는 누구나가 다 미욱했다―자신의 환자들 역시 그러했다. 일생이 눈앞에 펼쳐진다고, 자기가 살아온 삶 전체를 한눈에 조망하게 된다고 말하기도 했다. 정확히는 내가 살아온 삶이 아니긴 하지만, 하고 브래드퍼드는 생각한다. 그 아이와 함께 해온 삶이었다. 이전의 삶은 의미도 없을 뿐더러 이제 더는 중요하지도 않다. 오늘 밤이라는 걸 알고 있다. 떨어져 나간 손가락이 있던 자리에서 느낌이 왔다. 오래전, 어둠이 먹어 치우며 자취를 감춘 손가락들이 아직 제자리에 붙어 있는 손가락들을 부르고 있다. 오늘 밤, 어둠이 빛을 뿜어낸다. 그 아이가 발산하고 있는 이 번쩍이는 어둠을, 한 번도 목격하지 못한 자에게 무어라 설명할 수 있을까. 이제 다 큰 남자가 되어, 고개를 숙인 채 우람하고 창백한 두 팔을 벌리고 있는 그 아이. 마지막 순간에는 고개를 들어주기를. 브래드퍼드는 어둠에 들기 전 그 황금빛 눈을 보고 싶다. 그가 배에 남긴 상처가 지금 이 순간 불타오르고 있다. 그는 생각한다. 저 앞발이, 손톱이 다가왔던 그 순간은 한번 지나고 나면 쉬이 다시 떠올릴 수 없다. 그 검고도 날카로운 손가락. 그 어떤 인간이나 동물도 그처럼 생길 순 없다. 기계 장비 같기도, 의족 같기도, 변장 같기도 한 그 손이 마침내 자신의 배를 갈랐을 때, 무더운 한밤중의 풀밭 위로 회색 창자가 쏟아져 내리기를 기다렸다. 하지만 그렇지는 않았다. 상처는 욱신거렸지만 터지지도, 벌어지지도, 열리지도 않았고 이제 다 큰 성인이 된 아이는 순수한 냉정함을 지닌 채 그 상처를 지져주었다. 지금, 옷을 다 벗고 있어도 상처를 볼 수 없는 브래드퍼드는 시리고도 불타오르는 그 상처를 느낄 수 있다. 타오르는 얼음. 모두가 어둠을 그렇게 부른다. 오늘 밤이다. 부디 후안, 오늘 마지막으로 네 두 눈을 내게 보여줘.

지금도 여전한, 또 앞으로도 영원히 남아 있을 다크서클이 그날 역시 그의 두 눈에 서려 있었다. 브래드퍼드가 심혈관외과 전문의 과정을 마치고 어느 이탈리아 병원의 국내 최정상급 팀에 합류한 직후였다. 1957년, 아이가 자신에게 왔을 때는 의학적 처치를 더는 이어갈 수 없는 중증 환자 중 한 명이었다. 다섯 살이었다. 브래드퍼드는 지체하지 않고 수술에 들어가기로 결정했다. 팔로네징후*. 선천성 심혈관 질병의 첫 수술이었다. 아이는 처음부터 눈에

왼손-브래드퍼드가 어둠에 들다

떠었다. 부모의 안간힘이 무색하게 죽어가던 아이는 자신을 도전적이고 꼿꼿한 자세로 쳐다보고 있었다. 유럽 북부 출신의 이민자 부모는 그토록 허리를 굽히고 비굴한 자세를 취하고 있지 않았더라면 마치 북유럽 신화 속 토르나 프레이야 같아 보였을 것이었다. 하지만 불쌍한 우리 아가, 돈 없는 부모를 만나 어쩌나, 죽고 말겠죠, 우리 여동생도 심장병을 앓았는데요, 라는 이야기를 늘어놓으며 질질 짜고 있던 그들의 모습은 굴욕이란 단어가 딱 어울리는 두 명의 농사꾼에 지나지 않았다. 브래드퍼드가 증오해 마지않는 저속함이었다. 아이는 그렇지 않았다. 더는 걸을 수조차 없던, 푸른빛이 도는 피부와 보랏빛 입술을 한 그 아이. 부모가 무너져 내리는 모습을 알아차리지도 못한 채 그저 숨을 쉬는 데에만, 살아가는 데에만 온 신경을 집중하는 듯했다. 브래드퍼드의 눈에 엿보인 그의 괴물 같은 의지는, 당시로서는 환자에게도 의사에게도 퍽 어렵게 여겨졌던 기술을 사용하여 수술을 진행하겠다는 결심을 이끌어냈다. 어둠이 자신의 머리 위에서 번져나가는 지금, 과거의 그 순간들이 무릎 꿇은 그의 눈앞에 재생되고 있다. 지난번에도 어둠이 하늘로 그같이 뻗어나갔다. 그런데도 그의 힘이 쇠퇴하고 있다고? 적어도 못 참도록 후덥지근한 오늘 밤만은 인정할 수 없다. 브래드퍼드는 기억하면서 기다린다. 겨드랑이 아래에서 세 번째 늑간까지 이어지는 수평 절개, 두 번째와 세 번째 늑간 연골의 분리,

*   심실중격 결손, 폐동맥 협착, 대동맥 기승, 우심실 비대의 네 가지 선천성 심장 병이 동반된 심장질환.

흉강 입구로의 진입, 정상 양상의 왼쪽 폐, 여기저기서 들려오던 비명과 서기들이 극성맞게 기록하는 모습—그는 어둠의 목소리를 한 번도 들어본 적이 없다—등 모든 것으로부터 멀어진 채 기억을 더듬던 브래드퍼드는 생각을 멈추고 스스로에게 말을 걸기 시작한다. 그건 거짓말이었어. 이 아이의 몸속은 단 한 번도 정상인 적이 없었어. 아름다웠었지. 차가운 그 몸을 만지는 일이 아름다웠다. (그 당시의 수술실은 온도를 극한까지 낮추곤 했다. 환자의 장기들이 움직이고, 숨을 쉬고, 피를 흘리고, 두근거리지 않았다면 부검이나 해부학 수업으로 오해할 수도 있었을 것이다.) 아이가 비정상이었던 건 비단 심장기형 때문만은 아니었다. 옆구리를 개방하자, 심장전문의들이 예상한 것보다 훨씬 더 복잡한 상황이 전개되었다. 팔로네징후에 여러 기형이 더해진 상태였다. 십 밀리미터 정도 크기의 심실중격 결손, 우측 관상동맥에 붙어 있는 전하행지의 매우 심각한 결함 등은 폐 협착증의 수술적 교정을 몹시도 어렵게 만들 것이었다. (어떻게 살아서 이 수술대에 오를 수 있었던 거지?) 비정상적이라 함은 그 몸속이 아름다웠기 때문이기도 했다. 힘겹게 뛰어오르며 부풀어 있던 그 심장을 만지는 일이 아름다웠다. 브래드퍼드에게는 마치 황금빛으로 빛나는 아침, 신성한 숲속을 거닐다 밤에만 피어나는 꽃 안에서 예기치 않게 요정을 맞닥뜨린 것과 같은 경험이었다. 아이의 몸속 색깔은 훨씬 더 강렬했다. 피는 알려지지 않은 어떤 짭짤한 금속의 냄새 같았고, 동맥은 회색과 파랑과 빨강으로 칠해져 있었다. 우측 폐동맥 확인 후 절제. 상폐동맥이 과도하게 좁음. 왼쪽 쇄골하동맥 확인 및 절단, 척추 동맥을 흉경동맥으로 전위. 대동맥에서 원위부 지점에 위치한 쇄골하동맥에 클립 결찰. 시작 지점에 하나, 폐 입구에 하나 씩 총 두 개의 클립을 왼쪽 폐동맥에 결찰. 폐동맥 벽 가로 절개. 왼쪽 쇄골하동맥의 끝과 왼쪽 폐동맥의 측면 사이를 견사로 문합. 클립을 제거했을 때 출혈은 거의 관찰되지 않음.

비단을 품은 몸이군, 브래드퍼드는 생각했다. 그리고 아이가 얼마나 빠른 회복세를 보였는가도 떠올렸다. 하루가 채 지나지 않아 장밋빛으로 화색이 돌았고 침대에 앉을 수도 있게 되었지만, 이상하게도 다른 환자들에 대해서는 연민을 아끼지 않던 간호사들이 이 꼬마 환자에게만은 진심 어린 공감을 하지 않았다. 다른 환자들은 이름으로 부르면서, 제기랄, 그 아이는 '꼬마 환자'라는 별명으로만 불렀고, 사랑을 주는 척 연기하긴 했지만 몹시 힘겨워했다. 왜 안 그랬겠는가. 아이는 자신의 육체, 도와주려는 사람들, 나아가 부모마저 적대시하는 성난 짐승이었다. 다만 자신의 형과 함께 있을 때만은 한숨을 돌리며 몸의 긴장을 풀곤 했다. 내가 페론 대통령에게 고마워해야 할 또 한 명의 대담한 소년이지, 브래드퍼드는 생각했다. 한편으론 증오해야 마땅할 인물이었긴 하지만, 자신은 현실에 무심하기도 했을 뿐더러 페론에게 어느 정도의 존경심마저 가지고 있었다. '그림자 숭배단'의 멤버들은 늘 권력의 지척에 있었기에 온갖 세파에도 안전했다. 계급이 추락할 여지도 없었고, 경제적 여파도 전무했다. 그래서 브래드퍼드는 페론도, 그의 아내―필멸의 존재인, 매혹적인 그 여자―도 신경 쓰지 않았다. 되려 우수한 자질을 가진, 고개를 절대 숙이지 않는 이 소년들로 인해 남몰래 고마운 마음을 품었다. 후안이 그랬고, 형 루이스가 그랬다. 청소년기에 갓 접어든, 물빛 눈을 가진 아이는 부모보다도 아이의 곁을 더 오랜 시간 지키고 있었다. 늘 곤궁한 모습을 하고선 버스며 전차며, 일해야 한다고, 식탁 위에 올릴 음식이 필요하다며 변명으로 일관하는 아이의 부모를 브래드퍼드는 증오했다. 감금과 연기의 냄새를 풍기던 그들이었기에, 시 외곽의 허름한 판잣집에 옹기종기 모여 살고 있다는 것도 알고 있었기에, 팀장과 병원장 그리고 심장외과장을 불러놓은 자리에서 아이가 영구 입원을 할 수 있게 해달라고 요청했다. 아이가 돌아갈 집의 위생 환경에 대해서는 물론, 병원이 선구적인 여러 치료를 통해 해당 외과 분야에 있어 지역뿐 아니라 전 세계적으로 큰 명성을 쌓을 좋은 기회라고도 덧붙였다. 아이가 가진 확률에 대해서도 숨기지 않았다. 같은 심장병을 가진 대부분의 아이들에 비해 영양 상태도 나쁘지 않았고, 신체적 조건도 연령대 기준을 크게 벗어나지 않았다. 사실 이례적인 일이었다. 간혹 체중이 줄 때도 있었지만 항상 비슷한 수준을 유지했다. 무엇보다도 첫 번째로 시행한 완화 수술을 훌륭하게 견뎌주었다. 두 번째 수술인 교정 수술을 몇 개월 이내에 집도하고 싶다고 설득했고, 주장은 받아들여졌다. 병원의 부원장은 자신의 가문과 절친했으며, 주변부이긴 해도 엄연한 기사단의 일원이었다. 곤살로 비에드마. 그의 명석한 딸은 훗날, 지금은 제자리에 없는 자신의 오른손 역할을 해줄 것이었다.

영향력이 발휘되는 방식은 간단했다. 원하는 게 있다면 그저 요구하기만 하면 그만이었다. 오랜 시간 동안 브래드퍼드는 그것뿐만이 아닐 거란 생각에 빠져 있었다. 영향력, 종교 집단, 사교 모임,

달리해서 프리메이슨으로 불리는, 피아노를 중심으로 빙 둘러서서 술을 마시는 자리, 무거운 보석을 빛내는 여자들과 사냥 비법과 고서에 대한 취향을 서로 공유하는 남자들의 모임, 언젠가는 인도의 비슈누 신과 시바 신 숭배자들 간의 차이가 이야기되었는가 하면 수백 가지가 넘는 탄트라 수행법을 논하기도 했던 모임. 그의 가문이 '그림자 숭배단'이자 '기사단'의 일원이라는 사실이 그에게는 오랜 시간 동안 그저 돈과 특혜, 사교를 위한 서클을 중심으로 움직이는 것 이상의 의미를 지니지 않았다.

기사단이 특별하다는 건 열여덟 살이 되던 해, 대학에 들어가기 직전 아버지가 그를 들판에서 열린 제례에 데려갔을 때 알게 되었다. 제대로 된 장소가 아닌, 플로렌스 매터스의 집에서였다. 그의 가족은 늘 그녀를 '영국 여자'라고 불렀다. 남들이 보기에 뻔히 영국인인 자신들이 그녀를 '영국 여자'라고 부르는 건 조금 이상할 수 있었다. 하지만 브래드퍼드는 자신들이 영국인이 아니라는 걸, 이제 더 이상은 아니라는 걸 알고 있었다. 그는 부에노스아이레스에서 나고 자랐으며, 아버지도 마찬가지였다. 영어를 유창하게 구사할 줄 알았고 영국 학교를 다니기도 했지만, 더 이상 영국인은 아니었다. 그의 아버지는 그걸 늘 자랑스러워했다. 난 위대한 크리오요*다, 라고 내세웠다. 브래드퍼드에겐 그런 게 아무 상관 없었다. 외과의사이자 심장병 전문의였던 그에게는 병자들의 몸이 모국이었다.

*   아메리카 식민지 지역에서 태어난 스페인계 자손을 일컫는 말.

제례가 끝난 후, 그의 아버지는 메디움에 대해 이야기해 주었고 메디움의 희소성에 대해서도 털어놓았다. 다양한 해석과 수행법을 가진 여러 형태의 '그림자 숭배'가 존재하며, 그중 일부는 서로 대립하지만 다른 일부는 동맹을 맺기도 한다고 덧붙였다. 브래드퍼드는 들판 위에서 보낸 그날 오후, 몇몇 남자들과 여자들이 여전히 몽유병자처럼 방황하고 있던 그곳에서 이것이 사교 모임 그 이상이라는 걸 깨달았다. 플로렌스가 일종의 무녀라는 것도. 브래드퍼드는 설명할 수 없는 것들을 보았다. 그것들은 수많은 불면의 밤을 가져다주었고, 단 한 번도 경시한 적은 없었으나 재미 또한 붙이지 못한 채 형식적으로 공부해야만 했던 아버지의 책들을 다시 뒤져보게 만들었다. 이제는 세미나, 의학 도서, 혹독한 레지던트 등을 통해 부친과 눈높이를 맞추게 됐다. 외과의사로서의 전문성을 강화하기 위해 몇 개월을 런던에서 보내기로 결심한 그는 그 도시에 있던 기사단의 대도서관도 방문했다. 출장을 오가는 사이에 영국에서 얼마간의 시간을 보내곤 했던 플로렌스, 그 영국 여자는 전문가들의 주석과 해석이 덧붙여진 '경전'을 읽을 수 있도록 허락해주었다. 브래드퍼드는 그 책을 믿었다. 몇 가지 의심도 들었지만, 머지않아 모두 허물어질 것들이었다.

이제 무릎을 꿇은 브래드퍼드는 한 줄기의 신음 소리를 듣는다. 어둠이 고위급 초심자를 데려간다. 아직 저 멀리에, 삼십 미터 바깥쯤에 있다. 오늘 밤 그가 자신을 찾아오겠지만 아직은 시간이 남아 있다. 어둠과의 첫 만남을 기억해낸다. 마치 실수로 시궁창 물을 밟은 듯 느닷없고 불쾌했던 조우였다.

후안 피터슨이란 꼬마 아이의 두 번째 수술은 예방적 션트를 한 지 오 개월 만에 진행됐다. 저체온법, 브래드퍼드는 기억을 꺼내 들었다. 온몸이 푸른빛인 아이가 또 한 번 얼음 속에 빠져 있었다. 망자처럼 아름다운 모습이었다. 흉골을 가르는 톱의 쾌감과 스크럽 간호사가 아이가 불쌍하다는 듯 짓고 있던 어이없는 표정을 기억해냈다. 간호사에게 자신들이 이 아이의 생명을 살리고 있다고, 그러니 신파 드라마는 자기 자신을 위해서나 남겨두라고 말해야만 했다. 그러자 그녀는 연민에 대한 몇 마디를 중얼거렸고, 그는 양손을 떨기 직전까지 갔다. 외과의사에겐 최악의 상황이었다. 국내에서는 처음으로 시행되는 그 수술은 세 단계로 구성되어 있었다. 패치를 이용해 심실중격 결손을 닫은 뒤 폐판막을 열어 두꺼워진 근육을 제거한다. 이후, 우심실과 폐동맥에 패치를 붙여 폐의 순환을 활성화시킨다. 시간이 허락한다면, 심실중격 결손도 닫는다. 시간은 충분했다. 브래드퍼드는 이 모든 과정을 여섯 시간 만에 해냈다. 쉬는 시간은 몇 분 정도에 불과했다. 자신이 아닌 그 누구도 아이를 봉합하거나, 아무리 쉬운 구간이라도 손을 대지 않기를 바랐기 때문이다.

시현 직전의 순간들을 참기 힘들 정도로 또렷이 기억했다. 수술의 완료를 선언하고 봉합을 이어가려던 바로 그 순간, 오랜 시간 동안 잘 견디고 있던 바로 그 심장이—일부 구간에서 잠깐씩 빠르게 뛰었던 게 전부였는데—부정맥의 양상을 보이며 손쓸 수 없을 정도로 울컥울컥 뛰어오르기 시작했다. 브래드퍼드는 이 걷잡을 수 없는 근육의 떨림을, 심실세동을, 죽음의 징후를 알아차렸다. 조심스레 수동 심폐소생술을 시작했다. 결단력을 갖고 섬세하게 행동해야 했다. 전기 제세동기를 준비하도록 시켰다. 최근 도입된 이 최신 장비를 심혈관외과의들은 재량껏 사용했고, 꽤나 성공적인 결과를 얻어왔다.

그런데 장비를 사용하기 직전 전기가 끊겼다. 습한 정전이었어, 브래드퍼드는 떠올렸다. 얼음장 같던 습기. 수 분 동안 수동 심폐소생술을 받고 있던 아이에게 머지않아 전기의 도움이 필요할 것이었다. 등불, 손전등, 촛불, 발전기, 뭐가 됐든 가져와! 고래고래 소리쳤다. 그러다가 끔찍한 확신과 함께, 누군가의 손이 자신을 아이의 몸속에서 꺼내는 걸 느꼈다. 브래드퍼드는 수술 팀원들을 비난하며 뭐 하는 거냐고 소리를 질러댔다. 어둠 속에서―새벽이었다―아무것도 들리지 않았다. 선생님, 저흰 아무것도 하지 않았어요, 병원의 다른 곳에는 전기가 들어오고 있어요. 지금 이 수술실만 불이 나갔어요. 누군가 등불을 수술대 가까이에 가져온 바로 그 순간, 모두가 아이의 개방된 가슴 위, 둘로 나뉜 흉골을 유지시켜주는 철제 구조물 위, 잠잠한 심장 위, 밤의 조각이라는 것 외에는 달리 표현할 길이 없으나 투명한, 어쩌면 검댕 같은 것일지도 모르는 빽빽한 연기 같은 것을 보았다. 바로 그때 오, 하느님, 도대체 이게 무슨 일인가요, 라고 중얼거리던 수술보조의가 손을 뻗어 그것을 통과하려 했다. 검은 먼지에 손가락이 스친 찰나, 그 보조의는 비명을 지르며 손을 빼냈다. 이제 그 손은 더 이상 예전의 손이 아니었다. 가장 긴 손가락 세 개, 검지와 중지와 약지의 절반이 사라져 있었다. 그는 비명을 지르고 또 질렀다. 전기는 여전히 돌아

　　　　　　　　　　　왼손-브래드퍼드가 어둠에 들다

오지 않고 있었다. 브래드퍼드는 그 보조의처럼 모험을 하지는 않기로 결심했다. 무슨 일이 일어나고 있는지 이해할 수도, 믿을 수도 없었지만 적어도 느릿느릿하게 사라지는 중인 이 어두운 덩어리가 위험하다는 것만큼은 알아차렸기 때문이었다. 위험 그 이상이었다. 아버지가 이야기하곤 하던 어둠, 기사단의 메디움만이 소환할 수 있는 그것은 영국 여자가 미친 듯이 찾아 헤매는 것이기도 했다. 아이는 십오 분 동안 심장마비 상태로 있었다. 다른 간호사들은 호들갑을 떨며 다친 수술보조의를 돌보았다. 누군가는 사고였다고 말했다. 그 사람이 자신도 모르는 사이 메스를 건드렸을 거라고 했다. 불가능한 이야기였다. 하지만 사람들은 믿는 대신 합리화하고, 이야기를 꾸며내고, 부정하고, 보지 않는 편을 택한다. 브래드퍼드는 간호사와 마취의, 스크럽 간호사가 피우는 호들갑을 견뎌야만 했다. 아이가 마치 누에고치처럼 어둠에 둘러싸여 있는 걸 보았다고 했다. 버텨내는 동안 어둠이 사라졌고 움직이지 않던 아이의 심장에 다시 손을 대었다. 아이에게 속삭였다. 어서, 네가 여기 있는 건 분명 이유가 있어서야. 네가 바로 신들의 목소리라면 뛰어 올라라. 그러자 심장은 한 번도 멈춘 적 없었다는 듯 그의 손 안에서 힘차게 박동하기 시작했다. 브래드퍼드는 침묵 속에서 홀로 가슴을 봉합했다. 남들, 그러니까 다른 의사들인지 경영진인지, 누구인지 알 수도 없는 이들이 뱉어내던 해설과 한탄과 불평 등의 말에는 귀를 닫았다. 봉합을 마친 후, 무심코 아이의 팔을 덮고 있던 녹색 천 조각을 건드렸고 그렇게 증거를 보았다. 징표. 아이의 팔에 새겨져 있던 손 하나. 손 하나의 형상을 한 표식이 화상의 상처처럼 새겨져 있었다. 사실 흔한 일이기는 했다. 수술 중 저체온 유도에 사용하는 얼음의 한기가 간혹 환자들에게 화상을 입히는 일도 있으니까, 라고 스스로 되뇌기까지 했다. 수술실에서 끔찍한 비극이 일어난 마당에 이상하게 느껴질 것도 없었다. 간호사 하나가 자기 손을 무심코 아이의 몸에 기대는 바람에 얼음이 상처를 남겼을 수 있었다. 면밀히 살펴보았다. 왼팔 위에 얹힌 왼손. '어둠의 왼손'이었다. 이 표식에 관한 글을 읽은 적이 있었다. 그는 그 의미를 알고 있었다.

아이가 중환자실에서 깨어나기만을 기다렸다. 열 시간. 뇌 손상을 확신했다. 부모에게도 설명했지만 지금껏 아무것도 못 알아들었듯이 이번에도 눈만 끔뻑일 뿐이었다. 아, 하지만 아이의 형은 알아들었다. 그 별 볼 일 없는 양키들에게서 어떻게 그런 똑똑한 아이가 나올 수 있었던 걸까. 혼수상태를 기다렸다. 다시 한번 부정맥이 일어나 아이의 숨통을 완전히 끊어놓을 그 순간을 기다렸다. 하지만 아이는 정오께 정신을 차렸다. 뇌전도검사 결과는 정상이었다. 브래드퍼드는 아이가 단 일 초라도 고통받지 않게 하라는 지시를 내렸다. 어찌 잠을 잘 수 있었겠는가. 당장 누군가에게 말해야만 했다. 집에 가는 길에 하마터면 차에 치일 뻔도 했다. 그렇게 흥분한 상태로 누나, 음산하기 짝이 없는 바로 그 누나의 아파트 문을 쾅쾅 두드렸다. 부에노스아이레스에 있는 가문 소유의 여러 건물 중 가장 넓고, 가장 아름다운 아파트였다. 자신도 살고 있는 그 건물에서 누나는 두 층을 차지하고 있었다. 메르세데스는 그 아파트를 거의 독차지하다시피 했고, 매형은 대부분의 시간을 그녀 혼자 놔두었다. 돈 많고 유쾌하며 바람기가 많은 남자와 결혼한 누나. 누나의 딸 로사리오는 학교에서 대부분의 시간을 보냈고, 집에 와서는 방에 처박히거나 친구들과 놀러 나가기 일쑤였다. 브래드퍼드는 조카를 아꼈다. 총명함에서 비롯된 명랑함을 숨길 수 없는 아이였다. 브래드퍼드가 말을 했고 메르세데스는 침묵을 이어 갔다. 찻숟가락의 달그락거리는 소리와 거실을 차지하고 있던 거대한 시계의 똑딱거리는 소리만이 적막을 깼다. 성급하게 굴지 마, 그녀가 말했다. 냉정함, 바로 이것 때문에 메르세데스를 찾아온 것이었다. 정말 그런 일이 일어난 게 사실이라면, 네 것이 되어야겠지. 우리 것이 되어야 해. 하지만 의심을 살 만한 행동을 할 필요는 없어. 메르세데스, 난 아이를 그 무식한 촌놈들의 손에 맡길 수 없어. 당연히 안 될 말이지, 그래도 조심스럽게 움직여야 해.

아, 그 계획. 브래드퍼드는 질식한 이들의 신음 소리를 들으며, 그리고 활활 타오르는 배를 온전히 느끼며 자신에게 남은 시간이 얼마 없다는 것을 실감한다. 네 부모가 널 데려가게 놔두었지. 내게 보고할 사람들을 고용했고, 그들은 울기만 하던 네 어머니와 술 취한 아버지, 그리고 비참하기 이를 데 없는 그 판잣집 양철 지붕 아래에서 유일하게 점잖았던 한 사람, 네 형의 변치 않는 의젓함에 대해 보고했다. 너를 우울하기 짝이 없는 한 공립학교에 넣었더랬다. 그래, 그들은 그걸 공립학교라고 불렀지. 네가 가야 할 곳은 사립학교인데. 심장전문의들은 네가 낫고 있다고 말했지만 정작 부정맥은 잡지 못하고 있었다. 그리고 난 추측했지. 그래, 추측이었어. 우리를 영원히 하나로 묶은 그날 밤이 오기 전에는 그저 두려움에 불과할 거라고, 네 스스로 손쓸 수 없는 불안이라고 넘겨 짚었다. 위대한 신 판*, 혼돈이 나타날 때면 요정들이 집단으로 느끼곤 하던 그 공포, 혹은 두려움을 느끼고 있는 거라고 생각했다. 마르긴 했어도 여전히 단단했던 너를 병원으로 다시 데려왔을 때, 네 아비가 널 돌보기가 힘에 부친다고 헛소리를 해댔을 때, 난 그의 알코올중독과 가난에, 그리고 네 어미의 변절에 기뻐했다. 그리고 모든 걸 확인한 첫날 밤이 왔다. 네 눈에 나타나던 존재들은 병원에서 더 기승을 부렸지. 그래, 널 고통받도록 내버려두었다. 확신이 필요했고, 어떻게든 넌 그 시험에 통과해야만 했다. 네가 극한까지 치닫도록 했고, 한번은 심폐소생술을 하기도 했다. 몇 번이나 그랬을까, 후안. 자라고 나서는 농담으로 내가 너만의 개인 심폐소생기라고 말하기도 했었지. 그리고 그날 밤, 그와 같은 심실성부정맥이 지속된다면 네가 살아남을 가능성이 희박한 상황이 왔다. 그걸 나를 비롯한 모두가 알게 되었을 때쯤 우리는 이야기를 나눴다. 무슨 일이 있는 거니? 네게 묻자 다른 사람들은 보지 못하는, 네게 말을 거는 남자들과 여자들에 대한 이야기를 털어놓았다. 그리고 창밖에 보이는 숲과 둥둥 떠다니는 발들, 그리고 여자의 관자놀이를 먹어 치우는 누군가에 대해서도. 그들이 누군진 모르겠지만 널 떠나지 않는다고도 말했다. 여기엔 더 많네요, 내게 이야기했지. 이곳에선 비명을 질러대요. 네 두 눈은 더 이상 빛나지 않

---

*   영국의 작가 아서 매켄이 쓴 공포소설로, 그리스신화 속 자연의 신 판이 미지의 공포를 불러일으키는 존재로 묘사되었다.

았다. 그리고 난 네게 일어나는 일들을 차단할 수 있는 가장 간단한 방법을 일러주었어. 내게는 평생 불필요했던 기술이긴 했으나, 영국 여자는 모든 기사단원에게 그걸 배우라고 시켰다. 그 여자가 설명하던 걸 그대로 따라 했다. 손을 네 상체의 가장 위쪽에 얹었는데, 손때 묻고 상처 입어 지칠 대로 지친 네 몸이 조금 움츠러들었다. 그래도 넌 그걸 견뎌내고 몇 초도 안 되어 기술을 습득했다. 속임수도, 어림짐작도 아니었다. 우리가 기다리던 게 바로 너였다. 네가 메디움이었다. 눈에 보이던 게 더 이상 보이지 않게 되자 넌 베개 위로 쓰러졌고, 네 호흡과 심장박동도 얼마 지나지 않아 평온을 되찾았다. 그들이 다시 돌아오면 어떻게 하냐고 내게 묻기도 했지. 난 이 연습을 또 하면 된다고 대답했다. 오, 후안. 그게 너의 첫 신뢰였어. 어둠에 들기 전 마지막으로 네 두 눈을, 딱 한 번만이라도 볼 수 있다면 좋을 텐데.

네가 회복하고 나서 난 널 집으로 데려갔다. 우린 단 한 번도 헤어지지 않았지. 네가 펼쳐낸 어둠이 내 손가락을 가져간 이후로는 네 안에 다시 들어갈 수 없게 되었다. 지켜볼 수밖에 없었지. 두 번의 기회가 더 있었다. 그리고 그게 전부였어. 이제 어둠이 나를 가져간다. 내장을 먼저 먹어 치우지만 고통스럽진 않아. 아직 생각은 할 수 있어. 네 눈을 보려고 애쓸 수도 있고. 하지만 넌 너무 멀리 있다. 벌써 저 멀리 갔구나. 어둠에 자비를 구해본다. 어둠의 목소리를 지금에서야 처음으로 듣기 때문이다.

자비라니. 어둠이 다시 한 입 베어 물자 내 피에 섞인 환희의 냄새가 진동한다. 그 와중에 난 내 손들이, 내 어깨가 먹혀 들어가는 것을, 내 옆구리가 공격받는 것을 본다. 한번은 네가 내게 말했었지. 어둠은 아무것도 이해하지 못한다고, 언어가 없다고. 그는 야만적인 신, 혹은 너무나 동떨어져 있는 신이라고. 난 메디움을 찾아낸 사람, 그를 한 번 이상 살린 사람으로 기억될 수 있을까? 내 이야기가 기록되고, 내 이름이 존경받게 될까? 내 개인의 영광만을 떠올려선 안 될 것이다. 비밀리에 간직되어야 한다면 그렇게 되기를. 자비를 간청하기를 그만둔다. 어둠에 드는 것, 그 마지막 한 입을 설명하기엔 인간의 언어가 부족하다.

왼손-브래드퍼드가 어둠에 들다

외딴집의 악한 것

부에노스아이레스, 1985-1986년

몇 년을 채 살지도 않았건만 어느새 완전히 늙어 있었다.

_엘레나 안니발리, 『안개의 집La casa de la niebla』

NUESTRA
PARTE
DE
NOCHE

창문을 열어젖힌 가스파르는 보슬비의 서늘한 습기를 피부로 느꼈다. 어느덧 토요일 오후였다. 동네 자전거점이 문을 열었을 것이다. 그날 아침 발생한 어이없는 사고 때문에 체인과 바큇살이 망가졌기에, 자전거를 고치러 가야 했다. 집 앞 모퉁이에서 연석을 들이받아 넘어지고 말았던 것이다. 가스파르는 속도감을 즐기는 걸 좋아했다. 특히 길가에 아무도 없는 토요일 아침이 딱 좋았다. 큰 부상은 아니었다. 팔꿈치와 무릎에 생긴 긁힌 상처 몇 개와 빨갛게 달아오른 한쪽 뺨이 전부였다.

아빠를 깨우지 않고 나가려 했으나, 어느새 일어난 그를 맞닥뜨리고는 흠칫 놀라고 말았다. 심각하면서도 침착한 모습의 아빠는 한 손에 찻잔을 든 채 부엌을 나서는 중이었다. 집 안은 언제나처럼 전등을 밝히지 않은 상태였다. 후안은 가스파르를 보고는 바닥에 놓인 작은 스탠드 하나를 들고 다가왔다. 다른 손에는 담배를 들고 있었다.

"담배 피우면 안 되잖아요." 가스파르가 말했다.

"잔소리는 집어치워."

후안은 손가락 끝으로 아들의 얼굴을 밀며 방금 막 생긴 상처를 살펴보았다. 그리고는 몸을 굽혀 자전거 체인의 기름이 묻은 바지를 점검했다.

"넘어졌어요."

"거짓말하지 마. 처음이자 마지막 경고야."

"빨리 가려다가 앞에 있던 연석에 부딪혔어요."

가스파르는 아빠가 자신에게 다가오면서 냄새를 맡는 방식이 어딘가…… 소유욕이 강하다 해야 할까? 그런 느낌을 받았다. 정말로 자신을 먹어 치워버릴 것처럼. 하지만 동시에 다정하기도 했다.

"네가 왜 조심하며 다녀야 하는지 수도 없이 설명한 것 같은데. 난 병들었어. 널 잘 돌볼 수 없다고 판단되면 그들이 널 데리러 오고 말 거야. 우리를 갈라놓을 거라고. 내가 네 뒤꽁무니를 내내 쫓아다닐 수가 없어."

"알겠어요. 아무 일도 아니었어요."

"좋아. 그럼 비누로 깨끗이 씻거라."

"벌써 과산화수소수도 바르고 씻었는걸요. 그런데 청바지 얼룩이 없어질까요?"

"전혀 모르겠군."

후안이 말하고는 담배 연기를 한 모금 깊게 들이마셨다. 바닥에 내려놓았던 찻잔을 다시 들고는 스탠드의 전원을 껐다.

"얼룩이 안 지워지면 새로 하나 사면 돼."

"괜찮아요, 아빠?"

"좀 나아. 넌?"

"좋아요. 공원에 가서 자전거를 고칠 수 있는지 한번 보고 올 거예요. 그다음에는 파블로네 집에 가 있을게요. 약속해요."

"네 마음대로 해라. 난 방에 있을 테니까."

"위쪽이요? 아래쪽이요?"

후안은 잠시 머뭇거리더니 마침내 대답했다.

"아래쪽."

"이따 자러 돌아올게요. 먹을 건 있어요?"

후안은 대답 대신 가스파르에게 다가가 주먹 쥔 손을 천천히 펼쳐주고는, 온기를 전달하려는 듯 손바닥을 쓰다듬었다.

‡

파블로는 처음엔 귀로, 그다음엔 눈으로 가스파르가 길모퉁이에서 가까이 다가오고 있음을 확인했다. 그 아이를 볼 때면 언제나 웃음이 나왔지만, 이내 억지로 심각한 표정을 지어 보였다. 그 애를 얼마나 반가워하는지 들키는 게 부끄러웠다. 그런 반응을 보이는 게 자신뿐만은 아니었다. 모두가 가스파르를 좋아했다. 신문 가판대 아저씨, 슈퍼마켓 주인, 철공소 아저씨, 거의 모든 부모들, 그 아이가 지나갈 때마다 미소를 건네곤 하는 여자아이들. 가스파르는 대저택에 살았다. 동네에서 학비가 가장 비싼 사립학교를 다녔는데, 이중언어 교육을 하고 자체 수영장도 갖춘 곳이었다. 하지만 가스파르는 교만하게 행동하지도, 돈이 많다는 걸 애써 과시하지도 않았다. 평범하면서도 서글서글한 그 아이는 옷이든, 비디오테이프든, 비디오 대여점 회원권이든, 책이든 모두 다 빌려주곤 했다. 가스파르의 삶은 다른 아이들의 것과는 차원이 달랐다. 병들어 집 밖을 나서는 일이 없는 그 아이의 아빠는 일도 하지 않았다. 집 청소와 요리는 누군가가 와서 해주었다. 가스파르가 학교에 있는 동안 식사를 준비해놓기 때문에 그 아이는 그 사람을 한 번도 마주친 적이 없었다. 가스파르에 따르면, 변호사나 회계사같이 집을 방문하는 또 다른 부류의 사람들이 돈을 가져와 학비나 각종 생활요금을 책임지고 있었다. 그 누구도 그렇게 살지 않는다. 적어도 파블로가 아는 사람들에 한해서는 그랬다. 모든 문제가 그렇게 해결되곤 했다. 피터슨 일가는 부자인데도 부자처럼 살지 않았다. 소유하는 물건도 거의 없었다. 하지만 돈이 부족한 적은 한 번도 없었다. 또 무언가가 필요하다고 판단되는 경우, 늘 시간을 철저히 지키는 그 이상한 직원들이 금세 나타나곤 했다. 마치 지켜보고 있기라도 했다는 듯이.

게다가 가스파르는 정말 잘생겼지, 파블로는 생각했다. 그러고는 이내 아랫입술을 질근 물었다. 그런 생각을 해서는 안 된다는 사실을 알고 있었다. 그 일이 있은 지 일주일도 안 되었다. 파블로가 삼촌 생일잔치에 가기 전 옷을 고르느라 고민에 빠져 있었는데, 그걸 본 아빠가 머리채를 휘어잡았다. 아빠가 그런 식으로 행동한 건 처음이었다. 그에게 "너, 좀 호모 같은 거 아니냐?"라는 이야기를 하던 아빠의 입에서는 마테차의 단내가 났다. 파블로는 옷을 멋들어지게 차려입는 걸 좋아했다. 그걸 아빠 앞에서 말했더니 거의 때리기 직전까지 갈 정도로 흥분한 것이었다. 파블로는 돌아올 생일을 위한 계획을 미리 짜두었다. 숙제장의 마지막 페이지에 옷장에 있는 모든 옷의 목록을 세 열로 나누어 적은 다음, 다양한 색상의 색연필로 화살표를 그려 여러 가지 조합을 만들었다. 수업 시간에 문장 성분을 조합하는 연습을 하며 배운 일종의 요약표였다. 이제 그 조합들을 외우거나 나가기 전 빠르게 훑어보는 연습을 해야 했다. 그러면 갈색 코듀로이 바지가 녹색 스웨터와 잘 어울릴지 아닐지 오랜 시간 고민하지 않아도 되었다.

가스파르는 한 번도 이런 문제를 겪지 않았다. 지금 자전거를 타고 자신에게 다가오고 있는 그 아이의 모습이 그랬다. 제 몸보다 조금은 큰 듯한 얇은 겨자색 스웨터, 청바지, 토퍼 샌들. 멋지다 할 법한 차림새는 아니었지만 그 아이가 입으니 멋있어 보였다. 조금 엉뚱한 걸 걸치고 나오더라도 결과적으로는 쿨해 보였다. 가령, 이따금 차고 나오는 허리띠 하나는 어찌나 긴지 땅바닥에 끌릴 정도였다. 그 애 아빠의 것이었는데, 어떨 때는 허리에 여러 바퀴를 감아야 했다. 하지만 남성스러운 버클과 고풍스러운 가죽은 아빠 코스프레를 하는 소년의 느낌이 아닌, 그 아이의 패션을 남들과 달라 보이게 하는 일종의 포인트 역할을 했다. 당연히 옷뿐만이 아니었다. 얼굴의 수염을 말끔히 깎은 모습, 긴 다리, 짙은 푸른색을 띤 동그랗고 순수해 보이는 두 눈이 그랬다. 단, 눈 이야기는 그 아이가 웃거나 화내기 직전까지만 맞는 말이었다. 감정을 드러낼 때면 그 아이의 눈은 미묘한 감정의 변화만을 보여주었다. 파블로는 그 게 좋다는 건지, 불신한다는 건지 딱 잘라 말하기가 어려웠다. 집에서 고양이를 쓰다듬는 순간들을 떠올리게도 했다. 고양이들은 가르릉거리며 손길을 허용하는 듯하다가도 돌변하여 허공에 발길질을 할 때가 있었다. 상대방을 다치게 하려는 의도가 아니라 자신이 원하는 걸 다 얻었다는 신호를 하는 것이었다.

파블로의 옆에 도착한 가스파르는 뒷주머니를 뒤적거리다 살짝 납작해진 껌 하나를 파블로에게 건넸다. 비가 내리기 시작했다. 처마 역할을 하기도 하는 발코니의 보호를 받으며 인도 위에서 풍선껌을 씹었다.

"나랑 공원에 갈래?"

가스파르는 말하며 자전거를 가리켰다.

"넌 몰랐겠지만 이걸 타다가 한 번 날았어. 난 아무것도 안 했는데 말이야."

침착하게 말하고 있는 가스파르를 보며 파블로는 필시 그 아이가 넘어질 때조차도 놀라지 않았을 걸 알았다. 가스파르 안에는 단단한 무언가가 있었다. 같은 나이였지만, 파블로에게는 훨씬 형처럼 느껴졌다. 아마 엄마가 없어서일 것이다. 아빠는 병들었고, 가까이 사는 친지도 없고, 꽤 외로움 속에 살고 있기 때문일 것이다. 파블로의 어머니는 그 아이에게 트라우마가 있다고 말했다. 비키의 엄마는 슬픈 아이라고도 했다. '떼려야 뗄 수 없는 그룹'의 네 번째 멤버인 아델라의 엄마는 후안 아저씨가 홀아비이고 병들었기 때문에 아이를 혼자 키우는 게 쉽지 않을 테지만, 그래도 가스파르는 매우 잘 지내고 있다고 말하곤 했다.

소나기가 보슬비로 변하자, 파블로는 외투의 지퍼를 끝까지 끌어 올리고 말했다.

"가자."

공원은 약 이백 미터 정도 떨어진 아주 가까운 곳에 위치해 있었다. 오후의 악천후로 사람은 많지 않을 터였다. 해가 비출 때면 공놀이를 할 수도, 앉아서 음료수를 홀짝일 수도 없을 만큼 사람으로 미어터지곤 했다. 온 동네 사람들이 제대로 관리받지 못한 버드나무를 비롯해 수백 년 넘게 살아온 나무들 아래, 그리고 붉은 흙길 사이에서 오후를 보냈다. 길을 건너려던 때, 비키와 아델라가 힐레벌떡 뛰어오는 게 보였다. 비키는 마치 일본 소녀의 것처럼 윤기가 흐르는 짙은 색 머리카락을 풀어 헤친 채 울고 있었다. 비키의 손을 잡고 어디론가 데려가고 있던 아델라는 마치 천막처럼 보이게 하는 거대한 크기의 노란색 우비를 입어 왼쪽 팔의 절단부를 감추고 있었다.

"야, 무슨 일이야?"

가스파르가 비키에게 다가가며 물었다. 그녀는 가스파르의 목을 팔로 휘감으며 포옹했다. 그러고는 디아나가 사라졌다며, 아침부터 보이지 않는다고 큰 소리로 외쳤다. 디아나는 비키가 키우는 두 마리 개 중 하나였는데, 비키가 가장 좋아하는 아이기도 했다. 여덟 살짜리 독일 셰퍼드종으로 거의 평생 동안 비키와 함께 지냈다.

"우리 아빠 다리 사이로 빠져나갔대."

비키가 말했다. 울음과 탄식을 반복하던 가운데, 비키는 아빠가 현관문을 열어놓았고 디아나의 목줄이 풀려 있었으며, 개가 인도로 뛰어갔다는 사실을 재구성했다. 아빠는 소리를 질렀지만 개는 말을 듣지 않았다. 돌아오기만을 기다리다 개를 찾으러 다니기 시작했다. 하지만 아무런 흔적도 없었다. 아침 9시부터 그러고 다닌 것이었다.

"이제 우리가 찾아다니고 있어. 길에 차가 많이 없어져서 조금 더 편해진 것 같아."

아델라가 말하고는 얼굴에 끈덕지게 붙어 있던 젖은 머리카락을 하나밖에 없는 팔을 움직여 걷어냈다.

"공원에 있을 수도 있겠네." 가스파르가 말했다.

"지금 가는 중이었어."

"우리도야. 자전거 수리를 맡긴 뒤에 너희를 따라갈게."

네 사람은 영국풍 저택들의 사잇길을 통과하며 공원으로 향했다. 아델라는 언제나처럼 가스파르의 곁을 지켰다. 집으로 돌아오는 개들, 병이 든 주인이 입원하면 퇴원할 때까지 우두커니 병원 문 앞에서 자리를 지키는 개들, 자기 주인과 마지막까지 함께하느라 공동묘지에서 생활하는 개들에 대한 이야기를 가스파르에게 쉬지 않고 떠들어댔다. 아델라는 몽상가로, 과장을 일삼았고 말을 꾸며내는 일이 점점 더 잦아졌다. 하지만 친구들은 그걸 참아주었다. 동정 때문만은 아니었다. 그녀는 유쾌했다. 아델라는 골목 끝에 있는 집에서 엄마와 함께 살고 있었다. 그 집은 상당히 어두침침했다. 블록 내 정중앙에 위치한 탓에 주변 건물들은 물론 이웃

외딴집의 악한 것

건물들의 커다란 안뜰에 있는 나무들이 채광을 막고 있었다. 굉장히 아름다운 집이기도 했다. 그녀의 엄마인 베티는 태피스트리와 회화 모작을 잘 고를 줄 알았고, 단순하면서도 색상이 다채롭고 사용하기 편리한 가구들을 소유하고 있었다. 가구들은 때때로 안데스풍 디자인의 담요로 덮여 있곤 했다. 어느 정도는 히피스러운 집이었다. 파블로는 자신의 집과는 너무 다르다고 생각하곤 했다. 할머니의 오래된 유리 장식, 오렌지색 새들과 백조들, 노란색 부리를 가진 왕부리새와 분홍색 플라밍고 등은 만지는 게 금지되어 있었다. 아델라는 아빠가 없었고, 정확히 어떤 일이 있었는지 아무도 알지 못했다. 죽은 건지, 떠나가버린 건지. 그 누구도 큰 소리로 그가 실종되었을 거라고 말하는 걸 꺼렸다. 하지만 몇몇은 용기 내어 경찰이었던 그가 범인과의 대치 상황에서 목숨을 잃었을 거라고 주장했다.

아델라의 팔 하나가 없는 일도 미스터리였다. 절단 흔적은 작았고 비율이 정확했다. 마치 팔꿈치 아래로 깨끗하게 절단된 것만 같았다. 아델라의 엄마는 그녀가 태어날 때부터 이랬다고 했다. 선천적인 결함이었다는 것이다. 많은 소년들은 그걸 무서워하거나 역겨워하며 꼬마 괴물, 못난이, 덜떨어진 동물이라며 놀려댔다. 서커스단에 팔려 갈 거라는 둥, 의학 교과서에 그녀의 사진이 있는 게 분명하다는 둥의 얘기도 해댔다. 그녀는 마음 아파했다. 울기도 했다. 하지만 결국에는 농담이든 놀림이든 들을 때마다 맞불을 놓기로 결심했다. 의수를 사용할 마음은 없었다. 어차피 절단 부위를 숨길 수도 없었다. 남자아이들뿐만 아니라 어른들까지도 두 눈에 혐오감을 내비치곤 했는데, 그럴 때면 팔꿈치를 그 사람의 얼굴에 문지르거나, 지척에 앉아 이젠 무용한 자신의 신체 말단 부위를 상대방의 팔에 비벼대는 것으로 눈물을 쏙 빼놓을 자신이 있었다.

팔이 없는 이유에 대한 아델라의 설명은 훨씬 더 극적이었다. 역시 그녀다웠다. 개 한 마리의 공격을 받았다고 했다. 검은 도베르만. 도베르만이 으레 그러하듯 그 개도 갑자기 헤까닥한 모양이었다. 아델라의 말에 따르면 그 종의 개들은 두개골의 크기에 비해 뇌가 너무 컸다. 그래서 항상 두통에 시달리고 또 헤까닥 돌아버리는 경우도 왕왕 있다는 것이다. 그녀는 두 살이었던 무렵 공격을 받았다고 했다. 통증, 으르렁 소리, 턱뼈가 잘근잘근 씹어대는 소리, 풀밭을 물들이던 핏빛을 생생하게 기억한다고도 덧붙였다. 조부모의 농장에서 벌어진 일이었고, 그 개를 살해한 건 자신의 할아버지라고 했다. 아주 능숙하고 정확한 조준으로 개에게 총을 쏘았지만, 그 짐승은 총에 맞고도 여전히 아기인 아델라를 치아 사이에 물고 있었다고 했다.

묘하게도 가스파르는 항상 아델라의 이야기에 귀를 기울이고 네 명 중에 의문을 가장 덜 제기하는 편이었지만, 이 이야기를 믿는 것만큼은 늘 거부했다. 기억하는 건 불가능해, 그녀에게 말하곤 했다. 두 살밖에 안 됐었잖아. 우리 엄마는 내가 여섯 살 때 돌아가셨는데도 남은 기억이 많지 않아.

"뭐, 하지만 이 사건은 굉장한 트라우마잖아."

아델라가 '트라우마'라는 단어에 힘을 주며 말했다. 배운 지 얼마 안 된 개념이었다.

"바보야, 내가 엄마를 잃은 일도 트라우마였어."

"너도 뭔가는 기억할 거야."

가스파르는 고집을 부렸다. 그래, 무언가는 기억해. 하지만 그 기억이라는 게 너무너무 적어서, 훨씬 많은 걸 기억하고 싶을 때가 있어. 그 기억들은 사진 혹은 영화의 짧게 지나가는 장면들이라서 서로 간의 연결고리가 없어. 더구나 두 살이었을 때의 기억은 아무것도 남지 않았다고. 그 누구도 두 살 때의 기억을 품고 살 수 없어, 불가능해.

"뭐, 네가 거짓말을 한다 하더라도 내겐 상관없는 일이야."

가스파르의 말에 아델라의 분노가 차올랐다.

"그런데 아무리 거짓말이라도 제대로 말해야 하는 게 있어."

이런 논쟁을 할 때면 아델라의 얼굴과 귀가 몹시 달아올랐다. 주근깨가 가득한 그녀는 과도하다 싶을 정도로 금발이었다. 창백한 피부가 그녀의 치아를 누렇게 보이게 할 정도였다. 거의 흰색에 가까운 눈썹 아래 작고 갈색인 두 눈을 지니고 있었다.

"여기서 기다려."

일행이 카스텔리 공원에 도착하자마자 가스파르가 말했다.

모두가 그의 말을 들었다. 아델라가 우비로 나무 벤치의 물기를 닦았고 셋은 그 위에 조용히 앉았다. 공원은 열두 개 블록을 차지하고 있었는데, 그 안에는 사립학교 하나와 수영장 두 개―하나는 야외, 하나는 실내였다―도 있었다. 가스파르는 학교 수영장이 문을 닫는 주말마다 그곳에 가서 수영을 하곤 했다. 장미 정원 하나, 그리고 물이 춤추는 느낌을 주기 위해 똑같이 움직이는 다양한 높이의 물줄기들을 쏘아대는 분수 하나도 있었다. 공원 안에는 회전 목마도 있었지만 그곳을 방문하기에 그들은 너무 몸집이 컸다. 단, 해먹은 예외였다. 특히 여자아이들은 해먹과 장미 정원을 좋아했다. 19세기 방식의 원형 광장 안에는 짙은 녹색의 덩굴식물들과 샌들을 늘 더럽히고 마는 붉은 자갈길이 있었다.

가스파르는 금방 자전거점에서 돌아와 수색 작업을 계획했다. 파블로는 사립학교에서 교회 앞 대로변까지 이어지는 부분을 맡았다. 가스파르는 분수에서 수영장까지 살펴보고, 여자아이들은 장미 정원과 지하철 입구 근방을 나누어 찾아보기로 했다. 잘 찾아봐, 가스파르가 아이들에게 말했다. 그 녀석, 분명 긴장했을 거야. 모든 나무의 뒤쪽과 모든 벤치의 아래쪽도 살펴봐. 공립학교는 폐교했지만 관리하는 분이 계셔. 파블로, 그분을 불러서 한번 여쭤봐. 벨을 눌러. 나도 수영장에 가서 그렇게 할게. 한 시간 후에 여기서 다시 만나자. 다른 아이들은 고개를 끄덕이며 알았다는 표현을 했다. 그리고 수색을 시작하기 전, 가스파르는 몸을 굽혀 식수대에서 물을 한 모금 마셨다. 사자 머리 형상을 한, 오래된 푸른색 세라믹으로 만들어진 식수대가 물을 뿜으며 붉은 흙길에 피로 물든 작은 강을 만들어냈다.

‡

가스파르는 클럽 건물을 빙 둘러보았다. 영업 중인 바에 손님은 없었다. 분명 날씨와 시간대 때문일 것이다. 저녁 식사 시간이 되어야 사람들이 들어오기 시작할 것이었다. 건물 안으로 들어섰다. 그곳의 유일한 웨이터와 주인이 그를 알아보았다. 간혹 토요일이나 일요일 오후, 수영을 하고 나서 그곳에서 식사를 하곤 했다. 또는 아빠가 기분이 몹시 안 좋을 때면 공원에서 수풀이 가장 우거진 곳으로 이어지는 탁자 하나에 앉아 숙제를 하기도 했다. 후안은 지난 한 해 동안 자주 기분이 좋지 않았다. 가스파르는 아빠를 그리워하기에 이르렀다. 지금 자신과 한집에 살고 있는 남자는 예전보다 더 무뚝뚝하고, 폭력적이고, 멀게만 느껴지는 누군가로 탈바꿈하고 있는 듯했다.

웨이터와 주인에게 개를 본 적 있느냐고 물었지만 둘 다 독일산 양치기 개를 본 기억이 없었다. 공원을 돌아다니는 개들이 무척 많긴 했지만 대부분 눈에 익은 녀석들이고, 먹을 것을 챙겨주기도 하지만 그들의 눈길을 끌 만한 새로 합류한 개는 없었다고 했다. 가스파르는 주인이 건넨 환타 한 병을 받은 뒤 분수의 양옆에 있는 계단을 따라 계속해서 수색했다. 공원은 중앙부가 불룩 솟아 있는 구조였다. 낮은 언덕 위에 만들어져 있었고, 경사면은 다음 여름까지 운영이 중단된 실외수영장으로 연결되었다. 한 바퀴를 돌아본 뒤 다이빙대를 바라보며 멈춰 섰다. 좁은 철창 사이에 몸을 집어넣어 보았다. 노력이 필요했다. 아주 마른 편이긴 했으나 조만간 이 두꺼운 철창 사이를 지나다니기에는 큰 몸집이 될 것이었다. 휘파람 소리로 디아나를 불렀다. 만일 디아나가 이 소리를 듣는다면 분명 알아차릴 거란 걸 가스파르는 알고 있었다. 아무 반응이 없었다. 수영장을 한 바퀴 돌고 나서 다시 한번 더 불러보았다. 이상하게도 안전 요원이 자리에 없었다. 어쩌면 오후 반차를 썼을지도 모를 일이었다. 이슬비가 내리고 있으니 그 누구도 물속에 몸을 던지지 않을 게 뻔하긴 했다. 물론 가스파르는 가끔 하는 일이었다. 추운 날씨에 수영하는 걸 좋아했다. 부들부들 떨며 물에서 나오는 것, 수영장을 전세 낸 듯 혼자 쓰는 것, 누구도 자신을 감시하지 않는다는 것이 좋았다. 아빠는 이런 일탈은 당연히 모르고 있을 것이었다.

눈을 감았다. 뺨이 아려왔고 무릎도 조금 아팠다. 아직까지 피가 조금 나고 있다는 걸 화장실에서 확인했다. 이내 피부가 당기는 게 느껴졌다. 상처 위에 딱지가 앉고 있었다.

개는 분수에도, 수영장 근처에도 없었다. 이제 나무들 너머를 뒤질 차례였다. 공원에는 나무가 많았는데, 가스파르는 하나하나를 구분해내고 싶었다. 무엇이 포플러나무이고 비파나무인지 궁금했다. 지금으로서는 소나무 정도밖에 알아보지 못했다. 분수나 단세포생물이 아니라 이런 지식을 학교에서 가르쳐주면 얼마나 좋을까. 학교에선 성적이 좋았다. 공부는 언제나 쉬웠지만, 지겨웠고 또 지겨웠다. 독서도 마음 가는 대로 했다. 아빠는 변덕쟁이에다 두려움을 불러일으키기도 했지만, 그가 무슨 책이든 읽을 수 있게는 해줬다. 지금은 『드라큘라』를 읽고 있었다. 영화로 열 번도 더 봤지만 책의 내용은 그 모든 것과 전혀 달랐다. 대사 한마디를 떠올리며 서 있다가, 순간 분수 쪽으로부터 으스스한 한기가 불어오는 것을 느꼈다. 입고 있던 스웨터가 얇았기 때문만은 아니었다. "죽은 자들은 빠르게 움직인다." 『드라큘라』에서 주인공 조너선 하커와 백작의 저택을 향해 동행하던 한 등장인물이 말한 대사였다. 아빠가 멍하니 공책에 그림을 그리고 있던 서재에서 영어로 된 이 책을 발견했다. 이 문장이 곧바로 눈에 들어왔다. 영어로는 'for the dead travel fast'였다. 영어로 쓰인 그 책은 이 문장이 독일어를 번역한 것이며, 「레노레」*라는 시에서 인용한 것이라고 설명했다. 아빠에게 그 시집이 있느냐고 —아빠는 많은 시집을 보유했다— 물었다. 아빠는 그림 그리기와 글쓰기를 멈추지 않고, 그에게 눈길도 주지 않은 채 없다고 답했다. 정말이에요? 그에게 질문했었다. 죽은 자들이 빠르게 배회한다는 게 사실이에요?

그제야 고개를 든 아빠는 그에게 짧은 답을 남겼다.

"일부는."

검치호랑이 조각상이 서 있던 공터를 향해 계단을 뛰어 내려간 뒤, 미트레가鬥와 평행한 길을 따라 공원을 둘러 갔다. 비키와 아델라는 장미 정원 근처의 정자에서 진작부터 그를 기다리고 있었다. 그들도 개를 만나지 못했다는 걸 표정으로 알아차렸다.

"비키, 돌아올 거야. 이제 네가 괜찮다면 사진 하나를 복사해서 근처 가게들이나 전신주에 붙여보자. 우린 녀석을 찾을 거야."

가스파르가 말했다. 비키는 울고 있었다.

"늙어서 길을 잃었을 거야."

파블로가 뛰어왔고, 머리를 가로저으며 못 찾았다고 하기에 앞

---

*   독일 시인 고트프리드 뷔르거가 쓴 시로, 유령이 죽은 연인 행세를 하며 주인공을 데리고 사라지는 내용이다.

서 가스파르를 쳐다보았다.

"보상금을 걸 거야? 보상금을 건다면 금방 찾겠지."

아델라가 물어보았다.

"무슨 돈으로 보상금을 걸라는 거야? 우리 아빠는 이런 데 돈을 쓰지 않으실 거야."

"돈은 내가 빌려줄게. 그건 문제가 아냐."

가스파르가 말하며 아델라에게 복사기가 있는 곳으로 같이 가달라고 부탁했다.

그들은 남은 오후 시간을 '디아나, 개를 찾습니다'의 포스터를 전지 크기로 제작하는 데에 쏟았다. 비키는 개가 눈에 잘 띄도록 환한 배경의 사진 한 장을 골랐다. 비키의 아빠 우고 페이라노는 가스파르에게 농담이랍시고 인플레이션이 이렇게 심한데 보상금을 걸어봤자라는 말을 했고, 화가 잔뜩 난 비키는 방문을 닫고 펑펑 울었다. 아델라와 가스파르는 우고가 파블로에게 개의 탈주 스토리를 설명해주는 동안 포스터를 완성했다. 확실한 한 가지는, 우고가 문을 열어두었다는 사실이었다. 일 분 동안이었긴 했다. 그는 우산을 깜빡하고 나갔다. 약국 일을 보러 나가던 그날 아침, 비가 오고 있었다. 그런데 무언가가 개를 놀라게 했다. 집 안에서 떨어진 무언가가. 어쩌면 비키의 여동생 비르히니아가 벽에 장난감을 던졌을지 모른다. 아니면 귀가 반절은 멀어버린 할머니가 라디오 볼륨을 바짝 올리는 바람에 개가 깜짝 놀라 뛰어나가 버린 것일지도 모른다. 사실 우고 역시도 개를 사랑하고 아끼는 사람인지라, 비키가 모든 잘못을 자신에게 뒤집어씌우고 비극의 주인공인 듯 유난을 떠는 데에 신물이 나 있었다.

"돌아올 거야."

아델라가 말을 꺼냈고, 주인들에게 충성하는 개에 관한 일화를 다시 늘어놓기 시작했다. 가스파르는 비키의 전화번호를 다 쓴 다음, 자리에서 일어나 방문을 두드렸다.

"우린 포스터를 붙이러 갈 거야. 잠깐만이라도 우리와 함께 가자."

긴장감이 팽팽한 침묵이 이어지던 중, 비키가 문을 열었다. 두 눈은 벌겋게 충혈되어 있었지만 더 이상 울지는 않았다.

"이제 그만하자. 포스터도 다 만들었잖아."

가스파르가 다시 말했다.

방 사이를 가로지르는 복도의 어둠 속에서 두 사람이 서로를 바라보았다. 가스파르는 비키네 가족과 함께 마르델플라타에서 보낸 여름을 떠올렸다. 해변가에서 라켓볼도 치고 얼마간 헤엄도 쳤다 ―오랫동안은 아니었다. 그들은 가스파르가 깊은 곳에 갈까 봐 두려워했고, 가스파르도 그들을 너무 걱정시키고 싶지 않았다―. 해 질 무렵, 젖은 모래 위를 거닐기도 했다. 비키와 많은 이야기를 나눴다. 어떨 때는 늦은 시간까지 대화하다 전등을 켜놓은 채 잠들어 버리기도 했다. 가스파르가 페이라노 씨네 식구들과 두 번째로 보내는 여름휴가였다. 그들은 등대 인근의 인적이 드문 해변에 아파트 하나를 빌렸다. 아주 크고 쾌적한 곳이었는데, 가스파르는 그들이 렌트 비용을 직접 내지 않는 것 같다고 의심했다. 돈을 누가 대신 내는지 대충 알고는 있었으나, 단 한 번도 티를 내진 않았다. 아빠는 여름 내내 아무 말도 하지 않았다. 한 달 동안 해변가에 다녀오게 허락해주었을 뿐이었다. 초대받았잖니, 다녀오렴. 난 그분들을 믿는다. 매해 여름마다, 집으로 돈을 가져다주는 직원들이 그가 있는 해변가에도 나타나 부족한 건 없는지 살펴봐주었다. 항상 같은 직원들은 아니었지만, 가스파르는 그들 모두를 기억하고 있었다. 아빠가 의사를 만나러 가거나 다른 볼일이 있을 때 이동을 도와주는 운전기사들을 포함하면 모두 일고여덟 명 정도였다. 지금보다 어렸을 땐 몰랐지만, 어느 정도 커버린 지금은 그 같은 수행원 또는 도우미가 있는 집이 없다는 걸 분명히 알게 되었다. 한번은 아빠에게 물어보았더니 그가 내놓은 답은 네 엄마가 부자였고 너도 그렇거든, 이었다. TV에서 부자인 사람들에게 어떤 일이 일어나는지 너도 봤잖니. 가스파르는 납치사건에 대한 보도와 비키의 어머니가 한 설명을 떠올렸다. 독재정권에 빌붙었다가 일자리를 잃은 사람들이지, 이제 공갈 협박으로 먹고 사는 거야. 납치 방법 하나는 끝내주게 잘 아니까. 그럼 전 위험하겠네요, 저도 언젠가 납치되는 걸까요? 아니, 아빠가 말했다. 넌 그들에게 보호받으니까 괜찮아. 이 질문을 수도 없이 반복했지만 답은 자로 잰 듯 똑같았고, 회의감이 물밀듯이 밀려왔다. 그래서 이젠 받아들이기로 했다.

가스파르는 첫 여름을 즐겁게 보냈다. 하지만 두 번째 여름의 어느 날 밤, 알 수 없는 이유로 아빠에 대한 걱정에 휩싸여 아파트를 벗어나 공중전화로 뛰어갔다. 커다란 알처럼 생긴 둥근 전화 부스 안, 구멍이 숭숭 뚫린 플라스틱에 기대어 여러 차례 집에 전화를 걸었다. 다음 날 밤에도 통화 시도는 계속되었다. 아무도 받지 않았다. 1월이었다*. 가스파르는 여름마다 아버지가 며칠 동안 사라져 친구들을 만나는 걸 알고 있었지만, 집을 그토록 오래 비운 적은 없었다. 길어 봤자 열흘이었다. 그때는 1월 15일이었는데도 전화를 받지 않았다. 이쯤 되자 가스파르는 비키의 부모인 우고 페이라노와 리디아 페이라노에게 집으로 돌려보내 달라고, 제발 차표를 구해달라고 부탁하고 싶은 심정이었다. 하지만 빈집에 도착하더라도 뭘 해야 할지는 몰랐다. 브라질에 있는 큰아빠에게 전화를 해야 할까? 회계사들과 이야기를 나눠야 할까? 수년간 만나보지 못한 채 기억 속에만 존재하는 외조부모님께 부탁을 드려야 할까? 마르델플라타 아파트의 계단에 앉아 관광객들이 드나드는 걸보았다. 어떤 이들은 레스토랑에 저녁 식사를 하러 가는 중이었고 또 다른 이들은 아파트 안에서 직접 요리를 할 요량으로 슈퍼마켓에 장을 보러 가고 있었다. 울음을 참지 못한 가스파르에게 비키가 말했다.

"분명 다시 나타나실 거야. 지금은 아무 말도 하지 말자. 내일 다시 전화해보는 거야."

다시 전화를 걸자, 이번엔 아빠가 피곤하고 귀찮다는 듯한 목소리로 여보세요, 라고 말하는 소리가 들려왔다. 목소리를 알아들은 가스파르의 양 무릎이 후들거리다 풀려버렸다.

"아빠, 계속 전화했잖아요. 그렇게 오랫동안 집을 비우지 말아

---

*   아르헨티나는 남반구에 위치하고 있어 12월부터 이듬해 2월까지가 여름이다.

요."

가스파르는 화난 목소리로 말했다.

하지만 아빠는 "가스파르, 잘 지내다 와"라고 대답하고는 끊을 뿐이었다.

비키를 바라보고 있는 지금, 가스파르는 불과 세 달 전이었던 그 불확실한 나날들을 떠올리고 있었다. 그리고 그녀는 알겠다는 고 갯짓을 했다. 이해하고 있는 것이었다. 탐스러운 짙은 색 머리카락 을 하나로 묶은 채였다.

"미안해. 너희가 포스터 만드는 걸 나도 도왔어야 하는데."

비키는 자신의 머리에 입을 맞추고는, 가만히 멈춰 서서 머리카 락에서 나는 냄새—약간의 비 냄새, 그리고 요즘 또래 여자아이들 이 열광하는 샴푸와 한참 유행 중인 초록색 비누, 그리고 사과주스 냄새가 났다—를 맡고 있던 가스파르를 와락 끌어안았다.

‡

빅토리아* 페이라노의 집은 언제나 공사 중이었다. 널찍한 부지 위에 지은 집은 앞마당과 뒤뜰에 딸린 차고를 연결하는 복도 옆으 로 길게 뻗은 형태였다. 소박한 정원에는 헛간 하나가 있었다. 개 들은 레몬나무 아래서 잠을 청하곤 했고, 바비큐 그릴은 매주 일요 일마다 사용되었다. 소란스럽고 정돈과는 거리가 먼 이 집의 사람

*   비키의 본명.

들은 내킬 때마다 잠에 빠져들곤 했다. 모두가 함께 둘러앉아 식사를 하고 싶은 마음이 들 때면 그렇게 했지만, 그렇지 않을 경우에는 각자 자기 방이나 구석에 음식을 가져가서 먹곤 했다. 할머니는 라디오에서 흘러나오는 탱고 음악을 즐겨 들었고, 그 집 안에서 잃어버린 서류는 두 번 다시 찾을 수 없었다.

약사 남편과 의사 아내가 사는 집 같지 않았다. 비키는 이따금 부모의 가난이 부당하다고 생각했다. 의사 부모를 가진 학교 동급생들은 전혀 다른 유형의 집에서 살고 있었기 때문이다. 한번은 그들이 얼마나 운이 나빴고 기회를 낭비했는지에 대해 이야기하는 걸 들었다. 엄마는 공립병원에서 근무하는 한편 집에서 스무 블록 정도 떨어진 곳에 있는 한 의원에서 교대근무로 일했다. 아빠는 열여덟 살 때부터 일해온 약국을 그만두고 싶지 않아 했다. 주인을 존경했고, 월급이 낮아도 전혀 개의치 않았다. 가족들은 돈 때문에 많이 다투기도 했지만 그래도 행복했다. 함께 있으면 즐거웠다. 또 들어오는 돈은 모두 써버리기도 했다. 바릴로체, 페우엔코, 마르델플라타, 코르도바산맥, 바예데라루나 등지에서 휴가를 보냈다. 가스파르는 이 집안사람들과 많은 시간을 함께 보냈다. 자신이 살고 있는 넓고 멋스러운 그 집을 동네 사람들이 부러워한다는 사실을 잘 알고 있었다. 그러나 한편으로는 어둡고 텅 비어 있었다. 정원은 메말랐고, 가구는 몇 개 없었다. 강압적인 적막이었다.

"남아서 저녁도 같이 들지, 왜?"

비키의 엄마 리디아가 물었다. 병원에서 밤 9시쯤 도착한 그녀의 손에는 오븐에 데울 냉동 피자 몇 개가 들려 있었다. 개의 탈주

소식을 알게 된 것도 이때였다. 이야기를 다 듣고 난 그녀는 남편에게 말했다.

"우고, 당신은 정말 구제 불능이야. 정말로."

그러고는 아이들이 포스터를 만든 일을 칭찬했다. 비키와 친구들은 동네의 모든 상점과 노점, 공원의 바, 자전거점, 가로등에 그 포스터를 붙였다. 다음 날은 일요일이었다. 비만 오지 않는다면 길거리에 많은 사람들이 오갈 테고, 누군가 개를 목격했다면 분명 모습을 드러낼 것이었다. 아델라와 파블로의 전화번호도 남겨두었다. 가스파르만은 예외였다. 그의 아빠는 전화벨 소리를 못 견뎌했다.

리디아는 피자를 식히기 위해 조리대 위에 올려두고선 방에 들어가 입고 있던 흰 유니폼을 벗었다. 주방으로 돌아와 파블로와 가스파르에게 피자를 먹으라고 재차 권했지만 파블로는 엄마가 기다린다고 답했다. 가스파르는 감사하지만 괜찮다고 말했다.

"네 아버진 어떻게 지내시니?"

리디아가 샤워하러 들어가기에 앞서 물어보았다.

"잘 모르겠어요."

가스파르가 솔직히 답했다.

"그래서 돌아가고 싶은 거기도 해요. 그래도 최근 며칠 동안에 비하면 괜찮으신 것 같아요. 물어봐주셔서 감사해요."

"무슨 일 있으면 언제든 말하렴."

가스파르는 손짓으로 인사했다. 자전거가 그리웠다. 어두워질 때면 사용하던 야간 등의 불이 최근 들어 깜빡거려서, 자전거점 주인에게 이참에 그것까지 한번에 갈아달라고 맡겨놓고 왔다. 아델라가 동행해주었다. 그녀는 친구들 중 가장 지척에 살고 있었다. 가스파르는 그녀와 함께 있는 걸 좋아했다. 아델라의 솔직함이 불편하지 않았기에 함께 있으면 마음이 편했다.

"디아나가 나타날 것 같아?"

다소 거친 털, 항상 입 밖으로 내밀고 있던 혓바닥, 그 사랑스러운 열정. 가스파르는 이 모든 것을 갑자기 떠올렸고 이내 목구멍에 돌멩이 하나가 걸린 듯한 느낌을 받았다. 그 개를 사랑했던 것이다. 반려동물을 집에 들이는 게 금지되어 있었기에 대신 다른 집의 동물들을 쓰다듬곤 했다. 그중에서도 디아나를 가장 아꼈다.

"아니. 나타날 것 같지 않아." 가스파르가 말했다.

"나도 그래. 하지만 아무 말도 하지 않기로 했어."

"어쩌면 아무 근거 없는 생각이거나, 우리가 틀렸을 수도 있어."

"제발 그랬으면 좋겠다. 너는 왜 개를 안 키워?"

"우리 아빠가 동물을 싫어하셔."

사실 정확한 설명은 아니었다. 한번은 "이 집 안에 살아 있는 건 아무것도 들이고 싶지 않아"라고 말했다. 아무리 아델라라고 해도 이런 말은 상당히 이상하게 들릴 것이었다.

"네 아빠는 분위기가 참 구려."

둘은 웃었다. 아델라는 솔직했고, 자기가 무슨 말을 하는지도 정확히 알고 있었다. 아델라의 엄마 베티는 슬플 때마다 말술을 마셨다. 폭력을 쓰는 것도, 아델라를 학대하는 것도 아니었다. 단지 술병을 든 채로 방 안에 틀어박혔다가 이따금씩 화장실에 나와 구토할 뿐이었다. 온 집 안에다 토할 때도 물론 있었다. 그럴 때면 가스파르는 아델라를 도와 집 구석구석에 숨어 있던 가득 찬 와인 잔을 비우거나, 베티가 구토의 흔적을 대충 치우는 동안 탈취제를 뿌리는 일을 함께했다. 술에 취하는 날들이 연속적이진 않았다. 하지만 한번 마셨다 하면 고된 시간이 이어지곤 했다. 가스파르는 걸음을 늦췄다. 조금 느리게 걸으며 아델라와 더 오랜 시간을 보내고 싶기도 했고, 또 팔이 없는 아델라는 남들보다 조금 늦게 걸을 수밖에 없었기 때문이기도 했다. 노가 하나 모자란 배가 앞으로 잘 나아가지 못하는 것과 같았다. 이제 비는 그쳤다. 우비를 비키의 집에 두고 나온 아델라는 팔꿈치 쪽을 묶은 빨간색 맨투맨 티셔츠를 입고 있었다. 아무것도 들어 있지 않은 소매가 덜렁거리는 게 질색이라며, 차라리 누구나 볼 수 있게 해두는 편이 낫다고 했다. 가스파르도 아델라와 함께 있는 것이 좋았다. 말을 많이 할 뿐 아니라 침묵을 불편해하지도 않았다. 하지만 지금 아델라는 아무 말이 없었다. 개 때문도, 친구 때문도 아니었다. 그녀는 늘 개들을 멀리했다. 그래야만 도베르만에게 공격을 받았다는 이야기에 힘이 실리기 때문이었다.

가스파르는 침묵을 깨기로 마음먹었다.

"무슨 일이라도 있는 거야?"

"날 항상 따라다니는 그 일. 그런데 갑자기 심해졌어."

"그래, 말해봐."

"조금 섬뜩할 수도 있어."

"더 좋지."

아델라는 가스파르의 몸이 휘청일 때까지 밀쳤다.

"이거 완전 또라이잖아."

아델라는 말하는 동안 고개를 숙여 밑을 바라보고 있었다. 자신의 발걸음에 집중하는 듯했다.

"팔이 간지러워. 이쪽 팔."

아델라는 말하며 절단된 팔의 남은 부분을 흔들어 보였다.

"그럼 긁어."

"또라이 같은 소리 하네. 지금은 없는, 예전에 내 팔이었던 부분이 간지럽다는 거야. 의사를 찾아가보기도 했어. 환상통이라고 하더라. 내게 그 부분이 없다는 걸 뇌에 입력할 수가 없어서 그런 걸 계속 느끼는 거래."

가스파르는 길가의 누르스름한 불빛 아래에서 그녀를 유심히 바라보았다. 아델라의 머리카락 주변에 오로라 같은 것이 피어올라 있었다. 습기로 머리카락이 곤두서 있었다.

"거짓말."

아델라가 짙은 색의 눈을 가늘게 뜨곤 증오의 눈빛으로 가스파르를 쳐다보았다.

"왜 맨날 날 못 믿는 거야?"

"존재하지도 않는 게 어떻게 간지러울 수 있어."

"미치도록 간지럽다고. 넌 정말 아무것도 몰라."

아델라가 소리쳤고, 곧 울면서 집을 향해 뛰어갔다. 가스파르가 얼굴을 볼 새도 없이 멀어져갔다. 따라갈까 생각했지만, 이내 그냥 가게 두기로 했다. 피곤했고 배도 고팠으며, 커틀릿을 오븐에 데우는 일에도 시간이 필요했다. 샌드위치를 만들 만한 빵이 있을지 확신이 없었다. 식사 초대에 응했어야 했다. 하지만 지금은 무엇보다 집에 돌아가 잠시 혼자만의 시간을 가진 뒤 아빠를 보고 싶었다.

집 안의 상쾌한 어둠 속으로 느릿느릿 들어갔다. 주방을 향하기 전, 아빠가 자고 있던 아래층 방 안을 들여다보았다.

바닥에 놓인 조명, 협탁 위에 놓인 빈 컵, 가슴을 열어젖힌 채 침대에 앉아 있는 아빠. 그는 반듯이 누워 자는 법이 없었다. 사실 정말 잠들었는지 아닌지는 알 길이 없었다. 두 눈을 감고 있다는 것만을 확인할 수 있을 뿐이었다.

가스파르는 주방의 불을 켰다. 화장실을 제외하면, 이 집 안에서 메인 천장 등을 사용하는 것이 허용된 거의 유일한 공간이었다. 냉장고에 커틀릿 두 덩이가 있었다. 냄새를 맡아보았다. 파슬리와 빵, 레몬 약간. 신선한 고기에서 나는 금속성 냄새. 오븐 트레이 중 하나에 기름을 바르고 전원을 올렸다. 오븐의 불꽃이 켜진 상태를 유지하려면 거의 일 분 정도는 버튼을 누르고 있어야 했다. 손을 너무 일찍 떼면 푸른 불꽃으로 된 반원이 수그러들어서 다시 시도하기까지 십 분은 더 기다려야만 했다. 기름의 지글거리는 소음 때문이라도 그날만큼은 튀김을 시도하고 싶지 않았다. 아빠를 깨우고 싶지 않았다. 게다가 튀긴 음식은 소화가 안 된 채로 잠들기라도 하면 가장 끔찍한 악몽을 꾸게 만들곤 했다. 자신의 머리 위를 떠다니는 남자의 꿈. 그 남자가 팔에 짊어진 무언가에서 뜨거운 액체 방울이 뚝뚝 떨어졌다. 살아 있지만 죽어가는 작은 무언가. 꿈속이어도 그 모든 게 생생했다. 하지만 그 무언가가 사람인지 동물인지는 알 수 없었다. 볼 수 없었기 때문이었다. 그저 자신의 머리 바로 위에 둥둥 떠 있는 남자의 두 발과, 마치 뼈처럼 창백한 다리 일부분만이 보일 뿐이었다. 그래서 커틀릿은 오븐으로 직행했다. 토마토 하나를 반으로 갈라 올리브유와 오레가노 약간을 뿌려 커틀릿과 함께 넣었다.

요리를 좋아했다. 아빠를 위해 더 많은 요리를 해주고 싶었지만, 최근 들어 아빠는 부쩍 식사량도 의욕도 줄어들어 있었다. 가스파르는 아빠의 병세가 짙다는 걸 알고 있었다. 이제껏 단 한 번도 잊은 적 없지만, 지금은 그 전과 비교할 수 없을 정도로 심각한 무언가가 느껴졌고, 생각하고 싶지 않은 지점에까지 종종 이르곤 했다. 곧 죽고 말 거란 예감. 아빠는 항상 무척 피로하고 화가 나 있었다. 쇠약하고, 유달리 예민한 자신의 아버지. 장대처럼 키가 크고 강한 사람. 누구보다 큼직한 그 두 손은 쓰다듬을 때면 한 손으로도 머리 전체를 감쌀 수 있었고, 손찌검을 할 때면 천이나 패딩 같은 보호장치가 없는 권투 글러브 같았다. 묵직한 손바닥의 뼈와 잔혹한 손등을 통해 순수한 분노가 오롯이 전달되곤 했다.

젖은 운동화와 양말을 벗고 주방의 빨랫줄에서 마른 양말을 찾아 뒤적였다. 잠이 오지 않았기에 토마토를 곁들인 커틀릿으로 자신만을 위한 식탁을 차린 뒤, 접시 옆에 숙제로 채워넣어야 하는 아시아의 경계선 지도를 함께 올려놓았다. 각 나라를 구분 짓는 경계선들을 바라보다가, 백과사전의 사용이 허용된 숙제지만 시험을 보듯이 기억에만 의지해 빈칸을 채워나가기로 마음먹었다. 중국, 베이징. 거대한 나라 하나를 농담처럼 손쉽게 노란색으로 색칠했다. 위쪽의 섬은 일본이었다. 도쿄. 빨간색으로 갔다. 지리를 좋아했다. 수학을 싫어했고, 기하학은 더더욱 관심이 가지 않았다. 하지만 동급생 벨렌은 그런 것들을 좋아했다. 엔지니어가 되고 싶어 하는 벨렌과는 각종 문제의 해답과 각도기를 자신의 영어와 언어학 숙제와 교환하기도 했다. 이 교환은 자신이 벨렌을 좋아한다는 사실을 제외한다면 완벽했다. 물론 다른 여자아이들도 좋아했지만, 벨렌만큼 예뻐 보이거나 긴장과 만족감을 동시에 느끼게 만드는 아이는 없었다. 공학을 전공하고 싶어 하는 것까지도 그녀를 더 좋아하게 만들었다. 다른 여자아이들과는 달랐다.

아직 데이트나 연애를 신청하고 싶은 마음이 들지는 않았다. 다른 여자아이들이 벨렌과 가스파르라는 이름을 가지고 입방아를 찧고 있다는 걸 알고 있었다. 예수가 태어난 도시*, 그리고 동방박사 세 사람 중 한 명의 이름. 딱 좋은 놀림감이었다. 자신의 이름과 제일 좋아하는 여자아이의 이름이 함께 놀림거리가 된 것이었다. 그리고 그녀는 콧대가 높았다. 넓게 벌어진 입, 어두운 두 눈, 양 볼의 푸른 핏줄이 그대로 보일 정도로 투명하고 얇은 피부. 그 모습이 가스파르의 눈에는 지도 같아 보일 때도 있었다. 항상 무릎 밑까지 끌어 올려 신곤 하던 흰 양말과 새끼손가락에 자리한 은반지도 마음에 들었다.

이란의 수도가 퍼뜩 떠오르지 않았다. 테헤란일까, 바그다드일까? 테헤란으로 마음을 굳힌 뒤 보라색으로 색칠했다. 더 많은 국

---

* 예수 그리스도의 탄생지 '베들레헴'은 스페인어로 '벨렌'이다.

가들이 남아 있었는데, 늘 헷갈리는 곳들이었다. 이름은 기억했다. 말레이시아, 인도네시아, 캄보디아. 하지만 지도상에서 짚어내는 건 쉽지 않았다. 당장은 위층으로 올라가 백과사전을 펼칠 마음이 들지 않았다. 다음 날 찾아보아도 되었다.

신발을 벗은 채 방으로 향했다. 길가, 혹은 더 정확히 말하자면 메마른 화단 여러 개가 있는 좁은 앞마당으로 이어지는 방이었다. 창문도 덧문도 닫혀 있었는데, 가스파르는 그 어느 것도 열지 않았다. 협탁에서 읽을 책을 고르다가, 아무것도 읽고 싶지 않다는 결론에 도달했다. 그날은 시집조차도 읽고 싶지 않았다. 내용을 제대로 이해할 수 없음에도 불구하고 가스파르는 시집을 그 어떤 책보다 좋아했다. 단어들의 집합을 큰 소리로 읽다 보면 무언가 신비하고 아름다운 작용이 일어나 마음을 울컥하게 만들곤 했다. 큰아빠가 크리스마스라고 브라질에서 보내준 신상 워크맨으로 음악을 들을 기분도 아니었다. 비디오테이프를 파블로에게 빌려준 탓에 영화도 볼 수 없었다. 그저 잠드는 것밖에는 할 수 있는 게 없었다. 바지는 벗었지만 티셔츠는 입은 채였다. 스웨터는 의자에 걸쳐두었다. 무릎의 상처는 이미 말라 있었다. 다음 날부터 얼마간 간지러울 것이고, 그다음 날이면 굳은 딱지를 벗길 것이었다. 그러다 보면 상처가 다 낫기까지 한참은 걸리곤 했다. 언제나 그래왔다.

반으로 접은 베개의 위치를 바로잡고 이불 속에 파묻히기 전, 서랍 속에서 토착 민중 예술사 전집의 한 권을 꺼내 들었다. 엄마가 쓴 책으로, 엄마의 사진도 있었다. 집에 있는 책 중에는 엄마가 쓴 글이 실린 것도 몇 권 있었다. 그중 일부는 영어로 되어 있었다. 가스파르는 그 모든 책의 제목을 외우고 있었다.『정복 즈음의 투피-과라니 세계』,『신이 만약 재규어였다면: 과라니들 가운데의 카니발리즘과 기독교』,『뇌전증의 사회문화적 층위: 아르헨티나의 과라니 공동체를 대상으로 한 인류학적 연구』외에도 많았다. 다른 주제를 다룬 책들도 있었지만, 엄마의 사진이 나온 책자는 이게 유일했다. 아빠는 이 전집이 원래 열 권짜리라고 말해주었지만 집에는 다섯 권만 있었다. 아빠는 엄마가 이 전집의 유일한 여성 저자였기 때문에 자부심과 분노를 동시에 느끼곤 했다고 말해주었다. 왜 화를 내셨어요? 가스파르는 물어보았다. 많은 것들 때문이지. 여성 인류학자가 많지 않았기 때문에. 그 적은 수의 여성들조차도 각종 논의나 학회 등에 초대받지 못했기 때문에. 남자들을 혼자 상대하며 일하는 데 염증을 느꼈기 때문에.

첫 장에 따르면, 그 책은 파라과이의 '바로박물관 시각예술센터'가 발행한 전집의 일부였다. 제목은 '과라니 인디오 그룹의 토착예술과 혼혈예술'이었다. 첫 네 페이지는 인디오 언어의 어족과 민중성의 정의 등에 대한 설명으로 시작되었는데, 그림 하나 없어 가스파르에겐 그저 어렵기만 할 뿐이었다. 그래도 그다음 열 페이지에 이어지는 컬러사진들은 몹시 마음에 들었다. 피 묻은 그리스도의 머리를 조각한 17세기의 나뭇조각과 '기둥에 묶인 그리스도'라는 이름이 붙은, 허리춤까지 오는 기둥에 양손이 묶인 채 온몸이 상해 고통스러워하는 그리스도의 전신 초상이 있었다. 굉장히 특이한 모습을 한 성모의 초상도 있었다. 다리가 없는 일종의 토르소 형태였는데, 양철 재질의 심장에 여러 개의 검이 관통하고 있었고 가슴 바깥쪽 측면에는 '돌로로사ᴅₒₗₒᵣₒₛₐ'라는 문구가 쓰여 있었다. 그다음에는 가슴 측면에서 피를 철철 흘리고 있는 십자가에 못박힌 그리스도와 양동이처럼 생긴 금빛 잔을 들고 그 피를 받아내고 있는 한 천사가 그려져 있었다. 가장 좋아하는 건 책의 두 번째 파트인 「무속신앙」이었다. 산라무에르테라 불리는 해골이 여럿 나왔는데, 네 장의 사진마다 서로 다른 모습이었다. 그중 하나는 키가 제법 컸고, 왼손에는 큰 낫 한 자루를, 오른손에는 빗자루를 쥐고 있었다. 통통하고 작달막한 다른 하나는 웃는 입이 그려져 있었는데, 들고 있는 낫이 짧은 탓에 칼처럼 보이기도 했다. 우스웠다. 하지만 다음 것은 전혀 달랐다. 검게 칠한 관 안에 누워 있는 심각한 표정의 해골이 금방이라도 몸을 일으킬 듯했다. 가장 특이한 건 제일 마지막이었다. 오 센티미터가 채 되지 않는 해골이었는데, 은행에서 차례를 기다리는 듯 머리를 양손에 기대고 있는 모습이었다. 주석에 따르면 뼈로 만든 조각이라고 하는데 동물의 뼈인지 인간의 뼈인지는 밝히지 않았다. 이어서 붉은 옷을 입고 한 손에 검을 든, 재규어를 탄 모습의 삼손이 등장했다. 나무로 만든 것이었다. 그리고 십자가에 못 박힌 여성, 성녀 리브라다도 나왔다. 인디오들의 그림을 모아놓은 마지막 섹션은 가장 지루했다. 새, 아르마딜로, 나무 사이의 거대한 거미줄, 강의 물고기, 악어, 호박같이 생긴 덩치 큰 채소류를 재배하는 사람들 따위가 그려져 있었다.

책의 뒤표지에는 엄마의 사진과 생애와 연구 내용을 담은 약력이 있었다. "로사리오 레예스 브래드퍼드는 1949년 부에노스아이레스에서 출생했다. 영국 케임브리지 대학에서 박사학위를 받으며 아르헨티나의 첫 여성 인류학자가 되었다. 기호인류학, 종교인류학, 과라니 종족학을 전공하였고 아르헨티나, 파라과이, 브라질, 콜롬비아, 멕시코, 미국, 영국, 프랑스, 벨기에 등지에서 스무 편이 넘는 논문을 발표했다. 저술한 책으로는 『테코포라: 과라니 역사, 종교, 문집의 인류학』이 있다."

사진 옆에는 엄마가 자필로 쓴 감사 인사가 적혀 있었다. 박물관장 크리스티노 에스코바르, 출판사, 미시오네스의 음비야, 파라과이 남부의 여러 공동체를 비롯한 여러 사람들의 이름을 지나쳐 비로소 가스파르에게 중요한 부분에 이르렀다. 문구는 이랬다. "내 동생이자 누구보다 절친한 친구이며 동료인 탈리에게 감사한다. 조건 없는 사랑을 베풀어준 후안, 그리고 엄마의 부재를 늘 씩씩하게 감당해주었고 우리가 다시 만날 때마다 거리낌 없이 큰 기쁨으로 나를 맞아준, 내 인생 최고의 남자 가스파르에게도." 한번은 왜 집안과 가까이 지낼 뿐인 탈리를 '동생'이라고 한 거냐고 아빠에게 물어보았다. 그러자 후안은 서로 너무 사랑했기 때문에 그렇게 말하기도 한다고 답해주었다. 가스파르는 실망했다. 탈리가 진짜 이모이기를, 가족의 테두리 안에 함께하기를 바랐기 때문이었다.

엄마에 대한 기억을 모두 되살려보려 했다. 계단을 내려오는 모습, 머리가 아플 때마다 찬물에 적신 수건을 이마에 얹어주던 모습, 가만히 앉아 있으면 곧 돌아오겠다고 말하는 모습(특히 '가만히' 라는 말을 선명하게 기억했다), 그리고 복도로 사라지는 모습. 하지만 이 복도는 어디 있는 것일까. 바다 위에 떠 있는 듯한 구름다리 또는 부두도 떠올랐다. 다만 그 밑에는 물이 아니라 나무들이 우거져 있었다. 나무의 수관들이었다. 자신과 손을 마주 잡던, 짙은 색의 머리카락을 가진 엄마. 침대에서 카드의 의미를 가르쳐주던 엄마. 아빠와 키스를 나누던 엄마. 엄마가 까치발을 하면, 아빠는 몸을 굽혀 허리를 감싸 안아주곤 했다.

카메라를 물끄러미 응시하는 엄마의 사진이 감사 인사와 함께 실려 있었다. 책자는 1979년에 발간된 것이었지만, 아빠의 말에 따르면 이 사진은 그보다 훨씬 전에 찍은 것이라 흑백이었다. 흰색 반팔 블라우스를 입은 엄마의 두 팔은 몹시 가냘펐다. 그리고 조금 부끄러운 생각이긴 했지만, 가슴이 풍만했다. 무엇보다 정말 아름다웠다. 엄마를 두고 이런 생각을 하는 게 마음에 들진 않았지만, 그래도 길게 늘어뜨린 다소 부스스한 머리카락과 두툼한 입술이 아름다웠다. 한번은 그 당시 여자들과는 다르게 엄마는 화장을 잘 하지 않는 편이었다고 아빠가 말해주었다. 네 친구들에게 십 년 전의 엄마 사진을 보여달라고 해봐, 그럼 무슨 말인지 알게 될 거다. 가스파르는 그렇게 했고, 아빠의 말이 사실임을 알게 되었다. 비키의 엄마는 눈꺼풀 위에 어두운 셰도를 잔뜩 칠한 탓에 만화영화에서 본 너구리 같았다. 입술은 빨간색으로 떡칠이 되어 있었고, 양볼은 얼룩덜룩했다. 눈썹은 더 심각했다. 가령 파블로의 엄마는 눈썹이 없는 채로 웨딩 사진을 찍었다. 세상에나, 맨살 위에 얇게 그린 눈썹이 전부였던 것이다. 그러나 이 사진을 비롯한 여러 사진에서 본 자신의 엄마는 정상적인 눈썹을 갖고 있었다. 왜 여자들이 눈썹을 뽑느냐고 물었더니, 아빠는 미소 지으며 엄마도 같은 걸 궁금해했다고 대답했다. 엄마는 옷과 패션을 광적으로 좋아했고, 그 누구와도 같지 않았다고 말해주었다. 사진의 엄마는 폭이 넓은 팔찌를 차고 있었다. 자세히 들여다보면 반쯤 입을 벌린 채 두 갈래로 갈라진 혓바닥을 내민 독사의 형상인 걸 알 수 있었다.

책자를 덮고, 이불로 젖은 눈가를 닦았다. 스웨터 주머니 사이로 디아나의 얼굴이 박힌 종이가 보였다. 나머지는 주방의 탁자 위에 올려두었다. 비도 오는데 굳이 붙이러 나갈 필요는 없었다. 바닥에 누운 채 테니스공을 가지고 놀던 디아나를 떠올렸다. 골반에 문제가 있어 몸을 일으키는 걸 힘겨워했는데, 처음엔 천천히 걷다가 이내 정상 상태를 회복하곤 했다. 마치 골반이 문제 없이 작동하려면 약간의 몸풀기가 필요한 듯했다. 착하고 약간은 멍청해 보이기도 했기에, 도망쳤다는 사실을 받아들이기가 퍽 어려웠다.

가스파르는 어디선가—잡지였을까? 아니면 단편소설이었을까? 정확히 기억나진 않았다—무언가를 정말 강렬하게 원한다면 눈을 감고 온 신경을 집중해 그 소원을 떠올리라고, 진심으로 그렇게 한다면 이뤄질 수 있다는 글을 읽은 적이 있었다. 그래서 디아나를 떠올렸다. 그 큼직한 머리와 움푹 들어간 등 그리고 이따금씩, 특히 비키네 집의 막내 강아지 엘렉트라가 그 녀석을 자극할 때마다 갑자기 깨어난 듯 함께 여기저기를 휘젓고 다니던 모습을 떠올렸다. 혀를 내밀고는 개들 특유의 미소 비슷한 표정을 지으며 집 안쪽과 텃밭으로 둘러싸인 작은 공간을 누비고 다녔다. 흰색으로 칠해진 벽돌 벽 앞, 수국과 장미와 철쭉으로 뒤덮인 꽃밭은 폭발하는 보랏빛과 붉은빛 폭죽 같았다. 디아나가 재스민을 우걱우걱 뜯어 먹는 모습, 그리고 비키의 할머니가 먹지 말라고, 나중에 이걸 다 어떻게 손보냐며 투덜거리는 장면을 그리다가 잠에 빠져들었다.

처음엔 추위에 잠에서 깼다. 자는 도중 이불을 차버렸던 것이다. 자주 있는 일이었다. 잠잘 때 정말 많이 움직이고 잠꼬대도 곧잘 한다고, 비키네와 함께 떠난 휴가 중에 비키가 말해주었다. 뭐라고 말하는데? 하고 물어봤더니, 비키는 꽤나 심각한 표정으로 알아듣지 못하는 말이라고 대답했다. 가스파르는 그 말을 믿지 않았다. 언젠가는 잠들기 전에 녹음기를 켜서 자기가 무슨 말을 하는지 들어봐야겠다고 생각했다.

두 번째로 잠에서 깨어났을 때는 자신이 있는 장소가 어디인지 바로 알아차리지 못했다. 디아나의 꿈을 꾼 것이었다. 이상한 꿈이었다. 개는 공원 수영장에 둥둥 떠 있었다. 익사한 게 분명했는데, 이름을 불렀더니 퍼뜩 고개를 들어 만족스러운 표정을 짓고는 꼬리를 흔들며 다가왔다. 앞발을 움직이는 게 무척 힘겨워 보였다. 깨어난 건 꿈 때문이 아니라, 바로 그 두 발 때문이었다. 창 덧문을 긁어대는 개의 앞발, 그리고 들어오고 싶어 끙끙대는 소리.

"디아나!"

큰 소리로 이름을 불렀다. 한밤중이었지만 지금 당장 비키에게 데려가야겠다고 생각했다. 가스파르는 얼른 몸을 일으키고는 창문을 올리고 덧문을 열었다. 밖에는 아무것도 없었다. 창살과 닫힌 문, 텅 빈 안뜰 외에는 아무것도 보이지 않았다. 오랜 시간 동안 가늘게 떨어지고 있던 빗줄기는 바닥을 은색으로 빛내며 미끄럽게 만들고 있었다. 깨끗한 하늘은 구름으로 덮여 있었다. 습하게 빛나는 밤이었다. 머리를 창밖으로 내밀고 "디아나!"라고 작게 소리쳤다. 그러다 갑자기 누군가 머리채를 휘어잡고 잡아당기는 바람에 방으로 끌려 들어왔다. 다시 한번 밀쳐진 가스파르는, 그리 큰 힘은 아니었지만 단번에 창문에서 멀어지며 반대편 벽에 부딪혔다. 검은 팬티만 걸친 채로 이상하리만큼 황급하게 창문을 쾅 닫은 뒤 블라인드를 내리고 있는 아빠가 그제야 눈에 들어왔다. 아빠가 가스파르를 내려다보고 있었다. 화를 내고 있는 것도, 분노에 이글거리는 것도 아니었다. 당황한 모습이었다.

"뭘 하고 있었던 거야?"

아빠는 큰 소리를 내거나 고함을 치는 대신 그저 나지막이 물었다. 가스파르는 반사적으로 바짝 움츠렸던 어깨의 긴장을 풀었다.

"왜 죽은 자를 부르고 있던 거니?"

"비키네 강아지였어요."

"무슨 강아지? 대체 무슨 말이냐?"

"비키가 강아지를 잃어버렸거든요. 그런데 방금 앞발로 덧문을 긁는 소리가 났다고요!"

그제야 아빠는 긴장을 내려놓았다. 이때껏 취하고 있던 위협적인 자세를 풀고는 한 손으로 머리카락을 쓸어 넘겼다. 왼쪽 눈썹을 치켜뜨고 있었는데, 이 표정은 많은 경우 불신을, 또 이따금은 경멸을 뜻했다. 그리고 아주 흔치 않은 경우 우습다는 의미를 갖기도 했다. 그는 가스파르의 침대에 앉아 담요를 자신의 어깨에 둘렀다.

"가서 내가 마시던 걸 좀 가져와라. 협탁 위에 있을 거야. 담배도 같이."

가스파르는 아빠가 자기 방에서 흡연하는 걸 좋아하지 않았다.

냄새가 아주 끔찍했기 때문이었다. 사실 아빠가 담배를 아예 피우지 않았으면 했지만 끊으라는 말을 안 한 것도 아니었고, 졸라봤자 소용없을 걸 잘 알고 있었다. 위스키 잔과 담배를 가져왔다. 아빠는 담배 한 개비에 불을 붙이더니 곧바로 바닥에 비벼 담뱃불을 껐다.

"이리 와."

아빠가 이불 속에 들어올 수 있는 공간을 내어주며 말했다. 그러곤 위스키 한 잔을 쭉 들이켜고 입 주위를 혀로 천천히 핥고는 말을 이어갔다.

"너희가 찾는 그 개는 죽었어. 방금 나타난 녀석은 비키의 개가 아니었고. 정말 개가 맞는지도 모르겠지만."

가스파르는 두려움에 입안이 마르는 걸 느꼈다. 아빠가 자신을 뚫어져라 쳐다보고 있었다. 초췌한 모습에, 검푸른색을 띠는 입술은 마치 익사한 사람 같아 보였다.

"정말이에요? 도망친 것도 오늘 아침이었는데…….."

"정말이다."

아빠에게서 술 냄새가 났다. 가스파르가 보기엔 조금 취해 있는 듯했지만 사실 늘 그렇듯 정확히 알 수는 없었다. 침대에서 자세를 고쳐 앉다가 실수로 베개 위에 올려두었던 책자를 떨어뜨렸다. 바로 책자를 집어 들어 협탁 위에 올려놓았다.

"혹시 네 엄마로 시도해본 적이 있니?"

"뭐를요?"

"오늘 넌 네 친구의 개를 불러내려 했어."

"전 개를 부르지 않았어요……."

"가스파르, 우리 둘 다 잘 알잖니. 내가 무슨 이야기를 하고 있는지."

뭐라고 대답해야 한단 말인가? 담요를 뒤집어쓰고 스탠드 조명의 빛을 받고 있는 아빠의 모습, 금방 거세진 빗줄기—바람이 불어와 빗물이 창 덧문을 때리고 있었다—, 그리고 자신의 머릿속을 계속 긁어대고 있는 유령 개의 앞발, 그 모든 것이 두려움을 자아냈다.

사실을 말씀드려야 해, 가스파르는 생각했다.

"네, 사실 시도해봤는데 아무 일도 일어나지 않았어요."

아빠는 심호흡을 했다. 천천히 내쉬는 숨에서 약간의 떨림이 느껴졌다.

"이미 죽은 걸 살아 있게 할 이유는 없어. 다시는 그런 짓 하지 마라."

아빠가 말했다.

"개가 죽었을 줄은 몰랐어요."

"그럼, 당연히 몰랐을 거야. 그래도 다신 해선 안 돼. 너무 위험해."

"절대 안 불렀을 거예요. 죽은 줄 알았으면 어떻게 불렀겠어요."

"하지만 네 엄마는 불렀잖니."

가스파르는 잠시 주저했다.

"엄마를 떠올리면서 돌아와주면 좋겠다고 생각은 했지만, 그게 엄마를 부르는 일인 줄은 몰랐어요."

아빠가 위스키를 한 모금에 모두 들이켰다.

"보통은 그렇지 않긴 하지. 그래도 그러지 말아줬으면 한다."

"알겠어요, 아빠."

"유령은 정말 존재하거든. 그리고 널 찾아오는 게 네가 부르고 싶은 존재가 아닐 수 있어."

아빠는 어둠 속에서 담배를 다시 꺼내 들더니 이번에는 끝까지 피웠다. 연기를 내뱉으며 기침을 해대기도 했다. 어깨를 덮고 있던 담요는 이제 금빛 털로 뒤덮인 길고 가는 다리만을 덮고 있었다. 담뱃불은 위스키 잔 안에서 서서히 사그라들었다. 아빠가 가주기만을 기다리던 가스파르의 마음과는 달리 후안은 침대 위에 드러누웠다. 가스파르는 반대편 가장자리에 두 다리를 끌어안고 어정쩡하게 앉았다.

"잠을 못 자겠어."

아빠가 부연 설명을 하려는 듯 말을 꺼냈다.

두 사람은 절반의 어둠 속에서 서로를 바라보았다. 바깥에선 비가 나무들을 흔들고 있었다. 가스파르는 또 한 번 개의 앞발 소리를 들은 듯했다. 이번에는 길바닥 위를 뛰어다니고 있었다. 하지만 신경 쓰지 않기로 마음먹었다.

"한 가지만 물어봐도 돼요?"

"너도 잠이 오지 않는구나."

"네, 게다가 전 잠을 좀 잤거든요. 어제 아델라와 대화를 나누고 있었는데, 지금은 없는 팔이 간지러울 때가 있다고 하더라고요. 저는 그게 거짓말이라고 했어요. 완전히 거짓말이잖아요, 그렇지 않나요? 그런데 그 애가 울면서 뛰어가버렸어요. 모르겠어요, 그 아이가 하는 거짓말이라면 모두 눈치챌 자신은 있거든요. 엄청난 거짓말쟁이라서요. 그런데 이번엔 진짜일지도 모르겠단 생각이 들어요."

후안은 미소 짓더니 몸을 일으켜 침대에 앉았다. 가스파르는 그가 누워서는 숨 쉬기 힘들어한다는 걸, 그리고 그 상태로 대화를 나누기는 더더욱 힘들다는 걸 알아차렸다.

"거짓말이 아니야. 팔다리가 절단되는 사람들이 흔히 겪는 일이지. 아마 없어진 몸의 일부에 할당된 뇌 속 공간만은 여전히 남아 있기 때문이 아닐까 해. 그러니까 그런 걸 느낀다는 말에도 일리가 있어. 얘야, 우리는 피부로 느끼는 게 아냐. 뇌로 느끼는 거지. 고통은 뇌가 만들어내는 거야."

"정말이에요?"

"한번 실험을 해볼까? 어디 보자, 검진할 때 쓰는 장갑 하나만 가져와라. 있니? 간호사가 하나쯤 두고 갔을 텐데."

"네, 화장실에 있어요."

"좋아. 장갑 하나, 칫솔 두 개, 칼 하나, 그리고 숟가락 하나. 나무 조각도 필요해."

"아빠의 그림판 같은 거요?"

"그렇게 큰 거 말고."

"저번에 거실 블라인드 커버 하나가 떨어졌어요. 벽에 세워두었는데."

"그랬니? 난 전혀 몰랐구나."

외딴집의 악한 것

"나중에 제가 고칠게요. 청소 아줌마나 돈을 갖다주러 오는 아저씨들한테 의자를 잡아달라고 하면 돼요."

"그 커버면 괜찮겠구나, 길쭉하니까. 기대어 세우는 데 쓸 만한 사전 몇 권을 서재에서 챙겨 와라. 얼른 보여주고 싶으니까, 어서."

가스파르는 기대감을 감추며 서둘러 방을 나섰다. 함께 놀이를 하거나 시간을 보내는 일이 얼마나 자신을 행복하게 하는지 아빠가 알게 된다면, 아무 설명 없이 그 자리를 떠날 수도 있었다. 가스파르는 오래전부터 아빠가 갑작스러운 감정 변화를 보이고 있음을 알고 있었다. 이제 더는 이유를 알려 하지 않았다. 그저 아빠가 자신과 즐거운 시간을 갖고 싶어 한다면 그 기회를 활용하면 되는 것이었다. 그게 지금의 현실이었다.

모든 재료를 모아 침대 위에 펼쳐놓았다. 침대 한쪽에 무릎을 꿇은 아빠는 자신에게 다른 쪽에 가 있으라고 손짓했다. 그러더니 스웨터를 입고 장갑을 풍선처럼 불도록 시켰다.

"매듭을 지어봐. 손 모양으로 부푼 상태가 유지되는지 한번 보자."

두 번의 시도 끝에 성공했다. 장갑은 작았고, 부풀어 오르자 손바닥 쪽이 짧아진 탓에 손가락이 두드러져 보였다.

"이제 스웨터의 한쪽 소매만 벗어봐. 오른쪽 팔 말이야. 안이 비어 있는 상태로 매달려 있어야 해. 그 소매를 침대 위에 올려놔."

아빠는 부풀린 장갑을 가스파르의 손이 있어야 할 부분에 두었다. 그러더니 오른손 바깥쪽으로 나무판자를 병풍처럼 수직으로 세워두었다. 그리고 가스파르에게는 진짜 손을 판자 너머에 두도록 시켰다.

그는 "이건 고무손 착각이라고 부르는 거야"라고 말하며 나무판자 너머에 있던 가스파르의 손을 장갑으로 만든 손과 같은 자세로 만들었다. 다리를 위로 들고 있는 거미처럼 손가락을 장갑 손과 같은 높이까지 위로 치켜들게 했다.

"네 진짜 손을 바라보면 안 돼. 장갑을 봤다가 다른 쪽 손을 바라봐. 판자 너머에 있는 손은 보지 말고. 그리고 그 손을 침대 위에 올려놓는 거야. 마치 네게 손이 세 개 있는 것처럼."

말을 마친 후안은 칫솔로 판자 뒤편의 손과 고무장갑 손의 중지 부분을 동시에 쓸어내렸다.

"운이 좋으면 이걸로 고무손이 네 손인 것처럼 느끼게 될 거야."

아빠는 아무 말 없이 두 개의 칫솔로 동시에 손가락을 쓸어내리는 행동을 반복했다. 가스파르는 숨을 참고 있었다. 칫솔은 중지를, 다음에는 검지를, 그다음에는 엄지를 차례로 쓸어내렸다.

"장갑 손을 계속 보고 있어야 해."

아빠가 말했다. 나무판자는 겹겹이 쌓아 올린 두꺼운 사전 네 권에 기대어 있었다. 쓸어내리는 행동이 한동안 반복됐다. 바깥에 내리던 비는 어느새 잦아들었고, 바람 소리와 간간이 지나가는 차량의 소음만이 들려왔다.

"지금 칫솔로 장갑 손을 쓸고 있어. 네 손에도 이 감각이 느껴지니?"

"한 번만 더 해주세요."

가스파르가 요청하며 두 눈을 감았다. 그랬다. 파란 스웨터 소매

안에 노란 장갑이 있는 모습을 두 눈으로 똑똑히 보았는데도 그렇게 느껴졌다. 느껴져, 그래, 이게 내 손 같아.

"좋아. 눈을 떠봐."

후안이 말하더니 눈 깜짝할 새에 칼을 치켜들었다. 그러고는 정확하고 간결한 움직임으로 장갑 한가운데에 칼을 찔러 넣었다. 가스파르는 칼이 다가오는 걸 보고는 안 돼, 안 돼, 내 손이 칼에 찔린다고! 속으로 생각했다. 하지만 달려드는 칼날에 놀라 몸을 움츠린 바로 그 순간, 착시임을 깨닫고 비명을 속으로 삼켰다. 칼끝이 자신의 손을 겨냥한다는 느낌을 받았지만, 사실은 라텍스 장갑이 칼에 뚫려 바람이 빠진 것뿐이었다.

"젠장."

가스파르가 내뱉었고, 후안은 미소 지었다.

"생일 파티 때도 해주세요! 마술사들이 와서 해주는 것보다 훨씬 재미있어요!"

"지금 배운 걸로 네가 직접 하면 돼. 플라스틱 손이나 마네킹 손 같은 걸로 하면 더 좋을 거야. 이제 알겠니? 우리가 뇌를 통해 감각한다는 걸."

"진짜 멋져요. 아빠도 제가 해줄까요?"

"됐어."

"어디서 배운 거예요?"

아빠의 얼굴이 순식간에 어두워졌다.

"병원에서. 언젠가 입원해 있었을 때, 한 의사가 나와 놀아준다고 가르쳐준 거야."

아빠는 다시 담요를 어깨에 감싸고 침대로 올라갔다. 가스파르는 사전들과 나무판자를 챙겨 한쪽 구석에 밀어놓았다. 아빠는 집을 어지럽혀도, 물건들을 사방에 늘어놓아도 불편해하지 않았다.

"그럼 아델라가 제게 한 말도 사실인 거네요."

"사실이고말고. 심지어 흔한 일이기도 하지. 네가 아직 그걸 모르고 있었다는 것도, 그리고 그 아이가 진작에 네게 털어놓지 않았다는 것도 사실 조금 놀랍구나."

"이제 어떡하죠?"

"그 아이에게 사과해야지."

가스파르는 눈을 굴렸다.

"네가 실수한 거니까 그렇게 해야지. 그 아이에겐 한동안 널 놀릴 권리가 생겼구나."

가스파르가 혀를 쭉 내밀었다. 그러고는 침대 위, 이불을 내어준 아빠 곁에 자리를 잡고 누웠다.

"아빠는 마음만 먹으면 디아나가 어디 있는지 알 수 있죠?"

후안이 가스파르의 얇고 깨끗한 머리카락을 쓸어 넘긴 뒤, 뒤통수를 긁어주었다.

"그러고 싶진 않아. 그래서도 안 되고. 그런 사소한 일에 예지력을 써서는 안 돼."

"하지만 할 수는 있는 거죠?"

"할 수는 있지. 개를 좋아했니?"

가스파르가 잠시 생각에 잠겼다.

"네. 그리고 비키랑 걔네 집의 다른 강아지 엘렉트라도 그 개를

좋아해요. 엘렉트라가 많이 혼란스러워해요. 오후 내내 울더라고
요. 디아나가 나이가 더 많아서 엄마처럼 따랐었어요. 진짜 엄마는
아니지만요. 그리워해요."

"죽은 걸 알기 때문에 그리워하는 거란다. 동물들은 우리 인류가
오래전 잃어버린 지각을 그대로 갖고 있거든."

후안은 침대에서 몸을 일으켜 담요를 가스파르에게 덮어주고는
칼과 찢어진 장갑을 챙긴 뒤 말했다.

"자라."

‡

꿈에서처럼 날개를 달거나 헬리콥터를 타고 날아올라 이 동네를
공중에서 내려다본다면, 테라스가 딸린 집들 대부분에 안뜰이 있
는 모습, 그리고 그중 극히 소수에만 수영장이 있는 걸 볼 수 있을
것이다. 또 이 도시만의 특징인 좁은 도로와 우거진 나무들, 그리
고 폐쇄됐거나 아주 짧은 시간 동안만 운영되는 작은 공장들도 눈
에 들어올 것이다. 그 가운데를 대로 하나가 가로지르면서 이 동네
를 정확히 절반으로 가르는데, 대로치고는 폭이 좁은데도 주민들
은 한쪽에서만 지낼 뿐, 반대편으로 건너갈 생각을 하지 않는다. 장
도 한쪽 상점에서만 보고, 이웃끼리도 한쪽 사람들하고만 친하게
지낸다. 서로 믿지 못한다거나 성장과정이 달라서 그런 건 아니다.
대로 자체가 강처럼 일종의 자연적인 한계선으로 기능할 뿐이다.

빅토리아와 가스파르, 파블로, 아델라는 대로의 왼편에 산다. 아

델라의 집은 대로변으로부터 이십 미터 떨어진 곳, 비야레알가[註]에 위치한다. 오른쪽으로는 투리 상점, 왼쪽으로는 라몬 아저씨와 마리아 아줌마네 안뜰을 면하고 있다. 한때 닭장으로 쓰던 구조물이 남아 있는, 과일나무가 우거진 곳이다.

가스파르의 집은 아델라네 집과 같은 블록이긴 하지만 비야레알가와 직각을 이루는 R. 피네도가에 위치한다. 그 블록의 사분의 일을 차지하며 블록 한복판에 자리 잡았는데, 거의 중간이라고 해도 좋다. 그 동네 전체를 통틀어 유일한 고급 주택이지만, 관리 태만으로 인해 너저분하고 잡초가 우거진 모습이다. 우아한 타일이 깔린 통로, 분수였던 잔해 더미 등 안뜰은 그야말로 엉망이다. 잔디도 더는 자라지 않으며, 단지 바람에 맥없이 이리저리 흔들리는 빨랫줄만이 앙상하게 널려 있을 뿐이다. 테라스는 마치 누군가 침입하거나 동물이 잠시 쉬어가는 걸 막기라도 하겠다는 듯 수천 개는 되어 보이는 투명한 녹색 유리병 파편으로 뒤덮여 있다.

빅토리아의 집에 가려면 R. 피네도가를 건너 다시 비야레알가로 돌아와야 한다. 그 집은 항상 활기찬 분위기의 작은 노점상 하나와 때때로 철물점으로 기능하기도 하는 한 이탈리아 사람들의 집 사이에 있다. 뒤쪽으로는 일주일에 단 이틀 동안만 문을 열지만 늘 톱밥의 신선한 나무 냄새를 풍기는 목공소를 이웃하고 있다. 그 작은 기업이 곧 문을 닫을 처지에 놓였다는 걸 잊게 만드는 새 가구의 냄새다.

파블로의 집은 마리아노모레노가[註]에서 가장 눈에 띈다. 기와지붕을 얹은 이층집이다. 앞마당에는 수국과 장미 덤불, 팬지가 피

외딴집의 약한 것

어 있다. 파블로의 엄마는 영어 선생님이다. 아빠는 차량용 압축천연가스 회사의 관리자로 근무한다. 주 전역에 지점과 충전소를 확충하고 있는 중이다. 사람들은 대부분의 운전자들이 가솔린 사용에 익숙한 탓에 실패하고 말 거라고, 차 트렁크에 가스탱크를 싣고 다니는 건 폭발 위험이 커서 기피하게 될 거라고, 그래서 실패하고 말 거라고 생각했다. 하지만 그들은 틀렸다. 이 사업은 파블로의 아빠를 부자로 만들어줄 것이다. 엄마는 외로움을 이유로 파블로의 동생을 갖길 원한다. 파블로와는 그리 사이가 좋지 않다. 첫째 아이에 대해 남편이 했던 이야기를 반복하고 싶지 않다. 그녀도 인지하고는 있었다. 자신이 좋은 엄마였다면 어떤 상황에서든 아이에게 사랑을 베풀었을 것이다. 하지만 그리 좋은 엄마가 아니라는 게 현실이고, 그래서 더 나은 아이가 나올 거란 기대로 동생을 바라고 있는 것이다. 안뜰의 담장은 대형 인쇄소의 창고와 맞닿아 있다. 조용한 곳이다. 초록색으로 칠한 철제 셔터가 달린 창고 옆쪽에는 모레노가와 오르티스데로사스가 사이, 비야레알가 504번지에 위치한 폐가가 있다. 많은 이웃들이 그 집의 녹슨 철문 앞을 지날 때면 자신도 모르게 더 잰걸음으로 지나가곤 한다. 자각하지는 못하지만, 마음 한쪽에 그 집을 최대한 빨리 지나치고 싶다는 생각이 피어나는 것이다. 또한 그 집을 최대한 보지 않으려 노력한다.

어느 오후였다. 방과 후 빅토리아는 엄마와 함께 슈퍼마켓을 향하고 있었다. 인도를 걸어가던 엄마가 그 집 앞을 서둘러 지나칠 뿐만 아니라, 오래되어 깨진 노란색 타일 사이를 말 그대로 뛰어서 지나쳐 가는 게 이상했다. 빅토리아가 왜 그러냐고 물어보았더니,

엄마는 웃으며 말했다.

"나도 참 겁쟁이라니까. 괜히 겁이 나서 그래. 신경 쓰지 말거라."

"왜요?"

"아무 이유 없어. 그냥 폐가니까. 내 행동에 신경 쓸 필요 없다니까. 도둑이라든지, 아무튼 누군가가 숨어 있을 것만 같은 느낌이 들어. 순전히 내 상상일 거야."

빅토리아는 엄마에게 질문을 퍼부었지만, 많은 정보를 얻어내진 못했다. 그 집의 주인이었던 노부부가 약 십오 년 전에 죽었다는 이야기가 전부였다. 같이 죽은 거예요? 빅토리아는 궁금해했다. 아니, 한 사람이 먼저 죽고 다른 사람이 뒤따라 죽었어. 나이 든 부부에겐 자주 있는 일이지. 한 사람이 먼저 죽으면, 남은 사람은 그저 사그라지는 거야. 그때부터 여태껏 유산을 어떻게 처리할지를 놓고 자식들이 싸우고 있대. 유산이 뭐예요? 빅토리아가 물었다. 물려주는 거야. 그 집을 누가 차지할지 결정하지 못하고 다투는 거지. 하지만 그 집은 꽤 구리잖아요, 빅토리아가 말했다. 그래 맞아, 그런데 그들이 가진 유일한 재산이었나 봐.

딱 봤을 땐 별것 없어 보이는 집이지만, 공중에서 내려와 그 집 앞에 둥둥 떠다닐 수만 있다면 몇 가지 세부 요소를 볼 수 있을 것이다. 일단 짙은 갈색으로 칠해진 철문이 그것이다. 앞마당은 바싹 말라버린 짧은 잔디가 뒤덮고 있다. 불타고 삭아버린 앞마당에 선 초록의 흔적조차 찾아볼 수 없다. 가뭄과 겨울이 공존하는 곳이다. 그 집은 이따금씩 미소를 띠는 것 같기도 하다. 벽돌을 쌓아 막아둔 창문이 마치 두 눈을 감은 듯하여 사람의 형태를 띠는 데 한

몫한다. 게다가 동네 아이들이 주 출입구를 열겠다며 쇠사슬과 자물쇠를 부질없이 흔들어대다가 대충 걸어놓고 도망치기 일쑤였기 때문에 반달 형태로 입 모양이 만들어지기도 했다. 그렇게 창문으로 된 눈 사이로 미소 짓는 입이 만들어진 것이다. 빅토리아는 언젠가 한 해의 첫날, 길거리가 많은 사람들로 북적이는 와중에 그 집에 다가갔다. 그 집과 자신이 서로 마주 보고 있다는 인상을 받았다. 네모난 두 눈이 마치 무언가를 속삭이는 듯했다. 그동안 난 널 속이고 있었어. 네가 우리 집 베란다 앞을 지나다니던 지난 몇 년 동안 사실 난 시치미를 뚝 떼고 숨어 있었지. 하지만 이젠 네가 알아줬으면 해. 내 안에 무언가가 자리 잡고 있다는 것을 말이야. 빅토리아는 막대 폭죽에 불을 붙이려 애쓰고 있는 부모에게로 달려갔지만 아무 말도 하지 않았다. 생각해보니 평소와는 달리 길거리에 나와 맥주잔을 손에 들고 있던 후안 피터슨과 눈을 마주친 것 같았다. 아무 말도 없었지만 매우 심각해 보였다. 우고 페이라노가 마침내 불을 붙이는 데 성공했고, 빅토리아는 귀를 막은 채 눈을 감았다. 눈을 다시 뜨자 후안 피터슨은 사람들 사이에 섞여 사라지고 없었고, 빈 맥주잔만이 보도블록 가장자리에 버려진 녹슨 자동차 위에 덩그러니 놓여 있었다.

‡

이날 가스파르는 느지막이 잠에서 깼다. 일요일이면 특히 그랬다. 잠을 방해하는 소음이 없었고, 늦게 잠자리에 들곤 했다. 하지만 아무리 추운 겨울날이라 하더라도 침대 안에서 기지개를 켜거나 시간을 보내는 법이 없었다. 과도하게 오래 누워 있다 보면 불안감이 엄습해오곤 했다. 부친의 병들고 피곤해하는 모습을 떠올리게 했기 때문이다. 이불을 덮고, 자신의 체취가 코끝에 남아 있는 채로 잠들어버리면 다시는 깨어나지 못할 것 같다고, 수영을 너무 많이 하고 난 다음의 극심한 피로처럼 공허한 상태에 빠져 떠내려가고 말 거라는 생각에 사로잡힐 때도 있었다.

무엇을 할지 곰곰이 생각하며 아침 식사를 준비했다. 디아나를 찾으러 다닐 예정이었다. 나가기 전에 포르노 잡지 하나를 들고 화장실에 다녀올까도 싶었다. 그 반들반들한 잡지 페이지들을 보는 모습을 아빠에게 들키고 싶지 않았다. 물론 화를 내지 않을 거란 건 잘 알고 있었지만, 창피했다. 오후 4시의 축구 경기를 볼 수도 있었고, 공복 상태가 길어지면 두통이 찾아올 게 뻔했으므로 무언가 먹을 걸 사러 나갈 수도 있었다. 우유를 데우고 둘세데레체를 곁들여 먹을 빵을 자르는 동안, 아빠가 잠에서 깼는지 부엌문 사이로 몰래 살펴보았다. 아빠는 방문을 닫아두었다. 그게 꼭 자고 있다는 걸 의미하는 건 아니었지만, 적어도 누구에게도 방해받고 싶지 않다는 뜻이기는 했다. 빨리 나갈수록 좋은 상황이었다. 점심은 나중에 카스텔리 공원의 바에서 먹으면 되었다.

아침 식사를 먹기 위해 주방 식탁에 앉았고, 쪽지를 발견했다. 아빠가 디아나 포스터의 복사본 중 한 장의 뒤편에 써둔 것이었다. 명료한 글씨로 이렇게 쓰여 있었다. "이 강아지는 야네사의 주차장에 있어. 부패하기 전에 묻어주거라." 무슨 말인지 단번에 알 수 있

외딴집의 악한 것

었다. 야네사는 공원 너머에 있는 슈퍼마켓이었다. 단 한순간도 디아나가 그곳에 갔을 거라곤 생각하지 못했다. 탁자 위에 있던 볼펜을 집어 들어 아빠의 메시지 아래에 "고마워요"라는 한 마디를 남긴 뒤, 빵을 입 안 가득 문 채로 거리로 나섰다. 비가 오진 않았지만 습했고 또 조금은 추웠다. 외투의 지퍼를 끝까지 바짝 올려 목을 덮었다.

자전거점은 일요일에도 문을 열었다. 자전거를 팔고 고치는 것 외에도 주말에 공원을 찾는 사람들에게 대여해주기도 했기 때문이다. 가스파르는 야간 등을 새로 장착한 자전거를 돌려받았고, 돌돌 말아 바지 또는 가디건 주머니에 찔러 넣고 다니던 현금으로 값을 지불했다. 수리 완료 후, 주인이 체인에 기름칠도 새로 해서 훨씬 가벼워진 자전거를 타고 야네사의 주차장에 들어섰다. 개의 꼬리와 발을 보고는 급히 브레이크를 밟았다. 의심의 여지 없이 죽어 있었다. 길가에서 보았던 온몸이 으스러진 비둘기 같았다. 확고한 죽음은 멀게만 느껴졌다. 낯설었기에 메스꺼웠다. 얼굴을 보지 않은 채 빠른 속도로 되돌아갔다. 안장에 앉을 새도 없이 페달을 연신 밟으며 비키의 집을 향해 달렸다. 지금이 우고 페이라노가 정오의 축구 경기 중계를 라디오로 들으며 길가에서 세차를 하고 있을 시간대라는 걸 잘 알고 있었다.

정말 그랬다. 우고 페이라노는 담배를 피우며 호스로 자신의 노란색 타우누스에 물을 뿌리고 있었다. 가스파르는 늘 차 색깔이 우스꽝스럽다고 생각했다. 소음을 내며 도로의 연석 옆에 자전거를 세운 뒤, 자전거에서 내리지 않은 채로 친구의 아빠에게 인사를 건

넸다. 그리곤 그가 7월부터 시작되는 축구대회, 어젯밤 불어온 강
풍으로 바비큐 불판이 날아다닌 일, 공업사에 맡길 수밖에 없는 차
의 상태 등에 대해 이야기하는 걸 들어주었다.

그가 말하기를 마치자 가스파르가 입을 뗐다.

"디아나를 만났어요."

우고는 손에 호스를 든 채로 얼어붙었다. 물이 적게 나오는 자세
였긴 했으나, 바지를 적시기엔 충분한 양이었다. 가스파르가 디아
나를 만났다고 말하며 지은 표정에서 좋지 않은 소식임을 충분히
직감할 수 있었다.

"공원 근처에 있는 야네사의 주차장에 있어요."

"정말 그 녀석이었니?"

"네. 자전거를 찾으러 갔다가 봤어요."

"이런 젠장, 망할."

우고가 중얼거리며 시선을 아래로 깔았다. 그 말의 의미를 자신
이 이해했음과, 디아나의 죽음에 충격을 받았다는 사실을 가스파
르에게 애써 숨기는 것이었다. 가스파르 역시 고개를 숙였다. 대부
분의 남자들은 남들 앞에서 눈물을 보이고 싶어 하지 않는다는 걸
잘 알고 있었다. 그 '남'이 다른 남성이고, 한참 어린아이일 경우 더
욱 그러할 것이었다.

"그래, 알겠다. 끔찍하구나, 불쌍한 녀석. 비키에게 이걸 알려주
는 게 좋겠니? 아니면 그냥 실종된 걸로 끝내면 어떨까?"

정말 궁금해서 물어보는 걸까, 아니면 혼잣말을 하는 걸까? 헷갈
리는 상황이었지만 가스파르는 최대한 솔직하게 대답했다.

"당연히 말해줘야 해요. 디아나가 죽었다는 사실을 숨기면 안 돼요. 나중에라도 알게 되면 우리를 죽도록 미워할 거예요."

"네 말이 맞다. 함께 가자꾸나, 어서."

우고가 말했고, 가스파르는 자전거를 그 집의 차고에 세워둔 뒤 차고 문을 닫고 친구의 아빠 뒤를 따라 복도로 향했다. 여자들— 아이들, 할머니, 엄마—이 일요일 점심 전 늘상 그러하듯 안뜰에서 카드놀이를 하는 소리가 들려왔다.

‡

"저 집이죠. 맞죠, 엄마?"

아델라가 손가락으로 가리켰다.

"어느 집인지는 잘 모르겠어. 게다가 설마 목매달아 죽은 사람이 나타나겠니."

가스파르는 베티 아주머니를 쳐다보았다. 그녀의 목소리 어딘가에 불안감이 서려 있었기 때문이었다. 목 주위로 푸른색 숄을 걸친 모습이 상당히 특이했다. 마치 한 마리의 새 같아 보였는데, 코의 형태가 그 인상을 더욱 강화했다. 가스파르는 이따금 그녀가 '베티'라고 불리는 게 불공평하다고 생각했다. 그렇게 키도 크고 몸짓이 섬세한 사람은 '베티'라는 애칭이 아니라 '베아트리스'라는 풀 네임으로 불려야 마땅한 것 같았다.

아델라는 계속해서 말했다. 집을 철거하고 도로를 짓기 위해 불도저가 와 있었어. 이건 우리를 무시하는 행태야. 집을 넘기고 싶지 않아 하는 사람들도 있었는데, 그 사람은 퇴거 요청에 불응하다 목을 매달고 말았어. 매달린 상태 그대로 발견됐지. 집은 시신이 수습되자마자 철거됐어. 요즘 밤이 되면 흔들리는 그림자를 보곤 해. 내가 봤어. 다시 나타나면 보여줄게.

"집을 그냥 이런 식으로 부숴버린 거예요?"

가스파르가 베티에게 물었다.

"그렇단다. 너라면 어떻게 막을 수 있겠니? 독재에 맞설 수 있는 사람은 없단다."

"반대가 전혀 없었나요? 뉴스에선 연일 반대하고 항의하던데요."

"어떤 식으로든 반대는 있지. 하지만 할 수 있는 게 별로 없었을 거야. 독재자가 이쪽에 고속도로를 만들기로 결정했고, 사람들을 쫓아낸 거니까. 이건 물릴 수 없어. 설령 내부에 반대자가 있다고 한들 기피 부서로 쫓아내면 그만이거든."

자동차들이 바의 천장 위를 달렸다. 동네 가게 몇 곳은 고속도로 아래쪽, 고가도로 밑에 줄지어 세워져 있었다. 최근 몇 년 동안 테니스코트가 몇 곳 개장되기도 했고, 수영장을 비롯해 사립학교, 콘크리트 천장을 얹은 공원 등도 만들어지고 있었다. 가스파르는 언젠가 이층집 또는 아파트였을 벽들이 우두커니 서 있는 모습을 보는 게 그것들이 멀쩡한 건물이었을 때보다 좋았다. 아이 방의 벽에는 원숭이나 거북이가 그려진 벽지가 붙어 있었고, 불투명한 타일 벽에는 샤워기와 수도꼭지가 튀어나와 있었다. 언젠가 액자가 달려 있었던 흔적을 간직하는 벽도 있었다.

"맹세코 내 눈엔 그 사람이 보여. 두 다리는 따로 놀고, 손은 엄청 커."

베티가 한숨을 쉬었다.

"딸아, 나도 널 믿는다."

그녀가 말했다. 가스파르는 그 말에 숨긴 뜻을 해석하기 어려웠다. 정말 믿는다는 말인지, 아니면 집착은 이제 떨쳐버리고 하몬과 치즈를 비엔나 빵에 곁들인 샌드위치를 먹으라는 말인지. 가스파르는 토스트를 주문했다. 숙제를 하러 바에 와 있던 참이었다. 아빠가 심하게 불안해하는 모습을 보이며 집 안을 발 망치 소리를 내며 돌아다니고 있었고, 그의 불안을 야기하는 게 무엇인지 알지 못한다면 그냥 마주치지 않는 게 상책이었다.

갑자기 베티가 질문을 던졌다.

"가스파르, 네 눈에도 이런 것들이 보이니? 아델라처럼?"

공범을 찾고 있는 걸까? 이상한 일이었다. 보통의 부모들은 자기 자식이 고속도로 위에서 목매달아 죽은 유령을 봤단 이야기를 한다면 질겁을 할 것이었다. 베티는 불안이 좀체 가시지 않는 듯 숄을 고쳐 맸다. 긴 머리카락은 늘 풀어 헤치고 다녔다.

"아뇨. 그런 건 존재하지 않아요." 가스파르가 말했다.

"한 번도, 아무것도 못 봤다는 거구나."

"아줌마는요?"

아델라가 두 사람 사이에 끼어들었다.

"정말 기막힌 걸 생각해냈어! 냉장고 공동묘지에 가보자. 사람들이 그렇게 부르더라고. 사립학교 운동장 근처에 있어."

"그것들이 왜 거기 쌓여 있는지 모르겠어." 가스파르가 말했다.

"냉장고 공장이 문을 닫으면서 생산된 제품들을 거기다 쌓아놓았다더구나."

베티가 설명했다.

"문을 닫은 여러 국내 공장 중 한 곳이지. 생산을 멈추었기 때문에 매각하지도 못했다더라. 아주 위험한 곳이야. 거기 있는 냉장고들은 문에 잠금장치가 되어 있어서, 자칫 잘못하다간 그 안에 갇히는 수가 있어."

"그러니까. 강아지를 더는 키우고 싶지 않아서 그 냉장고 안에 집어넣어 유기하는 사람들이 있대."

아델라가 이어갔다. 가스파르가 밀크커피 한 모금을 들이켜곤 덧붙였다.

"세상에, 말도 안 돼. 그냥 풀어주면 될 일인데, 뭐 하러 거기까지 데려가서 가둬놓는대?"

"개들은 돌아오잖아. 병원이나 심지어 주인이 죽으면 무덤까지 찾아가기도 하는걸."

"또 돌아오는 개들 얘기야? 넌 거기에 너무 집착하는 것 같아. 개네도 바보는 아니잖아. 몽둥이로 흠씬 두들겨 패면 절대 돌아오지 않을 거야. 군이 냉장고 같은 데 가둘 필요가 없는 거야. 그냥 지어낸 얘기 같은데?"

"지어내지 않았어. 그리고 원치 않게 찾아온 아이를 거기다 숨기는 여자들도 있대. 죽은 사람들이나 실종된 사람들도. 가스파르, 날 그곳에 데려가줘."

베티는 말없이 찻잔에 설탕을 넣고 저었다. 내가 데려가주지 않

외딴집의 약한 것

을 걸 재도 잘 알아, 가스파르는 생각했다.

"죽어도 안 돼. 네가 얘기한 것 중에서 실제로 일어난 일은 단 하나도 없을 거야. 하지만 빈민촌 근처니까 거기 사는 사람들이 오갈 수 있어. 너무 멀기도 하고. 어떤 사람들이 숨어 있을지 우린 몰라."

"우리가 뭔가 대단한 걸 찾을 수도 있잖아!"

"아델라, 그만하렴!"

베티가 거들었다.

"한번 물고 늘어지면 멈추질 않으니 원, 가스파르 말이 맞다. 너를 데려가고 싶지 않다잖니? 게다가 너, 실종자들에 대해 그런 식으로 말하면 안 돼. 내가 말했잖아, 그건 그들을 존중하지 않는 태도라고. 그들이 어디서 살해됐는지는 아무도 몰라. 분명한 건 강변의 냉장고 안은 아니라는 거야. 이제 그만하자."

"가스파르는 뭐, 지금이야 아니라고 하겠지만 나중엔 마지못한 듯 같이 가줄 거야. 그렇지?"

아델라가 미소 지으며 고개를 기울였다. 양 갈래로 땋은 머리의 한쪽이 풀리고 있었고, 베티는 그걸 다시 꼼꼼히 빗겨주었다. 아델라의 땋은 머리는 오래 가는 법이 없었다.

"베티 아줌마, 제 물음엔 대답하지 않으셨어요. 뭔가를 본 적이 있으세요?"

가스파르가 말했다.

순식간에 베티의 눈에 눈물이 그렁그렁 맺혔다. 감정이 북받쳐 오르는 것처럼, 혹은 매운 걸 눈에 뿌린 것처럼. 바깥은 벌써 어둑어둑해졌고 거의 텅 비어 있던 바의 종업원들은 TV 앞에 옹기종기 모여 앉아 축구 경기를 시청 중이었다.

"다음에 알려줄게. 오늘은 애가 흥분했으니 입을 다무는 게 낫겠구나."

"말해줘! 나한텐 한 번도 얘기해주지 않았잖아."

아델라가 졸라댔다.

"네가 완전 미쳐 날뛰잖니."

베티가 이렇게 말하곤 딸의 이마에 입을 맞췄다.

"가스파르, 우리 애한테 언어와 문학 좀 가르쳐줄 수 있겠니? 얘정말 아무것도 모르는데, 문장 분석 숙제를 받아 왔지 뭐니. 한 시간 후에 데리러 올게. 괜찮지?"

가스파르는 알겠다고 말했고, 아델라는 자기 공책을 내밀었다. 엉망진창이었다. 공책의 각 장마다 가장자리가 접혀 있었고, 글씨는 제 나이보다 훨씬 어린아이의 글씨 같았다. 한 획, 한 획에 유아들이 쓴 글씨 특유의 떨림이 묻어났다.

‡

그날 저녁 파블로는 부모님과 함께 할아버지 댁에 갈 예정이었지만 나들이는 취소되었다. 차를 타고 나가기 직전에 부모님이 다퉜기 때문이었다. 엄마는 그 노망난 노인네들을 보러 갈까 보냐고 소리를 질러댔고, 아빠는 그렇게 해, 나도 너 같은 년이 우리 부모를 보러 가주길 원하는 줄 알아, 이 더럽고 정신 나간 여편네야, 라

외딴집의 악한 것

고 맞받아쳤다. 맞는 말이었다. 파블로의 엄마는 지저분했고 온종일 줄담배를 피워댔으며, TV 앞에 바짝 붙어 눈물을 흘려대는 사람이었다. 한번은 엄마가 전화기에 대고 애는 한 번쯤 더 낳아줄 수도 있지만, 아이를 잃는 "경험"을 "한 번 더 할 수는 없다"고 말하는 걸 들었다. 엄마가 임신을 하지 않았으면 했다. 두 사람의 사이가 좋지 않은 한 동생이 생기지 않기를 바랐다. 아이가 생긴다고 해서 해결되는 건 아무것도 없을 것 같았다. 동생이 있는 학교 친구들 이야기를 들어보면 아기가 소리 지르며 울어대는 통에 부모는 잠을 못 자고 서로 으르렁거리며 싸웠으며, 늘 피곤하고 우울해했다.

결국 엄마는 방에 들어가 울음을 터뜨렸고, 아빠는 무서운 속도로 질주하며 차고를 빠져나갔다. 파블로는 가스파르를 만나러 가야겠다고 마음먹었다. 전화를 걸어선 안 됐기 때문에 가스파르와 만나는 건 늘 어려운 일이었다. 현관문을 두드리는 건 괜찮았다. 다만 가끔씩—이유는 모르겠지만—겁이 덜컥 났다. 집에 있는 게 흔한 경우는 아니었지만, 후안 피터슨이 맞아주기도 했다. 가끔은 위층 창문에서 파블로를 확인하고 그의 방문을 가스파르에게 알려주기도 했다. 하지만 많은 경우 그냥 무시하고 자기 할 일만 계속할 뿐이었다. 가스파르의 아빠가 문을 열어주는 게 무서운 건 아니었다. 그 일이 실제로 일어난 적도 없었다. 자신의 내면에서 정확히 무엇이 두려움을 일으키는지, 당시의 파블로는 알지 못했다.

추운 날이었기에 파블로는 스웨터 위에 패딩 점퍼를 걸쳐 입고 가스파르의 집을 향해 달리며 몸을 덥혔다. 길가엔 아무도 없었고,

굳게 닫힌 창문들 너머로 희미한 TV 소음이 들려왔다. 창문 너머로 어슴푸레하게 비치는 잔상들 가운데 컬러 TV의 불빛이 유난히 더 빛나고 있었다.

파블로는 도착하자마자 베란다 앞에서 몸이 얼어붙고 말았다. 문 두 개가 활짝 열려 있었다. 입구의 가물어 퍼석한 정원으로 향하는 문과 현관문이었다. 무슨 일이 있었던 걸까? 파블로는 조금씩 다가갔다. 집 안은 무척 어두웠다. 비어 있는 듯했는데, 사실 그건 정상 상태였다. 가끔은 길가 쪽에 위치한 가스파르의 방이 온 집 안에서 유일하게 불을 환하게 밝히곤 했다.

소리를 내지 않고 살금살금 들어섰다. 나무로 된 문은 파블로가 완벽한 정적을 유지할 수 있게 해주었을 뿐 아니라, 살며시 조금 더 밀었을 때조차도 별다른 소리를 내지 않았다. 하지만 넓디넓은 입구 쪽 복도(언젠가 가스파르는 그곳이 '로비'라고, 이상한 표현을 써 가며 알려주었다. 제 아빠를 따라 한 것이 분명했다)에 들어서자 파블로는 무언가 이상한 일이 일어나고 있음을 직감했다. 이 집의 모든 소음과 움직임을 알아차릴 수 있을 만큼 자주 오갔던 건 아니었지만, 그래도 무언가가 위층의 나무 바닥을 두들기고 있으며 집 안의 공기가 마치 목욕탕처럼 숨을 턱턱 막히게 한다는 것 정도는 느낄 수 있었다. 다른 소음이 부재하는 가운데 위층에서 나는 두들기는 소리가 마치 물줄기를 통과해 온 것처럼 그에게 도달했지만, 어디서부터 오는지는 좀체 알아차리기 어려웠다. 어쩌면 가스파르의 아빠가 쓰는 연결된 방에서 나는 소리일지 몰랐다. 파블로가 절대 들어가면 안 되는 곳이기도 했다. 혹은 텅 비어 있는, 파티 룸같이 생

외딴집의 악한 것

긴 이 층의 거대한 거실에서 나는 소리일 수 있었다. 파블로는 우선 도로의 불빛이 어슴푸레 비치는 일 층을 천천히 돌아보기 시작했다. 일 층 거실의 창문 중 하나의 블라인드가 올라가 있었다. 또 하나의 부주의함이었다. 아무도 없었다. 가스파르의 방 또한 열려 있고 비어 있었다. 주방도 마찬가지였다. 길가에 자동차가 지나갈 때마다 자동차 불빛으로 색깔을 달리하고 있던 거실은 파블로에게 두려움을 불러일으켰다. 그냥 가는 게 낫겠어, 파블로는 생각했다. 가스파르는 비키네 집이나 동네 다른 친구네 집에 가 있는 게 분명했다. 그리고 가스파르가 돌아오면 집안의 전등 스위치를 켤 것이고, 파블로는 이 집을 밖에서 바라볼 것이며, 언제나처럼 가스파르를 부르려고 돌맹이나 나뭇가지를 창문에 던질 것이었다. 하지만 파블로는 심장이 빠르게 뛰는 것을 느꼈다. 호기심을 못 견딜 것 같았고, 이 층의 소음이 그다지 위협적이지 않게 느껴졌다. 이따금은 기묘하게 축축하고 먹먹한 소음에 여과되어 오는 목소리가 멀리서부터 들리기도 했다. 자신이 땀을 흘리고 있다는 걸 알아차렸다. 집 안의 열기는 마치 뜨거운 물로 한참 동안 목욕한 후의 화장실 또는 엄마가 아플 때마다 기침을 멎게 하려 쓰는 네뷸라이저 연기같이 느껴졌다. 하지만 공기 중에도, 벽에도 습기가 차 있진 않았다. 만져봤더니 전혀 습하지 않고 건조하기만 했다.

양 볼이 뜨겁게 달아오른 걸 느끼며 계단을 올라갔다. 홍조로 붉게 물든 뺨이 느껴졌다. 얼굴이 벌게지는 걸 끔찍이도 싫어하는 파블로였다. 한 계단씩 오를 때마다 힘듦이 점점 배가 되었다. 마치 꿈에서처럼, 달려보려 애를 쓰지만 다리가 움직이지 않는 느낌이

들었다. 나무로 된 계단은 늘상 삐거덕거리는 소리를 내곤 했지만, 지금의 파블로는 자신의 숨소리 외에는 아무것도 들을 수 없었다. 들이는 힘에 비해 긴장도가 과다하게 높은 상황이었다. 이 층에 도달하자마자 벽에 기대어 숨을 헐떡였다. 그 층의 방들은 중앙 거실을 중심으로 분포되어 있었다. 가장 끝의 방 세 개는 가스파르의 아빠가 쓰고 있었다. 그리고 서재로 쓰이는 방 두 개의 통로로 향하는 짧은 계단이 있었다. 그 계단에는 나무로 된 난간 하나가 있었다. 바닥이 나무로 된 거실을 바라볼 수 있는 일종의 발코니 또는 전망대 같은 것이었다. 그 뒤쪽엔 마치 무대라도 되는 것처럼 어두운 커튼으로 뒤덮인 거대한 창문 하나가 자리하고 있었다. 다른 쪽에는 내부 정원으로 향하는 베란다 하나가 있었는데, 언젠가는 매우 아름다운 장면을 연출했을 것임이 분명하지만 지금은 모두 입구 정원에 있는 풀처럼 메말랐을 뿐이었다. 파블로는 서재로 향하는 짧은 계단에 주저앉아 체력을 회복하기로 했다. 아무도 보이지 않았고, 두드리는 소리도 더는 들리지 않았다. 흥분 상태가 가라앉지 않았고, 목 부근이 땀으로 흥건한 게 느껴졌다. 혹시 중앙난방을 쓰는 걸까? 가스파르는 그런 이야기를 한 적이 없었다. 오히려 그 반대였다. 늘 난방이 약하다며 투덜거렸다.

파블로가 몸을 일으켜 그곳을 떠나려던 순간, 거실에서 모종의 움직임이 일어나 숨 쉬기가 어려워졌다. 계단 위에 웅크린 파블로의 위치에선 머리 꼭대기 쪽에 달린 두 눈밖에 보이지 않았다. 한 남자가 거실의 창문과 커튼을 열고 있었다. 달빛 아래서—안뜰은 빛이 비추지 않았다—, 파블로는 그가 벌거벗었음을 알아차렸다.

그러더니 가스파르의 아빠가 방 하나에서 밖으로 나왔다. 그 역시 알몸이었다. 은빛 조명 아래의 그는 거대해 보였다. 키가 몹시 크고 강인했다. 창문을 연 남자 또한 키가 컸지만 그만큼은 아니었다. 그 남자는 거실의 한끝에 다가간 후 몸을 굽혀 양초 하나를 켰다. 파블로는 물론 촛불을 직접 보진 못했지만, 벌거벗은 남자—나이가 들어 보이진 않았지만 백발이 성성했다. 하지만 절대 늙어 보이진 않았다. 기껏해야 자기 아빠 또래거나 그보다 조금 더 많을 것 같았다—의 움직임을 통해 일곱 개임을 알 수 있었다. 촛불 일곱 개. 그다음에는 빈 거실 바닥에 그림 하나가 그려진 걸 보았다. 흰색 원 안에 무언가가 표시되어 있었는데, 파블로는 그것들이 뭔지 정확히 알 수는 없었다. 가스파르의 아빠는 마치 문을 통과하듯 그 원 안으로 들어갔고, 무릎을 꿇은 채 벌거벗은 남자를 기다렸다. 두 사람은 서로를 마주 본 상태로 미동도 없이 한참을 있었다. 그러다 가스파르의 아빠가 벌거벗은 남자에게 다정함이란 전혀 없는 기계적인 키스를 했다. 파블로가 영화에서 보았던, 혹은 길가에서 사람들이 하곤 하던 입맞춤과는 전혀 달랐다. 그러다 갑자기 호흡이 가빠지는 걸 느꼈다. 지금까지 남자 두 명이 서로에게 입을 맞추는 모습을 본 적이 없었을 뿐더러 이런 일이 가능하다고 생각해본 적 역시 없었다. 이런 건, 그러니까 금지된 일 같은 게 아니었나? 가스파르의 아빠는 바닥에 앉았고, 파블로는 벌거벗은 남자가 무언가 믿지 못할 불가능한 일을 하는 걸 보았다. 그 남자는 가스파르 아빠의 음경 위에 앉았고 이내 두 사람은 포르노 잡지에서 본 것 같은 섹스를 했다. 그런데 살아 움직인다는 점이 달랐다. 가스파르가 차고 뒤에 숨겨놓곤 하던 잡지에서 그런 식의 체위를 본 적이 있었다. 하지만 남자 두 명이 그런 일을 한다는 건 금시초문 이었다. 남자가 여자의 엉덩이에 삽입하는 장면을 본 적이 있었는 데, 더럽다는 느낌이 들 뿐이었다. 하지만 지금은 그렇지 않았다. 지금 이런 장면을 훔쳐보는 자신이 부끄러웠지만 보는 걸 그만두 고 싶지는 않았다. 가스파르의 아빠는 상대방을 네 발 달린 짐승처 럼 바닥에 엎드리게 했고, 물에 흠뻑 젖은 동상처럼 땀으로 반짝이 며 우뚝 솟아 있는 그것을 그 남자의 뒤에 집어넣었다. 이내 두 사 람은 두 마리의 개처럼 움직였고, 완벽한 적막 속에 몸이 부딪히는 소리만이 들려왔다. 파블로는 숨어서 그들을 몰래 지켜보는 자신 이 발각될까 봐 두려웠지만, 또 한편으로는 두 사람이 집중해 있는 바로 지금이 탈출할 수 있는 적기가 아닐까 생각하기도 했다. 어떻 게 들키지 않고 저 거실과 계단을 지나쳐 갈 것인가? 이제 파블로 는 땀이 식어 차가워지는 걸 느꼈다. 집 안을 가득 채웠던 열기는 더 이상 느껴지지 않았다. 하지만 그보다 최악이 기다리고 있었다. 바로 모든 방이 사람들로 가득 차 있다는 느낌이 들기 시작한 것 이었다. 낮게 중얼거리는 소리, 문고리가 열리고 닫히는 소리까지 들려왔다. 위층도, 아래층도 그러했다. 계단에선 발걸음 소리가 들 려왔고, 촛불은 두 남성의 육체를 비대한 그림자로 비추고 있었다. 두 다리가 공포로 마비되는 걸 느꼈다. 하지만 또 한편으로는 다시 서로를 마주 보고 선 두 남자를 바라보며 어지럼증을, 피가 거꾸로 솟구쳐 오르는 느낌을 느꼈다. 무언가가 울컥 복받쳐 올라왔다. 슬 픔도, 놀람도 아니었다. 그 남자들이 그 원 안에서 대체 무엇을 하

외딴집의 악한 것

는 건지 이해할 수 없었지만, 좋았다. 바닥을 짚고 단단하게 버티고 있는 강인한 양팔, 땀과 침으로 흥건한 등, 입을 맞추기 위해 서로가 서로의 얼굴과 관자놀이를 감싸는 방식, 그리고 계단에 숨어 있는 자신의 코끝까지 전해져오는 달큰한 금속성 냄새. 그 모든 게 마음에 들었다. 어떻게 해야 할까? 두 눈을 감은 가스파르의 아빠는 평소와 다르게 멋진 모습이란 생각이 들었다. 모두가 그를 병약하다고 하지만, 저런 사람을 병약하다고 말할 수 있나? 병든 사람은 추해 보이는 게 보통 아닌가? 파블로는 의문스러웠다. 양초와 달이 비추는 희미한 불빛 아래 파블로는 가스파르 아빠의 가슴에 길쭉하게 난 상처를 볼 수 있었다. 그것은 상처일 뿐이지, 연약함의 상징이 아니었다. 그 상처도 그의 아름다움을 깎아내리지 못했다. 파블로는 등에 난 다른 상처도 볼 수 있었다. 두 상처는 같은 칼로 벤 것같이 비슷했다. 인위적으로 떨어뜨린 샴쌍둥이 같기도 했다.

아래층에서 들려오던 소음의 크기가 잦아들더니 완전히 그쳤고, 파블로는 다시 한번 나갈지 말지 망설였다. 그 남자들이 자신의 숨소리를 들을 수 있을 것만 같았다. 더는 호흡을 조절하기가 어려웠다. 뜀박질을 하고 난 것처럼 숨이 요란한 소리를 내며 가빠졌다. 가스파르의 아빠는 고개를 한쪽으로 비튼 채 무릎을 꿇고 있었다. 이상하고 무기력한 자세였다. 무언가를, 어쩌면 창문이나 천장에서 나는 음악일지도 모를 소리를 듣는 듯했다. 백발의 남자가 그의 품에서 벗어나 우두커니 섰다. 그러곤 처음에 나왔던 방을 향해 혼자 걸어가다가 잠시 멈칫했다. 파블로는 그 이유가 자신의 존재라는 걸 알아차렸다. 백발의 남자가 뒤돌아 자신의 두 눈을 똑바로 쳐다보는 걸 느꼈다. 그의 눈은 푹 패어 있었고, 눈꺼풀은 무거워 보였다. 파블로는 이런 세세한 부분들을 달빛과 촛불의 힘을 빌려 관찰하고 있었다. 그러는 동안 가스파르의 아빠는 멀리, 원의 한가운데에서 부자연스러운 모습을 유지하고 있었다. 커다란 손을 쭉 뻗고 있었는데, 그림자가 그 손을 평소보다 훨씬 더 커 보이게 만들었다. 백발의 남자는 큰 소리를 내진 않았다. 다만 "꺼져"라고, 입술의 움직임과 모양만으로 정확하게 말하고 있었다. 여느 사람들이었으면 빨리 어서 가라, 라며 재촉했을 터였지만 이 사람은 멕시코 텔레노벨라 드라마에서처럼 "꺼져"란 한 마디만 남겼다. 파블로는 수긍의 뜻으로 고개를 주억거렸고, 백발의 남자는 그가 계단을 향하는 모습을 눈으로 좇았다. 목소리들이 또다시 큰 소리로 울리기 시작했고, 계단을 뛰어 내려가기 시작한 파블로는 그 소리를 못 들은 척하려 애썼다. 한 여자가 잿더미가 된 성당 이야기를 하고 있었다. 또 다른 여자는 연기와 땀이 부족하다고 한탄했으며, 어떤 남자는 파블로가 알아듣지 못하는 언어로 한 문장을 되풀이하고 있었다. 그리고 무언가가 끌리는 소리도 들려왔다. 샌들을 신고 마른 이파리 위를 걸을 때면 나는 소리와 같았다. 다른 방에도 사람들이 있는 걸까? 레코드판 같은 걸 틀어놓은 걸까? 파블로는 지칠 대로 지친 상태로 현관문 앞에 닿았다. 대문까지 몇 미터에 불과한 거리가 몇 블록은 되어 보였다. 집으로 뛰어가는 동안 가스파르 아빠의 금빛 머리카락, 손가락을 입에 넣어 침으로 적시던 모습, 백발의 남자에게 키스할 때 양팔에 불끈 솟아오르던 힘줄이 떠올랐다. 지금 와서 생각해보니 그 모든 게 거짓말인 것만 같았다. 목소리들, 숨 막히던 더위, 바닥에 그려진 원까지. 이 모든 게 무언가 음침했다. 죽음, 거미, 버려진 공동묘지, 한밤중 화장실의 차디찬 바닥, 엄마의 다리 사이에서 흐르던 선홍빛 핏줄기와 육신에서 풍겨오는 금속성의 냄새, 대로변의 텅 빈 공장에서 밤마다 체인이 흔들리고 부딪히는 소리, 출입구가 폐쇄된 비야레알가의 폐가, 정전 이후 찾아오는 정적, 이불 속으로 들어와 자신의 배를 어루만지던 차디찬 손들에 대한 꿈, 어떨 땐 뚱뚱한 고양이 같기도 하다가 또 어떨 때는 뿔 달린 동물같이 보이던 천장의 습기 얼룩, 그 모두를 생각나게 했다.

‡

비키와 아델라보다 일찍 잠에서 깨어난 가스파르는 막내딸 비르히니아의 등교 준비를 돕던 리디아 페이라노가 잠을 방해하지 않기 위해 낮은 목소리로 말하는 것을 들었다. 소녀는 잠에서 덜 깬 채로 칭얼거리고 있었다. 날씨가 추웠지만, 가스파르는 이불 속에서 웅크리고 있지 않기로 했다. 바지를 입고 화장실로 뛰어갔다. 그러고는 주방에 들어가 학교에 가기 전인 비르히니아와 리디아와 함께 아침 식사를 했다. 비르히니아는 하품을 하며 칭얼거리고 있었다. 얘가 감기에 걸리려나 봐, 짜증을 좀 부리네. 리디아가 말했다.

가스파르는 자신이 잠들어 있던 침대 겸용 소파를 접고 담요를 세탁기에 가져다 둔 뒤, 비키와 아델라에게 인사를 건네기 위해 둘 중 하나가 잠에서 깨어나길 기다렸다. 하지만 여자아이들이 잠들어 있던 방의 문은 미동도 없이 조용하기만 할 뿐이었다. 가스파르는 종종 비키네 집에서 하룻밤을 보내곤 했다. 비키네 가족은 시간이 늦었을 때마다 자고 가라고 권하곤 했다. 아빠의 기분이 영 좋지 않거나 어젯밤처럼 에스테반이 집을 찾아올 때면 자신을 붙잡아주기를 유도하기도 했다. 두 사람을 방해하고 싶지 않았다. 아델라가 비키네 집에서 자고 가는 일은 흔하지 않았다. 하지만 그날은 아델라의 엄마가 친구의 결혼식에 갔다. 식이 목요일이고 먼 곳에서 열렸기 때문에 늦게 돌아올 게 분명했다. 아델라는 그 이야기를 믿진 않았다. 다소 토라진 모습의 아델라는 엄마에게 남자 친구가 생긴 것 같다고 투덜거렸다. 아델라는 아직도 아빠가 돌아오길 기대하고 있었다.

아델라와 비키가 좀처럼 깨어나지 않아, 가스파르는 작별 인사를 생략한 채 집으로 돌아갔다. 이른 시간이라 걸어서 금방 집에 도착했기에 대문 앞으로 들어가기로 했다. 에스테반의 차는 떠난 듯했다. 혼자 갔을까? 들어가서 확인해볼 시간은 없었다. 가스파르는 아빠와 에스테반이 서로를 꿈꾸듯이 쓰다듬는 걸 여러 번 목격했다. 한번은 두 사람이 옷을 다 벗은 채로 함께 잠들어 있는 모습도 보았다. 그때는 조금 충격을 받기도 했다. 그때까지만 해도 남자가 남자 연인을 만나는 건 불법이며, 두 사람 모두 감옥에 갈 수 있다고 들어 알고 있었다. 하지만 조사해본 결과 정확한 사실이 아니란 걸 알 수 있었다. 비키의 엄마는 사람들은 편견에 가득 찬 나머지 남들이 자유롭게 살아가는 걸 아니꼽게 본다고 했다. 불법은 아닌 거였다. 물론 학교나 동네 사람들이 알게 된다면 호모의 아들이라고 자신을 놀리고 괴롭힐 게 불 보듯 뻔했다. 그런 것쯤은 견딜 수 있었다. 가끔은 그 이야기만 비밀에 부쳐준다면 에스테반이 자신들과 같이 살 수도 있을 것이고, 그러면 상황이 더 나아질 수 있을 거란 기대도 품었다. 에스테반은 아빠를 잘 다룰 줄 아는 듯했다. 완전히 지배한다고는 볼 수 없었지만, 아빠는 적어도 그의 말은 듣는 것 같았고, 반응하는 방식도 전혀 달랐다. 무엇보다 그는 아빠를 침착하게 만들 줄 알았다. 아빠의 어깨에 힘이 풀리는가 하면 잠도 더 잘 잤다. 에스테반이 떠나고 나면 아빠는 집에 틀어박히거나 분노발작과 이상행동 등을 보이기도 했다. 집 테라스에 깨진 유리를 잔뜩 박아 넣은 적도 있었고(지난해의 일이었다), 주방과 화장실을 포함해 온 집안의 전등을 다 꺼두라고 강요하기도 했다(지난여름부터 계속 그래왔다). 또 이따금은 정보가 불충분한 짧은 메모 한 장과 돈을 식탁 위에 올려놓곤 며칠 동안 사라져 가스파르를 끔찍한 공포 속으로 몰아넣기도 했다. 아빠가 돌아오지 않는다면, 다시는 볼 수 없게 되기라도 한다면 대체 어쩌란 말인가.

폭탄 테러 협박이 발생한 탓에 가스파르는 학교에서 일찍 나와야 했다. 테러 협박은 거의 매주 발생하고 있었다. 가스파르는 7학년 아이들이 범인임을 거의 확신하고 있었으나, 교장 입장에서는 그 협박을 무시하고 넘기기 어려웠다. 조회가 시작되자마자 6, 7학년 학생들을 불러 모은 뒤, 민주주의가 재건된 지 얼마 되지 않았는데 또다시 잃어버릴 처지에 놓였다고 말했다. 슬프게도 우리는 이런 일을 심각하게 받아들여야만 한다고, 그간 이 나라는 정말 괴로운 시기를 겪어야만 했다고 덧붙이면서. 많은 아이들은 서로를 바라보며 교장 선생이 무슨 말을 하는 건지 모르겠다는 표정을 지었다. 가스파르는 알고 있었다.

날씨는 추웠고 가벼운 두통이 시작되기는 했지만, 편두통으로까지 번지진 않을 것 같아 그냥 걸어오기로 마음먹었다. 하지만 혹시나 하는 생각에 약국에 들러 아스피린 한 줄을 구입했다. 요즘은 약발이 덜 받긴 했지만, 의사들과 비키는 이보다 센 약을 먹기엔 아직 어리다며 말리곤 했다. 하지만 아빠는 센 약들을 거리낌 없이 내주었다. 뭐 하러 그런 고통을 견뎌내라는 거냐, 하고 말하면서. 가스파르는 아빠 말이 맞는다고 생각했다. 이따금은 두통 때문에 수영도 빠지곤 했다. 잠을 자고 나서도 통증은 사라지지 않았고, 최근에는 자신의 두 눈을 마치 푸딩처럼 숟갈로 퍼내는 꿈을 꾸기도 했다. 통증은 항상 눈에서부터 시작되었고 눈알을 굴리는 것조차 힘겹게 만들었다. 그러고 나면 일종의 꽉 낀 헬멧을 쓴 것 같은 느낌이 시작되었다. 이따금씩은 그에 앞서 눈앞에서 꽃들이 피어오르기도 했다. 하늘을 바라볼 때가 특히 그러했다. 하늘에서 피는 꽃. 오로라라는 이름으로 불리는 현상임을 알고 있었다. 일종의 경고였다.

물 없이 아스피린 알약을 꿀떡 삼켰고, 입천장에 쓴맛이 달라붙는 게 느껴졌다. 물 한 잔으로 알약의 잔해를 씻어낼 요량으로 부엌을 향했지만, 보지 않는 TV를 켜두고는 노란색 소파에 앉아 있던 거실의 아빠와 마주치면서 발걸음을 멈출 수밖에 없었다.

"아들아, 이리 오렴."

가스파르가 다가갔고, 그의 곁에 깊이가 꽤 깊은 골판지 상자 하나가 놓여 있는 게 보였다. 작은 전자기기 상자 같아 보였다.

"에스테반은 돌아갔어요?"

"오늘 아침에. 가스파르, 내가 뭘 갖고 있는지 한번 보거라. 이것 좀 봐."

가스파르는 아빠의 얼굴을 먼저 올려다보았다. 눈썹을 치켜뜨고 미소를 짓고 있는 그는 술에 취해 있었다. 좋지 않은 신호였다. 숨을 내뱉을 때마다 그의 가슴이 요란한 소리를 내고 있었다. 이보다 더 끔찍할 수 없어, 가스파르는 생각했다. 오늘은 그런 날 중 하나였다. 에스테반이 돌아가고 난 뒤 아빠가 미쳐 날뛰는 날. 주먹질이나 고성, 혹은 그보다 더한 체벌을 피하려면 말을 들어주는 척하는 게 상책이었다.

"손을 넣어봐라."

가스파르는 주저하며 손을 넣어보았다. 그 상자 안에 좋은 게 들어 있을 리 없다는 걸 알고 있었다. 양쪽 관자놀이가 힘차고 고통스럽게 뛰어올랐다. 손가락에 걸린 그것들을 처음에는 말라비틀어진 곤충이라고 생각했다. 금방이라도 부서질 것 같은 질감에 조개껍질 같은 소리가 났다. 한때 살아 있었을 게 분명한 작은 무언가가 수백 개는 넘게 있었다. 무엇인지 확인하기 위해 그중 하나를 꺼내 들어보았고—이때는 무섭지 않았다. 소름 끼치기는 했어도, 그것이 자신을 공격할 순 없다고 생각했기 때문이다—, 그것들이 모두 벌레보다 좀 더 작은, 같은 크기의 무언가라는 걸 확인할 수 있었다. 그중 세 개를 손바닥 위에 올려놓은 뒤 더 잘 보기 위해 몸을 굽혀 TV 불빛에 비춰보았다. 그리고 마침내 그것이 무엇인지 깨달았다. 처음 만져보았을 때 다리인 줄 알았던 것은 털이었다. 그럴 순 없었다. 손 안에 올려둔 것들의 정체를 확인하기 위해 두 눈을 더 가까이 가져가보았다. 그랬다. 체모였다. 정확히는 속눈썹이었다. 자신이 손바닥 위에 올려둔 것들은 말린 눈두덩과 거기 달려 있던 속눈썹이었다.

상자 전체가 그런 눈두덩으로 가득 차 있었다. 잘린 눈두덩을 냅다 집어 던지고는 TV 바로 앞에서 구토를 했다. 그중 몇 방울이 아빠의 다리에도 튀었다. 아빠는 미쳤어, 가스파르는 생각했다. 난 도망가야 해. 그리고 알아야만 해. 걸을 수도 없을 정도로 머리가 아파오기 전에 아스피린을 더 먹어야만 하고.

"이런 건 대체 어디서 갖고 오는 거예요? 눈은 또 어디서 난 거예요?"

"눈도 아니고 내 것도 아냐. 선물로 받은 거지."

"누가 선물로 준 거예요?"

아빠는 그 큰 손 하나를 눈꺼풀 상자 안에 집어넣고는 반투명해진 나머지 피부 조각을 동전처럼 가지고 놀았다.

"아빠가 잘라낸 거예요? 죽은 사람의 거예요?"

"일부는. 사람이 사는 모습은 다양해. 예를 들어 네 친구는 팔 없이도 살 수 있잖아. 나는 심장이 없는 셈 치고 살고 있고. 어떤 사람들은 눈이 없어도 살 수 있어. 눈꺼풀 없이도 살 수 있고. 어떤 사람들은 그걸 스스로 잘라내."

아빠는 두 손으로 상자를 들고 일어섰다. 가스파르는 잠시 그 눈꺼풀들을 아빠의 머리 위로 쏟아버리는 상상을 했다. 죽은 자들의 속눈썹이 비처럼 내릴 것이었고, 아빠는 고함을 끝없이 지르고 또 지르다가 미쳐버리고 말 것이었다. 하지만 그런 일은 일어나지 않았다. 아빠는 그저 위층으로 향할 뿐이었다. 아마도 자신의 방에 들어갈 터였다.

"이거 치워."

"아빠가 치워줘요."

"난 며칠 동안 나가 있을 거야."

가스파르는 그 소식에 안도감을 느꼈다. 어떤 면에서는 기쁘기까지 했다. 아빠가 계단을 오르기 시작하자마자 주방으로 뛰어가 아스피린 두 알을 입에 털어 넣고는 수도꼭지에 입을 대고 물을 벌컥벌컥 들이켰다. 구토감이 올라오는 게 느껴졌지만, 두 눈에 눈물이 그렁그렁 고일 때까지 애써 참아냈다. 눈이 젖어 들고 나서는 온몸의 긴장을 풀었다. 부엌 바닥에 몸을 누이고는 두통이 견디기 힘든 수준에 이를 때까지 울고 또 울었다. 머리가 안쪽 깊은 곳에서부터 타오르는 듯했다. 마치 누군가가 숨겨놓은 칼 하나가 뇌를 쉴 새 없이 마구 찔러대는 느낌이 들었다.

‡

밤이나 새벽에 이 동네 거리를 거닐다 보면, 음악이나 사람 소리 없이는 잠들지 못하는 이들이 틀어놓은 라디오 소리를 비롯해 선풍기, 악몽과 불면의 발걸음 소리 따위를 듣게 될 것이다. 이 동네는 전반적으로 매우 조용한 편으로, 소음은 아침이 밝아올 때에야 비로소 시작된다. 직장이 먼 사람들이 일찍부터 차 시동을 거는 소리, 또는 버스를 기다리기 위해 대로변으로 부지런히 발걸음을 옮기는 소리가 들려온다.

새벽은 가장 조용한 시간대다.

그리고 어떤 새벽에는 후안 피터슨이 집을 나와 열쇠 없이 문을 닫고선 철저히 혼자인 채로 두 블록 정도를 걸어가 비야레알가의 폐가를 향하는 모습도 볼 수 있을 것이다. 상쾌한 밤바람이 그의 머리카락을 휘날리며, 생긴 지 얼마 안 되어 보이는 두피의 상처를 드러낸다. 핏방울이 목을 타고 흘러내려 어깨에 자리 잡는다. 그 폐가의 문에는 자물쇠가 달려 있고 잠금쇠는 시멘트로 막혀 있다. 그러나 후안은 아랑곳하지 않고 버려진 정원의 그을린 잔디밭 위에 누런 타일이 깔린 진입로에 들어서서 무릎을 꿇고, 상처에 손을 집어넣은 뒤 자신의 피를 꺼내어 문에 바른다. 그러면 현관문이 흔들거리다가 그를 향해 활짝 열린다. 그렇다, 집은 그를 기다리고 있었다.

후안은 앞만 보고 집 안으로 들어간다. 그를 누가 보고 있겠는가. 아무도 보지 못했고 아무도 쫓아오지 않는다. 안쪽으로부터 게슴츠레한 불빛이 새어 나오고 있다. 그의 등 뒤에서 문이 스스로 닫힌다. 누군가 그 문을 밀친다 한들 아무 소용 없을 것이다. 그 문을 잠글 수 있는 건 자물쇠도, 시멘트도 아니다.

집 안을 훔쳐보는 건 불가능하다. 창문은 벽돌로 가려져 있다.

쌓인 벽돌을 무너뜨린다면 오로지 어둠밖에는 볼 수 없을 것이다.

바깥의 소음이 조금씩 새어 들어온다. 가장 먼저 귀에 들리는 건 진동이다. 이 집이 떨리고 있다. 마치 방 안에 갇힌 벌레와도 같다. 벌레가 윙윙거리는 소리는 듣는 이의 귀에 다가갈수록 크게 들리다가, 벌레가 한쪽 구석으로 가거나 날아다니는 속도를 낮추거나 벽에 붙을 경우 잦아들곤 한다. 후안은 첫 집에 불이 켜지기 전에 그 집을 나서고, 자기 집에 도착할 때쯤엔 비틀거린다. 누군가 그를 목격한다면 술에 취한 게 분명하다고 할 것이지만, 아무도 그를 보지 못한다. 그 집이 그를 보호하기 때문이다. 정확히 말해 그가 자기 집에 도착하기 직전까지는 그를 보호해준다. 대부분의 경우, 도착하여 현관문을 열기 직전에 정신을 잃고 쓰러지고 만다. 물론 그 폐가에 갔다 온다고 해서 항상 그렇게 기진맥진한 것만은 아니다. 이따금은 차분하게, 흥분하지 않은 상태로 돌아와 자신의 방에 틀어박히기도 한다.

한번은 가스파르가 그를 미행한 적도 있다. 밤마다 그가 들어오고 나가는 소리가 들려왔고, 어딜 가는지 호기심이 일었기 때문이다. 가스파르가 만 여덟 살쯤 됐을 무렵이었고, 밤공기가 시원했다. 베란다에 나가 두리번거렸지만, 집을 나선 지 얼마 안 된 아빠의 모습이 보이지 않아 깜짝 놀라고 말았다. 아마 차 한 대가 기다리고 있었을지도 몰라, 이따금씩 운전기사가 딸린 차를 타고 어디론가 사라지기도 하니까, 하고 생각했다. 하지만 좀 더 보다 보니 그저 옆집 대문 옆에 기댄 채 숨어 있을 뿐인 그의 모습이 보였다. 잘못된 일을 저지르는 그를 현장에서 덮칠 수 있는 절호의 기회였다. 가스파르는 두 번 고민할 것도 없이 그 집 안으로 뛰어 들어갔다. 계단을 오르려던 바로 그 순간, 아빠가 발목을 움켜쥐는 게 느껴졌다. 문을 쾅 하고 단번에 닫아버리는 모습에 가스파르는 이웃집 사람들의 불면을 걱정했다. 그의 일격에 몸이 완전히 뒤집혀버린 가스파르는 일어나려 애를 썼지만 아빠는 그런 그의 두 팔을 바닥에 내리꽂으며 압박했다. 쇠로 된 수갑을 찬 듯한 느낌이었다. 코앞에서 마주한 그의 얼굴, 그 창백한 입술과 분노가 서린 눈빛을 아직도 기억한다. 자신을 바닥에 짓이기고 있던 그의 두 손은 분노로 떨리고 있었고, 가스파르는 옥죄어오는 공포에 말을 잃었다. 아빠를 따라온 게 왜 그렇게 큰 잘못인지 이해되지 않았다. 하지만 바닥에 누워 먹잇감의 냄새를 맡는 야생동물처럼 자신을 덮친 아빠—늑대 같은 모습으로 기억했다. 자신의 목덜미가 먹힐 것 같았다—의 모습에서 생각보다 더 심각한 일이라는 것, 그리고 용서받지 못할 일이라는 것을 짐작할 수 있었다.

아빠가 입을 열었다. 대체 무슨 생각으로 나를 따라온 거냐고. 그러곤 두 손으로 가스파르의 목을 감싸고 압박했다. 그리 오랜 시간은 아니었지만, 가스파르는 심하게 놀란 나머지 숨을 쉴 수조차 없었다. 지금도, 수년 후에도, 자다가 숨이 막히는 느낌에 깰 때가 있다. 그럴 때면 침대에서 몸을 일으켜 방 안을 서성이며 심호흡을 해야만 했다. 목이 졸린 순간은 그리 길지 않았다. 아빠는 그의 목을 감싸던 손을 푼 뒤 양팔로 번쩍 안아 들었다—가스파르는 아빠를 발로 차보려 했지만 이내 따귀를 얻어맞고는 코피를 쏟았다. 아빠와 싸워선 안 됐다—. 그는 가스파르가 움직이지 못하게 다리를

외딴집의 악한 것

꽉 잡고는 짐짝처럼 들쳐 메고 계단을 올라갔다. 위층에 도착하자 아빠는 그 당시 이미 폐쇄되어 있던 여러 방 중 하나의 문을 열었다. 벽은 습기로 얼룩져 있었고 나무 바닥엔 불탄 흔적이 군데군데 보였다. 블라인드가 주저앉고 망가진, 완전히 비어 있는 방이었다. 넌 여기 있어, 아빠가 말했다. 가스파르는 나무 바닥에서 아빠를 올려다보았다. 머리를 부딪혔지만 순수한 두려움에 사로잡혀 있었기에 아픔을 느끼지 못했다.

가스파르는 자신이 몇 시간 동안이나 그곳에 머물렀는지 기억하지 못했다. 기억에 남은 건 바닥에서 잠을 잤고, 배가 고팠고, 벽에 소변을 봤고, 감금되어 있는 동안 코를 찌르던 지린내가 불쾌감을 자아냈으나 곧 적응했다는 사실뿐이었다. 학교 꿈을 꾼 건 기억났다. 순간 방 안의 벽이 조금씩 무너져 내렸고, 뛰어서 도망가려했지만 균열이 자신을 집요하게 쫓아오고 있었다. 어둠 속에서 울다가 문을 쾅쾅 두드리며 나가게 해달라고 요청했다. 주변의 모든 이웃들과 엄마까지 불러댔지만 이내 벽에 등을 대고 주저앉아 여러 가지 축구 기술과 극장 골, 세계 최고의 코너킥과 크로스 따위를 떠올리며 시간을 보냈다. 완벽한 각도에서 헤딩 골을 넣는 자신의 모습을 상상해보았다. 하지만 그 꽉 막힌 답답한 방 안의 오줌과 눈물 냄새가 축구장의 땀과 잔디 냄새를 가로막았다. 아빠가 마침내 문을 열었을 때는 지난 시간이 하루였는지, 이틀이었는지 혹은 몇 시간에 불과했는지 분간이 되지 않았다. 가스파르는 단지 화장실을 향해 절뚝거리며 뛰어갈 뿐이었다. 두 다리는 저릿했지만 두 눈은 어둠에 익숙해져 있었고, 대변이 급했다. 변기 앞에 다다르자 두통이 시작되기 전에 선행되는, 착각할 수조차 없는 감각이 펼쳐지고 있었다. 공기 중에 둥둥 떠다니던 검은 꽃이 활짝 피어났고, 눈알이 쑤시는 통증이 시작됐다. 화장실 비상약 통에서 알약을 찾는 동안, 침대에 누울 수 있는 지금에서야 아픔이 시작된 게 그나마 다행이라고 생각했다. 물론 그 전에 뭔가를 먹지 않으면 통증도 사라지지 않을 테지만, 아빠는 아무것도 주지 않을 걸 알았다. 당시의 가스파르는 몇 가지를 제외하면 요리는 제대로 할 줄 몰랐고 집에는 이렇다 할 식재료도 없었다. 두려움으로 연신 벌벌 떨었고 다리는 풀려 있었다. 아빠가 집 안을 예의 그 강압적인 걸음걸이로 걸어 다니는 소리가 들려왔다. 분명 아직까지도 화가 잔뜩 나 있을 것이었다. 계단을 내려와 부엌에서 행주 하나를 꺼내고 냉장고를 열어 얼음조각 몇 개를 집었다. 얼음을 행주로 감싸 눈 위에 얹은 뒤 시계를 보았다. 2시였다. 날이 밝은 걸 보아 오후 시간이었다. 냉장고에는 물이 가득 찬 유리병이 있었다. 행주로 만든 얼음주머니를 눈에 댄 상태 그대로 길을 나섰다. 추운 날씨는 아니었다. 천천히 비키의 집으로 향했다. 뛰어간다면 두통이 망치질처럼 거세질 것이었다. 도착해서는 거짓말을 했다. 비키는 학교에 가 있었지만 그녀의 엄마는 집에 있었다. 매일같이 일을 하러 나가곤 하던 비키네 엄마였기에, 특이한 상황이었다. 가스파르는 그녀가 해준 몇 마디 말들을 기억에 담아두고 있었다. 솔직하게 얘기해야 한다는 말이 그중 하나였다. 하지만 가스파르는 그 솔직함이라는 게 무얼 의미하는지 잘 몰랐기에, 고통의 파도 속에서 거짓말을 이어 갔다. 아빠가 몸이 좋지 않아 침대에 계속 누워 있는데 깨울 용기가 나지 않는다고, 지금 머리가 너무 아프고 점점 더 심해지는데 제발 뭐라도 먹을 걸 주시지 않겠냐고, 뭘 좀 먹으면 통증이 조금 수그러들 거라고, 조금만 가라앉으면 뭐라도 해 먹을 수도 있겠지만 당장 이 통증으로는 아무것도 할 수가 없다고, 슈퍼마켓은 문을 닫아서 뭘 사러 갈 수도 없다고, 어디든 문이 열린 데 함께 가주시지 않겠냐고, 아니면 자신이 돈을 드릴 수도 있다고, 아는 사람은 아무도 없다고 말했다. 비키의 엄마는 몸을 굽혀 그를 쳐다보았다. 그녀는 울면 아픔이 더 심해질 거라고 말했다. 고기 한 점을 굽고 샐러드를 만들어줄게. 집에 내가 있어 천만다행이구나, 곧 너희 집에 들러 아버지가 괜찮으신지 들여다봐야겠구나, 하고 말했다. 가스파르는 그녀에게 그러지 말라고, 가지 말라고 말하고 싶었지만 아무 이야기도 하지 않고 그저 먹기만 했고, 이층 침대에 누웠다. 잠에서 깨어났을 때 두 손은 여전히 떨리고 있었지만 머리의 욱신거림은 훨씬 가라앉아 있었다. 방문은 그가 충분히 휴식을 취할 수 있도록 닫힌 상태였고, 강아지 디아나는 자신의 발치에서 잠들어 있었다. 가스파르는 그 당시 비키의 엄마가 정말 집에 들렀는지, 아빠를 만났는지 여부를 지금까지도 알지 못한다. 자신도 두 사람에게 굳이 물어보지 않았으며 그들도 아무 언급을 하지 않았다. 다만 그날 밤은 집이 아닌 그곳에서 보냈다. 비키네 집에서 자고 오는 습관이 그때쯤 시작되었다. 그리고 집으로 돌아간 시간이나, 어둠 속에서 보냈던 시간들과 그 이후 이어진 며칠간은 시간의 흐름 속에 기억에서 사라져갔다. 하지만 그날 이후로는 새벽에 사라지는 아빠의 뒤를 감히 밟을 꿈도 꾸지 않았다.

‡

가스파르는 목공소를 향해 페달을 밟았다. 두 블록 정도 거리였지만 굳이 자전거를 타고 싶었다. 그날 아침엔 아빠를 보지 못했다. 아빠를 향한 분노와 놀람이 가시지 않은 상태였다. 아빠가 속한 비밀의 세계, 그 한 조각을 엿볼 때마다 우발적이든 아니든 이런 일이 반복되곤 했다. 그딴 걸 대체 왜 보여주는 거지? 아빠는 나중엔 후회하는 듯도 했다. 더 최악인 건 빙의에 관한 영화를 봤을 때와 비슷한 느낌이라는 것이었다. 마치 무언가가 그의 안에 들어가 아예 다른 사람이 되고 마는 것 같았다. 자신에게 상자를 보여준 존재는 아빠가 아니었다. 설명이 불가능했다. 눈꺼풀 상자는 아빠가 지금껏 보여준 기념품 중에서도 가장 끔찍했다. 하지만 다른 모든 것과 마찬가지로 그 기억도 꿈으로 변모하여, 찾아내기 어려운 한구석으로 떠내려가 그곳에서 힘을 잃고 있었다. 가스파르는 이 현상 또한 특이하다고 생각했다. 하지만 이 망각과 선잠은 위안이 되었다. 분명 꿈을 꾼 건 아니었다. 기억은 명료했지만, 꿈 같은 느낌으로 남은 것이다. 그래서 견딜 만했다. 위층에서 본 붉은색 손바닥 자국 역시 이런 방식으로 거의 잊어버렸다. 어느 날 밤 자신의 머릿속을 울리던 목소리 역시도 그랬다. 너무도 강렬하게 들이닥쳐 왔기에 계단을 뛰어 올라가 아빠의 방문을 쾅쾅 두드려 댈 수밖에 없었다. 한참 후 문을 연 아빠는 헝클어진 머리와 기름막으로 뒤덮인 듯한 두 눈을 하고 있었다. 집 안을 몽유병 환자처럼 떠돌아다닌 적도 있었다. 아빠의 팔 안쪽에는 절대 잊을 수 없는 두 단어, '솔베Solve'와 '코아굴라Coagula'가 적혀 있었다. 무슨 뜻인지 사전에서 찾아보려 했지만 스페인어가 아니라 라틴어였다. 학교 도서관에 라틴어 사전이 있긴 했지만 늘 대출 중이었다. 가끔 은 이해하지 못한 채로 살고 싶기도 했다. 아빠는 눈꺼풀 상자를 보여준 이후로 일주일 동안 사라졌다. 지금은 돌아왔지만, 서로 시 간이 겹치는 일조차 많지 않았다.

가스파르는 아델라에게 줄 선물을 찾으러 목공소를 찾았다. 도 서관의 책에서 도면 하나를 발견한 가스파르는 그 페이지를 찢어 목수에게 전달해 도면대로 물건을 만들어달라고 요청했다. 목공소 의 문은 열려 있었지만 가게 안엔 아무도 없었다. 가스파르가 양손 을 부딪히자 손뼉 소리가 가게 안에 울려 퍼졌다. 그 즉시 문 소리 가 들렸고, 식스토 씨가 그를 보자마자 소리쳤다. 아, 애야, 잠깐만 기다려. 그러고는 도면과 상자를 함께 들고 나왔다.

"이게 네가 바라던 거니? 한번 보렴." 그가 말했다.

가스파르는 최소한 비슷하기라도 한지 확인하기 위해 먼저 도면 을 바라보았다.

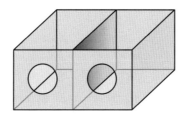

그랬다. 가운데 달린 거울이 구멍 뚫린 두 개의 공간을 정확하게

절반으로 나뉘었다. 자신의 팔을 오른쪽 구멍에 넣어보았다. 편안하게 들어갔다. 상자는 꽤 컸지만 식스토 씨는 가벼운 나무를 썼고, 가스파르는 크게 힘들이지 않고도 상자를 들 수 있었다. 거울의 무게는 어쩔 수 없지만 소나무는 거의 무게가 나가지 않지. 이걸 원했던 거니? 식스토 씨가 말했다.

네, 가스파르가 대답하며 거울에 비친 자신의 팔을 바라보았다. 완벽한 상자였다.

‡

아델라는 생일을 집에서 보내기로 했다. 물론 페이라노 씨가 자기 집을 내주겠다고 제안했지만, 감사하지만 괜찮다고 거절했다. 나중에 가스파르에게는 초대할 애들도 많지 않은데 그렇게 큰 안뜰을 차지하고 싶지 않았다고 털어놨다. 아무도 안 오면 눈에 더 띌 거 아니냐는 그녀의 말을 가스파르는 이해했다. 그 누구도 만나보지 못한 아버지의 부재가 늘상 따라다녔기에, 뭘 하더라도 아델라와 베티의 소박하지만 편안한 아파트에서 간단하게 하는 편이 나았다. 비키는 어느 날 설거지를 하던 도중, 아델라의 아빠도 끌려간 게 맞냐고 엄마에게 물어본 적이 있었다. 질문에 대한 답은 옆에서 그릇의 물기를 닦던 가스파르도 들을 수 있었다. 비키야, 사실 난 베티가 혼자가 된 이후에 만났어. 아델라의 아빠가 누구인지도 모르고, 물어보지도 않았단다. 이런 건 상대방이 이야기해 주기 전에는 먼저 물어선 안 돼.

베티는 집을 매우 단정하게 정돈해두었다. 복도는 아델라의 방으로 향하는 마지막 문 앞까지 각종 장식과 깃발들로 정성스레 꾸며져 있었다. 아델라의 방 안에는 장미꽃 냄새를 맡는 소녀의 그림 옆에 '생일 축하해!'라는 문구가 적힌, 삽화가 사라 케이의 포스터가 붙어 있었다. 가스파르가 도착하자 아델라의 조부모, 비키, 비르히니아와 그녀가 절대 손에서 놓지 않는 물 게임기, 여자아이들과 절친한 사이인 같은 반 친구 루크레시아가 와 있었다. 그들이 전부였다. 제시간에 못 맞춰 늦게 도착한다는 파블로를 기다리고 있었다. 파블로는 발음이 불가능한 이름을 가진 독일의 어느 성을 모티브로 한 천 피스짜리 퍼즐을 들고 등장했다. 아델라는 포옹하며 감사의 인사를 전했다. 아델라는 퍼즐을 좋아했고, 성은 그보다 더 좋아했다. 베티는 만족스러워하는 한편 감정이 북받친 듯도 했다. 한편 아델라의 조부모는 조용히 한쪽에서 음료수만 들이켜고 있었다. 과묵하고 전혀 다정하지 않은, 할아버지 할머니 같지 않은 이들이었다. 생일 때만 등장하곤 했고, 베티에게만 말을 걸 뿐이었다. 하지만 아델라는 매년 여름 산이시드로의 별장에서 그들과 함께 정말 즐거운 휴가를 보내곤 한다고 장담했다. 케이크는 정말 맛있었다. 둘세데레체와 크림으로 가득 채운 스펀지케이크 위를 초콜릿 크림으로 덮은 뒤 은빛 구슬로 장식한 케이크였다. 가스파르는 축하 박수를 두어 번 치고 나서—남들 앞에선 절대 노래하지 않았다—케이크 한 조각을 먹었다. 소시지 빵을 잔뜩 먹고 난 뒤여서 그것만으로도 배가 불렀다. 조부모가 자신들이 생일 선물로 준비한 원피스를 입어보라며 아델라를 재촉했다. 마치 첫 영성

체 복장같이 새하얀 원피스였다. 아델라는 가짜가 분명한 웃음을 지으면서 옷을 입고 걸었다. 마음에 안 들었을 게 분명했지만 예의 없어 보이고 싶어 하지도 않았다. 조부모는 잠시 후 자리를 떴다. 아이들은 인사를 했고, 자기들끼리 남았다는 생각에 안도했다. 그들에게는 주변을 불편하게 만드는 무언가가 있었다. 의무감에 명령을 받들어 그 자리에 있는 것만 같았다. 루크레시아도 일찍 들어가봐야 한다며 나갔다. 아델라는 극적으로 과장된 몸짓을 하며 소파에 털썩 엎드렸다. 케이크 한 조각을 다 먹은 파블로가 한 조각을 더 먹겠냐고 물었고, 아델라는 수락했다. 아델라는 둘세데레체로 더러워진 입술로—한 손으로 냅킨을 잡고 입을 닦기란 쉽지 않았다—가스파르에게 말했다.

"내 선물 어디 있어!"

상자가 담긴 비닐 봉투가 탁자 옆 구석에 놓여 있었다. 가스파르는 그걸 들고 아델라에게 다가가 말했다.

"그런데 너에게만 보여줄 수 있는 거야. 다른 그 누구 앞에서도 보여줄 수 없거든."

"왜 안 돼?"

아델라가 입을 닦고 짧은 속눈썹으로 덮인 짙은 두 눈으로 빤히 쳐다보며 물어보았다.

"이게 제대로 작동하는지 아직 잘 모르거든."

베티는 웃는 얼굴로 비밀도 참 많구나, 라고 말했지만 눈빛만은 진지했다. 아델라는 빠르게 움직였다. 가스파르의 손을 잡아끌고 방으로 데려갔다. 두 사람이 들어가자마자 문을 닫았다.

"그래서? 보여줘 봐."

가스파르는 아델라의 침대로 가서 청록색 담요 위에 상자를 꺼냈다.

"이리 와." 가스파르가 말했다.

아델라는 다소 찜찜한 기색으로 다가갔다.

"이게 뭐야?"

가스파르는 콧잔등을 긁었다. 조금 긴장되었다.

"이건 상자인데, 잠시만, 이름이 뭐였더라? 라마찬드란, 그래. 라마찬드란의 거울 상자야."

"마술 상자인 거야?"

"아니. 뭐, 어느 정도는. 이름이 좀 그렇긴 하지? 마술처럼 잘 되면 좋겠다. 팔을 여기다 넣어봐."

가스파르는 말을 마친 뒤 손가락으로 두 개의 구멍을 가리켰다. 아델라는 가스파르의 요구에 응하며 순종적으로 몸을 굽혔다.

"이제 다른 팔을 여기 이쪽 구멍에 넣어봐."

아델라가 화가 난 듯 토라진 표정으로 가스파르를 쳐다보았다.

"내가 무슨 말을 할지 너도 잘 알 거야. 다른 쪽 팔도 느껴진다며, 안 그래? 그러니 여기 넣어."

이제 아델라는 눈물이 가득 고인 눈으로 가스파르를 올려다보고 있었다. 가스파르는 붉은 원피스를 입고 머리는 양 갈래로 땋아 내린, 그 누구와도 다르고 싶지 않았던 소녀가 자기 방 바닥에 무릎을 꿇고 앉아 있는 걸 보자 안쓰럽다는 마음이 문득 들었다. 오빠가 된 듯한 느낌이었다.

"아델라, 이게 잘 될지는 나도 모르겠어."

가스파르는 운을 띄운 뒤 헛기침을 한 번 했다.

"책에서 본 거야. 하지만 널 놀리려는 건 절대로 아니야. 맹세할게. 내가 널 골탕 먹이는 일은 절대 없을 거야. 절대로. 한번 시도해보자."

아델라는 잠시 머뭇거리다가 알았다고 대답한 뒤, 눈을 감은 채 절단부를 움직이는 시늉을 했다.

"됐어." 아델라가 말했다.

"좋아."

가스파르가 곁에 가서 무릎을 꿇었다.

"이제 거울을 봐봐. 잘 보여? 저기를 보면 팔이 두 개 있는 것 같아 보이지? 이제 어디가 아픈지 이야기해 줘."

"오늘은 아프지 않아. 간지러울 뿐이야."

"상관없어. 그게 어디인데? 하지만 나를 보진 마. 너의 팔과 거울에 비치는 모습에만 집중해. 어느 쪽인지 가리켜봐."

상자의 윗부분은 덮개 없이 열려 있었다. 가스파르는 손을 넣고 아델라가 지시하는 부위를 찾았다. 팔꿈치 옆쪽. 아니, 조금 더 아래쪽. 아니, 조금 더 위쪽.

가스파르는 "반응이 조금 늦게 올 수 있어"라고 말한 뒤, 간지러운 곳을 찾는 대신 아델라의 손을, 손가락을, 팔을 쓰다듬다가 팔찌도 건드려보았다. 침묵 속에 한참의 시간이 지난 후, 마침내 아델라가 "팔이 느껴져!"라고 소리쳤다. 그러자 가스파르는 다시 원래의 지시로 되돌아와 간지러움의 근원을 찾아냈다. 그때까지 절대 잊지 못했던 환상통이었다. 바로 그 열두 번째 생일날, 그 청록색 담요 위에 앉을 때까지.

"아야!"

아델라가 낮은 목소리로 중얼거렸다. 가스파르는 짧게 자른 손톱으로 그곳을 부드럽게 긁어주고 있었고, 아델라는 거울에 비친 자기 팔을 보며 어딘가 불편한 표정을 지었다. 가스파르는 계속했지만, 아델라는 이내 "그만둬"라고 말하더니 방바닥에 주저앉아 손 하나로 얼굴을 감싸 쥐었다. 울고 있는 건 아니었다. 가스파르는 무엇이 문제인지 알지 못했다. 지금 불행하다고 느끼는 건지, 왜 불행한 건지, 이게 잘 작동한 것 같은지 등등 묻고 싶은 게 많았지만 한동안 입을 다물고 있는 편이 낫다는 걸 알고 있었다. 아델라가 먼저 침묵을 깼다. 방 바깥의 부엌 쪽에서는 비키와 파블로의 대화 소리와 그릇이 맞닿는 소리가 들려왔다. 베티가 파티의 흔적을 치우는 중이었다.

"왜?"

아델라의 질문에 가스파르는 그녀가 화가 나 있음을 짐작했다. 그래서 자기 아빠와 대화를 나누던 중, 서재의 책 하나에 이 내용이 있다는 얘기를 들은 후에 아이디어를 얻었다고 설명하기 시작했다. 하지만 아델라가 말을 막았다.

"아니, 그만, 너한테 물어보는 게 아냐. 그러니까, 의사 선생님은 왜 한 번도 이런 걸 해주지 않았던 거지? 우리 엄마는? 팔이 아프거나 간지러운 걸 해결할 수 있는 방법이 있다고 왜 아무도 말을 해주지 않았을까?"

가스파르는 입을 열었지만 아무 말도 할 수 없었다. 어깨를 움츠
릴 뿐이었다.

"설마 몰랐을까? 그렇게 바보들이라고? 죽여버릴 거야."

이 말을 뱉고 나서야 아델라는 울음을 터뜨렸다. 입술은 순수한
분노로 떨리고 있었다. 가스파르는 그녀 앞에 웅크리고 앉았다.

"아마 몰랐을 거야."

아델라는 계속 화를 냈고 가스파르는 그런 그녀를 가만두었다.
스스로 멈추도록 내버려두었고, 선물이 맘에 드느냐고 캐묻지도
않았으며, 갑자기 문을 벌컥 열고 부엌으로 뛰어가는 것도 말리
지 않았다. 부엌에서 접시가 바닥에 떨어져 깨지는 소리가 들려오
자, 가스파르는 깜짝 놀란 비키와 파블로에게 다가가 우리는 돌아
가는 게 좋겠어, 라고 속삭이며 복도 쪽으로 아이들의 등을 떠밀었
다. 문은 열려 있었다. 아델라와 엄마가 소리를 지르고 있었고, 서
로가 서로의 말을 끊으며 고함을 주고받고 있었기에 무슨 내용인
지는 알 수 없었다. 그러다가 이내 두 사람이 함께 우는 소리가 들
려왔다.

"대체 뭔 짓을 한 거야?"

비키가 복도를 거의 뛸 듯이 잰걸음으로 걸어가며 물었다. 파블
로는 길로 향하는 문이 열쇠로 잠겨 있지 않다는 사실에 안도하고
있었다. 가스파르는 뭐라 대답해야 할지 몰랐다. 자신이 잘못한 게
무엇인지 알아내려면 친구들과 이야기를 나눠야 했다.

가스파르는 "일단 가판대로 가자"라고 말한 뒤, 뒷주머니를 뒤져
코카콜라 한 병을 살 만한 돈이 있는지 확인했다.

외딴집의 악한 것

‡

비키와 파블로는 아델라네 집으로 돌아가자고 했지만, 가스파르는 그러고 싶지 않았다. 음료수를 다 마신 뒤, 재킷을 걸쳐 입고서 작별 인사를 했다. 금방 지나갈 거야, 비키가 말을 건넸지만 가스파르는 대답하지 않고 집으로 돌아갔다. 문을 닫자, 방으로 한 걸음을 채 떼기도 전에 위층에서 자신을 부르는 아빠의 목소리가 들려왔다.

전혀 위협적이지 않은 어조였지만 가스파르는 그저 무시하려고, 걸어가려고, 아무것도 듣지 못한 척하다가 자신도 모르게 대답을 하고 말았다. 왜요, 소리쳤다. 잠시 이쪽으로 올라와라, 아빠의 목소리는 우렁찼지만 거기에 고함이나 폭력, 도발의 흔적은 없었다. 가스파르는 그 말에 따랐다. 나무 층계가 삐걱거리는 소리를 심하게 냈다. 기억하기론 발소리를 줄이기 위한 카펫이 깔려 있었는데, 언젠가부터 사라지고 없었다. 아빠가 치워버린 것일 수 있었다. 주기적으로 피우곤 하는 모닥불에 땔감으로 쓰였을 공산이 컸다. 그런 일이 있었다는 사실을 지금까지는 미처 몰랐지만, 층계를 재빨리 오르는 그 순간에 카펫의 존재를 떠올리면서 깨달았다.

아빠의 서재 겸 작업실의 문은 열려 있었다. 안락의자에 기대앉아 책 하나를 곁에 두고 있는 그의 모습이 보이자 한결 마음을 가볍게 하고 들어갈 수 있었다. 앉지는 않았다. 책상에 비스듬히 기대어 무질서하게 쌓여 있는 책들, 그리다 만 그림 한 장, 검은 표지의 공책 한 권을 무심코 바라보았다.

"잘 있었니?"

아빠가 일어서는 소리를 들은 가스파르의 어깨가 움츠러들었다. 아주 가까이 다가왔음을 느끼기 전까지 눈을 마주치지 않았다.

"나를 끝없이 미워해도 좋아. 하지만 그게 무슨 의미가 있을까 싶다."

협탁 위의 독서등 하나만이 어슴푸레한 빛을 비추고 있던 방 안에서 아빠의 눈이 빛나고 있었다. 꽉 끼는 회색 긴팔 티셔츠 하나를 입고 있었는데, 야윈 몸이 한눈에 드러났다. 가스파르는 입을 열기 전 심호흡을 했다.

"왜 그 상자 안에 있던 걸 만지게 한 거예요?"

먼지 냄새가 자욱한 서재 안은 후덥지근했다. 목욕을 방금 막 마치고 나와 머리가 젖어 있던 아빠에게선 비누 냄새가 났다.

"이따금은 내가 내 자신이 아닐 때가 있어. 미안하다."

가스파르는 오한을 느꼈다.

"그게 다예요? 아빠 자신이 아니었다는 거?"

"내가 말한 게 전부야. 가끔은 내가 내 자신이 아니야."

가스파르는 책상 위에 양 팔꿈치를 올렸다가 무심코 아빠가 미완성으로 둔 그림을 들어 올렸다. 작은 도시 같은 곳이었다. 평원 위에 집이 듬성듬성 있었고, 하늘에는 검은 해인지 구멍인지 모를 것이 매우 커다랗게 중앙에 위치해 있었다.

"무슨 일을 하는지 왜 아무것도 말해주지 않는 건데요? 이런 건 또 다 뭐예요?"

가스파르는 책들과 닫힌 문, 깜깜한 구석들을 가리켰다.

"네 친구 비키의 아빠, 그 사람은 자기가 뭘 하는지 그 아이에게 다 이야기해 줄까?"

"네, 그분은 약사잖아요."

"아빠가 약사라는 것, 그것 말고 그 아이가 더 아는 게 있을까? 일주일에 항생제를 얼마나 많이 파는지 알고 있을까? 가격 변동 폭에 대해서는? 인슐린이 공짜인지 아닌지는? 대체의학 전문 세션을 새로 개설할지 말지에 대해 그 아이와 상의했을까?"

가스파르가 이를 꽉 깨물었다.

"어쩌면 그럴지도 모르죠."

"모르는 게 당연해. 파블로네 아빠는 뭘 하니?"

"가스와 관련된 일이요."

"가스를 갖고 뭘 하는데?"

"몰라요! 자동차에 넣거나 하는 일이겠죠."

"자동차에 가스를 왜 넣는데? 파블로가 너보다 잘 알 것 같아?"

가스파르는 포기했다.

"아무 상관 없잖아요. 아빠가 하는 일이 제일 이상하다고요."

"이런 이야기는 예전에도 수도 없이 많이 했잖니. 가스파르, 이제 지겨울 때도 됐어."

"그냥 알고 싶었다고요."

아빠가 가스파르의 눈높이에 맞춰 몸을 낮췄다. 다크서클이 주먹으로 한 대 맞은 것처럼 부어 있었지만, 그래도 최근 며칠 가운데 가장 나은 상태였다.

"원하는 책을 한 권 고르렴. 아무거나 읽고 싶은 걸로."

"정말요?"

"정말로."

가스파르가 까치발을 하고선 책장에 다가갔다. 고를 책이 얼마나 많았는지! 천장 가까이 닿는 높이의 책장, 거기서도 가장 위 칸의 나무 상자 안에는 엄마의 유해가 들어 있었다. 언젠가 그걸 보고 싶은 마음에 아빠에게 그 상자를 열어달라고 부탁했다. 크게 놀라울 건 없었다. 재라기보다는 흙에 더 가까웠다. 자신의 엄마가 상자 하나에 담긴 먼지 덩어리에 지나지 않는다는 생각에 울었지만, 무섭지는 않았다. 책장 한구석에 그 상자가 있다고 해서 두렵지는 않았다. 아빠는 언젠가 때가 오면 그 재를 강에 뿌릴 거라고 말했다. 하지만 몇 년이 지나도록 상자는 그 자리를 지켰다.

지금은 책장을 뒤질 차례였다. 쌓여 있는 책 중에서 책등이 벽 쪽을 향한 것들을 제자리로 되돌려보았다. 몇 권은 영어 책이었다. 디온 포춘의 『초보자의 훈련과 일The Training and Work of an Initiate』. 스페인어로 쓰인 책들도 있었다. 후안 카를로스 오네티의 『우물El pozo』, 토머스 하디의 『이름 없는 주드』, 프랑수아즈 사강의 『슬픔이여 안녕』, 가르시아 로르카, 키츠, 예이츠, 블레이크, 엘리엇, 네루다. 이 시인들은 가스파르도 몹시 좋아해서 자주 빌려보곤 했다. 더 높은 곳의 다른 선반에 가보았다. 레너드 W. 킹의 『바빌론의 마법과 요술Babylonian Magic and Sorcery』, 케네스 그랜트의 『마법의 부활The Magical Revival』이 있었다. 마지막으로, 한쪽 끝에 거의 떨어지기 직전의 책이 있었다. 오늘의 선택을 받기에 적합해 보이는 책등이었다. 엘리파스 레비의 『고등 마법의 교리와 의식Dogme et Rituel de la Haute Magie』이 그것이었다. 평범한 회색 커버는 많이 닳아 있었다. 그 책을 집어 들어 아빠에게 보여주자, 고개를 끄덕이며 승낙했다.

"무엇이든 읽고 싶은 걸로 가져가라."

가스파르는 아무 페이지나 펼쳐보았다. 40쪽에는 육각별의 그림이 있었는데, 다윗의 별과 비슷하면서도 조금 달랐다. 설명을 읽어보았다. "신성한 요소와 유사한 물질적 요소는 네 가지인 것으로 인식되고 두 가지인 것으로 설명되며, 최종적으로는 세 개가 존재하는 것으로 받아들여진다." 무슨 말인지 하나도 모르겠어, 가스파르는 생각했다. 다음으로 '흑마법'이라 쓰인 장을 펼쳤지만 한 페이지밖에 없어 실망했다. 겁이 나면 지금 바로 책장을 덮으라는 경고 문구가 눈에 들어왔으나, 가스파르에겐 해당 사항이 없었다. 그 장 자체도 실망스러웠다. 저자가 하는 말 대부분은 여러 영화에서 봤던 것보다 훨씬 덜 공포스러웠다. 호기심 어린 눈으로 아빠를 쳐다보았다. 그는 이번에도 그 어떤 일탈의 조짐 없이 미소를 지어 보였는데, 슬픔이 서린 것 같기도 했다.

"재미없지 않아?"

"다른 책을 가져와도 돼요?"

"아니, 다른 것도 이 책과 큰 차이는 없을 거야. 가스파르, 이게 내가 하는 일이야."

"이게 뭔데요?"

"이 책들이 하는 이야기를 연구하지."

"그것뿐이에요? 연구하는 공간이 따로 있는 거예요?"

가스파르는 아빠가 안락의자에 다시 기대면서 자신의 곁에 쿠션 하나를 던져주는 걸 보았다.

"난 독학을 하지. 대학에 들어가기엔 너무 늙고 병들었어. 여기 앉아라."

"아빤 전혀 늙지 않았어요. 몇 살인데요? 엄마처럼 학생들을 가르치기도 했어요?"

"아니. 난 서른네 살이야. 하지만 이백 살은 된 것 같아."

가스파르는 쿠션에 앉다가 무릎을 유리병에 부딪혀 내용물을 바닥에 쏟을 뻔했다. 병이 쓰러지지 않도록 재빠르게 잡은 아빠는 길게 한 모금을 삼켰다. 아빠의 입에서 풍기는 알코올 냄새를 왜 이제껏 못 맡고 있었을까? 이제야 가스파르는 아빠가 왜 그렇게 많은 이야기를 해주었는지 알 것 같았다. 아빠는 또 한 번 술에 취해 있었다.

"아빠가 항상 뭔가를 보기 때문에 이런 걸 공부하는 거예요? 아니면 그 반대예요? 뭔가를 보려면 이렇게 공부를 해야 하는 거예요? 사람들이 늘상 눈에 보여요?"

"그래, 하지만 날 힘들게 하진 않아. 내가 원할 경우 의지력을 써서 그들을 보지 않는 기술을 연마했지. 난 상당히 실력이 좋은 편이고."

"실패한 적은 없어요?"

"누구나 실패는 하지. 하지만 그들이 두렵진 않아. 그저 메아리일 뿐이거든. 일종의 표현이랄까. 그들은 우리에게 손을 댈 수도 없어. 그저 마음을 혼란스럽게 할 뿐이다."

"혼란스럽다는 게 무슨 말이에요?"

"놀라게 하고, 예상치 못한 상황에서 사로잡는다는 거야. 요즘 학교에선 어떤 어휘들을 배우니?"

"그렇게 못 가르치진 않아요. 그냥 제가 사전을 많이 안 써서 그래요."

"그래."

"아빠, 저도 그런 걸 보게 될까요? 메아리를요?"

"아니. 그리고 언젠가 보게 된다고 해도 모든 걸 금방 알게 될 거야."

가스파르는 잠시 곰곰이 생각에 잠겼다. 또 한 번의 긴 한 모금이 이어졌다. 아빠가 읽고 있던 책이 땅바닥에 떨어졌다. 가스파르는 곁눈질로 제목을 읽었다. 존 키츠의 시선집이었다. 그 책을 집어 든 뒤 펼쳐 읽어보았다. '안개와 무르익는 결실의 계절'. 안개의 계절. 안개의 시절.

"이거 가져가도 돼요?"

"어려울 텐데. 사전을 쓰도록 해. 키츠는 너도 마음에 들 거야. 아주 젊어서 죽었지. 알고 있었니? 스물네 살이었대. 아무튼 아들아, 요새 뭘 하고 다니니? 요즘 네가 평상시 어떤 삶을 살고 있는지 궁금하구나. 말해주렴."

가스파르는 아빠의 다리 위에 머리를 기댔고, 눈꺼풀 상자 사건은 그다지 중요하지 않았던 셈 치기로 했다. 그저 악몽의 일부였을 뿐이었다. 사건은 잊혔고, 아빠는 용서받았다. 그의 손이 머리카락을 쓰다듬는 걸 느끼며 아델라의 이야기를 했다. 생일 선물로 거울 상자를 준비했지만 그다지 마음에 들지 않아 했다며.

아픈 사람들은 조금 특이한 면이 있어, 아빠가 말했다. 그 아이는 아픈 게 아녜요, 가스파르가 대답했다. 그럼, 나도 알지. 하지만 어찌 됐든 우리같이 육체적인 문제를 지니고 사는 사람들은 건강한 사람들과 같으면서도 다른 면이 있어. 그래, 예를 들자면, 내가 네게 휠체어를 하나 선물한다면 어떨까? 이게 뭐냐며, 달갑지 않음을 표현하는 데서 끝날 거야. 아빤 그게 필요해요? 아니, 아직은. 하지만 누군가 내게 그런 걸 선물한다면 난 아예 불태워버리겠지. 깊이 이해할 필요는 없어, 그저 알고만 있어도 충분해. 그 아이의 화도 지나갈 수 있을까요? 아마 그럴 거야, 장애가 있다는 건 죽어가는 것과는 전혀 다른 일이니까. 그렇게 말하지 말아요, 아빠. 그럼 어떻게 말하란 말이니? 또 뭐가 있을까, 여자 친구는 있니? 어떤 여자애와 통화하는 걸 들었는데. 들었어요? 이쪽에 항상 틀어박혀 있으니까 아무것도 못 들을 줄 알았어요. 있었는데, 떠났어요. 벨렌이란 아이예요. 널 떠났다고? 네, 저한테 편지를 보내서 더 이상 제 여자 친구를 하고 싶지 않다고 했어요. 그래서 넌 어떻게 했는데? 아무것도요. 파블로는 제게 답장을 하라고 했거든요. 계속 너와 남자 친구, 여자 친구로 남고 싶다고 하면 그 아이도 받아줄 거라고, 원래 여자아이들이 그렇다고요. 하지만 전 그렇게 하고 싶지 않았어요. 그 여자아이를 좋아하지 않니? 좋아하긴 하는데 만나면 무슨 말을 해야 할지 모르겠어요. 걘 말수가 적거든요.

가스파르는 아빠가 엷게 웃는 소리를 들었다. 그 일과 관련해선 도와줄 수가 없겠구나. 난 여자들에 대해 아무것도 몰라.

두 사람 사이에 잠시 침묵이 감돌았다. 가스파르는 두 눈을 감았다. 집 안에선 아무 소음도 들리지 않았다. 아빠가 머리카락을 천천히, 거의 여성스럽다시피 한 섬세함으로 쓰다듬는 걸 가만히 느끼고 있었을 뿐이었다. 대문자로 쓰인 벨렌의 짧은 편지 때문에 화장실 타일 벽에 주먹질을 했다는 이야기는 하지 않았다. 만나서 키스하고 만질 때가 아니면 금방 지루해지곤 했었기에, 그 아이 때문은 아니었다. 다만 어떻게 해야 붙잡을 수 있을지 알아차리지 못한 자기 자신에게 화가 났었다. 쿠션 위에서 다리를 쭉 편 다음 아빠의 등 뒤에 닿을 때까지 머리를 기울여보았다. 아빠의 곁에서 잠들던 어린 시절의 느낌이 상기됐다. 그 거대한 몸에 찰딱 붙어, 과격하고 불규칙하게 뛰는 심장 소리를 들으며 잠에 빠져들던 그 시절.

"가스파르, 네 친구가 문 앞에 와 있어."

"무슨 친구요?"

"아델라 같은데."

"어떻게 알아요?"

"널 부르더라. 네 방 창문에 돌맹이 같은 걸 던졌고. 잠깐 졸았잖니."

"아빠랑 같이 있고 싶어요."

"난 네가 갔으면 한다. 널 기다리고 있어, 어서."

가스파르는 뚱한 표정으로 멈춰 섰다. 잠시 잠들었던 게 맞았다. 입 안에 잠의 단맛이 남아 있었다. 키츠의 책을 들고선 문가에서 아빠를 뚫어지게 쳐다보았다. 무언가를 말하려 했지만(무얼? 무얼 원했던 걸까?), 아빠는 이미 병나발을 한 번 더 불고서 두 눈을 감아버린 후였다.

‡

아델라는 도로 위에서 기다리고 있었다. 주말의 이 시간대는 통행량이 많지 않았기에, 설사 다가오는 차가 있다 하더라도 멀리서부터 다가오는 전조등이 보였고 소음이 들려왔다. 그래서 어른들과 동네 아이들 모두 인도와 차도를 가리지 않고 오가곤 했다. 가스파르는 다리를 꼬고 선 채로 바닥을 보고 있던 그 아이의 옷이 달라진 걸 눈치챘다. 늘 신고 다니던 하늘색 키커스 구두를 신고, 와인색 학교 체육복과 허리춤에 레이스가 달려 있는 오밀조밀한 꽃무늬 블라우스를 입고 있었다. 도로 위의 적막에 압도됨을 느낀 가스파르는 아델라의 곁에 다가가 고갯짓을 했다. 인도 위로 올라와 대로를 향해 함께 걸어가자는 신호였다. 아델라는 가스파르의 발걸음에 맞춰 걸어갈 뿐 올려다보지도, 입을 열지도 않았다. 가스파르는 먼저 말을 꺼내기로 결심했다. 단 한 번도 침묵을 좋아한 적이 없었고, 그건 지금도 마찬가지였다. 특히 어른들이 눈을 굴리고 말을 삼키며 주고받는 불편한 눈빛과 불안한 침묵이 싫었다. 아빠가 "내가 할 말은 이게 전부이고 넌 더 이상 알 거 없다"라고 말하는 방식이기도 했다. 누군가 자신에게 허락하기만 한다면 끝없이 질문하고 말을 늘어놓을 자신이 있었다. 마치 부엌에 깜빡 잊고 놓고 나온 젤리 위를 개미들이 에워싸듯 호기심이 자신을 에워싸는 느낌이었다.

가스파르는 "상자가 마음에 들지 않았다면 미안해"라고 말문을 열었다. "그걸로 널 도와줄 수 있지 않을까 생각했어."

아델라가 불쑥 가스파르의 팔꿈치를 힘주어 붙들었다. 가스파르는 종종 그 한쪽 손이 지닌 힘을 잊곤 했다.

아델라는 "내 평생 받은 선물 중에서 최고야"라고 말했다. 펑펑 울고 난 까닭에 양 볼이 붉게 달아올라 있었다.

"그럼 왜 화를 낸 건데? 말해봐. 모른다는 말은 이제 못 견디겠어. 질렸다고."

아델라는 다시 걷기 시작했다. 비야레알가의 그 집이 가까워지자 가스파르는 본능적으로 우회로를 택했다. 코너를 빙 둘러 일요일 늦은 시간까지 열려 있는 오락실로 향했다.

"내가 화난 건 우리 엄마 때문이야. 왜 그 생각을 못 했던 걸까? 왜 의사한테 그런 걸 물어봐주지 않았을까? 엄마는 내 팔이 아프고 간지럽다는 말을 평생 믿어주지 않았어. 난 네게 화난 게 아녔어. 그런데 결국엔 너희도 가버렸고 난 혼자 남겨졌지."

"우리는 어쩔 수 없었어. 네가 나 때문에 화난 거라고 생각했거든."

"넌 아무 상관 없어. 우리 중에 네가 최고인걸. 애들은 이미 만났어. 도망쳐버리다니, 겁쟁이들이 따로 없다고 해줬지."

가스파르는 귀가 달아오는 걸 느꼈다. "네가 최고"라는 말이 듣기 좋았다. 그래서 이마를 덮고 있던 머리를 쓸어 넘기고 말했다.

"필요하면 글쎄, 뭐, 긁거나 마사지하는 일을 내가 도와줄 수도 있어. 하지만 내가 늘 곁에 있어줄 수 있는 건 아니니까, 엄마한테도 부탁드려야 할 거야."

"우리 엄마는 무슨, 꺼지라고 해. 이미 파블로와 비키에게도 도와달라고 말해놨어. 너만 승낙하면 모든 문제가 해결돼."

가스파르는 아델라를 비야레알가의 그 집으로부터 멀어지게 하는 데 성공했고, 그 목적을 위해 택한 우회로는 자신의 집에서 끝이 났다. 여느 동네 사람들과 마찬가지로 가스파르 역시 그 폐가가 탐탁지 않았는데, 언젠가 아델라가 함께 들어가보자고 제안했던 일도 있었다. 모험이라고, 동네의 저주받은 폐가를 방문하는 거라고 했다. 가스파르는 아무런 흥미를 못 느꼈다. 그저 배가 고팠을 뿐이었다. 하지만 아델라를 집 안으로 초대할 수는 없었다. 예고 없이 손님을 데려가는 건 금지되어 있었다. 정원 철창 안에 세워둔 자전거를 보자 한 가지 좋은 생각이 떠올랐다.

"밥은 먹었어?"

아델라는 케이크와 샌드위치를 먹었더니 배가 별로 고프지 않다고 했다. 여자애들은 원래 먹는 걸 좋아하지 않지, 가스파르는 생각했다. 자신은 물론, 친하게 지내는 다른 남자아이들 또한 늘 배고파했기에 꽤 이상하게 느껴졌다.

"그래, 먹고 싶지 않으면 그냥 옆에 있어줘. 라쿠르바 피자가게에 갈까 하는데, 괜찮아?"

아델라는 "피자 한 조각은 먹을 수 있을 것 같아"라고 화답했다.

"올라와."

가스파르는 허리띠를 꽉 조였다. 살이 빠진 탓에 바지가 흘러내리고 있었다.

"대체 왜 네 사이즈에 맞는 걸 사 입지 않는 건데?"

아델라가 웃으며 물었고, 가스파르는 늘 잊어버리곤 한다고 답했다.

"우리 아빠 거라 이렇게 큰 거야. 너무 찐따 같아 보여?"

"아니. 왜인지는 모르겠지만 네게 정말 잘 어울려."

아델라가 답했다.

아델라는 뒷바퀴 양옆에 위치한 받침대 위에 올라탔다. 그렇게 해야만 가스파르의 어깨를 붙잡고 서서 갈 수 있기 때문이었다. 아델라는 빨리 가달라고, 더 힘차게 페달을 밟으라고 소리쳤다. 도로 위에 아무도 없었기에 가스파르도 그 요청을 받아들여, 피자가게까지 크게 돌아가며 아델라가 속도감과 머리카락을 흩날리는 바람을 충분히 즐길 수 있게 해주었다.

‡

비야레알가의 폐가에 얽힌 이야기는 다양했다. 하지만 모든 이야기가 다 입에 오르는 건 아니었다. 어느 날 오후, 슈퍼마켓 주인 투리 씨의 아내 아이데는 집주인들이 어떤 사람들이었는지 풀어놓았다. 그녀에 따르면 집주인은 간병인이나 자식 등 누구의 도움도 받지 않고 살아가던 늙은 부부로, 집 안에만 갇혀 산 탓에 정신이 나가버렸다고 했다. 숙환인 노인성 치매였다. 누군가 집 앞을 지날 때면 할머니가 창문 앞에 나와 마치 고함치는 것 같은 입 모양을 했는데, 소리는 나지 않았다. 그러고는 황급히 뛰어 들어가곤 했다. 알몸으로 나타날 때도 있었다. 한편, 할아버지는 훨씬 차분한 편이었는데 쓰레기를 버리는 걸 거부하는 게 문제였다. 하루는 친척인지 사회복지사인지 모를 누군가가 집을 방문해 비닐 봉투에 각종 물건들—특히 음식 쓰레기—을 가득 채워 나왔고, 할아버지는 정원에 주저앉아 엉엉 울었다. 그 당시만 해도 풀 몇 떼기는 남아 있던 정원에서 할아버지는 계속 "그래, 이제야 발견하게 됐어, 이제야말로, 그래"라고 되뇌었다고 한다.

슈퍼마켓 주인 투리 씨는 이 이야기는 들어본 적이 없다면서도, 할머니가 죽었을 당시 곁에서 백골이 된 고양이 두 마리가 하나는 담요 위에서, 다른 하나는 베개 위에서 발견됐다는 이야기를 덧붙였다. 공원의 바 주인이 자신의 이야기를 더하며 심증을 굳혔다. 다만 그는 고양이 두 마리가 곰팡이가 가득 핀 햄과 치즈, 포장을 뜯지 않은 식빵과 함께 냉장고 근처에서 발견됐다고 주장했다.

이상한 일은 동네의 터줏대감 노인들 중 그 누구도, 그 어떤 할아버지나 할머니도 젊은 시절의 집주인들을 기억하지 못한다는 것이었다. 마치 그들이 처음부터 늙은이였던 것 혹은 만들어진 기억인 것 같았다. 하루는 비키의 할머니가 말했다. 우리가 이 집에 네 할아비와 함께 이사 왔을 무렵, 그 집 늙은이들……. 비키는 거의 고함을 치듯 할머니의 말을 가로막았다. 그런데 할머니는 젊을 때 결혼하셨잖아요? 그때도 그 사람들이 여기 살았다는 말이에요? 이미 늙은 채로? 불가능해요, 지금 거짓말하시는 거죠? 할머니는 잠시 머뭇거리다가, 난 그렇게 느꼈단다, 당시에도 늙은이들 같았어. 그래, 어쩌면 폴란드 사람일 수도 있겠다 싶었지. 그런 게 폴란드인인 거랑 무슨 상관인데요? 금발 머리 사람들은 나이를 흉하게 먹거든, 할머니가 대답했다. 그들은 너완 달라, 비키. 너는 아름다운 크리오요잖니, 내 깜둥이. 비키는 할머니의 품을 뿌리쳐 나왔고, 나중에 그 대화를 식탁 위에서 풀었다. 할머니는 잠자리에 든 이후였다. 우고 페이라노는 입가를 냅킨으로 닦으며 그래, 엄마도 나이가 들었지, 사람이 늙으면 헷갈리는 게 많아진단다, 라고 말했다.

이번엔 비키가 조용히 녹색 유리 접시와 갈색 컵을 치웠다. 비키는 그 식탁을 '밀림 식탁'이라고 부르곤 했다. 많이 먹진 않았다. 아델라도 조금밖에 먹지 않았다. 두 아이 모두 같은 증세를 보였다. 두려움이었다. 두려움은 점점 퍼져갔고, 비키는 그 이유를 명확히 짚어낼 수 없었다. 다만 한 달 전쯤 TV 앞에서 시작되었다는 것만 기억했다. 거실의 소파에서 지루하기 짝이 없는 8시 뉴스를 보고 있던 중이었다. 극단주의자들이 총선에서 승리했다는 소식이나 엄마를 극도의 히스테리로 몰고 가던 학교의 폭탄 테러 위협과 긴급 사태 선포 등이 보도됐다. 그러던 중 한 가지 뉴스가 눈길을 사로잡았다. 콜롬비아에서 화산 하나가 폭발을 시작했다는 것이었다. 비키는 화산이 좋으면서도 두려웠다. 한동안은 폼페이와 헤라클레스 이야기에 집착하듯 빠져들기도 했다. 그날 밤은 화산 폭발뿐이었지만, 그다음 날 화산과 관련한 추가 보도가 있는지 확인하던 비키는 말문이 막힌 채로 벌벌 떨다가 자신의 곁, 소파에 널브러져 있던 가스파르의 손을 꽉 움켜잡을 수밖에 없었다. 화산의 용암이 만년설과 진흙을 모두 쓸어 갔고, 그것들이 모두 뒤엉켜서 강물에 던져지자 강물이 평상시보다 네 배는 더 불어나 인근 마을들을 덮친 것이었다.

"아휴, 난 홍수가 무서워."

할머니가 말했고, 비키는 할머니가 말을 더는 잇지 못하게 막았다.

아르메로라 불리는 한 마을에서는 사람들이 집에 갇혀 구조대가 오기만을 기다리고 있었다. 하지만 지직거림이 심한 중계 화면을 비추는 모든 카메라들은 오마이라―어쩜 이런 이상한 이름이 있지? 비키는 생각했다―라는, 잔해와 진흙 더미 속에 절반은 가라앉아 있던 열세 살짜리 여자아이를 비추고 있었다. 움직이진 못해도 말은 아직 할 수 있었다. 그 콜롬비아(콜롬비아가 어디야? 비키가 가스파르에게 묻자 카리브해 쪽에 있어. 섬은 아니고, 베네수엘라 옆에 붙어 있지, 라는 답이 되돌아왔다)라는 나라에서, 그 아이에게 마이크를 건네자 한 말이 비키를 두려움에 뛰쳐나가고 싶을 지경으로 만들었다. 비키는 가스파르가 "아야, 그만해!"라고 외칠 때까지 가스파르의 팔을 꽉 누르고 말았다. 아픔을 잘 느끼지 않는 편인 가스파르에게 있어 꽤 큰 반응이었다. 오마이라라는 소녀는 이렇게 말했다. 제 발 밑에 있는 이모의 머리를 발로 밟고 있어요. 비키는 생각했다. 그래, 분명 이모는 그 밑에서 익사했을 거야. 미끌미끌한 그 아이의 두 발이 죽은 사람의 머리 위에 위태롭게 서 있는 모습을 떠올리며 비키는 기계적으로 운동화의 끈을 고쳐 맸다.

이후 저녁 뉴스 시간뿐 아니라 정오 뉴스 시간에도 오마이라의 모습이 비춰졌다. 비키는 학교에서 돌아왔을 때는 물론, 체조 수업에서 돌아오고 난 오후 시간에도 그 아이의 모습을 볼 수 있었다. 그 아이는 자신이 빠져나갈 수 없으리란 걸 알고 있었다. 하지만 비키는 대체 왜 엄마가 아이를 빼낼 유일한 방법은 다리를 절단하는 것인데도 진흙 속에선 "적합한 위생 여건"을 확보할 수 없다고 말하는지 이해할 수 없었다. 의사다운 냉혹함이었다. 오마이라는 혼자가 될 엄마를 도와달라며 호소했다. 학교에도 가고 싶다고 했다. 수영을 할 줄 몰랐기에 언제고 물이 덮쳐 온다면 빠질 수밖에 없어 무섭다고도 했다. 노래도 했다. 수학 시험 공부를 하고 싶다고 했다. 멀리 보고타에 있는 엄마를 부르며 자신이 걸을 수 있게, 그리고 사람들이 자신을 도와줄 수 있게 해달라고 기도를 부탁하기도 했다. 엄마를 사랑한다고, 자기 말을 들어줬으면 좋겠고 또 아빠를 사랑한다고도 말했다. 비키의 할머니는 이 장면을 더는 볼 수 없다며, 이 아이의 존엄성은 어디 간 거냐고, 이런 걸 보여줘선 안 된다고 말하며 자리를 박차고 나갔고, 오마이라가 죽어가는 걸 보지 않겠다며 다시는 TV 앞에 앉지 않았다.

오마이라의 괴로움이 TV로 중계되고 있던 어느 날 오후, 리디아 페이라노는 잠시 차 한 잔을 하러 들른 후안 피터슨과 함께 들어왔다. 그는 커피를 절대 마시지 않는 사람이었다. 가스파르의 아빠가 자기 집에 오는 법은 거의 없었기에 비키는 그를 유심히 살펴보았다. 엄마는 그 사람을 몹시 좋아했고 항상 좋은 사람, 훌륭한 사람이라고 치켜세우곤 했다. 비키는 그와 가스파르가 자주 싸우곤 한다는 걸 알았고, 친구가 슬픔에 빠져 있을 때면 화가 나기도 했다. 선명한 구타 자국이 보일 때도 있었다. 하지만 그날 오후 가스파르는 자기 아빠 곁에 있었고, 마치 둘뿐인 듯 낮은 목소리로 대화를 나누기도 했다. 겉모습은 닮지 않았지만 얼굴에 드리운 머리를 쓸어 넘기거나 소파에 등을 대고 앉는 방식, 늘 꼿꼿이 세운 상체처럼 쏙 빼다 박은 듯한 몸짓을 보이는 순간이 있었다.

"후안 씨, 뭘 좀 먹을래요?"

"고맙습니다. 하지만 지금은 전혀 배가 고프지 않아요."

리디아는 빵집에서 사 온 타르트 한 조각이라도 먹으라며 강권했지만 가스파르의 아빠는 또다시 거절했다. 리디아가 말했다.

"요즘 애들이 그 콜롬비아 여자애한테 정신을 단단히 빼앗겨버렸잖아요. 겁이 날 정도로 불건전한 일이죠. 베티의 딸 아델라도 이 이야기밖에 하지 않아요. 전 그냥 보게 내버려두긴 해요. 못 보게 하면 남의 집에 가서라도 볼 애들이니까요."

후안은 아무 말도 하지 않았다. 사실 모두가 입을 꾹 닫을 수밖에 없는 상황이기도 했다. 왜냐하면 바로 그때, 오마이라의 주변에 가득한 진흙을 흡입기로 빼내려고 노력해봤지만 슬프게도 괴사가 이미 상당히 진행되어 손쓸 수 없다는 이야기를 콜롬비아의 한 의사가 하고 있었기 때문이었다. 리디아는 "딱하기도 하지, 이제 끝이로구나"라고 중얼거렸다. 애야, 저 아이는 이제 죽게 될 거야, 이걸로 됐어. 이제 더는 보지 말거라, 너무 슬픈 일이잖니.

하지만 비키는 계속 보겠다고 고집을 부렸고, 의사가 울고 또 울면서 다음과 같은 말을 하는 걸 들었다. 이건 부당하잖아요. 우리는 온 힘을 다해 노력했고 아이는 그걸 다 견뎌냈죠. 그때 비키의 엄마가 가스파르의 아빠에게 질문했다. 후안, 몇 년 전에 한 이탈리아 출신 아이에게도 비슷한 일이 있었잖아요, 기억나세요? 그러자 그는 아무 말도 않고 그저 고개를 끄덕였다. 과도한 심각함이었다. 그러면서 역시나 TV에서 눈을 떼지 못하고 있던 가스파르의 한쪽 어깨에 조용히 손을 얹었다. 카메라는 그 아이가 죽는 순간을 담고 있었다. 죽음의 생중계였다. 그 아이는 세상을 떠나는 그 순간까지 혼자 있지 못했다. 컬러 TV의 화면 전체를 뒤덮고 있던 오마이라의 모습은 어떤 흔들림이나 노이즈 없이 아주 명료했다. 두눈은 마치 흰자위도, 눈동자도 없는 듯 완전히 검게 변해 있었다. 눈꺼풀은 부어 있었고, 나뭇가지를 쥐고 있던 두 손은 부자연스럽게 크고 창백했다. 여전히 곱고 가무잡잡했던 얼굴의 피부와는 달리 손의 피부는 밀랍으로 뒤덮인 것처럼 보였다. 물속에서 너무 오랜 시간을 보내서 그렇겠지, 창백하고 주름진 모습이 되었어. 비키는 생각했다. 어찌 됐든 괴이한 모습이란 데는 변함이 없었다. 눈은 왜 저렇게 검어진 거예요? 비키가 엄마에게 물었지만, 그녀는 그저 지금 꺼버릴 거야, 알았니? 저런 걸 텔레비전으로 송출하다니 이건 너무 야만적이야, 라는 말을 내뱉었을 뿐이었다. 하지만 정말로 꺼버리진 않았고, 비키도 몸을 되돌려 더러운 진흙 구덩이 안에 다리가 갇혀 이모의 머리를 밟고 서서 죽어가는 소녀의 모습을 다시 지켜보았다.

눈에 대한 질문에 답을 해준 건 그때까지 아무 말도 않고 있던 후안이었다. 저건 피야, 후안이 단번에 알려줬다. 저 아이의 눈이 피로 가득 차 있는 거지. 이제 몸의 피가 더 이상 순환하지 않아서 거기 축적된 거란다. 비키는 저 말이 맞느냐는 눈빛으로 엄마를 쳐다보았고, 엄마도 간단하게 말하자면 그게 맞는다고 말했다. 동공은 한번 확장되면 힘을 잃어서 더는 눈에 붙어 있지 않게 돼. 그 말을 남기고 엄마는 마침내 약속한 바를 이행했다. TV를 꺼버린 것이었다. 그만하자. 계속 보고 있으면 이 장면을 영원히 머릿속에서 지우지 못할 테니까.

비키는 반발했고, 가스파르와 전화기를 들고 방으로 들어가버렸다. 전화기의 선은 매우 길어서 이쪽이든 저쪽이든 다 가져갈 수 있었다. 아델라에게 전화를 걸었다. 아델라 역시 소녀의 죽음을 보고 있었다. 파블로는 부모님이 못 보게 해서 아델라네에 같이 있다고 했다. 너희 엄마는 어떻게 허락하셨어? 비키가 궁금해하자, 반대편의 아델라가 답했다. 지금 집에 안 계셔, 잠시 어디 나가셨거든. 안 그랬으면 우리 엄마도 허락하지 않았을 거야. 너네도 이쪽으로 올래?

"갈래?"

비키가 가스파르에게 물었고, 가스파르는 한참 고민한 끝에 가지 않겠다고 대답했다.

"가고 싶으면 너만 가."

"나야 당연히 갈 거고. 넌 왜 안 가는데?"

가스파르는 잠시 침묵했다가 말을 이었다.

"그 여자애가 사람들한테 잠시 쉬러 갔다 오라고, 쉬었다가 나중에 구하러 와달라고 하던 부분 기억나? 내 생각엔 그때 이미 어느 정도 환각을 겪고 있었던 것 같지만, 어쨌든 그 아이는 자신을 좀 내버려두라고 부탁했던 것 같아."

"하지만 그 애가 우리를 볼 수 있던 건 아니잖아. 우린 엄청 먼 곳에 떨어져 있는걸. 우리는 그 아이를 불편하게 만들지 않았어."

"우리가 불편하게 만들지 않은 걸 네가 어떻게 알아?"

"넌 참 희한해."

외딴집의 악한 것

그렇게 비키는 엄마의 으름장을 귓등으로 흘려들으며 아델라네 집으로 달려가, 그 죽음의 고통을 생생하고도 세밀하게 목도했다. 비키와 파블로, 아델라는 서로 손을 붙잡고 TV 앞에서 흐느꼈다. 베티는 단 한 번도 아이들을 저지하러 나타나지 않았다. 나중에 아델라가 말하길, 최악은 최후의 순간에 들려오던 소리였다. 고통으로 점철된 으르렁 소리는 마치 개가 짖는 소리 같기도 했다. 누구나 다 이렇게 죽는 걸까? 질문을 던졌지만, 아무도 답을 내놓진 못했다. 파블로는 새의 발처럼 변해버린, 회색빛을 띠던 두 손을 절대 잊지 못할 거라고 말했다. 또 검은 피로 그득 찬 두 눈도 무서웠다고 했다. 비키에게는 발이었다. 죽은 사람 머리 위를 밟고 있던 역시나 죽어가던 두 발. 촉감은 어느 순간 사라졌겠지만 부패하고 있던 무언가가 자신을 받치고 있다는 느낌은 끝까지 생생했을 거였다. 그날 이후로 비키는 다시는 침대 밖으로 발을 꺼낸 채 잠들지 못했고, 양말 없이 잠들지도 못했다. 또 공부를 너무 많이 하거나 스트레스가 쌓여 쓰러지듯 잠에 빠져드는 날이면, 나뭇가지를 붙든 물속의 오마이라가 진흙 더미에서 숨을 거두는 동안 두 눈만 큼이나 검게 물든 혓바닥을 내미는 꿈을 꾸게 되었다.

‡

우고 페이라노는 딸들에게 크리스마스 선물로 약속했던 수영장 공사를 마침내 끝낼 수 있었다. 페인트칠이 마르기를 기다렸다 물을 채우고 필터도 정상적으로 작동하는지 확인해야 했기 때문에 정작 크리스마스 당일에는 이용할 수 없었다. 그래도 새해는 물속에서 맞이할 수 있었다. 여자아이들이 물속을 들락날락하고 호두를 오도독 씹으며 불꽃놀이를 기다리는 동안, 우고는 샴페인 한 잔을 들고 수영장으로 들어섰다. 비키는 신발을 벗고 들어가지 않으려 했다. 수영장 바닥이 미끄러웠기에, 자기 이모의 머리를 밟고 서 있던 오마이라와 콜롬비아의 죽음의 진흙 더미가 떠올랐기 때문에 물속에서 신을 만한 플라스틱 샌들을 사두었다.

새벽 무렵, 건배가 끝나고 난 뒤 가스파르와 파블로, 아델라가 수영장을 개시하러 왔다. 가스파르와 파블로는 수영을 했고, 아델라는 가장 얕은 쪽에 들어가는 데에만 만족했다. 비키는 둥둥 떠 있는 편을 택했다. 다들 피리 폭죽을 터뜨리러 길거리로 나가고 나자, 물속에 남은 건 가스파르와 파블로 둘뿐이었다. 두 사람은 서로를 물속에 빠뜨리거나, 물속에서 누가 오래 숨을 참는지 내기를 하며 놀았다. 무엇보다도 개들이 놀라 짖어댈 정도로 서로 싸우는 놀이를 가장 오래 했다. 비키는 이렇게나 더운데 대체 왜 그렇게 온종일 싸워대는지 도통 이해할 수가 없었다. 가스파르의 경우는 그나마 이해할 만했다. 훨씬 힘도 세고 거친 편이었으며, 늘 이기는 쪽이었기 때문이다. 남자아이들은 늘 이기고 싶어 한다고 익히 들어 알고 있었다. 하지만 가스파르와 비슷하게 호리호리하고 키가 큰 파블로의 경우 힘이 그렇게 세지 않았고, 이따금 가스파르가 땅바닥에 엎드린 파블로의 등에 올라타거나 팔을 비틀 때면 고통스러워 보이기까지 했다. 그러니 서로 화가 나지도 않았는데 왜 싸워대는 건지 이해 불가인 게 당연했다. 누가 봐도 진짜 싸우는 건 아니

　　　　　　　　　　　　　　　외딴집의 악한 것

었다. 오히려 최근 두 사람은 그 어느 때보다도 가까워 보였다.

비키에게 있어 그해 여름은 이상했다. 두려움을 느꼈지만 그 이유를 알지 못했다. 엄마에게 털어놓은 적도 있었다. 두려움이 심하게 옥죄어온 나머지 심호흡을 해도 공기가 폐부 깊숙한 곳까지 도달하지 못한다고. 이 이야기를 엄마에게 한 게 실수였다. 진찰을 해보더니 병원으로 데려가 호루라기 비슷한 것―호흡계라는 이름이었다―을 불게 시키곤, 결과가 정상이라고 나오자 정신과의사를 찾아가네 마네 하는 일로 긴 실랑이를 벌였다. 다행히 나중에는 "조금 기다려보자"와 "그 나이가 그럴 때지" 두 마디로 간단히 해결되었다. 비키는 이 문제가 나이와는 하등 상관없다는 사실을 너무나 잘 알고 있었다. 대체 무엇이 그토록 자신을 위협함과 동시에 끌리게 만드는지 설명할 수 없었다. 오마이라도 어느 정도 지분이 있었지만, 그게 유일한 이유는 아니었다. 어둠 속에서 그 아이를 만나게 될까 봐 무서웠지만 그 검은 눈을 한 소녀 너머에 무언가가 더 있음을 느꼈다. 밤중에 소변이 마려워도 침대에서 일어나지 않으려 했고, 화장실에 가는 대신에 몇 시간이고 집 안에서 나는 소음 하나하나를 듣고 있곤 했다. 마치 집 안에 어떤 존재, 그러니까 집 안의 책과 그릇들을 의도적으로 어지럽히곤 하는 손, 천장을 향해 떠오르다가 빠르게 내려와 자신에게 얼굴을 보여줄 것만 같은 모종의 그림자가 존재한다는 사실을 밝혀줄 특이한 소음을 기다리고 있는 듯했다.

몇 날 밤 동안 귓전을 크게 울려댔던 윙윙거리는 소리도 있었다. 처음에는 길거리에서 깜빡거리는 불빛인 줄 알았다. 차고의 형광

등이나 동네에 새로 설치한 가로등일 수 있다고 생각했던 것이다. 하지만 그 소리는 날씨가 더워지면 더워질수록 더 심해졌고, 마치 땅속에서부터 올라오는 듯했다. 하루는 아빠에게 그쪽에 지하철이라도 지나가는 거냐고 물었지만 아니라는 답이 되돌아왔을 뿐이었다. 집으로부터 여섯 블록 너머에 지하철역이 하나 있긴 했지만 철로는 공원을 빙 둘러 다른 쪽을 향했기 때문에 지하철이 가까이 지나가지 않았고, 따라서 진동을 느끼는 건 거의 불가능에 가까웠다. 그리고 밤중에는 지하철이 아예 다니지 않는다는 사실을 깨닫고서는, 비키 스스로도 참 멍청하다고 생각했다. 어느 무더운 날 밤, 비키는 자신의 느낌대로 그 진동 소리가 땅속에서부터 올라오는지 확인하기 위해 길거리로 나서서 아스팔트를 만져보았다. 아빠와 엄마, 할머니는 식사 후 차고에 앉아 있었다. 그곳은 집 안에서 가장 시원한 공간이기도 했다. 층고가 높기도 하거니와 낮 시간의 절반 정도는 햇빛이 닿지 않기 때문이기도 했다. 의자에 앉은 채로 스탠드형 선풍기 주변에 둘러앉아―모닥불을 등지고―무료한 대화를 이어가는 중이었다. 소리의 진원지는 그곳이 아니었다. 지하철 가설을 폐기한 뒤, 비키는 다시 한번 아빠와 그 주제로 이야기를 나눴다. 아빠는 자동차 경주장일 수 있다고 했다. 애야, 넌 참 예민하구나! 비키는 자동차 경주장의 소음을 잘 알고 있었다. 그 소리는 일요일 아침마다 멀리서 파도 소리에 실려 오곤 했다. 밤마다 들려오는 진동 소리는 자동차 경주와는 아무 상관 없었다. 더군다나 밤중에는 자동차 경주를 하지 않았다. 그 대화 이후, 다시는 가족 앞에서 이 주제를 꺼내지 않았다. 사람들은 비키가 길

한복판으로 뛰쳐나와 쪼그리고 있는 모습을 게으른 호기심으로 바라보았고, 할머니만이 이따금 차 조심하라는 말을 할 뿐이었다.

어느 날, 아델라는 엄마와 함께 피자가게에 갔다 돌아오던 길에 길바닥에 나와 있던 비키와 마주쳤다. 그때까지는 친구들에게 윙윙거리는 소리에 대해 털어놓지 않고 있었다. 그 이야기를 입에 올리는 순간, 그 소리의 존재를 인정하게 될까 봐 두려웠다. 하지만 결국 아델라에게는 말을 할 수밖에 없었다. 아델라는 그 윙윙 소리가 마치 눈에 보이기라도 하는 것처럼, 공기에 그림자가 있기라도 한 것처럼 사방을 둘러보았다. 베티는 아델라를 억지로 끌고 가 피자를 먹게 했지만, 비키를 만나러 다시 집을 나서는 것까지는 막지 못했다. 여름이었다. 사람이 좀 더 너그러워지는 계절이었다.

"내 생각엔 집 안에서 나는 소리 같아. 저기 코너에 있는, 비야레알가의 그 집 말이야."

아델라가 말했다.

비키는 아델라의 동공에 비친 자기 모습을 보았고, 순간 지금까지 사라지기는커녕 끊임없이 자신을 괴롭혀온 두려움이 마치 혈관에 주입된 듯 온몸을 파고드는 걸 느꼈다.

"너도 낌새는 알아챘던 거지. 정말 저기서 나오는 소리인지 보러 가자."

아델라가 으스대며 말을 이었다.

그리고 비키의 팔을 붙들었다. 비키는 생각했다. 내가 모르는 아이야. 이 여자애가 누군지 모르겠어.

"아니. 난 무섭단 말이야. 이것 좀 봐!"

싸울 필요까진 없었다. 아델라가 바로 팔을 풀었기 때문이었다. 비키의 이마엔 땀이 송글송글 맺혀 있었다. 무더운 날씨에 이상한 일은 아니었다.

"그래, 너도 저 집이 무서운 거지? 사람들이 뭐라고 수군대는지 잘 알잖아. 저기 들어가서 잠을 청해보면, 사방이 초상화들로 가득 차 있는 것처럼 느껴질 거야. 초상화들 말이야. 그러면서 이상하다고 생각하겠지. 하지만 전등도 없이 어두워서 아무것도 보이진 않을 거야. 그리고 저 집 안에 있으면 졸음이 쏟아질걸. 한번은 우리 엄마가 날 주술사에게 데려갔는데, 그 집에서도 엄청 졸렸었어."

"네 엄마가 널 주술사에게 데려갔다고? 왜?"

"잘 기억은 안 나. 그냥 밤에 잠을 잘 못 잤었다나 봐. 그분이 날 잠들게 만들어주셨어. 아무튼 그 집에서 잠들었다 아침 햇살을 받으며 눈을 뜨면, 주변에 초상화가 하나도 없다는 걸 알게 될 거야."

"그리고?"

"그리고 그게 초상화가 아니라 사실은 병자들의 얼굴이었다는 걸 깨닫게 되겠지. 그 병자들은 네가 잠을 자는 동안 네 얼굴을 뚫어져라 쳐다보고 있었던 거야!"

비키의 눈에 눈물이 차올랐다. 아델라도 그 사실을 알아차린 듯했지만, 멈추지는 않았다. 화가 잔뜩 난 것처럼, 마치 벌이라도 주려는 것처럼 말을 계속했다.

"저 집 앞을 지날 때, 입을 헤벌리고 창문 앞에 있던 노인네 본 적 없어?"

"그 집엔 아무도 살지 않아."

비키가 기어들어 가는 목소리로 말했다.

"그럼 언젠가 보게 될걸? 그리고 그 집에 아무도 없는 줄 네가 어떻게 알아? 폐가를 전전하는 사람들도 있다고. 거지들처럼. 냉장고 무덤에도 사람이 살아. 가스파르는 날 데려가주지 않는다고 했지만 말이야. 그 아이가 날 비야레알가의 폐가에는 데려다줄까? 내 평생의 소원인데."

"잘 모르겠어."

비키는 이제 저녁때가 됐으니 집에 들어가야겠다고 아델라에게 말했다. 목이 메어오는 걸 느끼면서 집으로 뛰어갔다. 그러나 폐가에 대한 생각은, 그 윙윙 소리를 찾아가 진원지가 바로 그곳임을 확인하고 싶은 생각은 마치 벌레 군집처럼, 개미 떼처럼, 썩은 고기를 향해 돌격하기 직전 발을 비벼대는 파리 떼처럼 머릿속 어딘가에서 점점 부풀어 올랐다.

✝

새해를 맞이한 지 이틀째였다. 동네와 대로변의 상점들은 아직 신년 휴가로 문이 닫혀 있었다. 가스파르는 올해 비키네와 여름휴가를 함께 보내지 않는다는 걸 알게 되었다. 페이라노 씨네 일가족은 그날로부터 열흘 후, 차를 타고 에스켈 외곽의 한 오두막집으로 떠나 2월 초까지 머물 예정이었다. 특이한 사실은 매해 여름 조부모가 계신 별장으로 떠나곤 했던 베티와 아델라가 이번에는 비키네와 함께 가기로 했다는 사실이었다. 모두 함께 타고 가려고 승합

차 한 대도 빌렸다고 했다. 그 아이들이 파타고니아의 숲과 사막, 호수 등에 대해 쉬지 않고 이야기하는 모습에 가스파르는 찌르는 듯한 질투를 느꼈다. 하지만 아빠가 부탁했다. 명령도, 강요도 아니었다. 단지 자신의 곁에 있어달라는 부탁이었다. 가스파르는 단박에 이해했다. 온종일 잠만 자고, 거의 먹질 않으며 화장실에 가는 것도 힘겨워하는 아빠는 어딘가를 걸어가려 할 때조차도 몇 걸음을 채 떼지도 못한 채 위태롭게 서서 가쁜 숨을 몰아쉬어야 했다. 문을 살짝 열어놓은 화장실 안, 미지근한 물을 받아놓은 욕조에서 오랜 시간을 보내며 쉬곤 하는 아빠의 곁에서 가스파르는 아무 이야기나 해주곤 했다. 두 사람은 이렇게 후덥지근한 여름날을 아주 힘겹게, 하지만 한편으로는 매우 사이좋게 보내고 있었다. 하루는 왕진 온 의사가 아빠에게 입원하지 않고 재택 치료를 고집하는 건 미친 짓이나 다름없다고 말하는 걸 엿듣고 말았다. 문이 덜커덩거리는 소리가 나는 바람에 들통이 났고, 의사가 돌아간 뒤 손찌검이 날아와 입술에 피가 나고 말았다. 절대, 다시는 쥐새끼처럼 숨어들어서 엿듣고 있지 말라는 경고와 함께. 아빠는 거의 매일 밤 산소호흡기를 달고 잠에 들었고 수염도 깎지 않은 지 오래였지만, 여러 가지 표식을 그려놓은 스케치북만은 품에서 놓지 않았다. 가스파르는 그 스케치북을 엿볼 엄두도 내지 않았다. 어느 날 아침, 가스파르는 부들부들 떨리는 손으로 면도하다가 턱끝에 상처를 내는 바람에 피를 줄줄 흘리고 있던 아빠를 보며 이제 그가 살날도 얼마 남지 않았다는 걸 의심의 여지 없이 받아들이게 되었다. 호들갑을 떨며 울기보다—그러고 싶은 마음이 굴뚝같았다. 제발 나아달라고, 혼자 어떻게 살아가야 할지 모르겠다고 하면서 ― 화장실에 들어가 손에 쥐고 있던 면도기를 뺏은 뒤, 턱을 젖은 수건으로 닦아주고 알코올로 소독해주었다.

가스파르는 "반밖에 못 깎았네요. 면도는 해본 적 없지만 아빠만 괜찮으면 제가 해볼게요"라고 말했다.

아빠는 상관없다고 말했지만, 가스파르는 고집을 피웠다.

"수염이 반쪽밖에 없잖아요, 끔찍하다고요. 다 하고 난 다음에 일어나서 가는 것까지 도와줄게요."

아빠가 침대 위 쿠션에 기대어 앉은 뒤 말을 꺼냈다.

"네 큰아빠 루이스가 몇 달 안에 오기로 했다."

가스파르는 얼마 전 생일과 새해에 큰아빠와 통화했다. 매년 두 개씩 보내오는 생일 선물도 며칠 전 받았다. 이번에는 쉐보레 벨에어 1957 컬렉션 미니카 네 대가 들어 있는 상자 하나와 로봇 시계를 보내주었다. 하지만 그 어떤 선물도 이 년 전에 받아 차고에 둔 스칼렉스트릭 미니카 경주 트랙을 뛰어넘진 못할 것이었다. 가스파르는 이 소식에 적잖이 놀랐다.

"저한텐 아무 얘기도 안 해줬잖아요."

"결정한 지 얼마 안 됐거든. 숙모와 헤어졌대. 독재가 끝나면 우리나라로 돌아오겠다고 입버릇처럼 말하곤 했었어."

"그럼 좀 늦은 거네요."

아빠가 미소를 지었다.

"숙모랑 같이 올 생각이었는데 설득을 못 했나 봐. 혼자 온대."

"우리 집에도 온대요?"

"여기 머무를 거야. 내가 죽으면 널 입양하기 위해 절차를 밟을 게 있거든."

"입양 안 하면 좋겠어요. 아빤 죽지 않을 거예요."

"얘야, 바보 같은 소리는 집어치워. 정신 차려야지."

가스파르는 팔짱을 꼈다. 상처받은 것도 사실이었지만, 그냥 입을 다물고 있기로 했다. 뭐라도 먹을 걸 좀 만들어 올게요, 가스파르가 말했다. 아빠는 눈을 감는 것으로 답했다. 가스파르는 눈짓으로 산소가 충분한 걸 확인한 뒤 부엌을 향했다. 몇 분이 지나 냉장고를 여는 순간, 아빠가 자신을 부르고 있다는 게 온몸으로 느껴졌다. 절대, 그 누구에게도 설명할 수 없는 느낌이었다. 지갑을 잃어버린 걸 알아차렸을 때나 커닝을 선생님에게 걸린 그 순간의 소름 돋는 기분과 비슷했다. 마치 피부 밑과 식도 안에 알람 시계가 이식된 것 같은 느낌이었다. 방으로 뛰어가자 창백하게 침대에 앉아 땀으로 번들거리고 있는 아빠와 마주쳤다. 숨을 쉬려 애쓰고 있음에도 폐에서는 그렁대는 소리가 들려올 뿐이었다. 숨 막히는 치찰음이었다. 지금 아빠에게 무슨 일이 일어난 건지 너무도 잘 알고 있었다. 비슷한 일이 예전에도 있었다. 아빠와 의사가 준비해놓은 응급 프로토콜에 따라 빠르게 행동해야 하는 상황이었다. 일련의 단계들을 순서대로, 침착하게 수행해야 했다. 우선 아빠에게 다가가 양손을 펼쳐 두 뺨을 감쌌다.

"진정해요"라고 말한 뒤, 산소마스크를 가져다주었다. 가까운 거리에 있었는데도 손을 뻗지 못했다는 건 몹시 걱정스러운 상황임이 분명했다. 아빠는 고분고분 말을 들으며 마스크를 썼다. 가스파르는 땀을 닦아주려 황급히 화장실로 달려가 수건 한 장을 갖고 나왔다. 특히 가슴과 이마에 범벅이 된 땀을 닦아준 뒤, 프로토콜에 따라 신속하게 움직였다. 처음으로 할 일은 비에드마 박사에게 연락하는 것이었다. 그녀는 마치 발신자가 누구인지 아는 것처럼 전화벨이 울리자마자 응답했다. 도움이 필요하면 몇 분 안에 도착하겠다고 했다. 이 근방에 살고 있다고 했지만 한 번도 그녀와 동네에서 마주친 적은 없었다. 어쩌면 하루 종일 일하느라 그랬을 수도 있다. 이어 변호사들에게도 연락을 돌렸다. 아빠가 위중한 상태임을 그들에게도 알려야 했다. 그다음이 에스테반 차례였다. 가스파르에게는 가장 어려운 전화이기도 했는데, 어느 날 아버지가 이런 말을 했기 때문이었다. 내가 죽으면 너와 나를 두고 어떻게 해야 할지를 알고 있는 건 에스테반밖에 없다. 에스테반은 다른 사람들보다 수화기를 드는 데 시간이 오래 걸렸다.

"네 아빠가 말은 할 수 있는 것 같니?" 그가 물어 왔다.

가스파르는 홀로 눈을 감고 앉아 축축이 젖은 듯한, 절망스러운 호흡 소리를 내고 있는 아빠를 바라보았다.

가스파르는 "아뇨"라고 대답했다.

"그럼 병원에서 기다릴게."

그러곤 끊었다. 가스파르는 아빠의 곁에 앉아 사시나무처럼 떨려오는 손을 잡았다. 자신이 할 수 있는 것이라곤 단지 곁을 지키며 아빠가 눕지 못하게 막는 것 외에는 없었다. 만일 눕기라도 한다면 공기를 아예 들이마시지 못해 상태가 더욱 악화될 것이기 때문이었다. 손가락과 발가락 끝은 이미 시퍼렇게 변해 있었다. 가스파르는 항상 몇 분 만에 쏜살같이 도착하곤 하는 구급차의 엔진음을 들으려 애썼다. 오 분 이상 기다리는 법이 없었다. 모든 게 빈틈없이 잘 짜여 있었다. 비에드마 박사는 늘 집에 상주 간호사를 둬야 한다고 주장했고 가스파르도 동의해 마지않았지만, 들려오는 아빠의 대답은 늘 같았다. 누구보다 침착한 태도로 툭 내던지는, 간호사를 우리 집에 들이는 순간, 내가 무슨 일을 벌일지 당신도 아마 알 거야, 라는 한마디.

이제 앞으로 며칠간 어떤 일이 일어날지는 충분히 예상 가능했다. 중환자실에 있는 동안은 정오에 십오 분, 오후에 십오 분씩 하루 두 차례의 면회 시간이 주어질 것이며, 일반 병실로 옮기고 난 뒤에는 느린 회복과 짜증을 견뎌야만 하는 하염없는 기다림의 시간이 올 것이었다. 가스파르는 자신이 거대한 비닐 풍선 안에서 외로이 혼자 살고 있는 것 같다는 느낌을 받게 되리라. 그건 마치 바닥을 두 발끝으로 아슬아슬하게 짚고 서서, 중력의 힘을 덜 받아 가벼워진 몸을 발버둥 치며 무던히 애를 써야만 간신히 균형을 잡을 수 있는 상황 같았다. 아빠의 등을 쓸어내려 주었다. 가스파르의 목구멍은 호두 한 알을 통째로 삼키려다 만 것처럼 무언가로 꽉 막혀 있었다. 그러던 중 구급차의 엔진 소리가 들려오기 시작했다. 단 한 번도 사이렌을 울리며 온 적은 없었다.

"금방 올게요."

가스파르는 현관으로 뛰어 내려가 의사와 간호사들에게 문을 열어주었다. 그들은 계단을 다급하게 올라갔고 가스파르는 그런 그들을 길 위에서 기다렸다. 아무것도 듣지도, 보고 싶지도 않았다.

외딴집의 악한 것

구급차에서 아빠의 곁을 지키는 일, 케이블, 각종 기계들, 자신을 바보인 줄 아는 의사들의 설명, 달리기, 불편한 병원 의자 따위로도 이미 벅찼다.

밤이었고 병원도 지척에 있었기 때문에 의료진들이 빨리 도착할 수 있었다. 가스파르는 운전기사 옆에 자리를 잡았다. 그들은 아빠의 곁을 지키지 못하게 막았고 가스파르도 굳이 따지지 않았다. 도착하자마자 차에서 뛰어내렸지만, 아빠를 실은 이동식 침대가 순식간에 병원 안으로 들어가면서 응급실 문에 얼굴이 부딪혔다. 문을 힘껏 밀어젖히고 병원 안에 들어가자 홀로 덩그러니 남겨져 있는 자신을 실감했다. 아빠가 어느 방향을 향해 갔는지, 엘리베이터를 타기라도 한 건지 그 무엇도 알 수 없었다. 그러다가 자신도 모르게 두 손으로 두 눈을 감싸 쥐었다. 형광등 불빛이 눈을 시리게 했다. 플라스틱 꽃이 잔뜩 심어진 화단이 불편했다. 플라스틱 장판이 깔린 바닥, 소독제 냄새, 무더운 새벽녘 지친 사람들의 몸짓. 그 누구도 가스파르에게 다가오지 않던 중, 에스테반의 안정적인 목소리가 몹시 가깝게 들려왔다.

"가스파르, 내가 여기 있어. 우린 삼 층에서 기다려야 해."

함께 말없이 엘리베이터를 타고 올라갔다. 에스테반의 머리는 헝클어져 있었고, 옷은 구겨져 있었다. 중환자실의 작은 대기실에 도착한 가스파르는 비에드마 박사가 나타날 때까지 그저 초록색 옷을 입은 간호사들이 분주히 오가는 모습을 보고만 있었다. 쇼트커트를 한 비에드마 박사는 흰 가운을 입고 있었다. 침착해 보였고, 가스파르와 눈을 마주치기에 앞서 에스테반에게 고개를 끄덕여 보였다. 가스파르가 먼저 입을 열었다.

"들어가서 아빠를 볼 수 있나요?"

"아직은 안 돼. 내일은 되어야 해. 지금은 마취 기운으로 쉬고 계셔. 가스파르, 네 아빠에게 지금 급성 폐부종이 온 거란다. 이게 뭔지 알겠니? 아니면 설명이 좀 필요하니?"

"뭔지 알거든요. 지난번에도 같은 병명으로 왔었고, 제게 설명도 해주셨잖아요. 전 기억력이 나쁘지 않아요."

그러자 비에드마 박사는 에스테반에게로 몸을 돌려 후안의 상태가 심각하다고, 하지만 다행히도—가스파르는 그 "다행히도"라는 말을 마음에 새겼다—부정맥 때문에 생긴 증상이라 신약을 시도해볼 것이며 심부전은 비대상화되었다고 말했다. 그런 다음 매우 다정하게—두 사람이 이렇게 가까웠던 걸까? 가스파르에게는 뜻밖이었다—손 하나를 그의 어깨에 얹고 말을 이어갔다. 두 사람은 여기 있을 필요 없어. 전화 연결이 될 만한 곳에만 있으면 돼. 에스테반은 후안의 집에 가 있겠다고 답했다. 중환자실로 돌아가기 전, 그녀가 가스파르에게 말했다. 참 잘했어, 애야. 아주 침착했고, 무엇보다 빠르게 대응해줬어.

"지금 아빠의 상태가 위중하다고 하셨죠."

"네 아빠의 상태가 많이 심각한 게 맞아, 가스파르. 하지만 네가 아니었으면 이미 죽었을지도 몰라."

가스파르는 팔짱을 끼고 마음속 어디선가 이유 없이 솟아 나오는 분노를 가까스로 삭이며 증오 어린 눈빛으로 의사를 쳐다보았다. 더 이상 말을 섞고 싶지 않았다. 에스테반을 따라 그의 회색 벤

외딴집의 약한 것

츠 차량으로 걸어갔다. 병원의 주차장은 매우 넓었고 열쇠의 잘랑거리는 소리가 메아리처럼 울렸다. 대기실에서 수 시간을 함께 앉아 있었지만 서로 많은 말을 주고받진 않았다. 많은 말을 하는 사이도 아니었다. 가스파르는 맞은편 의자에 앉아 아빠의 절친한 친구에 대해 적게나마 아는 사실을 떠올려보았다. 스페인 영사관에서 일한다고 했다. 하루는 영사관이란 대사관과 비슷하지만 덜 중요한 일을 하는 곳이라고 설명해주기도 했다. 가스파르의 엄마가 영국에서 유학할 때 서로 알게 되었다고 했다. 가족도 없고, 결혼도 하지 않았다. 이게 가스파르가 그에 대해 알고 있는 사실 전부였다.

"우리가 아저씨네 집에 갈 수도 있잖아요?"

가스파르가 질문을 던졌다.

에스테반은 차의 시동을 걸고 담배를 입에 문 뒤 대답했다.

"네 아빠가, 너한테는 내가 어디 사는지 얘기하지 말라고 했어."

솔직한 답변이 돌아오는 바람에 가스파르는 적잖이 당황했다. 차에 시동을 걸며 천천히 담배를 피우는 에스테반을 빤히 쳐다보았다.

"정말요?"

"왜, 이상하니? 자, 그럼 너희 집으로 가자."

아침이 이미 밝았고, 가스파르는 햇빛을 막기 위해 손으로 모자챙 모양을 만들어 눈 위를 덮었다. 식사를 안 한 지 몇 시간은 흘러 배가 고파왔고, 두통이 올 수도 있기 때문이었다. 에스테반에게 이 이야기를 하자 금세 아침 식사를 할 만한 바 앞에 차를 세웠다. 내

게 뭘 해줘야 하는지도 모르고, 걱정으로 가득 차 있어. 가스파르
는 생각했다. 배는 고팠지만 크루아상을 입에 넣기가 쉽지 않았다.
차라리 죽어버렸으면, 하고 생각했다. 차라리 아빠가 한 번에 죽어
버려서 이 모든 일이 다 끝나버렸으면. 그럼 난 큰아빠나 비키네와
살거나 아니면 혼자 살 수도 있을 텐데. 그러면 이제 더는 닫힌 방
문을 보며 생각에 잠기거나, 머릿속을 괴롭히는 목소리들, 복도와
죽은 사람들의 꿈, 유령 가족, 눈꺼풀 상자, 바닥에 떨어진 피, 아빠
가 언제 어디에 가서 또 언제 어디에서 돌아오는지 따위의 일 때
문에 괴롭지 않아도 되겠지. 아빠를 사랑하는 일도 그만두고 싶고,
잊고 싶어. 그냥 죽어버렸으면. 크루아상이 고통스럽게 식도를 넘
어갔다. 에스테반은 에스프레소를 한입에 털어 넣고는 담배를 다
시 피우기 시작했다. 음식값은 웨이터를 부르지 않고 치렀다. 돈을
식탁에 올려놓고는 가스파르에게 차에 먼저 올라타서 잠시 기다
리라는 신호를 했다. 바의 공중전화로 통화를 해야 했기 때문이다.
일 때문이겠지, 가스파르는 생각했다. 하지만 만일 누군가에게 아
빠의 상태를 알리는 통화라면? 그걸 확인할 만큼 시간이 충분하진
않았다. 에스테반은 금방 차에 돌아왔고, 통화 시간도 몇 분이 채
되지 않았다. 집에도 그렇게 빨리 도착했다. 차가 막히지도 않았지
만, 에스테반이 아주 정확하면서도 어느 정도 위험한 질주를 감행
했기 때문이었다. 가스파르는 그게 퍽 마음에 들었다. 두 사람 사
이엔 침묵이 여전했다. 그러다가 집에 들어가고 난 뒤에야 에스테
반이 먼저 말문을 열었다.

"좀 자둬. 전화가 오면 깨워줄게."

"왜 아저씨는 아르헨티나 사람처럼 말하지 않아요?"

운동화를 벗으며 가스파르가 질문을 던졌다. 졸리진 않았다.

"아르헨티나식 인칭대명사 'Vos'*가 입에 도통 익질 않더라고. 어떤 말들은 잘 와닿지가 않아. 아니, 머릿속에서 뒤섞인다는 말이 더 맞을 것 같다. 어쨌든 우리 서로 대화를 많이 나누진 않았잖니."

가스파르는 고개를 끄덕이곤 말을 이어갔다.

"잘 모르겠어요. 제 말은, 아저씨는 꼬마애들이랑 잘 지낼 줄 모른다고 하셨지만 전 더 이상 꼬마가 아녜요. 아빠는 그냥 제가 말을 하지 않길 바라요. 알아요. 왜인지 모르겠지만 그렇게 느껴지더라고요."

에스테반은 불편해하는 것 같지 않았다. 가스파르는 운동화를 발로 걷어차고는 맨발로 거실을 가로질러 자기 방으로 뛰어갔다. 침대에 털썩 걸터앉았다. 잠에 들 수 없을 것 같았다. 뭘 해야 할지 몰랐다. 그때 에스테반이 방문 앞에 모습을 드러냈다. 따라온 것이었다.

"음반이 많네." 에스테반이 말했다.

"크리스마스에 오디오를 하나 샀거든요. 그중 몇 개가 제 거긴 하지만, 대부분은 엄마 거예요."

"음악이나 들을래?"

가스파르는 자존심을 세운 상태를 유지해보려 했지만, 에스테

---

*   스페인어로 '당신_you'을 지칭하는 인칭대명사는 'Tú' 또는 'Usted'지만, 아르헨티나에서는 'Vos'를 일상적으로 쓴다.

반은 자신도 마음이 불편한 상황에서 가스파르에게 친절하려 노력하고 있었다. 아저씨가 잘못한 건 없지, 라고 가스파르는 생각했다. 잘못은 아빠와 아빠가 가진 광기에게 있었다.

"아빠가 음악을 불편해서 아직 스피커를 개시하지도 못했어요. 제가 알기론 음악을 싫어해요. 예전에도 그랬나요?"

에스테반은 양반다리를 하고 바닥에 앉았다. 음반 더미 중 절반을 가져오더니 자신의 다리 위에 올려놓았다.

"우리가 젊었을 때, 네 엄마와 난 음악을 정말 많이 들었어. 엄마는 음반도 많이 사 모으고, 콘서트도 다녔었지. 반면 네 아빠는 조용한 걸 더 좋아했어. 지금은 네 엄마가 없으니까, 음악을 들으면 빈자리를 더 실감하게 될 테고, 뭐 그런 것 아닐까? 엄마가 가장 좋아하던 노래가 뭔지 혹시 아니?"

"몇 곡은 표시가 되어 있더라고요. 아빠는 아무 말도 하지 않고요."

에스테반은 음반 몇 장을 골라 자신의 옆쪽 바닥 위에 세워놓았다. 가스파르가 〈지기 스타더스트Ziggy Stardust〉를 가리켰다.

"이게 진짜 좋더라고요. 엄마가 메모를 정말 많이 남겨놨어요."

"이 가수는 사실 네 엄마의 친구였단다. 뭐, 그 당시에는 그 정도 친분 가지고도 친구라고 말하고 다녔지만, 정확히 말하면 서로 아는 사이였던 거지. 그러다가 그 사람이 금방 유명해지면서 소원해졌단다."

"이쪽에선 별로 유명하지 않은 것 같아요."

에스테반은 레드 제플린의 음반을 꺼내 들었다.

"네 엄마는 노래 하나가 마음에 들면 우리가 미쳐버릴 때까지 그 노래만 반복해서 들었단다. 이게 그중 하나야."

제목 옆의 메모가 가스파르의 눈에 들어왔다. 빨간색 느낌표가 한 열 개는 연달아 표시되어 있었다.

"저는 이런 걸 잘 하지 않아요." 가스파르가 말했다.

"음악이 좋은지도 잘 모르겠어요. 이상한가요? 전 영화가 더 좋더라고요. 아니면 책이요. 아저씨는요?"

"음악 말이니? 나도 그다지."

"그럼 뭘 좋아하세요?"

에스테반이 잠시 생각에 잠겼다.

"집들. 건축이 좋아."

"우리 큰아빠처럼요."

에스테반이 이어갔다.

"아, 이 음반. 출시되자마자 내가 바르셀로나에서 부쳐줬었어. 네가 한 살도 안 됐을 때였을 거야. 이게 이렇게 멀쩡히 잘 보관되어 있었구나."

"우편으로 보낸 거예요?"

"다른 몇 가지 것들도 함께."

"제 친구 비키네 엄마가 세라트*를 엄청 좋아해요."

"너는 별로고?"

"좀 지루한 것 같아요."

---

*   스페인의 음악가 후안 마누엘 세라트를 말한다.

"엄청 지루하지. 그래도 여기에 정말 아름다운 노래 한 곡이 있어. 네 엄마가 가장 좋아하는 노래 중 하나이기도 했지. 지루하면 다른 걸 듣자."

에스테반의 눈길을 사로잡은 커버가 여럿 있었지만 특히 '스페이스 오디티Space Oddity'에서 제일 크게 놀란 눈치였다.

"이게 다 엄마가 표시한 거예요. 이것 봐요, 엄마가 노래 제목마다 뭐라고 써놓았어요."

"영어도 읽을 줄 아니?"

"네, 그런데 이 가사는 좀 어려워요."

"'프리클라우드에서 온 야생의 눈을 한 소년Wild Eyed Boy from Freecloud'. 한번 보자. '별빛이 닿지 않는 마을', 한번 들어볼까."

가스파르는 내용을 파악해보려 애썼지만, 에스테반이 도와줘도 어렵긴 매한가지였다. 웃으며 사형대로 향하는, 교수형에 처해진 소년. "그의 눈에 서린 광기." 어떤 이들에게는 하루의 끝이지만, 어떤 이들에게는 밤의 시작이다. 에스테반이 머리를 흔들다가 다른 노래를 틀기 위해 뒷면을 살펴보는 모습을 가만히 지켜보았다. '헤르미온느에게 보내는 편지Letter to Hermione'였다.

"이 편지는 자기 여자 친구에게 보낸 거예요?"

"그래, 실제 여자 친구였대. 아주 아름다운 소녀였지. 가스파르, 너도 여자 친구가 있니?"

"있었는데요, 사실 사랑에 빠지거나 그런 적은 한 번도 없어요."

"그게 무슨 말이니?"

"그 아이를 생각한다고 해서 노래에서처럼 슬퍼지진 않아요. 이 노래는 좋긴 하지만, 악기 소리가 별로예요."

"음반을 통째로 재녹음해야 하는 가수들이 널렸지. 오래돼서 그래. 사랑에 빠진다는 건 늘 슬픈 일이란다."

"아저씨는요?"

"난 연애하고 있지 않아."

"하고 싶어요?"

"아니, 너무 어려운 일이잖아."

"사람들이 수군대고 뭐, 그런 것 때문에 어려운 거예요? 아저씨를 나쁘게 대해요? 아빠는 사람들은 누구나 편견에 가득 차 있고 멍청하다고 그랬어요."

"나는 사람들이 뭐라고 하든 신경 쓰지 않아. 하지만 사랑에 빠진다는 건 끔찍하게 혼란스러운 거란다, 가스파르. 그런 면에서는 네 말이 옳구나."

"아저씨는 우리 아빠를 사랑하지 않아요?"

에스테반이 미소 지었다. 놀란 눈치는 아니었다. 그 질문을 하기까지 가스파르에게는 엄청난 용기가 필요했다. 두 주먹을 꽉 쥔 채 창문을 바라보며 어렵게 입을 뗀 것이었다.

"아니야. 대체 무슨 말을 하는 거니?"

"그치만 뭔가 있잖아요. 저는 사실 잘은 모르지만, 아빠가 외롭지 않았으면 좋겠어요."

에스테반은 가스파르를 빤히 쳐다보면서도 아무 말도 하지 않았다.

"엄마가 이 노래를 많이 좋아했어요?"

"좀 더 신나는 노래들도 좋아했어. 이쪽엔 뭐가 있는지 한번 보자."

두 사람은 두 시간 동안 음반을 들었다. 롤링스톤스와 비틀스도 들었지만 가스파르의 귀에는 영 유치했다. 에스테반에게 말했더니 그도 수긍하면서 좀 더 진지한 노래들을 듣자고 했다. 도노반, 레너드 코언, 밥 딜런, 핑크플로이드, 재니스 조플린, 지미 헨드릭스, 레드 제플린, 카에타누 벨로주, 마리아 베타니아. 가스파르는 에스테반이 노래를 틀어주는 와중에 옷을 입은 채로 침대에 누웠다. 그러다가 하품이 연신 나왔고, 볼륨을 줄여달라고 부탁했다. 가스파르는 포르투갈어로 노래하는 한 여자의 목소리를 들으며 잠에 빠져들었다. "이에만자의 품을 떠나, 잘 가요, 안녕……."

‡

이어진 날들은 아빠가 입원했던 여느 때와 다르지 않게 흘러갔다. 가스파르는 자유로운 한편 걱정스러웠다. 동시에 일어나지 않아야 할 감정들 아닌가, 하고 생각했다. 면회 시간은 짧았다. 아빠는 늘 애매한 자세로 앉아 잠들어 있었다. 일부 환자들이 이런저런 항의를 하는 소리를 들으며, 들어가기 전에 손을 씻고 우선 의사와 대화를 나누었다. 그러면 그녀는 늘상 하던 뻔한 말을 반복했다. 초기 24시간이 가장 중요하다, 우리는 신약을 테스트해 보는 중이다. 처음으로 병문안을 갔을 때 에스테반은 가스파르를 비키네 집에 데려다주었다. 비키네가 휴가를 떠나면 어떻게 되는 거죠? 하고 물었다. 약 열흘 후면 휴가를 떠난다고 했어요. 아델라와 베티도 함께 간다고 했고요. 아빠가 그때까지도 입원해 있으면 어쩌죠? 퇴원할 거야, 에스테반이 말했다. 가스파르는 토를 달지 않았다. 비키와 비르히니아와 며칠을 보냈고 소박한 크리스마스 선물도 받았다. 렌즈가 없는 돋보기 모양의 플라스틱 장난감이었다. 작은 물 양동이와 비누가 딸려 있어 비눗방울을 만들 수 있었다. 가스파르는 강아지들의 호기심 어린 눈길을 한 몸에 받은 채 비눗방울을 만들며 시간을 보내곤 했다.

병원 면회는 매일 갔다. 에스테반이 데려다줄 때도 있었고, 비키네 엄마가 데려다줄 때도 있었으며 가끔씩은 아빠의 운전기사가 대신 데려다줄 때도 있었다. 자신은 혼자 가고 싶은 마음이 굴뚝같았지만, 최소한 아빠가 다 나을 때까지는 허락되지 않은 일이었다. 에스테반은 이 점에 대해선 강경했다. 이제 내가 널 책임지고 있는 만큼 너 혼자 길바닥을 돌아다니게 하지 않을 거야. 네가 아무리 자전거의 제왕이라고 해도 상관없어.

닷새째 되던 날, 의사는 아빠를 일반병동으로 옮기기로 결정했고 가스파르는 퇴원하겠다는 고집에 상대할 마음의 준비를 했다. 아빠는 자신의 키보다 한참 작은 병상을 증오했다. 온갖 불편함과 규칙적인 일과와 소음에 치를 떨었다. 한번은 하도 신경질을 부리는 바람에, 극심한 스트레스가 회복을 방해하느니 차라리 집에 가는 게 낫겠다며 퇴원 결정이 나기도 했다. 하지만 비에드마 박사는 원칙주의자였고 변덕에는 귀를 닫아버린 사람이었다. 어느 날 오후, 그녀는 아빠에게 이런 말을 했다. 당신은 어디도 못 가요. 그런 결정을 하는 권한은 제게 있으니까요. 가스파르는 자신이 웃고 있다는 사실을 아빠에게 들키지 않기 위해 창문을 보는 척해야 했다.

면회 시간은 대체로 잘 지키는 편이었다. 오후 시간이었는데, 병원에서 오래 있을수록 좀이 쑤셨기 때문이었다. 후안이 필요로 하고 또 요청하는 옷, 책, 공책 등의 물품들은 에스테반이 가져다 날랐다. 그래서 가스파르에게는 기다림밖에는 할 수 있는 게 남지 않았다.

"매일 올 필요는 없어."

하루는 면회를 온 가스파르에게 아빠가 말했다.

"네 친구 집에서 놀고 있어. 수영장도 만들었다며, 그렇지 않니?"

"수영장엔 오늘도 다녀왔는걸요. 햇빛이 너무 쨍해서 두통이 생겼어요. 잠시만 여기에 누워 있어도 돼요?"

아빠는 언제나처럼 다른 사람과 방을 공유하지 않았다. 다른 침대 하나가 있긴 했지만, 정돈된 상태로 비어 있을 뿐이었다. 에스테반은 가끔씩 그 침대에서 밤을 보내곤 했다. 이따금은 아빠를 혼자 둘 수 없어 별도로 채용한 계약직 간호사나, 위기 상황이 생겼을 때마다 아빠만을 전적으로 돌보곤 하는 비에드마 박사가 그 침대를 쓰기도 했다. 아마 상상할 수 없을 만큼의 돈을 받고 있을 것이었다.

"왜 미리 말하지 않았니?"

"방금 막 시작됐어요. 그냥 눈 근처가 불편할 뿐이에요. 한숨 자고 일어나면 괜찮아질 거예요."

후안은 베개 위쪽의 벨을 눌러 간호사를 불렀다. 엷은 하늘색 유니폼을 입은 여자가 곧바로 들어왔다. 제 아이에게 편두통이 온 것 같으니 통증을 가시게 할 뭔가를 갖다주시죠. 아빠가 요청했다. 방을 나선 그녀가 물 한 잔과 알약 하나를 들고 돌아왔다. 이마에 얹으라고 차가운 물수건도 함께 가져다주었다. 가스파르는 그 물수건을 두건처럼 머리에 감쌌고 간호사는 미소를 지으며 방을 나섰다.

"침대로 가거라, 어서."

가스파르는 말을 듣지 않고 아빠의 침상 곁에 앉아 손을 조심스레 쓰다듬었다. 이번에는 양팔에 링거를 꽂고 있었다. 피부에는 멍이 가득했는데, 그중 몇 개는 벌써 녹색을 띠고 있었다. 가스파르는 머리에 두른 물수건을 매만지며 아빠의 얼굴을 유심히 살펴보았다. 그 어느 때보다도 피곤한 기색이 역력했다. 산소 공급을 위해 사용하는 딱딱한 플라스틱 재질의 콧줄이 연약한 코 주변의 피부를 상하게 하고 있음을 알아차렸다. 아빠의 손을 하염없이 쓰다듬고 있던 바로 그때였다. 가스파르는 아빠가 갑자기 자신의 손길을 뿌리치더니 관자놀이 쪽을 붙잡고 자신을 억지로, 그러나 조심스럽게 눕히는 바람에 깜짝 놀랐다. 가스파르는 아빠의 어깨를 베고 쉴 수밖에 없었다. 에스테반이 방에 들어왔을 때는 굳이 몸을 일으키지 않았다. 편두통에 늘 동반되곤 하는 극심한 예민함이 발동하여 옅은 담배 냄새를 맡을 수 있었다. 진통제가 잠시 잠에 빠져들게 해주었고, 에스테반이 양팔로 자신을 안아 반대편 침대의 딱딱한 매트리스 위에 눕히고 차가운 베개를 머리 밑에 받쳐주었을 때에야 비로소 깨어날 수 있었다.

곧바로 다시 잠에 들진 못했다. 베개의 시원함을 좀 더 즐기고 싫었다. 그리고 비몽사몽간에 아빠와 에스테반이 하는 대화를 엿들었다.

— 필요한 걸 얻어냈어. 어떤 희생을 치러야 하는지 확실히 알았고.

— 그러다가 죽을 뻔했잖아.

— 내가 해낸 거야. 마침내 받아냈어. 이제 며칠 안에 표식들을 완성하기만 하면 될 거야.

"희생이라니, 그게 무슨 말이에요?"

가스파르가 갑자기 질문을 던졌고, 두 남자는 입을 벌린 채 서로를 쳐다보았다. 두 사람을 사로잡은 경악감은 그들을 훨씬 젊어 보이게, 그리고 피로와 산소, 해 질 녘의 병원과는 상관없어 보이게 만들었다. 얼굴에는 우스울 정도로 기겁한 기색이 역력했다.

"들은 거니?" 에스테반이 질문했다.

"안 자고 있었거든요." 가스파르가 웃으며 답했다.

"젠장." 후안이 중얼거렸다.

"너도 알고 있었어?" 에스테반이 물었다.

"장난해? 당연히 몰랐지. 어떻게든 해봐."

"말은 쉽지. 어떻게든 해보라고? 알았어."

"두 분 대체 무슨 말을 하는 거예요? 무슨 희생을 한다는 거예요?"

에스테반이 몸을 일으켜 가스파르의 곁에 다가갔다. 본능적으로 셔츠 주머니에서 담배를 찾아 혓바닥 위에 올려놓았다가 이내 병실 안은 금연이라는 사실을 깨달았다.

"멍청한 네 아빠가 바보 같은 소리를 늘어놓고 있던 거지. 이 일

외딴집의 악한 것

도 곧 지나갈 텐데, 네 큰아빠가 널 돌보는 일이 얼마나 큰 희생이 겠냐는 거야. 생각해봐, 내가 네 아빠와 알고 지낸 지도 이십 년이 넘었어. 처음 만났을 때부터 죽네 마네 하고 있었고. 그럼 뭐겠어, 앞으로 네 아빠를 상대해야 하는 건 우리 몫이고, 희생도 우리가 한다는 말이지."

가스파르가 웃었다. 진통제로 정신이 다소 몽롱한 상태였다.

"앞으로 며칠간 좀 더 조심하는 게 좋겠어. 젠장."

에스테반이 말했다.

‡

가스파르는 비키네 수영장에 몸을 담그고 있었다. 팔을 다섯 번 휘두르자 반대편 끝에 다다랐다. 기분 전환엔 그만이었지만, 수영 연습에는 썩 좋은 편이 아니었다. 제대로 수영을 하려면 수영 클럽이 재개장하는 3월만을 기다릴 수밖에 없었다. 파블로는 물 위로 머리만 내놓고 있었고, 비키는 플라스틱 샌들을 신은 채 튜브를 타고 있었으며, 아델라는 자홍색 원피스 수영복을 입고 물이 얕은 곳을 거닐고 있었다.

"쟤가 얼마나 놀랐는지 몰라. 하지만 난 평정심을 잃지 않았지. 저 집은 낮과 밤이 달라. 난 그 윙윙거리는 소리가 저 집에서 오는 거라고 확신해."

"발전기일 수도 있잖아, 정전이 자주 발생하니까."

가스파르가 말했다.

"발전기가 뭐야?"

"전기를 만드는 엔진이야. 일부 상점은 정전이 발생하더라도 상품이 썩지 않게 하기 위해 발전기를 사용해. 폐가니까, 누군가가 그 집 앞마당에 발전기를 갖다 놨을 수도 있어."

파블로는 머리카락을 적시려 머리를 물속에 집어넣었다 뺀 뒤 머리카락을 뒤로 쓸어 넘겼다. 숱이 몹시 많고 곱슬곱슬한 머리였다.

"그렇게 들어가보고 싶으면 한번 들어가보면 되잖아? 뭘 그렇게 뜸 들이는데?"

파블로가 물었다.

"우리끼리 가긴 무서워서."

비키가 대답했다. 가스파르가 한숨을 쉬었다.

"동네 사람들이 저 집을 놓고 하는 얘기들로 머릿속이 꽉 들어차 있는 모양인데."

"넌 겁나지 않아? 우리 엄마는 네가 겁내지 않아서 이상하대."

아델라가 물었다.

"조금 무섭긴 해. 나도 들은 얘기가 있고."

"너도 들은 얘기가 있는 거야?" 비키가 호기심을 보였다.

"많지."

파블로가 말을 이어갔다.

"우리 엄마가 말해줬는데, 그 집 안에서 너무 끔찍한 일들이 일어나곤 해서 집주인들이 아무도 집 안에 들이고 싶지 않아 했대. 그런데 그 끔찍한 일들이 뭔지는 말해주질 않더라고."

"아델라는 윙윙거리는 소리가 들리지 않는대. 하지만 악한 거야.

정말로 악한 거라고. 발전기가 아냐. 살아 있는 무언가 같아. 어떨 땐 노래하는 것 같기도 해. 정말 아무도 들어본 적 없어?"

비키가 말했다.

파블로와 가스파르는 진심을 담아 아니라고 대답했다. 가스파르는 설사 자신이 무슨 소리를 들었다 하더라도 아델라의 앞에서 이야기하지는 않을 거라고 생각했다. 그 아이를 지금보다 더 들뜨게 만들고 싶지 않았다.

수영장에서 나온 가스파르는 파블로가 건넨 수건을 받지 않았다. 햇볕에 몸을 말리는 편을 더 좋아했다.

"내가 데려가줄게, 우리 아빠가 퇴원하면." 가스파르가 말했다.

아델라가 물속에서 첨벙거리며 뛰어다니기 시작했다. 대단한 상이라도 받은 듯, 광기 어린 행복감이었다. 마치 새로운 과학적 발견 덕택에 잃어버렸던 팔을 되찾을 수 있게 되었다고 누군가 말해준 것 같았다.

"우린 며칠 후에 여행을 떠날 거야. 네 아빠는 금방 나오신대?"

비키가 말했다.

"잘 모르겠어. 아빠가 그때까지 퇴원하지 않으면 너네가 돌아왔을 때 가는 걸로 하자."

"나도 너희랑 같이 갈게." 파블로가 말했다.

"너 무섭지?"

"우리 모두 무섭잖아."

파블로가 한숨 지었다.

"그래도 집에 들어서는 순간 두려움이 사라지지 않을까 해."

‡

　아빠가 입원한 지 열흘이 지났고, 간호사의 말에 따르면 아빠는 의사가 기대했던 것보다 더 빨리 회복하고 있었다. 아빠는 이미 집에 돌아가고 싶어서 안달이 나 있었고, 가스파르에게 올해는 농장에서 며칠을 보내게 될 거라고도 말해주었다. 누구네 농장이요? 가스파르가 호기심에 질문했다. 원칙적으로 말하면 너희 엄마의 농장이야. 아니, 더 정확히 말하자면 네 거란다. 네 외갓집 소유지. 아빠랑 사이가 엄청 안 좋다면서요? 가스파르가 물었다. 아빠는 그렇다고, 사이가 정말 나빠서 지금까지 연을 끊고 살았지만 그래도 자신이 요양하겠다고 하면 방 한 칸쯤은 내줄 거라고 말했다. 에스테반도 같이 갈 거고, 어쩌면 탈리도 시간이 되면 들를 거라고 했다. 가스파르는 탈리를 한참 동안 만나지 못했다. 전화는 자주 왔지만, 그녀와 대화를 나눌 때면 아빠는 방 안에 혼자 틀어박혔다. 그곳에 가더라도 비에드마 박사가 매일 왕진을 올 것이고, 상주 간호사도 들일 예정이었다. 아빠는 수영장도 있고 말도 있어서 관리인이 말 타는 법도 가르쳐줄 수 있을 거라고 했다. 가스파르는 그 계획이 마음에 들었다. 아빠는 두통에 시달리던 그날의 다정함을 지우고 다시 모두를 홀대하기 시작했다. 가스파르에겐 익숙한 일이었지만 그렇다고 아빠의 곁에 가고 싶지도 않았다. 병든 영웅이 고통을 묵묵히 견디며 자신보다 남들을 생각하고 격려하는 영화나 드라마를 보는 게 어찌나 싫었던지. 가스파르는 많은 병원과 병들을 겪어봤고, 대부분의 병자들이 갑질을 해대고 성미도 고약

　　　　　　　　　　　　　　　　　　　　외딴집의 악한 것

하여 결국에는 주변의 모든 사람을 자신만큼이나 아프게 만들고 만다는 걸 충분히 알고 있었다.

농장을 향해 출발하던 날의 마지막 기억은 자동차였다. 운전기사, 비에드마 박사, 에스테반과 함께 차에 올라탔다. 아빠에 대해 물었더니 다른 차를 타고 온다고, 간호사와 단둘이 올 예정인데 좀 더 편하게 오게 하려는 배려라는 답을 들었다. 이상하다는 생각이 들었지만, 가스파르는 이상함을 받아들이는 데 이골이 나 있었다. 차스코무스까지 얼마나 걸리냐고 물었고, 두 시간이 좀 안 될 거라는 대답을 들었다. 그리고 도시를 빠져나간 뒤 잠이 들었다.

가스파르가 눈을 뜬 건 낯선 더블 사이즈의 침대 위였다. 방은 굉장히 넓었고, 자세히 관찰하려 얼굴을 돌리자 모든 게 빙빙 돌기 시작했다. 어지럼증이 배 위쪽의 몸 전체를 마비시켰다. 편두통과는 다른 성격의 통증이었고, 외부에서 오는 고통이었다. 마치 쇠로 된 갈고리 두 개가 관자놀이를 꿰고 잡아당기는 듯한 느낌이었다. 머지않아 담요와 홑이불 속 자신의 몸이 헐벗었음을 알아차렸다. 이 한여름에 담요라니? 차스코무스로 향하고 있던 게 아니었나? 그렇게 먼 곳이 아니었다. 날씨도 비슷할 것이었다. 이불을 젖히고 집중해보려 했다. 일반적인 어지럼증이 아니었다. 언젠가 파블로와 함께 커피 리큐르를 코가 삐뚤어지도록 마신 적이 있었는데, 그때와 비슷한 느낌이었다. 나중엔 구토를 했고, 파블로 역시 웃다가 울다가 잔뜩 토를 하고 말았다. 머리를 움직이지 않는 편이 낫다는 걸 그때 배웠다. 통증이 심했다. 웬만한 통증은 버틸 줄 안다고 생각했지만 이번엔 그 정도가 지나쳤다.

양팔에는 멍이 가득했다. 온갖 크기의 멍이 잔뜩 들어 있었는데, 특히 어깨와 팔꿈치의 멍은 손 때문에 생긴 것이 분명해 보였다. 누군가 자신을 붙들었고, 꽉 잡았던 것이었다.

바닥이었을까? 아니, 탁자야. 어두운 탁자였지. 아빠가 싸우는 동안 손이 정말 많았어. 아빠를 해치려던 걸까? 정확히 기억이 나진 않지만, 그 손들만은 기억해.

손 모양을 한 멍 중 하나는 아빠의 팔에 있던 바로 그 흔적, 화상의 흔적과 몹시 비슷했다. 거의 같은 위치에 있었다. 아빠의 손이야, 아빠의 손가락이고. 내가 알아, 가스파르가 생각했다.

아는 것뿐일까. 느껴지기까지 해. 그 손이, 손가락이. 아빠의 손이야. 아빠도 나를 붙잡으려 했어. 왜 나를 멈추려 했을까, 나는 어디로 도망가려 했던 걸까.

몸의 다른 부위들, 특히 가슴과 배를 보았을 땐 거의 비명을 지를 뻔했다. 할퀸 자국과 멍이 가득했다. 무엇이 자신을 이만큼이나 다치게 했는지 이해할 수 없었다. 누군가 상처를 치료해주었고, 또 깊게 난 상처도 아니어서 피를 흘리고 있진 않았다. 할퀸 자국. 손톱일까? 어딘가에 갇혀 있다 끌려 나오면서 생긴 상처일까? 가슴과 갈비뼈에 생긴 타박상은 무얼까?

도망쳐야 해, 가스파르는 생각했다. 내가 도망치지 못하도록 벌거벗긴 게 분명해. 하지만 부끄러움 따위는 중요하지 않아, 지금 바로 가야만 해. 어쩌면 납치당한 걸지도 몰라. 방 안에는 익숙한 물건이 하나도 없었고, 입고 있던 옷도 사라져 있었다. 하지만 묶여 있는 것도 아니었다. 침대에서 벗어나 바닥에 발을 디디는 그

외딴집의 악한 것

순간, 방문이 열렸다. 열쇠 소리가 들리더니 아빠가 비에드마 박사의 뒤를 따라 들어왔다.

그러자 이 모든 게 너무나 명확해졌다. 마치 손 하나에 손가락이 다섯 개 있다는 것, 음식을 씹을 때 치아를 쓴다는 것, 그늘 밑이 뙤약볕 아래보다 더 시원하다는 것만큼이나 흔들리지 않는 확신이었다. 아빠가 이 모든 일에 책임이 있으며 자신을 공격한 사람이라는 걸 그 눈빛만 보아도 충분히 알 수 있었다. 모르는 사람에게 납치된 게 아니었다. 왜인지 그 이유는 기억나지도 않았고 상상할 수조차 없었지만 한 가지만은 분명했다. 바로 아빠가 자신을 다치게 했다는 사실이었다. 아빠는 만족해하고 있었다. 그렇게 입꼬리에 힘을 빼고 미소를 띤 아빠의 모습은 정말 오랜만이었다.

우선 침대로 되돌아가기로 했다. 의사가 벌거벗은 자신의 몸을 본다 해도 상관없었다. 창문이 가까이 있었지만, 철창이 쳐져 있었다. 도망가려면 문으로 나간 다음 아빠와 의사 사이를 비집고 나가야만 했다. 좀 더 지능적인 탈출이 필요하다고 생각했다. 그들과 대화를 나누며 방심하게 만든 뒤, 단번에 바깥으로 나간 다음 뛰고 또 뛰어야 할 것이었다. 그렇지만 지금 자신이 엄청난 위기 상황에 놓여 있다는 걸 마음 깊은 곳에서 인지하고 있던 탓에 온몸이 두려움과 조급함으로 팽팽하게 죄어들었다.

침대에서 뛰어내려 보았지만 헛짓거리였고, 자신도 예상하는 바였다. 아빠와 의사가 곧바로 자신의 앞을 가로막았다. 이로 물어뜯으며 싸우더라도 마지막까지 시도는 해보아야 했다. 하지만 서 있는 것조차 어려웠다. 발 한쪽에 강한 통증이 밀려와 무릎을 꿇고 말았다. 그제야 테니스공처럼 둥글게 부풀어 오른 발목이 눈에 들어왔다. 발목을 삔 것이었다. 축구부 아이들에게서 많이 본 모습이었기 때문에 알 수 있었다. 골절이었다면 아마 깁스가 되어 있을 것이었다. 의사가 "많이 놀랐어요"라고 하는 말소리가 들려왔다. 그녀는 가스파르를 침대에 눕히려 시도했고, 가스파르는 고양이처럼 저항했다. 자신의 위로 몸을 굽힌 그녀를 세게 밀어 나뒹굴게 한 다음, 얼굴을 마구 공격했다. 그런 자신을 앉히기 위해 비에드마 박사는 온몸의 힘을 다 써야만 했는데, 그 힘이 결코 약하지 않다는 걸 가스파르는 눈치챘다. 가만히 있지 않으면 널 재울 수밖에 없어, 그녀가 속삭였다. 그리고 무슨 일이 일어난 건지, 가스파르와 계속 눈을 맞추면서 뜸을 들여 차분하게 설명해주기 시작했다. 하지만 가스파르는 그녀가 아닌, 놀라우리만치 침착하게 팔짱을 끼고 있던 아빠를 바라보고 있었다. 왜 내게 다가오지 않는 거지? 왜 그녀를 멈추지 않는 거지? 박사는 이야기를 이어갔고 가스파르는 이제야 귀를 기울이기 시작했다. 알고 있는 편이 나았다. 언제나 그렇듯 아는 게 더 유리했다. 그녀는 가스파르가 사고를 당했기 때문에 상처를 입은 거라고 몹시 침착하게 알려주었다. 이틀 전, 병원에서 이 농장으로 오던 중 발생한 교통사고 때문이라는 것이었다. 우리가 있는 곳은 농장이라는 설명을 덧붙였다. 아빠와 함께 오기로 했던 그 농장이 바로 이곳이고, 오는 길에 타고 있던 차량이 충돌사고를 냈다고 했다. 에스테반도 다쳤지만, 너만큼은 아니었어. 나는 운 좋게도 멀쩡했어. 어쨌든 골절이라든지 심각한 부상은 없어. 하지만 머리를 심하게 박아서 병원에 두고 관찰해야만 했지.

전 병원에 간 적이 없어요, 가스파르가 말했다. 하지만 그녀는 고집을 부렸다. 너 병원에 있었어. 지금 사고 당시는 물론 입원해 있을 때도 기억하지 못하는 거야. 경미하긴 했어도 충격이 있었던 만큼 기억상실을 겪는 것도 전혀 이상하지 않아. 조금씩 기억이 되살아날 거야. 물론 영영 기억하지 못할 가능성도 있지만.

가스파르는 물끄러미 의사를 바라보다가 불안한 기색이 전혀 없는 아빠에게로 눈을 돌렸다. 그제야 굴욕감이 끓어오르며 양 볼이 핏기로 붉게 물들었다.

지금 아침 드라마에서처럼 내가 기억상실증에 걸렸다고 하는 거예요? 나를 바보 취급하는 거죠. 그러고는 여전히 무표정한 태도로 일관하고 있는 아빠에게 삿대질을 했다. 아빠가 그랬죠! 울부짖었다. 아빠가 날 다치게 만들었어.

마침내 아빠가 입을 열었다. 천천히, 의사와 같은 말이었다. 몸에 생긴 멍은 널 차에서 끌어내다가 생긴 거야. 부딪히고, 충돌하면서도 생겼고. 내가 운전하던 것도 아니고, 내가 입힌 상처는 더더욱 아냐.

가스파르는 거짓말이에요, 라고 외치며 침대 밖으로 다시 나왔다. 발을 딛고 서는 것 자체가 너무나 힘겨웠지만 그래도 시도를 멈추지는 않았다. 세 걸음을 떼어보았다. 손짓으로 최소한의 명령을 내리고 있던 아빠의 뜻에 따라 의사는 가스파르를 말리지 않았다. 가스파르는 문 앞으로 뛰어나갔다. 바깥에는 목과 왼쪽 팔에 붕대를 감은 에스테반이 서 있었다. 소매가 짧은 셔츠를 입고 있던 그의 온몸에는 긁혀서 피가 맺힌 흔적이 가득했다. 가스파르는 그런 그를 보며 혼자 되뇌었다. 만일 이 사고가 실제로 일어난 거라면? 아냐. 기억상실이라고 했잖아. 나한테 그런 식으로 거짓말을 해선 안 되지, 너무 유치해. 가스파르는 재빠르게 행동했다. 복도의 한쪽 끝은 다른 방들로 이어지고 있었지만 오른쪽 끝에선 빛이 비추고 있었다. 앞마당일까? 아무튼 내달렸다. 지금은 발을 내디뎌도 통증이 느껴지지 않았다. 체육 선생님은 부상당한 상태에서 뛰지 말라고 늘 강조했다. 아드레날린 때문에 통증이 느껴지지 않는 것일 뿐이라는 이유였다. 하지만 지금은 상관없었다. 다다른 곳은 앞마당이 아니었다. 두 가지 종류의 유리―반투명 유리와 노란색 유리―가 체스판처럼 격자무늬를 이루며 달린 거대한 창문이 있는 방이 나왔다. 빛이 쏟아져 들어오고 있었다. 달려오는 동안 세라믹 재질로 된 바닥의 무늬가 만화경 같다는 생각을 했다. 문은 열려 있었고 공원으로 이어졌다. 최대한의 가속도를 내기 위해 준비하는 동안―사실 달린다기보다는 절뚝거리고 있었다―아빠가 내버려둬! 라고 외치는 소리를 들었다. 분명 그때까지 자신을 뒤쫓고 있던 에스테반에게 하는 말이었을 거라고 추측했다. 밖으로 나가서는 콘크리트로 포장된 길을 따라갔다. 깨진 타일로 장식된 석조 의자와 탁자 세트가 있는 곳을 지나, 그물이 걸려 있는 나무를 거쳐 철사를 두른 공원의 경계에 다다랐다. 몸이 성치 않긴 했어도 그 사이를 벌려 몸을 빼내는 일을 어렵지 않게 해냈다. 그러자 탁 트인 공터가 보였다. 가스파르는 있는 힘을 다해 뛰었지만 애초에 그 힘이라는 게 많이 남아 있지 않았고, 발의 통증은 비명을 지를 수밖에 없게 만들었다. 하지만 뛰는 동안만큼은 기억이 되살아나는 걸 느꼈다. **탁자 위에 있었다. 아빠는 다른 탁자 위에 있었다. 사람들도 있었다. 많진 않았다. 의사들 같기도 했다. 수술실이었을까, 아빠는 잠들어 있는 듯했다. 깨어나려 애썼지만 수포로 돌아갔다. 사람들의 얼굴을 제대로 볼 수도 없었다. 아니면 너무 멀리 있던 까닭일까? 누군가 자신의 팔을 힘주어 꽉 붙들고 있었다. 강철로 된 듯한 그 손가락들이 팔 속을 파고드는 듯했다. 차 안에서 있었던 일일까?**

아니었다. 교통사고 이야기는 새빨간 거짓말이었다. 피부 밑에선 아직도 이물감이 느껴졌다. 설명할 수 없는 무언가였다. 기름이라도 주사한 것일까? 팔을 바라보았다. 주삿바늘 자국이 선명했다. 달렸다. 또 한 번 발을 삐끗하면서 넘어지고 말았다. 일어나려다 실패한 그 순간 느낀 통증이 발목을 휘감았다. 몸을 질질 끌면서까지 갈 필요는 없었다. 넘어지면서 입술이 먼저 땅에 닿았고, 피가 뒤이어 흘러내렸다. 뒤돌아 누웠다. 어둑어둑한 회색빛 하늘을 바라보았다. 코앞까지 내려온 듯, 구름 한 점 없는 둔탁한 잿빛 덩어리가 자신을 짓누를 것만 같았다. 그런 하늘은 도시에서 딱 한 번밖에 본 적이 없었다. 그 낮은 어둠 속에서 우박—얼음덩어리—들이 세차게 쏟아져 내렸는데, 그중에는 골프공이나 자두처럼 큰 것도 있었다. 온몸이 다 욱신거렸지만 넘어지는 바람에 더욱 극심한 통증에 시달리게 되었다. 특히 발이 타들어가는 듯했다. 그래도 다시 일어서보려 시도하던 바로 그때였다. 아빠의 얼굴이, 하늘빛을 흉내 낸 그의 투명한 두 눈이 불쑥 떠올랐다. 가스파르는 신음소리를 내며 일어나려 애썼지만 이번에는 뒤로 나자빠졌다. 교통

사고나 기억상실 같은 얼빠진 소리를 믿어주고도 싶었다. 하지만 아빠가 자신을 해쳤다는 게 너무나 확실했고, 그 사실을 애써 부정하고 싶지도 않았다. 상상하지 못할 정도로 깊은 불신에 빠져들었다. 온몸을 뒤덮은 멍과 상처, 머리통에 솟아오른 혹은 최소한의 표면적인 증거일 뿐이었다.

몸을 일으킬 수가 없었다. 발의 통증이 균형을 잃게 만들고 있었다. 그러자 아빠는 놀랄 만한 힘으로—죽기 직전이던 사람인데, 힘이 하나도 없어야 하는 것 아닌가?—가스파르의 가슴에 코끼리의 발 혹은 대형 트럭의 바퀴처럼 커다란 손을 갖다 대고 풀밭 위에 짓눌렀다.

"가스파르, 네가 무슨 생각을 하는지를 두고 너와 다툴 마음은 없어. 하지만 내가 널 다치게 한 건 아냐. 내가 할 수 있는 만큼, 그리고 아는 만큼 최선을 다해 널 지키고 있어."

"나를 무엇으로부터 지킨다는 거죠?"

가스파르는 아빠의 손이 자신을 놓아주는 걸, 그리고 가슴을 짓누르던 압박이 풀리는 걸 느꼈지만 도망치진 않았다. 대신 그대로 주저앉았다. 울고 있었단 걸 그제야 알아차렸다. 흘러내린 눈물이 목덜미를 축축하게 적시고 있었다. 반면 아빠는 언제나처럼 차분하고 냉정해 보였다.

"아빠를 못 믿겠어요." 가스파르가 말했다.

"좋아. 나도 내가 이해할 수 없는 걸 믿진 못할 거야. 하지만 네가 나를 믿어줘야만 해. 네가 날 믿게 하려면 내가 어떻게 해야 할까? 내가 죽는 그날, 너는 마침내 보호 속에 있게 될 거야. 마지막 순간까지 내가 하고자 하는 일이지. 이제는 늦지 않게 해낼 수 있을 것 같다."

가스파르는 에스테반이 아빠 곁에 서 있는 모습을 보았다. 폭풍의 냄새를 맡으며 하늘을 쳐다보고 있던 그는 말을 삼키고 있었지만, 긴장한 듯 얼굴을 굳힌 모습이었다. 목과 상처—교통사고로 생겼다고 주장하는—의 붕대는 제거한 상태였다. 흉하고 칙칙한, 몹시 붉게 달아오른 상처였다. 마치 무언가가 이빨로 문 것 같은.

"그럼 증명해봐요. 내가 병원에 있었고 엑스레이도 찍었다면, 찍은 걸 보여주세요."

"좋아. 그럼 가자."

가스파르는 아빠가 몸을 일으키는 모습을 지켜보았다. 에스테반이 다가왔지만 가스파르는 그의 어깨에 기대기를 거부했다. 농장은 반 블록도 안 되는 거리에 있었다. 달려온 거리가 멀지 않았던 것이다. 그들이 우월감을 느끼지 못하게 자신이 앞서 나가고 싶었다. 달리는 동안 두 번이나 넘어졌다. 폭풍우의 정전기, 습기, 머리의 충격이 어지럼증을 악화시켰다. 에스테반과 아빠는 가스파르가 우월감을 느끼도록 내버려두었다.

‡

에스테반은 가스파르가 옷을 입을 수 있도록 방에 데려다주었다. 옷은 아직 가방 안에 고스란히 담겨 있었다. 아무도 그 옷에 손을 대거나, 꺼내어 텅 비어 있는 옷장에 정리해놓지는 않았다. 그 후 그들은 가스파르가 자동차 앞좌석에 앉을 수 있도록 도와주었다. 에스테반까지 못 미더운 건 아니었다. 적어도 아빠만큼은 아니었다. 목에 있는 상처가 어쩌면 자신을 보호하다 생긴 걸지도 모른다는 데 생각이 미쳤다. 아빠의 몸은 아무런 상처도 없이 깨끗했다.

아빠의 손이 커져 있었다. 거대한 두 손, 그 이미지, 그 기억이 머릿속을 오갔다. 대체 어디서 생겨난 걸까? 아빠의 손가락이 동물의 것처럼 무척 길어져 있었다. 황금빛 손톱? 보고 싶지 않았다. 하늘이 어둑어둑했고, 비에드마 박사는 폭풍이 몰려오고 있으니 서둘러야 한다는 뻔한 말을 늘어놓았다. 그녀는 아빠와 함께 뒷자리에 올라탔다. 아빠는 면도를 하지 않아 덥수룩해진 짧은 수염을 만지작거리고 있었다. 어떻게 저렇게 침착할 수가 있지? 가스파르는 시트 위에 무릎을 꿇고 올라가 등받이에 팔을 두르며 얼굴을 빼꼼 내밀었다. 그렇게 해야 아빠와 얼굴을 똑바로 마주 볼 수 있었다.

"도대체 저한테 뭘 한 거예요? 제게 무슨 짓을 한 건지 얘기해봐요."

아빠는 인내심을 잃기 직전이었고, 가스파르는 차 안의 뜨거운 공기와 공기 중에 퍼져 있는 위험을 눈치챘다. 폭풍우가 일으킨 정전기가 팔의 털들을 올올이 일어나게 했고, 순간 이 차의 문을 열고 길바닥으로 몸을 던지고 싶다는 생각을 했다.

"난 네게 아무 짓도 하지 않았어. 넌 오해하고 있어, 이 멍청아."

"절 멍청이라고 부르지 마세요."

"멍청이처럼 행동하고 있잖니."

"그럼 절 도와줘요."

"난 널 차에서 꺼내줬어. 기억날 거야."

"거짓말이에요. 하나도 기억 안 나요."

에스테반이 가스파르의 어깨를 힘주어 밀치며 강제로 몸을 돌려 앞을 보게 했다. 이제 됐어, 도착했다. 그가 말했다.

가스파르는 내심 놀랐다. 병원은 농장으로부터 네 블록도 안 되는 거리에 위치해 있었다. 엄청 가깝네, 낮은 소리로 중얼거리자 비에드마 박사는 그렇지 않았으면 애초에 퇴원시키지도 않았을 거야, 라고 대답하고는 네 아빠도 의료센터와 먼 곳에서 쉴 수 없는 상황이니까, 라고 덧붙였다. 그녀는 '의료센터'라는 용어를 사용했다. 가스파르는 그녀를 신뢰해도 좋을 것 같다는 결론을 내렸다. 가까운 곳에 병원이 있다는 사실 역시 그럴듯하게 들렸다. 하지만 이 모든 게 진실이라면, 이들이 하는 모든 이야기가 다 진실일 가능성도 열리게 된다. 그들이 옳을 수 있는 것이다. 지금으로서는 그 어떤 옳은 말도 듣거나 생각하고 싶지 않았다. 온몸이 아직도 위험 경보에 사로잡혀 있었고, 팔의 피부를 벗겨낸다면 까맣고 끈적한 젤리층이 보일 것 같았다. 감염된 듯한 느낌이었고, 검은 강물이 혈관 속을 굽이치며 흐르는 것 같았다. 티셔츠를 들어 상처를 확인해보았다. 말라붙은 피딱지가 아직 붉은빛을 띠고 있었다.

병원 입구의 계단을 뛰어오를 수 있게 도와준 것 역시 에스테반이었다. 아빠는 다가올 생각조차 하지 않았고, 비에드마 박사는 도와주려 했지만 가스파르는 그녀의 모든 움직임과 소리를 다 관찰하고 듣고 있었다. 지금 그녀는 극도로 예민해져 있었다. '아구도스

페드로 갈린데스 병원'이라는 표지판이 눈에 띄었지만 위치는 표시되어 있지 않았고, 따라서 이곳이 어딘지는 파악할 수 없었다. 비에드마 박사는 안내데스크로 가서 자신의 이름을 댄 뒤 신경전문의를 호출했고, 오 분만 기다려달라는 답을 받았다. 가스파르는 다리 하나와 에스테반에 의지해 서 있었다. 아빠는 길쭉한 나무 벤치에 앉아 있었다. 몹시 지쳐 보였지만 가스파르는 걱정하지 않았다. 이 모든 게 일종의 사기극이라는 느낌이 들었다. 아빠의 푸른빛이 돌기 시작한 입술이나, 지극히 둔탁하고 낡은 그 병원까지도 마치 연극 무대 같았다. 이건 다 꾸며낸 거야, 가스파르는 생각했다.

그러던 중 갑자기 망치질 소리가 들려오더니 이내 총격 소리로 바뀌었다. 폭풍우가 마침내 들이닥쳐 우박을 뿌려대기 시작한 것이었다. 한여름의 폭풍우가 어찌나 강력했던지 열려 있던 병원 정문 바깥으로 바람에 휩쓸려 날아가는 나무들이 훤히 보였다. 마치 거대한 입에 빨려 들어가는 듯한 모습이었다.

신경전문의는 굉장히 빨리 도착했다. 짧고 회색빛이 도는 머리카락이었다. 그녀는 비에드마 박사의 이야기를 우선 경청했다. 아이가 혼란스러워해요, 많이 놀랐거든요. 그러자 자신을 따라오라고 안내했다. 진료실은 일 층에 위치해 있었다. 창밖으로 어둑한 검은색 하늘과 번개가 보였다. 한낮의 밤이었다. 가스파르는 비에드마 박사와 둘이서만 진료실에 들어갔다. 아빠와 에스테반은 밖에서 기다리기로 했다. 벽에는 뇌 그림이 그려진 포스터들과 박사 학위증이 걸려 있었다. 그녀는 가스파르가 자리에 앉자, 발 하나를 다른 의자 위에 걸치게 한 뒤 괜찮아요, 괜찮아요, 라는 말을 연발

했다. 가스파르는 벽 쪽에서 빛이 비춰오는 칠판에 걸린 엑스레이 사진 앞으로 뛰어갔다. 자신의 이름과 날짜부터 찾아보았다. 가스파르 피터슨, 1986년 1월 17일생. 그게 정말 자신의 것인지, 아니면 그렇게 빨리 위조하는 것도 가능한 건지 가늠이 되지 않았다.

신경전문의는 머리에 충격이 가면 일시적인 기억상실이 발생할 수 있다고 설명했다. 세상에서 가장 흔한 일 중의 하나일 거라고도 덧붙였다. 또 그 드라마 같은 얘기인가요? 가스파르가 말하자 신경전문의는 그래, 놀랐지? 라며 웃었다. 드라마에 엄청 많이 나오는 이야기이긴 해, 그렇지? 하지만 생각보다 흔하게 일어나는 일이란다. 사고 당시의 기억이 영영 돌아오지 않을 수 있어.

"여기 있었단 것도 기억나지 않아요."

"한번은 대회 결승전에서 머리를 다친 축구선수를 치료해본 적이 있단다. 경기 내용을 아예 잊었더라고. 사고에 대한 기억을 잃는 것보다 조금 더 나쁜 케이스였지."

가스파르는 마음이 조금 놓이는 걸 느꼈지만, 저항을 포기하지 않았다.

"그것뿐만이 아니라고요." 가스파르가 말했다.

그때 비에드마 박사가 끼어들었다.

"자신을 다치게 한 게 우리라고 생각해요."

가스파르는 아무 대꾸도 하지 않았다. 자신이 품은 불신의 크기를 내보이고 싶지 않았다. 신경전문의는 이해한다고, 네가 느끼는 그 감정은 실재하는 것 그 자체라고 말해주었다. 그러면서 큰 의미 없는 충격인데도 엄청난 두려움을 야기시키는 경우가 있다고 설명했다. 어제의 넌 아무것도 기억하지 못했고, 너와 함께한 사람들이 누구인지도 알아보지 못했어. 그래서 난 네가 입은 부상이 조직적으로는 유의미한 게 아닌 것 같고, 또 병원에 있기보다는 좀 더 친숙한 장소에서 회복하는 게 유리할 거라고 판단했단다.

"농장은 제게 친숙한 곳이 아녜요. 처음 가본걸요."

가스파르가 말했다.

가족적인 장소이지 않니, 신경전문의가 이어갔다. 보통의 침대와 보통의 방이 있고 공원도 있으니 말이야. 수영장도 있다고 들었는데, 그렇지 않니? 이 무더위에 얼마나 잘된 일이니. 병원은 이따금씩 너무나 이질적인 공간이어서 환자들을 더 혼란스럽게 만들곤 해. 그리고 다행히도, 네가 아직 긴장의 끈을 놓진 않았지만, 여기 있는 사람들을 다 알아보고 있잖니, 그렇지?

가스파르는 대답하지 않았다.

"저분은 누구니?"

"우리 아빠의 주치의요."

"그리고 저 밖의 흰머리 남자분은 누구지?"

"아빠의 가장 친한 친구, 에스테반이요."

"금발의 남자분은 누구고?"

"우리 아빠요."

"사고를 당했을 때 자동차를 타고 있었니?"

"모르겠어요, 기억이 안 나요."

"그럼 무엇이 기억나니?"

"저희 넷이 차 두 대를 나눠 타고 병원을 출발했어요. 전 에스테반, 저분―비에드마 박사를 가리켰다―, 운전기사와 함께 차를 탔어요. 그러다가 나중에 농장에서 정신이 든 거예요."

"이 일이 언제 일어난 건지 알고 있니?"

"아뇨."

"그제. 이 엑스레이는 어제 찍은 거고."

의사는 엑스레이 뷰어 앞에 여러 장의 필름을 걸어놓고 순서대로 정리했다. 가스파르는 여전히 짝다리를 한 채 날짜를 확인해보았다. 1월 19일.

"오늘은 더 안 찍어요?"

의사는 검사 결과 아무런 문제도 발견되지 않았다고 말했다. 그렇기 때문에 퇴원을 허가한 거라고도 덧붙였다. 이제 단층촬영을 더 할 필요가 없어. 그러곤 가스파르가 심하게 저항했기 때문에 어쩔 수 없이 마취를 했어야 했지만, 그것도 검사하던 날뿐이었다고 덧붙였다.

"지금처럼 그랬었어. 아니, 더 심했지. 하지만 정상적인 반응이야. 이제 외상전문의를 만나러 가자."

가스파르는 체념했다. 얼음, 가만히, 깁스는 아냐, 라는 말을 들었다. 아빠가 비에드마 박사에게 이제 가겠다고 하자 그러지 말라고 말리는 소리가 들려왔다. 하지만 아빠는 언제나처럼 모든 말을 무시하고 혼자, 아마도 걸어서 돌아갔을 것이었다.

복도에서 에스테반을 만났다.

"차를 보고 싶어요." 가스파르가 말했다.

"넌 네 아빠보다 지독하구나." 에스테반이 말했다.

"어떤 면에서요?"

"고집쟁이인 면에서."

"고집쟁이가 뭐예요?"

"네가 하고 있는 그 짓을 말하는 거야. 이제 뜀박질은 좀 하지 말아줘, 신경 쓰여 죽겠으니까. 나는 그 차가 어디로 갔는지 몰라. 일단 집으로 돌아가자. 설마 이 모든 게 연극이라고 생각하는 건 아니겠지? 이제 엉뚱한 짓은 제발 그만해."

에스테반이 가스파르를 일으켜주었다. 가스파르는 그의 힘이 얼마나 센지 그제야 알아차렸다. 두 팔의 근육이 우람했다.

"목의 상처는 어쩌다가 생긴 거예요?"

"깨진 창문에 긁혔어."

"그런데 아빠가 저한테 해코지를 하려 했다는 걸 제가 어떻게 알고 있는 거죠?"

에스테반이 몸을 굽혔다. 빗속에서 가스파르는 그의 팔에 난 몹시 길고 짙은 털을 보았다. 오직 머리카락만 회색빛을 띠고 있었다.

"네 아빠가 널 차에서 꺼내주었기 때문에 그렇게 생각하는 거 아닐까? 널 잡아당기다가 네가 다쳤으니까."

"왜 제가 다쳤어요?"

"널 급하게 빼내다 그렇게 됐어. 차가 폭발할까 봐 두려웠겠지. 네 엄마도 교통사고로 죽었잖아. 우리의 뇌는 끔찍한 악몽을 되풀이하곤 해. 이제 집으로 가자. 이 망할 놈의 다리도 좀 쉬어줘야 되지 않겠니?"

가스파르는 차에 기대어 선 채, 빗물이 얼굴을 씻기도록 두었다.

외딴집의 악한 것

"아빠와 함께 있고 싶지 않아요."

"그럼 나나 탈리와 함께 있어도 돼. 우리 두 사람은 안 무섭니?"

"네. 왜인지는 잘 모르겠어요."

"그나마 다행이구나."

"아저씨는 제게 거짓말 안 할 거죠?"

에스테반이 미소 지었다.

"가스파르, 당연히 필요하다면 네게 거짓말을 할 수도 있겠지. 하지만 뭐 하러 그러겠니. 무슨 일이 일어났던 거라고 생각하니?"

가스파르는 앞좌석에 털썩 주저앉았다. 하늘은 다시 어둑어둑해지고 있었고, 천둥소리가 차 안까지 울려왔다. 물이 쏟아지는 소리에 아무것도 들리지도, 보이지도 않았다. 천천히, 간신히 농장에 도착했다. 문 앞에선 매우 커다란 우산을 쓴 탈리가 두 사람을 기다리고 있었다. 집에 들어선 가스파르는 아빠가 보이지도, 들리지도 않음을 확인하자 몸이 풀어지는 걸 느꼈다. 그 농장에 머무르는 아빠의 존재감이 느껴졌지만, 우선은 숨고 싶었다.

‡

에스테반이 가스파르를 품에 안고 집 안으로 들어와, 색 유리창이 달려 있는 거실의 소파 중 하나에 앉혀주었다. 그는 옷을 갈아입고 오겠다고 했다. 그때, 복도 쪽에서 키가 크고 짙은 긴 머리의 여성이 나타났다. 청바지와 검은색 민소매 티를 입은 그녀를 보자 가스파르는 순간 자신이 겪고 있던 모든 혼란, 아빠에 대한 두려움, 그리고 기억을 잃어버린 이틀간의 공허함이 사라지는 걸 느꼈다. 모든 의혹이 머릿속에서 지워졌다. 나이는 많았지만 아름다운 그 여인은 화장기가 전혀 없었고―가스파르는 짙은 화장, 특히 립스틱을 좋아하지 않았다―맨발로 서 있었다.

날 기억하니? 그녀가 물어 왔다. 가스파르는 언젠가 떠났던 여행 이야기를 꺼냈다. 강변에서 열린 축제, 나무와 고양이 그리고 그녀의 집을 떠올렸다. 최근에 우리 집에 오신 적 있잖아요, 그때 전 학교에 가고 없었어요. 집에 돌아왔을 땐 이모가 집을 나서고 있었고요. 인사밖에 나누지 못했죠. 탈리 이모 맞죠? 그래, 내가 탈리야, 그녀가 말했다. 네 발에 얼음찜질을 좀 해야겠어.

탈리가 냉장고에 다가가 비닐 봉투에 각 얼음을 채워 넣었다. 그리고 찬장에서 작은 망치를 찾아내 얼음을 잘게 부쉈다. 이래야 얘네들이 '쿠루비카'스럽게 되거든. 그녀의 말에 가스파르는 미소를 지었다. 그 단어가 무슨 뜻인지도 모르겠고, 이상하고 바보 같게 들렸기 때문이었다. 그날의 첫 미소였다. 스스로 발을 들어 올렸다. 발목 부위가 퉁퉁 부어 보라색이 되어 있었다. 탈리는 가스파르의 발을 조심스레 비닐봉지로 감싼 뒤 양 끝을 당겨 매듭을 지었다. 그런 뒤 TV를 켜고 리모컨을 가져다주었다. 채널이 많지는 않아, 그래도 축구는 볼 수 있어, 라며 미안하다는 투로 말했다.

"아빠를 보고 싶지 않아요." 가스파르가 말했다.

탈리는 그 말에는 대답하지 않았다. 발에 묶어놓은 얼음찜질 팩을 바로잡아 주곤 네 아빠는 지금 침대에 누워 있어, 보고 싶을 때 보면 돼, 이 집은 넓으니까, 라고 말하며 싱긋 웃었다. 가스파르는 발과 머리가 심하게 두근대는 바람에 입술을 혀로 핥아야만 했다. 그녀의 치아는 새하얐고, 두 눈은 머리 색깔만큼이나 짙었다.

두 사람은 한참 동안 침묵 속에서 서로의 곁을 지켰다. 가스파르는 집 안에서 발생하는 그 어떤 소음도 들을 수 없었다. 육중한 벽들은 두꺼웠다. 바깥에선 끊임없이 내리는 비로 진흙에 작은 강줄기 여럿이 만들어져 있었다. 에스테반이 무미건조한 표정으로 나타나 맥주 한 캔을 땄다. 탈리는 얼음이 다 녹자─빠른 속도로 녹았다─비닐 봉투를 교체해주고 밖으로 나갔다. 아빠에게 가는 걸 거야, 가스파르는 생각했다. 그녀가 여전히 불안으로 고통받고 있는 자신은 물론, 다친 발이나 내리는 비에도 아랑곳하지 않고 자리를 떴다는 데에 가스파르는 약간의 질투를 느꼈다.

그 후로 이어진 농장에서의 나날들은 지루하고 이상했다. 발의 부기는 점점 가라앉았다. 놀랍게도 밤에 잠을 자는 건 어렵지 않았다. 어쩌면 비에드마 박사가 챙겨주는 약에 수면제가 들어 있을지도 모를 일이었다. 아빠는 공원의 나무 아래에서 글을 쓰는 그림자에 지나지 않았다. 대부분의 시간을 침대에 누워 지냈기 때문에 집 안에서 서로 마주치는 일도 거의 없었다. 가장 이상한 점은 농장에 경비원들이 상주하고 있다는 사실이었다. 하루는 저 사람들이 왜 여기 있냐고 묻자, 에스테반은 이번 사고가 납치 시도였을 거라고 생각하기 때문이라고 대답해주었다. 너는 돈이 정말 많거든. 너네 아빠도 비록 반항적이긴 하지만 아주 부유했던 여자의 남편이었고 상속인이니까. 이 나라에서 부자들은 납치의 표적이 되곤 하잖아, 알고 있지? 가스파르는 잘 알고 있었고, 아빠도 그 사실에 대해 설명해준 적이 있었다. 하지만 우리가 그렇게까지 백만장자라고요? 납치 피해를 당하는 사람들은 은행가나 사업가라고 들었는데요. 맞아, 에스테반이 이어갔다. 네 아빠가 올바른 도덕적 가치관을 가진 사람이기 때문에 너도 양아치처럼 살지 않았던 거야. 양아치가 뭐예요? 아, 돈 좀 있다고 막 나가는 사람을 이야기하는 거야. 진짜 '양'이나 '아치' 따위랑은 아무 상관 없는 말이지만. 그래, 요즘 애들은 오렌지족이라고 하는 것 같더라. 부자의 자식이란 말이지. 어때, 이제 좀 알겠니?

비에드마 박사는 가스파르를 한 번 더 병원에 데려갔다. 머리에 입은 충격으로 인해 주기적인 추적검사와 물리치료가 필요하다고 했다. 지역 병원이나 부에노스아이레스에서 시작해도 늦지 않다는 말도 덧붙였다. 소도시의 한 병원에서 치료를 시작했다. 그곳에선 많은 걸 해주진 않았다. 얼음을 플라스틱 기구로 둘러 발목에 고정시킨 뒤 원통같이 생긴 기계 안에 들어가 있으면 전원이 켜지면서 초음파가 발생했다. 그 후에는 물리치료사가 와서 부은 발목 위에 젤을 바르고 기구로 문질렀다. 길고 지루한 치료가 이어지는 동안 가스파르는 농장의 여러 방들 중 한 칸에서 찾아낸 책들을 가지고 갔다. 소설도 몇 권 있었지만 대부분은 시집이었던 까닭에 아빠의 책일 거란 의심이 자연스레 들었다. 하지만 읽진 못했다. 할 수 있는 거라곤 천장을 바라보며 사고를 되짚어보는 것뿐이었다. 그리고 물리치료실 천장의 곰팡이 자국을 집중해서 바라보다가 잠에 빠져들 때면, 교통사고와는 전혀 다른 현실이 낮 꿈의 불안감 속에서 펼쳐지곤 했다. 그때의 아빠가 기억났다. 그런데 몹시 큰 손과 길어진 손톱을 갖고 있었다. 자신은 지금처럼 배를 하늘로 향한 채로 누워 있었고, 온몸이 경직된 채로 누군가가 몸을 더듬는 걸 느낀 기억도 떠올랐다. 더 많은 사람들이 멀리서부터 지켜보고 있었다는 사실도 기억났다. 결국 결론을 내렸다. 아빠가 사고 난 차 안에 있던 자신을 강제로 꺼낸 게 사실이었다면, 머리의 충격과 사고로 인한 혼란 때문에 그 손이 순간 야수의 손처럼 보였고, 그렇게 기억에 남았을 것이라고. 마비된 채 등을 대고 누워 있던 장면. 이건 입원할 때 취하는 자세와 동일하다. 누군가가 자신을 더듬는 느낌도 그랬다. 물론 자신은 한 번도 입원해본 적이 없었지만, 아빠 덕분에 모든 절차를 달달 외우고 있었다. 간호사들은 피를 뽑아 간 뒤 반창고를 붙이거나 붕대를 감아준다. 그리고 혈압을 재고, 링거를 달고 빼고, 약을 투약하고, 필요하면 목욕까지 시켜주곤 한다. 그걸로 피부 위뿐만이 아니라 피부 아래까지 더듬는 촉각이 느껴진 게 설명이 된다. 물론 후자가 훨씬 징그럽긴 했다. 멀리서 지켜보던 사람들은 마스크를 쓴 의료진이거나 사고가 일어날 때면 늘상 주위에 몰려들곤 하는 사람들일 수 있었다.

물리치료가 끝난 뒤, 가스파르는 탈리가 만들어준 음식으로 식사를 했다. 이따금은 에스테반도 요리를 했다. 달걀프라이보다 훨씬 맛있는 스크램블드에그를 만드는 법과 베이컨이 캐러멜처럼 딱딱해질 때까지 굽는 법도 가르쳐주었다. 수영장에는 가스파르를 위한 튜브 대용 검은 타이어도 등장했다. 어느 오후엔 에스테반도 함께 수영했다. 그가 처음 수영장에 나타난 날, 등에 평행선 같은 선명한 두 줄의 큰 상처가 있는 걸 보았다. 이게 뭐예요? 그에게 질문했다. 바위에 올라갔다 떨어졌었어, 에스테반이 대답했다. 바다에 다이빙한다고 뛰어내렸거든. 젊을 땐 여름이 오면 그런 짓도 하곤 했단다. 바위는 사실 보기보다 엄청 미끄럽지.

"우리 아빠한테 있는 수술 자국 상처 같아요."

"그렇지만 아니지. 바위는 한 번 베이면 메스만큼이나 날카롭단다. 그해 여름은 내내 배를 바닥에 깔고 지내야만 했어. 지금 네가 보내고 있는 이 여름보다 훨씬 지루했지."

"아저씨는 몇 살이에요?"

에스테반은 대답하기 전에 수건으로 몸의 물기를 닦았다. 가스파르는 그가 항상 이런다는 걸 눈치챘다. 물에서 나오자마자 수건으로 물기를 닦았고, 햇빛이 말릴 틈을 주지 않았다. 그러고는 바로 셔츠를 입었다.

"서른아홉."

"그것밖에 안 돼요? 머리가 그렇게 하얀데도요?"

"많은 사람들이 젊어서 백발이 되곤 해."

"전 그런 사람을 한 번도 못 본걸요."

"지금까지 충분히 많은 사람을 만나보지 못했나 보지."

가스파르는 그가 팔을 휘저으며 수영장의 반대편에 가닿는 모습을 지켜보았다. 에스테반은 입에 담배를 물고 불을 붙이고 있었고, 그 모습을 본 가스파르도 한번 피워보고 싶다고 했다. 한 입만 피워봐도 되냐고 물었는데, 에스테반이 한 갑을 통째로 건네주는 바람에 살짝 당황했다. 두 사람은 물에 재를 털면서 한동안 아무 말 없이 담배만 태웠다.

‡

농장의 전화기는 폭풍우가 시작된 이후로 끊기기가 일쑤였다. 가스파르는 동네의 엔텔 지사에 가서 친구들에게 전화를 걸어보았지만, 아무도 받지 않았다. 모두들 휴가를 즐기고 있는 게 분명했다. 파블로는 부모와 함께 마르델플라타로 떠났다. 그의 엄마는 배가 남산만 하게 불러 있었다. 비키와 아델라도 남부에서 돌아오기 전이었다. 그 외에 가스파르가 외출할 일은 별로 없었고, 아직 말 타는 법을 배울 수도 없었다. 인근에 사는 애들도 없었다. 농장의 입구에 다다라서는 그곳이 굉장히 외졌다는 사실을 눈치챘다. 앞쪽의 공원이 과도하게 넓은 탓에 그렇게 보이기도 했다. 앞쪽의 흙길 건너편에는 공터가 있었다. 암소 몇 마리가 지루하게 풀이나 뜯고 있었고, 매우 조용한 말들도 있었다. 뚱뚱한 백마가 몇 마리 섞여 있었는데, 발이 매우 컸고 대부분이 흉측한 외모를 지녔다. 도망칠 생각으로 주변 지형을 살펴봤지만, 밤이 되면 탈출 계획은 물거품이 되어 사라지곤 했다. 겁이 났기 때문이었다. 아빠가 자신을 찾는 건 시간문제였다. 지금 몸에 난 상처들은 도망치다 붙잡혀 아빠에게 당할 폭력에 비하면 아무것도 아니었다.

탈리는 아빠의 방에서 잠을 자고 있었다. 어느 날 밤, 가스파르는 소리를 내지 않으려 조심하며 닫힌 문 앞에 앉아 그들의 이야기를 엿들었다. 말소리의 일부분, 조각난 단어들, 중요하지 않은 문장들이 들려왔다. 이제 탈리가 아빠의 여자 친구가 된 걸까? 에스테반은 어떻게 생각할까? 질투할까? 에스테반이 머지않아 떠날 것임을 알게 되었다. 탈리는 "부에노스아이레스에서" 누가 가스파르를 돌볼 것인지 알고 싶어 했지만, 가스파르는 대답을 듣지 못했다. 그녀는 방 이곳저곳을 거닐고 있었다. 그 가벼운 발걸음 소리는 절대 아빠의 것이 아니었다. 가스파르는 눈을 감고 그녀의 모습을 보았다. 높게 포니테일로 묶은 짙은 색의 머리카락. 브래지어는 착용하지 않았다. 그녀가 엄마와 다소 비슷하다는 사실을 느끼자 정신이 아득해지는 걸 느꼈다. 하지만 탈리는 최소한 사진상의 엄마보다 훨씬, 훨씬 더 아름다웠다. 누군가가—분명 탈리였을 것이다—물을 따르는 소리가 들려왔다. 이제 그들은 "다음 시도"에 대해 이야기하고 있었다. 탈리는 "육 개월은 꽤 긴 시간이야"라고 말했다. "상처 입지 않는 몸이라는 건 검증됐어." 아빠의 발걸음 소리가 들려왔고, 점점 가까워지더니 문이 벌컥 열렸다. 아빠였다. 가스파르는 도망치고 싶었지만 그래봤자 아무 의미 없었다. 눈을 힘주어 감고는 손찌검에 대비해 두 손을 올렸다. 바닥에 앉아 체벌의 순간을 기다렸지만, 그 순간은 오지 않았다.

"첩자 노릇 하지 말라고 내가 입이 아프도록 말했을 텐데."

가스파르는 대답하지 않았다.

"들어올 테면 들어와라."

아빠의 말을 들어 뛰어 들어갔다. 발의 부기는 모두 가라앉아 있었다. 하지만 통증과 굳은 상태는 여전했다. 물리치료사는 '운동성'을 회복하기까지 시간이 걸린다고 했다. 청 반바지와 선원 스타일 줄무늬 상의를 입은, 구릿빛 피부의 탈리가 침대에 걸터앉아 있었다. 머리는 흐트러져 있었고, 양 볼은 붉게 물들어 있었다. 아빠는 최근 며칠간 계속 그래왔던 것처럼 자신과 일정 거리를 두고 있었다. 면도도, 이발도 하지 않은 모습이 부스스하고 지저분해 보였다. 그는 곧장 침대로 되돌아갔고, 가스파르는 문가에 계속 서 있었다.

"그래서?" 아빠가 물었다.

"뭐가요?"

"뭘 들은 거고, 뭘 알고 싶은 건데."

대답하지 않으면 손찌검할 게 뻔했고, 아빠에게 맞고 싶지 않았다. 더더군다나 탈리 앞에서는.

"육 개월 후에 무슨 일이 생기는데요?"

가스파르는 아빠의 반응을 살펴보았다. 아무 반응도 없었다. 얼굴 속에 푹 꺼진 두 눈에 어둠이 드리워진 듯했다.

"그라시엘라가 나보고 또 수술을 하자고 한다. 이번엔 좀 더 복잡한 거야. 장기이식이니까. 이 수술은 지금 아르헨티나에서도 가능하지만, 사실 예후가 썩 좋은 편은 아니야. 그래서 나보고 미국으로 가자고 해. 후보자가 사실 하나 있었다. 그래서 지금 내 몸과 나머지 장기들이 뭐, 말하자면 괜찮은 상태인 건지 이야기하고 있었던 거야. 하지만 결과적으로 그 후보자가 부적합 판정을 받았지. 부적합이 뭔지 지금 설명하고 싶진 않으니, 가서 사전을 찾아봐라. 그래서 육 개월 후면 내 상태가 수술 시도에 적합할 만큼 회복할 거라고, 미국으로 가자고 그러고 있는 거야."

"그럼 장기이식을 받는 거예요?"

"아니. 실패할 게 뻔해서 하고 싶지 않아. 난 죽고 싶어. 그게 모두를 위해 나아."

"후안. 애한테 그런 식으로 말하지 마." 탈리가 끼어들었다.

아빠는 분노에 휩싸여 있었고, 쇠약했다.

"내가 죽거든 널 놔주마. 그땐 적어도 네 삶을 되찾을 테니. 이제 가라, 널 보고 있기가 신물 나."

가스파르는 문을 열었고, 탈리가 뒤따라오는 소리를 들었다. 하지만 탈리가 자신의 이름을 부르며 팔을 뻗을 때까지 뒤돌아보지 않았다. 덕분에 그녀에게 기대어 발을 질질 끌지 않을 수 있었다. 두 사람은 공원으로 나갔다. 한밤중의 공기는 시원했다. 비록 에스테반이 머무는 방의 창문에서 불빛과 낮은 음악이 흘러나오고 있었지만, 그 순간만큼은 이 농장 안에 두 사람만이 있는 듯했다. 타일 장식이 된 석조 의자에 함께 앉았고, 가스파르는 팔꿈치를 탁자 위에 올려놓았다. 피로가 몰려왔다.

"우리와 함께 가요. 두 사람 다요. 저를 아빠와 단둘이 두지 말아요."

탈리에게 말했다.

"그럴 순 없어요, 왕자님." 탈리가 말했다.

"에스테반 아저씨도 똑같이 말했어요. 둘 다 우리 아빠를 아낀다면서요. 그런데 왜 혼자 있게 내버려두는 거예요?"

에스테반의 방에서 흘러나오던 음악 소리가 멈추면서 공원이 적막에 휩싸였다. 수영장에서 벌레가 참방거리며 물장구치는 소리와 선풍기의 윙윙거리는 소리만이 부드럽게 귓전을 간지럽힐 뿐이었다. 탈리가 간단한 답을 내놓았다. 네 아빠는 너와 함께 있고 싶

어 해. 그 누구도 아닌 네가 자신과 함께해주길 바라지. 가스파르
는 반항심으로 위장이 배배 꼬이는 걸 느꼈다. 혼자 죽으라지, 그
는 생각했다. 누군가가 공원으로 다가오는 게 느껴졌다. 에스테반
이었다. 가스파르는 다가오는 그의 모습을 보기 위해 몸을 돌렸다.
은빛 머리카락이 달빛을 받아 반짝거리고 있었다.

"아빠와 단둘이 남고 싶지 않아요, 제발요."

가스파르가 에스테반에게 애원했다.

"자, 한번 보자."

에스테반이 말했다.

"내가 너희 두 사람을 처음 봤을 때부터 네 아빠는 줄곧 널 보살
피는 일에만 몰두해왔어. 네 친척들로부터도 말이야. 나쁜 사람들
이지. 얘야, 네 아빠의 방식은 나도 솔직히 잘 모르겠어. 하지만 넌
아빠와 함께 돌아가야만 해. 두려워할 건 아무것도 없어. 네 큰아
빠도 곧 도착할 거야. 넌 아빠와 단둘이 있지 않을 거란 말이지. 루
이스가 네 가족이란다. 진정한 가족."

"아빠는 제 할머니 할아버지와 친척들이 좋지 않은 사람들이라
고 말하곤 했어요. 절 보고 싶어 하지도 않는다고요. 그럼 그게 맞
는 말이에요?"

"맞고말고. 이 나라 최악의 친척들이야. 알겠니? 최악이란 말 외
에 뭐가 더 필요하겠니. 너와 같은 핏줄이긴 해도, 가족은 아닌 거
야."

"그럼 아저씨랑 이모, 두 사람은 뭐예요?"

탈리와 에스테반이 서로를 쳐다보았다. 가스파르는 그들이 미소

짓는 걸 봤지만 그 이유는 짐작하지 못했다. 탈리는 친구야, 라고 말했다. 에스테반은 담뱃불을 붙이며 너에겐 필요 없길 바라 마지 않는 그런 친구들이지, 라고 덧붙였다.

‡

　로스알레르세스의 녹색 강은 알려진 것처럼 그렇게까지 초록빛은 아니었다. 말하자면 좀 더 청록색에 가까웠다. 하지만 실망스러울 정도는 아니었다. 무엇보다도 아델라는 강변을 걸으며 매우 만족해했고, 사진을 찍어달라고 외치느라 분주했다. 아델라와 베티가 함께한 여행은 꽤나 즐거웠다. 사실 아델라네와 함께 보내는 시간은 늘 흥이 넘쳤다. 카세트 플레이어가 장착된 트레일러 안에서 모두 함께 노래를 부를 때면 그 누구도 빠지지 않았고, 도로변의 바비큐 역시 두 사람 다 몹시 좋아했다. 그뿐 아니었다. 비키는 그동안 무심코 지나쳤던 베티의 특징을 발견했다. 그녀는 기본적으로 우아했고, 대화의 주제가 무엇이든 늘 자신만의 의견이 있었다. 그녀의 특이한 얼굴—긴 코와 얇은 입술—은 아름다웠다. 혹은 할머니가 늘 이야기하듯 흥미롭다고도 할 수 있었다. 그녀는 늘 긴 치마와 비싸 보이는 멋진 반지들을 착용했다. 그녀의 정치적 견해는 비키의 엄마보다도 더 극단적이었다. 가령 도로를 달리던 중 경찰이 트레일러의 등록 서류를 요구하며 멈춰 세웠을 때, 베티는 창밖으로 얼굴을 내밀고 경찰에게 "네, 면허증과 차량 서류는 얼마든지 보여드리죠. 하지만 신분증은 절대 안 돼요"라고 외쳤다. 그러곤 군바리들이 권력을 장악하던 시절은 이제 지났잖아요, 라며 증오 섞인 외침도 더했다. 비키는 아빠가 손짓으로 그녀에게 제발 닥치라고 말하는 걸 보았고, 마지못해 자리에 앉은 그녀는 분노를 거두지 않았다. 얇은 입술이 뾰족한 이 위에 그어진 두 개의 창백한 선이 되어 있었다. 담배에 불을 붙일 땐 손이 떨리고 있었다.

아델라의 아빠 때문인 게 아닐까. 실종됐다는 이야기가 정말일 수도 있었다.

캠핑장에 도착한 후, 아델라와 비키는 텐트 하나를 차지했다. 어른들은 트레일러 안에서 자기로 했다. 아델라는 별장에 가지 않아도 된다며 기뻐했다. 좋아는 하는데, 늘 같은 일상의 반복이라서. 말도 있지만 못생겼거든, 발도 뚱뚱하고. 아랍의 말들과는 차원이 달라. 수영장은 뭐, 나쁘진 않아. 하지만 그 주변엔 아무것도 없어. 이웃집들이 다 멀리 있거든. 이 모든 이야기를 잠들기 전에 쏟아냈다. 아델라는 비키에게 가스파르를 좋아한다는 사실도 털어놓았다. 눈치챘었어, 비키가 대답했다. 왜 이제야 이야기하는 거야? 그러자 아델라는 랜턴에 얼굴을 비추며 말했다. 그 아이는 내게 기회를 주지 않을 거거든. 나랑 데이트하지도 않을 거고. 난 병신이잖아. 개는 너무 잘생겼어, 비키. 그렇지 않아?

어른들은 두 사람이 캠핑장을 조금 벗어나 나무 사이를 산책하는 것과 강에 발을 적시는 것까지는 허락했다. 하지만 수영은 금지였다. 사실 강물이 얼음장처럼 차가워서 애초에 물에 들어가는 것 자체가 불가능했다. 베티는 화장지를 다 쓰고 난 뒤 땅속에 묻는 법도 가르쳐주었다. 어떤 돼지 같은 사람들은 쓰고 난 화장지를 나뭇가지 위에 걸쳐놔서 악취가 풍기게 했다. 또 크고 윙윙대는 등에 들을 어떻게 피하는지도 알려주었다. 밤이 되자 베티와 비키의 부모는 와인을 들고 기타를 치며 노래를 불렀다. 비키는 '군중 속에 내가 사랑하는 남자가 있네'라는 가사의 슬픈 노래가 마음에 들었다. 베티가 기타도 칠 줄 알고, 아는 노래도 무척 많다는 사실에 놀랐다. 어느 날 밤, 베티와 엄마는 비올레타 파라의 노래를 번갈아 불렀다. 베티의 노래 실력은 뛰어났다. 밤바람에 그녀가 입은 녹색 실크 드레스가 강물과 함께 넘실거렸다. 비키는 들판 한가운데에서 엽총을 들고 서 있는 베티의 모습을 상상했다. 언젠가 그녀의 인생에 대해 묻고 싶다는 생각도 들었지만, 일단 지금으로서는 자신에게 위협적인 존재였다. 게다가 지금은 밤마다 와인을 마시고 또 마시고 있었다. 일행은 칠레산 와인을 여러 병 사 왔는데, 겉보기에는 아르헨티나산 와인보다 훨씬 나았다.

밤이 되자, 비키와 아델라는 숲속에 틀어박혀 이야기꽃을 피웠다. 깊은 곳까지 들어가진 않았다. 캠핑장의 대화 소리, 늦은 시간 샤워를 하는 사람들의 물줄기 소리 정도가 들릴 만큼의 거리에 자리 잡았다. 그곳의 다른 누구와도 친해지지 못했고, 그래서 다른 아이들을 초대하지도 않았다. 서로를 바라보며 앉아, 랜턴을 번갈아 주고받으며 턱밑에 받쳐 빛이 굴절되게 만들었다. 식인 유령에 빙의된 도끼를 지닌 살인자의 이야기를 지어냈다. 아델라는 자기 팔을 물어뜯은 검은 개 이야기, 부에노스아이레스의 한 동네에서 나타나곤 하던 목매달아 죽은 사람의 그림자 이야기, 그리고 고전적인 공포 이야기 몇 가지를 읊었다. 비키는 아델라가 "내가 뭘

외딴집의 악한 것

찾아냈는지 한번 볼래?"라는 말을 하기 전까지 그 이야기들을 들어주기만 하고 있었다. 누군가 이걸 식당에 두고 갔더라? 공원 안내서 몇 권 하고 파타고니아 지도책, 사진첩 따위와 함께 놓여 있었어. 이곳의 전설과 신화야. 대부분은 사실 좀 지루하긴 한데, 이걸 한번 들어봐. 아델라가 책을 펼치고 읽기 시작했다. 칠레 남부의 칠로에라는 섬 이야기였다. 그곳에는 '브루헤리아'*라 불리는 사교邪敎가 있었다. 부에노스아이레스와 산티아고 두 곳에 본거지를 두고 있었는데, 자신들이 지금 자리 잡고 있는 숲과 비슷한 느낌의 지하 동굴 안에서 모임을 가지곤 했다. 신도들은 초심자로 불렸다. 그게 그들이 말하는 방식이었다. 이 종교에 귀의하려면 자신의 가장 친한 친구를 죽인 뒤 가죽을 벗겨내야 했다. 그걸 바치면 어둠 속에서 자체 발광하는 조끼를 만들 수 있었다. 생각해봐, 내가 네 껍질을 벗겨내야 하는 거야, 라며 아델라가 웃었다. 하지만 비키는 그 웃음 속에서 섬뜩함을 느꼈다. 양말 신은 발에 운동화를 신고 눈을 감자, 나뭇가지를 붙들고 있는 오마이라의 회색 손이 보였다. 진흙탕 속의 오마이라. 정말 악한 사람들인 것 같아. 그 종교의 피해자들은 등에 주술사들이 남기는 큰 상처가 있어서 알아보기 쉽다. 봐봐, 이게 더 최악인 것 같아, 아델라가 이어갔다. '브루헤리아'가 있는 지하동굴로 들어가는 곳엔 '임분체'라 불리는 수호신이 있다. 육 개월에서 첫돌 사이의 어린아이를 주술사들이 납치한 다음 몸의 형태를 바꿔버린다. 다리와 손발을 모두 골절시킨 다

*   '마술'을 뜻하는 스페인어.

음, 고개를 회전문처럼 등 쪽을 향할 때까지 돌린다. 영화 〈엑소시스트〉에 나오는 것 같네. 마지막에는 견갑골 밑을 깊은 곳까지 도려내어 오른팔을 그 구멍 안에 넣는다. 상처가 아물고 팔이 완전히 안으로 들어가게 되면 '임분체'가 완성된다. 사람의 젖을 먹이다가 시간이 지나 때가 되면 인육을 먹이기도 한다. 발로 밟힌 벌레 같아 보이겠다.

그때 베티가 나타났고, 두 사람은 기겁을 하며 놀랐다. 술에 취해 짜증 섞인 목소리로 너희 무슨 이야기를 하는 거니, 라고 물었다. 아델라는 엄마를 진정시키려 애쓰며 책을 보여주었다. 베티는 순간 불같이 화내며 그 책을 아델라의 가슴팍으로 던지듯 밀쳐냈다. 지금 당장 자러 가지 못해? 그런 쓸데없는 이야기는 그만하고. 그녀는 떨고 있었다. 아델라는 엄마, 술에 잔뜩 취했어요, 라고 속삭였고 베티는 등을 돌려 뛰어가버렸다. 그리고 두 사람은 베티가 전설과 신화 책을 모닥불 속에 던져버리는 걸 놀란 눈으로 지켜보았다.

그날 밤, 비키와 아델라는 서로를 껴안고 잠에 들었다. 비키는 오마이라의 꿈이 아닌, 고개가 뒤로 꺾인 채 등이 아닌 가슴에 난 구멍에 한쪽 팔이 들어가 있는 아이의 꿈을 꾸었다. 가스파르의 아빠가 가진 상처와 똑같긴 했지만, 이 아이의 상처만은 덜 아물었는지 피가 철철 흐르고 있었다. 아델라는 나중에 자신도 '임분체' 꿈을 꾸었다고 털어놓았다. 그 아이가 어디에 있었는지 알아? 비키는 답을 맞혔다. 그 집이겠지. 아델라가 고개를 끄덕였다. 내 꿈에선 그 아이가 그 집을 지키는 수호신이었어.

이틀 후 그들은 에스켈로 돌아갔다. 여름이었지만 밤에는 추웠기에 모닥불을 피울 수 있었다. 미리 준비해서 집 옆에 쌓아둔 장작들이 젖지 말라고 씌워놓은 천막 지붕 아래에서 보호받고 있었다. 어느 날 아침, 장작이 더 필요하게 되자 베티가 나무를 하겠다고 자원하고 나섰다. 재킷 아래가 온통 땀범벅이 되었고, 머리카락이 관자놀이 주변에 덕지덕지 달라붙었다. 에스켈에 온 뒤, 추위를 핑계로 위스키 한 병을 산 베티에게 아델라는 조용히 분노했다. 비키의 말에 따르면, 아델라는 고주망태가 된 엄마의 모습을 주변 사람들이 보는 걸 창피해했다. 위스키 원액을 얼음도 없이 마셨고, 가끔은 불꽃을 멍하니 바라보고 있기만 했다. 모두 함께 스키장이 있는 라오야산맥으로 향했다. 장비 대여나 강사 섭외 등에 쓸 돈이 없어 스키를 타지는 못했지만, 사진도 찍고 멋진 제과점에서 핫초코를 마시기도 했다. 베티는 가는 길에, 자신이 어릴 때는 스키도 타봤지만 너무 다치는 일이 잦아서 좋아하지는 않았다는 이야기를 꺼냈다. 비키가 어디서 탔냐고 물어보았다. 베티가 멘도사에서, 라고 답했다. 그곳에 라스레냐스란 스키장이 있거든. 거기 유명인들이 많이 간다고 들었어요, 비싼 데 아녜요? 비키가 물었다. 우리 부모님이 돈을 내주셨어, 라고 베티가 대답했다. 아델라의 생일에 오곤 하던 그 우울해 보이는 할머니 할아버지? 그들이 그렇게 부자라고? 사람들은 정말 이상한 것 같아, 비키는 생각했다.

‡

트레일러를 타고 남부에서 집으로 돌아오는 길은 대단히 지루했다. 여행 내내 모두가 잠에 취해 있었다. 다만 비키가 보기엔 베티가 몰래 술을 마시고 있는 것 같았다. 매번 운전을 하지 않겠다고 발뺌했기 때문이다. 집에 도착해서도 곧장 자러 들어간 다른 어른들과는 달리 베티는 쌩쌩했다. 식사를 하고서 아델라와 헤어졌고, 곧장 파블로네 집으로 향했다. 코스타 지역에 다녀온 파블로는 최악의 휴가였다며 투덜거렸다. 부모님은 여행 내내 싸웠고, 엄마는 아기를 잃을 것 같다고 울기만 했으며, 비도 많이 오고 몹시 추웠다고 했다. 좋았던 건 호텔뿐이었다고 덧붙였다. 부모님은 스위트룸을 예약했는데, 그건 자신만을 위한 방이 따로 있다는 뜻이기도 했다. 와, 이제 돈이 좀 들어오나 봐? 비키가 말했다. 파블로는 그렇다고 인정할 수밖에 없었다. 그 방 안에는 TV도 있어서 비가 올 때면 방 안에 틀어박혀 있어도 되었다. 그 방과 항구에서의 식사. 유일하게 좋았던 점이었다. 안타깝네, 비키가 말했다. 우리는 정말 재미있었는데. 가스파르는 돌아왔대? 전혀 모르겠어, 파블로가 고백했다. 한번 들렀는데 사방이 다 닫혀 있길래 소란을 피우지 않기로 했어. 오늘은 안 가봤고.

그럼 한번 가보자, 비키가 말했다.

비키는 작은 돌멩이 하나를 가스파르의 방 창문에 던져보았다. 덧문이 쳐져 있긴 했지만, 뜬금없을 정도로 갑작스레 노랫소리가 들려왔다. 볼륨이 높진 않아도 길가에서 충분히 들릴 정도였다. 혼자 있겠지, 비키는 생각했다. 가스파르의 아빠를 불편하게 만들지 않고서는 대화를 나눌 수조차 없는 적막 가득한 집이었기에, 그가 집에 있는 동안 음악을 이렇게 크게 틀어놓는다는 건 상상조차 할 수 없는 일이었다. 노랫소리 때문에 돌멩이 소리가 파묻힌 게 분명하다는, 또 가스파르의 아빠가 집에 없을 거라는 두 가지 확신을 가지고 벨을 힘차게 눌렀다. 노랫소리는 줄어들지 않았고 파블로가 창 덧문을 두드리기 위해 팔을 쭉 뻗은 찰나, 문이 열렸다. 비키는 당연히 가스파르가 모습을 드러낼 줄 알았다. 하지만 문을 연 것은 후안 피터슨이었고 비키는 잠시 뒷걸음질 쳤다. 그녀의 등 뒤에 있던 파블로는 심호흡을 했다. 가스파르의 아빠를 두려워하는 또 다른 한 명이었다.

후안 피터슨은 고함을 지르지도, 화를 내지도 않았다. 다소 무심한 표정으로 그들을 쳐다보곤 들어오라고 했다. 남자치고는 꽤 긴 머리카락과 수염이 그를 덜 창백하게 보이게 했다. 하지만 체격은 몹시 왜소해져 있었다. 바지가 커 보였고, 광대뼈는 툭 불거져 있었다. 비키와 파블로는 집 안에 들어가서도 문가에 그대로 서 있었고, 가스파르의 아빠가 집 안으로 틀어박히는 모습을 지켜보았다. 문 열리는 소리가 들려왔고, 갑자기 음악 소리가 커지더니 제대로 알아들을 순 없었지만 "널 찾는다"란 말소리가 들리는 듯했다. 그 이후 한동안 아무 소리도 들리지 않았다. 더 낮은 소리의 음악 외에는, 가령 발걸음 소리도, 문 닫는 소리도 들리지 않았다.

한동안 음악이 굉장히 낮게 깔리던 중, 비키는 마침내 발걸음 소리를 들었다. 정형적이지 않은 느릿한, 한쪽 발을 끌고 오는 소리였다. 매우 심각한 표정의 가스파르가 신발도, 티셔츠도 없이 축구 반바지만 입은 채 모습을 드러냈다. 비키와 파블로는 그제야 절고 있는 발, 그리고 어깨와 팔, 가슴에서 아물고 있는 상처를 보았다.

비키에게 갑작스럽고도 끔찍한 생각이 떠올라 자신도 모르게 가스파르에게 거리를 두었고, 다른 때였으면 자연스럽게 했을 포옹의 인사도 하지 않았다. 입장이 바뀌었잖아, 비키는 생각했다. 아빠와 너무 비슷해 보여. 눈빛이 똑같아졌어.

그러나 파블로는 반가움을 드러냈다. 가스파르에게 다가가서 포옹을 한 뒤 손바닥으로 등을 두드렸다. 짝다리를 짚고 서 있던 가스파르는 인사에 호응하지 않았다.

"무슨 일이 있었던 거야?" 파블로가 물었다.

"차 사고가 났어. 조금 다쳤고, 머리도 부딪혔어. 이쪽 다리는 염좌래. 삔 거야."

"머리를 부딪혔다고?"

"응. 병원에 실려 갔었어. 사실 나도 들은 거야. 기억나는 게 없거든."

"기억나지 않는다는 게 대체 무슨 말이야?"

가스파르는 인내심을 잃고 짜증을 내기 시작했다. 피부는 구릿빛으로 탔지만, 눈 밑에는 다크서클이 짙게 깔려 있었다. 게다가 가스파르는 자신들에게 지금까지 단 한 번도 짜증을 낸 적도, 그런 식으로 고함을 지른 적도 없었다.

"기억나지 않는다고! 대체 내가 어쩌길 바라는데? 대체 너네가 나한테 원하는 게 뭐야? 왜 왔는데?"

"무슨 일이 있었던 거야?"

비키가 화를 내기보다는 걱정 어린 마음에 물어보았다.

"아무 일도 없어. 아무 일도! 제발 날 좀 내버려둬."

가스파르가 소리쳤다.

그 말을 남긴 가스파르는 절뚝거리면서도 빠르게 방 안으로 돌아갔다. 아파 보였다. 머리는 산발이 되어 있었고, 좀 지저분해 보이기도 했다. 비키는 가스파르를 뒤쫓으려는 파블로의 팔을 붙잡았고, 큰 소리를 내지 않으려 문을 살며시 닫고는 그 집을 나왔다.

그날 밤, 파블로와 비키는 아델라를 만났다. 가스파르가 빌려줬지만 돌려받지는 않은 영화의 비디오테이프를 함께 보았다. 세 사람은 〈핑크빛 연인〉의 금발 여자가 입은 원피스가 끔찍하다는 데 의견을 모았다. 정말 아름다운 옷이 나타날 거라고 기대했는데! 영화 전체가 그 옷의 등장을 기대하게 만들었으면서! 그러던 중 리디아가 병원에서 돌아오는 바람에 깜짝 놀랐다. 엄마 오늘 당직이라면서요? 비키가 물었더니 그녀는 그래, 그런데 지금 생리통이 심해서 동료 한 사람과 당직 순서를 바꾸기로 했어. 다음 주엔 내가 보충해주기로 했고. 말을 마친 리디아는 부엌에 가서 차를 내린 뒤 아이들 곁에 자리했다.

"너희들, 왜 그렇게 심각하니?"

아이들은 서로 눈치를 살폈고, 비키가 입을 열었다.

"아무것도 아녜요, 영화를 봤거든요."

"무슨 일이 일어난 것 같은데. 난 너희들을 잘 알아."

그러자 파블로가 용기를 냈다.

"사실 방금 가스파르네 집에 다녀왔는데 애가 이상해요. 우리랑 같이 나오지 않았어요."

리디아는 차를 한 모금 마신 뒤, 두 발을 앞쪽에 놓인 티테이블 위에 걸쳐두고 입을 열었다.

"그 아이에겐 지금 시간이 필요해. 사고가 있었고, 지금 제정신이 아니야."

"엄마는 어떻게 알아요?"

"어제 후안 씨를 만나서 한잔했거든. 얘들아, 너희들 가스파르에게 잘 해줘야 한다. 가벼운 뇌진탕을 겪었는데 그 일을 받아들이기가 힘들었는지, 며칠 동안 굉장히 혼란스러워했다고 해. 그 애의 엄마도 교통사고로 돌아가셨잖니. 그런 나쁜 일을 자신도 겪고 있는 거야. 그리고 후안 씨의 상태도 매우 위중하고."

"정말이에요?" 비키가 되물었다.

"얼마나 안타까운 일인지 모르겠구나. 물론 너희들이 후안 씨와 친하진 않다는 걸 알고 있어. 그다지 좋은 인상을 못 받는 것도 같고. 하지만 그분은 정말 괜찮은 사람이야. 특별한 사람이긴 하지만. 무슨 말인지 알겠니? 그래도 좋은 사람이야."

비키는 그 사람이 가스파르를 그렇게 때리고 미친 사람처럼 행동하는데 어떻게 좋은 사람이냐는 반문이 목젖까지 차오르는 걸 느꼈지만, 엄마와 다투지 않기로 했다.

"그럼 가스파르는 누가 돌보게 돼요?"

"큰아빠가. 후견인 절차는 거의 마무리 지었다고 해. 나중엔 입양하게 될 거고."

외딴집의 악한 것

"그럼 아저씨는 곧 죽는 거예요?"

"얘야, 누가 언제 죽을지는 아무도 모르는 거란다."

"하지만 가스파르는 집 밖으로 나오려 하지도 않는데요. 우리가 어떻게 도와줄 수 있다는 거예요?"

아델라가 물었다.

"그 아이에게 시간을 좀 주렴."

리디아가 말하더니 남은 차를 모두 마셨다.

‡

가스파르는 시간을 때우는 데에는 축구 경기를 보거나 스포츠신문 「엘그라피코」를 마지막 줄까지 남김없이 읽는 것 만한 게 없다는 걸 알게 되었다. 리버플레이트의 소식을 읽는 건 사실 다소 지루하기까지 했다. 그 팀은 무적이나 다름없었다. 그렇지만 프란세스콜리처럼 축구를 잘하고 싶다는 마음이 드는 건 부인할 수 없다. 세상의 그 어떤 축구선수도 프란세스콜리만 못하다고 생각했다. 산로렌소의 선수들조차 그랬다. 프란세스콜리를 비롯해 어떤 공이든 막아내는 야수 같은 수비수들을 보유하고 있었기에 리버플레이트를 미워했다. 아주 좋아, 거기서 기생오라비처럼 얌전 떨고 있을 이유가 없잖아. 우고 페이라노의 말이었다. 그들은 리버플레이트가 벨레스를 3 대 0으로 격파하며 챔피언이 되던 순간을 함께 목도했다. 영화 속에 있는 것 같았다. 경기가 끝나자, 병상 신세를 지고 있는 아빠와 함께하는 현실이 기다리고 있었다. 아빠는 가끔은 집에 오기도 했지만 대부분의 시간을 병원에서 보내고 있었다. 가끔은 혼자 밖으로 나가 정처 없이 떠돌 때도 있었지만 어디로 가야 할지는 몰랐고, 집으로 돌아오면 분노가 치밀어 오르거나 아무 말도 할 수 없을 정도로 피곤이 몰려오기도 했다. 가스파르는 탁자 위에 쌓여가는 알약들과 여러 장의 종이들, 낙서들, 의미 없는 메모로 집 안이 가득 차는 걸 지켜봐야 했다. 약을 먹지 않는 건가? 저 그림들은 대체 뭐지? 이런 일들을 견디고 있으니 축구 영화 속으로 도피하는 게 훨씬 나았다. 학교 공부도 음악을 들으면서 했다. 그러면 위층에서 들려오는 아빠의 발걸음 소리를 듣지도, 산소 튜브를 달고 다니는 아빠를 보지 않아도 되었다. 시나 단편소설을 읽는 일, 또는 그밖에 자신이 좋아하던 일들 중 그 어느 것도 할 수 없었다. 근심을 잊게 해주기엔 충분하지 못했을 뿐 아니라 어떤 때는 울음을 터뜨리게도 했다. 아빠의 방에서 엘리자베스 배럿 브라우닝이란 영국 시인의 시집을 갖고 나와 무심코 펼친 페이지에는 이런 시가 있었다. '이제 그만! 우린 지쳤어요, 내 심장과 나/비석 곁에 이렇게 앉아 있네요/여기 새겨진 게 우리 이름이었다면 좋을 텐데.'* 의도적이란 생각이 들었다. 게다가 번역도 형편없었다. 아름다운 것도, 슬픈 것도 읽을 수가 없었다. 차라리 분수 공부를 하는 게 나았다. 아직 발이 다 낫지 않아 수영도 할 수 없었지만, 수영장으로 돌아갈 날만 손꼽아 기다리고 있었다. 물속에서는 딴생각을 하기가 훨씬 쉬웠다.

---

*   엘리자베스 배럿 브라우닝의 시 「내 심장과 나My Heart and I」의 일부분.

외딴집의 약한 것

아빠가 부엌에 모습을 드러냈을 때, 가스파르는 학교 교과서의 태양계 관련 단원을 다 읽어가던 참이었다. 가스파르의 방 안에는 책상이나 탁자가 없었고, 침대 위에선 불편했기 때문에 부엌에서 공부를 하곤 했다. 아빠는 산소 튜브를 빼놓은 모습이었다. 사고 직후 느꼈던 극도의 불안감은 어느새 사라져 있었다. 동네 도서관과 학교 도서관에서 의학 관련 서적을 탐독하면서 머리에 충격이 가해지고 나면 어떤 일이 일어나는지 알아보았다. 그리고 이젠 자신이 들어왔던 모든 이야기들이 어쩌면 맞을지도 모른다는 쪽으로 생각이 기울어 있었다. 하지만 아빠에 대해서는 여전히 긴장의 끈을 놓지 않고 있었다. 부상 입은 동물들이 그러하듯, 언제 어떻게 공격당할지 알 수 없기 때문이었다.

"뭘 읽고 있니?"

가스파르는 행성의 그림이 인쇄되어 있는 책장을 들어 보였다. 그러자 아빠의 하늘색 셔츠에 핏자국이 있는 것과, 배 쪽에서 그 자국이 커지고 있는 게 눈에 들어왔다.

"다쳤어요?"

"조금. 아무것도 아냐."

"과산화수소수는 발랐어요?"

"해야 할 일은 다 했어. 그래, 우주에 대해 읽는 게 재밌니?"

"행성들을 그리는 게 숙제예요."

"그것참 쉽구나."

아빠는 물을 따르더니 두 모금 만에 컵을 비웠다.

"잘 모르겠어요."

가스파르는 지난 몇 개월과는 달리, 그날 밤만은 아빠와 대화를 나눌 수 있을 것 같다는 생각에 말문을 열었다.

"이렇게 하늘에 별이 많으니 별빛이 환하게 비추어야 할 텐데, 왜 밤이 되면 어두워지는 걸까요?"

"그 현상 자체에 이름이 있어. 어쩌구의 역설*인데, 이름이 기억나지 않는구나. 지금 네가 하는 질문엔 아마 답이 없을 거야. 아니면 이미 연구가 끝났는데 내가 모르는 걸 수도 있지. 아무튼 별을 밀어내는 '어둠의 물질'이라는 게 있어서 별들이 점점 멀어진다고 해. 우주의 사분의 삼이 어둠이야. 우리 위에 빛보다 어둠이 더 많은 거지."

잠시 정적이 감돌았다. 가스파르는 아빠의 셔츠에 핏자국이 번지고 있다는 걸 눈치챘다.

"상처 좀 봐요. 많이 다쳤어요? 뭐 하다가요?"

"걱정하지 마. 나랑 같이 가자. 운전기사에겐 내가 연락해놨어. 지금 네 엄마의 유해를 보내주러 가자."

가스파르는 심장이 터지듯 뛰는 걸 느꼈지만, 아무 말도 하진 못했다. 아빠는 탁자 위에 있던 가스파르의 손을 살며시 잡았다.

"이제 네 엄마를 집에 둘 필요가 없어졌어. 내가 그 사람을 자유롭게 해줬지. 오늘 밤이 딱 좋아. 지난 몇 년간 오늘만 한 날이 없었어. 네 엄마도 오늘 밤을 누릴 자격이 있고, 너도 내가 죽기 전에 엄마와 작별 인사를 하는 게 좋지 않겠니."

*   올베르스의 역설을 말한다.

가스파르는 아빠의 손길을 뿌리치지 않았다. 아빠의 말 중에 자유니 뭐니 하는 건 좀 이상하게 들렸지만, 분명 일종의 은유일 것이었다. 창밖으로 그들을 데리러 온 차량의 전조등이 보였다.

‡

여행은 짧았다. 두 사람은 밤이 아름다운, 진흙과 비 냄새를 풍기던 코스타네라수르로 향했다. 고요한 정적이 흐르는 강은 돌난간 뒤에 가려져 있었다. 도시가 강으로부터 멀리 떨어진 느낌이 드는 게 이상했다. 바다처럼 광활하여 돌담에 강물이 철썩대며 부딪히는, 기슭 없는 강. 반대편에도 강변이랄 게 없었다. 강물은 낮에는 흙빛을 띠었지만 밤이 되면 은색으로 변했다. 계단과 가로등으로 가득한 코스타네라수르. 개미 한 마리 얼씬대지 않는 텅 빈 로터리. 영업 전인 초리판 소시지 샌드위치 가판대. 부에노스아이레스 기준으로 새벽 3시. 잔디밭 위를 걷고 손끝으로 나뭇잎을 만져보는 일. 달빛 외엔 찾아보기 힘든 불빛. 아빠는 우주의 사분의 삼이 어둠이라고 말해주었고 가스파르는 그게 무슨 말인지 알았다. 우주는 밤이었다. 하지만 모든 밤이 그날 밤처럼 상쾌하고 아름답지는 않았다. 차 안에서 슬픈 탱고를 듣고 있던 운전기사가 그랬다. 모든 탱고는 슬프다. 강기슭이 아닌 난간 쪽으로 걸어갔다. 기슭이 없었기 때문이었다. 강물은 만질 수 없었다. 가스파르는 어린시절 기억에 남아 있는 강들을 떠올리다가 밤 수영을 하고 싶다는 욕구가 피부를 간지럽히는 걸 느꼈다. 어둠 속에서는 아빠의 티셔츠에 있던 핏자국도 보이지 않았다. 강가로 다가가자 부드러운 바람이 머리카락을 흩날렸고, 가스파르는 엄마의 유골함을 받아 들었다. 보석함이라도 된 듯 아주 작았다. 작은 수첩 크기 정도 되는 그 상자에 엄마가 수년간 갇혀 있던 것이었다. 가스파르에겐 여전히 따스함으로 기억되는 엄마지만, 이제는 흙이고, 재이자, 돌난간처럼 차가워져 멀리 있었다. 여기선 안 돼, 아빠가 불쑥 말했다. 저수지로 가자. 무섭니? 가스파르는 아니라고 대답했다. 아빠와 함께 있는 게 무서운 적은 없었다. 아빠를 무서워했지만, 같이 있다는 사실을 무서워한 건 아니었다. 병약한 사람이긴 했어도 가스파르에겐 늘 천하무적이자 위험한 존재였다. 부상당한 야생동물들이 건강할 때보다 훨씬 더 강한 힘을 보이는 것과도 같았다. 밤인데 저수지에 들어가도 되는 거예요? 가스파르가 물었다. 비키네 가족들과 낮 시간에 자주 놀러 오곤 했다. 아직 공사 중인 곳이었다. 사실 호수와 풀밭이 우거진 늪지였기 때문에 공사 중이란 말이 딱 들어맞진 않았다. 야생동물도 많았고, 강으로 향하는 흙길이 강에 다가갈 수 있게 해주었다. 일종의 보호구역으로 산책 코스를 겸하게 될 예정이었으며, 동물들도 어우러져 살고 있는 곳이었다. 높은 철창이 쳐진 모습을 본 가스파르는 자연스럽게 저녁 시간은 입장이 통제될 거라고 생각했다. 한번 보자, 아빠가 말했다. 두 사람이 철창 앞에 다다르자 철문이 자물쇠로 잠겨 있었다. 아빠는 가스파르에게 애야, 할 수 있으면 한번 들어가봐라, 라고 말했다. 가스파르는 혼란스러워하며 엄마의 유골함을 아빠에게 넘겼다. 철문을 밀어보았고, 이내 열쇠가 필요 없었음을 깨달았다. 자신이 원했

외딴집의 약한 것

더니 손쉽게 문을 열 수 있었는데, 이런 일이 어떻게 가능한지는 이해하기가 어려웠다. 다만 철문이 갑작스레 열렸고—가스파르는 그저, 그렇다, 문을 열 수 있을 거라 생각했을 뿐이었다—아빠는 아무 말 없이 서 있었다. 마치 세상 별일 아니라는 듯이. 이윽고 반대편의 높게 우거진 수풀과 진흙투성이인 도로 사이, 달빛 아래 거울처럼 빛나고 있던 물웅덩이 앞에 다다랐다. 후안은 가스파르의 두 눈을 마주 보기 위해 몸을 굽힌 뒤, 아이의 얼굴을 양 손바닥으로 잡고 머리카락을 쓰다듬었다. 엄마의 유골함은 두 사람 사이, 땅바닥에 놓여 있었다. 아빠가 말했다. 너는 내 일부를 가졌어. 내 일부를 네게 남겨두었다. 저주받은 일부가 아니길 바랄 뿐이다. 더럽혀지지 않은 걸, 어둠이 아닌 걸 네게 줄 수 있는지는 모르겠어. 우리 몫의 밤이야. 마음에 들어요, 가스파르가 말하자 아빠는 그래, 당연히 마음에 들 거야. 이제 무엇도 널 해칠 수 없으니까, 라고 말했다. 그 무엇도요? 지금으로선 그 무엇도. 두 사람은 물웅덩이를 피할 수 없어 그대로 두 발을 적시며 밟고 지나갔다. 바지는 진흙으로 흠뻑 젖었다. 가스파르는 아빠가 숨을 돌릴 수 있도록 몇 번이고 멈춰 서야만 했다. 이제 제대로 걷지도 못했다. 아빠가 보고 싶을 거야, 가스파르는 생각했다. 아빠가 가버리면 지금보다 더 행복해지긴 하겠지, 그래야 슬퍼하는 일을 그만두기도 더 수월해질 테니까. 하지만 아빠가 그리울 거야. 두세 블록을 그렇게 더 걸어갔다. 강은 그리 멀리 있지 않았다. 우거진 수풀을 등지고 물가에 도착했다. 동물들의 소리가 들려왔다. 가스파르는 그곳에 뱀이 출몰한다는 걸 알았다. 하지만 독사는 없었고, 무엇보다 그 무엇도 자신을 해치지 못한다는 아빠의 말이 떠올랐다. 적어도 지금 이 순간, 현재로서는. 강변에 다다르자 마침내 모래와 자갈이 보였고, 아빠는 오래전 자신이 어렸을 때만 해도 사람들이 이 강에서 헤엄을 치기도 했다고, 지금처럼 오염되진 않았었다고 말했다. 가스파르는 멈춰 서서 밤의 향기를 맡았다. 강물이 워낙 광활하게 흐르고 있어 바닷물이라 해도 믿을 수 있을 것 같았다. 신발을 벗고 팔을 걷어붙인 뒤 강으로 뛰어들었다. 아빠, 이리 오세요, 부르자 후안도 그를 따라 들어갔다. 두 사람은 그렇게 물속에 서 있었고, 물은 가스파르의 발목에서 찰랑거렸다. 손에 들고 있던 상자를 아빠가 열었다. 물에 유해를 쏟으려 무릎을 꿇었고, 재는 잠시 동안 표면을 떠다니다가 가라앉았다. 가스파르는 아빠가 상자 안쪽에 남은 재를 티셔츠로 닦아내더니 손가락에 묻혀 이미 더러울 대로 더러워진 상처에 바르는 걸 보았다. 예전에도 다친 곳에 재를 바르고 다닌 걸까? 겁이 나진 않았다. 상처를 보려 다가갔고, 그렇게 깊진 않다는 걸 확인했다. 어떤 형태를 띠고 있었는데, 망원 조준기 같아 보이기도 했고, 집에 늘 굴러다니던 모눈종이 위 쇠갈고리 그림의 모양 같기도 했다. 그렇게 상처에 재를 바르는 동안, 아빠가 낮은 소리로 무언가를 읊조린다는 사실도 눈치챘다. 가스파르도 재를 조금 꺼내어 손바닥에 올린 뒤 입을 맞추었다. 큰 소리로 사랑해요, 라고 외친 뒤 물에 손을 씻고 아빠가 돌려준 상자를 통째로 물속에 가라앉혔다. 죽은 자들은 빠르게 움직인다, 라는 말이 기억났다. 책에서 처음 이 문장을 읽었을 땐 소름이 돋았다. 하지만 지금은 아무런 두려움도 느껴지지 않았다. 엄마, 가야 할 곳이 있다

외딴집의 악한 것

면 서둘러 가세요. 상자는 두고 가요? 가스파르가 묻자, 아빠가 말소리와 함께 거대한 두 손과 길쭉한 팔을 물속에 넣어 물을 먼저 휘저었다. 달이 구름에 가리면서 완전한 어둠이 두 사람을 덮자, 물속에 있던 아빠의 손이, 그 손아귀가, 훨씬 더 거대해진 것 같다는 느낌을 받았다. 꼭 동물이 물속을 첨벙거리고 있는 듯했다. 달빛이 다시 돌아오자, 가스파르는 어두운 은빛 물속을 떠다니던 엄마의 흔적을 더 이상 찾아볼 수 없었다. 동네 대로를 보수 공사할 때면 아스팔트 위에 바르는 역청 같다는 생각을 했다.

물에서 나온 아빠는 두 손으로 땅을 팠다. 그 어느 때보다도 야수 같은 모습이었다. 티셔츠를 물속에 두고 나오는 바람에 가스파르가 대신 챙겨와야 했다. 이 상태로 도로 입으려고 한 걸까? 땅 파는 걸 도왔다. 아빠는 땀을 흘렸고, 색색거리는 숨소리를 내면서도 상자를 묻기에 적당한 깊이의 구덩이를 파냈다. 두 사람은 함께 그 구덩이를 덮었고, 아빠는 빈 유골함이 든 무덤 위에 무언가 기호 같은 것을 그렸다. 가스파르는 그게 뭔지 알 수 없었다. 어쩌면 손가락으로 쓰다듬는 일종의 작별 인사일 수도 있었다. 두 사람은 각자 흙더미 위에 앉았고, 담배를 피우고 싶다는 말을 동시에 꺼내는 바람에 웃음보를 터뜨렸다. 아, 드디어. 아빠가 말했다. 만족스러워하는 눈치였다. 가스파르는 아빠가 재를 가지고 한 일, 그리고 자신을 가지고 한 일을 생각하지 않으려 애썼다. 두 사람은 잔뜩 젖어 강의 냄새를 풀풀 풍기고 있는, 달 아래의 식인종들이었다.

돌아오는 길은 마치 꿈 같았다. 천천히, 그러나 쉬지 않고 걸어왔다. 철창 앞에 다다르자 아빠가 가스파르를 바라보았다. 그의 눈은 지금처럼 이따금씩 노란빛을 띠곤 했다. 젖은 티셔츠를 입지 않아 드러난 가슴팍의 지저분한 상처는 누군가가 대충 막 그린 그림 같아 보이기도 했다. 가스파르는 그 눈빛에 순응했다. 빗장이 걸린 철문에 손을 대고 밀어내자, 몸 안의 피가 놀랄 만큼 빠른 속도로 순환하며 머리와 위장과 손목에서 헐떡이는 게 느껴졌다. 마침내 문이 열리자 흥분은 가라앉았지만, 전속력으로 달리기를 하거나 한여름 땡볕에 축구 경기를 한 것처럼 온몸이 땀으로 뒤범벅되었다.

적당히, 아빠가 말했다. 가스파르는 재와 달빛의 기운에 힘입어 이런 일이 당신을 병들게 한 거냐고 물어보았다. 가령 지금처럼 문을 여는 일처럼, 이런 데 기력을 쓴 까닭이냐고. 내가? 아빠가 반문했다. 아니, 사실 질병이 내 발목을 잡은 거였지. 오히려 고맙게 생각한다. 난 병들었기 때문에 네 아빠도 될 수 있었어. 건강했다면 어떤 일이 일어났을지 모르겠구나.

운전기사는 피와 진흙과 물기로 범벅이 된 부자를 보고도 아무 말 하지 않았다. 놀란 기색조차 없었다. 익숙한 거야, 가스파르는 생각했다. 차에 시동이 걸리고 철문과 달과 강과 재가 멀어지기 시작했다. 가슴팍이 재와 피로 뒤범벅이 된 반라의 아빠와 차 안에 갇힌 가스파르는 떨려오는 다리와 방금 막 잠에서 깨어난 것 같은 느낌, 그리고 바로 그 순간 머나먼 곳, 아주 멀리 떨어진 곳에 있는 듯한 느낌을 억누르려 애써야 했다. 그곳은 시멘트로 된 벽 뒤에 숨겨진, 보라색 꽃과 파리지옥 풀이 가득한 비밀의 정원 같았다.

외딴집의 악한 것

‡

수영장에서 뛰어나온 가스파르가 몸에 수건을 두르고 있을 때, 수영 강사가 다가와서는 맨발로는 안 돼! 라고 소리쳤다. 그러다 넘어지면 죽어. 가스파르는 조언에 따라 샌들을 신었다. 두 눈이 불타오르는 것 같았다. 물에 염소를 너무 많이 푼 까닭이었다. 수영은 긴장을 풀 수 있게 해주었다. 팔의 운동, 물보라 소리, 물속의 기묘한 정적. 그 모든 것이 기분을 전환할 수 있게 해주었다. 월드컵을 생각하는 것도 훌륭한 현실 도피 방법 중 하나였다. 이제 곧 개막 예정이었는데, 온 동네가 온통 월드컵 분위기를 풍기고 있었다. 우고 페이라노는 대표팀 선수들이 다 목석 같아서 좀체 가망이 없다고 말했지만, 가스파르는 왠지 모르게 그들이 믿음직스러웠다.

사실 월드컵이야말로 기분 전환에 가장 좋은 방법이었다. 걱정거리는 수도 없이 많았기 때문이었다. 큰아빠는 언제 도착할까? 아빠는 좀처럼 그에게 전화를 하지 않고 있었는데, 만일 그가 나타나지 않으면 자신은 고아원이나 아동보호소 같은 곳으로 보내질 것이었다. 혹은 그사이에 페이라노 씨 댁에서 신세를 질 수는 없을까? 생각하는 일은 꼭 고문처럼 괴로웠다. 브라질에 있을 큰아빠의 전 부인에게 전화해서 그가 어디에 있는지, 아르헨티나에서 연락할 수 있는 전화번호가 있는지 물어보아야 했다. 어느 날, 밤을 지새우고 있던 아빠에게도 같은 말을 했다. 제발, 전화 좀 해주세요. 가슴팍의 통증으로 등을 새우처럼 구부리고 있던 아빠가 땀을 비 오듯이 쏟는 바람에 매트리스를 뒤집어주며 한 말이었다. 평정을 어느 정도 되찾았을 때 아빠는 받아들이기 힘든 대답을 내놓았다. 얼마 남지 않았어. 아직은 우리끼리만 있어야 해. 가스파르는 무슨 뚱딴지 같은 소리냐고 말하면서도, 새벽녘이 되어서야 이상하고 불규칙한 숨소리를 내며 잠든 아빠를 내내 돌봐주었다. 가스파르는 그날 새벽 아빠가 죽을까 봐 몹시 불안했지만, 아빠는 몇 시간이 지나자 다시 깨어나 오렌지주스 한 잔을 받아 마셨다. 간호사도 안 부를 거예요? 가스파르가 물었다. 곧 부르마, 아빠가 대답하더니 얼마간의 시간이 지난 후, 네 큰아빠와 통화할 생각도 하지 말아라, 하고 으름장을 놓았다. 가스파르는 현관문을 박차며 집을 나섰다. 신문 가판대에서 「엘그라피코」와 신문 두 부를 샀다. 스포츠 섹션을 따로 스크랩한 뒤 기사 하나하나를, 빌라르도와 다른 축구 선수들의 인터뷰 하나하나를 연구했다. 다른 무언가에 몰두할 수 있다는 게, 아르헨티나가 나폴리를 상대로 좋은 경기를 펼쳤는지 아닌지에 대한 격렬한 토론을 누군가와 할 수 있다는 게, 그리고 절망에 빠진 채 마테차를 마시며 괴로워하던 우고 페이라노 같은 사람이 이 팀은 망조가 들었어, 망조야, 라고 한탄하는 걸 들을 수 있다는 게 좋았다. 뒤처지잖아, 저놈들이 뒤처지는 바람에 내가 돌아버리겠어.

반면 집에서의 생활은 전혀 다른 차원인 것 같았다. 아빠는 병원을 들락날락거렸다. 가스파르는 아빠가 입원해 있는 동안 굳이 병문안을 가지 않았다. 갈 수도 없었고 가고 싶지도 않았다. 월드컵이 아빠를 어느 정도 잊을 수 있게 해주었다. 하지만 저녁이 찾아오면 잡지를 뒤적거리다 어느새 아빠를 태우고 올 차를 기다리고 있는 자신을 발견하곤 했고, 그럴 때마다 위장이 뒤틀리는 걸 느꼈다. 아빠가 죽으면 누구와 살아야 하지? 할아버지 할머니가 나타날까? 왜 큰아빠에게 전화해선 안 되는 걸까? 지옥 같은 구타나 체벌이 뒤따른다 하더라도 큰아빠에게 전화하고 싶은 마음이 굴뚝 같았다. 월드컵이 끝나면, 스스로에게 되뇌었다. 월드컵이 끝나면 전화할 거야. 아빠, 좀 더 병원에 있었어야 하는 거 아녜요? 비에드마 박사가 피를 뽑고 있을 때 아빠에게 물어보았다. 그래, 그가 대답했다. 곧 그럴 거야. 그 전에 여기서 할 일이 있거든.

비에드마 박사는 시험관을 피로 가득 채운 뒤 이해할 수 없는 눈빛으로 가스파르를 쳐다보았다. 수영장에서 따뜻한 물로 샤워를 하던 중, 그녀가 아빠에게 복종한다는 사실을 깨달았다. 아빠가 집에 있으면 안 된다는 걸 뻔히 알면서도 그렇게 하게 내버려두잖아. 왜 그럴까? 아빠가 끝내야 한다는 일이 대체 뭘까? 분명 그림들과 관련이 있을 것이다. 가스파르는 샤워기를 끄고 집에서 가져온 수건을 몸에 둘렀다. 오래되고 거칠었지만, 물기 하나는 끝내주게 잘 말려주었다.

월드컵은 계속되었고, 아르헨티나는 잉글랜드를 상대로 1승을 챙겼다. 남자들은 거의 졸도할 지경이었고 어떤 사람들은 깃발을 몸에 두른 채로 땅바닥을 나뒹굴며 오열했다. 이제 몇 번 남지 않은 경기가 전부 다 중요했다. 사람들은 아르헨티나가 준결승에서 스페인이 아닌 벨기에를 상대하게 되었다며 가슴을 쓸었다. 준결승 경기는 영국전에 비하면 훨씬 긴장감이 덜했고, 예정된 승리의 기쁨을 만끽할 수 있게 해주었다. 축구의 신 마라도나가 아름다운 플레이로 2대 0을 만들자, 우고 페이라노는 이 미친놈이 날 울게 만드네, 라는 말을 남겼다. 프랑스가 독일에 진 건 좋은 소식이 아니었다. 독일이 위험천만한 팀이라는 건 주지의 사실이었고, 경기 시작 직전의 며칠간은 마치 꿈꾸는 것처럼 지나갔다. 시간이 빨리 가길 바라는 마음에, 가스파르는 요리책의 단계 하나하나를 따라 하면서 토르티야 만드는 법을 연습했다. 마침내 형태도 어느 정도 유지하고, 태워먹지도 않으면서 뒤집을 수 있는 기술을 완성했다. 다 만들어놓고 보니 혼자 먹기엔 아까울 정도로 맛있었다. 이날은 아빠가 집 안 어느 구석에 있는지 확인조차 하지 않고 있었다. 아래층 방에 깨어 있는 아빠를 보고 흠칫 놀랐다. 침대 위는 그림과 메모, 산더미 같은 책들이 점령하고 있었다.

"아빠, 드실래요?"

"너 혼자 만든 거니? 일어날 수가 없구나, 애야. 이쪽으로 가져다주면 좋겠다."

"못 일어난다는 게 무슨 말이에요?"

가스파르는 침대로 다가갔고, 가까이 가자—아빠를 주의 깊게 살펴본 지도 며칠이 지나 있었다—이전보다 살이 더 빠진 모습이 눈에 들어왔다. 그런데도 큰아빠에게 연락을 안 했어, 라고 생각했다. 월드컵이 끝나자마자 큰아빠한테 내가 전화할 거야. 두 사람은 함께 아무 말 없이 TV에서 하는 또 하나의 축구 관련 토론 프로그램을 시청하며 토르티야를 먹었다. 가스파르는 아빠가 관심이 없다는 걸 알아차렸지만, 사실 충분히 예상 가능한 일이었다. 천천히 먹고 절반을 남긴 아빠는 몸이 안 좋아서 그래, 정말 맛있었다, 라는 말을 남겼다. 가스파르는 아빠에게 산소가 필요하냐고 물은 뒤 케이블을 새로운 시스템에 연결하는 걸 도와주었다. 이제 집에서는 더 이상 마스크를 쓰지 않았다. 대신 수염처럼 입이 있는 쪽에 얹어놓는 산소관을 썼는데, 두 개의 작은 돌기가 나 있어서 콧구멍에 집어넣게 되어 있었다.

결승전에서 아르헨티나가 2대 0으로 앞서 나가자 모두가 광기에 휩싸였다. 우고 페이라노는 컵을 깨먹었고, 여자아이들은 시끄럽게 비명을 질러대는 통에 대화라도 나누려면 고함을 질러야만 했다. 다들 제정신이 아냐, 리디아가 투덜거렸다. 마치 미확인 비행 물체라도 발견한 것 같았다. 독일 선수들도 훌륭한 경기를 펼쳤고, 두 번의 코너킥이 거의 똑같은 골을 만들어냈다. 동점 이후에는 사방에 완벽한 고요가 내려앉았다. 84분, 등번호 10번인 독일의 로타어 마테우스 선수가 이제껏 수비를 맡고 있던 마라도나로부터 멀어졌다. 약 일 초 정도, 찰나의 순간이었지만 마라도나가 부루차가에게 왼발로 원터치 패스를 하기에 충분한 시간이 주어졌다. 와, 정말 어려운 패스인데, 가스파르는 생각했다. 그리고 눈치챘다. 골이야, 육성으로 내뱉었다. 닥쳐, 닥쳐, 역시 알아차렸으나 헛된 희망을 품지 않으려 애쓰던 우고 페이라노가 황급히 외쳤다. 화면에 부루차가가 나타나더니 크로스를 부드럽게 올렸고, 골대가 공을 빨아들였다.

가스파르는 그 이후 전개된 상황은 보지 못했다. 그저 펄떡거리며 뛰어오르다가 파블로를 포함한 모두와 부둥켜안았을 뿐이었다. 남은 육 분은 치열할 테지만 독일에겐 무용할 것이라는 걸 알고 있었다. 우승팀은 아르헨티나였다. 하늘을 나는 듯한 기분이었다. 그 순간 외에는 아무것도 존재하지 않는 것 같았다. 영원할 것 같은 행복이었다. 그러나 한편으로는 오래가지 않을 행복이었기에 슬픈 순간이기도 했다. 길거리는 경적을 울려대는 차들과 등번호 10번 유니폼을 입은 곱슬머리 인형들, 국기, 색종이 따위로 가득 차 있었다. 사람들은 '보라, 보라 이 열기를, 보라, 보라 이 감동을'이라는 노래를 목청껏 부르고 있었다. 어떤 사람들은 전화기를 길거리에 갖고 나와서 외국에 사는 친지들에게 길을 가득 채운 사람들의 외침과 술 파티의 소음을 들려주기도 했다. 그러자 독재를 피해 외국으로 망명했거나 아르헨티나에서 일자리를 도무지 구하지 못해 멀리서 일해야만 했던 사람들이 미국에서, 브라질에서, 멕시코에서, 스페인에서, 프랑스에서 눈물을 쏟았다. 어떤 이들은 경기를 술집에서 보았고, 또 어떤 이들은 라디오 중계를 들었다고 하며 그 파티에 함께하고 싶어 했다. 비가 많이 오는 지역에서도 물에 빠진 생쥐처럼 젖은 티셔츠를 몸에 휘감고 축제를 벌이고 있었다. 공원에서는 사람들이 길가로 스피커를 갖고 나와 춤을 추었고, 소시지 샌드위치와 와인을 나눴다. 엠파나다 상점은 사람들에게 무료로 빵을 나눠주었다. 밤이 되자 사람들은 하루 종일 울고 먹고 소리치다 지쳐 목이 쉰 채로 풀밭 위에 기절하듯 쓰러졌다. 머리부터 발끝까지 하늘색과 흰색 옷을 맞춰 입은 채.

가스파르는 앞으로 이어질 수많은 날들과 여러 해들 가운데 그날과 그날 밤을 마지막으로 행복했던 순간으로 기억할 것이었다.

‡

교문을 나서던 파블로는 가스파르를 보자마자 곧장 다가갔다. 하굣길에 가스파르가 자신을 기다리는 일은 흔치 않았다. 가스파르가 자전거를 태워주겠다고 했지만, 파블로는 걸어가고 싶다고 말했다. 그러자 가스파르가 공원의 바에서 밥을 사주겠다고 했다. 혹시 부모님이 집에서 기다리고 계시니?

"무슨 일이라도 생긴 거야?" 파블로가 물었다.

"부탁을 해야 해서. 브라질에 전화해야 하거든. 너희 집 전화기 좀 빌려줄래?"

"이 바보야, 그거 엄청 비싸. 너네 집에도 전화기 있잖아."

"돈 걱정은 하지 마, 내가 너희 부모님한테 선물로 드릴게. 청구서가 도착하기도 전에."

"그럼 네가 말씀드려. 너네 큰아빠랑 통화하려는 거야? 오신 게 아니었어?"

가스파르는 이마에 손을 짚었다. 고민하거나 긴장했을 때의 버릇이었다. 몸이 삐쩍 말라 바지가 흘러내리고 있는 게 파블로의 눈에 보였다. 차고 있던 허리띠는 뱀이라도 된 듯 허리춤에서 덜렁거리고 있었다.

"돌아온 것 같아. 그런데 어디 있는지 모르겠어. 아마 전 부인이 받을 거고, 적어도 연락 가능한 전화번호를 알려주지 않을까 해. 물론 모를 수도 있지만 시도라도 해볼 수는 있으니까."

"너네 집에서 바로 걸면 되잖아."

"우리 아빠가 싫어해. 자기가 적당한 때가 오면 그때 알아서 하겠다나. 야, 그런데 정신이 온전한지도 솔직히 잘 모르겠어."

파블로는 입을 꾹 다물었다. 가스파르가 이어갔다.

"집에서는 전화를 할 수 없어. 아빠가 알아차릴 게 뻔해. 신경질 내게 하고 싶지 않아."

"그럼 큰아빠랑 무슨 얘길 하려고?"

"잘 모르겠어. 아빠 얘길 하겠지. 여기 와야 한다고 할 거고. 우리랑 함께 있어주겠다고 했거든. 글쎄, 아니면 할머니 할아버지한테 연락할 수도 있겠지. 그러면 우리 아빠가 미쳐 날뛰겠지만. 그분들을 엄청 싫어하거든. 뭘 해야 할지 사실 나도 잘 모르겠어. 아빠가 알아서 해야 할 일들이야. 아니면 남은 건 고아원에 가는 일이겠지."

"그런 일은 일어나지 않아."

"일어나고말고, 파블로. 세상 일이라는 게 그래."

"우리 엄마가 집에 있을 거야. 허락 맡으러 가자."

"돈은 충분해."

"돈을 달라고 하진 않을 거야."

"그래도 드리고 싶어."

전화 통화는 이상한 방향으로 흘러갔다. 사실 모든 상황이 전반적으로 다 이상했다. 파블로의 엄마는 통화 비용으로 가스파르가 내민 돈을 낚아채듯 받아 갔고, 가스파르는 그 행동이 굉장히 무례하다고 생각했다. 처음엔 "뭘 이런 걸 다 주니, 괜찮다"라는 한마디가 돌아올 줄 알았고, 그래도 주겠다고 자신이 고집을 피우면 그제야 "에휴, 알았다"라며 억지로 받는 것처럼 행동할 거라 생각했던 것이다. 대부분의 사람들은 이런 식으로 행동했다. 이 아줌마가 마음에 들지 않았다. 배가 남산만 하게 불러 있었다. 터질 정도는 아니었지만. 과장되게 느릿느릿 걸어 다니는 그녀를 가스파르는 못 믿을 사람이라고 판단했다.

브라질 큰아빠네 집에 전화를 걸자, 한 여성이 받았다. 가스파르는 큰아빠가 더 이상 그 집에 살고 있지 않다는 사실을 알고 있었고, 전 부인이 수화기를 들 거라는 것도 예상하고 있었다. 다만 그때까지는 여성이 브라질인일 거라고 생각하고 있었다. 도서관에서 사전을 뒤져보며 포르투갈어로 "안녕하세요"와 몇 가지 단어를 말하는 법을 독학하기도 했다. 하지만 그 여자는 스페인어로 말하고 있었다. 조금 이상한 스페인어였다. 이제껏 듣지 못한 사투리였다. 인칭대명사를 삼인칭이 아닌 이인칭으로 말하는가 하면 'r' 발음을 할 때 혀를 과도하게 굴렸다. 그래도 가스파르에게 친절했다. 큰아빠가 이사 간 곳에 아직 전화선이 놓이지 않아서 전화번호는 없지만, 주소는 알려줄 수 있다며 불러주었다. 그녀는 그뿐 아니라 큰아빠와─그를 루이스라고, 이름으로 불렀다─아직도 연락을 주고받는다고, 다음번엔 가스파르에게 연락해보라고 말하겠다고도 했다. 가스파르는 고맙다고 말하던 그 순간, 자신이 한 행동을 후회했다. 하지만 한편으로는 큰아빠가 자신에게 연락하는 일이 생각보다 자주 있었기 때문에 전 부인으로부터 메시지를 받았다는 이야기를 할 필요도 없다는 생각이 들었다. 큰아빠에게 자신이 연락했단 이야기를 하지 말라고 할까 하는 생각도 들었지만, 너무 복잡한 이야기이기도 했고 상대방은 전화를 빨리 끊고 싶어 하는 눈치였다. 친절했지만, 질문에 모두 대답하고 난 뒤에는 침묵을 지키고 있었다. 가스파르는 고맙다고 말한 뒤 전화를 끊었고, 빠르게 적어 내려간 주소를 바라보았다.

"비야엘리사가 어딘지 알아?"

가스파르가 물어보자, 파블로는 고개를 내저으며 모른다고 하더니 몸을 굽혀 아빠가 보는 T가이드북을 꺼내 들었다. 두 사람은 함께 책장을 넘기다가 그 장소를 발견했다. 주도 라플라타와 꽤나 가까웠고, 전화 너머의 여자가 알려준 것처럼 도로명이 숫자로 되어 있었다. 가스파르는 며칠 동안 목구멍에 걸려 있던 호두 한 알이 내려가는 것 같은 느낌을 받았다. 이제 최소한 어디든 갈 곳이 있었다. 게다가 원한다면 언제든 그를 만나러 갈 수도 있었다. T가이드북은 콘스티투시온을 출발하는 열차를 타고 가라고 알려주고 있었다.

‡

추워진 날씨는 비키네 새 강아지, 아리아드나와 산책하기에 딱 좋았다. 작은 새끼 강아지는 젖 먹던 힘을 다해 목줄을 잡아 끌며 앞서 나갔다. 디아나에게 그 일이 있고 난 뒤 비키는 단 일 분도 개를 길거리에 풀어놓지 않았다. 가스파르는 방과 후 그들과 함께 동네를 산책하는 걸 즐겼다. 개의 목줄은 빨간색이었는데, 비키가 항상 머리 묶는 데 쓰곤 하던 머리끈과 아델라가 자주 입던, 소매 한쪽을 잘라낸 꽈배기 울 스웨터와 같은 색깔이었다. 아델라는 더 이상 유령 팔 때문에 불편해하지 않았다. 모두에게 그 이야기를 떠벌리고 다니면서 가스파르에게 받은 상자를 마법 상자라며 보여주기도 했다. 상자 문제로 엄마와 물리치료사와 대판 싸우기도 했지만, 두 사람 다 만족할 만한 답을 내놓지 못했다. 아델라는 다들 내게 거짓말하고 있어, 라며 고집을 피웠다.

월드컵이 끝난 후의 어느 날 오후, 아델라는 비키와 가스파르에게 회의를 요청했다. 더도 말고 덜도 말고 "회의가 필요해" 딱 이 한마디였다. 파블로는 멍텅구리 같은 소리를 해댈 테니까 빼고, 라고 덧붙였다. 비키의 방에서 가진 회의에서 아델라는 이렇게 말을 꺼냈다. 남부 지방을 여행 중이던 어느 날 밤, 엄마가 술에 취했었다고.

"이번 술주정은 좀 달랐어."

아델라가 이야기를 풀어갔다.

"우리 아빠 때문에 울었던 거야. 그 기회를 틈타서 정보를 좀 캐냈지. 우리 엄마는 사실 아빠 얘기를 좀처럼 하지 않거든. 살해당했다고, 실종자라고 하더라고."

비키와 가스파르는 심호흡을 하다가 서로 눈빛을 교환했다. 만일 이게 도베르만에게 팔을 잃어버린 이야기 같은 거라면?

아델라가 말을 이어갔다. 그리고 엄마는 더 이상 아무 말도 하지 않고 화장실에 틀어박혔어.

"난 그런 일이 일어난 줄 전혀 몰랐어." 비키가 말했다.

"에스켈의 오두막집에 있을 때였어. 글쎄, 그땐 말할 기분이 아니었나 봐. 아무튼 너한테 굳이 이야기를 꺼내진 않았던 거야. 그밖에도 되게 중요한 이야기를 하나 해주더라. 엄마는 늘 몇 번이고 아빠의 꿈을 꾼대. 그리고 아빠가 매번 비야레알가에 있는 그 집에 있더라는 거야. 그럼 거기 숨어 있던 거냐고 물어보니까 맞대. 그런데 정확한 건지는 잘 모르겠어. 필름이 끊기기 직전이었거든. 사람이 술에 취하면 반쯤 정신이 나가서는 아무 말이나 지껄이게 되잖아. 그냥 대화를 빨리 끝내고 싶어서 맞는다고 둘러댄 걸지도 모르지. 그래도 아빠가 거기 숨어 있을 가능성은 있는 거잖아?"

"나중에 다시 여쭤봤어?" 비키가 물었다.

"지금은 모든 걸 다 부인하고 있어. 뭐 늘상 그렇긴 한데, 그 집 이야기는 진짜 확실했다니까."

"제발, 아델라."

가스파르가 한숨을 내쉬었다.

"헛소리 지어내는 것 좀 그만해. 그 집에 들어가고 싶은 건 알겠지만 이렇게는 아냐."

"그럼 넌 뭘 아는데? 다들 거짓말쟁이야. 그래, 나는 거기 들어가고 싶어. 그 안에서 우리 아빠의 흔적을 찾아내고 싶다고."

아델라가 소리쳤다.

가스파르는 짜증스러운 상태로 회의를 빠져나왔지만, 불쾌한 감정은 금방 수그러들었다. 지금 당장은 자신의 아빠를 걱정하는 마음이, 아델라 아빠의 상상 속 실종으로 인한 못마땅함보다 더 컸기 때문이다.

비키는 아리아드나에게 이끌려 뛰어가는 동안 비야레알가의 코너를 돌아야만 했는데, 본능적으로 길을 건너며 그 집 대문 앞을 피해 갔다. 가스파르도 비키를 따라 길을 건넜지만, 아델라는 반대로 그 철문을 향해 똑바로 걸어갔고 정원 안까지 들어섰다. 가스파르와 비키는 앞쪽 인도에 서서 아델라를 기다렸다.

"소리가 안 들린 지 한참 된 것 같아." 비키가 말했다.

"웡웡거리는 소리?"

"응, 그 벌레 날아다니는 소리가 갑자기 사라졌어. 여름이 오면 다시 시작되지 않을까 싶어."

"발전기였겠지."

"아니란 거 너도 알잖아."

"난 아무것도 몰라."

"나랑 싸우자는 거야?"

"싸우자는 게 아냐. 쟨 뭐 하는 거야?"

"문이 열리는지 보나 봐. 그런데 아무리 문을 부순다고 해도 자물쇠가 달려 있는걸."

"안 열릴 거야. 나중에 데리고 와줄게, 들어갈 용기가 난다면."

"쟤, 지붕 위에 올라가려고 해."

"하지만 잡을 곳이 없는걸. 나무도 없고, 모든 게 다 말라비틀어져 있어. 꼭 우리 집 같아."

그때, "꼭 우리 집 같아"라는 말을 내뱉은 가스파르는 순간 온몸에 전율이 흐르는 걸 느꼈다.

"아델라, 집에 가자. 강아지가 미쳐 날뛰고 있어."

비키가 소리치고는 가스파르에게 말했다.

"이제 쟨 자기 아빠가 게릴라였다고 믿는 것 같아. 요즘은 독재와 관련된 책이나 잡지를 읽는다니까."

가스파르는 아무 대꾸도 하지 않았다. 아델라는 뛰어서 길을 건너왔다.

"대체 언제쯤 같이 들어가줄 거야? 월드컵이 끝나면 가준다며."

아델라가 가스파르에게 물었다.

"봄이 오면 같이 들어가자."

가스파르는 그 집을 바라보았다. 가려진 창문, 노랗게 색이 바랜 잔디, 회색 벽들. 왜인지는 모르겠지만 그 집이 자신에게 도전하는 것 같다는 느낌을 받았다. 한번 들어가는 시도라도 해보자, 아델라가 말했다. 미친 걸까? 파블로는 아델라의 입을 꿰매버려야 한다고, 그렇지 않으면 죽을 때까지 폐가에 대해 혼자 떠벌거릴 거라고 투덜거렸다. 지겹기 때문만은 아니었다. 무서웠던 것이다. 아리아드나는 강아지와 함께 산책 중이던 다른 이웃을 보자 비키를 그쪽으로 끌고 갔고, 비키는 강아지가 너무 가까이 가지 못하게 힘을 주고 버텨야만 했다. 그러는 와중에 세 사람은 폐가를 등지고 멀어졌다. 하지만 아델라는 확고한 눈빛으로 가스파르를 똑바로 쳐다보았다. 9월이었다. 이제 그 누구도 아델라의 머릿속에서 그 날짜를, 그 목표를 지울 수 없을 것이었다.

‡

어느새 겨울방학이 되었다. 가스파르는 클럽 수영장의 온수 속에서 하루를 보내곤 했다. 큰아빠의 전화를 기다리며 집에서 많은 시간을 보내기도 했다. 월드컵이 끝나자 축구를 보는 것도 흥미가 떨어졌고, 전화벨이 울리기만을 기다리게 되었다. 하지만 마침내 큰아빠가 전화를 한 사실은 예기치 못한 방식으로 알게 되었다. 시든 풀이 가득한 안뜰에서 차를 마시던 아빠가 매우 침착한 목소리로 알려온 것이었다. 아빠는 며칠 동안 꽤 괜찮은 컨디션을 이어오고 있었다.

"아들아, 왜 나한테 말도 없이 네 큰아빠에게 전화를 한 거니?"

후안이 질문했다. 그는 차를 한입에 털어 넣고 말을 이어갔다.

"거짓말할 생각은 말아라."

후안은 찻잔을 그 자리에 놓고서 집 안으로 들어갔다. 가스파르는 분노하며 그의 뒤를 따랐다.

"아빠가 전화하지 않았잖아요!"

가스파르가 소리쳤다.

"절 누구에게 맡기려고 했어요? 혼자 두려고 한 거예요? 이러다가 전 혼자 남게 되잖아요."

"아들아, 넌 아무것도 몰라."

가스파르는 아빠가 집에 들어가는 걸 보았다. 위층 방으로 들어간다면 도망치는 거나 다름없었다. 숨지 못하게 하고 싶었다. 자신이 느끼는 감정을 말하고 싶었다. 계단에서 아빠의 팔을 붙잡았고, 그의 두 눈이 분노로 이글거리고 있음을 감지했다. 그렇게 아빠가 계단을 오르는 걸 멈춰 세우고 몸을 돌리게 하는 데 성공했다. 두 계단 위에 우뚝 선 아빠의 키가 무척 커 보였다. 자신을 바라보고 있던 두 눈은 절반은 초록빛, 절반은 노란빛을 띠고 있었다. 옆에는 안뜰로 향하는 계단참이 있었다.

"가스파르, 네 큰아빠는 내가 부탁하거든 올 거야."

가스파르는 웃으며 관자놀이를 눌렀다.

"아빠랑 함께 있고 싶지 않아요."

가스파르는 말을 이어갔다.

"그 전에 제가 가버릴 수도 있고요. 절 막을 순 없을 거예요. 큰 아빠가 계신 곳의 주소도 알아요. 아니면 할아버지 할머니에게 갈 수도 있겠죠. 절 보고 싶어 하실 수도 있잖아요. 어쩌면 아빠가 문제일지 몰라요. 아픈 건 알아요. 그렇지만 뭐, 제 친구들에게 아빠를 봐달라고 부탁할 수도 있고요. 이제 전 못 참겠어요."

후안은 지금까지 보여준 적 없는 눈빛으로 가스파르를 쳐다보았다. 끝 모를 실망감과 분노가 차올라 있었고, 가스파르는 순간 흠칫 놀랐다. 화가 난 아빠의 모습이야 수천, 수만 번을 보아왔지만 지금은 마치 차스코무스의 농장에 있을 때와 같은 위험이 감지되었다. 계단을 내려가 충돌을 피하려 몸을 돌렸지만, 움직일 수 없었다. 아빠가 자신의 허리띠를 쥐고 있었다. 가스파르는 주먹질을 예상하고 몸을 움츠렸다. 자신을 향할 줄 알았던 주먹은 유리 창문에 가서 박혔고, 유리를 산산조각 내면서 날카롭고 뾰족한 조각들을 남겼다. 그러고선, 몹시 빠르고도 느닷없이, 가스파르의 몸을 자신을 향해 돌렸다. 놀란 한편 공포에 질린 가스파르는 아빠가 자신의 팔을 창문을 향해 잡아당겨 깨진 유리 위로 짓이기는 걸 보았다. 그러고는 피부를 몹시도 정교하게, 잔인하고도 정교하게 그어갔다. 마치 도안을 따라 그리는 듯했다. 가스파르는 비명을 질렀다. 시리도록 차가운 아픔은 참기 힘들었고, 눈을 멀게 만들었다. 유리 조각이 뼈를 긁는 소리를 들으며 처참한 고문에 신음할 수밖에 없었다. 아랫도리가 축축해졌다. 오줌을 지린 것이었다. 제발 그만해달라는 애원의 눈빛으로 아빠를 바라보았지만, 그는 상처를 연구하는 듯 거기에만 몰입해 있었다. 고통으로 온몸이 축 늘어져 덜렁거렸고, 계단을 굴러 내려가려 해도 다친 팔을 아빠가 꽉 붙잡고 있어 불가능했다. 그러던 중, 아빠가 상처에 입술을 갖다 대더니 핥고, 빨고, 피로 입을 가득 채우는 바람에 한 번 더 악을 써야만 했다. 가스파르의 팔을 붙든 채 자신의 팔 역시 유리 조각으로 긁어 상처를 낸 후안은 과격한 몸짓으로 그 상처를 아들의 입술 앞에 갖다 댔다.

"삼켜!"

후안이 외쳤다. 가스파르는 남은 힘을 끌어모아 그 상처를 가까스로 깨물었다. 하지만 아빠는 피하지 않았다. 자신의 치아가 그의 상처를 벌린 그 순간조차도 움찔하지 않았다. 가스파르의 입도 피범벅이 되었다. 가까스로 피를 삼켰다.

아빠가 마침내 자신을 놓아주자, 가스파르는 눈을 감았다. 하지만 따귀 한 대에 기절 상태에서 깨어나야만 했다. 이제 무릎을 꿇은 아빠는 투명하고 초점 없는 눈으로 그를 쳐다보고 있었다. 턱은 피로 물들어 있었고 입술은 붉었다. 혼자 있는 것 같지 않았다. 마치 그의 뒤편, 그림자 속에 많은 사람들이 웅성이고 있는 듯했다.

"가버려. 뛰어!"

가스파르는 순간 이해하지 못했으나, 아빠는 그의 멀쩡한 팔을 끌어당겨 문 쪽으로 끌고 갔다. 문을 열고 밖으로 끌어내더니 아무 말도 하지 않고 문을 열쇠로 잠갔다. 제발요, 아빠, 기어 들어가는 목소리로 애원하던 가스파르의 눈에 오줌과 피로 범벅이 된 바지와 난도질된 팔뚝이 들어왔다. 몸을 일으켜 세워 빠르게 생각했다. 택시, 누군가의 도움을 청하기, 지금 몇 시지? 파블로가 자신을 병원 응급실로 데려가줄 수 있을 것이었다.

더 이상의 출혈을 막기 위해 팔을 들었다. 언젠가 학교에서 커터칼에 손가락을 베었을 때 배운 것이었다. 하지만 그렇게 효과가 좋진 못한지 사방에 붉은 흔적을 뿌리는 걸 막지 못했다. 파블로네 집까지 걸어가는 동안 마주친 사람은 없었다. 믿지 못할 정도로, 동네는 텅 비어 있었다.

‡

벨이 마치 고장 난 것처럼 멈추지 않고 울려댔다. 갈게요, 파블로가 외쳤지만 끊기지 않고 울려대는 시끄러운 소리가 정신을 아득하게 했다. 누가 이렇게 벨을 눌러대는 걸까? 대체 왜? 집에는 혼자였다. 출산을 몇 주 안 남긴 상태인 엄마는 임신 정기검진으로 병원에 가 있었고, 아빠는 하루 종일 일했다. 현관 문을 열러 가기 전 창문을 먼저 열어보았고, 익숙한 가스파르의 운동화가 눈에 들어왔다.

왜 이렇게 미친 듯이 벨을 눌러대는 건데? 돌았니? 라고 말을 하려다가 가스파르의 팔과 상처를 보고는 말문이 막히고 말았다. 베인 상처에서 흘러내리는 새빨간 핏물 속에서 피부와 근육이 마치 정육점 냉장고의 빨간 불빛 아래 진열된 고깃덩어리처럼 서로 분리되고 있었다. 그 사이로 하얀 뼈도 보였다. 땀으로 범벅이 된 가스파르의 얼굴은 잿빛이었다. 두 발로 서 있기가 힘겨워 초인종에 몸을 기대고 있었다. 무슨 일이야? 어서 들어와. 파블로가 말했지만 가스파르는 고개를 저을 뿐이었다. 됐어, 오토바이로 병원에나 데려다 줘, 지금 당장.

들어와, 파블로가 말하며 가스파르를 거실로 밀어 넣었다. 화장실로 뛰어 들어가 수건을 꺼내 상처를 감싸주었다. 가스파르는 비명을 질러댔다. 엄마는 오토바이를 타고 가지 않았다. 아빠가 주말에 타곤 하는 오토바이였다. 사실 제대로 타본 적은 없었다. 몇 번 배우긴 했지만, 항상 동네 한 바퀴를 돌거나 교통체증이 많지 않은 일요일에 공원에 갈 때 정도만 허락받을 수 있었다. 하지만 병원까지는 열 블록이 채 안 되는 거리였고, 대로가 아닌 골목길로 가겠다는 용기를 냈다.

"토하고 싶어." 가스파르가 말했다.

"금방 가니까 조금만 참아. 나한테 기대."

가스파르는 몸을 일으켜 멀쩡한 쪽 전체를 파블로의 어깨 위에 던지듯 기댔다. 피 얼룩이 수건 위로 올라오고 있었다. 출혈이 생각보다 심한 건 아니었다. 하지만 바지는 흠뻑 젖어 있었고, 문밖으로 나와 보니 자신이 문을 열어줄 때까지 가스파르가 벨을 누르며 기다렸던 자리에 작은 웅덩이가 만들어져 있는 게 보였다.

파블로는 차고를 열고 최대한 서둘러 흰색 자넬라를 꺼냈다. 가스파르는 바닥에 주저앉아 소리 없이 구토하고 있었다. 일으킬 수 있을까? 오토바이를 도로 위로 꺼내자, 가스파르는 있는 힘을 다해 걸어가 뒷좌석에 앉았다. 하지만 그의 몸이 갈대처럼 옆으로, 뒤로 마구 꺾이고 있었다. 어지럼증을 어떻게 하지 못하는 것이었다. 기절할 거야, 파블로는 생각하다가 한 가지 아이디어를 떠올렸다.

"이렇게 하자."

파블로는 그렇게 말하곤 급하게 받침대로 오토바이를 세워둔 뒤, 가스파르의 티셔츠를 걷어 올려 청바지의 허리띠를 풀었다. 가스파르네 아빠가 쓰던 예의 그 기다란 허리띠일 거라고 예상한 것이었다. 파블로는 운전석에 앉아 가스파르에게 멀쩡한 팔로 자신을 꽉 껴안고 최대한 몸을 밀착하라고 일러주었다. 가스파르는 마치 꿈속에 있는 듯, 자신에게 내려진 명령을 기계적으로 이행하고 있었다. 그런 뒤 파블로는 허리띠가 두 사람의 몸을 모두 휘감을 수 있는지 시험해보았다. 허리띠가 가스파르의 몸을 자신의 몸에 밀착시킨 채로 유지할 수 있게 일종의 붕대 역할을 할 것이었다. 일단 그만큼 넉넉한 길이인지 확인하고자 했다. 그럭저럭 괜찮았다. 몹시 꽉 끼고 어렵긴 했다. 손이 자꾸 떨리는 와중에 마지막 구멍에 버클을 끼운 다음, 친구가 뒷좌석에 어느 정도 제대로 앉아 있는지 확인하는 건 쉽지 않았다. 날 꽉 붙잡고 기절하지만 마, 라고 말해주었다. 파블로는 가스파르의 머리가 자신의 어깨에 얹힌 걸 느꼈다. 부드러운 머릿결이 관자놀이에 닿는 느낌에 소름이 돋았다. 시동을 걸었다.

병원까지 가는 열 블록은 마흔 블록처럼 느껴졌고, 수비리아 대로 앞 사거리에서 신호 대기를 해야 했던 일 분 동안이 너무 길게 느껴진 나머지 신호등이 고장 난 게 분명하다고 생각했다. 목덜미에선 가스파르의 호흡이 느껴졌고, 그 아이의 팔에 힘이 빠질 때마다 자세를 고쳐주었다. 이 도로에 버스가 다니지 않는다는 사실이 고마웠다. 무슨 일이 있었던 거냐고 가스파르에게 여러 번 물어보았다. 다른 무엇보다 목소리를 들으려는 목적이 컸다. 계단에서 굴러떨어지다가 유리창에 가서 박았어, 계단 옆에 있는 창문 너도 본 적 있지? 가스파르가 대답했다. 파블로도 아는 창문이었다. 어떻게 이런 사고가 날 수 있는지 좀처럼 이해가 되진 않았지만, 아무 말도 덧붙이진 않았다.

병원에 도착하자 파블로는 오토바이를 자동차 두 대 사이에 세워놓았지만 자물쇠나 바퀴 잠금장치를 채우지 않았다. 가스파르는 그사이 기운을 좀 더 차렸고, 응급실까지 가는 데에 아까보다는 손이 덜 갔다. 붕대 대신 감아둔 수건도 걸어가는 동안 스스로 풀었다. 심호흡을 하며 흔들림이 거의 없는 건조한 눈빛으로 수건을 풀어내는 그를 보며, 파블로는 자신이 그런 상처를 입었다면 혼자 아무것도 하지 못한 채 있었을 거라고, 아마 잔뜩 놀라 부모님을 부르며 울고만 있었을 거라고 생각했다.

들어가자마자 긴 응급실 줄에 앉아 기다리고 있던 사람들—파블로는 양 갈래로 머리를 땋은 한 소녀의 머리를 쓰다듬고 있던 할머니, 노부부, 팅팅 부은 맨발로 앉아 있던 아빠 또래의 조금은 뚱뚱한 아저씨를 보았다—몇 명이 자리에서 일어나 가스파르에게 앉으라며 양보했고, 그중 키 크고 통통한 여자 한 명은 의사들

이 있는 진료실 문을 두드리며 응급, 응급이에요! 라고 외쳤다. 은
빛 새치가 섞인 머리를 하나로 묶은 여의사가 불안해하는 환자들
이 익숙하다는 듯 굳은 표정으로 등장했다. 하지만 가스파르를 보
자마자 문을 벌컥 열고는 이리 오라며 어깨를 붙잡고 이끌었다. 파
블로는 수건을 든 채로 두 사람을 따라 들어갔다.

"너희 둘뿐이니? 부모님은 어디 계시고?"

"저흰 형제가 아녜요. 다들 일하고 계세요." 파블로가 말했다.

파블로는 자연스럽게 일을 하지 않는 후안 피터슨이 실은 무얼
하는지, 또 왜 아들을 챙기고 있지 않는지 구태여 생각하지 않았
다. 입원 중인 걸까? 최근 상당히 자주 병원에 입원하는 듯 보이긴
했다. 같은 병원은 아니었다. 아주 고급지고 비싼 병원이야, 엄마
가 말하곤 했다. 네 동생을 그렇게 고급진 병원에서 낳을 수 있다
면 좋을 텐데.

의사는 가스파르를 진찰대에 앉힌 뒤 그의 팔을 흰 천으로 덮은
알루미늄 탁자 위에 올려놓았다. 상처를 보기 위해 안경을 썼다.

"수술해야겠네. 한두 바늘이 아냐. 상처가 아주 깊어."

의사가 말했다.

가스파르는 고개를 끄덕이며 동의했다.

"무슨 일이 있었던 거니?"

파블로가 끼어들어 가스파르에게 들은 대로 사고를 설명했다.
여의사는 아무 의문도 제기하지 않은 채 상처를 살펴보았다. 돋보
기와 핀셋을 가지고 부어 있는 피부 한 겹을 들어 올리자 흰 뼈가
드러났다. 가스파르는 비명을 삼켰고, 눈물이 눈을 가득 채웠지만

멀쩡한 한 팔로 황급히 닦아냈다.

"이제 수술실로 가자."

의사는 이 말과 함께 진통제를 주사하고는 뒷문으로 빠르게 모습을 감췄다. 그 후, 가스파르와 파블로가 말을 주고받을 새도 없이 다른 의사가 나타났다. 이번엔 남자 의사였는데, 앞서 여의사가 했던 것과 같은 질문을 던지고, 상처를 분석한 뒤 수술을 꼭 해야 한다고 단언했다. 어떤 식으로 꿰매게 될지를 설명하곤 부모님에 대해 물었다. 보호자 역할을 할 어른이 필요해, 그가 말했다. 파블로는 갑자기 너무도 뻔한 사실 한 가지를 기억해냈다. 지금껏 왜 그걸 떠올리지 못했을까 싶었다.

"여기 근무하는 의사 중 리디아 페이라노란 사람이 있을 거예요. 그분의 딸이 제 친한 친구거든요. 저희는 이웃이에요. 얘네 아빠랑 친하시고요."

"아, 리디아 박사님. 마침 오늘 나오셨더라. 복도에서 마주쳤어."

의사가 수화기를 들고 누군가와 통화했다. 그러곤 주사 한 대를 더 준비해 가스파르의 바지를 조금 내려 엉덩이에 찔러 넣었다. 처음으로 미소를 지어 보였다. 괜찮을 거야, 의사가 말했다. 아주 심하게 베였더구나, 계단에서 굴렀다고 했지. 장난치고 있던 거니? 저 혼자 그런 거예요. 네, 그리고 막 뛰어 내려가던 중이었어요, 가스파르가 대답했다. 조심해야지, 의사가 다시 한번 미소 지었지만 가스파르는 웃음으로 답하지 않았다. 아파서 그런 게 아냐, 파블로는 생각했다. 놀라서 그런 것도 아니고.

가스파르는 거짓말을 하고 있었다.

머리칼을 풀어 헤친 리디아 페이라노는 큰 소리를 내며 등장했다. 세상에, 아가야, 무슨 일이 있었던 거니? 계단에서 굴러떨어진 이야기가 또 한 번 이어졌다. 같이 있었니? 아뇨, 파블로가 말했다. 이 상태로 우리 집에 왔어요. 같이 오토바이를 타고 왔어요. 리디아는 두 눈을 크게 뜨고 두 사람을 쳐다보았다. 나중에 설명을 제대로 들어야겠구나. 우선 상처를 꿰매주는 게 먼저인 것 같다. 일단 파상풍약과 항생제, 진통제는 놔줬어요, 가스파르의 맥박을 재고 있던 의사가 언급했다. 이제 그의 말은 가스파르와 파블로가 아닌 리디아를 향하고 있었다. 빈맥이에요. 피를 많이 흘린 모양이더라고요. 리디아도 상처를 보더니 머리를 가로저었다. 누워봐, 그녀는 가스파르의 발밑에 베개를 덧대어주며 말했다. 이러면 좀 덜 어지러울 거야. 그리고 남자 의사에게로 몸을 돌려 말했다. 이 아이 아빠도 심장병을 앓고 계세요. 제가 아는 바로는 이 아이에게 별문제는 없지만, 그래도 모니터링은 해야 할 것 같아요. 지금 바로 심전도를 요청해주세요. 그리고 다시 가스파르에게 질문을 이어갔다. 어쩌다 이렇게 깊은 상처가 난 거니? 팔이 유리 창문에 박혀서 빼내려고 잡아당기다 보니 이렇게 됐어요, 가스파르가 대답했다. 아이고, 하지만 얘야, 다른 손으로 유리를 깨버렸으면 됐지 않니. 그 생각은 못 했어요, 가스파르가 대답했다. 너무 아팠거든요.

그 순간 파블로와 시선을 교환한 가스파르의 눈빛에는 흉포함이 서려 있었다. 입 닥쳐, 확장된 그의 동공이, 불빛이 희박한 응급실 안의 짙은 푸른색 두 눈이 그렇게 외치고 있었다.

나중에 얘기하자, 파블로가 입 모양으로 말했고 가스파르는 고개를 주억거리며 알았다고 답했다.

가스파르는 남자 의사가 혈압을 재는 동안 두 눈을 감고 있었다. 조금 낮구나, 의사가 말했다. 이제 데려갑시다. 밀레르가 마침 오늘 외과 당직이에요. 이 친구 운도 좋네. 얘야, 너 오늘 참 운이 좋아! 의사가 가스파르에게 웃어 보이고는 리디아에게 신경과 힘줄에 대해 몇 가지를 일러주었다. 또 상처가 특이하다는 이야기도 나누었다. 팔의 뒤쪽이 더 약한 부위인데도 그쪽엔 아무 상처가 나지 않았던 것이다.

"너는 밖에서 기다리거라."

리디아가 파블로를 대기실로 안내했다.

"무슨 소식이 있거든 알려줄래? 후안 씨는? 이 일을 알려드려야 할 텐데."

그녀는 파블로에게 전화 토큰 두 개를 쥐여줬다.

"복도 쪽에 공중전화가 있어. 후안 씨에게 전화를 걸어줘. 전화를 안 받거든 우리 집으로 전화해서 비키한테 계속 시도해보라고 해."

파블로는 주저하며 뭔가를 말하려 했지만, 리디아가 그를 막아 세웠다. 그래, 좀 이상한 사람이라고 생각하는 것도, 서로 그닥 친하지 않은 것도 잘 알아. 하지만 쟤 아빠잖니. 그리고 이 상처는 정말 심각하단다. 내가 시키는 대로 해.

가스파르의 집에 전화하자 신호는 갔지만 아무도 받지 않았다. 하지만 파블로는 후안 피터슨이 자신의 노란색 안락의자에 앉아, 그 비명 소리와도 같은 전화벨이 끊길 때까지 듣고 있는 모습을 상상했다.

‡

파블로는 발이 부어 있던 남자가 하는 이야기를 들었다. 젊은 시절, 공장에서 일하다가 칼날에 베였는데 파상풍약이 베인 상처보다 더 끔찍했다고 했다. 손에 난 상처도 보여주었다. 이게 내 손가락을 상하게 할 줄 알았는데, 아니었어. 그 공장은 나중에 문을 닫았지. 뭐, 이건 다른 이야기이긴 하지만. 네 동생은 괜찮을 거야.

저 아인 제 동생이 아녜요, 파블로는 반복해서 말했다. 이 사람들은 왜 우리를 형제로 착각하는 걸까? 비키에게 전화를 걸었다. 일어난 일을 설명했고, 비키는 여러 차례 반복해서 그래서 걘 괜찮은 거야? 라는 질문을 짜증 날 정도로 해대다가 이렇게 덧붙였다.

"가스파르네 집에는 안 갈 거야. 게다가 혼자서는 더더욱."

"너네 엄마는 가라고 하시지 않았어. 그냥 전화하라고 한 거야."

"병원에 가볼래. 토큰을 가져가서 거기서 걸지 뭐."

비키는 아델라네 엄마에게 전화를 부탁하겠다고 말하면서 끊었다. 지금쯤 집에 도착하셨을 거야, 가스파르 아빠랑 이야기하는 건 아줌마한테 맡기면 돼. 집에 있는지 확인하는 것도 부탁드리고. 그렇게 파블로는 다시 대기실 의자로 돌아왔다. 피 묻은 수건을 여전히 두 손에 들고 있었다. 불현듯 오토바이가 떠올랐고, 잠금장치를 잠그기 위해 밖으로 나갔다. 아무도 훔쳐가진 않았지만 자물쇠를 깜빡한 걸 그제야 생각해냈다. 주머니를 뒤지고 또 뒤져 토큰 하나를 겨우 찾아냈고, 달려가서 비키에게 다시 한번 전화를 걸었다. 차고 문을 열고 왔으니 자물쇠도 갖고 와달라고 했다. 그러곤 화단 앞, 작은 처마가 드리워진 응급실 밖 의자에 털썩 주저앉았다.

둘이 싸웠고, 아저씨가 그 애를 다치게 한 거야. 아빠란 사람이. 믿기 어려웠을 뿐 아니라 증거라곤 가스파르의 태도밖엔 없었지만, 확신할 수 있었다. 창문을 떠올려보았다. 큼직한 창이 계단이 구부러지는 커브 쪽에 나 있었다. 가스파르네 집에 들어가 후안이 그의 친구, 남자 친구와 함께 있는 모습을 목격한 날 자신도 그 창에 기대어 있었다. 파블로는 연신 그날 밤에 대한 꿈을 꾸며, 땀범벅이 되고 사타구니가 흠뻑 젖은 채로 깨어나곤 했다. 이따금은 화장실 안 욕조에 틀어박혀 눈을 감고 달빛에 빛나던 후안의 곧은 등과, 낙서인지 상처인지 모를 두 개의 선이 선명하던 그 친구의 등을 떠올리곤 했다. 침착하게 생각하려 했다. 바닥에 그려진 원, 냄새, 그리고 결합하기 전의 그들. 그것들을 생각하거나 그들이 나오는 꿈을 꾸고 난 뒤면 끈적거리곤 하던 이불 속 손가락은 떠올리지 않으려 했다. 물론 발을 헛디디거나 미끄러지면 그 창문 위로 떨어질 가능성은 충분했다. 상당히 위험한 위치인 것만은 사실이었다. 하지만 파블로는 가스파르를 너무도 잘 알았고, 특히 거짓말은 쉽게 잡아낼 수 있었다. 이제 뭘 해야 할까? 후안이 이런 일을 눈 하나 깜빡하지 않고 저지르는 위인이라면, 가스파르를 빨리 그 집에서 빼내야만 했다. 주머니를 뒤지니 토큰은 없었지만, 동전 몇 개를 찾아냈다. 급히 신문 가판대로 뛰어가 전화기의 다이얼을 다시 돌렸다.

"너도 지금 뭘 모르는구나."

비키가 말했다.

"우리 아빠도 뭔지 모르겠는데 하여튼 일이 있다며 약국으로 서둘러 나갔어. 주문이 들어왔다나 뭐라나. 그래서 비르히니아랑 집에 갇혀 있는 신세야. 할머니는 몸이 안 좋아서 얘를 맡아주실 수도 없고. 아델라네 엄마가 가스파르네 집에 갔어. 아주머니가 알아서 하겠대."

파블로는 코카콜라 한 병을 샀지만 마실 수는 없었다. 탄산의 기포가 너무 커서 목구멍으로 넘기기가 힘겨웠다. 병원으로 돌아갔다. 방금 막 도착한 환자 옆에 앉았다. 가슴팍에 팔을 대고 있었는데, 바보처럼 길거리에서 앞으로 푹 고꾸라졌다고 했다. 그렇게 말하는 입에서 알코올 냄새가 풍겨왔다. 엄마한테 전화를 해야 할까? 시계를 봤다. 오후 4시였다. 집에 돌아왔을까? 병원 진료가 오래 걸리는 날일 수도 있었다. 어쨌든 집 앞 도로에, 현관에, 의자에, 차고에 피가 묻어 있고 화장실엔 수건이 동나 있기에 놀라지 말라고 미리 알려주어야만 했다. 오토바이도 제자리에 없었다. 비키가 급히 뛰어가서 차고 문을 닫아주긴 했으니, 이건 큰 문제가 아니었다. 문제는 피였다. 내가 흘린 피인 줄 알면 엄청 놀랄 텐데, 피를 정말 많이 흘렸으니까. 가스파르는 어쩌면 수혈이 필요할 수도 있었다. 맞지 않는 혈액형이 수혈되면 어쩌지? 그런 일이 일어나면 죽을 수밖에 없다. 물론 병원에서 일하는 사람들은 그 정도는 기본으로 알 것이다. 그 아이의 혈액형은 뭐지? 나더러 만능공혈자라던데. 정 필요하면 내 피를 주면 될 거야.

리디아가 갑자기 나타나 파블로를 놀라게 했다. 흰 유니폼을 입고 청진기를 목에 걸고 있었다. 그녀가 다른 차림을 한 걸 본 적이 별로 없었다.

"모든 게 다 잘되고 있어. 지금 봉합수술 중이야. 완벽하게 끝날 거야. 후안 씨께 소식은 전했니?"

"베티 아줌마가 가신댔어요."

파블로는 고개를 떨구고 수건을 꽉 움켜쥐었다. 허리띠는 어디에 두었더라? 관자놀이에서 느껴지던 가스파르의 숨, 겨울날 오후를 덥혀준 그 뜨거운 바람이 다시 불어오는 듯했다. 어쩌면 같은 방에서 함께 잘 수도 있겠지. 아빠가 가져다준 홑이불이 꽤 따뜻하니까 그걸 쓰면 되겠다. 물론 죽지만 않는다면 말이지. 파블로는 생각했다.

"금방 돌아올게."

리디아가 말했고 파블로는 응급실에 남겨졌다. 자기 나이 또래의 여자아이 하나가 숨을 쉬지 못했고, 엄마가 곁에서 이 아이는 천식을 앓는다고 소리치고 있었다. 아이는 점점 신경이 날카로워졌고, 이윽고 여의사 하나가 숨이 막힌 여자아이를 방 안으로 끌고 가더니 엄마의 눈앞에서 문을 쾅 닫았다. 파블로는 가스파르를 생각했다. 상처를 꿰매는 동안 혼자 있을 그 아이. 후안은? 어쩌면 그 크고 어두운 집의 방 한구석에 숨어 있을지 모른다. 어쩌면 고통스럽다는 듯 흐느끼던 그 백발의 친구와 함께 있을지도 모른다. 그렇게 많이 아픈 걸까? 두 사람을 목격한 이후로 항상 같은 생각을 반복했다. 많이 아픈 걸까?

내가 틀린 거겠지, 그렇게 생각하고는 양손으로 수건 뭉치를 틀어쥐었다. 그저 후안은 입원 중이고 가스파르가 진실을 말하고 있는 것이기를.

리디아는 여러 가지 소식을 듣고 돌아왔다. 이제 가스파르를 보러 들어가도 돼. 조금 있으면 집에 가도 괜찮아. 하지만 후안 씨가 오실 때까지 몇 시간만 기다리면 좋겠구나. 안 오시더라도 우리 집으로 데려가면 된단다. 아휴, 얼마나 짠한지 모르겠어. 머리를 박은 지 두 달도 안 됐는데.

가스파르는 혼자 있지 않았다. 처음 보는 의사가 그의 곁을 지키고 있었다.

"네 친구는 정말 대단해! 계집애같이 징징거리지도 않고, 아주 씩씩하게 잘 해냈어. 다 잘될 거란다."

의사가 말했다. 그는 그 말을 남기곤 리디아를 한구석으로 데려가 이런저런 이야기를 건넸다. 파블로는 제대로 듣지 못했지만, 붕대나 항생제 따위의 이야기를 하는 것 같았다. 이어 돌아온 두 사람은—가스파르는 한 번도 파블로를 제대로 쳐다보지 않고 단지 붕대만을 뚫어져라 바라보는 중이었다—무슨 일이 있으면 응급실로 향하는 문을 두드리라고, 그러면 돌아오겠다고 말하고 자리를 떴다.

의사들이 문을 닫는 그 순간, 가스파르가 침상 위에 앉아 파블로의 두 눈을 빤히 바라보았다.

"너, 아무것도 얘기하지 않은 거 맞지?"

"무슨 얘기?"

"이 일에 대해 입이라도 뻥긋하면 죽인다."

"야, 이 멍청아, 대체 내가 무슨 말을 한다는 거야!"

가스파르는 목소리를 낮추더니, 등을 둥글게 말았다. 야생동물 같아 보였다.

"아빠와 다투고 나서 아빠가 날 유리로 베었어. 너도 눈치챘잖아. 누구에게라도 얘기하면 널 죽일 거야."

협박을 하는 가스파르는 분노에 가득 차 있었고, 파블로를 덮칠 기세였다. 하지만 파블로는 화를 낼 수 없었다. 그 고백이 가스파르를 기진맥진하게 만들었다. 다가오지 말라는 손짓을 무시하고 숨을 헐떡이는 가스파르에게 다가갔다. 더 가까이 다가가서는 침상 옆에 앉아, 자신을 애써 외면하며 칠이 거의 벗겨지기 직전인 초록색 벽을, 사람의 뼈가 디테일하게 그려진 포스터를, 스카치테이프로 벽에 붙인 엑스레이 촬영 시간표를, 유리 플라스크와 주사기를 바라보는 가스파르를 바라보았다. 파블로는 가스파르의 손을 쓰다듬었고, 어깨에 팔을 두르기도 했다. 가스파르는 그 정도는 허용했지만, 딱 그 정도였다. 파블로는 낮은 목소리로, 무슨 일이 일어난 건지 알려줄 거지? 라고 물어보았고 가스파르도 수긍했다. 다만 건조한 눈빛으로 친구를 바라보며 지금은 안 돼, 라고 말했고 파블로는 괜찮다고 대답했다.

"고마워."

한참이 지나 여러 번 심호흡을 한 가스파르가 말했다. 울지 않으려는 걸까? 아니면 스스로 마음을 추스리는 걸까? 파블로는 이해할 수 없었다. 자기 아빠에게 그 정도로 학대당한 아이가 대체 어떤 심정일지 파블로는 이해할 수 없었다.

"정말이야. 널 만나지 못했다면 무슨 일이 일어났을지 모르겠어."

"택시를 잡았겠지."

"그랬을 수도. 허리띠 아이디어는 정말 대단했어."

가스파르는 이 말을 웃음기 없이 내뱉었다. 파블로는 다시는 가스파르의 웃는 모습을 볼 수 없을 거라 직감했다.

"그게 아니면 우당탕탕 넘어졌을 거야. 아직도 어지러워?"

"조금은."

리디아가 문을 거의 부수듯이 급하게 들어왔다. 보자, 보자, 라고 중얼거리며 가스파르의 맥박을 쟀다. 너희 집으로 가자. 베티가 네 아빠가 방금 집에 돌아왔다고 하더구나. 손은 위로 올려놓고 있어. 아래로 떨구지 말고. 설명 들었지?

리디아를 따라가기 전, 파블로가 가스파르의 성한 쪽 어깨에 손을 얹었다.

"집으로 돌아가도 정말 괜찮겠어?"

"아빠가 무서운 건 아냐."

"어떻게 안 무서워?"

"파블로, 이건 아빠와 나 사이의 일이야. 무슨 말이라도 지껄이면, 너를 죽이지는 않겠지만 너와 다시는 말을 섞지 않을 거야."

가스파르는 이 말을 남기고 한 손은 치켜들고, 허리띠는 제자리에 차고, 피로 물들었지만 어느새 마른 바지를 입은 상태로 병실을 나섰다.

‡

가스파르는 흔들리는 차 안에서 어지럼증을 느꼈지만, 리디아에게는 아무 말도 하지 않았다. 파블로는 오토바이를 타고 집으로 돌아간 뒤였다. 다음에 보자고 약속했지만 그다음이 언제쯤이 될지 확신할 수는 없었다. 파블로를 다시 볼 수 있을지, 집 밖을 나설 수는 있을지조차 알 수 없었다. 지금은 도망갈 수 있는 틈이 전혀 보이지 않았다. 하지만 도망치고 싶었다. 그리고 아빠를 보고 싶었다.

문은 절반쯤 열려 있었다. 차가 멈췄을 때, 아델라의 엄마 베티가 집을 나서고 있었다. 언제나처럼 빼빼 마른 모습이었다. 그녀를 그곳에서 보는 게 어색했다. 그녀는 엄마와도 알고 지냈다고 했다. 두 사람은 무슨 이야기를 나눴을까? 불안해 보이기도 했다. 가스파르는 복도에 서서 가식적으로 걱정 어린 표정을 한 아빠를 보자 다리가 후들거리는 걸 느꼈다. 벽에 기대서야만 했다. 가스파르의 어지럼증을 알아차린 리디아가 그를 소파가 있는 거실로 천천히 부축했다. 일 층에는 부엌의 의자 세 개를 제외하면 앉을 곳이 바닥밖에 없었다. 베티가 집을 나서며 문을 닫았다. 저 여자, 무언가를 숨기고 있어, 가스파르는 생각했다. 이런 뻔한 사실을 왜 지금에야 깨달았을까? 아델라가 하던 아빠 얘기도 신빙성 있을지 몰라. 아빠들은 왜 존재하는 걸까? 그냥 모두가 고아였어도 좋았을 것이다. 혼자 커가다가, 누군가 와서 음식을 만들고 목욕하는 법 정도만 가르쳐줘도 충분할 것 같았다.

리디아가 아빠에게 다가갔고, 가스파르는 그녀가 전달하는 이야기들을 제대로 알아듣지 못했다. 아빠는 듣는 척하면서 고맙다는 말을 건넸다. 입술의 움직임으로 알 수 있었다. 그리고 약품과 소독약, 가제까지 들어 있는 상자를 받아 들고 고개를 끄덕이며 알겠다고도 말했다. 아빠의 머리카락은 꽤나 깨끗했고, 많이 자란 만큼 금발 머리의 끝부분을 귀 뒤쪽으로 넘겼다. 리디아는 그의 어깨에 손을 얹었고―그러기 위해 팔 전체를 쭉 뻗어야만 했다―, 무엇이든 필요하면 언제든 저희가 도와드릴 수 있다는 거 잘 알고 계시죠, 라는 리디아의 말과, 피투성이가 된 깨진 창문을 보고 무슨 일인지 도무지 짐작도 못하다가 베아트리스 씨가 오셔서 잘 설명해주셔서 그제야 알게 되었죠, 라는 지극히 가식적인 아빠의 말을 들을 수 있었다.

"제가 진료를 받던 중에 이 일이 일어났더군요. 몰래카메라도 이렇게 어이없진 않을 텐데요. 제가 서둘러 아이를 보러 가려던 그 순간에 출발하셨다는 말을 들었습니다."

"후안 씨, 필요한 게 있으면 언제든지 말씀하세요. 진심이에요."

"별문제 없을 겁니다. 저흴 도와줄 간호사도 계시니까요."

두 사람은 이런 식의 대화를 한참 동안 나눴다. 어지럼증은 거의 사라지고 있었지만, 가스파르는 그들의 대화에도 관심이 없었다. 팔에서 헐떡이는 통증이 느껴졌다. 진통제를 워낙 많이 먹은 탓에 당장은 심하지 않았지만, 점점 악화될 게 뻔했다.

문이 닫히자, 아빠는 그저 으르렁댈 뿐이었다. 가스파르에게 오는 대신 자신의 방을 향해 갔고, 가는 길에 약품과 가제, 소독약이든 상자를 던져버렸다.

가스파르는 아빠가 혼자 방에 처박히도록 두지 않을 셈이었다. 통증에 고통받는 자신을 거실에 혼자 내버려두도록 하지 않을 것이었다.

"이리 와!"

고함을 질렀고, 순간 몸 안에 그 어떤 통증도, 안정제도 느껴지지 않았다. 그저 순수한 분노만이 온몸을 전율하게 만들고 있었다. 당장에 죽여버릴 수도 있을 것 같다는 사실을 아빠가 알아주길 바랐다.

"뭐라고 말 좀 해봐, 이 시발 놈아!"

가스파르는 거실에 선 채로 아빠를 기다렸고, 그가 천천히 걸어왔다. 그에게 달려들어 머리통을 벽에 짓이기고 싶다는 충동이 일었다. 아빠와 얼굴을 마주하자, 분노가 수그러들더니 그저 바닥에 누워 숨을 거두고 싶다는 생각에 휩싸였다.

"아빠, 대체 어딨는 거예요? 당신은 우리 아빠가 아냐. 그 사람은 날 사랑했었는데. 당신은 누구야?"

절대적인 정적이 감돌았고, 가스파르는 그 남자가 자신의 아빠일 리 없다고, 아빠는 가버리고 없다고 생각했다.

"나는 비어 있다."

"아니, 아니. 그냥 우리 아빠가 어딨는지만 말해줘."

"네 아빠는 여기 있다. 아직 여기 있어."

가스파르는 자신에게로 다가오는 발소리가 들려오자 멀쩡한 손을 뻗었다. 제발, 더 이상 날 해치지 말아줘요, 라고 말했다. 아빠는 그의 곁에 털썩 주저앉았다. 가스파르는 그의 냄새를 맡았고, 알아보았다.

"가스파르, 너는 내가 이 세상에서 가장 사랑하는 존재란다."

"그럼 대체 뭐가 문제인데요? 절 죽여줘요, 아빠. 제발요, 전 겁나지 않아요."

아빠를 바라보자, 지독한 욕심과 새로운 욕망이 미지의 색깔처럼 두 눈에 서려 있는 게 보였다.

"내게 그런 부탁을 하지 말거라."

"그걸 원하는 거잖아요."

"아냐. 난 그런 걸 원하지 않아."

또다시 분노가 치밀어 올랐다. 거짓말쟁이야, 가스파르는 생각했다. 연극을 하고 있어. 이제껏 내 팔이 괜찮냐고도 묻지 않았어.

"괜찮은 줄 아니까 군이 물어보지 않았다."

"내 머릿속에서 나가요." 가스파르가 으르렁거렸다.

"네가 알아차리지 못했을 뿐이지, 난 항상 네 머릿속에 있었어. 스스로 갇히지 말거라. 그러면 더 아플 뿐이야. 그만 아프자, 가스파르."

그 순간 가스파르는 수년이 지나서야 다시 떠올리게 될, 그렇지만 세상의 말로 설명할 수 없는 무언가를 느꼈다. 마치 수혈과도 같았다. 혈관을 흐르는 뜨거운 물, 눈으로 볼 수는 없을 어떤 이미지 같은 것들이 물밀듯이 밀려 들어왔다. 흰색 침구가 덮여 있는 침대 위, 선풍기 하나가 돌아가고 있고 그 앞에 아빠와 함께 잠들어 있는 자신이 보였다. 그에 앞서, 아빠의 가슴 위에 잠들어 있는 아주 작은 아기였던 자신, 그런 자신을 깨우지 않으려 곡예하

외딴집의 악한 것

듯 책을 읽고 있는 아빠의 모습도 보였다. 어느 차의 뒷좌석. 폭포수가 떨어지는 우레 같은 소리. 수영. 시디플레이어를 틀어놓고 춤을 추던 엄마와 아빠. 한밤중의 검은 빛. 입술이 없는 여자. 오렌지색 티셔츠를 입고 자신과 정원에서 뛰어놀던 엄마. 어두운 방에서 말하고 있던 아빠. 공책에 그려진 기하학적 무늬들과 사람들이 둘러싸고 있던 습한 집에서의 기억. 얼룩진 천장과 고개를 가로젓던 아빠. 석유 냄새와 물 위에 흩뿌려진 웃음소리. 그러던 중, 그런 이미지들과 더불어 가스파르의 온몸에 끓어오른 혈기는 이내 아빠에게 냅다 뛰어들어 마구 주먹질을 하게 만들었다. 아빠는 그런 가스파르를 막지 않았다. 체력이 다할 때까지 아빠의 두 눈에 주먹을 날렸고, 양 뺨을 할퀴어댔다. 그렇게 힘을 다 쏟아버린 가스파르는 바닥에 쓰러지듯 누워 말없이 천장을 바라봤다. 열린 창으로 들어온 바람줄기에 전등이 흔들리고 있었다. 다른 길이 있었다면 어땠을까? 아빠의 말이 들려왔다.

"사랑하는 사람들은 서로에게 상처 주지 않아요."

가스파르가 말했다.

"틀린 말이야. 내가 널 해친 건, 구해주기 위해서야."

후안이 대답했다.

"미쳤어요, 아빠?"

"그래, 너에겐 내가 미친 것처럼 보일 수도 있어. 하지만 이젠 네 이해를 구하기엔 너무 멀리 와버렸어. 이해해주길 바라지도 않아, 아들아. 난 네게 미움받을 마음의 준비가 되어 있어. 그냥 죽어버려서 네 마음속에 좋은 기억을 남긴 채 떠나고 싶기도 하지만, 그

건 가능하지 않은 선택지야. 사실 이편이 훨씬 나은 것 같다."

"아빠를 미워하지 않아요."

가스파르가 한숨을 쉬었다.

"하지만 무서워요. 왜 저를 다치게 한 거예요? 사실을 말해줘요. 아빠, 제게 피를 마시게 했잖아요."

"꼭 필요한 일이었어. 이 모든 일 하나하나가 널 지켜주기 위해 필요한 단계들이었단다."

"누구에게서 지켜준다는 거예요, 아빠? 전 그냥 아빠로부터만 보호받으면 돼요! 절 이렇게 다치게 한 걸로 감옥에 갈 수도 있어요. 이건 그냥 따귀 한 대와는 차원이 다르다고요."

"그래, 네가 날 신고할 경우에도 대비해놨어."

"리디아 아줌마한테 방금 거짓말했잖아요."

"사실을 얘기해줄 수도 있어. 그건 중요하지 않아."

가스파르가 앉았다. 아빠의 곁, 바닥에 누워 얼마나 오래 있었던 것일까? 몇 시간? 팔에 끔찍한 통증이 밀려왔다.

"우리는 늘 서로를 위해 살아왔어요. 최근엔 제가 아빠를 보살펴 주고 있었고요. 제게 이런 짓을 할 필요는 없었잖아요."

"난 널 끝까지 보살펴줄 거다. 기다려."

후안이 말을 마치고는 다친 팔을 손으로 쓸었다.

"날 두려워하지 말아라. 더 이상 무서워할 필요 없어."

후안이 붕대 위에 손을 대자 가스파르는 깜짝 놀라 펄쩍 뛸 뻔했다. 하지만 그 직후 통증이 불현듯 사라졌다. 점차 사라진 것도 아니었다. 통증이란 걸 한 번도 느껴본 적 없는 것처럼, 흔적도 없이

외딴집의 악한 것

사라져버렸다. 자신을 바라보는 아빠의 두 눈에 피가 고여 있었다. 죽은 사람 같았다. 죽어 있어, 가스파르는 생각했다.

"상처는 계속 거기 있을 거야. 아픈 것처럼 관리해라. 하지만 정말 아프진 않을 거야. 진통제는 먹지 마라, 필요 없을 테니까. 항생제는 먹고."

"통증은 어디로 간 거예요?"

"아들아, 그건 네 상상에 맡기마."

가스파르는 바닥에 드러누웠다. 꿈 없는 잠을 자고 싶었다. 몇 년을 내리 잠들어 있고 싶었다.

‡

큰아빠가 왔을 땐 집 앞 계단에 앉아 있었다. 알아보는 건 어렵지 않았다. 루이스는 아빠만큼 키가 크지도 않았고 흰머리가 희끗희끗했지만, 그래도 가족이 공유하는 특징에는 의심의 여지가 없었다. 사십대 정도 되어 보이는 그가 아빠보다 나이가 많다는 사실은 가스파르도 알고 있었다. 큰아빠가 손을 흔들더니 가스파르를 향해 뛰어왔다. 플란넬 셔츠 위에 패딩 재킷을 걸쳐 입고 어깨에는 가방 하나를 걸치고 있었다. 가까이 다가왔을 때, 가스파르는 그의 피부가 구릿빛을 띤다는 걸 알아차릴 수 있었다. 금발인 데다가 새치까지 있어 색깔의 대비가 두드러져 보였고, 다소 기묘하게까지 느껴졌다. 주름살도 많았다. 두 사람은 몇 초 동안 잠시 눈길을 교환했다. 이내 루이스는 미소를 지으며 가스파르를 안더니, 머리카락을 헝클어뜨리며 너 엄청 컸구나, 라고 말했다. 마지막으로 사진을 받아본 게 삼 년 전이었다는 말과 함께. 가스파르는 떨리는 목소리로 말했다.

"오늘 아침 일찍 내려놓은 커피가 있어요. 커피 드세요?"

큰아빠는 그러겠다고 대답했지만, 먼저 집을 둘러보려 멈춰 섰다. 집의 나무 문, 짙은 녹색으로 칠한 철제 블라인드, 그리고 현관문 옆에 박힌 '오파렐&델포소'의 명판을 보며 대단하구나, 라고 말했다.

"이 사람들은 유명한 건축가야. 환상적인 집에 사는구나."

큰아빠가 설명했다.

가스파르는 큰아빠가 집에 들어서자 조금 부끄럽다는 생각을 했다. 집 안은 그다지 환상적이지 않았기 때문이었다. 사람이 살지 않는 곳 같았다. 루이스는 살짝 놀란 눈빛으로 집 안을 둘러보았지만, 아무 말도 하지 않았다. 벽에는 아무런 그림도 걸려 있지 않았고, 물건을 수납하기 위한 가구도 없이 노란색 안락의자 하나만 덩그러니 있을 뿐이었다. 부엌이 그나마 제일 안락한 공간이었다. 가스파르는 커피를 데우기 위해 불을 올렸다.

"네 아빠는?"

"자는 것 같아요."

"녀석, 내가 한동안 여기 있어주마. 너희 둘만 이러고 있어선 안 돼."

다음 질문을 하기 전, 가스파르는 숨을 깊이 들이마셨다.

"왜 더 일찍 오지 않았어요?"

외딴집의 악한 것

큰아빠가 미소 지었다.

"네가 브라질의 모니카에게 전화한 걸 얼마 전에 알게 되었어. 네 아빠는 자신이 요청하기 전까지 오지 말아달라고 했고. 네 아빠가 쉬운 사람은 아니잖니. 헤어지는 것마저 쉽지 않구나."

"그렇죠."

가스파르가 대답했다. 큰아빠의 목소리가 마음을 진정시켰다. 전화로 수도 없이 들었던 목소리였다. 기억을 할 수 있을 때부터 매년 생일에, 크리스마스에, 동방박사의 날에 전화를 해주었다. 사진으로만 봐왔지만 모르는 사람이 아니었다. 그런데 월드컵 기간에 전화가 없었던 건 좀 이상해서, 어찌 된 일인지 물어보았다.

"전화했었지!"

큰아빠가 대답하며 웃음을 터뜨렸다. 익숙한 웃음이었다. 찌르는 듯 높고 짧은, 고함 같게도 느껴지는 폭소.

"그런데 경기 중엔 아무도 받지 않던걸."

"아빠는 집에 계셨을 거예요, 아마. 그래도 전화를 받지 않았을 테지만요. 전 내기 때문에 친구 집에서 경기를 봤어요."

"아쉽구나, 나도 너와 축구 이야기를 하고 싶었는데."

가스파르는 커피에 우유를 넣으려다 조금 흘리고 말았다. 큰아빠가 커피에 설탕을 넣지 않는 게 이상하다고 생각했지만, 아무 말도 하진 않았다.

"팔이 부러진 거니?"

기다리던 질문이었다. 아직도 반깁스를 유지하고 있던 차였다. 곧 실밥을 다 뺄 예정이었다. 하지만 큰아빠와 이 이야기를 하고 싶진 않았다. 거짓말을 하도 반복했더니, 언젠가 스스로도 믿게 될 것만 같았다.

"계단에서 굴러떨어져서 심하게 베였어요. 다음에 보여드릴게요. 계단에 창문이 있거든요. 거기서 균형을 잃고 깨진 유리창 한가운데 팔이 박히고 말았어요. 수술도 받고 그랬어요."

"그래? 네 아빠는 아무 말도 하지 않던데."

안 한 게 당연하죠, 가스파르는 속으로 생각했다. 상처는 간지러웠고, 당겨왔다. 가스파르가 조심스레 붕대 위를 긁었다. 큰아빠는 커피를 한 모금 마셨다. 의심하지 않고 그 사고 이야기를 믿고 있었다. 어떻게 의심을 한단 말인가? 하지만 가스파르는 혹시 몰라 말을 이어갔다. 오는 월요일부터 학교에 다시 나갈 계획이고 아직은 축구를 할 수 있다는 허락을 받지 못했다고, 자신보다 더 심하게 부상당한 선수들도 금방 복귀하던데 이해할 수 없다고 말했다.

하지만 이 이야기를 끝맺지도, 답변을 듣지도 못했다. 거실로부터 명백히 아빠의 것이 분명한 발소리가 들려왔기 때문이었다. 그는 갑작스레 주방에 모습을 드러냈다. 침대에서 몸을 일으키는 일은 그리 많지 않았다. 그리고 두 사람의 포옹을, 눈물이 고인 큰아빠의 두 눈을, 정을 나누는 그 순간의 연약해 보이기만 하는 덩치 큰 아빠의 몸을 보았다. 두 사람은 부엌을 나섰다. 큰아빠는 금방 돌아오겠다는 몸짓을 했고, 아빠는 눈길을 돌리지 않았다. 가스파르는 다친 팔에 물을 묻히지 않으려 한 손으로만 찻잔을 씻었다.

‡

방과 후 집에 돌아온 비키는 깜짝 놀라고 말았다. 정신없이 어질러진 거실에서 가스파르의 큰아빠, 루이스가 그다음 날까지 휴무인 엄마와 함께 마테차를 마시고 있었다. 엄마는 자신을 "가스파르의 절친 중 하나"로 소개했고, 루이스는 이야기를 많이 들었다며 화답했다. 비키는 그가 가스파르 아빠의 조금 늙고 자상한 버전 같다고 생각했다. 브라질에서 루이스가 어떻게 지냈는지에 대한 이야기가 오가는 걸 보아 중요한 이야기는 이미 끝난 듯했다. 산타테레사 근처에 있는 감보아라는 동네라고 했다. 엄마가 참 멋지네요, 라고 말하자 루이스가 대답했다. 뭐, 어느 정도는요. 그런데 향수 때문에 그렇게까지 멋지게 느껴지지 않았나 봐요. 그리고 두 사람은 망명에 대해 이야기를 나눴다. 냄새가, 음식이 그리웠다고. 리우데자네이루는 멋진 도시지만 한편으로는 침울한 곳이기도 하고. 그리고 이번에 돌아오게 된 이유도 슬프기 그지없다고. 그 이야기를 하던 두 사람은 동시에 비키를 바라보았다. 비키는 빨대 모양 둘세데레체 과자를 입에 물고 움직임을 멈추었다.

"입원하시는 게 훨씬 편할 텐데요."

리디아가 갑작스레 말을 꺼냈다.

"다들 그렇게 얘기하죠. 하지만 동생은 가능한 한 집에 머무르고 싶어 하더라고요. 곧 입원시키긴 할 거예요."

가스파르의 집은 이미 병원이나 다름없었다. 비키는 딱 한 번밖에 가본 적 없지만, 변화를 감지할 수는 있었다. 히터를 틀어놓아 집 전체가 따뜻했다. 후안을 잘 보살피기 위한 새 침대도 들어와 있었다. 높고 난간이 있으며 상체 쪽을 전동으로 일으킬 수 있는 손잡이도 있는 침대였다. 방 안을 흘긋 훔쳐본 바로는, 모든 약이 작은 협탁 위에 정돈된 상태로 놓여 있었다. 간호사가 그곳에서 잠을 자며 상주하고 있었고, 의사도 거의 매일 와 있는 것 같았다. 엄마도 병원 휴무일 때마다 들러서 도움을 주곤 했다. 비키는 잘된 일이라고 생각하면서도, 한편으로는 그러는 동안 누구도 가스파르에게는 관심을 기울이지 않는다고 생각했다. 자전거를 타고 길바닥을 떠돌거나, 수영을 하거나, 영화관에 가서 이 영화 저 영화를 내리 연달아 보곤 하는 그 아이의 얼굴엔 수심이 가득해 보였다. 몸은 비쩍 말랐으며 축구 경기를 보더라도 즐거워하지 않았고 학교에는 결석을 밥 먹듯이 하고 있었다.

"가스파르가 너무 안 좋아요." 비키가 말했다.

루이스가 입술 사이에 마테차용 빨대를 문 채로, 굉장히 사려 깊은 청록색 두 눈을 비키에게로 향했다. 그는 찻잔을 탁자 위에 올려놓은 다음, 찻잎을 채운 뒤 비키에게 건네주었다.

"엉망이지. 그 애 아빠 일이니까. 게다가 최근 몇 달 새에 두 번의 큰 사고를 겪었어. 안타깝기 그지없는 일이야. 불쌍한 녀석."

"아빠랑 사이도 좋지 않아요."

"내 동생이 쉬운 사람은 아니야. 그리고 가스파르에게는 아빠와 작별을 해야 한다는 현실이 받아들이기 힘든 것 같더구나."

"선생님이 그 아이를 입양하실 거예요?"

"그냥 아저씨라고 부르려무나."

비키는 자신을 어른으로 대하며 진지하게 대화를 나누고 있는 이 사람에게 깊은 인상을 받았다. 눈빛은 진솔했고, 마테차를 마시는 모습마저도 멋졌다.

"초기 절차는 어느 정도 마무리했단다. 이제 내가 가스파르의 후견인이야."

"그게 뭐예요?"

"내가 그 아이를 책임지는 보호자란 말이지."

"그럼 걔를 조금 더 신경 써주시면 좋겠어요. 다른 사람들은 개한테 신경을 잘 안 써주거든요."

루이스는 대답하기에 앞서 깍지 낀 손가락을 다리 위에 올려놓고선 잠시 생각에 잠겼다.

"그래, 비키. 네가 말하는 모든 게 다 사실이란다. 나도 가스파르가 내 말에 좀 더 귀 기울여주기를 바라고 있어. 집에서 좀 더 많은 시간을 보냈으면 좋겠고. 그 아이는 아직 어리잖니. 부모의 죽음을 받아들이는 건 각자의 몫이야. 우리 엄마도 내가 가스파르와 비슷한 나이였을 때 돌아가셨어. 아주 심각한 병이었고, 나도 그 이후에 좀 엇나가기도 했단다. 너희는 그 아이의 친구니까 나보다 더 잘 도와줄 수 있지 않을까 싶다. 나보다 그 아이를 더 잘 알잖니."

소파에 앉아 있던 비키는 다리를 꼬았다. 체육복을 입고 있었다.

"어떻게 도와줘야 할지 모르겠어요."

비키가 말했다.

"내가 무슨 말을 하는지 이제 알겠지? 그걸 아는 사람은 없어."

루이스가 말했다.

‡

가스파르가 집에 돌아왔을 땐 늦은 시간이었다. 아빠가 입원해 집은 고요하기 그지없었다. 간호사들이 오가지도 않았고, 조용히 있으려 신경 쓰지 않아도 되었다. 병원과 집을 오가며 아빠와 최대한 함께 있으려 하던 큰아빠가 집에 있을지는 알지 못했다. 오븐에 피자가 있었고, 식었긴 했지만—그리고 여러 조각이 빠져 있었다—가스파르는 개의치 않고 부엌 식탁에 가져와 먹기 시작했다. 운이 좋았다. 공원의 간이식당이 예고 없이 문을 닫는 바람에 극장에서 오랜 시간을 보냈더니 배가 너무 고팠다. 아빠의 방문이 반쯤 열려 있었고, 순간 침대 위 아빠의 모습을 본 듯했으나 자세히 보니 그림자가 움직이고 있었다.

문소리, 열쇠 소리가 들려왔다. 그 이후 들려온 발소리는 큰아빠의 것이었다. 운동화를 신은, 결연하고 빠른 발걸음. 부엌으로 곧장 다가온 그를 올려다보자, 가스파르는 피로에 찌들고 이맛살을 찌푸린 얼굴을 보았다. 걱정과 슬픔이 서린 표정이었다. 이제 본격적인 대화가 시작되려나. 바로 그 대화. 가스파르는 생각했다.

큰아빠가 부엌의 의자 하나에 걸터앉은 뒤 뭐라도 시원한 걸 한 잔만 달라고 요청했다. 가스파르는 사과주스에 얼음을 넣어 건넸다. 와인을 달라고 한 걸까? 그걸 바랐다면 직접 말했을 것이다.

"함께 병원에 갈까? 네 아빠가 입원한 뒤로 한 번도 가지 않았잖니."

"뭐 하러요? 뭐라도 바뀐 게 있어요?"

"얘야, 화가 많이 났구나."

루이스는 위스키 잔이라도 되는 듯 컵 안의 얼음을 굴리다 말했다.

"그래, 바뀐 게 있지. 네 아빠가 의식을 잃었단다. 오늘 아침 뇌출혈이 발생했어. 그게 뭔지 아니?"

"아뇨."

"나도 대충 설명만 들었는데 무슨 말인진 잘 모르겠어. 어찌 됐든, 간략하게 얘기하자면 다시 깨어나지 못할 수도 있다는 거야."

가스파르는 무릎이 후들거림과 동시에 큰 안도감을 느꼈기에, 무슨 말을 해야 할지 몰랐다.

"글쎄, 네가 가서 작별 인사라도 하는 게 좋지 않을까 싶어. 들을 수 있을지 없을지는 모르겠지만. 네 아빠의 상태가 이제 예측 불가능하다는구나."

"뭐 하러 제가 작별 인사를 하겠어요, 어차피 아무것도 모를 텐데. 큰아빠는 거짓말쟁이예요."

가스파르는 큰아빠에게 쏘아붙이곤 아무 말도 들으려 하지 않았다. 방으로 곧장 뛰어 들어가서는 큰아빠가 들어오지 못하게 열쇠로 문을 잠갔다. 문을 두드릴 수도 있으니 천장을 보고 누워 헤드폰을 끼웠다. 이전에 넣어놓았던 록밴드 더큐어의 음반이 오디오에 들어 있었다. 어둠 속에서 숨죽여 흐느끼다가, 음악을 들으며 잠에 빠져 아빠 꿈을 꾸었다. 마치 사냥꾼의 것처럼 큰 칼을 두 손으로 쥐고 있던 아빠는 병상에 앉아 뭐라고 말을 하다가 스스로 눈꺼풀을 잘라냈다. 칼을 썼던 것도 같았지만, 꿈속의 가스파르에겐 잘 보이지 않았다. 그저 부릅뜬 아빠의 누르스름한 두 눈과, 퍼석한 피부 잔해에 붙은 금색의 속눈썹이 담요 위에 흩뿌려진 모습만이 눈에 들어왔다.

‡

그 주 토요일이 바로 약속의 날이었다. 오후 간식을 먹은 뒤 비야레알가의 집 입구 앞, 메마른 정원에서 만나기로 했다. 가스파르는 날이 밝을 때 들어가고 싶다고, 6시 정도면 금방 어둑어둑해질 거라고 말했지만, 모두가 반대했기에 가스파르도 군이 고집을 피우지는 않았다. 아빠가 의식을 잃은 지 이틀이 지나 있었다. 큰아빠는 더 이상 종용하지 않았지만, 스스로 아빠를 찾아가보기로 결심했다. 아빠는 본인만을 위해 마련된 중환자실에 누워 있었다. 가스파르가 침대 옆에 다가가 앉았다. 아빠는 눈을 감고 있었고, 가스파르는 손으로 눈꺼풀을 들어 올렸다. 오른쪽 동공이 고정된 상태로, 마치 딱정벌레처럼 검게 변해 있었다. 다른 쪽 눈은 정상이었다. 마치 찰흙으로 된 몸을 만지는 것 같았다. 이렇게 스러져버렸다는 게 믿기지 않았다. 죽은 건 아니었지만, 그렇다고 살아 있다 할 수도 없는 상태였다. 여전히 화가 나 있긴 했어도, 조금이라도 이야기를 나누고 싶었다. 마지막으로, 용서는 못 했어도, 그래도 사랑한다는 말은 전할 수 있을지 모르는 일 아닌가? 이렇게 자신과 대화 한 번을 못 한 채로 가버린다는 것인가? 이렇게 갑작스럽게 사그라지는 것인가? 아빠가 움찔거리자 가스파르는 안심하며 다가섰다. 그래, 아직 죽은 건 아니구나. 몹시 이상한 방식으로 숨을 쉬고 있었기에 몸이 움찔거렸던 것뿐이었다. 아빠는 일 분 동안 숨을 쉬지 않고 가만히 있다가 갑자기 불현듯 생각났다는 듯이 숨을 들이마시곤 했다. 그렇게 빠르고 격렬하게 숨을 쉬다가 이내 멈추기를 반복하고 있었다. 눈을 뜨지는 않았다. 소리는 들을 수 있는 걸까? 몸을 굽혀 아빠의 귓전에 속삭였다. 일어나요, 아빠. 손을 내밀어보았지만 아무 응답이 없었다. 방을 나서자 큰아빠가 바깥쪽에서 기다리고 있었다. 가스파르는 아빠가 어떻게 숨을 쉬는지 보았냐고 물었다. 큰아빠는 봤다고 대답하며 손을 어깨에 얹었지만, 가스파르는 그 손을 떨쳐냈다. 그 누구도 자신에게 손을 대지 않길 바랐다. 그렇게 아빠와 친하다던 에스테반과 탈리는 어디 있단 말인가? 왜 아빠를 외롭게 둔 거지? 금요일 아침 학교에 가기 전, 침대 위에 아빠가 죽은 채로 누워 있는 모습을 본 것 같았다. 작은 창문으로 햇빛이 들어오고 있었고, 가스파르는 문가에 서서 그 형상이 사라질 때까지 기다렸다. 그랬다. 이제 자신이 좋아하는 큰아빠와 함께 살게 될 것이었다. 친구들의 아빠와 한편으론 다르면서도 또 한편으론 많이 비슷한 사람이었다. 하지만, 막상 지금은 진짜 집에서 쫓겨난 듯한 기분이 들었다. 속속들이 알지 못한 그 집, 방 몇 개만이 허락되었던 그 집, 온전히 자신의 것이었던 비밀의 집. 마치 〈스타워즈〉에서처럼, 갑자기 누군가가 집에 들이닥쳐 자신을 모르는 세계로 보내고는 모르는 사람의 손에 맡겨버린 것만 같았다.

비야레알가의 폐가에서 모이기로 한 날, 가스파르는 과하게 일찍 도착했다. 가는 길에 축구를 하는 남자아이들과 고무줄놀이를 하는 여자아이들을 보았다. 토요일 오후였다. 날씨가 더워지기 시작했고, 구름 없는 하늘은 밤의 검은색이 오기에 앞서 짙은 파란색으로 채색되어 있었다. 가스파르는 자전거점에서 빌려온 쇠 지렛대를 가방 안에 챙겨 왔다. 랜턴은 파블로가, 자물쇠 열쇠는 아델라가 맡기로 했다. 비키는 집에 들어가는 데 갑자기 반대하는 바람에 아무것도 맡지 않았다. 근거는 아주 명확했다. 나 무서워. 저 집 안에 뭔가 있는 게 확실해. 아델라네 아빠와 관련 있는 건진 모르겠지만 난 상관없어. 들어가기 싫으면 가지 마, 가스파르가 얘기했다. 너네만 보낼 순 없잖아, 비키는 이렇게 대답했지만 사실 문이 열리지 않기를 내심 바라고 있었다.

문은 열릴 것이었고, 가스파르는 그 사실을 잘 알고 있었다.

다른 아이들을 기다리며 도로 연석에 앉아 담배에 불을 붙였다. 그 집도, 대문도 볼 수 없는 위치였지만 상상해볼 수는 있었다.

엄마의 유해를 지니고 코스타네라수르에 갔던 날, 아빠가 해변으로 향하는 철문을 열게 시킨 일이 떠올랐다. 내가 어떻게 해냈던 거지? 그냥 아빠가 하라는 대로 했을 뿐이었다. 아빠 없이도 가능할 거라고 생각했다. 아빠도 화장될 것이었다. 사실 화장은 흔한 일이 아니었다. 그런데 우리 부모님은 왜 화장되는 걸까? 큰아빠에게 이 질문을 하자, 눈에 띄게 불편한 기색을 내보이며 화장은 아주 건전한 장례 방법이라고, 하지만 본인은 땅속에 묻히는 편을 선택하고 싶다고 말했다. 게다가 화장은 훨씬 비쌌다. 물론 자신들에게는 아무 문제도 아니었다. 자신들이 유해를 갖게 되냐고 물었

외딴집의 악한 것

고, 큰아빠는 무엇이든 원하는 대로 하면 된다고 말했다. 그리고 아빠가 유해를 뿌리고 싶다면 강에다 뿌려달라는 말을 남겼다고도 했다. 그러곤 같은 집에 사는 동안에는 가스파르가 결정할 일이라고도 덧붙였다. 책장에 놓인 유골함이 다시 등장한 것이었다. 고아가 된다는 건 이런 거였다. 타고 남은 재를 두 손에 받아 들고 어쩔 줄 몰라 하는 것.

예상대로 아델라가 가장 먼저 도착했다. 열쇠 꾸러미를 손에 꼭 쥐고 있던 그 아이는 가스파르 옆에 앉았다. 조금 넉넉한 사이즈의 청바지와, 낡은 분홍색 긴소매 맨투맨 티셔츠를 입고 있었다. 그다음엔 파블로가 비키와 함께 도착했다. 가스파르는 비키가 놀란 상태란 걸 눈치챘다. 가장 겁이 많기도 했다. 집 안에서 나는 윙윙거리는 소리를 들은 유일한 사람인 것도 우연이 아니었다. 가스파르도 소리를 감지하려 애써봤지만, 집 안은 고요 그 자체였다.

"들어가지 말자, 제발." 비키가 말했다.

"싫으면 오지 마."

아델라가 짜증을 내며 열쇠를 들고 대문에 다가섰다. 가스파르는 아델라가 시도하는 걸 가만히 보고만 있었다. 한동안 자물쇠를 만지작거리며 열쇠를 이리저리 꽂아보았지만, 설령 맞는 열쇠를 찾는다고 한들 한 손으로는 열지 못할 걸 뻔히 알고 있었다. 그렇게 아델라가 시도하는 걸 지켜보다 불쌍한 마음이 들었다. 아빠를, 이따금 숨을 몰아쉬며 혼자 병원 침대에 누워 죽어가던 모습을 떠올렸다. 그리고 혼잣말로 들어가보자, 이 집에 들어가보자, 무슨 일이 일어나겠어, 라고 중얼거렸다. 아델라의 주장이 맞다면 무언가 단서를 찾아낼 수 있을 것이었다. 그 윙윙거리는 소리의 정체가 뭔지, 이 망할 놈의 집을 왜들 그렇게 두려워하는 건지, 이 집이 무얼 숨기고 있는 건지, 내가 문을 열 수 있기는 한 건지, 내가 숨겨진 세계에 들어갈 수 있는 건지. 가스파르는 생각했다. 나도 숨겨진 세계에 들어갈 수 있어, 오래전부터 그래왔지. 하지만 그렇게 살고 싶은지는 잘 모르겠어. 우리 아빠는 그렇게 살았을까?

아델라를 조심스레 밀친 뒤 자신의 몸으로 그 아이의 손과 자물쇠를 감싸며 다른 아이들의 눈길이 닿지 않게 했다. 자물쇠를 만지고 있다는 걸 보여주고 싶지 않았다. 그저 손가락 사이에 자물쇠를 잡았을 뿐인데, 가볍게 밀자 문이 활짝 열렸다.

"네 말이 맞았네."

이마에 송글송글 맺힌 땀이 등줄기를 따라 흘러내리는 걸 감추려 애쓰며 아델라에게 말했다. 신체적인 힘은 전혀 가하지 않았지만, 전력으로 질주한 사람처럼 극도의 피로감을 느끼고 있었다. 심장이 거세고 빠르게 뛰고 있었다.

"이 열쇠로 진짜 무엇이든 열 수 있나 봐. 이제 이 문은 어떨지 한번 봐보자. 가방 좀 줘봐."

아델라가 가방을 건네주었다. 가스파르는 아델라의 눈을 피하려 애썼다. 사랑에 빠진 눈빛이었다. 가짜 팔 때문에 고통받는 아델라를 위해 상자를 선물해주었을 때 보았던 바로 그 눈빛이었다. 왜 아델라를 위한 일들을 해주게 되는 걸까? 불쌍해서가 아니라, 친구로서 좋아하기 때문이었다. 빚을 진 것 같은 느낌이었다. 쇠 지렛대를 문에 갖다 댔다. 철문이었다. 처음부터 있던 문은 아닌 것 같았다. 집을 더 단단히 봉쇄하기 위해 원래 있던 나무 문을 떼어내고 나중에 설치한 것 같았다.

"도와줄까? 팔 아프지 않아?" 파블로가 물었다.

"조금, 그런데 괜찮아."

가스파르는 거짓말을 했다. 팔은 나아 있었다. 손가락 몇 개는 감각을 잃어버리기도 했지만, 움직이기는 했고 나중에는 회복될 것이었다. 다른 손가락에 비해 느낌이 덜할 뿐이었다. 가짜 손가락들이었다. 아델라에게 없는, 오른팔의 가짜 손가락.

가스파르는 힘주는 시늉을 했다. 이를 꽉 물고 지렛대를 누르는 척했지만, 사실은 문가에 지렛대를 갖다 대는 것 외에는 아무런 힘을 주지 않고 있었다. 그 문은 진작에 열려 있었다. 팔과 지렛대에 가하는 힘에 발이 보조를 맞추는 것처럼 보이기 위해 문에도 발길질을 했다. 문이 열리자, 모두가 순간 뒷걸음질 쳤다. 가스파르는 숨을 고르고 진정하기 위해 몸을 수그려야 했다. 이번에도 역시 육체적인 노력을 기울이지는 않았지만, 마치 극도로 무거운 무언가를 들었던 것 같은 반응이 잇따랐다. 숨을 고르는 몇 분 동안, 가스파르는 아이들이 무얼 보고 뒷걸음질 쳤는지 미처 확인하지 못했다.

집 안에 불빛이 비추고 있었다.

아델라가 결의에 찬 모습으로 들어갔다. 가스파르가 뒤따랐고, 잠시 후 나머지 두 사람도 따라 들어오는 게 느껴졌다. 비키가 자신의 손을 잡더니 꽉 쥐어줬다. 불빛이 비추는 건 불가능했다. 마치 전깃불 같아 보였는데, 천장에는 전구가 하나도 달려 있지 않았다. 구멍들 사이로 말라비틀어진 나뭇가지 같은 오래된 전선 꼭지들이 툭 불거져 나와 있을 뿐이었다. 소독제 냄새도 났다. 병원 같은 느낌이잖아, 가스파르는 생각했지만 굳이 입 밖으로 꺼내진 않았다. 안쪽 문가에는 오래된 검정색 옛날 전화기가 놓여 있었다. 작동은 하지 않았다. 뽑혀 있는 전화선이 눈에 보였는데도 비키는 가스파르의 귓가에 속삭였다. 아유, 저 전화벨이 울려선 안 될 텐데. 조금 먼 거리에 있던 파블로가 주변을 둘러보며 소리쳤다.

"와, 엄청 크네."

파블로가 일행을 보지 않고 말을 이어갔다.

"이 집, 밖에서 보는 것보다 안이 훨씬 더 커."

그 말이 맞았다. 거실인지 로비인지, 아무튼 들어가자마자 보인 그 공간은 비어 있는 큰 홀 같아 보였고 창문은 세 개였다. 다만 밖에서 볼 수 있는 건 그중 두 개뿐이었다. 단 두 개. 비키는 가스파르의 팔에 손톱을 박고 있었다. 멀쩡한 쪽의 팔이었다. 세심한 성격의 비키였다. 그녀는 물론, 무슨 일이 일어났는지 알고 있던 파블로에게도 팔이 괜찮아졌다는 말을 하지 않았다. 비키가 큰 소리로 말했다.

"나가자. 윙윙거려."

이제 가스파르의 귀에도 윙윙거리는 소리가 들려왔다. 작고 낮은 주파수의 소리. 음향기기를 틀어놓으면 가끔 들릴 듯 말듯 진동하는 소리가 들려올 때가 있었는데, 마치 그런 소리 같았다. 페인트칠한 벽 뒤편에 벌레 군집이 살고 있는 것 같았다. 작은 날벌레들일 수 있었다. 밤나방들. 검은 딱정벌레들. 당장에라도 밝은 미색의 페인트칠이 떨어져 나가 벌레들이 뛰쳐나올 것 같은 느낌이

외딴집의 약한 것

들었다. 정말 많은 나비들을 상상했다. 잡자마자 재로 변해버리는 그 벌레들.

고아가 된다는 건 재를 이고 사는 것이다.

아델라는 두려움 따윈 못 느낀다는 듯 성큼성큼 경쾌하게, 자기만의 태양이 불을 밝히고 있는 겉과 속이 다른 그 집 안으로 깊숙이 들어갔다. 파블로가 잠시만, 잠시만 기다려봐, 라고 외쳤지만 무시당했다. 진동이 아델라를 잡아당기고 있었다. 전깃불이 아닌 빛, 적어도 전등에서 나오지는 않고 있던 그 빛이 그 아이를 황금빛으로 빛나게 하고 있었다.

나머지는 그녀를 따라 가구가 있는 다음 방으로 들어갔다. 노란색의 지저분한 안락의자 위에 먼지가 뽀얗게 앉아 있었다. 벽에는 유리 선반이 나란히 달려 있었다. 모든 것이 아주 깨끗한 상태였고, 조그마한 장식들로 채워져 있었다. 아델라는 그것들이 뭔지 보기 위해 다가갔다. 아래쪽 선반에는 반원 형태의 누리끼리한 흰색 물건들이 놓여 있었다. 어떤 것은 둥글었고, 또 어떤 것은 좀 더 뾰족했다. 가스파르가 용기를 내어 그중 하나를 만져봤다가 기겁을 하고 손을 뗐다.

"손톱이야." 가스파르가 말했다.

비키는 울기 시작했다. 파블로와 아델라는 계속해서 두리번거렸다. 가스파르는 그런 그들을 관찰했다. 이상한 모습이었다. 넋이 나간 듯했는데, 마치 방금 막 잠에서 깨어나 비몽사몽한 것 같았다. 자신과 비키는 그렇지 않았고, 깨어 있었다. 적어도 자신만은 무언가 끔찍한 일에 휘말릴 것 같다는 느낌이 점점 명확해졌지만,

그냥 내버려두었다. 그 집이 자신들을 찾아다녔고, 자신들은 이제 그 집의 손가락과 손톱 사이에 와 있었다. 두 번째 선반은 치아로 장식되어 있었다. 중간에 검은색 납이 박힌 어금니가 정리되어 있었다. 학교에서 앞니라고 배운 송곳니들도 그 옆에 있었다. 작은 유치들도 있었다. 가스파르는 세 번째 선반에 무엇이 있을지 보지 않고도 맞출 수 있었다. 당연하게도 눈꺼풀이었다. 나비처럼 세심하게 놓여 있었다. 짧은 속눈썹, 짙고 긴 속눈썹. 몇 개는 속눈썹이 아예 없었다.

"몇 개 챙겨 가자. 우리 아빠 것일 수도 있잖아!"

아델라가 흥분해서 말했다.

가스파르가 그런 아델라를 멈춰 세웠다. 선반 위에 섬세하게 놓인 인체의 일부에 손을 대지 못하게 손을 잡아챘다. 그러자 집 안의 문 하나가 부딪히는 소리가 났다. 가스파르는 앞으로 수년 동안 그 소리를 몹시도 명확하게 기억할 것이었다. 바람이 불어 나는 소리가 아닌, 단단한 무언가가 세게 부딪히는 소리였다. 문이 삐걱거리지 않고 내는 소리. 건조하고 확실한 소리. 어느 쪽에서 들려오는 걸까? 그들이 있는 곳에서는 확인할 수 없었다. 히스테릭해진 비키는 뛰쳐나가고 싶어 했지만, 어느 방향으로 가야 할지 몰랐다. 파블로는 말없이 비키의 허리를 붙잡고 있었다. 가스파르는 그런 파블로에게 존경의 눈길을 보낸 뒤, 아델라를 맡기로 했다. 아델라의 검고 불투명해진 눈을 보며 또박또박 말했다.

"이제 나가자. 누군가 있어."

"큰 소리로 말하지 마."

외딴집의 악한 것

비키가 속삭였지만, 가스파르는 지금 자신들이 목숨을 건져야 하는 상황인 만큼 모든 걸 명확하게 할 필요가 있다고 생각했다. 냉정하고 결단력 있게 행동할 수 있다고 자신했다. 손에 쇠 지렛대도 들고 있었고, 필요하면 쓸 수도 있었다.

"비키, 우리가 들어와 있다는 사실도 다 알고 있을 거야."

"들어와선 안 됐어."

파블로가 말한 그 순간, 아델라가 다른 방으로 뛰어갔다. 가스파르가 잡아보려 했지만 용케도 빠져나갔다. 아델라를 쫓아갔다. 그 집 안에서 달린다는 건 몹시도 힘든 일이었다. 환기가 잘 안 되는 것 같았고, 산소도 부족한 것 같았다. 그들 중 누구도 가지 말라고 소리치지는 않았지만, 그렇다고 그런 아델라를 혼자 두지도 않았다. 다음 방은 식사 공간 같은 곳으로, 안쪽에 녹슨 주방 기구들이 있는 게 보였다. 식탁은 없었다. 의미 없는 물건들만 있을 뿐이었다. 반들반들한 책장, 땅바닥에 널브러진 의학서적. 천장 가까이에 달린 거울. 누가 저 거울에 모습을 비춰본단 말인가? 겉보기엔 깨끗한 잘 접어놓은 흰옷 더미. 홑이불. 아델라는 그중 하나를 집으려 했지만, 가스파르는 뺨을 올려붙일 작정으로 그녀를 막아 세웠다. 아무것도 만져선 안 돼, 가스파르는 생각했다. 모든 물건이 다 방사능에 피폭된 것 같은 거야. 마치 체르노빌처럼. 집을 만지는 그 순간 우리를 여기서 보내주지 않을 거야. 우리에게 찰싹 붙어버릴 거라고. 큰 소리로 이야기했다. 집 안의 어떤 존재가 자신의 말소리를 들을까 봐 겁이 나기도 했지만, 선택의 여지가 없었다. 숨는 건 불가능했다.

"아무것도 만지지 마. 진지하게 말하는 거야."

쟤를 여기서 데리고 나가야 해, 가스파르는 생각했다. 끌고 가야한다면 그렇게 해야지. 아델라만큼은 아니었지만, 가스파르도 그 끌림을 느끼고 있었다. 도망쳐야 하지만 한편으로는 눌러앉고 싶은 것처럼. 혹은 무언가가 자신들을 붙잡고 있는 것일 수도 있었다.

"아니 왜? 우리 아빠의 물건일 수도 있는데!"

아델라가 되물었다.

"네 아빠를 만나본 적도 없잖아."

"저기 저 치아가 우리 아빠 것일 수도 있어. 어쩌면 여기 안에 많은 사람들을 잡아 가뒀던 걸지도 몰라. 정말 많은 사람들을. 너도, 나도 군인들이 사람들을 잡아서 고문하는 데 평범한 집을 썼다는 걸 책에서 읽었잖아. 이 집도 그렇게 사용됐지만 아무도 알아차리지 못했던 걸 수 있어. 여기엔 많은 사람들의 신체가 있어."

이 말을 하는 아델라의 어조가 가스파르를 소름 끼치게 만들었다. 진흙 속에 가라앉던 오마이라와 바퀴벌레 같던 두 눈이 떠올랐다. 아빠의 고정된 눈꺼풀과, 검고 빛나는 크리스털로 된 세계를 생각했다. 여기엔 많은 사람들의 신체가 있어. 이건 아델라의 목소리로 들려왔지만, 절대 그 아이가 스스로 말한 게 아니었다. 누가 그녀의 목소리를 빌려 말하고 있는 걸까?

"나가야 해." 가스파르가 말했다.

아델라는 그 인공 불빛 아래에서 몸을 떨었다. 가스파르는 자신들이 연극 무대에 있는 듯한 느낌을 받았다. 누군가가 자신들을 관찰하고 있다는 걸 알고 있었다. 그러다가 갑자기 아델라가 녹슨 가스레인지 바로 옆의 끝이 없어 보이는 복도로 뛰어 들어가려 해서 막아 세웠다. 그 아이를 바닥에 내동댕이치자 턱이 바닥에 부딪히는 소리가 울렸다. 그러자 아델라는 가스파르의 몸무게를 이겨내고 자기 몸을 비틀더니 설명할 수 없는 힘을 동원해 하나밖에 없는 팔을 들어 가스파르의 눈에 손가락을 쑤셔 넣었다. 순식간에 몸을 빼낸 아델라를 보며 가스파르는 두 눈을 의심했다. 자신이 아델라보다 적어도 십오 킬로그램은 더 나갈 터였다. 힘도 세고, 수영도 꾸준히 하고 있으며 싸우는 방법도 잘 안다고 자신했다. 하지만 그 순간 아델라를 상대하기엔 역부족이었다.

지금 내가 싸우고 있는 건 저 아이가 아냐, 가스파르는 생각했다. 집주인, 혹은 목소리의 주인과 싸우고 있는 거야.

비키도 아델라를 막아 세우려 했지만 실패했다. 파블로는 그저 숨 가쁘게 그 아이의 뒤를 쫓아갈 뿐이었다. 세 사람은 그렇게 긴 복도를 향해 들어갔다. 복도 양옆에는 문이 여럿 늘어서 있었다. 몇 제곱미터에 불과한 그 집 안에 그렇게 긴 복도가 있다는 건 불가능한 일이었다. 나무 바닥은 지저분했지만 완전히 방치된 상태는 아니었고, 양쪽 벽에는 붓꽃 무늬 벽지가 도배되어 있었다. 세 사람은 아델라가 다른 방으로 향하는 문을 여는 모습을 보았다. 호텔 복도 같아, 가스파르가 중얼거렸다. 아델라는 그 방으로 들어가기 전 몸을 돌려 하나밖에 없는 손을 흔들었다. 누구도 그 아이를 막아 세우진 않았다. 따라갈 생각이었기 때문이었다. 손을 흔든 그 아이가 문을 닫아버릴 거라고는 아무도 상상하지 못했다. 혹은 누군가가 문을 닫을 거라고도.

아델라의 금발 머리가 어둠 속으로 사라지는 걸 본 그제야 가스 파르는—그녀가 들어간 방은 어두웠다—그 문만은 자신이 열 수 없을 거란 걸 알아차렸다. 자신의 능력 범위 밖이었다. 그 사실이 온몸과 머릿속을 비추는 확신으로 다가왔다. 먼저 비키가 열어보려 시도했다. 지렛대가 조금 움직이긴 했지만 그뿐이었다. 그 누구도 열쇠 소리를 듣지 못했다. 그다음엔 소용없을 거란 걸 알면서도 가스파르가 시도해보았다. 세 사람이 함께 용을 써보았다. 그 순간에는 그 집 안에 있을 어떤 존재를 신경 쓰지 않았다. 쇠 지렛대를 써보기도 하고, 발로 차보기도 했으며 영화에서 본 것처럼 도움닫기를 한 뒤 온몸으로 문에 부딪히기도 했다. 열 수 있는 방법이 없었다.

"도움을 청해야 해."

파블로가 말을 꺼낸 바로 그 순간, 누군가의 계획이라는 듯 불빛이 사라졌다.

비키가 비명을 지르더니 큰 소리로 오열하기 시작했다. 가스파르는 그 울음소리가 아래쪽에서 올라오고 있음을 알아차렸다. 주저앉았는지 쓰러졌는지, 완벽한 어둠 속에서 정확히 파악하기는 어려웠다.

"랜턴 좀 줘봐."

가스파르의 요청에 파블로가 등을 툭툭 두드리며 더듬어 팔을 찾아낸 후 랜턴을 전달했다. 랜턴을 건네받은 가스파르가 불을 켰다. 희박한 불빛이었지만 그 정도라도 활용해야만 했다. 파블로도 울고 있었다. 꺽꺽거리며 울음을 삼키는 낮은 소리를 알아차릴 수 있었다. 자신은 울고 싶다는 생각이 들지 않았다. 그저 그들을 그곳에서 빼내야만 했다. 둘이서는 불가능할 일이었다.

"비키, 일어나서 내 허리를 붙잡아. 파블로, 너는 애를 잡아주고. 그러면 서로를 놓치지 않을 거야."

가스파르가 말했다.

"우리가 놓칠 일이 생긴다는 거야?"

질문하는 비키의 목소리는 온몸을 굳게 만든 공포로 인해 어린 소녀처럼 톤이 올라가 있었다. 랜턴을 놓치지 않으려 온 신경을 집중하던 가스파르는 랜턴을 들지 않은 손으로 비키의 한쪽 팔을 붙들었다. 주머니에는 쇠 지렛대를 넣었다. 어둠 속에서는 잘 보이지 않겠지만, 그래도 이런 걸 들고 있다는 걸 드러내고 싶었다. 비키의 질문에는 답을 하지 않았다. 서로를 놓칠 수도 있다는 게 몹시도 자명했다. 복도의 벽은 더 이상 존재하지 않았다. 그곳은 이제 더 이상 복도가 아니었다. 선반이 있던 방을 다시 통과하는 건(위쪽 선반엔 대체 뭐가 있었을까? 심장? 폐? 뇌? 누군가의 머리통?) 여전히 무서웠지만, 집 안쪽으로 파고드는 것만은 절대 안 되었다. 그 너머엔 거리, 자신들의 집, 동네, 부모와는 전혀 다른 세계가 존재했다. 파블로도 복도가 더는 존재하지 않는다는 걸 깨달았지만, 아무 말도 하지 않았다. 그저 어둠 속에서 콧물을 훌쩍이는 소리가 들릴 뿐이었다. 가스파르는 자신의 심장이 몹시도 격하게, 불규칙한 리듬으로 뛰는 소리도 들었다. 랜턴을 어깨 높이까지 치켜든 뒤 더 이상 복도가 아니게 된 그곳을 비춰보았다. 비키의 입김이 귓가에서 느껴졌다.

"랜턴 좀 켜줘, 제발. 응?"

가스파르는 당황했다. 눈을 감고 있는 걸까?

"켰어." 가스파르가 말했다.

"거짓말하지 마, 이 또라이야! 아무것도 안 보이잖아."

빨리 생각해, 어서, 가스파르가 스스로를 다그쳤다. 랜턴이 켜져 있는데도 아무것도 안 보이는 줄 알게 되면 비키는 자신이 눈이 멀었다고 생각할 것이었다. 배터리가 없거나 고장 난 척하게 된다면 파블로에게 화를 낼 것이었다. 파블로도 불빛을 보고 있다면 눈치채고 아무 말도 하지 않을 것이었다. 겁먹은 비키보다 화난 비키가 이 상황에선 나을 터였다.

"나도 아무것도 안 보여."

파블로가 말했다. 울음은 그친 상태였다. 가스파르는 파블로에게 신뢰감을 느꼈고, 더는 보살펴주지 않아도 되겠다고 판단했다. 친구의 눈이 왜 보이지 않는지 설명할 수가 없었다. 랜턴은 작은 구역을 비추고 있긴 하나 충분히 밝았다. 배터리도 충분했다. 파블로는 이런 디테일을 놓치지 않았을 것이었다.

"꺼졌어. 비키, 걱정 마. 나는 눈이 밝아서 조금 더 잘 보이니까."

비키는 한 번도 어린애처럼 군 적이 없었다. 그래서 서로 친해지기도 수월했다. 하지만 지금은 몹시도 신경질적이었고, 가스파르의 귀에 큰 소리로 이렇게 외쳤다.

"더 이상 이 윙윙거리는 소리를 못 참겠어! 게다가 이젠 말소리로 변했다고! 너희도 누가 말하는 소리가 들려?"

그래서 그런 거였구나, 가스파르가 생각했다. 비키는 그렇게 쉽게 무너지는 타입이 아니었다. 무언지 모를 소리가 들려온 까닭에 파블로나 자신과는 다른 상황을 겪고 있던 것이었다. 그 집 안에, 그리고 비키의 머릿속에 갇혀 있던 바로 그 소리였다. 가스파르는 아무런 소리도 듣지 못했다. 윙윙거리는 소리도—집 안에 들어섰을 때 잠시 들려왔지만 이내 사라졌다—, 당연히 목소리도 들리지 않았다. 어둠 속에서 가스파르가 외쳤다.

"파블로, 넌 괜찮아?"

"응. 나도 아무 소리도 안 들려."

파블로가 머뭇거리며 대답했다.

"좋아. 비키를 잡아줘. 같이 걸어가자. 내가 앞장설 테니 너희는 걸어와. 서로 놓치면 안 돼."

그리고 더 이상은 너희 말을 듣지 않을 거야, 가스파르가 생각했다. 양옆으로 불빛을 비추었더니 담쟁이덩굴과 이끼가 벽을 가득 메우고 있는 게 보였기 때문이었다. 더 자세히 보기 위해 불빛을 가까이 비추어보자, 풀 사이로 하얀색 무언가가 있는 것도 보였다. 뼛조각이었다. 몇 개는 아주 작았다. 동물들이야, 스스로에게 말했다. 닭 뼈. 적어도 지금은 좀 더 폐가다운 모습이었다. 랜턴을 움직이다가 검은색 피아노를 보았다. 그 옆엔 마네킹 같은 것이 천장에 매달려 있었다. 바닥엔 불에 타 녹아내린 양초가 가득했다.

"조심해, 바닥이 미끄러워."

가스파르가 소리쳤다.

비키와 파블로는 이유를 묻지 않았다. 어쩌면 보다 더 끔찍한 걸 상상했을 수도 있었다. 하지만 촛농이라고 말하며 그들을 안심시킬 겨를이 없었다. 창문 하나를 비추어보자, 믿을 수 없는 풍경이 눈에 들어온 까닭이었다. 가스파르는 멈춰 서고 싶지 않았지만, 그래도 멈출 수밖에 없었다. 지저분한 유리 창문 밖에는 나무들 위를 비추는 달이 보였다. 고요한 숲에는 나무들이 몹시 우거져 있었고, 마치 이 집이 첩첩산중에 위치한 것처럼 보이게 했다. 그 풍경을 볼 수 있을 정도라면 이 집은 산꼭대기에 위치해 있어야 했다. 아름다운 모습은 아니었다. 어쩌면 아주 정교하고 현실적인 그림일 수도 있어, 가스파르는 생각했다. 숲 쪽으로 나 있는 창문을 그린 그림. 그게 분명했다. 그 그림에는 또 한 가지 불쾌한 면이 있었다. 마치 일종의 함정 같아 보인다는 것이었다. 사실, 집 전체가 통째로 함정이었다.

더 이상 벽을 비춰보지 않았다. 바닥도 마찬가지였다. 그저 앞을 향해 랜턴을 비추며 나아갈 뿐이었다. 어쩔 수 없었다. 만일 그 집에 누군가가 있었다면, 갑자기 나타나 자신의 손에 들린 랜턴을 빼앗고 자신을 (혹은 세 사람을) 주먹질한 다음 아델라가 들어간 어두운 방 안으로 질질 끌고 갈 수 있었다. 그러면 속수무책으로 당할 수밖에 없었다. 왜 아델라는 그런 식으로 손을 흔들었을까? 작별 인사치고는 너무도 소심한 움직임이었다.

문을 닫은 게 그 누구도 아닌, 이 집 안 어딘가에서 지내고 있던 아델라의 아빠라면? 그가 아직도 살아 있다면? 실종자가 아닌 연쇄 살인마라면? 파블로가 갑자기 작게 신음했고 가스파르가 뭐야, 대체 무슨 일이야? 라고 물었다.

"뭔가가 날 만졌어. 등쪽에." 파블로가 말했다.

　　　　　　　　　　　　외딴집의 약한 것

"제발 그만해. 나가자. 뒤돌아보지 마." 가스파르가 말했다.

비키는 아무 말도 없었다. 파블로가 한 말을 들었을까? 못 들었을 수 없었다.

랜턴의 불빛이 손잡이가 있는 나무 계단 하나를 비췄다. 위층을 향하고 있었다. 문제는 너무나 분명했다. 비야레알가의 그 집에는 이 층이 없다는 사실이었다.

"저기 문 보여?"

비키가 말했다. 동전 냄새가 나는 뜨거운 입김을 내뱉고 있었다. 하지만 목소리에 가득했던 공포감은 다소 증발해 있었다. 비키가 두 손으로 꽉 움켜쥐는 바람에 손이 아팠다.

"이제 도착했어."

가스파르가 답하며 생각했다. 아델라는 이 집에 갇혔어. 파블로는 곧 동생을 보게 될 거고, 비키는 사랑받고 있어. 이제 그만. 아빠, 문을 보여주세요. 나가야 해요.

"비키, 아직도 소리가 들려?"

"윙윙 소리? 조금."

가스파르는 입술을 움직이지 않은 채 계속 되뇌었다. 아빠, 문을 보여주세요. 땀이 관자놀이에서 흘러내려 등줄기를 타고 내려가는 게 느껴졌다. 계속해서 걸어갔다.

랜턴이 활짝 열린 문을 비췄다. 이렇게까지 활짝 열고 들어왔었던 걸까? 상관없었다. 많은 의문을 가슴에 품은 채, 아무 말 없이 뛰기 시작했다. 비키는 길의 가로등 불빛과 바깥의 밤을 보자마자 가스파르의 허리를 놓고 인도로 뛰어갔다. 안도감이 느껴졌다. 파블로도 본능적으로 똑같이 행동했다. 가스파르는 랜턴의 불을 끄고 그 집을 바라보았다. 바깥쪽 모습은 전과 다를 게 없었다. 작고 흉한 회색의, 창문이 막힌 어두운 집. 랜턴을 파블로에게 건넸다. 말을 잇지 못하고 있었다. 비키는 방금 전과는 다른 모습이었다. 헝클어진 긴 머리가 좀 더 어른스러운 분위기를 풍기게 했다. 가스파르를 힘주어 안고는 너 땀으로 흠뻑 젖었어, 그리고 고마워, 고마워, 라고 말했다. 밖으로 나온 비키는 예의 그 당찬 모습이었다.

"우리 집으로 가자. 경찰을 불러야지. 아델라를 저기서 빼내 와야 해."

그 말을 남기고 비키는 집을 향해 뛰어갔다. 가스파르와 파블로가 그런 그녀를 뒤따라갔다. 정말 네 등을 누가 만졌어? 가스파르가 물었고, 파블로는 뛰는 와중에 가스파르의 얼굴을 바라보며 대답했다. 맞는 것 같기도, 아닌 것 같기도 해. 내가 그렇게 상상한 걸지도 몰라. 무슨 일이 있었는지 말해줄 거야? 파블로가 물었고, 가스파르는 그럴 거라고 대답했다. 하지만 아델라가 방에 들어가기 직전까지만이었다. 두 사람이 랜턴 불빛을 보지 못했던 일, 거대한 계단, 피아노 따위는 말하지 않을 작정이었다. 힘주어 밀지 않아도 문이 열리던 일, 마치 문이 복종하는 듯, 자신을 기다렸다는 듯 스르르 열렸다는 사실도.

아델라를 그곳에 데려간 건 자신이었다. 확실했다. 그 아이를 자신이 집에게 바쳤다. 그 아이가 도망갔을 때 붙잡지 못했다. 인형처럼 가벼운 작은 소녀, 팔이 없는 소녀를. 덩치가 제법 컸음에도, 그 아이가 두 눈에 손가락을 쑤셔 넣는 바람에 붙잡지 못했던 것이다! 죄책감이 가슴을 옥죄어왔다. 이제 아델라가 어디 있는지, 그리고 누가 아델라를 데려갔는지 답할 수 있는 건 자신밖에 없음을 잘 알고 있었다. 아빠였다. 그리고 이제 더 이상 아빠와 이야기를 나눌 수 없었다.

‡

그 이후 일어난 모든 일을 가스파르는 안개 속처럼 뿌옇게 기억했다. 반쯤 눈이 멀 때까지 미친 듯이 비벼댄 것 같은 느낌이었다. 이런 부분적 시력상실, 잿빛 안개가 온몸으로 퍼져 나갔다. 가스파르는 주변의 모든 사람들과 일정 거리를 유지하고 있었고, 그들이 하는 모든 일과 이야기하는 모든 말이 음량을 최대한으로 낮춘 채 연기 속에서 상영되는 영화 같아 보였다.

그 집에 들어갔다는 이유로 화를 낸 큰아빠. 그는 경찰과 소년 법정의 판사를 비롯해, 가스파르가 누구인지 잘 분간하지 못하는 수많은 사람과 이야기를 해야 한다는 사실을 짜증스러워했다. 베티는 아델라의 실종 소식을 듣고 기절하고 말았다. 그 집에 들어가려 했고, 머리로 벽과 문을 두드렸으며, 창문을 덮고 있던 벽돌들을 손톱으로 긁어댔다. 그 집을 다시 폐쇄할 것이라고 누군가가 가스파르에게 알려주었다. 베티는 가스파르를 비난했다. 후안의 아들이 한 짓이야, 걔가 그 아이를 거기 데려갔어, 갖다 바쳤어, 라고 목 놓아 외쳤다. 이상할 건 없었다. 베티의 말이 맞았다. 하지만 더는 대답할 수 없었다. 사건이 일어난 지 한참이 지난 새벽녘께 경찰과 법원 사람들이 왔을 때만 해도 가스파르는 조금이나마 말을 하고 있었다.

이런저런 일들 사이에 아빠를 만나러 가기도 했다. 아빠는 미동도 없는 상태 그대로였다. 며칠이나 지난 걸까? 비에드마 박사는 아빠가 혼수상태이며 영구적일 거라고, 깨어나지 못할 거라고 말했다. 뭐라고 대답해야 할지 몰랐다. 아빠와 이야기를 해야만 했다. 그에게 다가가도 아무도 막지 않았다. 아빠는 여전히 이상하게, 띄엄띄엄 숨 쉴 때를 제외하면 몸을 전혀 움직이지 않고 있었다. 그의 귀에 대고 속삭였다. 제 말이 들리면, 걔가 어디 있는지 알려주세요. 다른 문은 다 열렸는데 왜 그 문은 안 열린 거예요? 누가 데려간 거예요? 거기서 데리고 나오려면 뭘 어떻게 해야 해요? 제가 걜 거기 데려갔단 말이에요. 그 말들이 그를 깨워주기를 진심으로 바랐지만, 기다림은 헛수고였다. 아빠의 피 맺힌 입술은 메말라 있었고, 거의 보랏빛이었다. 손가락도 푸르뎅뎅했다. 큰 멍이 가득한 가슴처럼 팔에도 보랏빛 멍 자국이 가득했다. 가슴의 피부 일부는 화상을 입은 상태였다. 심장 제세동기를 사용한 것이었다.

학교에 가고 싶지 않아요, 가스파르가 큰아빠에게 말했고 그는 그래, 라고 대답했다. 자신의 밑에 깔려 있던 아델라의 몸이 느껴졌다. 그러고 나서 마치 몸이 고무로 된 듯 비틀리던 모습, 그리고 눈을 파고들던 그 아이의 손가락이 느껴졌다. 하지만 가스파르는 알고 있었다. 너무도 잘 알았다. 조금만 더 힘을 가했더라면 아델라가 도망칠 수 없었을 거란 걸. 하지만 도망쳤다. 경찰이나 어느 사무실에 가서 다른 누군가(판사였을까? 심리상담사였을까?)에게 진술을 해야 하는 경우가 아니면 가스파르는 아빠의 곁을 지켰다. 그런 그를 아무도 건드리지 않았다. 심전도 모니터가 잠을 설치게 했지만, 그래도 거기서 나가고 싶지 않았다. 큰아빠는 목욕도 좀 하고 뭐라도 먹으라며 등을 떠밀었다. 병원 밖을 몇 번 나섰다가, 베티가 사라졌다는 말을 들었다. 어떻게 딸이 사라지자마자 바로 떠나버릴 수 있는 거지? 가스파르는 그저 두 눈을 감을 뿐이었다. 그녀는 아델라를 찾으러 떠났을지도 모른다. 가스파르는 아빠의 곁으로 돌아가야만 했다. 일 초, 혹은 이 초라도 잠깐 깨어난다면 아델라가 어디에 있는지, 어떻게 만날 수 있는지 알려줄 수 있을 것이기 때문이었다. 그의 눈을 다시 한번 확인해보았다. 이제 두 눈이 모두 검게 변해 있었다. 마치 밤하늘이 반사되고 있는 것 같았다. 비키가 항상 꿈속에서 보던 소녀, 오마이라의 눈 같았다.

외부 식당만큼 제법 먹을 만한 음식이 나오는 병원 식당에서 엠파나다를 흡입하던 와중, 큰아빠가 그의 곁으로 다가와 앉았다. 무슨 말을 해야 할지 모르는 게 퍽 티가 났지만 일단 사과하면서 말문을 열었다. 화를 내서 미안하다고, 그런 "말썽"을 벌이고 다니는 너희들을 "이해한다"고, 지금 상황에서 "도피하고" 싶은 건 너무나 당연하다고. 가스파르는 대답했다. 큰아빠, 아델라가 제게서 도망갔어요. 그 집 안에서요. 전 그 아이를 잡으려고 했지만 저를 뿌리치고 가버렸어요. 제가 그 아이를 가도록 내버려둔 거예요. 그 애가 졸라서 제가 데려갔어요. 제가 잘못한 거예요. 게다가 전 그 아이가 가게 놔뒀어요. 네 잘못이 아냐, 너 스스로를 그렇게 대하지 말아라, 큰아빠가 말했다. 누군가 그 아이를 데려간 거야. 저 때문이에요, 가스파르가 대답했다. 저 말고 또 누구에게 잘못이 있겠어요?

아빠의 곁으로 돌아갔다. 아직 숨이 붙어 있는 건 내게 말할 게 남았기 때문일 거야, 라고 생각했다. 아빠에게 몸을 기울이고 고집을 피웠다. 그 아이가 어디 있는지 알잖아요. 어디 가면 만날 수 있는지 알잖아요. 걔를 찾을 수 있게 도와준 것처럼요. 마지막으로 부탁할게요. 제게 빚을 졌잖아요. 눈 좀 떠요. 첫 번째 문은 열 수 있었는데, 왜 두 번째 문은 못 연 거예요? 왜 어떤 문은 열 수가 없는 거예요? 얘기해줘야죠, 아빠.

파블로가 가스파르를 보러 갔다. 가스파르는 파블로를 만나러 잠시 아빠의 병실을 벗어나 식당에 자리했다. 밀크커피를 시켰다. 파블로는 경찰이 한 스무 채의 집을 뒤졌다고, 자기 집에도 왔었다고 했다. 압수수색이었다. 하지만 경찰은 그 집에서 아무런 문도, 증거가 될 만한 그 무엇도 발견하지 못했다. 사람들은 자신들이 그 집 안에서 본 것이 환시였다고 했다. 일종의 정신적 충격 같은 거라며. 치아 이야기는 아무도 믿지 않았다. 집 안에서 옷이 발견됐다고 했다. 새 옷이었는데, 아델라를 데려간 사람의 옷인 걸로 추정했다. 그 사람이 자신들을 꾀어내기 위해 불빛을 사용한 거라고도 했다. 아델라는 납치된 걸로 결론이 나고 있었다. 그 집 안에 있던 사람이 납치범이었을까?

"그날 그 집에 누군가가 있었는지, 우리는 모르잖아. 그 집 자체가 함정이야. 집이 우리에게 영화를 보여준 거야. 난 아빠한테 돌아갈래."

　　　　　　　　　　　　　　　　외딴집의 악한 것

가스파르가 말했다.

"기다려."

파블로가 말을 이어갔다.

"텔레비전 방송국 사람이 동네에 와서 이웃 사람들을 다 인터뷰했어. 우고 아저씨까지. 비키가 법원에서 증언한 다음엔 개를 인터뷰하기도 했고. 요즘 텔레비전에서 아델라 이야기가 계속 나와. 아직 안 본 거야?"

"텔레비전은 안 보고 있어."

"네가 우리를 데리고 나왔다고 했더니 너랑도 인터뷰하고 싶대."

"난 아무하고도 얘기하고 싶지 않아."

가스파르가 몸을 일으켰다. 주문했던 크루아상은 손대지 않은 상태 그대로였다. 고개를 떨군 파블로를 바라보다가 덜컥 외로움이 몰려왔다. 자신도 모르게 무의식적으로 탁자를 옆으로 밀치곤 깜짝 놀라 일어선 파블로의 곁에 다가갔다. 가스파르는 눈물 없이 힘주어 파블로를 안았다. 아빠에게 돌아가야 해, 가스파르가 말했다. 너희가 너무 보고 싶어. 비키도 마찬가지고. 하지만 지금은 아빠와 함께 있어야 해.

병실에 돌아가서는 침대에 앉아 누군가가 큰아빠에게 건네는 말소리를 들었다. 아이가 충격을 받았어요. 스트레스가 심하고, 우울감에 빠져 있어요. 가스파르는 침대 밑에 몸을 웅크리고 방 안에서 일어나는 일들을 바닥에서 관찰했다. 간호사가 아빠를 "소독"―그들만의 표현이었다―하기 위해 방에 들어올 때에도 꼼짝하지 않았다. 법원에서 가스파르를 부르는 전화가 한 번 더 왔지만, 큰아빠는 갈 수 없다고, 지금 아이가 아프다고 대답했고 불출석이 승인됐다. 나중에 알게 된 사실은, 가족의 담당 변호사가 가스파르를 압박하지 말 것을 요구하는 공문을 보냈기에 가능한 일이었다. 심리상담사가 그의 상태를 진단한 뒤, 더 이상의 진술이 불가능하다는 소견을 밝혔다.

가스파르는 스스로가 병들고 지쳐간다는 생각이 들었다. 잠든다는 건 아델라의 꿈을 꾸는 일이기도 했다. 아델라는 물고기처럼 이리저리 피해 다니며 빠져나갔다. 두 사람은 어항 속에 있었고, 큰 눈 하나가 그런 그들을 지켜보고 있었다. 누구의 눈이었을까? 그걸 아는 사람은 아빠뿐이었지만, 그는 검고 불투명한 눈을 하고선 너무도 멀리에 있었다. 가스파르는 매일 그에게 말을 건넸고, 큰아빠는 그런 그들을 지켜보며 이따금 훌쩍거리는 소리를 냈다.

새벽녘에 찾아온 후안의 죽음을 가스파르는 느낄 수 있었다. 처음에는 고요였다. 더는 숨을 쉬지 않았다. 그 후 기계들의 기록도 멈추더니 일정한 삐 소리와 알람음이 나기 시작했다. 그러자 너무도 큰 고통이 엄습해왔고, 태아처럼 몸을 웅크릴 수밖에 없었다. 하지만 고통은 사그라들지 않았다. 그를 바라보기 위해 몸을 일으켜 세웠다. 한참의 시간이 지난 후였다. 병실 안에는 혼자가 아니었다. 큰아빠와 비에드마 박사도 함께 있었다. 여러 번, 특히 병원에서 비에드마 박사가 심폐소생술을 위해 의료진들을 진두지휘하는 광경을 본 적이 있었다. 그녀가 아빠의 몸 위에 올라타 가슴에 주먹질을 해대는 모습까지 보았다. 불과 며칠 전만 해도 있던 일이었다. 하지만 지금은 그렇게 하지 않았다. 그럴 이유가 없기 때문이었다. 가스파르는 몸을 굽힌 채로 침대 머리맡에 다가갔다. 칼날로 된 손톱을 가진 보이지 않는 손이 온몸을 할퀴는 듯한 고통이 일었다. 아빠가 검은 두 눈을 부릅뜨고 있는 게 보였다. 이해가 되지 않았다. 죽으려고 눈을 뜬 거예요? 질문하려 했지만 곁에 다가온 비에드마 박사가 멈춰 있는, 두 개의 검은 보석 같은 두 눈을 손으로 쓸어내려 감겨주었다. 가스파르는 그때 비로소 울기 시작했다. 침대 곁에 선 채로 눈물을 쏟았다. 손을 댈 엄두는 나지 않았다. 만질 수가 없었다. 나중엔 최근 며칠 동안 쓰고 있던 침대에 앉아 있었는데, 병실을 나서지 않겠다며 고집을 피우는 바람에 큰아빠가 두 팔로 번쩍 안아 들어 내보내야만 했다. 두 눈을 감은 가스파르는 전원이 꺼지듯 순식간에 잠들었다. 내내 꿈만 꾸었다. 문이 열리면서 아델라를 만나는 꿈. 그 아이가 자신에게서 도망치지도 않고, 자신은 그 아이를 감자 포대처럼 어깨에 들쳐 메고 집 밖으로 데리고 나오는 꿈. 아빠가 그럴 수 있는 방법을, 아니면 눈을 뜨고 일어나 그 아이를 찾는 방법을 말해주는 꿈. 죽은 아빠, 침대 위 한 줌의 잿더미로 변한 아빠. 그리고 침대에서 몸을 일으킨 자신이 부엌으로 걸어가 목을 칼로 그어서 벽과 바지, 얼굴, 두 손, 그리고 주변의 모든 것을 붉은색으로 물들이곤 스스로를 단번에 죽이는 꿈. 그것으로 자신도 마침내 검은 눈을 가질 수 있게 될 것이었다.

☀ **2권에서 계속됩니다.**

우리 몫의 밤 1

초판 1쇄 인쇄 2024년 1월 24일
초판 1쇄 발행 2024년 1월 31일

지은이 마리아나 엔리케스
옮긴이 김정아

펴낸이 정은선
책임편집 허유민

펴낸곳 ㈜오렌지디
출판등록 제2020-000013호
주소 서울특별시 강남구 선릉로 428
전화 02-6196-0380
팩스 02-6499-0323
ISBN 979-11-7095-100-1 (03870)

www.oranged.co.kr

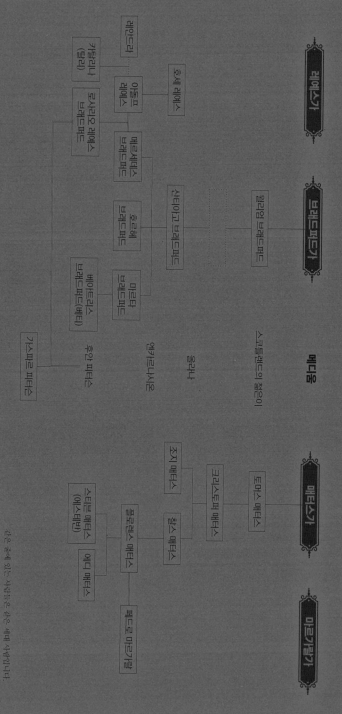

(부록)
가시면 가문 가계도

직계
결혼
정부

검은 줄에 있는 사람들은 같은 세대 사람입니다.
점선으로 비워진 네모 같은 이름이 등장하지 않아 비운 것입니다.